黄永玉题写文集书名

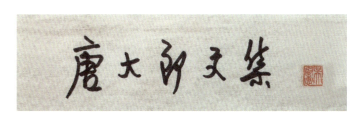

吴承惠题写文集书名

黄永玉绘画《戊戌中秋读大郎忆樊川诗文》

20世纪30年代唐大郎在上海郊外

1947年10月20日,唐大郎和李玉茹于上海魏家花园,曹禺摄

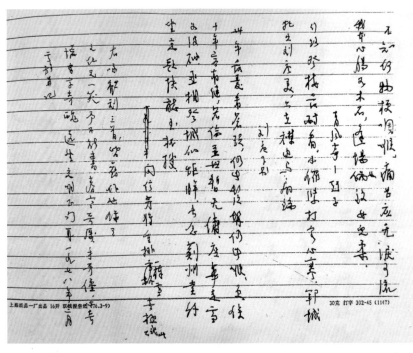

唐大郎《观剧（咏麒）三首》手稿

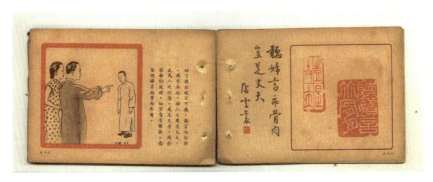

唐大郎手迹：听妇言乖骨肉岂是丈夫

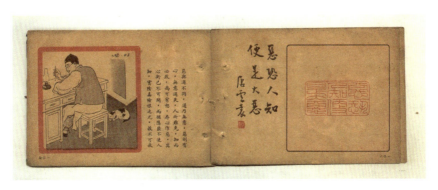

唐大郎手迹：恶恐人知便是大恶

董天野绘《江南才子唐大郎》,刊1946年《吉普》第28期

某甲散記

某甲

愚情張恂子先生罵人之筆不弱，其公子澂宇君，雅有父風，澂宇見罵為影評人列傳，見而好之，愚方以為罵人須折陽壽，而澂宇之筆，則且以澂熙相督促，良可喜也。茲錄其書之片段云：

罵人祇要有對象，也不一定須要十二分充足的理由，因為目的祇是「罵」，並不是開什麼辯論會。

你的影評人列傳，除了罵以外，還帶着些藝術的氣味，像「棺材釘子球釘」一般，因此個別開生面的照法，很使我欽佩。

你的影評人列傳，應該繼續的下去。這並不是幾個朋友的調解，可以絕止的，因為有一般讀者，得希望你不要軟化。

如果世界晨報不能再刊登的話，可以發表在今報上，否則自己辦一張報作為兵器，也是合算的。

有人稱你做「上海第一枝筆」，那末這枝筆須「硬」到底，否則就沒有「噱頭」了！

你不是說「肉市橫開」嗎？這樣緊要關頭，又豈能「軟」呢？我生平是個幸災樂禍的人，所以才來勸你！——你明白嗎？

因此我也喜歡罵人，更不怕別人來罵我，你越直越起勁，我越看越起勁，其甲萬歲！

唐大郎以"某甲"为笔名，在《世界晨报》上开《某甲随笔》专栏，此为专栏报影，刊1936年12月19日《世界晨报》

隨筆

近聞人迹，一送鴉人裨詒事，爲之譭指！記之以見人心之狡詐，於今尤甚，送鴉人精潮陽，年逾不惑矣，初本鄉商，及業隳不剛自存，惟以無訓既久，與北鄉人之營鴉業漸譜，因爲販鴉之役，蔣營鈴子，若于年來辛苦所獲，克全生計而已。去歲，以人之介，與某少年讖，少年紉辨，因購共鴉，少年行友，無頓也，隨過少年，亦與鴉人讖，見送鴉人與善可欺，輙欲謀之，苦無機乘，戰後，鴉價徒增，烟設中人，紛紛戒嗜明好，無賴乃於此際設一戒烟院，居然醫牌作醫士矣，其始，佯盲其戒術之精，頗有問津者，既每其僞誰，相戒裹足。戒烟院遂門隨冷落矣。一日，無賴忽招送鴉人至，謂：戒烟之藥，須輔以参，故我院中，將購汝参，明日果挾十兩而去，入無頓居，則見，一流淚之兒，送鴉人明日送來，送鴉人大喜，明日果於無賴所至，時天方嚴寒，欲買十劑，汝寫我明日送來，故我院中，將購汝参，今有友人託，流浪兒僅一衫被其體，愁縮不已，送鴉人本仁慈，問曰：是兒何一寒至此者？

無賴曰：是爲吾友之子，以年少而嗜鴉，不事正經，故見逐於其父，而賴擀勿除，因弓我爲之解脫，雖然，天寒如許，勿有禦衣，今渝爲丐，汝將何以濟之者？送鴉人乃出一金，曰：速貫衣絮，亦將匪死，汝將何以濟之？送鴉人乃出一金，曰：速貫衣絮，寒，言拿此，無頓曰：惟吾友幸晩間始至，且置汝鴉友，無頓也，送鴉人乆唯唯，及暮復往，忽無賴償償曰：汝鴉十兩，更來取送鴉來耶？惟吾友幸晩間始至，且置汝鴉既之流浪兒竊去矣，我謂；此人不可救，今果若是，十兩之値，爲百五十金，我义貧，胡能償汝，惟流浪兒有感家在閬上，返汝矣，送鴉人快快退，不知爲無頓所計賺也。○某甲。

唐大郎以"某甲"为笔名，在《东方日报》上开《随笔》专栏，此为第一篇的报影，刊1938年1月1日，此专栏共刊出285篇

唐大郎文集
怀素楼缀语

张 伟 祝淳翔 编

上海大学出版社

图书在版编目(CIP)数据

怀素楼缀语/张伟,祝淳翔编.—上海:上海大学出版社,
2020.8
(唐大郎文集;第5卷)
ISBN 978-7-5671-3888-9

Ⅰ.①怀… Ⅱ.①张… ②祝… Ⅲ.①散文集—中国—现代 Ⅳ.①I266

中国版本图书馆 CIP 数据核字(2020)第 101337 号

责任编辑　黄晓彦
封面设计　缪炎栩

唐大郎文集

怀素楼缀语

张　伟　祝淳翔　编
上海大学出版社出版发行
(上海市上大路99号　邮政编码200444)
(http://www.shupress.cn　发行热线 021-66135112)
出版人:戴骏豪

*

江阴金马印刷有限公司印刷　各地新华书店经销
开本 890mm×1240mm　1/32　插页8　印张16.5　字数456千
2020年8月第1版　2020年8月第1次印刷
ISBN 978-7-5671-3888-9/I·597　定价:88.00元

版权所有　侵权必究
如发现本书有印装质量问题请与印刷厂质量科联系
联系电话:0510-86626877

小朋友记事

黄永玉

大郎兄要出全集了。很开心,特别开心。

我称大郎为兄,他似乎老了一点;称他为叔,又似乎小了一点。在上海,我有很多"兄"都是如此,一直到最后一个黄裳兄为止,算是个比我稍许大点的人。都不在了。

人生在世,我是比较喜欢上海的,在那里受益得多,打了良好的见识基础。也是我认识新世界的开始,得益这些老兄们的启发和开导。

再过四五年我也一百岁了。这简直像开玩笑!一个人怎么就轻轻率率地一百岁了?

认识大郎兄是乐平兄的介绍。够不上当他的"老朋友"。到今天屈指一算,七十多年,算是个"小朋友"吧!

当年看他的诗和诗后头写的短文章,只觉得有趣,不懂得社会历史价值的分量,更谈不上诗作格律严谨的讲究。最近读到一位先生回忆他的文章,其中提起我和吴祖光写诗不懂格律,说要好好批评我们的话。

我轻视格律是个事实。我只愿做个忠心耿耿的欣赏者,是个不愿做奴隶的人(们);我又不蠢;我忙的事多得很,懒得记那些套套。想不到的是他批评我还连带着吴祖光。在我心里吴祖光是懂得诗规的,居然胆敢说他不懂,看样子是真不懂了。我从来对吴祖光的诗是欣赏的,这么一来套句某个外国名人的话:"愚蠢的人有更愚蠢的人去尊敬他。"我就是那个更愚蠢的人。

听人说大郎兄以前在上海当过银行员,数钞票比赛得了第一。

我问他能不能给我传授一点数钞票的本事！

他冷着脸回答我：

"侬有几化钞票好数？"

是的，我一个月就那么一小叠，犯不上学。

批黑画的年月，居然能收到一封大郎兄问候平安的信。我当夜画了张红梅寄给他。

以后在他的诗集里看到。他把那张画挂在蚊帐子里头欣赏。真是英明到没顶的程度。

"文革"后我每到上海总有机会去看看他，或一起去找这看那。听他从容谈吐现代人事就是一种特殊的益智教育。

最后见的一面是在苏州。我已经忘记那次去苏州干什么的。住在旅馆却一直待在龚之方老兄家，写写画画；突然，大郎兄驾到。随同的还有两位千金，加上两位千金的男朋友。

两位千金和男朋友好像没有进门见面，大郎夫妇也走得匆忙，只交代说："夜里向！夜里向见！"

之方兄送走他们之后回来说：

"两口子分工，一人盯一对，怕他们越轨。各游各的苏州。嗳嗨：有热闹好看哉！"

"要不要跟哪个饭店打打招呼，先订个座再说，免得临时着急。"我说："也算是难得今晚上让我做东的见面机会。"

"讲勿定嘅，唐大郎这一家子的事体，我经历多了！"之方兄说。

旋开收音机，正播着周云瑞的《霍金定私悼》，之方问怎么也喜欢评弹？有人敲门。门开，大郎一人匆忙进来：

"见到他们吗？"

"谁呀？"我不晓得出了什么事。

"我那两个和刘惠明她们三个！"大郎说。

"你不是跟他们一起的吗？"我问。之方兄一声不吭坐在窗前凳子上斜眼看着大郎。

"走着，走着！跑脱哉！"大郎坐下瞪眼生气。龚大嫂倒的杯热茶也不喝。

"儿女都长大了,犯得上侬老两口子盯啥子梢嘛?永玉还准备请侬一家晚饭咧!"

大郎没回答,又开门走了。

第二天一大早我上龚家,之方兄说:

"没再来,大概回上海了!"

之方兄反而跟我去找一个年轻画家上拙政园。

大郎兄千挑万挑挑了个重头日子出生:

"九·一八"

逝世于七月,幸而不是七月七日。

2019 年 6 月 13 日于北京

给即将出版的《唐大郎文集》写的几句话

方汉奇

唐大郎字云旌,是老报人中的翘楚。曾经被文坛巨擘夏衍誉为"勤奋劳动的正直的爱国的知识分子"。他发表在报上的旧体诗词,曾被周总理誉为"有良心,有才华的爱国主义诗篇"。他才思敏捷,博闻强记,笔意纵横,情辞丰腴。每有新作,或记人,或议事,或抒情,或月旦人物,都引人入胜,令人神往。有"江南才子""江南第一枝笔"之誉。我上个世纪 50 年代初曾在上海工作过一段时期,适值他主持的《亦报》创刊,曾经是他的忠实读者。近闻他的毕生佳作,已由张伟、祝淳翔两兄汇集出版,使他的鸿篇佳构得以传之久远,使后世的文学和新闻工作者得到参考和借鉴,善莫大焉,功莫大焉。

2019 年 6 月 11 日于北京

序

陈子善

唐大郎这个名字,我最初是从黄裳先生那里得知的。20世纪80年代初的某一天,到黄宅拜访,闲聊中谈及聂绀弩先生的《散宜生诗》,黄先生告我,上海有位唐大郎,旧诗也写得很有特色,虽然风格与聂老不同。后来读到了唐大郎逝世后出版的旧诗集《闲居集》(香港广宇出版社1983年版)和黄先生写的《诗人——读〈闲居集〉》,读到了魏绍昌、李君维诸位前辈回忆唐大郎的文字,对唐大郎其人其诗才有了进一步的了解。再后来研究张爱玲,又发现唐大郎对张爱玲文学才华的推崇不在傅雷、柯灵等新文学名家之下。张爱玲中短篇小说集《传奇》增订本的问世是唐大郎等促成的,而张爱玲第一部长篇小说《十八春》也正是唐大郎所催生的。于是我对唐大郎产生了更大的兴趣。

十分可惜的是,唐大郎去世太早。他生前没有出过书,殁后也只在香港出了一本薄薄的《闲居集》。将近四十年来默默无闻,几乎被人遗忘了。这当然是很不正常的,是上海现代文学史研究的一个重大缺失,也是研究海派文化不得不面对的一个严重问题。所幸这个莫大的遗憾终于在近几年里逐渐得到了弥补。而今,继《唐大郎诗文选》(上海巴金故居2018年印制)和《唐大郎纪念集》(中华书局2019年版)之后,12卷本400万字的《唐大郎文集》即将由上海大学出版社推出。这不仅是唐大郎研究的一件大事,是上海现代文学史研究的一件大事,也是海派文化研究不容忽视的一个可喜成果。

1908年出生于上海嘉定的唐大郎,原名唐云旌,从事文字工作后有大郎、唐大郎、云裳、淋漓、大唐、晚唐、高唐、某甲、云郎、大夫、唐子、唐僧、刘郎、云哥、定依阁主等众多笔名,令人眼花缭乱,其中以高唐、刘郎、定依阁主等最为著名。唐大郎家学渊源,又天资聪颖,博闻强记。他原在银行界服务,因喜舞文弄墨,约在20世纪20年代末弃金(银行是金饭碗)从文,不久后入职上海《东方早报》,逐渐成长为一名文思泉涌、倚马可待的海上小报报人。当时正是新文学在上海勃兴之时,在最初一段时间里,唐大郎与新文学界的关系并不密切,40年代初以后才有很大改变。但他的小报文字多姿多彩,有以文言出之,也有以白话或文白相间的文字出之,更有独具一格的旧体打油诗,以信息及时多样、语言诙谐生动而赢得上海广大市民读者的青睐,一跃而为上海小报文坛的翘楚和中坚。至40年代更达炉火纯青之境,收获了"小报状元""江南才子"和"江南第一枝笔"等多种美誉。

所谓小报,指的是与《申报》《时事新报》等大报在篇幅和内容上均有所不同的小型报纸。20世纪20年代以后,各种小报在上海滩如雨后春笋般涌现,是上海市民阶层阅读消遣的主要精神食粮;后来新文学界也进军小报,新文学作家也主编小报副刊,使小报呈现更加丰富多彩的面貌。完全可以这样说,小报是上海都市文化的一个重要标志,海派的一个独特的文化现象。近年来对上海小报的研究越来越活跃,就是明证。

唐大郎就是上海小报作者和编者的代表。他的文字追求并不是写小说和评论,而是写五百字左右有时甚至只有两三百字的散文专栏和打油诗专栏。从20年代末至40年代,唐大郎先后为上海《大晶报》《东方日报》《铁报》《社会日报》《金钢钻》《世界晨报》《小说日报》《海报》《力报》《大上海报》《七日谈》《沪报》《罗宾汉》等众多小报和1945年以后开始盛行的"方型报"《海风》等撰稿。他在这些报上长期开设《高唐散记》《定依阁随笔》《唐诗三百首》等专栏,往往一天写好几个专栏,均脍炙人口,久盛不衰。他自己曾多次说过:"我好像天生似的,不能写洋洋几千字的稿件,近来一稿无成,五百字已算最多的了。"(《定依阁随笔·肝胆之交》,载1943年5月14日《海报》)唐大郎的写作史有力地表明,他选择了一条最适合发挥自己特长、最能得心应手的创作之路。

当然，由于篇幅极为有限，唐大郎的小报文字一篇只能写一个片断、一个场景、一段对话、一件小事……但唐大郎独有慧心，不管写什么，哪怕是都市里常见的舞厅、书场、影院、饭馆、咖啡厅，他也都写得与众不同，别有趣味。在唐大郎的专栏文字中，谈文谈艺、文人轶事、艺坛趣闻、影剧动态、友朋行踪……，无不一一形诸笔端，谐趣横生。如果要研究20世纪20年代至40年代上海的都市文化生活，唐大郎的专栏文字实在是一份不可多得的生动的教材。又当然，如果认为唐大郎只是醉心风花雪月，则又是皮相之见了，唐大郎的专栏文字中，同样不乏正义感和家国情怀。在全面抗战时，面对上海八百壮士可歌可泣的抗日事迹，唐大郎就在诗中写下了"隔岸万人悲节烈，一回抚剑一泛澜"的动人诗句。

归根结底，唐大郎的专栏文字和打油诗是在写人，写他所结识的海上三教九流的形形色色。唐大郎为人热情豪爽，交游广阔，特别是从旧文学界到新文学界，从影剧界到书画界，他广交朋友，梅兰芳、周信芳、俞振飞、言慧珠、金素琴、平襟亚、张季鸾、张慧剑、沈禹钟、郑逸梅、陈蝶衣、陈定山、陈灵犀、姚苏凤、欧阳予倩、洪深、田汉、李健吾、曹聚仁、易君左、王尘无、柯灵、曹禺、吴祖光、秦瘦鸥、张爱玲、苏青、潘柳黛、周錬霞、胡梯维、黄佐临、费穆、桑弧、李萍倩、丁悚丁聪父子、张光宇正宇兄弟、冒舒湮、申石伽、张乐平、陈小翠、陆小曼……这份长长的名单多么可观，多么骄人，多么难得。唐大郎不但与他们都有所交往，而且把他们都写入了他的专栏文字或打油诗。这是这20年里上海著名文化人的日常生活的真实记录，这些人物的所思所感、所言所行，他们的音容笑貌、喜怒哀乐，幸有唐大郎的生花妙笔得以留存，哪怕只有一鳞半爪，也是在别处难以见到的。唐大郎为我们后人打开了新的研究空间。

至于唐大郎的众多打油诗，更早有定评，被行家誉为一绝。"刘郎诗的重要特色就在于在旧体诗的内容与形式上都做了创新的努力，而且确实获得了某种成功。"唐大郎善于把新名词入诗，把译名入诗，把上海话入诗，简直做到了出神入化的地步。论者甚至认为对唐大郎的打油诗也应以"诗史"视之(以上均引自黄裳《诗人——读〈闲居集〉》)。这是相当高的评价,也深得我心。

本雅明有"都市漫游者"的说法,以之移用到唐大郎身上,再合适不过。唐大郎长期生活在上海,一直在上海这个现代化大都市里"漫游",他的小报专栏文字和打油诗,使他理所当然地成为上海都市文化生活的深入观察者、忠实记录者和有力表现者。唐大郎这些文字也理所当然地成为海派文化和江南文化历史记载中的宝贵遗产,值得我们珍视和研读。

张伟和祝淳翔两位是有心人,这些年来一直紧密合作,致力于唐大郎诗文的发掘和研究,这部12卷的《唐大郎文集》即是他们最新的整理结晶,堪称功德无量。今年恰逢唐大郎逝世40周年,文集的问世,也是对他的最好的纪念。作为读者,我要向他们深表感谢,同时也期待《唐大郎文集》的出版能给我们带来对这位可爱的报人、散文家和诗人的全新的认知,使更多的读者和研究者来阅读、认识和研究唐大郎,以更全面地探讨小报文字在都市文化研究里应有的位置和所起的作用。

2020年6月14日于海上梅川书舍

编选说明

本卷内容分别来自1936年6月至1937年3月《世界晨报》上的《某甲随笔》专栏,以及1938年初至1943年底《东方日报》上的《随笔》专栏(署名某甲,截止于1938年11月)和《怀素楼缀语》专栏(署名唐僧,为某甲《随笔》的续篇)。它们均为散文体,其中《怀素楼缀语》的标题大多为原来就有,之前的所有专栏文章的标题,为编者所拟。

需要说明的还有,《怀素楼缀语》体量巨大,本卷所收录的约为全部专栏文章的三分之一强。

目　录

某甲随笔（1936.6—1937.3）

吾家 / 1
剽窃 / 1
别白下 / 2
梅博士 / 2
书宗钱南园 / 3
马君武近作 / 3
近人诗三百首 / 4
不爱读理论文章 / 4
《仲夏夜之梦》/ 5
发誓要唱戏 / 5
陈公博得意之笔 / 6
爱液 / 7
信芳近影 / 7
赠长联 / 8
《四进士》/ 8
《洪承畴》/ 9
灵犀挨搜 / 9
毛铁 / 10
新春诗 / 10
赵悲盦书法 / 11
哭陈嘉震先生 / 11
芳君之自来墨水笔 / 12
王唯我返吴门 / 13
朱惺公征诗钟 / 13
黄秋岳一绝 / 14
征雪艳联 / 14
蛰簃翁惠书 / 15
唯我之稿 / 15
故乡事 / 16
养猫 / 17
卢溢芳记错新闻 / 17
逊清庠生 / 18
丁氏父子谈剧 / 19
识潘子农 / 19
共宴市楼 / 20
《锡报》精警 / 20
话不投机 / 21
多谢西门老画师 / 21
吃过银行饭 / 22
徐善宏邀稿 / 22
八字 / 23
周剑云新居 / 23
方地山近作 / 24
春鸿居士 / 24
白玉霜之戏 / 25
水蜜桃 / 26
天翁遗一扇 / 26
枕上俚句 / 27
某甲笔名 / 27
随喜 / 28
向汪仲贤致歉 / 28
文公达 / 29
锦嫛有女友 / 29
何之硕 / 30
周越然近视 / 30
鲁迅死后 / 31
舅氏北行 / 31
夏荷生 / 32
财与才 / 32
《今报》戏剧栏 / 33
京华道人 / 33
棠九娘死 / 34

喜彩莲大腹便便 / 34	愚诗之风格 / 36	张慧剑诗 / 38
荒唐事 / 34	张丹斧律句 / 37	半年横里 / 39
《否斋杂志》/ 35	张慧剑偶语 / 37	《时代电影》/ 39
与善宏六十双寿 / 35	白发渐生 / 38	坤伶扮相 / 40
《化身姑娘》/ 36	清芬来书 / 38	写文章习惯 / 40

随笔（1938.1—1938.11）

妇丧逾四月 / 41	七里滩 / 55	王西神书法 / 67
白杨肉感照 / 41	绛岑居士 / 55	避疫宝 / 67
有人送钞票 / 42	名票史悠宗 / 56	捉刀人之笔 / 68
赵如泉绝顶聪明 / 43	乡音 / 57	遇秦瘦鸥 / 68
喜彩莲 / 43	杨小楼、王又宸死 / 57	宋词人来信 / 69
妙诗 / 44		梦境 / 70
乡人某 / 45	笑话 / 58	三点水 / 70
报业发达 / 45	戒严时间延长 / 58	王尘无去世 / 71
叶小鸾受戒 / 46	梅兰芳登台 / 59	六〇六 / 71
于素莲诗 / 47	《随园诗话》/ 59	凶杀案 / 72
徐曙岑 / 47	邓钝铁治印 / 60	周碧云演剧 / 73
姚民哀殉节 / 48	扬州平山堂 / 60	《雪鸿泪史》/ 73
邱良玉 / 49	拟久居孤岛 / 61	邓荫先谈戏稿 / 74
小洛与之方 / 49	蔡钧徒 / 61	蝶衣归来 / 75
夜贼 / 50	《群芳吟》/ 62	杨宝森剧 / 75
宋玉狸 / 50	张正宇寻妻 / 63	骂人 / 76
方泰镇 / 51	何琴芳 / 63	劝文娟更名 / 77
钝铁近诗 / 52	秋鸿赴港 / 64	久不谒丁氏伉俪 / 77
赵啸澜辞班 / 52	欧阳予倩 / 64	李培林论京派海派 / 78
《明末遗恨》/ 53	小丁来信 / 65	
石桥去世 / 54	易哭厂诗才 / 65	李培林好事近 / 78
《董小宛》剧本 / 54	某妇人 / 66	月落乌啼 / 79

心仪白蕉 / 80	《凤双飞》/ 85	丁先生诞辰 / 92
小丁家信 / 81	《徽钦二帝》/ 86	《有竹居吟稿》/ 92
沈禹钟 / 81	练习唱戏 / 87	《香海画报》/ 93
识舒湮 / 82	翼华寿戏 / 87	焚诗稿 / 94
南湖 / 83	回荡词 / 88	白华旧句 / 95
报国之道 / 83	捧角诗 / 89	局外英雄 / 95
醉三挡 / 84	与秦瘦鸥同学 / 90	余大雄被狙 / 96
潘雪琴 / 85	嘉定人马某 / 91	参观摄片 / 97

怀素楼缀语(1938.11—1939.12)

唐僧 / 98	孙翠娥 / 110	王雪艳之刘璇姑 / 121
霸王与虞姬 / 99	润例诗 / 110	一夜间 / 122
怀素与待琴 / 99	跳 / 111	云间白蕉鬻字 / 123
义山诗 / 100	为南腔北调人约 / 111	阔人 / 123
白松轩主之《群英会》/ 101	七宝香车载鲁钱 / 112	真是该死 / 124
年高小唱 / 101	初看姚水娟 / 113	莳花 / 125
文曲 / 102	醉灵轩诗 / 113	明姑 / 126
勖冯梦云 / 103	捉刀人旧著 / 114	文儿 / 127
"名票" / 103	钱锺书先生寄诗 / 115	《文素臣》影片 / 128
灵犀杂写 / 104	丝棉被头与冰淇淋 / 116	赵如泉的戏 / 129
冒氏二郎 / 105	典当小开 / 117	鍊霞新作 / 129
大金之酬酢忙 / 105	张继诗 / 118	翻旧作 / 130
小开 / 106	全部十三点 / 118	茶馆老板 / 131
讳言 / 107	姝字 / 119	梦云何在？/ 132
怎样创业？/ 107	《刘家诗记》（未完）/ 120	葡萄美酒 / 133
忆亡师 / 108	《刘家诗记》（下）/ 120	王瑶卿与王玉蓉 / 134
钱锺书诗 / 109		《我很勇敢》/ 135
任黛黛 / 109		潮州菜 / 135
		君左何往？/ 136

翼楼同人之《明末遗恨》/137
《连环套》之阵容/138
戏照/139
话剧与文明戏/139
三看《连环套》/140
征求《长风》与《小晨报》各全份/141
樊樊山与易实甫/142
为《华年》征稿/142
台上/143
脱底棺材/144
一遇文娟/145
沈慧弟/146
大华座上之王玉蓉/147
顾曲记/147
本来不是孝子/148
乙仆/149
戚门陆氏/150
除夕之言/151

怀素楼缀语（1940.1—1940.12）

度岁记/153
翼楼主妇之寿/154
再论集定厂诗/154
中原之创/155
排九本《狸猫》之夜杂写/156
连一夜/157
退牌/157
任黛黛忆语/158
晤振飞/159
中原与文娟/160
白长衫/160
跳舞场的年夜饭/161
会唱记/162
十二小时的白鼻头/163
《旅窗漫笔》/164
官印/165
为乌鸡谢过/165
兰芳苏白/166
顾逖江先生忆语/167
陈曼丽事件/168
本报的知己/168
诗里的名词/169
厕简楼夜话/170
题画/171
饯素琴筵上/171
影趣/172
宴小红席上/173
李寿琐记/174
府君姓钱氏/175
玲珑的报应/176
舅奠记/176
影事杂记/177
从舞拾趣/178
寻春记/179
又要赶两出/180
香奁诗杂谈/180
空我上人之好诗/181
包蝶仙诗挽陈蝶仙/182
平居趣语/183
《游丽娃栗姐村》诗/184
养蚕/185
职业/185
唐云/186
唐云三十寿辰/187
书法研究社/188
白蕉刻跋（一）/188
白蕉刻跋（二）/189
大郎作书拘谨/190
怯笔/190
若瓢谈书法/191
卡尔登歇夏/192
白蕉个展/193
王熙春来沪/193
卖扇/194
游艺杂耍/195
《孔夫子》/196

伯绥贻笺 / 196
悼念吾师樊良伯先生（上）/ 197
悼念吾师樊良伯先生（中）/ 198
悼念吾师樊良伯先生（下）/ 198
李盛藻 / 199
瘦西湖饭局 / 200
包天笑望六 / 201
忆君斐 / 201
冬郎的诗 / 202
儿时度中秋 / 203
涤夷情怀孤介 / 204

邻家女佣 / 204
康又华 / 205
发大水 / 206
上馆子 / 206
打油诗人 / 207
《倭袍》/ 208
《海国英雄》/ 208
汪其俊三十诞辰 / 209
平和票房 / 210
神经戏迷 / 210
施叔范 / 211
小型报严肃化 / 211
我不唱高调 / 212
朱其石招饭 / 213

朱其石画 / 213
电台女报告员 / 214
《世界儿女》/ 215
张陈论争 / 215
米高美舞厅 / 216
戈胡即将合展 / 216
雅俗 / 217
急景凋年 / 217
沈西苓逝世 / 218
《孔夫子》公映 / 219
小型报的责任 / 219
圣诞 / 220
橱窗中的《文曲》/ 220
晕角儿 / 221

怀素楼缀语(1941.1—1941.12)

出差汽车涨价 / 222
怕坐飞机 / 222
《西施》广告 / 223
广告里的俗语 / 224
《碎琴楼》/ 224
包公超画 / 225
《万岁》杂志 / 226
老读者 / 226
抛顶宫 / 227
除夕剪发 / 228
钙奶生 / 228
想看外国五彩片 / 229
适逢四十 / 230

新艳秋将作嫁 / 230
青鸟 / 231
金华亭遇害 / 231
借钱又称"着棋" / 232
晤王金璐 / 232
丁先生醉语 / 233
老好人 / 233
哭腔 / 234
啼红博雅 / 234
黄包车加租 / 235
舅父周年祭 / 235
天雨看戏 / 236
蝶衣满纸牢骚 / 236

嘉定老妇 / 237
几家戏院 / 238
有心复活《文曲》/ 238
恐怖剧 / 239
代乳粉 / 239
《买愁》/ 240
小说里的外行话 / 240
近年歌坛 / 241
陈梅君绝笔二律 / 241
其三的诗 / 242
同瘪三寻开心 / 242
荀慧生莅沪 / 243
新生儿患赤游 / 243

明星剪彩 / 244
黄雨斋招宴 / 244
恒顺酱醋 / 245
不愿编辑增减 / 245
女婴瘦瘠 / 246
滴笃班改编电影 / 246
知止先生 / 246
老境侵寻 / 247
孩子死了 / 247
《四进士》/ 248
《返魂香》/ 248
逆旅生活 / 249
旧居 / 249
取灯 / 250
巴金的《家》/ 250
谢豹决不诉苦 / 251
同学变瘪三 / 251
太白全眷来沪 / 252
磨墨机 / 253
粪翁请客 / 253
翼华的收藏癖 / 254
看《蝴蝶梦》/ 254
江紫尘 / 255
钱名山诗稿 / 256
对门小学 / 256
陆小曼鬻画 / 257
我写稿潦草 / 257
有竹居主人谈诗 / 258
小曼山水画 / 259

所谓东家 / 260
朱石麟遭骂 / 260
陈嫂四十 / 261
宋玉狸约稿 / 262
谢豹写扇 / 262
包药纸写稿 / 263
本报刷新 / 264
知己之感 / 264
想在《灵与肉》里演角色 / 265
范恒德轶事 / 266
我上的处女镜头 / 267
黄金北上邀角 / 267
演话剧最难 / 268
眉子 / 269
马樟花印象 / 269
幼子被打有感 / 270
贷学金 / 271
《肉》/ 271
张文涓将登台 / 272
报纸笔战 / 273
写信给姚吉光 / 274
走尸 / 274
志汶和尚死 / 275
李祖韩 / 276
《肉》的出品公司 / 276
马公愚 / 277
大上海影院重新开业 / 278

《卖相思》谱词之美 / 278
吴宫小马 / 279
纸老虎 / 280
为勤伯兄致歉 / 281
乐振葆诗稿 / 282
中秋忆往 / 283
鸿翔公司的势利 / 283
乐振葆边吟边唱 / 284
电车售票员揩油之风 / 285
看《蜕变》有感 / 286
话剧演员 / 287
邓荫先误会 / 287
谈改编 / 288
谈购藏书画 / 289
"雀跃" / 290
文人清苦 / 290
汪梅韵 / 291
谈诚实 / 292
徐案报道 / 293
扶乩问舅 / 293
《肉》与连环画 / 294
周氏三妹国画展 / 295
《蜕变》被禁演 / 296
刘恨我逝世 / 296
目击捕盗 / 297
乐振葆诗 / 298
传金素雯嫁 / 299

孙兰亭滑稽 / 299　　某小旦 / 302　　朋友家的噪音 / 305
白面大王 / 300　　婉谢书件 / 303　　坤旦能作文者 / 306
姚笠诗四十生辰 / 301　　请王熙春唱堂戏 / 304　　秋翁宴客 / 306
笠诗生日宴盛况 / 302　　提议信芳献艺 / 304

怀素楼缀语（1942.1—1942.12）

失帽复得 / 308　　上海艺术团 / 323　　《洞房花烛夜》 / 336
信芳所藏书件 / 308　　路有冻尸/高庆奎死 / 324　　囤药 / 336
传白玉霜死 / 309　　　　　　　　　　　　寄语李萍倩导演 / 337
桑弧赞唐云画作 / 310　　电话惹气 / 325　　袁牧之版《钟楼怪人》 / 337
之方、瓢庵二君病 / 311　　《路遥知马力》与《弓砚缘》 / 325　　胡梯维迁居 / 338
英茵自杀 / 311　　信芳之《战长沙》 / 326　　唐若青的发音 / 339
英茵遗书 / 312　　我的收入来源 / 327　　戴明夷登报卖卜 / 339
英茵遗体 / 313　　费穆编导的《杨贵妃》 / 327　　灵犀囤纸 / 340
看《蓝天使》有感 / 314　　　　　　　　　　　　双健居 / 340
英茵大殓 / 315　　黄桂秋 / 328　　双健居（续） / 341
服帖盖叫天 / 315　　不喜猫狗 / 329　　遇潘仰尧 / 342
不辨真音 / 316　　"杀光滴滑" / 329　　林庚白已谢世 / 342
蜀人杜进高 / 317　　山歌 / 330　　灵犀囤纸系误传 / 343
"服务的道德" / 318　　买《汉书》不得 / 331　　胡金结缡 / 344
张中原书画义卖 / 318　　唐若青能演杨贵妃 / 331　　朋友不必轧 / 344
梅调鼎书法 / 319　　　　　　　　　　　　阃闱失和 / 345
李淑棠 / 320　　灵犀却金有感 / 332　　记小热昏事 / 345
杜米、烟价与中原书画义卖诗 / 321　　顾兰君 / 332　　《四姊妹》 / 346
　　　　　　　　　　李绮年 / 333　　读还珠楼主 / 347
孙兰亭重友轻色 / 321　　喝咖啡失眠 / 334　　近作 / 347
锦光与白虹伉俪 / 322　　步顾尽缘原韵 / 334　　书与画 / 348
新型话剧 / 323　　三日日记 / 335　　一得之愚 / 349

不愿休刊 / 350
近来笔政大忙 / 350
《人约黄昏后》试片 / 351
国药腾涨 / 352
我不还骂 / 352
《到自然去》 / 353
写不好长篇 / 354
《梅花梦》 / 354
《竹报》休刊 / 355
爱吃梅子 / 356
周祥生开小饭店 / 356
求画与赖书 / 357
方慎盦七律四章 / 358
小型报应涨价 / 359
丁慕琴招宴 / 359
损牙 / 360
近事 / 360
食道剧痛 / 361
叶植生医生死 / 362
谌雷婚礼 / 362
香港防空壕 / 363
湘林老七 / 364
顾联承病故 / 364
忘记熟人姓字 / 365
素琴归来 / 366
徐欣木赐书 / 366
四块豆腐 / 367
上艺剧目 / 367

张园 / 368
言菊朋死 / 369
晚蘋与鍊霞 / 369
中国剧团解散 / 370
大雨雇车 / 370
林译小说有芜杂之病 / 371
《八郎探母》 / 371
家庭饭店姊妹花 / 372
谈施叔范诗 / 373
因病废稿 / 373
金谷夜花园开幕 / 374
梁蝶 / 374
家中避暑 / 375
扇子 / 376
冯蘅先生 / 376
飓风 / 377
仁记路 / 377
其三诗境 / 378
宋德珠 / 379
略有微词 / 379
同文相轻 / 380
办话剧团 / 381
流氓打文人 / 381
采芝室主 / 382
《人间世》即将上演 / 383
文人总是文人 / 383
鍊霞画扇页 / 384

暑天读林庚白诗 / 384
防疫针 / 385
浦辑庭 / 386
"第一枝笔" / 386
吹毛求疵 / 387
王引鲤直 / 388
好名 / 388
姚克新剧 / 389
老朋友聚会 / 390
恒茂里 / 390
丁健行诞辰 / 391
黄金大戏院 / 391
起司令开分店 / 392
吴素秋与叶盛章 / 393
女孩子 / 393
龚之方欲辞共舞台职务 / 394
吃食店兴衰 / 395
《万象》的磨擦 / 395
文贵乎真 / 396
丁太夫人逝世 / 397
邵西平不熬夜 / 397
别字问题 / 398
徐善宏夫人撒手尘寰 / 398
冯叔鸾先生死 / 399
写稿太多 / 400
吴淞行 / 400
梅霞 / 401

幼子腹痛 / 402
编辑发牢骚 / 402
顾卧佛索稿 / 403
欲赴故都 / 404
来岚声办保险公司 / 404
殷芝龄 / 405
故宫黉本《贩马记》 / 406
《大马戏团》 / 407
《寡妇院》 / 407
王玉蓉替周信芳跨刀 / 408
丁府电话号码 / 409

蟹毒 / 409
《大名府》 / 410
熙春嫁后 / 411
《秋海棠》搬上申曲舞台 / 411
烘托别人做戏 / 412
《乱刀集》缘起 / 412
李香兰签名 / 413
皇后大戏院的座位 / 413
《云彩霞》上演 / 414
《小山东到上海》 / 414
众人招宴 / 415

《新闻报》广告 / 415
买杜米 / 416
伶人拜客 / 416
吾道前辈 / 417
洪长兴 / 417
润例 / 418
方慎盦诗集 / 418
舞剧《古刹惊梦》 / 419
陈曼丽之女 / 419
艺人多文盲 / 420
黄浦生 / 420
防空之夜 / 421

怀素楼缀语（1943.1—1943.12）

言慧珠 / 422
"绮"字读音 / 422
远房表兄之子 / 423
白云鹏一行 / 424
稿酬不涨 / 424
一甬上女儿 / 425
好马 / 425
案头清供 / 426
李祖夔五十寿辰 / 426
卢溢芳四十华诞 / 427
张君秋之师 / 427
一方四十初度 / 428
张淑娴 / 428

叶盛章之剧 / 429
头一个浪 / 429
卢寿完成 / 430
捧角的界限 / 430
周炳臣子 / 431
春游之兴 / 432
棚摊美食 / 432
小型报用纸 / 433
以诗凑数 / 433
石挥晕厥 / 434
沧洲书场 / 434
舞场变茶室 / 435
园游 / 435

预备逃走 / 436
朋友之患 / 436
刘叔诒 / 437
章志直捧我 / 438
梁小鸾 / 438
叶秋心 / 439
李万春临别 / 439
茶婆子 / 440
李砚秀 / 440
记同兴公司之幕后人 / 441
公宴金雄白 / 441
《秋海棠》换了人马

/442
跑马厅里的空气 / 443
追踵信芳 / 443
桑弧论张淑娴 / 444
白蕉题兰绝句 / 444
李丽拜师 / 445
我的文章 / 445
汪精卫手稿 / 446
薛觉先忆语 / 446
梅博士与张淑娴 / 447
清凤生 / 447
阿近梯娜 / 448
白蕉送联 / 448
《三千金》 / 449
妖言 / 449
坐黄包车怄气 / 450
麟社彩排 / 450
肇第精书法 / 451
陆申鲍赠白糖 / 451
四月江南 / 452
眼神 / 452
扎台型 / 453
买对联 / 453
华北赈灾义务戏 / 454
粽子价昂 / 454
理发业涨价 / 455
冤家 / 455
永安七楼之咖啡室
　/ 455

徐欣木赠贺诗 / 456
唐世昌夫人谢世 / 456
每日坐黄包车 / 457
予饰黄天霸 / 457
义演赈灾 / 458
伊文泰仲夏夜 / 458
《连环套》响排 / 459
吃点心 / 459
女说书 / 459
"亮镖" / 460
孙老乙 / 460
跳加官 / 461
北来坤角 / 461
翼华票戏 / 461
张善琨将登台 / 462
包小蝶赠鞋 / 462
张善琨预备上演 / 463
柯灵接编《万象》
　/ 463
四女画家义展 / 464
孙兰亭串演中军 / 464
老凤骂高吹万 / 465
"十二美人" / 465
《申报》康君 / 466
薛冰飞 / 466
暑中杂句 / 466
沧洲饭店 / 467
吉林老七 / 467
屠门 / 468

"臭肉" / 468
王小莺 / 469
道士髻 / 469
谢豹书 / 470
为五报治文 / 470
灯火管制 / 470
何来感慨! / 471
陈素英进场 / 471
吃饭 / 472
再议卖饭 / 473
作贾人言 / 473
作贾人言 / 474
访陈守棠君 / 474
中秋 / 475
鸳鸯蝴蝶派文人 / 475
霉月饼 / 475
女书场中 / 476
嘉定话 / 476
五伦 / 477
打耳光 / 477
山芋 / 478
一梦 / 478
杨宝森重来 / 478
灰报纸 / 479
送书癖 / 479
《浮生六记》 / 480
李多奎 / 480
全本《伍子胥》 / 481
斯文败类 / 481

维也纳夜坐 / 482
《浮生六记》/ 482
报柳絮兄 / 482
狄平子身后琐闻 / 483
话剧的时间问题 / 483
宜惩轻薄 / 484
油诗 / 484
俞逸芬无嗜好 / 485
报横云阁主 / 485
平襟亚五十寿辰 / 486

待人一首 / 486
鬓丝 / 486
为江风题画 / 487
《路遥知马力》/ 487
交情？/ 488
请谅信芳 / 488
魁不出 / 489
老正兴馆 / 489
闻海生文定 / 489
白头宫女 / 490

折腰 / 490
京海派交流 / 491
礼貌 / 491
念旧 / 492
"腰子" / 492
碧云轩夜读记 / 493
梅龙镇 / 493
君秋筵上 / 494
耶诞之夜 / 494
征求 / 494

一部连续几十年的私人观察史（《唐大郎文集》代跋）/ 496

某甲随笔(1936.6—1937.3)

吾　家

往者,章行严先生治文,有涉及太炎先生者,辄称吾家太炎,又以二公交谊之笃,人遂疑太炎与行严,为兄弟行矣。其实太炎,籍余姚,而行严为湘之长沙人,固风马牛不相及也。

为文者每以同宗人称吾家,唐大郎称唐棣华吾家棣华,卢溢芳称卢文英为吾家文英,又曰吾家老七,亦别具风格矣。

行云神女中,有以良玉名,厥器特小,客虽昂斧而进,有鸿蒙难辟之苦。一夕,以旅舍役人之介,为某客荐枕席,次日客起程返杭州,濒行,与女订后会之约。越一月,女重至逆旅,问役人:曩时一客,亦曾再来沪上否? 一役知之笑曰:"客未知也,特有书来,谓:'胯下郎当之物忽无端摧折矣。'"乃知往昔之夕,客之缠绵苦趣,已尽宣于彼役人耳中焉。

愚尝捧白玉霜,事实也。然亦有人谓愚作白玉霜秘书者,愚则谓江亢虎先生有诗曰:"谁费番蚨三十饼,多情代聘秘书娘。"亦可以此解嘲矣。

(《世界晨报》1936年6月18日,署名:某甲)

剽　窃

或谓"一身臭汗浑身痒,推醒姬人捉臭虫",此乃剽窃旧诗"梦中得句浑忘却,推醒姬人代记诗"者,愚以为便算剽窃,亦无不可。

细读杨云史《江山万里楼》诗,可取者实罕,不知如何,杨当时诗名之盛，乃如此邪？

佩之受读时，有师史仲瑾先生，是亡友也。史先生嘉兴人，为沈曾植之甥，书法极高，死于消渴之症，平时念佛戒杀生，然佛力亦勿足佑彼人，终难永寿，良可慨也。

徐宅堂会时，梅英亦来观剧，此儿自去江七之门，依然俯身俎上，入内见灵犀，灵犀固识九，大讶，乃知其亦居人安里，或迁来犹不久也。

（《世界晨报》1936年6月22日，署名：某甲）

别 白 下

别白下十余年矣。偶以小事，重止都门。在快车上，相顾无相识者，不发一言，闷坐八小时。对座为一女子，不许我开窗，又苦于热，惟遇唱河南坠子之刘月霞，座亦傍焉，此君颇秀丽，眼角间尤艳亮富春情，美人也。不图遭于此。惜亦无人与之作谈，不然一路上听河南土话，正可以解旅人之岑寂。刘在和平门下车，大约不久以后，行见此人出现于夫子庙前矣。

在京遇浩浩神相，知其为人论相无暇晷，问他所遇如何？则谓我想上海到南京来，要看几个奇相，或者独垂只眼，论英雄于不遇之时，孰意连日所见，都是豆芽相，与上海所见者，正亦错不了多少也。

（《世界晨报》1936年6月23日，署名：某甲）

梅 博 士

某君见梅博士者问曰："梅博士，你怎么已经回来啦！那末快！"博士曰："嘿，我们现在不讲究走，讲究飞，这一次我又飞回来的。"其人又问曰："那末金少山金老板呢？他怎么不及赶到？"博士又笑曰："他同我们两样，他胆子小，不敢飞。他说，他还要活命哩，唱戏不要紧，飞他受不了。"由此可见少山脾气之特别。少山在沪之成名，张啸林先生扶掖之功不可没，而啸林之寿，少山竟不及赶回，使有若干戏，因缺一少山而精华尽是失者,意少山此举,诚抱无涯之憾矣。

近世女子之作诗者,往往不可得佳构。自命才子之流,渴望得一女人,解得吟哦者,未始非一生韵事,所谓"笑道如卿堪入画,不知似妾可能诗",诚不脱才人口吻也。

(《世界晨报》1936年6月27日,署名:某甲)

书宗钱南园

在友人家,数见太炎先生书联,其上款只有名字两个字,下署章炳麟,友人因为愚言:"不论何人,请太炎先生作字,总是如此。"此老之古怪脾气,亦由此可见矣。

在杨令茀女士之画展中,愚独赏心者,为宣统皇后像,着色之丽,为任何月份牌所不及,标价三百金,太巨了。三块钱,拼命夺之矣。杨女士之画,愚蠢不可辨媸妍,惟如张季直、樊云门诸公之题诗,则无不流丽可诵,尤其出之樊翁手笔者。曾记有一堂幅,为柳如是作男装,秉烛访钱蒙叟于绛云楼之图,画笔如何工巧,不得而知,第题诗之美,读之诗人齿颊留芬,真爱之不忍释也。

夏令至矣,读者有痂癖者,不免以便面相属,愚于书法,绝未用过工夫,然阿好者辄谓愚得力于南园,故有人问愚,书宗哪一体?辄腆颜自承曰:"钱南园也。"

信芳为人颇谦谨,故其书,亦往往极拘束者。梨园诸友中,信芳书法,高出侪辈。聪明人无所不精,若信芳尤使人可爱耳。

(《世界晨报》1936年6月28日,署名:某甲)

马君武近作

褚民谊以乐天居士自称,聊以解嘲,或谓老汪不在台上,褚先生虽欲再跻于显要之林,势不可能,即勿乐天,亦勿可得也。

马君武先生能诗。以下四章,有人谓为马氏近作,尽可诵也:

飞来尺素说相思,幅短情长想见之。怀抱温馨谁识得,看星中夜立多时!

　　手挥白羽思筹策,心属青云怯往还。底事樽前留笑语,竟传芳踪下仙山。

　　昨夜瑶台隐绛衣,拼将浅梦索深微。兰因欲证何由证,广坐生憎玉屑霏。

　　衣似飘云脸似霞,十年回首九同车。惟将默默酬君意,持护灵池万古花。

(《世界晨报》1936年6月29日,署名:某甲)

近人诗三百首

　　红蕚记好风社集近人诗三百首,而拙作亦取其一,天下人无不好谀者,闻之雀跃不胜!此集为红蕚公子所有,而愚则未见,亦不审纂集者何人也?愚不多读书,而朋友则以愚有作诗天才相许,偶然吟诵,自饶风姿,若好风社,所载一绝,十余年前之旧作也。当时亦以为好,其句曰:"踏青队里学牵衣,十日相思事渐非。旧箧翻开余涕泪,山茶憔悴美人肥。"论诗第一句软,第二句则特佳,然随口吟来,结句弥多光采,意境亦高。生平所作诗,出不生有一二句好诗者,若全篇佳章,不数数遘,好风所采,殊未辱也。顾愚尤有乐者,愚乃何幸,所作得与实甫云门诸公并列,亦不知曾与石遗、秋岳诸翁同刊否。然则真当受不起矣。

　　袁美云女士,良伯师之寄女也,昔为朋友,今则师兄妹矣。然愚见美云,想叫一声妹妹,又怕听者肉麻,叫袁小姐,则又不免见外矣。

(《世界晨报》1936年6月30日,署名:某甲)

不爱读理论文章

　　平生不爱读理论文章,因自家未有学问也,故私意以为不论作诗作文章,要不从性灵上、情感上迸发出来者,必作不出好东西来。山华舅氏常言:惟大贤人大奸雄都作得好文章,作得好诗,最怕平庸人,落笔亦一定平庸者,真不磨之论也。

客有在午节前离沪他往者,堂子里有几笔局账都来不及开销,及于节后追付之,有人闻而笑曰,此种客人,堂子里自不讨厌,惟本节再叫堂差,自然肯来,下节再叫恐不能应召即至。询其故,则曰生意浪等局账付来,预备年夜开销,万一客再离沪他往,过年再付,生意浪不能照此笔钱牌头,亦自枉然。言者亦"幽默"之"中师"哉!

尤半翁书来,有句曰:"吾兄既负第一枝笔之誉,注意者必多。"半翁欢喜口头上挖苦,此话明明挖苦,然愚读之,恒引为快乐,年纪越大,面皮越老,一陷至此,任矜翁不能有此改造高手也。

(《世界晨报》1936年7月5日,署名:某甲)

《仲夏夜之梦》

愚与钱芥尘先生,有一样脾气相同,即不甚爱看外国影片。钱先生之意,谓听不懂对白,何必去枯坐在里面,人家笑,我不知为何好笑,岂不无聊?故钱先生往往舍西洋片勿看,而看中国片也。愚最同此旨,默片时代,愚亦叨在影迷之列,自声片兴,足迹久不涉银剧之场矣。而昨夜乃看《仲夏夜之梦》,《仲夏夜之梦》在国泰时售价达三元,今在大光明,大光明以第一轮戏院而不屑纡尊降贵,而映第二轮,则《仲夏夜之梦》之名贵可知矣。于是去看,看后大悔,片子之糟,卖二角犹嫌其贵,何况一元,又何况三元?上当上当,上外国人当,更觉上得不窝心也。

(《世界晨报》1936年7月7日,署名:某甲)

发誓要唱戏

在此半年以内,发誓要唱一出戏,即日起,早兴,吊嗓子。愚欲唱不能,衷气不足也。走板眼,想来总然容易,故第一步先把喉咙唱好,喉咙好了,什么都容易办,小丁为我作琴师,王绍基亦一定肯为我作义务跟包也。

应时归来矣,闻在外颇得意,面孔也胖了,想见心广也。老朋友发起为其洗尘,集五六人,如灵犀、之方、阿浪、大郎诸子,此宴也,皆庆吾友之得意归来者也。

唐纳若是我,不要蓝苹了,女人,希什么奇?去了再来一个,痛快得多,真真相爱,不会有此一跑。天下人把情感看得太认真,唐纳有此覆水之收,直令智者所讪笑。徐来出亡,黎先生以老而失伴,因多伤感,犹为情理所许。唐纳青春,岂不能再放一点噱头,觅一个女人,以傲傲蓝苹乎?而欲自杀,笑歪了阿拉个嘴巴矣。

蓝苹为参加爱国运动而出走,题目真好听,此种面门攀谈,只许为血气方刚人所向往,鄙人涉世稍深,听之,只有好笑,没有感动。

(《世界晨报》1936年7月8日,署名:某甲)

陈公博得意之笔

陈公博生平有得意之笔,在其诗中用"闺人"二字。陈有诗集流行于世,谑者为之从头数起,谓集中"闺人"二字,凡二十余见,岂亦所谓伉俪情深者欤?

天热,写字真成苦事,属稿之役,当以天明时为最宜,然太阳东升时,必须入寝,寝则流汗不能附席,因任性与天背。当赤日当天时,愚乃挥汗执笔,有时汗涔涔淋纸上,与墨和,墨色为污,亦任之,事竟,就盆水沐,亦颇爽快。因知做事须有毅力,越怕热,则越不想做,譬如冬日晨兴,觉室中空气奇冷,不欲离温暖之衾,其实当推衾而起,虽其初不免瑟缩生寒,少定,亦不觉甚冷矣。

庭中,二房东为置凉棚,一夏天可免烈日熏蒸矣。然有凉棚,空气阻,颇嫌闷塞,因此念故乡庭院中,高梧翠竹,入夜风来,纳凉于此,为乐最永。苟携一小女人同坐其间,李慈铭所谓"流萤一点池塘影,来照阶前笑语人",真人生之清福也矣。

(《世界晨报》1936年7月14日,署名:某甲)

爱　　液

或谓唐槐秋先生,有时极似黎锦晖先生,醺醺然若有酒意,其实益三先生,亦正如此,其为风趣则一也。

尝在北平中央公园见朱琴心穿一淡湖色之长袍,御青莲色之履,当时以为此乃男人而做生意者,然同行者指之告愚曰:"此琴心也。"从此对于唱花旦的人,留一极恶劣之印象,至今亦不可磨灭。

之方谈花旦不能叫男人唱,故吾人乃极盼坤角花衫人才之产生,此言自有道理。

莎士比亚作《仲夏夜之梦》中,有一种爱液,当其人熟睡时,取其液,搽之眼上,俟其人醒后,即深爱其首先遇见之动物,然此特寓言,世上固无此汁也。果有此液,则我人之逐逐情场者,正不必苦费心机,以求女人之爱我,亦有此液而已矣。世既不可求爱液,而其效力与爱液略似者,尚有之,惜亦不易求,厥物维何?特多量之钞票耳。

(《世界晨报》1936年7月15日,署名:某甲)

信　芳　近　影

信芳以近影四帧贻愚,一为便装照,一《四进士》,一《斩经堂》,一则《青风亭》也。戏装三张,一张有一张情调,而面部之姿态亦异。昔见马连良在四十八我摄四十八影,为四十八张不同剧照,而面上之表情,合四十八而绝无两样,永远似笑非笑、似哭非哭之一只面孔,此马之所以为狗矢不及也。

悼亡之作,以元稹遣悲怀三律,为古来绝唱。愚以为"同穴窅冥何所望,他生缘会更难期",尤刻骨可哀。其他如"昔日戏言身后事,今朝都到眼前来",亦有深致。惟如"诚知此恨人人有,贫贱夫妻百事哀",则与事理若不附者,天下未必都是老婆死在丈夫之前者,"此恨人人有"一语,固云何哉?《随园诗话》有悼亡诗,以"无多奠酒谙卿量,未就埋香谅我贫"，亦可传之作也。

（《世界晨报》1936年7月16日，署名：某甲）

赠 长 联

天厂与梯维，合送长联与信芳，悬之黄金台前，忆其词曰：
　　是绝世慧心人玉振金声不蹈袭余三胜谭叫天白科独标新派
　　记前朝亡国恨黍离麦秀合招邀吴平西洪经略魂魄一听悲歌
想又是梯维之笔，而为天厂之书矣。

在剧场中遘小双姝老九，鬓间缀一白花，为艳服，以座位傍愚近。愚乃擦一擦眼睛，振一振精神，细细把这一个所谓北里美人，相了又相，实在觉得没有一点可取的地方，特觉其浑身都标着吃堂子饭的招牌。其来时，一大轴已尾声，然行时，压轴戏又不过唱十分之六也。

（《世界晨报》1936年7月19日，署名：某甲）

《四 进 士》

　　酒后，小丁为愚司胡索，唱《四进士》全出，之方在旁，谓有一句两句，神似信芳，唐瑜老弟，则走避楼上，掩其双耳。吾弟为厉慧良迷，与之言戏剧，荒唐之谈，较愚更甚，其掩耳不欲闻吾妙奏，亦荒唐之表示，不足怪也。

　　丁慕老为三十年老听戏，从余三胜、谭鑫培听起，一直到现在，故其论剧，乃酷讲规矩，其于信芳，第崇拜其做工而已，顾非全才，其唱之未美满，要亦不在嗓音之沙。嗓音之沙，天赋也，无足怪，特奇诡之腔多，听之乃不足悦耳，使并此改善之，则古今梨园人才如信芳者要不得第二人矣。

　　麒派不好学，以百岁之聪明，相去犹远，然已有谓为麒派传人矣。之方谓：苟信芳一旦溘然而逝，则亦孑孑长往，后起无人，此调亦终成绝响。故麒派在舞台上之成绩，可以断定为不仅空前，亦成绝后矣。

《四进士》中，万氏于深夜燃火出场，小杨月楼露出雪白皮肤，戴猩红肚兜，众以为不伦不类，其实此彩旦戏，稍为荒唐，尚不妨事，杨固无足取，然此亦不足责。愚以为夜静更深，夫妻间事，本可随便一些，哪怕万氏脱去了半只裤脚管跑出来，叫宋士杰进去睡觉，亦没有什么，肚兜似犹蕴藉者耳。

（《世界晨报》1936年7月21日，署名：某甲）

《洪承畴》

愚记丁先生从余三胜、谭鑫培看起，丁先生亟以电话属改正，谓谭鑫培固听之多矣，惟余三胜则不及见，余死已五六十年，何以得见？不可不为纠正也。

《洪承畴》非信芳名构，而南京《新民报》则盛誉之，怪矣。此剧即五六年前之《满清三百年》，愚一度寓目，当时即不以为好，惟改名《洪承畴》后，或者已增加精彩，不图其依然故我也。"夫妻上吊"与"大玉儿劝降"二场，无戏可做，则全剧已一无足观。信芳新剧，除《明末遗恨》外，其他皆不满人意，《博浪椎》《洪承畴》之题材，尚且如此，宜韩信尤不值一顾矣。海上麒迷，以热忱盼信芳唱旧剧，亦可见真赏之自在人间也。

（《世界晨报》1936年7月23日，署名：某甲）

灵犀挨搜

灵犀兄在北站挨搜，已见其自白矣。愚貌清癯，或以色欲过甚，往往现青黄色，望之如一瘾者也。故每次赴站，每次终烦警察按摩，生性又怕肉痒，五爪之来，不管腰间胳下，肉为之奇痒，辄惊跳，既又为之哈哈作笑，路人不知，或竟讶愚乃到处风骚也。

若干年前，某律师自苏州来，出北站，一警察搜其身，出烟泡两个，将执之，某更摸索身边，出五元纸币一张，授与警察，始释去。而律师殊不行,匿于人丛中,见警士之领,大呼强盗,二人乃并入局中。讯时,律师侃侃述被搜经过,警察以一无所获,乃攫我囊中之钞票,我钞票为××银行,共若干张,今为其攫去一矣,言已,出身上之钞票,更检警察囊中,果得一纸,遂璧律师,治警察以罪,此亦足为受贿者之戒,然某律师心计毒矣。

(《世界晨报》1936年8月9日,署名:某甲)

毛　铁

子佩兄人称毛铁,凤蔚先生语之曰:姓得这样软,办的报又这么硬!愚亦笑曰:子佩兄真乐人,终其身于软硬之间矣。

愚狂放不检,而友好类能曲谅,凤蔚先生,且谓愚不克纵酒,实为缺憾!自知此身与酒无缘矣,沾唇辄醉,因腹泻,吃功德水一瓶,颐项皆赪,以此中有白兰地也。又喝劳山汽水,亦能醉,然闻之人言:醉为乐事,此生乃未得一烂醉如泥之乐境。丁先生既为愚备酒浸杨梅矣,吞两个下肚,意或大醉,未可知也。

闻吾友陈嘉震病剧,心实念之,嘉震太可怜,世情又看不透,屡屡堕爱情之网,今世女人,可以言爱者乎?果可以言爱,则吾人犹独可期登寿域,实不可言爱耳。可以言爱者,我今语汝,二十元三十元一夕之欢,是即真正之爱矣。写情书,请看戏,送衣料,傻瓜之事,我不为也。

(《世界晨报》1936年8月10日,署名:某甲)

新　春　诗

新春,曾信手写一诗,怪极矣。其词曰:"新春第一祷无忧,吃是珍馐着是绸。欢舞曾联王小妹,狂嫖想娶富春楼。官司尽打签占吉,奖券常开彩是头。乐得吾家唐艺说,阿耶不复慕封侯。"

"自知此后都无力,拟托朱颜谢管弦。又见歌尘掀十丈,十分憔悴进中年。"此赠歌者诗,倘亦所谓风人之遗,得温柔敦厚之旨者欤?

香奁断句,愚以为刻骨情深者,"人间何处无灯火?不是伊人相对时!"两句,顾至今出伊谁手笔也。

浣溪一门,最盛时代,在小米汤老七未嫁之前,红弟与宝宝初露头角之际也。愚有句云:"莲花如雨过江南,露温香凝酒味甘。忍笑浣纱溪畔路,红儿温雅宝儿憨!"此诗为倡才所爱好,及至今日,光景久易矣。

"森然去尽蔼然来,犹忆相逢第一回。未必诚衷能鉴得,灯前无语进春醅!"此为一友人诗,偶写示与愚,造境之幽远极矣。

(《世界晨报》1936年8月14日,署名:某甲)

赵悲盦书法

酷爱赵悲盦书法,往年,至有正书局睹此老一联,其语曰:"老我此来百神仰,从公已觉十年迟。"不仅擘划之胜,即联语亦耐人寻味,良可爱也。

本报有国难诗话之辑,似忆马君武有诗云:"赵四风流朱五狂,翩翩胡蝶正当行。温柔乡是英雄塚,一夜东师入沈阳!"非国难诗话而可以入国难诗话者也。总之,以补惺公搜罗之不足。

一月来报纸上,嘉兴忽为万人称道之地方,不特上海各报,勿绝于书,即南京报纸,亦有谈秀水胜迹者,以人言,则近时出风头者,为浩浩神相,以地言,惟推嘉兴矣。

(《世界晨报》1936年8月17日,署名:某甲)

哭陈嘉震先生

陈嘉震先生,既以呕血而死,畀尸于上海殡仪馆,后一日下午二时,愚与尘无、万秋、灵犀四人往吊。既至,馆中人询吾曰:是吊哪一家来者?告以死者姓陈,则曰:有之,是陈嘉震否?曰:是。则谓请至招待室。吾等异甚,以为展奠必至灵前,入招待室又何为?馆中人乃徐徐告曰：嘉震自医院送来，即有友人陆续来视，顾无一人，为之料理丧事者，顷有林先生打电话来，谓明日上午十一时设奠，友人之来者，请于届时相集于此。死者以病肺而逝，来此已为施手术、消毒之后，益以防腐，今停尸于技士室中。吾等因要求一视遗容，馆中人为前导入一室，室小，而门多曲折，电炬既明，一室焕然，则有屏陈焉。屏启，赫然一尸，横陈榻上，覆以青布，布启，嘉震面目现矣。两颐尽削，发既枯，故修黑垂肩，面上略施粉，转不如生前之苍黑，而瘦小已不辨为嘉震之遗容。馆中人言：身上所余者，皮骨而已，血肉俱杳，可知其病之深沉也。愚闻言，气陡上噎，不知作何语，遂相偕出。馆中人又言：嘉震无家人，既死，为状乃大惨，然彼为新闻记者，吾馆中与新闻界人稔也。不敢菲薄于彼，所愿者，嘉震朋友多，能醵资为之治丧葬，则吾馆中，亦必尽力为助，使大殓较丰也。吾等称谢将去，复央馆中人曰：善视死者，殡仪馆不薄新闻界人，新闻界人亦必图所以报答于殡仪馆耳。车中，四人俱发浩叹，念嘉震可怜人，其结局如此，又岂其生前得料，一片痴心，所得之代价如此，嘉震诚可怜无告人也！

（《世界晨报》1936年8月19日，署名：某甲）

芳君之自来墨水笔

芳君之自来墨水笔被窃，窃贼为巡捕所获，乃并芳君而同入捕房，窃贼二人，一名唐大郎，一名黄小郎，唐大郎三字，在文艺界有其人，而亦芳君之友也。窃贼之名，是否为唐大郎，不过出之于芳君笔下，尚未可证实。然唐大郎既为芳君之友，纵然窃贼之名，适同此三字，亦宜隐而勿宣，是方尽朋友之谊，即芳君欲掉其生花之笔，使其文因此三字而添异彩，亦当以玩笑出之，而对此名字相同，不胜其曾参杀人之憾，才是朋友。顾芳君则极尽酷辣能事，第曰："窃贼之名，一唐姓大郎一……"迹其"心眼"，大有存心叫唐某担当窃贼之名，是不第有伤友道，亦觉芳君先生，其阴险诚不可及。同是文人，相煎何亟？今日之世，本是抢饭吃，然谁又能保此饭可以吃一生一世？芳君固穷，大郎亦奇窘，正宜互为谅解,而留此痕迹,无异芳君之与大郎,芥蒂深矣。浩浩神相,排难解纷,近顷芳君以徐善宏君一书,有泣血锥心之痛,乃请浩浩神相,为两方解和。大郎近来,亦锋芒尽敛,不欲与芳君饶舌,或将被创而诉于浩浩之前,浩浩与两方俱交好,必能以一言释之也。

(《世界晨报》1936年8月21日,署名:某甲)

王唯我返吴门

唯我又返吴门,临行,特来作别,相隔不过二十一小时,而其书已至,谓抵家以后,已剃和尚头,预备闭门韬晦矣。好得快,坏得亦速,是此君绝技,书中又谓购名香数匣,明日起将焚香读书,暇时当将安居读书之影,摄就奉上,请刊报端,使不让琦仲一人专美于前也。唯我之立志诚可嘉,然海上友人,定将作"可操左券"之预测曰:"二三日后,此君又一手捧麻将牌,一手挟单条立轴,到上海来,开房间,进回力球场,明日之早,又絮絮为熟人借车钱回苏州矣。"唯我者,绝世聪明人也。愿勿中朋友预言,即此就家庭之范,绝迹上海,修心五载,读礼三年,然后再出而问世,其所得必广,放下屠刀,立地成佛,非不可为也,要在持志之坚耳。若谓感化三月,以唯我自隳之深,必不足,报纸为文,亦宜罢手,愚纵事繁,亦不愿烦一修心养志之王先生再浪费笔墨也。做人总要有点人味道,一无人味道,则亦使朋友灰心,小王先生勉乎哉!小王先生勉乎哉!

(《世界晨报》1936年8月22日,署名:某甲)

朱惺公征诗钟

惺公先生,近来忽发雅兴,征集诗钟,乃有琳琅满目之美,北里有伎人曰:雪艳,欲以嵌字格作一联,久久不能就,就亦不可工也。读者其能遂以妙思,贶我偶言,将泥首谢之也。

《世晨》主人,属司本刊纂务,汪北平先生更促成其事。愚与主人勿时相晤,而于北老,则踪迹甚繁,故纂费之来,恒从北老转交者,因用惺公题东北二字作句云:"东翁劝我编晨报,北老为予送俸银。"以奉惺公,得勿笑其又是"身边"文学邪?

(《世界晨报》1936年8月25日,署名:某甲)

黄秋岳一绝

记黄秋岳先生有西山旧作一绝云:竹间疏籁鸣金珮,萝外诸天度磬音。愿乞蒲团收十念,清池鉴取百年心。

某闻人有四子,长者不过及冠,幼者才六七龄耳,然友朋酬酢,常及四子,四子联袂列席,主人以其父为闻人,亦敬四子。席上有朋友,辄为介绍此四子曰:此某某先生也。以四子之名,其下胥加以先生二字,在介绍者不觉碍口,在听者不免刺耳,而揣念四子本人,亦不免以小小年纪,为人称作先生,亦有说不出的难过,必怨其父乃为闻人,不然而苟为一国之君,则无疑为太子,为储君矣。

(《世界晨报》1936年8月27日,署名:某甲)

征雪艳联

愚征雪艳联,已有輂先生报我矣。其句亦佳,以赠之普通伎流,原为上选。顾彼雪艳者,亭亭秀发,婉亮而气度悠然,不以貌胜,而眉宇间自呈俊爽之美,故联之难工,亦缘在此,愚意将二字分咏,不必着重于色,从意境中,能写出美人胎子,必有胜造矣。又王雪艳女士,舞台上之隽人也,其形态举止,数数于报上言之,读吾报者,亦能以分咏之格,以咏斯人乎?苟有称心之作,皇后请客,必不敢辞,至雪艳娘樽前一曲,待诸秋节而后,亦所勿吝,今则其人在退隐中耳。

尝疑豆腐本领,亦天之所赋也。在昔沉湎于女人声色时,情妇为大贾所夺,我似尝"失恋悲哀"矣,乃作示内诗,有句云:"他年待我黄金赎,携手堂前拜月华。"内子小子月华,故又有句云:"月华流照知何处?

人语风传不可闻。"当时在家庭以为此何等严重事,而愚则一律以豆腐付之。为人在世,无论贫富,豆腐工夫一定要有,脱不解此,必短寿,否则以愚之尪弱,早死无疑,幸而能此,行见寿登耄耋矣。

(《世界晨报》1936年8月29日,署名:某甲)

蛰簃翁惠书

予征雪艳偶语,颦先生既贶我一联矣,昨又得蛰簃翁惠书,得句云:
　　雪肤花貌妖娆态
　　艳曲莺声宛转歌
又曰:
　　雪肤应赋凝脂句
　　艳态惟凭美目传
予尝谓,状雪艳之美,最好不着重于色,从诗之造境中托之。昨夜不成眠,枕上乃作二联,较为惬意,录之以呈惺公,得勿掀髯一笑曰:此儿乃终脱不了野狐禅也?
　　雪飞鬓上休伤老
　　艳在眉尖不解愁
("解"本作"驻"字,起后始改)
　　雪浪山人输婉亮
　　艳阳天气共清妍
(雪浪山人,王洁女士之别号也)

(《世界晨报》1936年8月30日,署名:某甲)

唯我之稿

比来,友人之寄我稿件者日多,若小舟先生之清词妙语,尤堪讽读,唯我息养家园,不能忘情于笔墨,日以文稿见惠,以朋友之交谊言,自为可感,第既称息养,正宜宅心于不思不虑,渺渺之乡,非特是非得失,不必关怀,即一字一语,亦不可入虑,斯方收养息之效,今读其文,则又与评剧家张君,因文字而起争讼,窃以为不必如此也。若吾人以此为生,临在阵上,则巨寇之来抵死御之,然不于养息中人也,唯我与张君各持一理,幸两方之态度俱好,不以此作申申之詈,俱是可人。有一事足以为唯我证明者,则每日花二三角钱,买报来看,却是常事,即忘形如与《世晨》之交,《世晨》亦不送王君看报,此或为张君所误会,然事亦甚微耳。

唯我之稿,其题有"莫犯狂"三字,此为北方方言,其意说话不要动火也。唯我于文字间,常引各地方言,其抵我书中,奇趣特多,如言曰:好像我替你写稿,没有劲,咱们一帮朋友都"卸台型",这黄毛孺子,他算老几?

所谓黄社寄黄莲芳一书,读之喷饭以后,叫人狂呕。愚不识黄社同人耳,果识之,必语之曰:黄莲芳者,易方朔之下堂妾,来自白山黑水间,其足常腐,去履更去袜,则如入鲍鱼之肆,不可向迩。意黄社同人闻此,必且掩鼻而不敢肉麻矣。

(《世界晨报》1936年8月31日,署名:某甲)

故 乡 事

友人有戚自故乡来,为其夫人絮絮述故乡事,友在楼上闻之,拾其语气,缀一诗曰:

闭门独坐泪涟洏,不是悲伤竟是痴。戚里家家偿素愿,琐窗苦苦忆前时。既然设下诸尘劫,何必加之善虑思。我不能诗惟有哭,泪枯声竭是归期。

今日读之,乃觉此真素描好手也。若以诗之意境而论,则下一首尤为妙造,非庸手可办矣。

到此时日,辄念韩致尧《已凉》二绝之美,吾人之所讽诵于口头者,为后一绝云:

碧栏干外绣帘垂,猩色屏风画折枝。八尺龙须方锦褥,已凉天气未寒时。

而不知前一绝亦可诵也,记其句曰:

愁多忽讶天凉早,思倦翻嫌夜漏迟。何处山川孤馆里,向灯湾尽一双眉!

(《世界晨报》1936年9月1日,署名:某甲)

养 猫

转陶既以嗜蓄狸奴,而横财频发,因此笑话亦多。一日,其家有一猫,捕一小鼠,方欲大嚼,为转陶见之,亟攫小鼠,连呼曰:阿呀!阿咪,这样肮脏的东西,如何也是你吃的!邻家某夫人闻之,大笑,返语于人,以为猫而不食鼠,则将何食?其实转陶之不使其猫捕鼠,亦自有道理,转陶所食鱼鲜,皆与其猫同食,有时使猫食竟而自食,盖转陶之溺爱于猫,如视其子,故不以其猫为浊矣。

又尝疑徐来之至今不能多钱,缘其畏猫也,徐来女士之畏猫,犹如吾人之畏虎。昔年,同餐于丁先生家,一猫闯至,徐来惊而娇鸣,亟投身入黎先生怀中,犹记黎先生作风趣之口吻曰,别说猫来吓你,我得护你,即威武有甚于猫者,而来侮汝,则有我在,汝亦何惧?嗟夫!历时二载,徐来已不在黎先生怀抱中矣。不审尚畏猫如昔否?

一日吾家亦来一猫,此猫本吾家所豢,以身上多蚤虱,逐之去,不久又至,愤极,必驱之而后已,今不复至。而愚比来博局,往往全军淹覆,想为猫之报复于我矣。

(《世界晨报》1936年9月3日,署名:某甲)

卢溢芳记错新闻

卢溢芳兄,于报间记新闻一则,而有人以其新闻不甚实在,遂亦于他报为之辩正。芳兄乃颇发牢骚,指代其辩正者,为挑眼,为吹毛,为刁钻古怪,三句叫头,腔圆字正,又引用老笑话一段,则回马枪也,汹汹之

17

状,可以想见。平心论之,固无怪芳君之大动肝肠,记错新闻,原是"情理之常",读者看出其错来,心中本自明白,看不出错来,则亦让他当其为真,固不烦若干之饶舌也。若夫记载错误,必欲辩正,则在花钱买报看者之来函,犹可说,若同为吃这碗饭的人,便不容如此,其罪小而言之,为存心挑眼,为有意吹毛;若大而言之,则有掘人家饭碗之嫌,岂特刁钻古怪,抑亦阴险性成。惟再平心论之,再愚可请于芳兄者,请芳兄将功抵罪,而免予追究此斤斤申辩之人,何故?盖幸有此一段辩正,乃使芳兄又得乘此良机,引用一节《笑林广记》,借省自己心力,而博读者之"喁噱"焉。芳兄以为何如?

香客作《故燕飞来》一稿,谓听信芳唱《武家坡》而拈此四字为题者。刊出后,丁悚先生打电话与愚,谓香客误矣,《武家坡》中之为"孤雁"飞来,非"故燕"也。此盖香客之笔误,而丁先生爱护同业之热忱,与夫关心故人之切,令人钦感,志之,用代香客为丁先生谢也。

(《世界晨报》1936年9月5日,署名:某甲)

逊 清 庠 生

灵犀兄告愚,谓一夜与芳君谈,偶及《社会日报》捧麒之盛,然信芳见灵犀,犹未相识也。在灵犀以为奇事,而芳君则在报间讥讽之,一次不足,更来二次。灵犀因谓我又非大东茶室之水果女郎,乃烦芳君于笔墨间,屡屡齿及哉!

冷雨草舍主人宴客,其请柬特写一句曰:"特约逊清庠生余姚夏老先生制肴。"见者笑曰:以"逊清庠生",而委以庖厨之役,冷雨草舍主人,毕竟革命时代人物也。

有女子好骑马,自京来沪,时驰骋于中山路上。一日,忽语愚曰:你可知道男人骑马,比女人骑马,来得适意?愚闻言瞠目不知所答,良久,告之曰:我从未骑马也。女又曰:不信汝试之耳。愚复曰:我又不是女人,即适意矣,又从何比较?既又笑曰:然,女人骑马,本来总不大舒服的!

《白玉霜画集》,已于前日发行,此为唐大郎君,呕心沥血之作,亦倾家荡产,以捧白玉霜者也。小沙渡路房屋,既已易主,出版之前又感财源枯竭,大西路地皮,又欲变卖,社友见而勿忍,环请曰:社长何必过火?不卖地皮,亦有法想,大郎挥手曰:只要吾书内容好,对得起买我书的人,任何牺牲在所勿恤,做事业家没有这一点魄力,办不了大事也。

(《世界晨报》1936年9月6日,署名:某甲)

丁氏父子谈剧

丁先生言,与小丁谈剧,父子间屡起冲突,丁先生据谭叫天而言,小丁则曰:"父生儿晚,不见叫天,父即言叫天之美,儿亦无法证明也。"居常怀疑,即叫天生于今世,论做工之胜,亦不足比美信芳,然与信芳谈,亦至折服叫天,因告我以叫天演《斩马谡》《珠帘寨》诸剧,神情之胜,非今世以谭派自称诸子,所能学步。以信芳言,我始稍稍信仰于叫天,而颇以不及一见为憾矣!

近来习歌,饶有勇气,然说起来也是叫人笑话,不解板眼,便要跟着弦子唱,幸有小丁。吾友小丁者,愚之琴师也,引吭一曲,脱半板,有时脱一板,然小丁能跟着我拉,快慢悉听尊便,歌声务与琴声相谐。他人知我习歌,辄请一试"佳喉",愚必谢曰:琴师未至,不能奏也。偶至丁家,未上楼,先呼小丁,小丁已理琴在手,鞠躬而应曰:"琴师在。"全部麒派作风,呜呼,小丁亦趣人也哉!

(《世界晨报》1936年9月7日,署名:某甲)

识 潘 子 农

"星期日,天朗气清,早起后,与二三好友,同游于西门之文庙公园,其中,有桥有亭,有水池,池中有荷叶,惟荷花已谢,若夏日来此,想有清香扑鼻矣。"学十五年前学生时代之作文法,缀此数语,以志一时鸿爪云。

以之方之介,识潘子农先生,体格甚魁伟,若舒绣文猛虎之才,正是其匹,又何以中道仳离邪?

同文中有杏仁豆腐、家常豆腐之争,其实杏仁豆腐,本是好东西,在夏日啖之,尤为应时菜。矧东西何必论好坏,只要我胃口好,吃得下,便有人骂我吃臭豆腐,我亦不致生气。

(《世界晨报》1936年9月8日,署名:某甲)

共宴市楼

一夜与诸好友共宴市楼,座中有朱凤蔚先生、周信芳先生、汪仲贤先生、曹聚仁先生、胡梯维先生、陈灵犀先生及陈蝶衣先生,尚有一人,则为《社会日报》主持捧麒健将,李醉芳先生,谈笑殊欢。愚与信芳、仲贤挨肩坐,凤蔚亟扬仲贤饰《刁刘氏》中王文之好,听潮辄称之为活王文,闻者无不大笑,因有人指信芳曰:此活鲁肃也。而梯维指愚曰:然则某君先生,是活大郎矣。一座又为轩渠!

家常豆腐与杏仁豆腐之争,已入混战状态中。灵犀业已宣誓,誓与芳君作一个永无终局之战,即大面子如浩浩先生,亦不足为两家解和矣。吃豆腐而认真,何必如此!

(《世界晨报》1936年9月9日,署名:某甲)

《锡报》精警

江苏省内地之报纸,殆无如无锡《锡报》精警可观矣。《锡报》本身之健全,微特内地报纸所绝无,即上海各报,亦无其抗手,主人吴观蠡先生,凡事无不躬亲。去年梯维游梁溪,访吴于观蠡室,归后谓愚,观蠡对其报事之谨细,为任何人所不可学。殆以浑身心血,致力于《锡报》上者,培植之劳,宜有此华美之果也,然有人亦谓观蠡办报,谨慎过分,而徒耗心力者。兰言来,为愚述一事,可见惟有小心,乃不偾事:一夜者,观蠡已上床,印刷所取大样来,其中有一节新闻,标题为《全国童子军挽留×××》,手民将"挽留"之"挽",误植"扣"字。观蠡见之,直自床上跃起,顿足曰:校对不清楚,不是要我命吗?即打电话至印刷所,问报已印否?谓印就者已三五百张,观蠡亟令停机,废其印就之报,易一铅字,始再开机焉。观此,可见观蠡之谨细,果未尝徒耗心力也。

(《世界晨报》1936年9月16日,署名:某甲)

话 不 投 机

愚于十五日返家,此行满拟挈次子来沪,商于妇,妇曰:已经害得我夫妻两下离分矣。今乃更欲离间吾母子乎?我不死,不能为汝夺我子去也。愚闻言气噎,念妇病至此,其不可理喻,一如从前,愚谅其方病耳,不作怒颜,则告之曰:这就是夫人的不是了。我想唐哲,也是我亲生的儿子,带他同到上海,亦要好好的看待于他,又不是想谋害他,又不是想贩卖他。上海的家,是我的家,也就是他老子的家,儿子到了上海,不住在老子的家中,难道叫他住在……扯直嗓子,喊了一派麒腔,自觉渐无伦次,则又哑然失笑,曰:嘿嘿……妇见愚若狂痫,则自语曰:五月不相见,又另易一格矣。愚亦自语曰,为丈夫是麒迷啊!嗟夫!与吾妻话不投机时,来这一套,实为解和良剂也。

(《世界晨报》1936年9月20日,署名:某甲)

多谢西门老画师

雪艳之影被劫,辄于报端致其愤,丁慕琴先生见之,良勿忍,劝曰:何必悲伤?为汝重致一帧耳。不三日,果又寄艳影来,狂喜之余賸以诗曰:

此劫分明事不期,非关悲哽亦成痴。殷勤为我重新觅,多谢西门老画师。

"多谢西门老画师"为倚虹遗句也。当时倚虹忽以误会,不慊于慕老,辄作小诗讽之,慕老至今谈此,犹引为憾事。愚今一片真忱,而亦殷以此句,慕老见之,其不以为忤也欤?

尤菊笙先生,海上之名票也,遘之于范恒德先生座上,言及报间有载尤先生离沪者,尤先生实未出春江一步也。盖先生近益奋进于事业,入晚,则以引吭为乐,可见谣诼之来,为绝无根据矣。

(《世界晨报》1936年9月21日,署名:某甲)

吃过银行饭

吃过银行饭七年,至今不能打算盘,然在银行时代,亦弄簿记,往往用笔算代替。自以读书人,不靠打算盘吃饭,故决意废而勿习。后作报人,第用笔,久不见算盘之面,亦忘其此物之如何构造矣。

近年来益豁达,在昔与所谓"女友"者游,事先必约之曰:在外,如遇熟人,有我在,卿必不得与之招呼。今则勿然,尝偕"美人"共餐,乍入餐肆之门,有无名男子,拦美人去路,与之立谈良久,愚则自入肆中,觅一室而坐。及美人来,亦勿问顷见为何人,欢笑一似恒时,在此,可见愚近年习于涵养,或笑曰:此"乌龟腔"也。愚亦笑曰:唯唯,君不知"能作乌龟也是福"乎?

芥老以寒云先生日记见示,则为刘少岩君所印刻,费八百金,乃精美无匹,书前一序,出自陈瀼老手笔,文中语及少岩,辄冠数格,所以尊之者多矣。寒云日记中有一节曰:某月日,俞逸芬来,佳士也。故芥老谓:逸芬不可不藏此一册。

(《世界晨报》1936年9月26日,署名:某甲)

徐善宏邀稿

善宏以长篇小说相属,稗官家言,向未能习,顾有夙愿,欲构一故事,以琴南翁译笔传之,而腕又奇弱,深虑勿克为此,我秃笔欲举而又置者,盖不知若干次矣。兹以善宏邀,会当振奋。近年报纸,小说滋多,其衍为文言体者,已不可覯,愚乃背悖时尚,非敢持异于人,亦多见其不自量力已。

文友有于盛夏入大东茶室者,饭后辄至,至夕阳西下,始言归去,在其中坐已七小时,则品茗之外,在冷气间中,伸纸握笔,理其一日文稿。画家张乐平先生笑曰:某君治事,乃租一冷气写字间,月费一元五角,闻者不解其故,旋审此君之在大东,香茶一壶以外,别无所需,茶价每日为大洋五分,一月,则为一元五角,譬如写字间之房租,其便宜得殊叫人笑话也。

(《世界晨报》1936年9月28日,署名:某甲)

八　　字

论八字者,谓人生五年行一运,前五年好运,后五年坏运,名之曰竹节运。惟东方先生,行运最奇,往往一年之中,高低不齐,二三月以万事顺通,五六月又忧思迭乘,或曰:此亦竹节运,惟其节特短。故又曰:此盖"寿星竹"节运也。

猫厂游于梁溪,持汇丰银行钞票往兑于市,皆不纳,几为受窘异乡。归而于报上志其愤懑。无锡蔡兰言君,读其报,良不安,特询诸无锡所有各银行钱庄,则称外国银行钞票,在无锡已三年不用,非以侮上海人也。兰言辄举以告猫厂。兰言,乡居人也,乡居人多闲散,乃好管闲事,此为吾辈所不可能,劳人草之,辄为向往不已矣。

(《世界晨报》1936年9月30日,署名:某甲)

周剑云新居

红氍毹上有周娘者,初以跛公力捧,居然声名藉藉,顾不久嫁人隐去,仍不及一周,又为出岫之云,由舞台而降至群芳会,又由群芳会而沦为姐上氤氲,今更不堪收入,由姐上氤氲而降为向导社社员,日趋泥淖,而人事之变迁,乃不过一二年中事耳。吁,可嗟也!

早起,与之方同访周剑云先生。周先生方卜新居,住于壁利南路,在兆丰花园之西,入邻大夏大学矣,为程极修,本闲着无事,索性为秋郊散步。及门,几惫不能兴,而周先生又外行,勿晤。立门外,拟留一条,无笔,忽有少年,接我一管,就片纸缮数字。将毕,少年来催笔,请其少缓,缮既已,返首视少年,已不见,觅之亦勿可得,乃与之方大诧,以为顷所遇者,乃为神怪戏中之仙道,不然,何以行踪飘渺,至于斯邪?深山僻壤,自多怪异,我人久处尘嚣,视沪西壁利南路之端,正如穷乡,所遇者又为此奇怪少年,因语之方,吾身有仙气,真欲作出尘之想矣。

(《世界晨报》1936年10月1日,署名:某甲)

方地山近作

尹季上律师,读愚散记,辄以方地山先生近作寄愚,其一似为游戏笔墨,录其语曰:

乖乖哄乖乖此亦人子

嫂嫂非嫂嫂我本无兄

犹有一联,则似赠一伎人者,以尹书未加解释,愚特以意测之耳。

爱月眠迟见说到天涯芳草

宝山空入怎当他临去秋波

严华自南洋归,惧船晕,在暹罗买野山椒一瓶。野山椒小如粒米,而味则极辣,入口,舌尖为之麻木,然坐船啖此,可以解晕。严华在船上凡半阅月,日啖椒不过十颗,可见此物之不易上口矣。中秋前一日,夜深,啖稀饭于慕琴先生家,乃出此椒,则严华所食余者,愚本嗜辣,三颗而止,之方甫张口,泪为之垂,而汗且透其内衣矣。

(《世界晨报》1936年10月2日,署名:某甲)

春鸿居士

中秋夜,秋雁、佩之、听潮诸兄,自昆山归,买蟹三十余只,邀群友啖于法租界一友人家,至夜深时,尚未归去。忽城北郎家中,以电话促郎归去,一次不足,又来一次。郎急急欲行,同时,春鸿居士亦似欲亟先言旋,前二人者,在友人中,最笃于夫妻之爱。当居士别其夫人时,夫人泥之曰:今夕盍饮于家中?居士尚不及答,已为群友挟之登车,乃不得不行。然居士身虽在外,早归之心,固已急切不可耐,既去,留者叹曰:今夕何夕,人月双圆,固亦人情之恒耳,不足以此而非郎与居士也。是时,忽有一人,独抗众议,扬言曰:"斋不敏,窃欲与诸君子背道而驰,中秋夜里,决计不上,要上也要挨到了十六的辰光。"以其言粗鄙,众皆回首视其人,则所谓斋不敏者,非汇中银号经理黄雨斋君,而为三年前之平生不四色斋主人唐大郎君也。

(《世界晨报》1936年10月3日,署名:某甲)

白玉霜之戏

白玉霜之戏,以荡字出名耳,梯维写得好,"梦回交腿之淫,解衣哺儿之浪",此十二个字,已为白老板艺术之最高峰矣。一年以来,白为上海之红人,亦不过在此十二个字上出风头,其余殆无可取者。白既一度北旋,顷又卷土重来,至多不过保持其从前之轰动,若谓再要红上去,恐非事实所许。譬如开店,本钱但无有此数,叫她何能发展营业,要发展营业,除非添资本,白老板要添资本,则除非先裸上身,再裸下体,否则孜孜于表情之荡,音调之浪,与其动作之骚,上海人已倒胃口,未必再因此而使人倾动。故白老板果有伟大精神,请速将一身淫肉,袒之于广众之前,而呈其不见经传之物,使台下人作刘损平视也。嗟夫!"不佞病久矣,萎缩苦衰翁",白老板果能不吝牺牲者,则徘徊欣赏,我亦奋起为之耳。

白老板有秘(平声)本,曰《武则天》,武后之所喜者为何物,白老板已心领神会矣。为白老板作长葆全誉计,则《武则天》一剧,果为白之"抽头"戏也。故于剧本之构造,敢参末议,盖剧中所不可缺少之场面,为武后踞楼头,其下为一厕器,使群臣遗泄于其中,武后则明眸斜睐,品赏于尺寸之间,将择其"有大乃容"者纳之,选既定,灯光一熄,台上为武后之床。白老板方作鸳鸯之会,其紧张之状,必较开房间花十二元有老枪阿荣之表演,优美多多矣。

(《世界晨报》1936年10月4日,署名:某甲)

水 蜜 桃

有自署为某乙者,居南通,比以书抵愚,邀愚赴通一游,某乙将尽地主之谊,而游览胜迹之余,更将同走于白山黑水间,一啖水蜜桃之风味。"水蜜桃"三字,属何义,颇勿可解,其为南通人之流行术语,然以意测之,以形象征之,则水蜜桃果是佳物也,我又乌可负主人雅意?

尝与吴子晓先生,为白玉霜女士摄影,白乳部甚丰满,子晓因令白双手后垂于背,使其前部益挺,则曲线之美,可以从纸上销魂焉。顾白示反抗,白言曰:"这样子怪难看的!"由此可知白虽以荡称,亦不能澈底者也,因作俚词,记其事曰:

  到底聪明摄影师,谁知此老(注)亦乖雌。纵教双手垂于后,未必双峰夹小池!

(注:上海称女人为×老。)

(《世界晨报》1936年10月5日,署名:某甲)

天 翁 遗 一 扇

天翁遗一扇于黄包车上,扇一面为贺天健画,另一面则章行严书,天翁宝之,一旦失去,颇可惜,遂登报寻访,果有车夫持扇来,天翁则谢以六金。黄包车夫于买小书,唱扬州调之外,居然看报,看报而居然看到天翁之广告,使天翁之扇,乃会合浦之珠,此种巧事,比之着奖券头彩,同样艰难,几使人不信。

于音乐完全门外,学唱戏而不懂胡琴,诚为笑话。近与史悠宗先生谈剧,问以西皮与二簧之别,史先生谓,此极简单,因以小学时代之唱歌谱上拍子为喻,用尽心思听他讲,结果,仍是瞠目不解。

(《世界晨报》1936年10月6日,署名:某甲)

枕 上 俚 句

昨夜在枕上作俚句,以示友人者,有言曰:

皇后不观王雪艳,黄金不看麒麟童。剩来造孽钱非广,尽付风流"动静"中。

若干时以来,愚不甚为外间酬酢,友人之相见者,辄以近况为问。其实,愚易屋以后,所得房价,悉亏蚀于《白玉霜画集》中,所余无几,辄为"山水"之游,一二月中,所耗于此中者,数亦可观。动静二字,可以指为动静出版社,亦可以形容"玩其出入之势"者,读之,乃不禁哑然也。

又成一绝曰:

大西洋本怕登楼,抱定初衷不应酬。愁听杨劳仲笑道,三媛近日更风流!

生平叫堂差,往往不欢而散,后日相遇,遂成刺戟。大西洋为是非之地,善琨先生之召,为之不往。杨劳仲,大西洋之侍者也。

(《世界晨报》1936年10月8日,署名:某甲)

某 甲 笔 名

以某甲为笔名,有一种吃亏,譬如朋友记身边事,而存心想骂鄙人,即可称某甲为贼,某甲为淫棍,而鄙人始终不能有置办余地。以某甲二字,本为每一人之代名词,愚若直承为骂我,且被骂者笑曰,谁叫你取这一个洋盘名字者? 故在相当时期,必欲将此笔名取消,读者亦然吾说者乎?

向以为向导社员,皆山梁队里人耳,及见迎宾社之沈丽琳,始知吾所见之短。沈吴门人,而长于上海,故不为吴侬软语,以习泅水术,肌肤黝黑,而转多继床之美,貌艳,一笑,尤婉丽多姿,目巨而有光彩,绝如王雪艳女士,特身材不及雪艳之高,口才便洽,正如雪艳之在台上,滔滔为妙语也。沈在迎宾为三号,愚向于女子,不予阿谀,读者苟打电话"三六七五七"招沈至者,必满意,所以证美丑之于人,未必各异其心理耳。

(《世界晨报》1936年10月9日,署名:某甲)

随 喜

蝶衣兄捧喜彩莲,作《随喜集》。"随喜"二字,为现成名词,蝶衣用之,自有信手拈来,都成妙论之妙。亡友陈嘉震兄,生前尝于《电声日报》,作《随星日记》,随星者,跟电影明星也。其意虽与《随军日记》同,然星便觉小派得厉害,何况嘉震所随,又皆为女星,更不免贻旨趣卑微之诮。或为之解说者,谓此友系老实人也,既矢忠于女明星矣,遂不惜作日记亦名之为随星,耿耿此心,人人宜加以深谅,而为电影明星,更当如何痛感此辅助中国电影发展之青年,又孰料嘉震之死,乃死于女明星之情海波澜耳!是可悲也!

(《世界晨报》1936年10月10日,署名:某甲)

向汪仲贤致歉

夏间愚与灵犀、梯维二兄,拟为信芳印一专集,当时邀海内戏剧家,各制一文,以为长编张目。汪仲贤先生,因以《麒派永垂不朽》一文赠我,非因循至此,此刊终未问世,而仲贤先生文章,则久藏箧笥,今日启出重读一过,无非体会之谈,乌可洛湮勿彰,用移于此,为读吾报者添眼福,而愚则敬为汪先生致其感愧之忱焉。

闻海上有某中学,登招生广告时,其下注明"不收女生"四字。据云此广告登出后三日,已将全校总额招足,且家长令子弟抑班转学者,亦想为家长者之深厌其子弟与女生之厮混在一起矣,其实某中学持人心计之切矣。

(《世界晨报》1936年10月11日,署名:某甲)

文 公 达

文公达先生,诗句文词,无不精工,生前任事于新闻报馆,新闻报同人,咸钦其才。文与赵叔雍先生,并为捧梅健将,文以资望之老,颇自倨傲,平时不为《快活林》写只字,惟梅兰芳来沪,则不恤为之作起居注,而欲请人捧场故,恒屈躬于新闻报同人之前。若在恒时,即有人有仰恳之者,文且竟耳若不闻,而自吸吕宋不已,或谓,名士气度,乃往往如此也。

一日,徐耻痕先生,将致挽联与其亡友,请于文,代制偶语。既允,徐语文曰:我与死者,交亦泛泛,第其讣闻既来,送两元似太贵重,送一元则又不像样,故一副挽联,比较送现洋好看多矣。文闻言,气极为之顿足,嗣语曰:以后决不再为人做对子,难道说我的对子都不值两块钱吗?

有高小姐者,传为复旦学生,以沦落而走于屠门,屠门中人皆称之为"复旦高"。一友征之,既至,友小语曰:高小姐其来自东宫乎?高闻言殊不解,友目愚而笑,盖谓非道地货品也。

三媛之姊,称其良人曰倪先生(我们倪先生即我的丈夫),闻者咸为之毛发悚然。其良人白裕君,俊士也,不图其所欢乃为俗物,此婆出处风尘,与某主人有露水缘,主人亦白裕之友。一日,白裕携之来沪上,止逆旅,有以电话致白裕者,此婆在电话中问之曰:阿是叫倪先生听电话?于是白裕持听筒在手,谈良久始已。时有浩浩先生在旁,问白裕,谁来的电话?白裕曰:某主人耳。浩浩先生,心直口快,遽曰:然则亦伊人之倪先生也。倪先生打电话与倪先生,天下哪儿来那些巧事!

(《世界晨报》1936年10月14日,署名:某甲)

锦娑有女友

锦娑有女友,初交谊甚笃,及锦娑从愚三年,渐困于贫,卒至衣物皆入典,而炊米无继矣。其友乃一反其常态,对锦婴恒落落。锦婴长厚,初不知,愚在旁看得清,诫之曰:此种人不亲也罢。二人遂暌隔。亦既二年,锦婴从愚如故,而此友则数易良人,转勿如意,近顷复被摒弃一穷皆尽,甚至衣不能蔽体,忽一日造吾庐觇锦婴,曰所苦,锦婴怜之,留其膳宿。以愚之意,直欲逐之门外,第亦深谅于"妇人之仁",而会锦婴之义,姑不闻问。嗟夫!比厚之人,往往忘其恩怨,锦婴一生可取处,即在此点,所谓"主意太无人太好",乃使热情人向往。锦婴老矣,愚终不忍遐弃者,亦正缘此,苟其为健器之妇,愚又讵甘与之全终始哉!

舅氏方北行,而沪局突变,意舅在京中,必以南方为念。甲子之役,舅有诗曰:江南昨日附书来,为道流离事可哀。老屋常为风雨破,不然也供炊薪材!又曰:近来怕听凄凉语,工部新词未忍看!舅果重忆前诗者,必为之惘然不已矣。

(《世界晨报》1936年10月15日,署名:某甲)

何 之 硕

友人何之硕先生(嘉)海上名法家也。其人年少而饱学,不仅擅法学家言,且绘事亦绝精,尤工诗,其作品散见各报,冲夷淡适,并世无两,今日所刊铜图,即为先生近作。昔年,先生读愚诗,奖之曰:李韩以后,未多见也。因涂义山像,赠与愚,以志相契,其实何以敢当,以愚工力脆薄,一无是处,而良友多情,徒增人之惭恧已耳。

捧厉慧良最力者,吾友小丁也。小丁以童子看童子戏,自有特殊情感,窃以为真正欣赏剧艺,则与此异,小丁以为是否?

(《世界晨报》1936年10月18日,署名:某甲)

周 越 然 近 视

周越然先生于《晶报》作《老眼不花》篇,为吾报一文而发也。以自己叙自己事,自多体会,先生言:年十五已近视,廿五六岁光度至六七百度。故其迩年老眼之花,初非损于淫也,兹请舍先生事勿谈,而谈淫之影响于眼光。王克敏人称王瞎子,其双目近视之深,几等于盲,王则固一纵欲无度者。愚年十七,患遗精,六年未愈,至廿三年而婚,此患始已。在此六年中,目光大损,配眼镜。近五年来,以性欲亢进,光度尤加深。苟淫至王叔鲁花甲之年,不瞎子,亦几等于盲,盖可断言之矣。

短见之徒,詈信芳之嗓音,为吃糠喉咙,其实信芳运用沙音,而发为佳奏,非他人所可仿,仿亦不可美也。一日,愚方引吭,强作麒音,忽有人非笑曰:再吃几斤糠,便够味矣。愚闻言笑曰:果能吃几斤糠,而得与信芳同样喉咙,与信芳同样一腔,别说吃几斤糠,吃几担糠,愚亦何辞哉!

(《世界晨报》1936年10月19日,署名:某甲)

鲁 迅 死 后

鲁迅死后,愚于广座间报此噩耗,言时,作不胜悼惜之状。一人曰:鲁迅死,于君何与?愚曰:他是我们文坛上的重镇,死了,是我们文坛上无价的损失。此人闻愚言既已,则嗤之以鼻曰:不怕肉麻。愚闻有人作讥讽,如睡梦方醒,检点前言,亦点首曰:唯,倒是说得肉麻一点。

鲁迅陈尸之日,颇欲至万国殡仪馆一瞻遗容,在生时不能与此翁一握手,死后,亦欲凭吊于灵前,顾以迫于尘事,仓卒未果,弥可憾也。

从屠门问鼎者屡矣,此中所遇,几尽泯其天真。女子之美,不必取其貌,而取其赋性之美。屠门中粥粥群雌,无可登此选者,以是又有才难之叹。

(《世界晨报》1936年10月23日,署名:某甲)

舅 氏 北 行

将近出版之《今报》主人徐善宏君,尝与吾报来岚声君,同访一友,入门,告其侍者曰:幸报汝主人,谓"徐来"来看他。侍者果通报,主人闻讯欲倒屣,视之,则为之哑然!

舅氏仓卒北行,我乃未知,顷接其简,谓于十月三日离沪赴北,先到宁河,宁河所谓冀东自治区也。风景不殊,而举目有河山之异。舅留县署中,见闻较寻常略异,住五日而赴平,恰为"双十节",平中表面虽较宁河为佳,然亦几分异于前数年者,兹拟撰游记酬来君之雅(岚声兄尝丐舅在本报撰述,故云)。惟在平尚须耽搁一月,闲窗破寂,亦复不恶,客游不返,亦拟为稻粱谋,非有他也。舅之函尾又曰:复弟(舅之子,在平读书)近已长成,虽状貌不扬,已岸然伟丈夫矣,告汝一慰。

小舟先生,述其秋光已老,乃无钱买蟹,一快朵颐。此物愚今年食之最多,则皆友人所赐。生平不谋衣食之福,有人请我吃,吃之,无人请我吃,错过时间,亦不为遗憾。

(《世界晨报》1936年10月24日,署名:某甲)

夏 荷 生

夏荷生在近时,为弹词家中惟一受人欢迎之人物,夏所到处,无不客满。而书场主人,似乎请不到夏荷生,不能发财者,夏诚一世红人矣。夏并不难唱,而工于说,所谓以现身说法称长,有异于寻常之弹词家者也。

说书之道,前十年亦颇嗜之,长乐与汇泉楼上,几每夜有吾等足迹,当时薛小卿未享盛名,依陈雪芳为下挡,而愚所爱者,则为杨小亭。小亭以嗓沙,而唱则别标一派,其吐属复冷隽可爱,今不知何往矣。

当时人皆倾倒于叶声扬之《英烈》,叶以烂熟胜,誉其书之熟,谓可以倒头说起,而愚于其书,第爱一汪云峰,闻汪已他去。偶于无线电中,听许继祥,乃觉其人亦能噱头者,可取也。

(《世界晨报》1936年10月25日,署名:某甲)

财 与 才

自昨日起,宣誓曰:与屠门情侣分绝交疏矣。二三月来,倾资于若辈身上者,为数亦可观,明知上海女人,不足以谈情爱,而愚乃神智昏迷,竟蹈覆辙,桓桓男子,乃不能使一姐上氤氲,驯服于我,俯仰之间,直须愧死!

宵深,与之方行路上,愚作肫挚之音调曰:之方,迹我本心,实爱一人。因又告以其人名字而问曰:以子觇之,其人亦能终为某甲所欢乎?之方曰:汝听之,汝将力致五万金而使朋友怂恿于彼人曰,某甲有钱矣,卿嫁之,语于外者,谓我嫁某甲,爱其才耳。如是则内顾有财,外观有才,则彼人嫁汝必矣。愚闻言,良久自语曰:内顾有财,外观有才,死后又不虑无材也。因又咨叹久之!

(《世界晨报》1936年10月27日,署名:某甲)

《今报》戏剧栏

《今报》将创刊,戏剧一栏,久久不得其编者,蝉红请《戏剧旬刊》之张古愚,张辞焉,乃改请王唯我,然恶唯我跳荡,不克全终始。古愚乃允蝉红,谓苟唯我至力不胜任时,由古愚继之,而报间广告则并列唯我与古愚二人之名,古愚居首,而唯我次之。唯我欣然告其经过,愚曰:牌子不可不争,君善唱戏者也,奈何亦忽略于此?唯我闻吾言,思良久,则曰:对啦,我要不争一个头牌,算不得麒门的徒弟!

(《世界晨报》1936年10月30日,署名:某甲)

京 华 道 人

京华道人,以"新街口老头子"之名,藉藉于京华道上,其实道人固吾曹至友,好谐谑,发语多尖刻,所谓豆腐工夫,高人一等者也。云裳以《今报》问世,索稿于道人,道人草《侠少何场?》一文,以付云裳,并投一简,其言曰:"兹数月来,日与红笔剪刀为伍,久疏写作,勉成两段,聊以塞责而已。又侠少与流氓,不知在白相人眼中,是否同义,以后者不甚雅致,故文中均易以侠少矣,若吾兄亦不甚了耳,则便时不妨一询'×

×吾兄',以免贻笑大方也。"

在皇后后台与秦哈哈君谈,十年前愚观此君戏,维时在新新公司之钟社,秦与夏天人、张大公诸君,同登一台也。尝演一名剧,为《安德海大闹龙舟》,秦为剧中之山东巡抚丁宝桢,神情之美,至今犹留于脑海中,未尝泯灭,今此君亦垂垂老矣。

(《世界晨报》1936年11月5日,署名:某甲)

棠九娘死

闻棠九娘死矣。客岁冬,九犹漂泊风尘,时设重巢于会乐里,吾友黄浦生眷之,尝设宴报效,愚以是识九,九以前辈风仪,肆应之周,令人有宾至如归之乐。时与之合处一巢者,为雪艳老九与美娟老八,皆北里之名娼,然资望之隆,以棠九为最。后闻其适一客去,客氏魏,业律务于上海银行楼上,方掌美人得所,不致伤垂老漂零,而不图其竟以细故而轻生也。"天原不忍生尤物,世竟无情杀美人",棠九之伤,弥可悲矣!

(《世界晨报》1936年11月8日,署名:某甲)

喜彩莲大腹便便

喜彩莲果大腹便便矣。台下人之印象为之恶劣,或谓看上海蹦蹦戏,喜彩莲既"着此一伧",自不足令人向往。白玉霜以媚骨妖姿,而云英未嫁,细数其已往历史,则有钱者犹有致之之方,患在无钱,亦可为眼皮之供养,特不必为问鼎之想耳。

(《世界晨报》1936年11月13日,署名:某甲)

荒唐事

浩浩先生爱读小舟文,谓不见友人《某甲散记》,而读《湖居点滴》,亦足使人神意皆苏也。浩浩谓小舟虽述其穷,然其人穷得可爱,谈穷文字,而读之生爱者,不可得,得之惟小舟一人。

近来做一荒唐事,在方外交前,大谈生平淫史,而听潮在旁,颇不安,亟向众法师打招呼曰:我们这位朋友,是很荒唐的,你们不要见怪。时有慧云和尚,固解人,则应声曰:做人原该放浪形骸一点。而愚始释然!

(《世界晨报》1936年11月26日,署名:某甲)

《否斋杂志》

往者,有人以"和尚看两狗性交"而隐语为"我不如他",妙矣。近又见《大公报》又有"寡妇对夜壶哭",亦为"我不如他",则妙之又妙。吾友见之,喟然长叹曰:中国人之聪明,往往浪费于这上面,为可惜耳。

胡铁耕君,近作《否斋杂志》,胡君以频年偃蹇,否极之余,乃望泰来,然读者多误读否音,愚语铁耕,谓:"否"字之下,宜来一行注解。曰:否,读如屁。铁耕失笑。

射虎生之死,已周年矣,岁月不居,而人天之隔,已历一年。旧时好友,拟于本月三十日(即今日)在净土庵设经忏一日,为亡友追荐,铁耕对此事筹备尤忙碌,生死交情,于兹可见,谁谓今此固不足以言友谊邪?

(《世界晨报》1936年11月30日,署名:某甲)

与善宏六十双寿

明年愚与善宏六十双寿,以政府限令六十始可称觞,然二人六十同寿,其亦不违法之举乎? 友人近方组织今社票房,听潮、善宏,俟将粉墨登场,昨夜已拟定压轴一出,则《龙凤呈祥》也。

易立人(乔福)、王绍基(赵云)、陈听潮(鲁肃)、史悠宗(吴国太)、陈宝琪(孙尚香)、徐善宏(刘备)、徐善寅(乔玄)、戴培生(张飞)、唐云裳(孙权)、张学章(周瑜)、吴卓愚(贾华)。

(《世界晨报》1936年12月11日,署名:某甲)

《化身姑娘》

艺华公司继《广陵潮》之后,又有《化身姑娘续集》,将于元旦日起在卡尔登戏院独家开映。愚于昨日既已先睹矣,则以极有意义之故事,穿插以许多笑料,而成一新型大戏剧者,非好手不能编导之也。人世苦恼,观此片,亦可消万斛愁矣。

愚作《化身姑娘诗》,有句云:"女儿亦解怜倾国,旅舍春深不自知。"袁美云易弁为钗,又易钗为弁,风神之潇洒,真有男人见了也爱她,女人见了也爱他之概!美云以外,尚有路明,为匪妇,不作悍泼状,独形容一善妒甜蜜之女儿,使人作心坎上温存,眼皮上供养也。

(《世界晨报》1936年12月28日,署名:某甲)

愚诗之风格

客有招向导员徐娜者,已投老风华,客好谑,语之曰:招汝至,亦能为我消受一度春风乎?徐答曰:事又乌得勿可者,特招我之客,人人似汝,则我且以戕伐过甚,而伤吾躬矣。愚谓这两句话,回答得好,而徐殊一亢爽妙人也。

闻王吉亭,为南翔富家子,当其盛时,与盛老七角逐于博场中。赌番摊,盛为庄,将开宝矣,而吉亭突至,语盛曰:且慢且慢。言已返身去,俄顷又至,则以手帕作一裹,下注曰:开好啦!盛七请解裹,欲视其中何物,吉亭不耐曰:钻石耳。启其裹,皆晶莹小钻数十粒,计其值,当在数万金,而吉亭之豪名益著。惟其豪也,乃有今日之偃蹇,其人几不为人所齿及矣。

《社会日报》奴斋小言,述愚之旧诗,谓有几庵风格,如银星词云:"葡萄仙子试轻爪,阵阵春风卷舞衣。传说因缘逢愚国,黎娘从此不思归。"民十八时,余为《大晶》写稿最多,作银星词尤夥,当胡蝶与林雪怀解婚时,愚有句云:"林雪早飘怀抱里,未容人想摘葡萄。"

(《世界晨报》1936年12月29日,署名:某甲)

［编按：见1936年12月27日《奴斋小言·五·大郎的诗文》，几庵指毕倚虹。］

张丹斧律句

灵犀有赠愚诗云"刺戟堂差雪艳娘"，雪艳嫔矣。愚尝作送嫁诗曰"更无知己谅余骇"，盖雪艳常谓某甲痴头怪脑，有子之人，犹如童稚，我知其人耳，岂真痴者，其在外人，必笑之矣。愚常以此数语，深镌心板，更不必红粉之能怜才也！文友杨霁云先生，虽无一面之缘，而亦能解愚之痴者，其诗曰："脱尽庸奴矜示态，伴狂我亦一诗伧。"知己之感，又令人没齿难忘矣！

有人以张丹斧五律句见示曰：此真扬州诗人之代表作也。观此，倚虹自胜于流辈者多矣。

记其二曰：

江海离居礼数乖，闲人索笑似优俳。一春选梦无佳句，竟夕裁诗堕绮怀。揽镜一从霜入鬓，临觞哪复酒如淮。试看月色珠帘底，旧日经行十里街。

夏首城阙恻恻寒，钿车都在绿云端。花时各带齐梁气，月色常携赵李看。小病经年堕祥悦，行吟到处得栏杆。此身尚可胜风景，容易闻歌到夜阑。

（《世界晨报》1937年1月11日，署名：某甲）

张慧剑偶语

张慧剑兄，自有妙思，近见其作偶语曰：

千年不死黄膺白，一朵能行绿牡丹。

亦是见其妙造自然矣。或论今报人行文之以幽蒨胜者，端推慧剑，愚无间言。又谓张恨水之平庸脂韦，远不及慧剑者，愚亦云然！

（《世界晨报》1937年1月18日，署名：某甲）

白 发 渐 生

近年来白发渐生,乃知呕心沥血之甚,遂令室人为我一一刈之,得十余茎。半月以后,又见银丝杂丛黑之中,乃知刈亦无益,而黄庭坚诗"白发齐生如有种,青山好去坐无钱",知白发果有种者矣。

愚友雅爱修饰,又年少而俊,悦舞场一女,召其侍坐者频矣。问其所耗,将百金,而所得并一吻其香颊而无之,愚乃平心静气曰:"司宝坦克司"之西装,女人亦未必遽垂青眼耳。

(《世界晨报》1937 年 1 月 20 日,署名:某甲)

清 芬 来 书

清芬以书抵愚云:日读报端尊著,快同觌教,韩君青(世昌)白著山在沪闻颇红,承述及弟录奉瞿安诸公诗,然拙诗至今未荷斧正,顷复检出,稍稍修改,附座一笑(见今日本刊《名流之唱》)。又一纸乞转致听潮,仍望两兄再为润饰也。玉蓉、红树,已匆匆返平,闻将径函兄等道谢告罪,属先致声。兄记马彦祥兄事,微误,但亦无更正之必要,闻故宫博物院院长马衡氏(遽忘其字)即彦祥尊人,不知确否?盼暇常通信,匆匆即颂双福。弟逸顿首。

(《世界晨报》1937 年 1 月 28 日,署名:某甲)

张 慧 剑 诗

慧剑诗云"黠不人憎赖有痴",能有四分痴,可以掩六分黠也。我以黠之成分少,痴之成分多,于是以痴而流于"豆腐"矣。故我近年行事,一律以豆腐出之。尝有人以我"学行优长"而具币聘去,所得者,则豆腐才也。其人大悔,终以豆腐之才,终能制伏群情于无可奈何之境,思之,哑然失笑矣!

听潮谓:近来颇谅我之痴,纵吾痴而流于豆腐,亦非为病。昔艳九娘亦言,云裳固痴者也,正以其痴,故稍稍以词锋逼人,人且谅之。是则吾之痴,出自婉妙女儿之口,尤可宝矣!九下嫁,愚尝送以诗曰:"更无知己谅予骇,今日诗成送嫁来。涕泣临岐投一语:斯人终是不羁才!"

(《世界晨报》1937年1月30日,署名:某甲)

半 年 横 里

谑者言,苟于生横痧之后,而作病中日记者,则可标其题目为《半年横里》,盖横痧有横半年之称,而"半年横里"又为一宁波之土白,似言"半年光景"也。

芳君诗云:"近来就不探芝兰,人自徜徉燕自闲。"芝兰言芝兰坊也,人者芳君也。燕者,彭燕燕也。彭居于芝兰坊,而逆料芳君涉笔至此,其得意之状盖可知矣。

(《世界晨报》1937年2月1日,署名:某甲)

《时代电影》

《时代电影》,初办时为吾友龚之方先生所主编,卓卓著声华,近乃入席与群君之手,席为本报来岚声先生盟弟,亦愚旧友也。席君接编《时影》之日,嘱将其书介绍于本报读者,愚亦屡屡报命矣。乃闻之人言,近期《时影》忽有人为文诋罾及愚者,则为影评人列传作不平之鸣也。告者曰:君亦以此文而有响应乎?愚沉思有顷,曰:不能不能,他人我可以还手,惟席君主编之刊物,即诋我至于体无完肤,愚亦将表示接受,莫敢与抗,盖愚有所忌于席君也。愚在前年之夏,尝于室中兰汤浴罢之时,席君尝为愚摄一影,全部裸体,虽清白之躬,不患人窥,特席君或援此为绝好材料,出以示人,愚且无力靳之矣!矧《时影》之文,为不平之鸣,虽吹皱春池,干卿底事,然初非挟恶意而来树雠敌者可比,我又何必以无聊笔墨,伤三年来情感素笃之朋友哉!

(《世界晨报》1937年2月3日,署名:某甲)

坤伶扮相

论南方坤伶扮相之美,金素琴实称一时之绝,或谓金下台后,其本相极难看,此言似不可信。然比之雪艳琴,台上扮相之美,而下台后之丑陋,我又何敢必效他人对素琴之形容为过分哉!

有人见金素琴上台时,台上张一绣幔,大书曰"欢迎金素琴女士",亦不见有"登台"字样。其下列名者则皆时下名流,因谓:一个女角儿,在上海名流支配之下,已合捧角者倒足胃口,何况又有如许人与名流哉! 见之且毛发悚然也!

应时自东归,握手言欢,果新春中第一快事也。惟萍踪乍聚,劳燕遽分,则又不禁怃然耳!

(《世界晨报》1937年2月16日,署名:某甲)

写文章习惯

沈从文非得泡一壶浓茶,一面喝着,一面才可以写得文章来。

汤艾芜在写作的时候,非得将窗子和门都紧闭起来,而且四周的空气要寂静,所以他在写稿的时间,多半是在晚上。

芦焚与周文写作,欢喜在清晨,望着窗子外面的"日出",使他俩最感到兴奋的。

与他平时的生活一样。然而徐×灵,表情活像在塾师前背书,大概徐×灵对于背书下过一番苦功吧。

(《世界晨报》1937年3月21日,署名:某甲)

随笔(1938.1—1938.11)

妇丧逾四月

予妇之丧,忽忽逾四月矣。过五七后,尝作诗二律悼之,此外未尝得只字,予诗云:"乱时岌岌难图饱,曾有何心咏悼亡!卿本聪明从此死,世多残虐故成狂。九原莽莽怜贫薄,家业荒荒失主张。儿子忽忘娘久瞑,问娘何事独还乡!""本无忧戚本无惊,今日所轻惟死生。已爽当初同命约,谁分一半负肩行?儿骄亲老难为我,肠断声遥只哭乡。束手不能营奠葬,故山到处有屯兵。"妇丧迄今,予子皆曾梦见其母,予独未曾一梦,意予妇虽亡,其怀怨于予者,不可消释,乃不愿投入吾梦境,作片时团聚也。

元稹《遣悲怀》三首,世所传诵,然以予观之,惟"同穴窅冥何所望,他生缘会更难期"二句,是有刻骨之酸者,其余皆无足称。白香山有挽女之诗,其句云:"终知恩爱迎三岁,不辨东西过一生。"亦心坎中之血泪,读之恒为悲抑不自胜。

一夜,值周世勋兄于途,时已十时后,世勋约予赴大都会,亦可见此君之豪兴,长年不减。闻钱爱华女士,舞于国际,近况如何?乃不及一问世勋,意爱华之娉婷妙女,苟经吾友世勋力捧,不难声价陡增矣。

(《东方日报》1938年1月7日,署名:某甲)

白杨肉感照

周持平兄,寓居玄武湖上,尝为沪报作稿,写都门景物,文笔之胜,令人嗟赏。自江南兵燹,劫火四飞,兄乃返其故乡,顷以书来,请乡居无聊,颇欲谋食来沪,其人固振振有为,当兹乱世,束身自爱,亦似施霁公之不为斯文辱也。兄与毛子佩先生,颇敦友谊,佩兄宜有以成全者。

×先生,尝为影星白杨,摄肉感之照,白裸身入浴缸中,亦曾取得若干帧,若某报所刊之仅示双峰,犹为冠冕者,盖犹有妙处笔传者也。徐来之拍《春潮》,有裸影,终成话柄。今白杨继之而起,然悠悠之口,只言白杨为胆大,意者,白杨比徐来丰腴,看得人家舒服,不比徐来之纤纤秀骨,无"肉"以"感"人,故转觉讨厌也。

一日,访若瓢大师于旅邸,阻于戒严,遂宿其屋,时听潮、粪翁皆在也,各制诗谜,令众人注射,予有一条曰:"长忆○○矜一语"匹"定公""符宗""素山""献之""武侯",下注者皆集"定公"与"献之"。粪翁以书法鸣于时,益重押于"献之",及揭示则定公也,予谓若易一"曼殊",则若瓢必注曼殊矣。

自战区上来者,每谓年老妇人,俱不免遭奸淫之祸,念之凛然! 而被污之后,辄以枪刺洞其颅,则为状尤惨。乱世之人,曾不若升平鸡犬,处于今日,惟不闻不见,为觉此心泰然耳。

曾见《时报》有一标题,曰《划线抢戚家》。"划线"两字,为上海流氓之口头禅,平常人不可解,《时报》用之,或曰:此非大众文学,流氓文学矣。

(《东方日报》1938年1月11日,署名:某甲)

有人送钞票

某报刊某君怀一腔幽愤,因而隐退某方职务。有人闻讯,大为感奋,踵某君之门慰问,出钞票数百金,以献曰:君以后有生计之虞,得此亦可供数月之餐也。某君坚拒勿纳,不知如何。某报作者,竟未传真相,而谓某君固笑而纳之也。某君见之大愤,致书与记者,请辩正,记者持信诘作此稿者,作此稿者曰:我本不知某君曾否受此钞票,惟涉笔至此,我反躬自问,若有人以钞票送与我,我将如何,则必笑而纳之,于是推己及人,笑而纳之矣。记者语塞以告某君,某君亦哑然笑曰:然则作此稿者,亦趣人也。

　　荒乱中一晤醉疑仙女士,发不卷曲,而匀洁有致,予谎之曰:吃饭辰光,常遇汝于西藏路上。则曰:我在校中寄饭,君何能遘我?则又曰:有一次下午五时,过汝于慕尔堂门外,汝散学归去也。疑仙笑曰:儿家散学,在下午四时,君言之时辰又勿准矣。予曰,某夕,汝必关夜学耳。疑仙闻言,知予戏,则笑颜酡矣。

　　(《东方日报》1938年1月22日,署名:某甲)

赵如泉绝顶聪明

　　或谓:伶人中赵如泉亦绝顶聪明之人,可惜其人少读了几本书,以致出口粗野,演新戏上台后一开口,如含粪四溅,惹人作呕!又赵如泉唱到后来便不像唱平剧,简直唱独脚戏,其时彼若逃出梨园,与杜文林二人,合伙唱独脚,在游艺场接场子,亦接喜庆堂会,则张冶儿、刘春山非其对手,在赵则开销既省,收入必丰,到今日又何患不囊橐充盈哉?

　　龙吟虎啸馆主人朱凤蔚先生,今年为四十晋九,其诞辰则废历十二月十九日也,至友百余人,于是日公贺于其寓邸,召游艺家五六班,登场搬演,如男女评弹两挡,一为醉疑仙姊妹,一为何芸芳姊妹;及朱国梁之苏滩,裴扬华之独脚戏,殿以张冶儿之喜剧,裴扬华之助手名朱培声,颇有喧宾夺主之妙,至少为锦上之花也。

　　凤蔚先生寓中,多以党国名流之手迹,以布置厅堂,余尤爱谭延闿先生之立轴。谭氏弟兄,皆以书名海内,然予则深爱组安,以组安落笔,尤挺秀,天韵楼有屏一幅,出其手,每过,徘徊不忍去,所恨放的不是地方,常想潜携之还,供诸堂上。

　　(《东方日报》1938年1月23日,署名:某甲)

喜　彩　莲

　　喜彩莲往岁来时,吾友婴宁公子剧赏之,文友之闻声往附者,一时称盛。灵犀向来不捧女优,独于喜娘倾倒亦深,甚至愿与金素琴相提并论者,真谬妄矣。灵犀之理由曰:金素琴演欧阳予倩剧本,喜彩莲亦演欧阳之剧本也,金素琴尝与小三麻子配戏,喜彩莲亦尝为小三麻子配戏也。大郎固谓:金素琴在女优中,可以称时代艺人、表情圣手。而今日喜彩莲在海报上,亦大书曰:时代艺人与表情圣手也。予闻其言,常为气噎,喜彩莲如何,不必深论,惟堪断言者,则其才万不能及金素琴也,纵言:才无所不及,则品质自有高卑。若灵犀之言,以为即比美素琴,予则更可为灵犀引伸者,金素琴为一女人,而喜彩莲亦一女人也。总之,平剧与评剧,自有区分,予于评剧夙无好感。白玉霜跌宕氍毹,然见而多之,亦生厌恶,矧他人哉?金素琴自为优秀分子,而其人复能力争上游,以改革平剧使命之担子力负而趋,则其襟怀,又岂余子所能企及耶?

(《东方日报》1938年1月25日,署名:某甲)

妙　　诗

濮一乘先生,尝作春明竹枝词一百首,余尝见某期之《青鹤》杂志,曾移刊一过,颇多佳构,如"一辆汽车灯市口,朱三小姐出风头",亦出自此中者。

昔北京政府时,有人作嘲京僚诗一律,亦妙,予犹记其原句云:"大街如砥电灯红,彻夜轮蹄而复东。华乐看完看庆乐,惠电吃罢吃同丰。头衔只有参佥主,谈笑无非发白中。除却早衙签到字,闲来只有游胡同。"真素描圣手也。

予以凌晨始睡,天甫曙,辄令家人买大饼油条来吃。大饼新烙,油条方出锅,夹之同食,则香脆爽入口腹,使以初泡之龙井茶,吃一口,呷一口,其味为任何干点所不逮。白粥油条,果然可口,以大饼代白粥,正复不够。粪翁相吾字,谓我一生贪口腹,而予则长日藜藿,雅有古贤人风。粪翁相字,有谈言微中之妙,惟此一层,予殊不可承认矣!

乡人之自内地来者,辄语:我心实不甘,我已为他们欺侮得不可做人,而今见了他们,还要向他们点头,于理实讲不过去!嗟夫!乡人虽愚,而一腔土怀,集结于方寸灵台,其言故沉痛若是。

某君忽然去汉皋,予问其至友某,某君何事而离沪?则曰:他是要舒服的人,上海这地方,动受牵掣,他自然是住不惯的。处今之世,欲求身心之闲逸,已不可得。窃以为某君之主意,根本就打错了的。

(《东方日报》1938年1月26日,署名:某甲)

乡 人 某

红萼先生于他报记《红拂伎变作顾横波》一稿,谓王叔鲁之如夫人小凤仙,不知是否即小阿凤之误,或者小凤仙又名小阿凤邪?小阿凤为绝色,今虽老去,而丰韵尚多,殆人间尤物也。凤平日好浓妆,香披竟体,使人当之欲醉。王叔鲁荒淫,非凤不可解。王已成瞎子,或言王系好色所致,谑者乃谓:王之一双眼,乃伤在小阿凤之一只眼也。

高唐先生,有乡人某,因流亡异地,乃置妻孥,只身投沪上,谓箧中已无所贮,惟有先人所遗之名人手迹一卷,犹可易人钱。此卷藏数十年矣,今不可活,故谋货之。将以所获之资,在沪采购另物,以售与乡人,则亦可以营余子,而一家之生计全矣。高唐先生闻言良不忍,乃作一文,欲使读者见之,怜乡人之遇,或得善价。有某银行职员,读其文,愿购此卷,问高唐,谓若在十金以内者,交易成矣。高唐先生曰:客非书画掮客邪?十金以内,我纵困于资,纵处于年关当前,犹能为之,不劳客破费了。自此高唐遂不问其事,曰:我为何乞怜于外人者?

(《东方日报》1938年1月27日,署名:某甲)

报 业 发 达

岁暮之际,郑过宜兄忽自其故乡返沪上,握手欢然。过宜在初夏时离沪,谓桂子香时,将与故人重聚于春申江上。不意八月以后,沪战遂作,行程遇阻。过宜籍潮州,本拟冒烽火而来,卒以夫人待产,故稍留,近顷始至,捧麒健将,又来一个矣。

上海报纸,近来如雨后春笋,怒茁不已,亦畸形状态也。或曰:办报之原因有二,一为挣钱,一则以某种背景,而作机关报者。最近报纸之突然增加,乃使人不知其原因何在,谓为赚钱,则在此形态之下,销路之不易发展,自为意中事,而广告之不能有办法,根本便谈不到挣钱二字。若谓有背景,则此背景之为何据,令人不可思议。而懵懵者流,至今犹以为办一张报为当前快事,真天晓得也。

鄂夫人即小兰春女士,近唱义务戏于黄金,有人聆其歌,谓:艺术退化多矣。女艺人不可嫁人,观于夫人,此说益可信。女艺人之嫁人而嫁得我感到伤心者,小黑姑娘其尤者也。

今夜除夕矣。每当此夕,予辄念黄仲则《除夕》一诗之美。

千家笑语漏迟迟,忧患潜从物外移。悄立市桥人不识,一星如月看多时。

人言末二句佳,予独爱"忧患潜从物外移"七字也。

(《东方日报》1938年1月30日,署名:某甲)

叶小鸾受戒

叶小鸾受戒月朗大师之前,大师问小鸾曰:曾犯淫否?则对曰:征歌怕听求凰曲,展画羞看出浴图。又问曾犯口过否?对曰:坐憎泥污嗔燕子,为怜花谢骂东风。又问犯杀否?曰:曾呼小玉除花虱,偶挂轻藤坏蝶衣。皆温柔敦厚,得风人之遗,少时读《袁简斋诗话》,至此每三复诵之。

予往年家居,每为春联。十年前,予舅曾作一联,张之门首曰:"惭将诗草追长庆,要与梅花共太平。"予家西邻,为胡姓花园,胡在里中以财富称,而非仁义之徒,予恶之甚深,尝作一联曰:"着屐去寻农父论,回头怕与鬼狐邻。"少年时肝阳之旺常常失之于楮墨间,可笑也。

数年以来,不共家人度新岁矣。今年以兵燹,全眷俱避地来沪,幸阿母康泰,两子平安,所可痛者,则吾妻于初秋之际,已瞑目而去。今日特买菜馔之属,飨祭其灵。予夫妇感情,生前颇不融洽,自其死后,使余抱无涯戚也。嗟夫！予负予妻，而负之至死。人与人之间固不当于生前交恶，一旦有人淹化，则生者必忡忡勿自宁，何况结发之妻邪？

（《东方日报》1938年1月31日，署名：某甲）

于素莲诗

大郎作于素莲诗，有咏其裸体跳舞者云："峰前奶罩摇摇坠，胯下私绡望望穿。"大郎谓"望望穿"三字，真是神来之妙，可以意会，不可言传。当时亦不知如何，灵机一动，于"穿"字之上，用此两字形容者。吾友戈其，则谓苟不限于对仗，而用"望眼穿"三字，尤为纤巧，此中有三部曲，望而必须见眼，既然见眼，便想穿他一穿也。

鬌年读书，已震周越然先生之名，及后所知，则周先生恂恂儒雅，为当世学者。惟近年所见，周先生好为报纸写小品文，一着笔便涉男女间私事，道学之流，皱眉曰：周先生诚不必若此，今则令名滋贬矣。予谓文章慧业，莫非来自前生，亦可谓不能忘情，天所赋也。然则，又奚必为周先生薄哉！

蜀腴菜馆，有茶花，皆不到二十之少女。有一姝字阿兰，与张翠红女士颇肖，然翠红不甚为秾装，阿兰则香粉胭脂，有大红大白之俏。予近来审美，以为小女子不好秾艳，若三十外妇人，则当取其淡雅。故翠红之摒绝铅华，非可取，而阿兰之点缀如花者，宜也。

（《东方日报》1938年2月7日，署名：某甲）

徐曙岑

杭州徐曙岑先生，曾为北政府时代公债司司长，后任浙江兴业银行杭分行行长，能诗，尝为予写一笺，颇多佳唱，记其两绝曰：夜雨霖铃只铸愁，南园依旧盛歌喉。重临文宴追欢地，满眼莱芜冷过秋。小简当风叶叶开，片词渊雅不矜才。宣南坊隔无多路，载酒从容问字来。往昔，杭州报纸，竞载徐诗，推为湖上诗坛盟主，予识曙岑，已在十年前矣。

以予书付龚翁一相,则谓将病湿,后果验。红蝉夫人书"我几时发财"五字,亦与龚翁,则曰:将病足。未几夫人果患足病,骤觉两胫奇痒,亦不知何由致疾。予谓相字而能说出一个人的性情,是意中事,而能道其人之未来有疾病则奥妙矣。天厂曾将陈独秀先生所作诗,以授龚翁,龚翁侃侃谈往皆验,有其人"性倔强,多磨折",只此六字,非独秀而何?

卡尔登排《翠屏山》之后,继演《妻党同恶报》,凡此殆皆为于素莲唱者,然此剧哀感,非信芳不可动人,素莲而得与信芳匹,果益彰其美耳。

(《东方日报》1938年2月8日,署名:某甲)

姚民哀殉节

姚民哀殉节于虞山,识者壮之。民哀为小说家,亦弹词家也,以朱兰庵艺名,驰誉书坛。予昔年酷嗜听书,而于兰庵之技,领略不多,惟忆八九载前,东方书场于岁暮之际,说会书,时王效松犹未死,以七十衰翁,登台说《水浒》之戏妹,莺啭一声,尚存型范。其后即为民哀弹唱《西厢》,是夕所叙,为"游殿"一节,尚记其篇子中有"抱着小和尚的头颅当磬子来敲"一句,以越年已久,其形貌殊不可忆。闻往年兰庵又奏技于东方,烟桥半狂转陶诸兄,时聆其书。兰庵即寄居于东方楼上,场子上下来,诸兄复入其室盘桓,在我记忆中,兰庵亦为星社社友也。

四五年前,忆王揖唐有《东渡诗》云:十年不饮方壶酒,今日仙槎御好风。至竟晚樱犹待客,天涯微惜落花红。诗未尝不佳,第已勿记揖唐此行,乃为何事矣。

自航空奖券停办后,上海跑马总会之香槟票,似曾活跃一时。然至今日,又不闻其继续发行,遂使大利元无临门如市之盛。昔时常言:若"大利元"三字,存在一日,则发财之希望,一日不致中止。然至今日,大利元几销声匿迹矣,财迷之士,咸望望然曰:不复有光明的前途矣。

(《东方日报》1938年2月10日,署名:某甲)

邱 良 玉

鹊尾生者,为邱良玉君,往日《晶报》之社友也,近忽致书与予,知予拜金,因而推波助澜,其意可佩也。惟闻之人言:素琴自演欧阳予倩之剧本后,忽悔悟曰:我已得新生命矣,往日之我,非我也。觇其语气,一似其人至此,已脱胎换骨者。或曰:素琴志得意满,殊邻于傲,其实此正所以见今日之素琴,真能力趋上游耳。虽然,有志者宜出以虚怀,进取必广,今若此,则阻滞矣。故良玉之言,对素琴固多勖勉,然在脱胎换骨后素琴,正恐不易进言。予倩既为金氏所心折,正可随时导正之,或使彼人易于仰耳也。

麒派戏中,《一捧雪》亦杰构之一,今卡尔登演此剧,以百岁为陆炳,唱工固擅长矣;信芳则莫成之外,兼为怀古,"法场"一场,为他伶所勿逮;马连良以此剧成名,然论做表,不如远甚。人言,看了麒麟童一派戏,什么人上台都不容上劲,真名言矣。

(《东方日报》1938年2月11日,署名:某甲)

小洛与之方

小洛、之方二兄,嗜剧,今合办《戏》杂志,为读者所称道。小洛最近于其杂志上,锡予与灵犀以麒派报人之名,灵犀谓:名字起得不坏,惟彼二人我人亦当为之加一头衔。予尝言吃戏报饭,上海自有一批人的,今陆、龚二公,以著名电影作家,而为戏报健将,则将使向有之吃戏报饭者,流转而赴沟壑矣。虽然,旧有之戏报名流,读者多混堂中职员、剃头店技师,而陆、龚二公则不然,《戏》杂志惟销行于爱好艺术之流,小三子小六子所能讽诵。予既佩朱瘦竹之迥异恒流,今得小洛与之方,立成鼎足而三之势矣。

二君知予与卡尔登诸君有交往,因开一戏单,嘱予丐之卡尔登,在可能范围内,请为之一露也。其剧目如下:于宗瑛、刘文魁(三本《铁公鸡》),于素莲、张津民(二本《虹霓关》)、高百岁、刘文魁(《收黄忠》)、周信芳(《打严嵩》)、高百岁、赵啸澜(《三娘教子》)、周信芳(《追韩信》)。

二君之言曰非常时期,钱来处不易,用一块钱,非用出本来不可,于是用之看戏者,亦非看出本来不可矣。

(《东方日报》1938年2月12日,署名:某甲)

夜　贼

自租界实行戒严,在十一时后,从未在路上跑过。昨夜在友家雀战,局终,准十一时,与红蝉伉俪,亟亟辞去。贤伉俪俱穿大衣,一灰背,一狐嵌,夜行殊不便,故出门后,即在弄外雇祥生汽车。孰知其时正为跳舞场散客之候,车已被雇一空,而心煎特甚。逾十分钟,始得一车,坐之返,则路上车如流水,与予理想中之情状,晌然有异,到家,所相庆平安。

夜贼之多,于今尤甚。陈德康兄,坐车过派克路,时已十一点后,忽瞥见路旁有短衣者二人,陈知不妙,低语车夫曰:快些跑。而其言为短衣者所闻,遽曰:这家伙不是好东西。因呼车夫速停车,二人且疾驰而至。陈大恐,自车上一跃下,逃入一小饭馆内。久之,计已入戒严时期,因界肆中学徒一金,丐其往觇,则路上已阒无人踪,始步行而返。兄之寓所,在长沙路也。

易立人兄,去年岁暮时,亦遭暴徒。在华格臬路上,立人身上携十四金,悉为所劫。而贼将其大衣拉下时,立人曰:朋友,帮帮忙好啦。大衣当给我,天寒如许,何至忍心若是者?贼不见,而有巡捕缓缓来,始逸去,而立人捉贼之声起矣。

(《东方日报》1938年2月13日,署名:某甲)

宋　玉　狸

宋玉狸先生,对当世艺人,无所推许,惟醉心于女弹词家,谢小天、醉疑仙,俱为其所倾倒,宠以诗词不足,复排夕作座上客也。沪战而后,弹词家俱辍业,小天避难返故乡,疑仙亦停筝弦,忽入校读书,宋词人遂怅怅无所之矣!近顷南京书场开幕,以疑仙为台柱,俪之者则有何琴芳兄妹,何氏双挡,昔亦搭中南场子者。宋词人以专注心神于醉、谢之间,故未尝注意于何家少女,及至今日,始觉何女亦大可怜,因为一长文,力事揄扬。按何女予夙见之,才貌两不足称,惟不欲扬此抑彼,故始终未曾置一词,亦谓心存忠厚矣。不图词人赏识于牝牡骊黄之外,竟以何女亦似天仙之美者,不特此也。对于醉氏疑仙,因何女而不屑赘一语,安得不令人称奇邪?或曰:此词人故作违心之论也。词人以不得意于醉、谢,移其心志于其他,特设一人,所以自解而已,其情可悯,又何其行之乖哉!

昨与百岁闲谈,百岁谓净角人才,至此有衰零之叹。冯志奎年逾八十而死,在六十外时,见其演《打堂》之秦灿,作切齿状,齿格格作声,台下闻之甚晰,此种功夫,今已无人能之矣。老辈典型,缅想惘然!

(《东方日报》1938年2月14日,署名:某甲)

方 泰 镇

方泰镇属于嘉定,当中日双方剧战于淞沪时,忽有军人某,去其戎服,自他方来,止于镇上,营贩酒业。镇上有流氓,疑其为前方逃兵,又有人闻其囊橐充盈,涎之。一日睹其负酒,过市杪,流氓踵于后,忽一人呼曰:前行者似为汉奸,捕而杀之。其人惧,弃酒于地,急前奔,流氓则追之勿舍。其人自身上出银钞,掷地上,旋行旋掷,踵者拾之,得数百金,犹勿舍,奔十里。闻于某村驻军,亦以为汉奸,奋起围捕,其人情急,见有河,辄跃身下,潜于水底。岸上军士,呼之曰:汝不起身,我将以匣子炮轰击于汝矣。水底人闻言,果浮起,竟为所执,索其身,得一元四角,他无所有,鞠之,谓我非汉奸。鞠者曰:若非汉奸,汝为逃伍之兵。其人无语,因供曰:所得之金,皆为方泰镇之流氓所夺,乃此一身惟有死耳。明日遂解赴城中,毙焉。予闻其事慨然曰:临阵而畏怯者,固应杀,然其为恶劣之民众,亦死有余辜,何以军队竟不加追究邪?

闻石桥病中,肝火奇旺,忆予昔年病肺,肝火之盛,甚于今日之石桥。有一日,将客厅中之方桌携于场上,用斧劈之;又一日,方饭,予生气,乃举桌上碗筷,掷地上。吾母以予病甚,勿我理,惟潸然饮泣而已。

(《东方日报》1938年2月15日,署名:某甲)

钝铁近诗

钝铁近作诗,皆打油体,名之曰《有感集》,诗皆七律,联语都有密密加圈之妙,读之令人心折。

醉芳近作一文,题曰《试论百岁》,百岁读之,都搔着痒处之谈也。不杂一些火气,而说来头头是道。天厂常言,醉芳谈剧虽外行,然以外行充内行,而不露破绽,已属难能。醉芳与梯维,其为人之气质相类似,亦以能评剧名,然以观之,梯维行文,不免重情感,而醉芳较为严正。信芳闻言,亦曰:醉芳如老生,梯维似情致悱恻之小生。语至此,予续问之曰:然则如不才区区者,将譬之何若?信芳笑而不语,予曰:莫非小丑?犹不语,天厂乃曰:三本《铁公鸡》之人物也。

励民二女,近皆伤于痧子,长女已六龄,死之前,伸手向其父母曰"要铜板",言已而逝。邻家人闻言,乃谓此室中昔尝伤一婴,婴死,邻人劝其焚以冥镪,而其父不允。今励民之女,忽濒死要钱用,殆为往日死婴之祟,以为状颇类似也。

(《东方日报》1938年2月18日,署名:某甲)

赵啸澜辞班

赵啸澜于上星期六辞班矣,愚与醉芳、灵犀二兄,不胜其惜别之情。愚等与啸澜,未尝交一语,然以屡观其剧,遂发生一种欣赏之好感,退后品量曰:啸澜婉亮而大方,歌尤胜,可宝之才也。今乃忽然引去,咸为扼腕。临别之夜,与梯公凭楼观其演《生死板》,惘惘久之!啸澜之行,问题至为繁复,小女儿好用意气,遂拂袖而去,然意气一过,且自悔。乃闻啸澜语人,有人误我！愚闻此言,辄兴悲悯之怀,乘其冲荡心头时,央于移风社主人之前,曰:宜以可谅之矣。主人似亦动容,则曰:俟之他日,更邀之来。双方本未破脸,今不妨暂时分手耳。愚与卡尔登诸君,俱好友,为怜才故,屡以朋友立场,为啸澜调停,不图终使其人孑孑长往也,辄自黯然！

王引与美云自香港归,昨值之于歌场,二人将结缡,则殷殷邀予吃酒,请朋友不多,惟予以与王为师兄弟,与美云为师兄妹,故不可不到。惟至分手时,终未为予言日期,意必有请客帖子来也。

(《东方日报》1938年2月21日,署名:某甲)

《明末遗恨》

予每观《明末遗恨》,必陨泪,忧时哀世之心,至今尤烈,而苦无以宣泄,乃借亡国君王之悲声壮语中,一纾其抑郁,为情亦可悯矣。信芳演此剧,苟非压场子太繁杂,予且不辞百回观之。然夜访周奎,与"午门""撞钟"及"杀宫"三场,其畀予观众之印象,永世不去。昔在黄金,饰李国桢,为刘佩岩,及后,刘病瘵死,今移风社饰此角者,为高百岁。百岁演剧,与乃师有同一妙诣者,则在能动真情感也,若"撞钟"一场之李国桢,稍一松懈,便无足观。百岁能不稍放松,使剧场之空气,至极度紧张,而造成一幕永垂千古,舞台上之大悲剧也。或观百岁演此后,病其太乱,太莽撞,是观者未能体会剧情,故出此言。贼军既迫京畿,李国桢杀贼于棋盘街,兵马倥偬中,闻景阳钟乱鸣,仓皇奔至,保驾来也,试想当时情状,李国桢安能不乱,安能不莽撞？百岁演剧,醉芳已言其并不过火,若此角易之刘汉臣,或者便猝死在台上,然若真正猝死,亦不能病其做工之过火,盖当时李国桢之心切报国,即猝死亦情理中事耳。

(《东方日报》1938年2月22日,署名:某甲)

石 桥 去 世

灵犀介弟之丧,闻者惜之。五六年前,予主本刊纂务,好为短峭之文,石桥读而喜曰:此君爽辣,宜为我所歆动矣。因亦缮为短稿,托灵犀转递与予,嘱为刊布,盖其时石桥尚不识予也。

一日,赴先生阁,见一瘦峻少年,与灵犀谈,貌与灵犀颇相似,夙知灵犀在沪,别无骨肉,仅一弟弟乃知是必石桥,灵犀辄起立为予介绍。越日,有人以素笺来,托予书,则又如石桥所嘱,始知此君于予,实有阿私。嗟夫!人海茫茫中,得一知己也难,石桥固予之知己。

旋谂石桥体质非强,因此渠乃潜心书典,初勿从师,而力从书卷中研求,颇多心得。迄今艺且大成,将悬壶应世之时,忽沉疴缠伏,终使其不寿而死,真天之所以不可语"仁爱"二字也。

死之前一夜,予尚与灵犀作文,逾半夜未睡,视石桥,病势难盛,亦无恶化。不图及予醒时,而楼下之哭声起矣,亟奔下,觇之,则石桥已长眠,灵犀焚冥镪于其侧,哭不成声矣。

(《东方日报》1938年2月25日,署名:某甲)

《董小宛》剧本

《董小宛》之剧本,为王芸芳所藏。往年,芸芳与麒麟童合作,每贴此号召。芸芳自饰小宛,婉亮大方,无人可及。此剧之精彩焦点,在末幕"兰花苑"一场,冒公子潜入宫门,与小宛相见,正当缱绻之时,顺治突至,于是造成三角恋爱之场面,此际小宛周旋于两人之间,其身分颇难适当,而芸芳演来,不卑不亢,自然称体。予尝为之击节不已。今卡尔登又演是剧,人选初无变更,特小宛易人耳。

乡间人来,谓群虎肆虐于荒村,择年轻女子,必逐而噬之。有时虎性暴烈时,不获人,则就绵羊,羊性驯,任虎摆布。今人有谈虎能文明者,观此,虎毕竟畜生道中,不可以语人性也。

海上殡仪馆,其予人之印象最佳者,莫如上海殡仪馆。予友陈嘉震死后,移殓于此。死之日,予偕万秋、灵犀诸兄,往瞻遗容,嘉震孤苦,赖朋友为之理后事。上海殡仪馆之负责人曰:陈先生为文化界中人,我等必不薄之。言貌温和,似对死者示无限同情者,可感念也。

(《东方日报》1938年2月26日,署名:某甲)

七 里 滩

七里泷前,今方为烽烟所缭绕,追念前游,不胜凄咽,昔王乃徵七里滩风景诗云:

　　空濛山色隐啼鸪,暗柳明花衬绿芜。细雨一帆江上过,他时写作富春图。

　　滩尽无风响画眉,江云飞去岭云迟。黏天碧草村村合,绝羡人间牛背儿。

　　烟树远青笼薄霭,冰天澄碧浸初阳。江山诡状无奇句,输与游吟韩子苍。

　　安居难起破裘翁,睥睨云台一钓筒。自是故人相助厚,千秋争仰汉京风。

忆予等游七里滩之日,大雨滂沱,江水为雨所搅,泥混不可见底,而山岭云封,尤不堪豁目。同游相约,未几日丽风和时,更买棹于富春江上,流连三日,尽情恣游,约期将届,而劫火四飞,嗟伤行旋,我怀惨然。

(《东方日报》1938年3月1日,署名:某甲)

绛 岑 居 士

吾乡绛岑居士,振奇士也,执律务于海上,年前于故里筑一屋,颜之曰思楼,近闻毁诸火矣,因作《思楼记》,刊于他报,记中有一节云:"楼后隙地,为族人产,粥之里之豪姓,以建工肆,鬣是砧椎之声,澈夜不绝,黑烟蔽空,几昏天日,而楼之静趣尽矣。虽处郊野,有同闹市,乃肆主意犹未足,欲谋楼以广其肆,勿得,则艴然怒,设溷藩于楼之左,疏污水于楼之前,必欲使楼之不堪居乃已。余欲得静居一日于此者不可得矣。"居士所称之豪姓,为邑人胡雪帆之子,名厥文,营五金业,因成巨富。予与居士家,相距不过数十武,皆负郭而庐,离市非遥,而饶村居之趣,乃胡厥文设工肆于此,砧椎声喧,浓烟蔽日,使附近人家,有与鬼为邻之叹。而胡之意犹未果也,必欲广其业,征买其肆旁之田地,而尝问及吾家,为我斥之,詈为劣霸,始悻悻退,不敢犯也。绛岑为人,颇厚道,不欲揭其名,故记中仅称豪姓,其实以胡之齷齪,非詈之不为快,彼将奈我何哉!

(《东方日报》1938年3月2日,署名:某甲)

名票史悠宗

史悠宗君,为吴门名票,其唱宗谭,江南谭票,许亮臣算得什么,朱耐根更谈不到也。当其裘马当令之日,在苏登场,唱大轴,比年以来,处境虽略不如前,后就居上海,久不理管弦,然予深知悠宗,其人固风骨嶙峋者也。既然唱惯大轴,似不能一变而唱开锣。据悠宗自言:其艺较之往日,有进无退,然则何为而肯唱开锣,丁香游艺会之戏,在班串《泗洲城》之后,即为悠宗之剧,此香烟商人之侮辱悠宗竟至于体无完肤,悠宗非但不当允其登台,且亦不当许其张之海报,盖海报一张,此污点遂为终身不可湔泼矣。

予尝为文,讽悠宗不应争戏码,实为皮里阳秋,而悠宗不察,竟于报端,声明原委,有"不是不肯唱开锣"之语,其自薄如此,为朋友者见之,为之气短。既称名票,不能跻得上唱大轴,亦当唱压轴,周信芳之红,唱《玉堂春》之刘秉义,挂在赵啸澜之苏三头上,这才最不失名角身份。何以名票如史悠宗,竟不顾恤其身分如此,风骨嶙峋固何谓哉!

予昔日学戏,拟师事悠宗,今见悠宗如此,乃幸当时没有明珠投暗也。而至不值得者,悠宗竟屈服于香烟商人之下,益使旁观者为之不平耳。

(《东方日报》1938年3月3日,署名:某甲)

乡　音

异乡人之久居沪上,而乡音无改者,如汪北老之说一口宁波话,汪大铁之说一口无锡白也。灵犀潮州人,然说上海话,比其说土话更流利,亦异数矣。

潮州人之着声于沪上者甚众,如已故郑正秋先生之为一代艺宗,而郑子良先生之为一代闻人,推而广之曰:则陈灵犀为一代大儒,郑过宜为一代名票,蔡楚生之为一代名导演,醉乐园老板为一代食品大王,又如郑洽、郭茂二记老板之为一代土豪,此皆吾友陈公,为之统计者。

小洛近亦卜居人安里,晚间尤不寂寞,恒宵夜于红蝉府上。红蝉与小洛本客气,非震其豆腐名,故每夜必饷以拌豆腐一味;而小洛之风趣固卓绝,其实人知小洛以吃豆腐过日脚耳,不知其亦有一腔孤愤。孤者,夜夜孤合者,愤者,愤其夫人阻于兵火,不能来沪也。

(《东方日报》1938年3月5日,署名:某甲)

杨小楼、王又宸死

杨小楼死于平,王又宸又继之殁于故都。予于二君之剧,所见不多,而印象殊深。小楼之《恶虎村》二次,《别姬》一次,及《青石山》一次;又宸则先后仅二度,一与尚小云之《庆顶珠》,一则《连营寨》也。小楼与又宸,皆足迹久不临海上,而相隔无多日,竟葬于荒城中,实为梨园界之损失,以谭调之几成绝响,故又宸之死尤使闻者扼腕矣。

西子湖既沦陷,吾人辄仰天兴嗟曰:大好江山,乃为他人恣情游览,留此羞污,不知何日得湔泼?然亦有人言,谓游西湖固非逛山水,然一半,也是为了看人,盖此背景,点缀其上者,须逸士与美人。若一鼻孔火药味,而东奔西窜者,皆为黄色之动物,则亦大杀风景。故今日纵让他们恣情游览,其所得之兴趣,必淡薄无可回味,予以为此亦知言。

(《东方日报》1938年3月6日,署名:某甲)

笑　话

迩来时与粪翁诸君为文酒之会。一夕，座客有杨老爷者述一笑话，谓有人病短视，尝上锁于门上，竟将自己之上下唇锁住，亟口呼救命。一人来，知状辄取钥匙，而其人亦短视也，寻视良久，不见钥匙之眼，忽发现鼻孔下垂，误为钥眼，则以钥匙贯鼻孔中，痛极流血。二人乃讼于官，各述理由，官闻言大怒，取案上之笔，猛击一下，笔头脱矣，堕于地。官将笔判案，忽不见笔尖，令左右寻觅。一差役遍觅地上，差役亦短视，觅久之不获，忽拾得一橄榄核，以呈于官。官取核在手，大呼曰：此案有冤情，不然，何以炎夏之天，吾笔竟冰冻成此状耶？盖官亦近视眼也。

此笑话或者前人已言之，惟予尚创闻，故录之，以其有形容绝倒之妙，若不平生所述之阔面人，可谓异曲而同工者矣。

（《东方日报》1938年3月10日，署名：某甲）

戒严时间延长

戒严时期于十二日起延长一小时，或曰：此缘梅兰芳之登场。租界当局，故有此特别通融也，梅兰芳何人，得受此宠，要为言者之过甚其词耳。

上海各戏场之开打，以共舞台最著名，近与灵犀同往看其十九本《红莲寺》，至开打一场后，灵犀曰：我于是知共舞台开打之出名因打过之后，台上灰尘，在台下之第八排，亦能尝到，可见台上之打，是如何结棍矣。

嘉定号称文化之乡，代有通儒，于是嘉定多寿头之读书种子，读书过多，不免带几分寿气。吾友醉芳，虽谓生平识嘉定人不少，然无一个不是寿头，其能免俗者，惟唐氏大郎耳。

袁美云与王引，明日结缡于蜀腴酒家，与二人有故者，请往吃喜酒，证婚人为律师何嘉；因不事铺张，故帖子发得不多。

（《东方日报》1938年3月12日，署名：某甲）

梅兰芳登台

梅兰芳登台,上海人又如醉如狂矣。上海戏报上,对于梅之恭维,一若奉承考妣,读之使人丧气而已。

予以为梅兰芳在此时唱戏,有二不该,其一,自军兴以后,梅蛰伏海上,各种游艺方面人物,俱曾为国家出力,而未闻梅有丝毫贡献也。此次名义虽为赈助难民,然一大半仍为自己唱今年开销,当初为何不唱戏劳军,为何不唱戏筹买救国公债,到现在搜刮孤岛上人民仅有之余,此一不该也。

别人唱戏,可以原谅,以别人为了穷,要混饭吃也。梅兰芳有财产,此为人人所共晓者,他不必再要在这时候唱戏,抢穷人饭吃,此二不该也。

时至今日,我人可以看穿梅兰芳这一个人矣,此人除了生得活像女人之外,其他便一无是处。以梅今日之地位,对于多难之国家,宜如何作有力之贡献,几闻梅曾排一本较有民族色彩之戏邪?

(《东方日报》1938年3月15日,署名:某甲)

《随园诗话》

《随园诗话》载一皮匠诗云:"曾记当年养我儿,我儿今日又生儿。我儿饿我凭他饿,莫教孙儿饿我儿。"诗诚为至性文字也。然细细思之,则彼皮匠之父,何能为诗,是必好事者摭拾其言,衍为有韵文字者,故有此佳作也。《随园诗话》,类此情形者甚多,是特一端,亦明证矣。

陈散原先生之追悼会,列名发起者,有陈筱石、冒广生、李宣龚诸公,黄秋岳若不叛国,必列其衔,今则并梁众异,亦付阙如,海内诗家,有今日之分裂现状者,予惟为之心痛而已。

《梁红玉》一剧中,梁夫人令其卫队操演于韩世忠前,韩问梁曰:如何一个个都如男人?梁翘指曰:此所谓"康健美"也。予以为"健康美"三字,不免蛇足,假戏真做,理之然也,然不必以今日之口谈,放之于旧时代人物之口中,转令听者刺耳。

(《东方日报》1938年3月16日,署名:某甲)

邓钝铁治印

邓钝铁先生,既致力于治印,颇珍惜其目光,故有人邀之看戏者,皆拒之,日久,且目看戏为恶劣消遣。其至友若干人,咸戏迷,于是钝铁认为遗憾,闻朋友去看戏者,辄曰:某某人遗憾去矣。

宋词人既狂捧某弹词兄妹,而一旦忽飘然赴香岛,濒行,托其友寂寂曰:我去后,愿足下日往听书。以伊人消息,频频述之于书中,所以慰远游人念也。寂寂唯唯,乃自词人行后,寂寂日赴书坛,近日以来,寂寂忽容光焕发,饰貌一新,好事者疑之,私语曰:词人殆所托非人矣。

余观《梁红玉》后有感,成二绝云:

江南到处黄天荡,定策兴邦欲问谁?赖有蛾眉传往事,人心至竟未全非。

扬子江头寇已深,双槌一震鼓声沉。夫人抗罢金兵后,可许鯫生事拜金?

(《东方日报》1938年3月18日,署名:某甲)

扬州平山堂

培林曾游扬州,乃谓平山堂得一静字,予则不能忘情者,平山堂之丛树之巅,最多异鸟,游客上山,鸟即振翼而飞,为居声。外人恒猎此鸟,取其羽,为欧西女子帽檐之饰,甚美观,亦甚名贵也。

在更新看改良平剧,颇不便怪声叫好,此则令人稍感束缚自由之苦,以为后台既言改良,则前台亦不容不守"改良"规矩,其台前张一牌,上书"请诸君静听"数字,即有叫人不要喝彩之意。

予尝论旦角宜于坤伶饰演,梅兰芳之荣华盖代,作娘儿们装,亦令人讨厌。然予之结论,乃谓"此实偏激之见,不敢张天下人以同我也",

予友见之,笑曰:我子更事既多,锋芒渐敛,若在四五年前,要骂人便骂人了,决不能肯稍自谦抑。则此结论之者,决不会见诸四年前予之笔下也。其言良善,予笑然之。

(《东方日报》1938年3月22日,署名:某甲)

拟久居孤岛

余家既拟在孤岛作久居之计,于是设法将乡间仅有之旧衣箱,雇一载货之艇,绕小港来沪。途中不免受检查,启一筐,得一吾长子所御之帽,其帽如航空人员所戴者,检查人见之,不悦曰:奈何藏此物邪?运货人曰:是物为儿童所有,料无妨也。检查人视之良久,始怒而掷于箱内,掉首而去。

张恂翁贻书与予,有言曰:上海已成死市,即幸而得暂偷活,终非可恋之乡,故决计再居二月后,亦将往昆明一跑,庶几不致再航脏气!又以予近况艰难,故亦以为予迁地为良,予熟计之,惟迁地之谋,在予实绝大困难。予一家十余人,皆赖予治文而活,既无宿贮,则何能只身远行?窃念恂翁亦有家累,不谙而脱身者?

孤岛上人,既陷于苦闷之情况下,在觇未来运会,辄趋问卜一途,而上海之所谓命相家者,乃如过江之鲫,而生涯皆盛。闻有袁某者,自京江来,设砚于此,一月所入,乃有万金,此数正足惊人。目前以艺而可以赚大钱者,梅博士外袁先生殆又一人也。

(《东方日报》1938年3月29日,署名:某甲)

蔡钓徒

袁礼敦先生,在海上之名流中,比较以道德称者。此公年事已高,而吾人乃不知其尚有老太爷也。袁之尊人,九十有七,克享遐龄,宁非人瑞。马相伯先生,当世以年来而享名,闻之人言,马氏一门都长寿,年在七八十者甚多,岂长寿亦有遗传性邪?果尔,则礼敦先生登大寿,可预卜矣。

新华公司之《古屋行尸记》，至昨日已第八场上下客满，乃创影片卖座之纪录。《古屋行尸记》为恐怖片，恐怖片而受人欢迎如此，亦可见孤岛居民之苦闷，一受苦闷，便想找刺戟，于是以恐怖为刺戟，而造成《古屋行尸记》之空前盛况也。

闻蔡钧徒失踪之前，曾赴某舞厅，舞厅经理，为其稔友。时舞厅开幕尚不久，蔡乃告其友人曰：待我到场里看看，可有我的过房女儿否？盖舞国娇娃，多蔡之义女，然蔡虽言如此，而并未入场，匆匆即去。自后遂传失踪，又数日，且发现其人头。或谓蔡临死之时，犹不忘其过房女儿，而死后其过房女儿灵前一奠者，竟无其人，人情亦不可问也。

（《东方日报》1938年3月30日，署名：某甲）

《群芳吟》

与不平生久违矣，问他近来常写文章否？则曰：我写文章，除非讲笑话。然今日之局面，如何还好意思说笑话寻开心耶？譬如人家死了人，叫你去吃豆腐，你总不好意思立起来唱歌，唱《可怜的秋香》已不可，更何况唱《桃花江》与《妹妹我爱你》哉！

曾见某舞刊一册，其中有人作《群芳吟》十余首，皆为投赠舞女之作，如打油体趣味甚多，诗亦有工夫者，盖老手也。如云："甲鱼小白何须辨，目的无非大拉斯。"又云："我亦越人倍关切，萧山灵秀出倾城。"而其中一首更好看，句云："夜深不敢叉麻雀，怕吃牌头为老娘。寄语令堂休扫兴，应酬姊妹又何妨。"

包天笑先生，昔曾在《晶报》作《舞场竹枝词》，亦一二十首，无一字不工，无一语不趣。予当时极为爱读，今以日久，其词已都亡佚，记有一句曰："阿侬夜夜吃汤团。"

蒋叔良兄病于招商，曾往省之，经诊视后，病状殊无进步，其女兄侍于侧。异乡客子，不可病，叔良幸尚有姊，否则益将困苦矣。

（《东方日报》1938年3月31日，署名：某甲）

张正宇寻妻

张正宇兄,既只身赴港,上月拟迓其夫人往。夫人乃作一书,告正宇行期,谓船将于八日启碇,十日抵港矣。书到之日,在十日傍晚,正宇阅书大惊,盖此船已于此日午时到港,天到这般时候,还不见夫人到来,定是迷失路途了,因念夫人,又念二子。正宇有一子,尚有一子,在夫人腹中,盖夫人方娠也,因此正宇益失措。遂觅其友三人,赴江边,渡船至轮上,问茶房,可有一个大腹女娘儿,和一个小孩,从上海坐船来吗?茶房答以无有,乃至各旅馆一家一家打听,也不得着落,正宇惶急欲哭,于是返寓,再将夫人之书打开,则又放心一半,盖书中并未说明已经买好船票。及明日,夫人之书又至,谓八日之船票,未能买得,故不果来,今已买定十五日之票来港矣。正宇始大慰。小丁见正宇当时懊丧之状,谓大可描写一篇张三郎寻妻记也。

(《东方日报》1938年4月2日,署名:某甲)

何 琴 芳

何琴芳,亦今之女弹词家,与其兄芸芳,开唱于南京书场。琴芳年才十五六,发辫双垂悬于肩下,望之真一憨跳小女儿也。玉狸词人在沪时,赏爱甚至,一往情深之状,见者无不怜其痴也。何来沪后以人之介,谒周邦俊先生,周为海上名流,琴芳将赖以自重,则拜于膝下,以父礼侍之。何于先生,尊敬不殊生父,每作一事,必先问先生,先生谓可,则行之,不可则罢矣。一昨予遘邦老,掀髯笑曰:"琴芳不愧孝女,在去年岁除前七日,忽来我许,时我百事方集,不暇问之,彼母女则侍之傍晚不去,及予动问,琴芳乃谓有人说她有了辫子,是在充年轻,故欲剪之,不知干父之意如何?时予以他事牵掣,竟不遑置答,彼等乃去。至除夕夜,又来重提前事,予始告以辫子不必去,惟若剪出一些刘海,则可稍异旧观,琴芳乃唯唯而去,其诚心亦可称矣。"又谓玉狸先生宴何之夕,事先亦来问余去得否？予告当然去得，小娘儿才放胆赴宴者。

（《东方日报》1938年4月4日，署名：某甲）

秋鸿赴港

秋鸿居士，于昨晨赴港，与夫人同行，先一夜朋友三四十人，为之设饯。席上冯梦云与施济群二兄俱有致词，梦云之期望秋鸿，此行有新出路，而踏入为官之途。秋鸿做官，则我辈为其朋友者亦有路走，质言之，至少亦可得一官半爵，聊以自娱。闻者莫不笑此公为何会一脑门子只想做官，难道刚刚开了茶室，便觉得做生意太不称心，遂有一行作吏之想耶？或曰：梦云为人，太会使气，而脾气过大，此人的确有做官之腔，奈何天不作美，使其位跻显贵哉？虽然方今弹冠新贵，如过江之鲫，然不见梦云于滔滔中着一顶之红，要为天良未泯者耳。

近来，忽一梦亡妇，似在天将大雨之天空下，余率幼子行于前，妇挈长子行于后，返视其色，若含幽怨，予与之有言问答，然醒后已不知所语为何事。前夜吾母亦梦，梦妇忽返家，母在梦中，谇其死，问其九原困苦否？则点首谓然，既而泪盈于睫。次日，母告予，悲恸欲绝，予负吾妇至于死，此恨绵绵，终身不尽矣！

（《东方日报》1938年4月6日，署名：某甲）

欧阳予倩

欧阳予倩先生，于中华剧团息演之后，浮海行矣。行之前一夕，吾友醉芳，饯于酒楼，邀灵犀、梯公及予作陪，先生则与夫人双临。先生饮量非豪，然是夕则巨觥频进，几濒醉矣，忽发诗兴，即席赋四句，录与灵犀。

予倩先生，五十年矣，然不老，似四十许人。予语先生，我数载以来，热望先生与信芳合演《潘金莲》，而先生则久废粉墨，故吾愿终虚。先生曰：君视我尚可登场乎？予谓，胡云不可，今日之梅兰芳，肥硕亦似先生也,不见兰芳犹上台乎？先生击掌,曰:然则待我归,必试旧状,以餍君望。予乃大乐。

予以至诚之心,爱护此一代艺术家。自上海既成孤岛后,救亡之曲,不可得闻,独予倩先生,以《桃花扇》一曲,震刺人心,热血男儿,当之无勿流涕。而今日乘桴,先生自当有牢愁万斛,而我人送其行者,于孤岛之上,又深感无量岑寂矣。

(《东方日报》1938年4月13日,署名:某甲)

小 丁 来 信

一怡兄致书与丁先生,谓常悬悬于予。自此子赴港,虽未有一书抵我,我有时嗓痒亦念小丁,以小丁而在,我可以立刻赴丁家,狂喊几声则戏瘾过矣。小丁又言,在港时与勃罗、玉狸相共,此二人因亦予之好友。勃罗曩时,与予同为迷金素琴之一人,然其始终未得一面素琴,而予则且共餐飧矣,举此一端,予正可以傲勃罗。虽然既为好友,有福亦当相共,予必丐于金大小姐,索一玉影,系以上款,以寄故人,使勃罗于数千里外,深感予之情重也。

梁众异有《秦淮十二咏》,其记灵谷寺云:"灵谷流云接太阴,无人知我入山心。最怜白下骑驴叟,志业难伸直到今。"梁在今日,殆有志业已伸之快？愚终为此一代诗人,扼腕嗟叹而已。

谭延闿先生墓在灵谷之邻,游者于灵谷下车,蜿蜒入谭墓,则风景如画。若偷懒而直驶至谭墓前,便一无可看矣。海上某老名士,携姬人谒谭墓,见延闿遗容,姬人曰:谭先生老矣。名士不悦曰:何云老？以我观之,正少壮耳。姬人亦笑曰:少壮而不寿,亦是缺憾。名士始悦。

(《东方日报》1938年4月14日,署名:某甲)

易哭厂诗才

易哭厂之诗才,远非故都其他名士所及,其周旋于女伶之间,所作诸诗,恒多佳唱。传易之所以署名为哭厂者,实缘哭女伶而有也。其哭女伶诗,最爱"天原不许生尤物,世竟公然杀美人"两句,又如"哭母只应珠作泪,无郎终保玉为身",又曰"直将嗟凤伤鸾意,来吊生龙活虎人",此所谓才子之笔,名士之诗也。

沈太侔之《便佳簃杂钞》中,有记捧角之诗一首。予昔曾介绍于读者矣,句云:"座中痴绝无如我,一掷秋波便是恩。不信烦卿亲检点,裙边袖底有离魂。"迩拾其意赠素琴一首,曰:"一笑归来裙角重,此中曾断某郎魂。"

或曰,捧坤角而欲接近其人,此傻瓜也。在台上看其演剧,回家来则苦苦相思,此境最乐,若既成朋友,滋味必大减。予曾有诗云:"倚妆真有十分妍,平地相逢一范然。天与世人缘分薄,悔教来听出山泉。"即语此也。

(《东方日报》1938年4月17日,署名:某甲)

某 妇 人

有妇人挈其子女自内地来者,谓内地未尝不可居,但妇人受厄耳,至如稚子,已与军伍中人习,军中人见稚子,必喜,啖以糖果,而乡人不察,乃谓军中人之糖果,有毒,稚子食之,且死。其实糖果何尝有毒?我子女曾食而多之,至今无恙。何物穷雌,竟敢公然颂扬小惠者?予谓此妇人之避来上海,正复多此一事,若是贪佞,何不放她在内地,供军中人之色情享受邪?

恂子兄谓如狼如虎之年,特专为女人用者,男子无与也。予昔日为文,曰《将近狼年斋随笔》,实为错用。

老铁近年,纵酒外,其他娱乐,绝不闻问,谓二十年前,喜观西洋影片。一日,新爱伦映一片,为名构也,老铁与其友相约,非同看不可。是日,老铁待于家,自斟自饮,逾时而友竟不至,怒其爽约,折其两箸为四段。顷之,友奔至,老铁叱之曰:箸断不可复接,我二人之交谊,亦如此箸。于是老铁发誓,以后更不入影场,可见当时此君之生性暴烈矣。

（《东方日报》1938年4月20日，署名：某甲）

王西神书法

王西神之书法，如恶肉一团，极难看，然书名甚著，可怪也。予尝见西神一面，其人癯然如古刹病僧，却有几分秀骨，不知如何，其文其字，乃多平庸脂韦，竟不堪一入目也。

客有参观最近宁波同乡会之书画展览者，见其中有海藏老人四屏，书法绝挺，而售价奇廉，不以其人节行而论，终是一代书家。而至今日，以其人之不足道，其书亦从而贱之，或有为郑作解释者曰：个人之私德是一事，艺术亦为一事。闻者皆摇首不以为然。

某君曩与程玉菁私谊极笃，当其狂捧玉菁时，玉菁困于资，其人则卸身上之裘，付而质之，亦可见交情之不薄矣。顾程近年居于北方，一度演剧冀华，某君顿足曰：我与玉菁分绝矣。此君盖亦以个人之私德与艺术并为一谈者也。

读者投寄一联云：

  香岛一时添璀璨，围城有客尽凄凉。

其词意味，殆为金氏姊妹出门作也。

（《东方日报》1938年4月21日，署名：某甲）

避 疫 宝

乡人汪望农先生，年前以避乱来沪上，迩则创设嘉农制药公司，发明避疫宝一种。大兵之后，必有灾疫，以避疫宝系之襟上，则可以拒疫神，诚防患之妙品也。以装潢之美，小儿御之，如加美饰，弥可珍矣。

移风社之梁次山，力学刘斌昆，颇神似，信芳故重爱之。失一斌昆，而得一次山，在移风主人，无所损失，而斌昆则不足以自显，故可惜耳。

在老滕文章中，用"吾友"二字最多，"很不错的样子"一句尤多。

别人多套旧文,便觉讨厌,惟在外史氏笔下,纵用而多之,亦不讨厌,此何故?缘老滕凤有神经病之誉,文如其人,便以为其文叨叨不休者,皆神经发作时说出来者,故无足怪也矣。

良久不能在上午起身,予起居不节,友人戒曰:戕伐身体,莫此为甚。然予固不觉自损其躬,看起来到老年时便须受累,念至此,真有茫茫来日之悲矣。

(《东方日报》1938年4月23日,署名:某甲)

捉刀人之笔

捉刀人之笔,艳矣,其所叙之事,不过一端,而叙述之法,变幻莫测。我有时常患其才穷,然捉刀人则以灵空笔调,为文如剥茧抽蕉,有层层不绝之妙,以文学言,此为高品,以艺术言,此亦伟大者也。

玉狸既去港,时以文寄沪上报纸,于何氏琴芳,犹不胜其情致悱恻也。琴芳常读报,心痒痒然,而今忽以小病闻矣。昔者,周邦俊先生,为琴芳留影,因拟赠一纸与玉狸,以慰远地相思之苦。予昨访周先生,为素琴芳影,将代寄香江,先生乃以琴芳病告予,谓将俟其痊可,亲签一字,则玉狸得之,尤当珍惜矣。

之方与小洛,近忽沉湎于时代剧场,其中二隽,曰文娟,曰李雪芳,文娟习生,雪芳为旦。予昨应二兄约,亦作座上客,则文娟竟缺席。聆雪芳之《武家坡》与《大登殿》,果是上才,一十七八小女儿,而能深解表情,其嗓尤亮,至高唱入云,天所赋矣,所可惜者,其身材较矮。其实江南坤旦,除金素琴外,几人能得亭亭之美者?故惟有素琴,终是全才。

(《东方日报》1938年4月29日,署名:某甲)

遇秦瘦鸥

途次,忽遇旧友秦瘦鸥兄。瘦鸥为余乡人,小时且同学,及长,瘦鸥谋食海上,出其余绪,乃为报上"写文章",以"秦怪风"三字,颇著文名。

六年前,予亦下海为报人,而瘦鸥遂隐,故勿相谋面,及《御香缥缈录》巨制既成,瘦鸥之名益著。然无人能忆怪风名矣,一朝相见,则瘦鸥仍未见其老,手中所捧,皆书籍,乃知老友尚勤读勿倦,可喜也。

于百乐门中,见孙雪泥君,佳士也,怐子谓雪泥与怐子颜貌相似,见之果然。是夕,翼华、天厂,为赵啸澜设饯,故邀素琴,又邀包小蝶兄。金氏姊妹,称小蝶为大哥,席上某君曰:大郎自署金哥,于是灵犀称之曰金素云,然则小蝶将如何?灵犀乃曰:金素瑟耳。众大噱,素雯不然,谓素云二字,不类男儿,故我当称唐先生为大姊。语至此,素琴推之曰:汝不患唐先生气耶?于此观之,则金大小姐,毕竟比金二小姐世故深矣。

啸澜之行,吾人各致依依,灵犀犹甚。席间,翼华谓啸澜舞至精,因促灵犀燕舞。灵犀忽忸怩不敢试,予劝翼华,谓不必相强,强则草船借箭身段来矣。故我一言,灵犀终未与啸澜舞。灵犀德我,怒我,皆不能知矣。

(《东方日报》1938年5月11日,署名:某甲)

宋词人来信

宋词人从香港寄一封信与我,他说,香港这地方,未曾来过的人,总认为是人间福地,但我老实告诉你,倘你发了财,或是做了什么大经理之流,那你可以带了娇妻儿女到这里来,住在高大的洋房里来享受南天的美丽;否则你自己身体在香港,而精神上,心理上,无时无刻不牵记着上海的人和物,纵然一样的吃饭穿衣,你的痛苦将到怎样的境地呢?香港一样有跳舞电影的享乐,但这些全是暂时的刺戟,何能寄托我的心灵!来到这里,举目无亲,跑出门外,便言语隔阂,这原不是我们的世界啊!上海虽已受了别人的控制,失去我们政治的自由,但每个人都私生活,还是一般地有生气而活泼,所以每次读到你的随笔散文,便令我由羡慕而嫉妒。那几首赠给金素琴的诗,写得何等生动而工丽,在名教中你近乎狂简一流,龙阳易顺鼎,便是这样的典型人的。

朋友之在香港者,来书每不满于香港之起居,词人之书,更慨乎言之,芳君拟游港,读词人书,其将裹足乎?

(《东方日报》1938年5月16日,署名:某甲)

梦　境

往年,尝遇宝儿入梦,似相值于派克路之十字街前,天上阴霾,增人愁绪,予御宽博之袍,翼宝儿同行。顷之,忽眼际豁然,为秋阳绚烂之日,似入田家,农民方刈其田中之稻,积之如山,村人引予至一屋,令我读书。村人曰:书生勤读,居此良宜。又指宝儿曰:若彼绮罗人,宁能得山村之趣邪?宝儿哈哈笑,曰:是妄人也。梦境至清晰,醒后历历似在目前,作四绝句,至今念之,犹觉不尽温馨也。诗仅记其三,句云:

　　垂髫掩袖雾中行,十字街前路不清。短曲只弹儿女调,裹裳散作断肠声。

　　要从陇亩掩歌衫,枉说当年缘分悭。却被前村痴子笑,美人未合隐青山。

　　棉花绽绽白如银,香稻垂垂拂近身。天与丰收更何乐,慈云到处覆清贫。

近来体弱,又多梦,梦殆为予健康之测验,昔日体壮,竟无一梦也。迩来颇有温香之梦,每醒予乃必愤愤,奈何不使我永处于梦中,梦境既甘,乃畏其醒,醒则又牢愁万斛矣。

(《东方日报》1938年5月22日,署名:某甲)

三　点　水

与金素琴姊妹同宴于丽都之夜,予即席作一诗,芳君亦步韵和一诗,忆其句曰:不知今夕是何年,月下瑶台岂偶然?识得斯人仙骨好,还期当作在山泉。余大喜,谓末句甚妙,大有予旧作"但愿斯人长不嫁,斯人永是不羁才",以问芳君,芳君曰:意诚有之,然而犹有双关也。乃知芳君实在勖勉二金,愿二金永为浊世中之清流,则其情弥可念矣。

女人中有名三点水者,指淌白也,淌字为三点水;而今日又称男人为三点水者,则汉奸也。汉字起笔,亦三点水,何以三点水之于人,无分男女,尽是恶劣名称? 观女人之三点水,人对之第有悲悯;男人之三点水,则将仇而杀之矣!

　　余父两手有恶疾,治于屠企华先生,屠先生为之细心疗治,施以针药,今且就疗。因知屠固不仅精理花柳病,其他外症,亦能着手成春者,真今世之良医。用志一言,为先生谢,兼为病家告也。

(《东方日报》1938年5月25日,署名:某甲)

王尘无去世

　　王尘无兄,竟以咯血死矣! 闻之腹痛不止。战后,兄养疴里门,至上月始闻其将避地来孤岛,吾人方欣慰故人之重聚,讵颙望久之,而踪影杳然。昨日龚翁先生得海门朱公羊君来函,谓尘无于上月二十六日晨七时,以咯血过多,致溘然作古。龚翁得书,遂告灵犀,灵犀以电话询培林,培林复以电话询尘无介弟,其弟尘笠,执事于本埠某钱肆,初问尘无如何矣,则谓不久且得家报,三哥虽在病中,然无大碍也。因告以公羊之书,其弟大恸,陡忆一二日前,有乡人来,初未言尘无已死,曷往觅之,一询究竟,以是更觅乡人,乡人固言,尘无已病死,惟渠离乡时,王家人嘱其勿传尘无噩耗,使尘笠伤心也! 自是尘无之死且证实,尘笠乃复踵灵犀许,白以乡人之言,尘笠已泣不可仰矣。朋友闻者,无不怆恸,今将由至友若干人,为之开一追悼会,又为之延高僧追荐。读吾报者,亦有佩尘无之清才绝调者乎? 读此文竟,又岂可不临风雪涕,以吊此凄凉绝世之才人哉!

(《东方日报》1938年6月1日,署名:某甲)

六〇六

　　白松轩主,近忽与小洛开笔战,小洛见其文,叹曰:我从此敛手矣。

又曰:我读轩主文后,发生"两种感觉",其一,轩主骂人,能将文章拉长,越拉长,则文气越狂盛,此为小洛之力所不逮,因此不敢还骂矣。其二,轩主不称小洛,而称六〇六。小洛又白:在轩主原意,因陆小洛而称六〇六,然外人不知,且以为轩主在暗讽小洛正在生花柳病,生花柳病,究于名誉上不甚好听,故从此亦不敢还骂矣。予识白松轩主将二年,知轩主者,为一忠厚人也,不料忠厚人不使脾气则已,使脾气则不可收拾。大概这一回轩主是动了真气,故放出骂人本领,与同人等看看也。

灵犀在舞场中,跳熟一舞女,便不肯放松,决不另开户头。有时同游舞榭,灵犀忽然坐一旁,不越舞池一步,他人问之,则曰:我之舞女未来耳。予往往嗤以鼻,谓花了钱哪一个不好跳,何必指定一人,又不想吊膀子,值得一往情深,至于如此?

(《东方日报》1938年6月6日,署名:某甲)

凶 杀 案

兰心大戏院之暗杀案,亦可为一桩重大新闻矣。翌日之某报上,乃有一篇关于此案之记载,用素描笔法写之,慢条斯理,看得人真叫心痒难熬。此文约长八百字,其前之四百字,叙述兰心是日所演之剧,对于演技加以批评;其后四百字,则写凶杀案发生时之情形,先记死者之妻,着什么衣裳,揣测多少年纪,还要写其当时之惶急情形,以及内心哀痛,把一桩大事,写得好似叙述戏剧情节一样,作者非涵养功深,不能有此也。

又在时代剧场,看周碧云之《双摇会》,一刮两响,脆利无匹,表情之冶荡,直令座下客不可自持。此婆竟是好手,特可惜上海人都不生眼睛,如何不来推荐此大好人才,到舞台上去漏漏,而终使局促辕下,此则令人有负才不遇之悲。看将起来,我某甲不去保举她,是没有人去保举她了。稍待一时,我自有道理,说什么出处卑微,不能重用,我且不辞一费唇舌也。

看于素莲之《翠屏山》两次,曾记以诗云"翠屏不障云兼雨,为有销魂唤大郎"，此印象殊不可磨灭，不知此剧碧云能演否，苟一踹上跷，什么都可以强于乃娘，吾言决非诬妄。

（《东方日报》1938年6月7日，署名：某甲）

周碧云演剧

予近见时代剧场之周碧云女士演剧，亟赏饰貌之妍，表情之胜，不觉于文字间，力贡其倾慕之私，而意欲为全沪三百五十万居民，作一普遍之推荐也。孰知予一片好心，竟有当作恶意者，谓予之夸张其词，是不在为碧云传誉，直在陷碧云于危耳。盖碧云苟为一精谙文字之女伶，见报纸上揄扬文字，如火如荼，必且忘记了自己之身，而将志满意得，鄙夷其目前之处境，惟期高蹈，往往从此便走入歧途，其为害之烈，不可设想。故便是要捧人，亦当以稀松出之，不可使劲，使劲则碧云非特不能受足下之益，蒙其损害矣。其言也，未尝非绝对无理，然予行事，既凭一片丹心，便不必内心自疚。碧云将来之为好为歹，余今且不能计及。余以为碧云固止于此境，亦未始不好，再唱二三年，本可以嫁人，混下去原不是女儿幸福，女儿之福，特在早得良俦耳。

于素莲近来，扮相比较清艳，昨见其演《虹霓关》之丫环，朗朗可喜，惟其嗓极推班，以素莲体格，不能谓之柔弱，而衷气亏虚，一至于此，良可惜也。

费穆先生，曾看信芳演《桑园寄子》，为之流涕。此剧往年在黄金一度演之，去年卡尔登亦演一次，然予都不获观，愿能再贴一回，以飨忠实之麒迷，此则又当仰求于"当局"之前者矣。

（《东方日报》1938年6月13日，署名：某甲）

《雪鸿泪史》

芳君之谈女友，一曰玲玲，一曰莉莉，于是其文章间只看见玲玲、莉莉，读者叹曰：此真淋漓尽致矣。芳君年长于予，予年来看女人事，真觉稀松平淡,不图吾友芳君,对此犹兴会淋漓,津津乐道,如数家珍,真异数矣。灵犀兄近看日人所著之笔记中,有谓人到中年,对女色纵不能忘情,亦只可蕴之心底,岂堪犹形之词色,更何堪如芳君之录之楮墨乎?

闻徐枕亚之《雪鸿泪史》,在前年沪上书局统计,犹可销二千册强,可想此书倾销之广矣。痴男怨女,沉醉于《雪鸿泪史》者,不知有几千万人。予在髫年即见此书,读过亦遂弃之,不以为意,时至今日,且不能想起这一本书来,一想起来,便会汗毛根根竖起。全书故事,今已忘佚,惟知此中描写,无非肉麻当有趣,试问叫人如何耐得下。

《韩信》一剧,予从未见过,昨夜,稍观一二场,则词句无不通俗,通俗而不嫌其荒野,自是剧作好手,不知出何人笔下也?

(《东方日报》1938年6月16日,署名:某甲)

邓荫先谈戏稿

读本报孙寿特刊上之文字,有邓荫先兄谈二位票友一稿,虽然自称外行,然说得居然头头是道。荫先兄为本报之馆主,平日刻苦自励,有才干,为师友所称道,黎明即起,理馆事甚勤,非夜静不眠,绝无半日闲者,不知于何时听过"二票"之戏,能将阴阳尖团,弄得明明白白。予之愚笨,十一二岁听到现在,只晓得男人是阳,女人是阴,雄蟹是尖,雌蟹是团,更不知声音有阴阳尖团也。或曰:邓兄对旧戏之有心得,皆从读白松轩剧话而来,然则予亦读白松轩剧话,未尝间断,如何仍是懵然,是必邓兄有过人之聪明耳。

张中原演《追信》,王绍基陪一樵夫,牌挂在刘邦、韩信之上,王自以为名票,非此不足以矜贵,真放屁也。白松轩主如唱《捉放》,叫王绍基做一只猪猡,若要挂牌在陈宫之上,余可请白松轩主情让。王绍基你肯做猪猡不肯,自称名票,又是染了一身恶习,自己不羞,别人替你汗颜!

(《东方日报》1938年6月17日,署名:某甲)

蝶 衣 归 来

蝶衣兄忽翩然归来,相别经年,可喜故人无恙。是夜,培林、老铁二君,为灵犀特制荤肴,送其入净素氛围,席间皆平时常见之至友,欢怀既纵,酒肠亦宽,尽一巨觥,薄醉。而倦不可禁,于是入寝,比醒,距戒严时间,不过半小时,而老铁、培林与师诚,犹持杯饮,灵犀亦醉倒枕边,唤之起,偕师诚同归,老铁谓将与培林竞盏至天明,不醉且不休也。

今年六月,亦将令家人多吃素菜,热天吃素,合卫生原理。余一生食不择精粗,惟求适口,有时盛席当前,而停箸不动,有时一盂藜藿,亦足加餐。战后,全眷来沪,屋小,不可再容人,故勿雇佣媪,而令予妇治烹调,妇又勿擅其术,饭时,恒以此而生怨怼,于是屡次招佣人,告曰:汝能为任烹调者,虽十金一月,勿吝也。屡试屡不能称意,妇则絮絮曰:妾辛苦而不见恤于良人,常致不睦,我亦只能享福者,何常习此?特以体念家贫,故代庖人之劳耳。予闻其言,亦悯之,于是隐忍此内心的痛苦,直到如今。

龚翁已印一卡片,上书曰"居士山人,又名山人居士"。

(《东方日报》1938年6月27日,署名:某甲)

杨 宝 森 剧

昨夜,闵菊隐先生邀往黄金观剧,座有文娟女士,则专看杨宝森之《空城计》来也。闵先生亦爱才若渴,以文娟为可造才,故极尽此扶掖之力。文娟方当妙龄,而得此知己,宜可自慰。予到场时,阎世善之《泗洲城》,将下场矣。世善为九阵风子,予屡观九阵风剧,深喜世善能克传衣钵。又于座上遇过宜,开口即曰:我是来捧宝森的。听之汗毛凛凛。心爱一戏剧人才,何必放在嘴上,说专诚来捧?予爱信芳,然只说看周信芳去,不说捧周信芳来也。

从前人知自命为评剧家者,若有人称之为捧角家,其人必怒不可遏,若有深雠夙怨者,惟予则只自承为捧角家,不愿承为评剧家。半狂有言,捧角家一面孔是花钱的,若评剧家,一望而知其人照稿费牌头而看戏也,此言说得有理。

予观杨宝森剧甚早,当其童伶时,予在旧京门框胡同之同乐园,观其与刘宗杨、黄桂秋诸人合演,其时杨已挂头牌。此次重来,嗓音已不若往昔之闷,而面部亦见丰腴,殆已与痼癖绝缘,此为可喜。艺术家求进取之道,鸦片烟不可抽,抽而能戒,前途必有光明,宝森苟用功不懈,则将来还有将来。

(《东方日报》1938年7月2日,署名:某甲)

骂　　人

近来报上,许多人咸劝我还是骂人,仲方且说出一篇大道理,殊不知予安分守己,不骂人家,别人尚且要骂我,若再张开一张臭嘴,正不知要叫别人如何糟蹋我矣。其他人不谈,即如蒋君叔良,天天骂一段,着墨不多,而读之辄有啼笑皆非之苦。叔良明白我已不能骂人,于是乘人之危,来张挞伐,使我受之而不敢还敬一句也。近来心思日钝,纵想放出一点昔日锋芒,而不可得,盖一到搦笔,便想不起如何骂法,因拟抽一口烟,以邕心思,闻之人言,一灯相对,各种念头都会转上心来。叔良年纪并不大于我,虽其人枯槁若衰翁,然至今犹词锋如铁,谓非乞灵于芙蓉仙子,要不可得。昔日与叔良同居,常上下首横卧于其烟榻上,及其迁去,叔良之灯枪,不知何往?近见其骂人,我遂想起若要还骂,除非亦染烟霞。一日,问叔良迩来啸嗷何方?则笑而不答,今日方知叔良之秘不我告,自有原因,实系他要抽了大烟骂我,不要我抽了大烟骂还他也。只许州官放火,不许百姓点灯,从此知叔良之政策酷毒矣!故予至今日,惟有束手待骂,看他天天把我骂得怎样凶,决不还骂一句。惟有一事,须请叔良网开一面者,千万勿诬骂我为汉奸,某甲虽穷,穷得正与足下一样清高(某按:此"高"字,非"膏"。因"清膏"亦成一名词,容易使蒋兄误会)也,拜托拜托。

(《东方日报》1938年7月3日,署名:某甲)

劝文娟更名

予等劝文娟更名,灵犀兄有一友,乃语灵犀谓,文娟可以更名张小春,盖袭用孟氏小冬之名。其实文娟自文娟,小冬自小冬,将来文娟之前程无限,正不必以小冬为标榜,故此名不足取也。

近在时代听歌,颇认识姜云霞之好处,其戏纯走大路,亦能做,《武家坡》一出,真有王芸芳神韵。第一二次见姜时,并不觉得其好,则缘其登台之始,不免刻意求工也。刻意求工者,往往窒碍天才,不妨随便一点,能随便,于是施展天才矣。

周碧云又在大罗天吹了,小女儿脾气太僵,宾主乃不能相处,当初既斤斤于饭碗问题,故从时代跳大罗天,然饭碗既已到手,又不能好好儿捧着吃,是何为者?碧云演剧,实有天才,所谓天才艺术家者,必有特殊之脾气,碧云终是天才艺术家耳。

外史氏谓,彼认识之女人,若在路上碰着,而有男子拥之同行,便不愿再去招呼此女人。此种心理,决非吃醋,然当时所下之意识,过后辄茫然不能自解。

不知何处得罪过谢豹,谢豹对予乃不免耿耿,近来之文字间可见也。生平虽好戏弄,然未尝戏弄谢豹,予诚无状,致今日乃丛为怨府。然何与谢豹,得此愈深,愈觉做人之难,为人浩叹。

(《东方日报》1938 年 7 月 12 日,署名:某甲)

久不谒丁氏伉俪

余以困懒,久不谒丁先生伉俪矣。今年一年中,但一往,丁师母不悦曰:何以大郎往昔之亲,而今日之疏耶?予闻言至惶悚,而丁先生凤与予善,亦以不常予面为念。一夕酒后,忽与小洛言曰:"处于今日,百无所冀,第冀有三五至友,促膝作清谈,于意良惬,顾不见大郎。"小洛又曰:丁先生作此语,乃不胜其怅惘,可知亦盼子常临也。于是约于十二日夜,共谒丁家,同行者,有小洛、之方外,尚有培林、安其二君,而文娟父女,亦为予与小洛相约同往。丁先生知文娟来,则约苏少卿君,同参斯会,请文娟歌《庆顶珠》一段,少卿赞不绝口,而丁先生亦谓醇醇有神味。少卿约傅、张二女士至,一歌生,一歌旦,皆就学于少卿者,因亦各歌一曲。少卿以别有他约,未饭而去,于是予等与丁先生伉俪纵酒矣。在座诸君,睹文娟气质之美,无不向往。培林不轻许人,及见文娟,亦谓小女儿的是可人。文娟之父,复以诸君子一片善心,怜此弱质,则深致感念。将十时,乃各别丁家而去,至时代,观文娟演《庆顶珠》焉。

(《东方日报》1938年7月14日,署名:某甲)

李培林论京派海派

培林于戏剧非内行,然其写戏剧理论,乃为内行所钦折。信芳常言,培林笔下之文,便是骂,叫人亦看了舒服。昔日,培林于他报作一文,论京朝派与海派者也,是为针对古愚而发者。予当时见此文,对培林之理论表示十分倾倒外,惟觉其题目实失之斟酌,盖不必针对一人也。顷闻古愚果有所答辩矣。古愚之文,予未之见,然夙知古愚为"反麒健将",而为"京朝派烈士"之尤,不读其文,而其说话之不为吾辈所中听,是在意中,颇怪培林当时命题造意之际,乃少此一番检点耳。

有人告予,谓欲使白雪穷凶极恶,只要于文字间偶一提及江一秋、张中原二君,予从其意,果于扇底微言中,写其一节。白雪除不便不登之外,果然于其泼墨中,大骂予矣,甚至以爷娘亦搬出来。其实予至今不明何以江、张二君之名,乃足以使白雪不欢者,亦笑话也。予昨与灵犀晤白雪,相约以后不必再浪费笔墨,使朋友难堪,而使文娟蒙无穷损失也。

(《东方日报》1938年7月23日,署名:某甲)

李培林好事近

信芳、翼华,招饮于蜀腴,座有老凤、培林二先生,亦信芳知己也。

老凤先生,欲请信芳正名,谓信芳将五十老夫矣,着一"童"字,似不适宜。近年以来,海内人固无勿知周信芳即麒麟童,则正宜废除今日艺名,而标周信芳三字,信芳唯唯称是。信芳从事舞台生活,至来岁已达四十年,培林乃曰:吾人于此伟大之艺人,宜为之纪念者,则待之明年,当举行典礼,为信芳寿,而此典礼务必求其庄重。老凤亟然其说,然则筹备会之任务,当之培林、梯公、灵犀及不佞诸人,而凤公襄赞其事,苟人力勿足,予当为中原、剑飞诸兄言之,同时召起海内麒迷,来参此会也。是夜与宴诸君,胥为信芳好友,信芳之中心滋乐。培林既厚爱信芳,而信芳于培林之关怀弥至,闻培林"好事近"矣,信芳大快,谓当谋所以祝贺之仪。予一生爱看热闹,乃觉未来一年中,正可以供我消磨者,譬如翼华之三十寿辰,培林之佳期不远,而信芳之献身舞台四十周年纪念,欢愉之情,自不言可喻。随此喜事之后,接着便是中国得取最后胜利之日,则狂欢更不可名状矣。

(《东方日报》1938年7月24日,署名:某甲)

月 落 乌 啼

有歌唱员在无线电台中播音,唱某支歌曲中有"月落乌啼"之"乌"字,念作"鸟"字。丁先生闻之,知其念别,故写信为之纠正,而其人则坦白地承认曰:我当时也看的是乌字,可是后来一想,只有鸟才会啼,乌龟怎么也会啼起来呢?盖此君不知乌更有其他一种动物之解释也。

昔黎明晖女士,从乃父锦晖先生从事歌舞事业时,唱一歌名《寒衣曲》,佳奏也。词人毕倚虹为之题诗,末二句曰:"爸弄胡琴儿唱曲,黎娘到处送寒衣。"盖明晖歌时,锦晖先生为之奏披霞娜焉。近者,文娟之歌,亦为乃父司弦索,予曾用倚虹先生之"爸弄胡琴儿唱曲"一句,以赠文娟。然写好之后,颇患"文父"疑吾言有芒刺。世上人豁达如黎先生能有几人,文父固不可比黎先生也。

或谓予近来散写各报之笔记,关于戏剧者过多。其实予既排日涂迹于此中,见闻遂偏于一隅,若在从前,一个月中至少开五次房间,跑四次艳窟,则所记得多女人身体浪事;今则常在粪翁先生所谓之"遗憾的氛围"中,你叫我不写,写些什么?虽然谈戏剧,终比写"读书札记"与夫"读史随笔"之类,还来得轻松耳。

(《东方日报》1938年7月27日,署名:某甲)

心仪白蕉

白蕉先生,予心仪其人久矣,而至今不获谋面。读其诗,则有清洌之气,如呷名茶。又从灵犀案头,见白蕉所作字,高逸直追二王。近者,乃与邓粪翁先生,合作扇页,一面以白蕉写行草,一面则为粪翁钤所刻之印。粪翁治印,蹊径超绝,为艺林所争宝。粪翁于每页钤印之外,并加题识,诚可谓二难并矣。

涉世愈深胆愈小,于是近年以来,口头上不敢随便摆华容道矣。此亦血液日衰之一征。而王雪尘君,其年岁并不小于我,一种锋芒,犹如我在六七年前,遇有外仇,辄于其报上声言曰:"你要来,我欢迎。"大有召人来较量较量未为不可之慨。而若以其口气译为上海马路英雄口吻则曰"操伊拉,亦勿死勿得个"矣!余每见雪尘之文,辄佩其气概之豪,以为雪尘豪气,初不定对付一女流,亦能对付一昂藏七尺之须眉,宁不可喜。然事至今日,更有可喜者,则七尺须眉,已为雪尘骂得无声无息。予又可悲者,彼弱小女流,至今尤不足以遏雪尘之盛怒,乃悟天下惟女人为最不可与。男人与男人办交涉,来得容易"解释"。予之所以锋芒尽敛者,亦正惧女人之不可与,而男人之太不讲情理耳。

明夷先生丧偶,设馔于乐善寺,偕友好往奠之。乐善寺为万圆和尚主持其间,万圆与若瓢,胥为吾辈好友,而皆以乱后自杭州来者。万圆卧室之前,为伟大饭店之后身,电炬如星罗,时有乐声送来耳际,老铁见之,将必拍案骂曰:此地不可居,此地不可居矣。

(《东方日报》1938年7月30日,署名:某甲)

小 丁 家 信

一怡作家报,寄丁先生夫妇者,其开头便是"爸爸姆妈"。丁先生夫妇读信时,便好像一怡下学回来,走进门便叫一声爸爸,唤一声姆妈一样光景也。凡是文字,都该如此写,所谓传神是也。从前写"父母亲大人膝下","大人膝下"四个字,已经累疣,更何况下来一句"敬禀者",尤其狗屁,与爷娘何必来客套!譬如小丁之"爸爸姆妈",在此四字中,便活状出绕膝娟娟之态矣。

予友昔有诗云:"不知涕泪垂双颊,但有辛酸罨一心。"原为律诗,然予所忆得者,仅此二句,其他六句,已绝无印象。惟记其诗统体俱好,而此一联,则忽发哀音,故容易记得耳。

蝶衣兄言,近来看见诸君写捧角文字,尤其读不佞之诗,乃悟当初之捧喜彩莲为肉麻。由此可见蝶兄一年间长期旅行之为不虚,盖其归来已变换了一种志气,变更了一种胸襟,不如吾辈之促居一隅者,其见识乃永永如此渺小,言之惭恶。

某年在扬子饭店中,深夜不寐,乃与灵犀兄联吟。联吟规例,要人唱一言,惟予二人所为者,乃为七言律句,则每人各唱二言,比较容易,一夜间所得甚多。翌日刊之报端,引为笑乐,此种逸兴,今已不可复得,想见老去情怀之百不然矣。

蜀腴楼下之女招待,昔有一人,貌如张翠红者,旋忽不见,而屡屡遘之市楼,则每次总与几个男人在一起,察其行动,似此人已为舞女,而陪客人出来吃饭者。茶花生涯,终嫌清苦,稍具颜色者,无不望望然去之矣。

(《东方日报》1938年7月31日,署名:某甲)

沈 禹 钟

京城毛子佩兄之宴,有沈禹钟先生在座。禹钟驰誉文坛,尚在十五年前,嗣后弃笔墨生涯,于役沪上,予儿时读报章杂志,辄向慕先生诗文,其文富清华之气,为侪辈所勿如。今年,辅许晓初先生治文牍,因识子佩,子佩复为予介见。是夜,有丁慕琴先生,丁先生与沈先生为旧交,乃谓沈先生已视昔为清减,其实以予观今日之沈先生,犹壮硕,可知昔日,沈先生实肥而痴者矣。予问先生,近年有诗文入橐否? 则谓有之,诗尤多于文,惟雅不欲披露,亦尝付剞劂。灵犀因乞先生为其报光宠,先生笑而许之。至此灵犀之报,又当添一文牍夙将,驰骋其间矣。

与沈先生论当年小说,先生亦服膺何诹之《碎琴楼》,谓《碎琴楼》一书,纯以笔墨称长者,其文字之细丽,较林译诸书为尤胜;若言文章工力,或者何诹非琴南翁一敌,然文章技巧,则何诹尤胜十倍于林翁。昔读张慧剑兄论《碎琴楼》一书,谓与琴南翁着力于汉书者,惟沈先生之观察,则不谓然。盖何诹以绝顶聪明,而创此蹊径者,与琴南二人,所谓不谋而合者也。

沈先生之书法亦美,写郑海藏书,而神韵独绝。溢芳丐先生作一笺,予亦当托子佩兄以便面代求也。

(《东方日报》1938 年 8 月 1 日,署名:某甲)

识 舒 湮

阿英之粤,同人等饯之于市楼,乃识舒湮。舒湮如皋人,予初不知其姓,问小洛,始知为冒广生公子,亦冒巢民后人也。信芳演《董小宛》一剧中叙巢民遗事,乃多舛误,考小宛史迹,距今不远,然传说纷歧,莫衷一是,询之舒湮,亦不获言究竟。

座中有考证旧剧人物者,谓王金龙之结局殊惨,其后,奉旨征瑶,战不敌,就掳于瑶,枭其首。而舒湮尝游洪桐,则苏三就受鞫之大堂,犹无恙也。因谓《起解》中,有"洪桐县内无好人"一句,游于洪桐,始知洪桐民风浇薄,所谓"无好人"云云,编剧者实从体验中得来也。

今年西瓜奇贵,措大不获偿口福,吾家人众,买得少,则吃不均匀。儿子不知老子之困,时丐我买西瓜,予则市冰啖之,儿子乃不复忆瓜味之美。西瓜而贵,不吃拒之可也,米价飞腾,则不饭又何能?海上百物,无勿在腾贵中,来日大难,每念及此,怅恨万端。

往年夏日常费二银币入大世界之露天影场中,凭栏看对过马路小客栈中异景,久而厌之,以为此穷欢也,胡悦我目。旋在中国饭店之钥孔中,见一妙女郎与男子之欢喜图,始叹赏曰:是为可观,从此绝足于大世界。

(《东方日报》1938年8月4日,署名:某甲)

南　　湖

当此时节,令人眷念南湖,烟雨楼头小坐,其乐固长足萦回者。予念南湖,亦悼亡友王尘无先生,昔者尘无自嘉兴归,曾记小诗若干首,其中有句曰:"儿家棹遍南湖水,不见鸳鸯只见人。"说出游人心事。若袁简斋生于今代,又哪怕他不将此十四字,放入诗话中哉。

报间有悬文虎征射者,一二月来,未尝见一条过得去之谜面,短中取长,则以"忽"字为面,打上海俗语一句,底为"勿要摆勒心浪也"。

(《东方日报》1938年8月12日,署名:某甲)

报 国 之 道

去年今日,战事作于上海,吾人伏居孤岛,临此沉痛纪念之日,抚念自身,宜如何自厉其志节,宜如何谋所以报国之道。国势阽危,巢覆不远,吾人果坐视其为不完之卵乎?迩来我已不如曩时之浪费,所入既减,乃事事知撙节,虽享受上不如过去之舒服,良心上则滋用安慰。书生无用,不能捍卫国家,惟有范约身心,磨励志气,黄帝儿孙,至少宜有此一点赤忱者也。

吾乡何之硕兄,治律海上,卓卓有声,而诗古文辞,尤称淹博,为时流所钦服。兼擅画,画笔清奇,不落常径,洵可贵也,顷以便面惠贻,书《慎修堂感旧图》。慎修堂者,吾家旧宅也,门前疏槿,槛外高槐,睹之殊兴家山客梦之悲。之硕题其画曰:"练川风物着清嘉,梅柳问桑麻,为问文章旧阀,人知南郭唐家。门墙整峻传经,开轩问字停车,回首少年课馆,依稀槐叶啼鸦。"(右调朝中措)又记云,吾里经学,以唐、钱二字为著,叔达先生,竹灯宫詹,后先辉映,蔚为国光,家学相承,代有传者。余总角即从唐蕙芬师受四子书,毕其章句,师为乡先贤贡享处士之室,绛帐传经,名侔韦母,一时从游者颇众,门前问字之车常满也。回首前尘,忽忽念载,旧时窗友,风流云散,师亦墓草已宿,低徊缅溯,兴感无穷,涉笔成此,以永予怀。鸦啼槐影,恍同昨梦,云兄睹此,能无感乎?

(《东方日报》1938年8月13日,署名:某甲)

醉 三 挡

九功与屈女士同居之宴,醉三挡翩然参加,送礼而外,更为来宾奏一阕,为意弥诚。昔年,九功扬醉三挡不遗余力,此夕之来,所以报知己之情也。一家人通达情理,为不可得。疑仙颇见丰腴,而艳丽如芙蓉,此儿终是美人胎子;亦仙则亭亭秀发,颇改旧观;醉太夫人亦来,周旋于宾众间,雅有礼节,御一嫒婣,满面春风,殆深喜其娇儿之能驰妙誉也。落拓如恒者,则醉兄霓裳,霓裳为人老实,能饮,劝之酒,无不干,酒尽,则谈锋随纵,是亦乐天知命人矣。

予生平未尝讳穷,在女人面上,更不肯冒充富家子,拐她松裤子带。数年以来,对此道德,硁硁自守,穷无足耻,穷而不骗用女人铜钱,穷而不篡用有血腥气钱,是亦无愧儒人矣。惟近来益困,偶过屠门,辄兴长叹,至不可遏止时,特与床头人为难,是亦厄于穷困也。今世风漓,乃有人以"不佞之穷"为题材,辄加讥讽,穷而不能使人为之同情,人心之不古可知矣。

本刊有邓禄普之署名,予以为是即见逐于居士山人之门徒重革也,重革为厚皮,皮厚如邓禄普,尚有何物足以比拟?然后来打听,重革自重革,邓禄普自邓禄普,两者固一而二,二而一者也。

(《东方日报》1938年8月17日,署名:某甲)

潘 雪 琴

予既誉潘雪琴之惊才绝艳,犹觉未尽吾词也,因更述我所欲言者。予期雪琴于六个月内,废除清唱,三年以内,跻于南方名坤旦之林。予为雪琴言,力争上游,则清唱宜速速摆脱,试想锣鼓家生一响,跑出台来,先将屁股与台下人赏鉴,此种形式,万分恶劣,故以不唱为宜。予作此言时,在第一次始识雪琴,雪琴乃曰:我已预备排彩,日内即将登台。问起能戏几何?则曰:两三出耳。予又怅然曰:两三出太少,不够应付。则谓:徐之当次第排习也。今明两夜,雪琴果欲以其两三出中之两出戏,在时代剧场公演,首夕《起解》,次夕为《生死恨》,似乎姜云霞外,又是一个梅派青衣矣。雪琴之在时代清唱,号召力甚大,今夜彩排,其轰动可知。予未尝认识雪琴歌艺,惟可逆知者,则扮相必美逾常人耳。

襟亚招宴于其寓邸,席上有烟桥、小青、逸梅、碧波、卓呆诸君,谈甚恰。襟亚之宅后有草地,拓地甚广,四周树木翳如,夜色既呈,秋虫之声,聒来耳际,自有幽趣。更可喜者,草地而未尝发现一蚊虫,比之夜花园中,又少一苦事。是宴,襟亚特定鸿运楼鱼翅一盂,谓为海上绝美之肴,以予尝之,了无异味,亦多见下走之长甘藜藿矣。

(《东方日报》1938年9月3日,署名:某甲)

《凤双飞》

曩记《凤双飞》弹词,今闻天厂居士,已将此书介绍与朱石麟先生,朱先生之《徽钦二帝》,今日起在卡尔登上演,剧本已经几许名流评定,许为近年来新剧本中,不可多遘之杰著。朱先生既编《徽钦》以后,复制《文素臣》一剧,亦久已杀青,而天厂居士今欲请其在《凤双飞》中,觅取材料也。予与居士谈,《凤双飞》自是好材,而编为剧本,亦是极好题材,若排连台戏,其成绩必较《华丽缘》与《天雨花》,为尤伟丽。惟此书开始几卷,即写龙阳,此中有白无双其人,主角也,演者不得其材,若用男角演,即有佳材,演者亦且敬谢不敏,故居士之意,乃欲委之女角。因此提起中国旅行剧团公演之《日出》一剧中,有胡四其人,亦如娈童,亦似拆白,登台上,台下便哄然,其人打扮得头发光滑,面涂重粉,领高而硬,而走路时之扭捏作态,辄引人失笑。事后饰胡四之某君,每遇熟人,必盛誉之曰"恰如身份"。某为之大窘,语人曰:我悔当初不应承饰此角也。故《凤双飞》果有出演之日,则白无双问题,颇不易解决。全书五十二回,白无双之戏甚多,若讳此角而不演,则剧本必不能如原书之精彩,不知朱先生动笔之始,将如何措置焉?

(《东方日报》1938年9月8日,署名:某甲)

《徽钦二帝》

《徽钦二帝》剧本,醉芳与灵犀读过之后,俱呜咽不能饮食,盖为朱石麟先生凄婉之笔,感动深矣。自在卡尔登开演后,台下人亦惟有一双泪眼,酬台上人之劳。舞台上之戏,而能赚人眼泪,此艺术之伟大者也。朱先生之剧本,周信芳先生与移风诸君之演《徽钦二帝》,于此乃庆成功矣。醉芳已为剧本缮写一文,更欲观后重述其感念,愚腕弱不足当此,请稍叙吾见,不足扬《徽钦》之美,于十之一二也。

徽宗与李师师一场俨然一出风情小戏,比《戏凤》为尤生动。乍观之,好似此剧乃不隶属于《徽钦二帝》全部之大块文章者,而美丽不可方物,此朱先生手笔大矣。

前半部戏,重在李纲,李纲之刚方正直,百岁未必遽能传其神韵,然能造此境,已非容易。有人谓李纲所欠缺者,火爆耳,其实李纲若在台上乱蹦乱跳,还成一个侍郎身分乎?太过宁取不及,我于演剧,常奉此为金圭玉臬也。

徽宗一角,演得不好,便流于瘟。"城下""雪地"两幕,非信芳演,必将形成一不知如何的人物。而信芳独能于冷处做戏,遂觉其一举一动,无不感人,当其见张叔夜之被戮,则顿足呼卿家时,吾泪不可遏矣。

(《东方日报》1938年9月12日,署名:某甲)

练 习 唱 戏

重革与其友李君,客串《法门寺》,重革去刘瑾,而请李陪贾桂。演前二三日,予戏为重革言,我来一个宋国士可乎?重革大悦,次日告予曰:私房行头,亦已为予借到,大有矢在弦上,不可不发之概。是日,乃往姜云霞女士家,丐其伯氏才宝先生,为说身段。上台前一日,更由李先生为我说锣鼓,盖予于旧剧,绝无认识,譬之一块毛坯,事事须经磨琢也。然经过此两日练习后,究以说唱太少,身段不多,已能领悟,当时肚内明白,便上台去,亦不致于箍了矣。是夜睡在床上,自己再捉摸一番,而想起了若上台的情形,便觉害怕,一害怕便什么都不敢想,遂决计不唱。好在此角本扫边老生戏,他们哪一个都上得去也。爬起床来,写一封信与灵犀,烦其转语重革,谓我为了唱戏,饭也吃不下,睡也睡不着,只能放一条生路,让我休息。重革亦谅予意,于是此夜终为台下之捧场客,不作台上唱戏人矣。重革与李君出场时,予大破怪嗓。台上之姜云霞女士,回首曰:有这么一只好嗓子,不到台上来唱,而在台下直嚷,是何故耶?其言盖有所讽也。是夕,丁先生亦踞台上看戏,殆为捧重革来矣。本星期四,我人又将集一歌唱会于丁先生府上,而翁玉瑛女士亦将以重革、灵犀之介,以父礼丁先生。玉瑛女士,婉娈能歌,丁先生得此佳儿,要足喜慰。以丁先生物望之隆,足以使玉瑛之声价倍增矣。

(《东方日报》1938年9月21日,署名:某甲)

翼 华 寿 戏

翼华寿戏,予既拟就一戏单,熟人之加入者,接踵而来,周信芳夫人及高百岁夫人,亦愿届时同演一剧。昨日,乃与翼华会商,又将戏码增加,而将原定之码子,亦以变动,日期大约在九月上旬,目下主人已并不推诿,筹备益见顺利。兹将昨日拟定之戏单,重录一过,可见阵容越来越硬矣。

（一）《黄金台》：郑过宜（田单）、何英奎（伊立）；

（二）《过江赴宴》：唐云裳（刘备）、白松轩主（孔明）、陈灵犀（鲁肃）、贾春虎（张飞）；

（三）《贩马记》：李培林（赵冲）、姜云霞（桂枝）；

（四）《斩经堂》：王雪尘（吴汉）、胡梯维（王兰英）；

（五）《卖马》：张文娟（秦琼）；

（六）《庆顶珠》：李在田（反串教师）、谢韵秋（桂英）、沈伯乐（萧恩）；

（七）《阴阳河》：刘文魁与王兰芳；

（八）《大登殿》：吴天厂（薛平贵）、王熙春（王宝川）、于素莲（代战公主）；

（九）《樊江关》：周信芳夫人（薛金莲）、高百岁夫人（樊梨花）；

（十）《梵王宫》：冯子和与张津民；

（十一）《战长沙》：周翼华（黄忠）、周信芳（魏延）、高百岁（关公）。

所得如此，将来更有熟人加入，再行增减。其中有《阴阳河》与《梵王宫》二剧，因不知剧中人姓名，故无从填写，亦可见予之腹俭矣。惟此两剧，皆为杰作，将来预备下午即开锣至深夜始散，故码子尽可增添。翼华之意，信芳之戏较轻，有烦演双出之倾向，果真如此，则祝寿人之眼福耳福益无穷矣。培林之《贩马记》，从顾传玠学，培林谦逊，谓与其让他唱，何不烦之传玠。我人又岂不知传玠之好，然培林为吾辈熟人，传玠则比较客多气耳。

（《东方日报》1938年9月23日，署名：某甲）

回 荡 词

予作《回荡词》，其初，拟竭力以姚冶之笔调出之，顾不可得，有时越作越艰涩，如有句云："圣伦不伤才士傲，幽怀难遗世人知。"如此做法，未免离《回荡词》之题目太远，于是改其句云："怨生广座难为劝，傲到才人怒有词。"似比较生动得多。

近来枕畔有《疑雨集》,当予十几岁时,读此中有"连夕不来端负我,此时何可再无聊",认为此真好诗。然今日读之,甚觉其为香奁诗中之滥调,论其用意,亦似见一没出息之男子,活现纸上。以今日而言,与情人相约,连夕约之,而情人卒不践约,无论如何,这女人必出了毛病,叫我当此境地,不是与她吃斗,便该抱定牙签主义,不去睬她,何能再用"此时何可再无聊",来独自一人发魇耶?

十余年前,予生羊胡疮,在字林西报楼上,请一西医诊察,数日不见疗,愤甚,乃投中医。时在秋间,医室在望平街口一楼上,予拾级而登,及门,即挂号,一侍者引予入。医者端坐其中,面黄瘦,御一珊瑚顶之瓜皮小帽,马褂袍子,为状如乡下人而做新郎官,视其年纪,亦不过二十许耳。当时予对此医生打扮留一极恶劣之印象,及令其治病,即曰:易耳。授我以末药少许,令和麻油涂之,即痊矣。及明日,果复原状,绝无所苦,此疾至今未尝复发,于是颇佩此医生为技之神。今此医生,已为上海之名医,读者亦知有陈存仁其人乎?即此为予疗羊胡疮之国手也。

(《东方日报》1938年9月25日,署名:某甲)

捧 角 诗

昔日作《捧角诗》,多一往情深之句,不如现在之一落以豆腐出之也。当时有得意之诗,如云:"往往迥然成一笑,上来归去两依依。"又如:"轻风细雨相违远,翠幕明灯一见难。"皆足以见当时之刻骨称情矣。

一夜在茶楼听戏,背后有三四男子,似对旧剧比予更外行者。台上之《九更天》上场,一人便对其余三人指马义之女儿曰:那个女人是阎婆惜。又指马义之妻曰:那老太婆是阎婆惜的娘。而指马义为宋江,因马义手中有一把刀,要杀阎婆惜,此即宋江杀惜也。予在前面闻言,几欲失声而笑,想回头过去对他说明,此为《九更天》,非《坐楼杀惜》。后来想想还是让他们糊涂下去,何必明白,太明白了,看戏必欲上瘾,上了瘾,便挑戏馆老板勿死,何必我来积这些阴功?

百岁在《香妃恨》中,饰纪文达,在"上书房"一场,不止四脱,而终于光着膊子,然卡尔登不便以此号召。李氏雪枋以四脱而轰传上海,然虽称四脱,尚有短裤,犹有奶罩也。可见女人之肉,毕竟名贵,男子固臭而且贱也。

顾传玠君,近乃执教于上海,似无意于旧日生涯矣,因改名为志成。近顷醉芳兄拟唱《贩马记》,于是请传玠为之说身段,期以二月,必能成一绝好之赵冲。虽然,我在《黄鹤楼》中之刘备,又哪里得这么一个好教师来为我说身段耶?

(《东方日报》1938年9月26日,署名:某甲)

与秦瘦鸥同学

愚昔于吾乡潘仰尧先生,偶为小雅之怨诽,潘先生见之,乃化我以诚,为之惶悚者良久。最近乃闻之人言:嘉定人有秦瘦鸥君者,与潘先生稔,见吾报,即用红笔加圈,寄与潘先生,并致语曰:某甲亦先生之乡人,其人为一无聊人物,故其所言,亦尽属无聊,读此稿竟,愿先生置之一笑可也。予友某君,在潘先生案头,见秦君此信,特来告予,谓秦某何人?与某甲又何仇,加此谤毁?予则笑曰:信有其事乎?秦君为予儿时之同学,其人有羊癫疯病,上课时,往往羊叫一声,颓然倒于地上,予至今尚留此奇妙之印象。在予作贾上海时,此君于役于两路局,同时亦为小型报之撰述员,有别署为怪风,亦曾办过《横报》。及予下海作报人,此人方执笔为长篇小说,《申报》所载之《御香缥缈录》一书,即出其手。现在作何贵干,不可究诘。以上面之一节履历,必欲谓秦君是一有聊人物,除非狼狗始能承认。予与秦君夙无嫌隙,何以对我放此冷矢,因此益信生平骂人太甚,到现在不惹人家,人家慢慢要我偿债,言之可笑,亦可叹也。本报行销遍天下,吾文章潘先生自会见之,正不劳秦君费心。秦君之多此一举,亦徒见其好向社会红人,臭奉承耳。予颇想一查昔日

《横报》上秦君之宏文,以献于今日秦君之"有聊面目"之前,若秦君少有心肝,不叫他活活愧死,亦当面红耳赤也。

(《东方日报》1938年9月29日,署名:某甲)

嘉定人马某

嘉定人嫉恶于我之深,我岂不知,嘉定有土豪,有仗势欺人之狗,近年执笔于报间,我尝一一痛詈之。有马某等,称财富,曾经营一合作社,前年,社中失银款数千元,攀诬某职员,非刑拷打,几兴冤狱。乡人来,述于我,我为之延律师,要在报上屡施抨击,群狗羞恼,讼我于官,我据法力争,群狗卒败诉。顷闻马于离乱中,为武装人所杀,闻讯大快。世上自有因果,若此人而无如此下场,天道讵可问?

报纸既有载嘉定地方上事,有时有对私人作攻讦者,读者皆疑出吾手。一日,有记某项新闻,当受者辄问吾友,吾友亦乡人,故答曰,是非某甲所为。其后吾友来告,谓报上此类记载甚多,当然非尽为某甲所述,然他人则都疑某甲,疑则必生怨毒,犯不着开罪小人,他们回到家乡,说不定会放一把火,将君家旧庐,焚为焦炭。予笑曰:是何患,国难至此,又何恋吾故宅者?焚亦何碍?吾友因复曰:君纵不恤,然堂上老矣,讵有不念旧之理?予以其言为然,既而念之,此而出之于奸人所谋,亦拦阻不了,吾义明达,正不必眷之于祖宗之所遗耳。

去岁冬,尝与灵犀兄赴百乐门,在途中值秦瘦鸥君,当时固欢笑如旧时,相违八九月,不知何故,此君乃慊于我,真使人不可究诘。我正遗憾,不能寻几篇从前秦君以秦怪风、赵子龙为笔名,所写之稿件,送与潘先生看看,叫他批评批评,无论从词藻上、意识上,到底谁是无聊?谁是有聊?至少限度,文字要比他写得清趣。不要看我零碎写几节随笔,行文之美,求之秦先生洋装一厚册之《御香缥缈录》中,不可得一字,真不知他这一部"宏著",如何写出来,如何印出来的也!呜呼!

(《东方日报》1938年9月30日,署名:某甲)

丁先生诞辰

本月七日,为丁先生诞辰,是夜至友廿余人醵资治盛筵,为丁先生寿,而名歌史翁玉瑛女士,亦于是夜拜丁氏夫妇膝下。参加道贺者,都海上之所谓名票与名坤角也,计能歌者,不佞为"当然"之一人外,有空我、过宜、梯维、雪尘、翼华、茜萍、伯乐、在田、培林、玉狸诸君子,而寿翁丁先生,料能于酒酣耳热时,亦将吊一段谭派正宗。女宾之加入者,亦多今日驰誉歌坛之骄子,玉瑛歌青衣,有声白下,其姊氏鸿声,以唱须生蜚声京国,亦将于是日同临。更有云霞、文娟、韵秋、雪琴诸人。张连生、姜竹清二君,怀胡索绝技,当以琴弦委之二君。与唱诸君,请以此日四时赴丁府,俾可扯开嗓门就唱,而时间上可以求其充分也。昨夜已将全部请柬写好,预备明日发出,人数三桌,摆满丁家之客厅与天井矣。同人拟于是日要求灵犀兄来几声鲁肃白口,亦使此君一过戏瘾之意。予则想唱一段京朝派《甘露寺》,在麒派信徒之宴会上,忽然着一声"喝断了桥……梁……水……倒流",真可以听一片叫骂声矣。

翼华劝我学《南天门》,我则想学《宝莲灯》,其实此二剧都不易唱,似予初次登场,根本不配尝试,弄得三心两意。昨夜与白松轩主人商量,亦劝予不可造次,真不知何以自解也。

(《东方日报》1938 年 10 月 1 日,署名:某甲)

《有竹居吟稿》

近读《有竹居吟稿》,为泉塘陈子彝君所作诗也。陈君殆起身阛阓,而雅通翰墨,尤能诗,以手写付石印,得一卷,今请摘取集中之诗题若干则,亦可见此公取材之僻矣。《七夕漫咏》《十月赏菊》《雅集感赋》《题张春荪先生遗像》《题虞美人箑面》《和袁祝三先生述怀元韵》《题陆少庐先生遗象》《和萧佛成胡汉民二先生云韵》《咏燕子》《悼叶惠钧先生》《屠君守拙有廿年结婚纪念之作，爱依韵奉和》《重九》《哭张效良先生》《螃蟹》《哀秦龚伊霞夫人》《丙子自题四十岁小影》《祝王一亭先生七十寿》《二十初度感赋二律》《三十生辰述怀》《和曹君桐庐二十初度感赋元韵用"人间天上总情痴"句辘轳体》《和陈栩园先生四十初度元韵》《和张步青太史五十自嘲》《和劳稼村君三十初度元韵》《祝樊陆琴樵六十寿》《和章洛卿夫子花甲感赋元韵》《和倪欣甫先生七十感赋元韵》《渔》《樵》《耕》《读》《祝陆少庐先生六十寿》《和王济川先生感赋元韵》《和徐曙岑姻丈西溪梦隐图蝇尘韵四首》《和无锡杨幹卿先生六十述怀元韵》《一屏学弟为其嗣考少庐公七十仙寿感赋一律，即依韵和之》《和王怀冰先生四十述怀之韵》《梅》《兰》《竹》《菊》，统观全集，十分之七为唱和之作，唱和而又咏到渔樵耕读，梅兰竹菊，此非饱学之士不可办，似予后生，直望书兴叹！深愿陈君于将来再印新集时，将和字与祝字起首为题之诗，少放几首，令读此集者，或有异味之尝，则拜贶益无极矣。

(《东方日报》1938年10月3日，署名：某甲)

《香海画报》

卢溢芳兄，近来与陈蝶衣兄合辑《香海画报》，问世以来，行销甚广，良以二兄精神所萃，乃得育此奇葩，至可喜也。惟二兄之辑是报，都不以真名姓示人，"蝶衣"改为"涤夷"二字，谐其声，而寄意甚远；"溢芳"则改作"一方"，亦谐其声也，因此令人记其旧事。在若干年前，予与溢芳诸兄，好为摩宫之游，其时爱多亚路某摩院，有一号摩女，名曼丽，投老秋娘而风神尚丽，予深悦之，每往，一摩之费，动辄三金，尝作按摩特刊之本报，其中有警句云："笑指'一方'休怕痒，把来三寸有余长。"此句之妙，妙在为流水对而不见斧凿痕也，犹忆"一方"二字之下，加四字按语，曰"非指溢芳"，亦见当时朋友之好为谑弄矣。不图今日溢芳，竟以"一方"二字为名，追思往事，能不哑然！予怕肉痒，当初试按摩时，必忍笑为之，后来不欲再试，在关上房门后，便告诉她说不要你按摩,我来同你按摩,于是除不可真个销魂外,其他动作,皆恣意为之矣。目下按摩椅愈开愈多,闻之人言,此中人都类夜叉,更欲求从前如曼丽、嘉宝之差可人意者,绝无仅有。或谓:现在上海,好看一点的野鸡,都已做向导员;好看一点的向导员,便都去做舞女。若按摩女郎,乃不知从哪一堆里的货色,高升进来,操其五指生涯者也? 近见他报尚有为今之按摩女郎,作宣传文字者,竟有"惊如天人"之句,阅之至可笑矣。

(《东方日报》1938年10月6日,署名:某甲)

焚 诗 稿

十年前,曾留一诗稿,凡数百首,有人翻读半天,谓其中只有一首好诗,诗为五绝,记其句云:"整装欲返家,举手向颐按。癯影不自怜,恐被慈帏看。"评曰:情至乃成好句。其实此一册诗稿中,大都为香奁体,而评者独删郑卫之声,谓此廿字为好诗也。后二年,予焚此册于炉火中,眼高手低,以为如此诗稿,不存也罢。

蝉红夫妇育一子一女,朋友皆羡其幸福,所不慊者,蝉红体尪弱,若不禁风,起居稍不节,辄病,而近年以来,夫人玉体时违和。夫人本体育健将,以掷铁饼著名杭嘉之黉舍间,及归"东海",体质忽不如曩昔之壮硕,于是药炉茶灶,几无闲时。胡光宪医生,为蝉红之医药顾问,胡为丁济万门人,亦岐黄名手,治蝉红病,已有成效,蝉红稍勿适,即烦胡诊治,往往有着手成春之妙。蝉红夫妇咸德之,谓沪上非无名医,然欲求一看病而能得心应手之医生,非易事也。

近来常闻乡人言,"内地可以去住矣"。又曰:"自上海迁回去者,已日见其多。"予近见某君有诗云:"已是有家归不得,逢人犹自说家乡。"每为乡人咏之,乡人都不知此言之甘苦,若不会意,你说,此种人之可怜为何如耶?

(《东方日报》1938年10月8日,署名:某甲)

白 华 旧 句

翁玉瑛女士,拜于丁氏夫妇膝下之日,往贺者都七八十人。女画家周錬霞,于席间赋七席一章,时溢芳与錬霞同席,笑曰:"周小姐即席赋诗,唐大郎当场出彩。"自叹曰:此十四字之妙,妙在个个字可以对得上的。于是座上人咸谓溢芳毕竟才人,有此吐属,使须眉能稍稍抬一抬头也。

是夜,予为总干事,一切琐屑,莫不委之于我,甚至女客出门,叫车子也要我去。

黄仲则有除夕诗云:"千家笑语漏迟迟,忧患潜从物外知。悄立市桥人不识,一星如月看多时。"读仲则诗者,咸谓其末句之胜,予亦亟爱其第一二句。近见白华兄旧句,题为《海上除夕》,则忧时感事,激愤之情,溢于词表,记其句云:

蜡鼓江南送岁华,哪闻烽火急边笳。夕阳难补河山缺,愁绝当年帝子家。

苍凉葭管乍飞灰,两载徒深风木哀。辛苦丸熊到此夜,更谁催唤试新裁?

匆匆聚散最销魂,往事蹉跎不可论。残漏一年春信缓,吴门冷雨湿黄昏。

鸡声车辙自年年,海上离情入管弦。惆怅题诗人老去,渡江惭愧祖生鞭。

(《东方日报》1938年10月9日,署名:某甲)

局 外 英 雄

昨本刊"双十特刊"中,予制诗话一节,题曰《"局外英雄"诗话》。此"局外英雄"四字,颇有来历,其词见张秋虫先生为灵犀作一便面,写游仙词数章,其中有"局外英雄亦可怜"七字,颇觉用意之美。其时予约"女友"共饭,饭时众宾咸集,女友二人,于觥筹倾倒之际,与吾其他二友,颇致好感,当时局面,似只有他们而没有我矣。一人乃笑曰:此际之足下,得勿为"局外英雄亦可怜"乎?予拍案叫绝,一生八字中,派定我不该消受艳福,纵有之,亦必渐沦为局外人者,故予自谥为"局外英雄",以语读者,料亦当为之失笑也。

马金凤者,移风社之坤角,以嗓喑,故专习刀马,每日练功甚勤,越练功,其嗓音乃越回去;惟此人扮相奇美,有时活似雏型之金素琴,然不能开口,便令其刀马成功,前途亦有限者耳。

西湖博览会中,亦有白云庵,白云庵者,即艳称之月下老人祠也。闻其中并不能烧香,故游客,见白云庵,亦只能徊向而已,实则张先生大可以使白云庵扩大,振香火,召痴男怨女,到此盈盈下拜,求签诀,如"五百英雄都在此,不知谁是状元郎",亦可以博众人之小笑矣。

(《东方日报》1938年10月11日,署名:某甲)

余大雄被狙

余大雄被狙案,至今尚布疑云,而当时情状,更无从知其真相。大雄为人,工心计,望之即知为一老于世故者。去岁战后,数数遘之于友人许,犹力言其受战事影响,破家毁室之苦,及吾军西撤,此人遂不复见,不久且作新贵矣。大雄别署曰宝凤阁主,字面至为典丽,所写文字,亦细腻可诵,交游甚广,尝随许骏人先生东游,不料其晚节如此,真信文人之多无行矣。

抽鸦片烟者,好吃零碎食。清河生一榻横陈,烟灯之前,必罗列糖果水果,而佐以一盏清茶,见者叹曰:抽到鸦片,便该享受如此舒服,否则不抽也罢。予前在京城应来岚声兄招宴,先设茶点。所谓茶点者,皆用上海采芝斋之糖食,凡十二色,无不甘美可口,如松子糖、南枣糖、胡桃糖以及杨梅干,其制法较他家为别致,而入口之滋味亦弥胜。尝为清河生言之,苟一年间轮流装上上海采芝斋糖食,以点缀于烟盘上,则烟榻光阴,不更为甜蜜耶?

毛家华兄与陈小姐订婚,邀熟友共饭于蜀腴,因得晤金素琴姊妹。素琴谓自上次病后,即立意戒酒,应酬场中,点滴不尝,盖偶倾一滴,便会有人来嬲为轰饮,并非苦事,特恐与身体有妨耳。

(《东方日报》1938年10月19日,署名:某甲)

参 观 摄 片

予初次入摄影场参观摄片之日,由郑应时兄引导,至艺华公司,看史东山兄导演《女人》也。是日所给予之印象,至为深刻,时摄影场装置一伟大之舞场场面,粉白黛绿之流,列坐其中,蔚为丽观,而东山则手一号筒,指挥场中,状至辛苦。龚之方兄,当时即盛称此片剧本与编导之胜,将为艺华公司,出品史上添璀璨之一页。及后献映,果然倾动一时。降至今日,犹有人称道勿衰也。近顷艺华于战后复业,第一声即将《女人》改饰为有声片。东山远离沪上,导演之责,委之陈铿然兄。而主角则改用路明,新硎初试,其成绩之美满可知。今已上映于新光戏院,往观者又有万人空巷之感。艺华公司遂将此片而奠定根基,良可慰也。

饮后即薄醉,醉则大倦,予近来时患失眠,遂将借杯中物而悠然游黑甜乡中,灵犀亦复如此。然昨夜大苦,酒后即睡,未几又醒,醒后乃倦困不已,则更睡,头甫着枕,酒既醒,于是不获再眠,眼巴巴看东方发白,长叹曰:我又为酒所误矣。

(《东方日报》1938年11月4日,署名:某甲)

怀素楼缀语（1938.11—1939.12）

唐　僧

　　自今日起,以某甲《随笔》辍,以《怀素楼缀语》始。而"某甲"二字废,以"唐僧"之名替矣。自用"某甲"二字,吃亏不小,时于报间见某甲者,无赖也;又某甲者,登徒子也。明明知道在骂别人,我则不能不联想到我自己,今乘本报改革之日将"某甲"废除,省得自寻无趣。"怀素楼"三字,初无深意,惟以《怀素楼》而署名为唐僧,则颇喜其浑成耳。

◆周梅艳

　　近有新张之歌史场中,有女伶周梅艳,应青衣花衫,观其剧者,谓饰貌殊妍媚,表情亦复细腻,故花衫戏实尤胜于青衣。意在小型剧台上,周碧云一能才之外,而今又发现一周娘矣。闵菊隐君,观其演《御碑亭》之孟月华,而盛誉不去口,金家姊妹,亦屡屡为予推荐,则其人之值得推重可知矣。将择其戏繁重之夜,一往观赏,再当为读者诸君告焉。

◆银弹

　　迩时有一新名词传诵人口,则为"银弹"二字,其意盖谓枪弹可以服人,而钞票亦可以服人,是钞票可称为"银弹"也。予往者常言:手枪放在我面前,我或者不致屈服,若有人以整捆之钞票,来压我身上,则我且顺着势躺下来矣。盖喻我平生之爱钱,亦所以谓财色两关之非可勘破也,是则与今日"银弹"两字之旨,适为符合。嗟夫! 丧乱之世,银弹横飞,我尚知耻,乌可不戒而慎之哉!

（《东方日报》1938年11月12日,署名:唐僧）

［编按:报上登的专栏名有时写成《怀素楼掇语》,今统一为《怀素

楼缀语》。]

霸王与虞姬

艺华公司,既邀请金素琴饰演《楚霸王》影片中之虞姬。谈判之始,金要求列名于首,而对片中"楚霸王"三字,亦有异议,以此三字,似与虞姬不关重要也,故欲请公司为之改易。于是有人拟用《楚霸王与虞姬》,然又嫌其抄袭《薛平贵与王宝川》、《武松与潘金莲》之滥调,若如全本《汾河湾》之改《柳迎春》,《楚霸王》便当改作《虞姬》,则楚霸王又将置之何地?以故颇费斟酌,至今未决,读吾报者,不乏聪明人,亦能有肇赐佳名,为两全之道者否,不佞将代为贡献于艺华当局之前焉。

◆刘郎

近见灵犀所作笔记,述刘郎腻事,其实为灵犀之夫子自道语也。因问灵犀,何以自称刘郎。则谓其夫人氏刘,刘氏之郎,固未始不可用刘郎耳。以是言之,予可以自署为沈郎,若有人妻周氏女者,讵非周郎矣。

◆已有唐僧

唐僧之笔名,昔《时报》某君曾用之,其人亦姓唐,似为《图画时报》之编辑,今此人不知何往?惟"某甲"之笔名,闻当初亦有人用之,则《金钢钻》报之扶轮会中,若为火雪明兄之笔名,不知是否?

(《东方日报》1938年11月13日,署名:唐僧)

怀素与待琴

一方先生,谓予崇拜金素琴,故自署拜金之外,又名怀素,又号待琴。其实此望文生义也,予之以"怀素"为名,不自今日始,亦不为素琴而取,昔人诗有"高情托怀素"之句。五六年前,既自以"高情"为笔名,因又自号为"怀素",今年春于素莲加入移风,予屡有怀素楼诗之作,尽用俳谐字面出之,如云:"若开陪客名单上,莫漏佳人与鄙人。"又云:"翠屏不障云兼雨,为有销魂唤大郎。"而"待琴"二字,根本未尝取为笔名,惟曾有一律诗,题为《待琴楼纪事草》,亦不过当时之心血来潮,过后且忘佚之矣。

◆祈晴斋

一方先生自署为祈晴斋,或曰:一方先生跌宕欢场,日与周旋者,皆婴婴宛宛也。其人既处身于脂粉队中,则游宴之乐,自为日常恒有之事,于是一方先生乃不得不祈晴矣。所谓"郎自乞晴侬乞雨,要他微雨散闲人",此"祈晴斋"之所由来也。虽然,谈者或亦如一方先生之揣测"怀素""待琴"之为望文生义,未可知耳。

(《东方日报》1938年11月21日,署名:唐僧)

义 山 诗

吾友于其案头,发现其友留一残纸,写李义山"春蚕到死丝方尽,蜡炬成灰泪始干"之句,纸广积盈尺,而满纸都写此十四字。吾友固审其友近为妙侣而创其心弦,故作此哀音,以自排遣。义山之诗,所以为不凡响者,以其语都刻骨情深也。试觇此十四字,真从千锤百炼中来,又何能出之他人腕底?犹忆予与刘恨我兄,曾因此十四字而作笔墨之讼,当昔年周瘦鹃先生辑《自由谈》,恨我制一缠绵悱恻之文,其起句有《随园诗话》云:春蚕到死丝方尽,蜡炬成灰泪始干。予见之即调侃恨我,恨我则谓自未有此文之作,或为予记忆之误。惟在予记忆中,《自由谈》稿曾刊过此文,仿佛记得为恨我所作,恨我既否认,则予必误记署名,而未尝误记有此一篇妙文也。其实予之调谑作者,并不以作者之误记人名而为遗憾,实为义山叫屈,毕随园一生,亦写不出这两句好诗,更何况求之《随园诗话》中哉?

◆绮罗香

绮罗香与绮罗兰姊妹,在昔隶更新舞台时,为花衫台柱。然同业中人,与姊妹善者,皆称之为罗香,不知"绮罗香"三字,亦不能拆开来说的。譬如麒麟童有人称他为麟童先生,听上去一样的难过而不顺耳也。

(《东方日报》1938年12月12日,署名:唐僧)

白松轩主之《群英会》

白松轩主,工戏剧,其所著剧话,向为读者所推许,认为与林老拙、徐慕云、张肖伦诸先生,有各极其妙之妙,而列为沪上之"四大评剧家"焉。最近,轩主客串《群英会》于歌场,平日读轩主文字者,订座捧场,自在意中,故售座之盛,为常时罕见。轩主此剧,前饰鲁肃,后饰祭风孔明,完全马老板派头,而由姜云霞反串周瑜,凤麟老板,陪孔明。比轩主登场,台下掌声雷动,予到场视察台下前排,大多为白松轩主之及门弟子所踞,如陈灵犀、孙克仁、陈宝琦等,皆为业师捧场而来。及剧终,居然不抽一签,可见轩主号召力之不弱。据轩主自称,此夕之戏,虽不坍台,惟自己也不满意则因场面关系,胡琴关系,戏台之面积关系,搭配关系,心境关系,后面还有《打渔杀家》关系,有此种种关系,遂使其剧不能称心如意;若无此种种关系,则必更精彩百出矣。予当时有一事不明,在轩主台前领教,为何鲁大夫登场,脚步走得如此沉重,使戏台上几块木板砰砰作响,而台下为之笑场。轩主答曰:笑场者乃外行也,若走得不重,纱帽上两只翅,如何颤动?予闻言恍然大悟,又曰:你要纱帽好看,却使我担心,担心你步子太重,不要将时代之一角危楼,坍了下去,岂不叫我们都去洗澡?因轩主不晓得时代的楼下是洗清池混堂也。

(《社会日报》1938 年 12 月 15 日,署名:唐僧)

年 高 小 唱

大发年糕公司为名票包小蝶、刘有芬、汪其俊、袁森斋、毛家华诸君所组织,特聘名师,注意卫生,设发行所于同孚路一七二号。其所出年糕着齿柔滑,甜美兼备,有小冷荤君曰:不才烧饼不敢作歌,年糕不妨有唱,因作《年高小唱》,以博轩渠。

同孚路上大中里,一段新闻真稀奇。十个同仁商十次,不用怀胎十月期。呱呱堕地天生质,又白又细滑而肥。诞降皇后本姓年,册封糕字有深意。权之阿娇十五磅,一元可作见面礼。生来柔媚娇无力,双双蝴蝶恋花簺。大雄宝殿不肯坐,离宫大发把名题。宫娥侍卫俱上选,褓母多多皆姓皮。五个姊来五个妹,日日排班伺候伊。袅袅初动群臣侍,妆阁通明炬炬齐。盥手洗涤雕龙案,莹莹玉尺光光犀。皇后温泉新浴罢,盈盈出水似娇啼。整妆稳体循规范,滴滴娇娇护羽衣。宝气珠光时倦倚,横陈玉体令人迷。羊脂香玉闻其美,一点红唇似火齐。皇后樱唇微启开,愿巡下界济群黎。广惠慈祥恩普遍,得亲妙质疗馋饥。酥胸似雪柔无骨,一上牙床不肯离。皇宫端整迎新岁,大发宫娥司点发。连环吉语欢雷动,如意如心大吉祥。若得一亲皇后吻,大兴大富大门墙。若得二亲皇后吻,发财发福发鸳鸯。若得三亲皇后吻,明年得个好儿郎。若得四亲皇后吻,郎才女貌巧成双。若得五亲皇后吻,美轮美奂建洋房。若得六亲皇后吻,居然头彩报中堂。若得七亲皇后吻,木公金母案相庄。若得八亲皇后吻,家庭逢吉永康强。若得九亲皇后吻,干戈早息复光昌。若得十亲皇后吻,十全如意颂无疆。铜铜铛,年糕汤,真好吃,加些糖。

(《东方日报》1938年12月30日,署名:唐僧)

文　　曲

自操觚以迄于今,自未做过老板,有之,曾办日刊曰《战时日报》,下本十元,股东中之最小者也。近时颇有余暇,乃拟办一刊物,内容着重文艺与戏剧,半月刊与月报尚未决定,而命名亦煞费心机,最后予乃用"文曲"二字,为吾书名。"文曲"两字为现成名词,因以质沈禹钟先生,先生点首称善。既做老板,便须下本,赖朋友帮我,已堪着手,我不欲一落大派,发"志不赚钱"之高论,惟亦所以自娱之一法。创刊之始,拟乞友人为予作文稿,艺苑贤豪咸在我网罗之列矣。

◆与沈先生谈长篇小说

禹钟先生,深愿予能写一长篇文言说部,谓亦可以纪念一身也。此愿予怀之已久,长篇亦有写述,惟多芜乱勿称。本报昔刊之《归儿记》,

其起首二回,皆一气呵成,亦比较为经心刻意,故尚可一读,及后便不然。今日要排多少,写多少出来,在势便不能美,而往往有不可接榫之弊。近时重以荫先兄嘱,作《春江别业》,明知吾书好不了,惟腹中已有规范,或不致流于芜杂。此则堪以自慰者,惟字里行间,力避雕凿之巧,毋使刻鹄不成而类鹜者也。禹钟先生之意,谓予笔颇多神似何诹,则以何派文章,写女儿哀艳故事,亦宜可观矣。

(《东方日报》1939年1月7日,署名:唐僧)

勖冯梦云

《垂泪日记》刊登于某报,是出冯梦云手笔。冯梦云尝在《太阳报》之广告中,自称为海上第一流文豪者也。此君聪明,当初文笔殊胜,惟后捧住一把算盘,越打越精,于是生意人之气味重,而妙笔不再生花矣。近来受战事影响,又弃商作士,欲显旧日锋芒,于是作《垂泪日记》,所谈皆身边事。当其作贾之日,尝痛詈小报作者之无聊,谓不谈则已,谈则皆身边文学,供自己人看,读者固不关痛痒也。言犹在耳,今梦云又操如椽之笔,不料所记亦不过身边杂事,可见有嘴说别人,无嘴说自身。其实梦云于国际情势之熟,对于地理历史之谙,如何不好好写几篇,而必欲学无聊行为?写自家人事,予尝谓冯梦云槃槃大才,非小型报人才,至少亦当做潘公弼,不得已,亦当开印刷公司,开茶馆,重为冯妇何为哉?虽然本文所记,亦身边事也,想不再为冯君厌弃矣!

(《东方日报》1939年1月28日,署名:唐僧)

"名 票"

上胡琴唱戏,亦已有好几年历史,然外间人咸不知我也是票友,或谓唱戏未曾上过台。算不得票友,一上过台,便可以称"名票"。上海人之一张嘴,要埋没你起来,便一辈子不让你出头,要提拔你起来,亦有连升三级之喜。下走明此诀窍,故决计登一次台,哪怕上过台被人哄下去,总是成了"名票"矣。盖上台云者,犹之读书人出洋镀金,亦犹之南方角儿,到北平去投师"求深造"也。愚既预备上台,且六七两日,拟连上两次台,八日以后,便是以"名票"身份,出现于海上之社会间,在我当之无愧,在称我者,亦誉非其当。五六年前,予下海为报人,甫一为,偶见报纸称予为"名记者唐大郎君",读之恒面热内愧。其实上海本是这么一回事,予阅世未深,面皮不老,如今想起来,真觉当时之"内疚",真好笑呀好笑!

◆游仙词

昔日之游仙词,予最爱读之一首云:绣幌银屏杳霭间,若非魂梦到应难。窗前人静偏宜夜,户内春浓不识寒。醮甲递觞纤似玉,含词忍笑腻于檀。锦书若要知名字,满县花开不姓潘。

(《东方日报》1939年2月3日,署名:唐僧)

灵犀杂写

灵犀兄近将其旧作杂写,汇为一帙,刊行问世,都四百页,得十余万言,即颜其书名《杂写》,有聚仁、阿英两兄作序,而封面两字,则出之灵犀亲笔,秀美不可及。自问世之后,愚尝披览一过,其文昔时固读之,今日遂有谏果回甘之美,以此传述与菊林诸友,咸纷纷购备一册,如信芳、百岁、熙春、金氏姊妹,及文娟、云霞。信芳既读完《鲁迅全集》,近来汽车上之惟一消遣读物,则为灵犀之《杂写》矣。百岁不甚读书,后台无事辄起鼾声,既有《杂写》,亦以此为遣,谓看熟人文章,比什么都有味,此言亦率直可喜也。金氏姊妹,本好看书,尤好看新作品,鲁迅、茅盾之文,讽诵不去口,似《杂写》之介于树人、语堂间之佳构,适投其所好,夜来着枕,即翻阅数十页,始悠然入梦,而梦意始酣。姊妹二人,既分居,素雯憨跳,有时看着一篇良好之文章,即披衣起身,摇一个电话与阿姊,说,你看陈先生的《杂写》上有《枇杷》那一篇吗?真有眼,你快快看吧!姊氏深沉,则告曰:怎么,你睡了又起来啦,当心着凉,明天还要唱戏。然素雯往往如此。文娟亦爱读物,看《杂写》以后,与朋友笔谈,更见敏捷。熙春病目,不宜看书,惟为素雯一再言之,谓将抽三夜之闲,挑灯一读焉。

(《东方日报》1939年3月1日,署名:唐僧)

冒氏二郎

冒广生先生两公子,孝鲁与舒湮,无不隽才,并雅负时誉。尝游学法京,孝鲁居莫斯科甚久,今则俱栖迟沪上。予先识舒湮,而后识孝鲁。孝鲁工诗,一脉相承,家声克继,诗寄刊于报纸者甚夥,然仅亦下走与灵犀得也。予近记方先生谈三十五岁必死之语,孝鲁读之,辄以小简慰藉曰:"读尊作论人生修短,为之莞尔,兄真达人也,拟以小语率词,而思如废井,奈何奈何!"虽寥寥二三十字,而好友情深,滋用心感。二君又同嗜戏剧,于海上之坤旦,如大小金与王熙春,无不赏爱。孝鲁且与梅博士交甚深,博士赴俄,孝鲁招待之,盖知己也。

◆谢子佩
木斋谓我近来憔悴,起居不节,自为一大原因。新春以后,复极度荒唐,恒非天明不卧,病态遂呈,至可虑者,大便闭结。予健康时,每日大便有恒时,近则勿然,累二三日而不排泄,食量亦减。一夕,告之子佩,子佩以中法药房之"果导"进,果大畅,此物助消化,亦利便,为效至宏,故能脱吾苦,不得不深谢佩兄之贶我矣。

(《东方日报》1939年3月20日,署名:唐僧)

大金之酬酢忙

金素琴抵港之前,上海"西藏"先生,致书旅港之沪上名流,竭力捧场。故到港之后,宴会酬酢,倍形忙碌,况欧阳予倩先生,因其刻苦前进,故亦全力鼓吹,港中人士,因亦对素琴另眼相看。一日,余友勃罗,宴之于大华饭店,作陪者,有玉狸词人、小丁、穆时英夫妇、沈秋雁夫妇、胡好先生,胡为胡文虎先生公子。席间,小丁运其妙笔,为大金作像,颇为得神,惜不及发表耳。素琴以林树森之失败,引为可虑,玉狸词人便曰:"今日是匿名娘儿们的世界,不可与吾辈臭男人相提并论,努力为之,自必出人头地也。"凡此口吻,因知玉狸依旧玉狸也。

◆大金登台之后

"大金登台三日,每日卖座约八成,包厢竟告客满,名流如贝淞荪、王晓籁、陈彬龢皆到,其号召力超过林剧团矣。惟素琴此行,随员不多,用顾无为班底,故演新戏时,不能丝丝入扣。《梁红玉》一剧太松懈,虽剧本所限,而班底亦大有关系。如唱《玉堂春》,便精彩百出矣,大金之说白流利如畹华,而唱腔则婉转若玉霜。《星岛日报》特为发行登台特刊,其盛况可想。"以上云云,俱为玉狸词人所函告,录之以告沪人之关心沪上人士者。

(《东方日报》1939年3月21日,署名:唐僧)

小　开

上海人呼人为小开,小开者,一种为老板之子,而"闻人"之少爷,亦大都称之为小开;还有一种,在不甚正经之人物口中出之,则每个人都可称之为小开。予口中亦时时称人为小开,则摹仿侠林人士之口气矣。尝呼张文娟为小开,梯公闻而奇之。然今日之文娟,果为时代剧场之小开矣。不图时至目下,亦有人称我为小开,自顾邋遢,竟无足当小开资格者,再四思维,大概以平时好叫人为小开,故有此不爽之报应耳,嗟夫!

◆诗坛巨擘

当《青鹤》杂志在沪上发行时,其中有一栏名"近人诗词录",作者皆当世词人,如李拔可、疚斋、李释堪、黄秋岳、梁众异、陈鹤柴、高颖生等,及青鹤主人远去,而黄秋岳以叛国伏诛,梁众异更腆颜降伪,李释堪不知何去,独拔可、疚斋、鹤柴诸先生,犹蛰伏沪堧,以节操相励。疚斋老人公子冒孝鲁先生,时以老人及鹤柴老人、拔可先生之近作示予,每读其诗,辄为心意都纾,用是谢孝鲁之贶我厚矣。

(《东方日报》1939年3月28日,署名:唐僧)

讳　　言

近来既常游舞榭,时在深宵,大华之营业至美,而所遇友人亦至夥,有若干友人既见我,则为我致语曰:"请勿在报间,道某人沉湎于舞场也。"我吃了这碗饭,最恨有人来当面打我招呼,因打招呼之人,不过稍费唇舌,而我自己想想,实为窘事。我年来落笔,自知颇知进出,不好写者不写,写而使人稍受为难者,亦每每搁笔,乃友人勿谅,犹欲使我讳言,是真令人气愤矣。且游舞场而请人守秘密者,其惟一原因,深恐河东狮所闻,因此而"闹家务"。还有一种为职责所关,未便浪迹于舞场中。予以为既畏夫人,便不必再在外面寻苦趣;既为职责所限,更不当荒嬉;既要白相,便不复再有顾忌。白相本来要有天生之福,譬如下走,做的自由职业,没有上司,没有束缚,更不是缩头之汉,有此天赋之厚,应当夜夜混于欢场;否则既要白相,又怕人讲,以我观之,何不省省?

◆《小休散记》

余初主本刊辑务时,所作之笔记,颜曰:《平生不四色斋随笔》,及不四色之打破,遂改名《小休散记》。《小休散记》之时期甚长,前年,善宏办《今报》,予为主纂,将《小休散记》移刊其中;《今报》辍刊,此四字遂久绝于报间。近《今报》将复活,善宏来约,嘱仍以《小休散记》,为其补白也。

(《东方日报》1939年4月7日,署名:唐僧)

怎 样 创 业?

长城书局,近发行一书曰《怎样创业》,为美人密司脱襃汉姆手著,而由华人李培林先生翻译,全书都三百页。昨夜挑灯读其半,作者于卷首有"序言",劈头即说:"我常常说,等我的孩子受过一般的教育,甚至大学的教育后,我宁愿他创立一项独自经营的事业,即使是批进些花生米,把它们分装为许多小袋,以每袋五分的标价,拿到街角去叫卖,我却不愿他接受美国的规模最大的一家公司或银行的雇用,去做一个薪水阶级的职员。"读此数言,即引起我欲读竟全书的兴趣。下走命薄,八字中一生只能附庸他人,不能自撑一业,居常自念,必要开一爿小店,当一次老板,死了也好瞑目。然苦于不获知创业之道,于是此书之贶我良多,又起"导言"中云:"近年以来,坊间所出版的事业成功史、人事管理、工作效率、商店实习等性质的书籍,不可谓不多,但使人奇怪的,就是没有一本书,触到'怎样'去创立一种'小'事业的问题。一言蔽之,没有一本书,可以帮助那些短少资本,而企图自己创业的人们,指示他们怎样去发现新事业,以及怎样去经营新事业等等实际的智识。"由是知此书之论创业者,不独其见解深刻,而亦多为未经人道之言。译者以新文艺写成,文笔恣肆,比之读其常日所见之剧评,又别具一番风格矣。

(《东方日报》1939年4月8日,署名:唐僧)

忆 亡 师

髫年,余读于嘉定之普通小学,其时授吾课者有张来方、杜凌霄及黄彻侯三先生。二十年来,三先生俱以横死闻矣。来方先生死最早,时在清党之役,时国民党捕共产党孔亟,而张先生终不免,盖为党部迫之死,以利剪自刺其咽喉,卧血泊中,翌日,气绝矣。先生箧于新旧文学,其人复潇洒不群,于诸生尤深契下走,当先生之死,余已佣书沪上,展报得恶耗,辄为之泚然泪堕也。黄彻侯先生,昨岁以避乱来沪上,冬时,步于虞洽卿路,为飞车所创,创甚重,不治而死。先生与吾家为世好,亦邑中宿儒,予廿三岁结缡,先生为予证婚。而"一·二八"之变,予合家迁居牯岭路,时先生适亦居同里,时有觌面之缘。后先生返乡,遂绝音问,不图又于兵乱中,为市虎所伤也。杜凌霄先生,名翀,授英文,自余离母校,即不复相见。比至近日,阅报始知先生仍蛰居故里,以穷,未尝为迁室谋也。乃一日出城,守城者欲令其躬身,杜先生不从,则刺之死,复以巨石压其身,而杜先生仰而瞑矣!其烈如此,要令人向慕,然惨酷如此,则又令受业者,为之心痛矣!

(《东方日报》1939年4月14日,署名:唐僧)

钱锺书诗

钱锺书先生,近又寄孝鲁以近作,有《周生珏良,学诗甚勤,赋示三首》云:

古人今往矣,后辈继谁堪。诗岂三唐尽,书须百回探。语□生里熟,味得苦中甘。于尔吾无隐,弥陀得共盦。

武库森罗列,而犹白战堪。泽龙凭手揽,穴虎以身探。鉴者水还净,实成花忽甘。瓣香诚有愧,无佛且事盦。

不朽未能三,羞非七不堪。精微容独悟,奇险试同探。以乱吟更苦,但工穷亦甘。周南张北屋,合署借诗盦。

又《春怀》一律云:

愁喉欲割终难觅,春脚未除看又临。自有生来催老至,竟无地往避忧侵。且任积毁销吾骨,殊觉多情累此心。微抱芳时拚不尽,姑将眠食送光阴。

(《东方日报》1939年4月19日,署名:唐僧)

任黛黛

昨夜又在惠尔登博"苹果",客座中睹一女郎,红衣如火,肌白如脂,真绝代也。傍叶逸芳君坐,二人似相识,因询逸芳,逸芳谓是本厅舞女任黛黛,粤人,而昔曾伴舞于璇宫者。吾友玄郎,慕其色,追其入场,遂相与起伴,既而且偕之赴大华。文友文哥,时邀舞女鲁玲玲同坐,坐至天明,有人发现一个任黛黛,一个鲁玲玲,真绝妙好对也。

◆孙娘妙曲谢公词

周翼华兄,近有莺迁之喜,翼楼诸友,遂于今日公宴于其家,有游艺节目,为孙翠娥之甬曲,及谢瑞芝之八角快书。孙以甬曲驰誉海堧,而谢氏去岁来沪,声誉欲夺白凤鸣之席,公认为八角快书之圣手,吾人正可跣足俯首,静聆其钧天妙奏,为可乐也。

(《东方日报》1939年4月22日,署名:唐僧)

孙 翠 娥

时在十二三年前,予喜听王彩云之苏滩,有时赴天韵楼头,与王同场者有孙翠娥之宁波滩簧,孙体态痴肥,有一时期,记得其腹隆隆然,盖有孕矣。因此至今予犹留此印象,然不闻其名,不见其人者,以迄于今。友人公宴翼华之夕,天厂要听宁波滩簧,于是请孙翠娥。孙家班中,有二女子,一名阿毛,一则孙翠娥,然予见今日之翠娥,绝非当年所见之人,顾悬揣翠娥之年,已在三十外,则推之十三年前所见,诚宜有此容色。翠娥诚老,老而犹能使其俏也。是故尤物,身材之秾纤殊适度,开口作宁波白,亦甜润可听。沈遂耕兄,为言今日上海之宁波滩簧,孙翠娥一人而已,金翠玉姊妹,犹不脱火野。是夕所唱者,为《秋香送茶》,座上客有周信芳、高百岁两先生,金素雯与王熙春二女士。孙家班中,咸震诸艺人声誉之隆,亦震《文素臣》一剧之轰传于沪上,男口因向翠娥插科曰:明日请你看卡尔登之二本《文素臣》。翠娥答曰:看是想看,票子买勿着,将奈何?座客中有一人应曰:买勿着我来给你买。于是座上人与孙家班中人,俱以笑脸相向。

(《东方日报》1939年4月24日,署名:唐僧)

润 例 诗

书家润例,往往有极好之诗或小文以资招徕者,近见兼巢老人(即人称沈洪泉太史者是),亦卖字,而广告中亦用《己卯元旦戏赋二绝》为开场白云:"孽由自作罚由天,寒士穷途复暮年。卖赋佣书俱有例,评量能值几文钱?"又云:"伏案埋头作苦工,人间此亦可怜虫。多情戚好如相恤,何忍揩油到老翁!"一派可怜之语,读之令人酸鼻。二诗不以典雅称长,而饶打油之趣,出之于年登耆耄之老人,则尤可喜也。予尝在友人之喜庆堂上,一遇老人,则鹤发朱颜,精神尚为矍铄,往贺喜,则有侍者捧一联,盖老人以书法名,得其贺者,亦以有墨宝为荣也。惟老人诗之第一句,忽着"孽由自作"四字,不知用意何在,岂此中自有一说耶?第二首之末二句尤妙,而老人之率直襟怀,灼然可见,较之一般藏首露尾者,则老人毕竟为可人矣。

(《东方日报》1939年4月26日,署名:唐僧)

跳

近来每日作一诗,予向来作诗,不看诗韵,故亦不愿多押险韵。其实即看诗韵,亦未必便肯就范,故看不如不看也。惟平仄声自以为不查亦能晓得,而因此往往有错失,譬如予近有"卿睹双雏应有喜,哲儿憨跳艺儿文"。"跳"字愚一向以为平声,乃陈涤夷兄,校稿之时,发现此字失粘,翌日告予,予尚不信,以为"挑"字平声,"逃"字平声,"姚"字亦平声,惟此"跳"字为上声。涤夷乃取诗韵示愚,则平而又平也,且不可与上声共,方知予向日所忆之谬。予于平上去入,本无研究,一向从咬字上断定平仄,而错误尚少,譬如往年予以为"司守"之"司",必为平声,然偶然发现此字为低韵,盖与"跳"字误为仄声,同一为料出意外也。涤夷兄谓,当其校稿时,拟为予将"跳"字改去,而易"跳荡"两字,然恐足下一见后,必不卖账,故仍其文。涤夷兄知我不肯虚心,病大矣!

(《东方日报》1939年4月27日,署名:唐僧)

为南腔北调人约

南腔北调人之剧评,颇倾动于时,为读者亟口称赏,以为剧评而能出之以风趣之笔,实以南腔北调人为嚆矢也。此君之笔,不仅风趣,且极尖锐,撄其锋者,莫不披靡。亦尝屡屡及下走,下走痿缩久矣,不欲与人争,亦不敢与人争,虽荷南腔北调人几番投矢,下走曾不敢有一言之报，想见平旦之气，日复销沉矣。自审予与此君，自无恩怨，偶然贶以雅谑，予谨受之；雅谑而不足，则又来恶谑，亦受之；受而不施报于人，则贶我者亦大可休矣，更何必一而再，再而三乎？若南腔北调人之于下走，竟刺刺勿休，是为"捐"，顾此君既捐牢人家，而不以为然也，则曰寻开心，譬如在其笔下，天天挖苦某剧院，无临了为导报事，则又以电话与剧院中人，曰："我是寻寻开心，你勿要动气，我始终是个□□者。"此种前倨后恭之态度，使人不能捉摸。既骂人矣，原要人家动气，又何必亟亟为人谢罪。捐牢外人，本无所谓，捐牢同是操觚之士，虽胜亦奚勇，故愿为南腔北调人约，以后请止其如铁之椽，勿再施于下走，而妙笔生花，大可重为剧论，更不必以小有不惬，对某剧院横加抨击。有天大事，我在，终为足下了之，足下何不以填膺义愤，为下走一陈哉！谨纾心腹，如南腔北调人以为不可教，仍要维持原状者，下走还当一概置之矣。

（《东方日报》1939年4月29日，署名：唐僧）

七宝香车载鲁钱

本刊第三版，南宫刀先生主编之，所谈胥舞苑中事，然以文质胜，此为历来舞刊所未尝有。比见具名"二也"者，作《足下琐记》，每以宵游胜迹，各系一诗，如昨日《游伊文泰车中口占》一律，皆下走腕底之词也，不禁狂喜。其中有"七宝香车载鲁钱"一语，尤为真切，予等近觏三五友人，排夕浪游，亦曾屡屡邀鲁、钱游于愚园路上，邀二人者，皆为余友陈君，二也先生之贵相知甚君，姓得特别，予亦有一友姓氏与"甚"字相似者，惟笔划不如此简单，亦好与鲁、钱二人舞。《足下琐记》之所记者，殆即此君耶？不可知矣。

◆丁先生之新编

丁悚先生，以名画家驰名于海内，近顷出颐中烟公司，加入新亚药厂，新亚委以《健康家庭》杂志之图画编辑，一二两期俱已出版，丁先生出其往昔之经验，处理一美术杂志，其精练不言可喻。而此中作稿者，尤多时下知名之士，如敝同乡潘仰尧、秦瘦鸥两先生，皆在罗致之列，其文字之丰盛,又不言可喻矣。

(《东方日报》1939年5月7日,署名:唐僧)

初看姚水娟

越剧皇后姚水娟,驰美誉于海壖。客岁,应魏晋三先生之约,尝共一餐,其人朴素如人家人,看不出为氍声歌榭之英雌也。予不甚爱赏地方戏,月前,又遘魏先生于汇中银号黄雨斋兄许,则又坚邀作一次座上客,漫应之而未果行也。昨夜,方小憩翼楼,雨斋以电话觅我,则谓先生已定座,必欲下走一行,盛情不可重却,遂往,则子褒、观翁,及慕老俱在座。姚之剧目为《绣鸳鸯》,其本事不可稽考,上半出已演过,予所见者为下半出。水娟初上时,为闺门旦,着绣帔,其后则易钗而弁,而出一场,必更换行头,其大方雅丽,一似平剧中之王熙春,扮相亦美,乃知水娟实工于化妆。水娟之演剧,始亦以表情称长,眉毛与眼睛都能做剧,知其成名实非幸致。绍兴戏非不可看,惟生旦都是一条喉咙,闭目听之,辨不出阴阳。水娟之嗓,尤带沙,设想其必有殢云尤雨之美。信芳夫人,数数看水娟戏,亦誉为美人,夫人固越籍,其言盖犹有笃桑梓之意也。

(《东方日报》1939年5月26日,署名:唐僧)

醉灵轩诗

醉灵轩诗,为陈小蝶先生所作。小蝶经商,而酷嗜风雅,亦以诗词画鸣于世。时人论小蝶之诗,推崇备至,予所见不广,近始获见其集子,则俱废近岁所为也。论工力自是不薄,惟下走读诗,独主意境,以为工力犹厚也。诗之意境,即可以代表作诗者之思想,顾古今论诗者,无不斤斤于格律之严,于是小蝶亦循是深造,居然高雅。下走读近人诗,第笃爱庚白,庚白之诗,便非囿于旧习,着重于性灵,而诗境清绝,此为他人所不可到,苏曼殊亦非其俦也。

◆吃醋

客有悦舞人刘娘者,一夕,招之偕坐,谈话间涉及吃醋事,刘乃侃侃言曰:我生平不知吃醋,往往有舞客不慊于我,带其舞侣至,炫于我前,我见之而若勿见也,而有若干舞女,则往往以是而伤其心气。自食其力,何必儿女情长,至于如此?客闻其言,滋勿悦,语刘曰:"然则卿殆非性情中人,不足以论爱好也。"刘曰:否,他人遇我厚,我讵勿感恩知遇,惟闵之灵台,勿欲泄示于人。我亦自知做舞女不当如此,故吃亏亦在这些地方耳。

(《东方日报》1939年6月2日,署名:唐僧)

捉刀人旧著

予昔主本报纂务时,尝刊捉刀人之说部,曰:《夜来香》,报上之长篇小说,愚从来不读,惟既为编辑,则《夜来香》我不能不日日校读,因此而成癖矣。捉刀人之笔调极轻松,故其写男女事,不似庸手之沉滞,其可贵殆在此也。近顷正风书局,集捉刀人之旧著,而发行三种,《夜来香》即其一也,他如《蝶恋花》《姊妹淘》,此人此笔,读者可视书名而审其内容矣。邓粪翁先生赠捉刀人诗云:"当初绝笔王公馆,一纸风行姊妹淘。"其于捉刀人之推重如是,特未尝一读《蝶恋花》,会当向正为索阅之。

◆孝鲁之言

久不见冒孝鲁先生矣,昨赐书云:"光宣杂咏,读得若干首,为友人持去,刊登大美文史,近该报以触忌停刊,其稿当付纸簏,手边无副本可存,它年当俟好事者于烬余觅之也。近时披览故籍,颇有心得,稍暇当整理爬梳,贡献同志,以抉千载之幽微,发古人之奥秘,惟兹事体大,恐非独力能胜耳。熙春闻病嗓将告假,不谓传神阿堵,竟作歌喉之累。昔人有二美难并之叹者非耶?"冒氏昆仲,皆好熙春歌,孝鲁尝为熙春留影甚夥,盖亦熙春知己也。

(《东方日报》1939年6月8日,署名:唐僧)

钱锺书先生寄诗

钱锺书先生近有论近人诗十绝,盖复孝鲁兄谈艺论诗者,尽美构也,录之云:

> 心如水镜笔风霜,掌故拈来妙抑扬。月旦人多谈艺少,覃谿曾此说渔洋。

《石洲诗话》谓新城论诗绝句,多品题人物,孝鲁之作略同。

> 纷纷轻薄溺寒灰,真惜暮年迟死来。三复阿房宫赋语,后人更有后人哀!

石遗翁晚节披猖,孝鲁亦苦诋之,余谓翁有功诗学,一眚不掩,群谤何伤,嗤默前贤者,盍取《阿房宫赋》末节读之。

> 嗜好原如面目分,舍长取短太深文。自关耆旧无新语,选外兰亭序未闻。

《近代诗钞》,当时已不厌人心,《苌楚斋随笔》、《草堂之灵》,皆有微词。孝鲁必谓其有意舍长取短,举散原为例,不免太刻。散原初集诗,几全入选;续集诗,则钞成时固未及见耳。

> 比拟梧门颇失公,君家父子语雷同。待全数典参旁证,意取诗坛两录中。

疢翁挽石遗诗,有"诗钞法梧门"句,孝鲁诗亦云然,按乾嘉诗坛点将录,以石遗比朱武,即此意耳。

> 人情乡曲惯阿私,论学町畦到论诗。福建江西森对垒,为君远溯考亭时。

孝鲁谓石遗论诗,于闽赣人左右袒,余谓《宋诗菁华录》尤指斥散原,然纪文达集言、元遗山论诗已不免南北之见,闽人薄赣,见《朱子语类》卷百三十九。

> 魏泰论诗有别裁,言因人废亦迂哉。当前杜老连城璧,肯拾涪翁玉屑来。

余和鹤柴诗,用《临汉隐居诗话》山谷"拾玑羽"语,孝鲁来书,深薄魏泰。

　　水最难为观海余,涪翁哪得杜陵如?昌黎石鼓摩挲后,便觉义之逞俗书。

孝鲁谓山谷岂可非,余岂非山谷哉?然终须分个高下。

　　教化凭君广大看,论诗家法本来宽。甘心不独涪翁拜,揖赵推袁我亦安。

不特北宋诸贤,即明七子清三家,岂遽可抹煞乎?

　　故事西昆持玉溪,于今坛坫托江西。戏将郑婢萧奴例,门户虽高身份低。

予作戏孝鲁诗,有"清声有雏凤,竦待学小鸡",孝鲁绝句乃云:昂来竦待任轻嘲。

　　摩诘文殊妙说法,少陵太白细论诗。他年倘有洪文敏,应恨萧条不并时。

《容斋随笔》谓李杜论文,如二士说法,恨不能侍听,孝鲁持论与余和而不同,最足启聪击蒙,为此人言,备他日公案云。

(《东方日报》1939年6月10、11日,署名:唐僧)

丝棉被头与冰淇淋

　　璇宫舞厅,平剧竞唱之夜,予与翼华、一方、灵犀三兄,以评判员资格,踞鸳鸯舞厅之中楼而坐,有鬓丝绕于侧,则为翼华之阿媛及舞人谢珍珍;尚有小舞场三舞星,一为小天使李桂琴,一称"活观音",一为"安琪儿",皆世勋代为题取之外号也。记得小舞场舞女之绰号中,有人曰"丝棉被头",世勋谓其人温柔,仿佛丝棉被头,命意固未尝不美,然如此名称,在严冬闻之,谁不喜欢,而争作"抱来睏一睏"之想;当兹炎夏将临,则丝棉被头,实不当时,非特看见了难过,一闻其名,亦能发热,而汗流浃背矣。故有人向世勋提议,谓丝棉被头,一年中可否两易其名,在冬日,则以"丝棉被头"呼之,若在炎暑,则有改称"冰淇淋"之必要也。

◆李桂琴之天真

小天使李桂琴,在小舞场中,宜可以尤物目之矣。小女子天真无邪,尚未沾染丝毫恶习,近顷,有某舞刊为稿诋之,称之曰"电话听筒",小天使举以询人,谓"电话听筒"乃作何解者?骂人而骂得当受者不知骂的什么,骂人者似亦可以休矣。

◆默存寄孝鲁诗一律

敬礼相知定拙工,赏青岂许俗流同。啼来点点心头血,听作悠悠耳畔风。能博诗苍人亦老,任看语好命宁穷。蚕丝鲛泪差堪拟,穿孔涂鸦聚此中。

题为孝鲁以拙作刊报端,感题诗稿。

(《东方日报》1939年6月12日,署名:唐僧)

典 当 小 开

文友杨枝,潮州人,其先曾设典肆于沪,至杨枝弃商而为操觚之士,予恒戏之为"典当小开",近来同游舞榭,杨枝与舞人刘伶善,刘伶因亦与吾侪相习。一日,杨枝叹曰:世乱如此,生计弥艰,以后将绝迹欢场矣。刘伶闻言,慰之曰:我与郎固不必斤斤阿堵者,郎固窘涩,而更以妾为念者,亦当时时视妾,妾见郎犹至此,知无恙也,则妾心已慰。予于是又笑语刘伶曰:刘姑娘遘吾友迟耳,脱在十年前,杨枝之父,设典肆八家,其一在老靶子路,一在吴淞路,一在武昌路,一在鸭绿路,"一·二八""八一三"两次兵火,俱成灰烬,其余四家,亦以周转不灵,而闭其二。岌岌尚存者,爱而近路与浙江路两家耳。当其肆业昌隆之日,豪华盖世,其时而遘刘姑娘,早已赋同居之爱,又何必如今日之结腻侣于欢场哉!刘伶闻予言,亦微唒,既而语杨枝曰:妾亦不知郎之事业兴替而轻重者。倾之又曰:妾欲市一钻环,幸郎为我觅之肆中,苟有,当质而勿赎者,郎若得之,其价必廉。言至此,杨枝失笑,谓刘曰:汝年少耳,唐先生第以谰言弄人,而汝乃勿知,中其谰言。刘伶亟止口,怒我以目,似谓我不应促狭者,予亦失笑。

(《东方日报》1939年6月15日,署名:唐僧)

张 继 诗

张继诗云:"月落乌啼霜满天,江枫渔火对愁眠。姑苏城外寒山寺,夜半钟声到客船。"使将此诗解释,则曰:"月亮落下去了,乌在那里啼,霜是飞满了天,江上的枫,渔家的火,拥着愁绪而睏觉。苏州城外的寒山寺里,半夜打着钟声,送到客人的船上来。"谁知现在经许多人考据下来,说第二句、第四句的解释是错误的。据说"愁眠",不是什么对着愁而睡觉,"愁眠"是一种石头的名字,是个专门名词。真是要命,后来人无论如何也解释不通的了。至于第四句,是当苏州城外寒山寺里,打着钟声的时候,刚刚是有只载客的船到来,大概张继的船,泊到枫桥时,正好听着寒山寺里在打钟,所以这一句倒是可以有两样解释的,究竟如何,那末要起千年前的张先生来问他自己,因为后来人牵强附会的地方太多。按张继之诗,仅此一首流传,其实此种诗与"去年今日此门中"之类,同一平庸,有许多旧诗,论诗不足为贵,第有诗以人名者,诗以事迹而名者,如张继、崔护皆是也。

(《东方日报》1939年6月18日,署名:唐僧)

全部十三点

为了麒麟童小生唱大嗓子问题,报纸上闹得乌烟瘴气,羊毛读之,亦不知其言之是否说得不错。据真真内行言,张某、沈某之言,亦尚多隔膜,每天笔战,一写便是成千字。予生平不爱看长篇文字,看见绕来绕去是短行,便觉得头痛。不料到得现在,双方还不肯放松,看起来要闹个不休,分明是十三点碰着十三点,才会这样拌嘴舌。某报的编辑,胃口太好,一定要将此项文字发表,他若要再登下去,我必顾不得老朋友,骂一声你也是一只老开,他们是顶头老开(打沙蟹术语),朱瘦竹是顶头爱司,一篇瘦竹庐剧话,把他们吃瘪了,吃瘪了还要放屁,厥屁更臭!

◆劝余余

闻得余余与肖伧闹翻了,我看见的只是肖伧在挖苦余余,余余似乎不大敢还嘴,大概余余也顾虑到"恭老尊贤",不比我辈之凉德薄行。曾经同肖伧先生对骂过,余余这种态度,自然很好。不过有一件憾事,听说余、肖二公,都是武进人氏,他们二人若在报上相骂,最好写常州土白来相骂,我想倒未始不是一件艺林盛事,文坛佳话。不过能够勿骂最好,万一忍不住,骂他一二天,再叫一个熟朋友出来解和,亦无不可,因为我近来看余公编报,没有从前那一种讽骂王熙春那样的笔锋,实在感到枯寂了一点。

(《东方日报》1939年6月20日,署名:唐僧)

姝　字

舞文健将笔下,好用一"姝"字,姝者,代替一女人之名词也。譬如谓这个女人,便称"此姝",然南宫刀先生笔下,往往称之曰"是姝"、"该姝","是"与"该",与此字无多分别,然加之于"姝"字上,真有别开生面之妙。其实要用以代替此字之字眼尚多,如"兹"字"斯"字皆是也,总之都甚典雅,不比用"第个女人"、"第只寡老",则粗极矣。

◆问周鍊霞女士自己

先生阁主:周鍊霞女士之不为其报写作者,实以朋友之吃豆腐,吃得周女士不肯再写,因之先生阁主延余哲文、平衡、蔡肇璜诸律师警告下走与梯公、一方曰:"后此如再吃周女士豆腐者,须谋法律上之对付"云云,冤哉枉也! 不是我不吃斗,我何尝吃过周女士豆腐? 我自认识鍊霞,佩其丹青,钦其文笔,倾心俯首之不暇,更何敢以不庄之言,调谑此一代人才哉? 我不用他人证明,鍊霞遍读各报,可问她自己,我唐某人阿曾寻过开心? 只有恭敬,决无轻慢,不比梯公与一方,确有其事,若一方之鍊师娘长、鍊师娘短,无一不是豆腐。下走从来不曾写过"鍊师娘"三字,写之,只有今日本文之上面三个耳。且以后决不再写,故我人要吁请鍊霞重执其生花之笔,梯公与一方,都无资格,惟有下走者,出其一片真忱,以恳鍊霞,鍊霞或者俯允。若先生阁主本人,其资格还不如我,盖先生阁主文笔,有时亦不免婉弄鍊霞也!

(《东方日报》1939年6月22日,署名:唐僧)

《刘家诗记》(未完)

璇姑氏刘,而鲁玲玲亦氏刘,青骢居士乃谓与刘氏女有缘,今桐韵阿媛亦姓刘,而舞人刘美英亦姓刘,于是居士之朋友亦有与刘氏有缘者矣。予作《刘家诗记》者,尽为美英而发,体学郁达夫先生之《毁家诗记》。

无数钿车聚丝云,刘家诸女尽通文。望中玉貌如明月,碗底酡颜似夕曛。吾土渐穷常作客,斯才绝艳好酬君。平肩胜语从今记,讵念蛾眉答谢勤。

泼拂林夜坐,是犹初次为宵游之伴也。

风华如海萃斯人,挽得灵蛇髻样新。忽报夜来春梦恶,秋波枉锡到微臣!

五月廿七日晨,自伊文泰归,车中口占。

世味于今百不谙,女儿心地本难探。当时怜汝能闲雅,往事萦心有苦甘。面似严霜飞十月,眉如新月上初三。几年不作多情客,人海回澜老更憨。

美英习于矜持,平时无温煦之容,遂如贵妇人之凛不可犯者,真何苦耶?

(《东方日报》1939年6月28日,署名:唐僧)

《刘家诗记》(下)

平肩胜语腻于环,轻鬟柔腰忆小蛮。诗境渐腴心境窄,美人罢舞醉人还。巡行顾盼千回忍,怀往伤春一例删。此意奉卿应笑我,人间至味在青山。

某舞宫夜坐,而不见美英,书此自遣。

倦倚平肩语夜深,无边哀怨集裾襟。坠欢道左纷纷在,细步同来取次寻。

侵晨偕之走愚园路上。

> 暂息浮生尔许劳,刘家有女似醇醪。可怜宝髻蟠然夜,羞被云郎说"二毛"。

一夜,美英梳新髻,低垂项下询以何来,则市之理发肆者,予笑曰:此亦"二毛"也。

一天梅雨过春城,丛绿摇凉夜有情。不用戴簦烦我送,轻罗人至便微晴。

雨后,自伊文泰步行至泼拂林道上。

◆小白牡丹与王瑶琴

陈玉君与李仲林之在大舞台登台,特往观其剧。大舞台原有之乾坤角,则唱《西游记》,《西游记》中予见三坤旦,一为王瑶琴,一为虞秀霞,一则小白牡丹也。识瑶琴且经岁,而一年来看其演剧,则此为第一次,说老实话,瑶琴转不如在黄金时予我印象之美,此人闲散久,足以障其进取之心,殊可惜也!小白牡丹之扮相,绝似有舞女名高碧霞者,而一点朱樱,尤见酷肖,闻之人言,小白牡丹在台下颇隽朗,勿知是否?若虞秀霞,未之前见,大舞台之邀陈玉君殆为抵云艳霞坑,邀李仲林补陈鹤峰缺,从此阵容重整,生涯之腾发可期矣。

(《东方日报》1939年6月29日,署名:唐僧)

王雪艳之刘璇姑

《文素臣》一剧,出朱觉厂先生手笔,以移风社排演后,头本"蓬门报德"一场,台下之千万观众,对小金乃一致表示其赞美。王雪艳看头本《文素臣》,凡四次,第一次予陪之同观,雪艳对小金亦叹赏勿已,谓为舞台坤旦,自未见有如小金演剧之美者,真不世之才也。予当时便告雪艳,话剧之工表演者,应推王家小妹,苟以《文素臣》排为话剧,则未鸾吹未必能使雪艳称职,若演刘璇姑,必恰如身份矣。今者合众公司制摄《文素臣》一片,刘璇姑不获人选,公司当局忽属意于王雪艳,是则适与下走当时之理想为符合矣,今双方条件,俱已谈妥,今日且至公司试妆,他日之熠熠于银坛,是为必然之事,可为合众得人庆也。

◆刘郎

灵犀夫人氏刘,因字号曰"刘郎",其后识某舞人,亦氏刘,乃觉"刘郎"两字之不可用。近顷,子佩兄创《小说日报》,属下走为文,予题吾文曰《刘郎杂写》,灵犀见,责予不应用其"刘郎"两字。予谓内人姓沈,本可谓之"沈郎","沈郎"亦现成名词也,顾亡妇死久矣;今有氏刘者,为下走所钟爱,则亦未尝不可以"刘郎"自命。你做你的刘郎,我做我的刘郎,同是肉麻当有趣,相轧何为哉?

(《东方日报》1939年7月25日,署名:唐僧)

一 夜 间

青藤既与谢娘相悦,谢娘于一月前育一雏,青藤怜之,不敢邀共宵游,于是青藤亦不复他骛,宵禁前归家者,亦一月于兹矣。某日,青藤忽得友人电话,谓跳茶舞于某舞厅,约青藤至。青藤曰:是时方治事,何能临舞榭?友曰:汝友谢娘在,汝不至耶?青藤大诧,勿信其友言,卒拒之,友遂不复为他言。是夜青藤播音于电台上,谢娘奔至,睹青藤,忽曰:我今日在某舞厅。青藤始恍然,曰:然则汝遘我友矣。谢娘曰:遘之,因又谓我与吾妹同往,值吾妹之舞客于场中,故同坐。青藤益疑,盖顷间吾友之电话中,其语气固甚突兀,今知此中尚有文章,恚甚,不复与谢娘语,而谢娘不知其恚也。坐良久,青藤之友三数人,欲作宵游,谢娘随往,问青藤,青藤不悦曰:汝先行,我事未毕,将后至。于是三数人与谢娘赴大华,未几,青藤烦某友传言谢娘曰:青藤归矣,不复至此。谢娘乃知青藤又负气,以电话觅之,有人答曰:青藤方纵酒,酒后疲甚,今入睡矣。谢娘不听,邀高唐买车访其居,时距天明二小时矣。抵其家,卒得青藤于巷中。青藤见谢娘躬至,始无语,随之入大华,而一坐复欢然。时高唐与玄郎议曰:青藤为人,多感而多疑,其与所谓"女友"者,恒欲制造一种爱情的波澜,以为乐境。譬如电话中有人告谢娘曰:方纵酒,盖欲使谢娘知其郁塞已极,故借杯中物以排遣,此风雅之遗,独惜不足为莺莺宛宛者所领悟,则青藤亦枉费心机耳。

(《东方日报》1939年7月28日,署名:唐僧)

云间白蕉鬻字

云间白蕉先生,书法太傅右军,名重海内,论者推为当代一人,惟先生珍秘过甚,求者难得,夏间以便面应世,以来者过众,纸卷山积,先生深以为苦,交游因请重订润例,稍示限制。即日起廉润二月,仅收半费,过期照润,欲求先生法书者,勿失之交臂,收件处中汇大楼四一二号,及五马路之古香宝笺扇庄。予深嗜白蕉书法之美,当杯水展览会时,睹白蕉墨宝,辄逡巡不忍去。白蕉为人书件,多录其近诗,诗复清朗,似不食人间烟火,是则又为其他书家所勿逮,读吾报者,固不可不与白蕉先生一订翰墨之缘也。

◆《小说日报》筵上

子佩、涤夷二兄共创之《小说日报》将问世,先三五日,宴至友于聚丰园,到者都四桌,昔南京之周持平(小舟)兄亦应约而至。持平兄为文章妙手,予主本报及《今报》笔政时,时以稿来,为读者所歆动。南京失陷之前,兄偕嫂夫人返镇海故里,其后复一度赴前方,旋病甚,始复解职归乡,比以故乡又不堪居,始来沪上。子佩延揽良才,请兄襄助报务,《小说日报》得其匡扶,精警可知。又识漫郎先生,则为舞文之健才。许晓初先生来较迟,谓常日读下走《缀语》,知下走嗜名烟,欲取其所留者见遗,关爱至此,令人感念。许先生为人恂恂,邃于学问,而通世理。上海之企业家,下走论交殆遍,求如晓初先生者,不可得第二人矣!

(《东方日报》1939年8月12日,署名:唐僧)

阔　　人

与鄙人从前一同孵过豆芽之笑缘先生,近来经商颇顺利,与下走则不甚相见矣。昨闻立人兄言:笑缘近日正变了阔人。谓身边摸出来,不作兴有法币,而为美金;身上所悬者,累累皆为金镑。以下走家无担石之贮,闻此阔人,宁不向往。昨于克仁兄太夫人奠礼中,乃遘笑缘,请其掏出金镑与美金,使下走一光眼界,而长其智慧。笑缘不悦,谓我存心讽刺,因出美金示予,则如吾国之钞票一样,其上有 ONE 一字,盖一元也。笑缘谓仅此一张,以十三元六角买进,今则值十五元几角矣。又有吾国之法币若干张,亦皆一元,衡其总数,则下走之囊橐所藏,亦可等量,于是知立人兄实夸张其词。若以此遽谓笑缘为阔人者,则下走亦遂为"狭人"也。

◆"身边文学"之盛

《小说日报》,将于明日问世,刊长篇说部达十二种之多,皆名人之笔,此所以为《小说日报》矣。而身边文字,盛极一时,有灵犀之《买愁新记》,下走之《刘郎杂写》,一方之《郎当私记》,梦云之《浮生小志》,婴宁之《调冰偶语》,啼红之《灯边话堕》。写"身边文字"最早者,当推梦云,然在其为大腹贾时代,最恨"身边文字",其言谓:报纸是大众读物,谁愿意花了钱,来看你们"自说自话"?及梦云弃商而重营报业,似乎又悟报纸上"身边文字"之不可少,因曾于他报作《垂泪日记》,今《小说日报》问世,又有《浮生小志》之作,十年前扬鞭垂泪之雄风,我人将再见之于今日,亦可喜也。惟予以为似梦云今日之发福,何必雅得如此,用"浮生"两字,不如用"浮尸小志"则比较为率直,亦觉风趣。不审吾友梦云,亦能容纳愚见否?

(《东方日报》1939年8月14日,署名:唐僧)

真 是 该 死

一方记郎当诗于他报,有读者名子野者,从而吹毛,谓一方所忆实误,一方不明,又为之辩正,二人遂作你说你的是,我说我的是。下走本来还明白,被他们一绞之后,也为之模糊,转不知他们一人谁说得是矣?及白华与男其三两人,为之证明,谓一方所记为不错,当此时,一方亦自决其为不错矣。而又明知子野所说,迹近胡闹,曾声明以后不再谈此问题,其态度正好。不料子野犹呶呶不休,自经别人证明,早已吃瘪,而他还要"再说郎当",行间字里早已理屈词穷。如昨日《唐突万死》一文,尤多枝节之谈,绞七廿三,不知说些什么,明明无理取闹,偏说"无理"有之,"取闹"未必,窃以为灵犀不必发刊此文,一则免使读者对于此项问题,增加一层讨厌;二则可以使子野之狐狸尾巴,不必毕显于读者之前。其实便是自己记错了,还说别人不是,也无不可,只要有人以书本证明后,自己便小心认个误记之过,亦无所谓;必欲去晓得了自己错误之后,还要嘻嘻哈哈,吃为他纠正者之豆腐,这是什么情理,非该死之坏邪!

◆ 曼殊上人

婴宁兄谓予爱赏曼殊上人诗,此言最冤枉。下走曾看过《曼殊全集》,觉曼殊之诗文小说,一无可取,然而世人对曼殊倾倒甚深。下走不敢憎恶曼殊,一概与曼殊无缘,从前随笔,予一再言之,婴宁难道没有见过?曼殊之诗集中,有断句曰:"山斋饭罢浑无事,满钵擎来盛落花。"此十四字始为好诗,此外便语多平凡,不敢恭维。近代诗人置大家勿论,愚最爱林庚白,所谓别辟蹊径,完全以意境致胜。若张慧剑之好诗,有《花神庙》数首,循诵数过,可以泣下,婴宁所举者,犹不免偏于纤薄也。下走荒芜,不能勤读,然自来可以自负,对于辨别诗之好坏,颇有眼光。我如说曼殊诗文不好,必有人骂我瞎了眼睛,然而如下走之言,始为天下大公之论。不知后我而发者,更有他人否?

(《东方日报》1939年8月25日,署名:唐僧)

莳　花

周瘦鹃先生为《健康家庭》作《园居杂记》,以莳花为乐,读其文,辄使人歆羡周先生之清福不浅。下走一身,自知无一寸雅骨,书画图书,无一所爱,养花亦自雅事,然亦非所喜。蜗居于嘉定城中,负郭田园,正可种花,而夏秋之际,但有绿影扶疏,未尝有一抹娇红,滴雨窗前也。近年营居沪上,闺人颇爱花,然所居逼仄,无地栽花,则市鲜花插之瓶中,注以水。一日,未曾易水,水奇臭,予以此为妨碍卫生铁证,禁室中不可再蓄花,从此花影遂杳。亦尝与"女友"游公园,兆丰公园,有林树之美,愚以为好,而女儿家则独徘徊于花畦前,不肯远去。顾愚非嫉花如仇者,特以为惜花之日尚未到,似今日之尘事纷繁,有余绪可以结交女人,而无闲情于艺草莳花。若瘦鹃先生之清福,亦是从前世修来?今日之我,正不知亦有此一日否耳?

◆牛马

予昔日有句云:"我愿将身化为马,请卿骑上满街爬。"近日又有赠某舞人句云:"卿为玉女从天降,我做蛮牛满地爬。"或曰:你真是为女人做牛马者。我有时荒唐,谓与其为子孙做牛马,不如为女人做牛马。然有时理智高超时,则效某前进舞人的口吻私语曰:现在养儿子,生女儿,不是为了自己老来着想,而是为国家的,为社会的。然则我今日栽培儿子,为社会为国家,则我做牛马,比之为女人实要紧。然做一头牛马,已焦头烂额,更那堪做两头牛马耶?

(《东方日报》1939年9月10日,署名:唐僧)

明　姑

一夕,杉杉居士,访其腻侣于舞场中,不值,则询明姑之妹。妹曰:阿姊归矣。居士怅怅。次日,凭楼为闲眺,适有街车过楼下,视之,则明姑也。居士夙不羁,遥问曰:卿昨夜何往者?乃虚我一行,以我度之,卿必辟旅家楼,与所欢谋缱绻者,得勿然邪?明姑闻言,奇窘,羞赧不敢答一词。是夜,居士复入舞场,视明姑,明姑怨曰:郎乃辱我于当街,街上人闻之,使我后此复履街前时,将何以为情?居士笑曰:戏耳,惟以意度之,或者非诬,以身为舞人,不以肉身布施,而邀客之欢,将不足以月得多金。明姑闻言,弥恚曰:郎辱我尤甚,我不堪忍,我家世亦清白,沦为货腰生涯,又岂得已?郎既薄我,绝我可也,何必言此创吾心?自此,不复与居士交一词,居士恐,丐其友敦颐,为之解纷,而使居士谢失言之罪,明姑始悦。越数日,明姑以所居嚣扰,觅新宅,税余屋二间,明姑与其妹居一室,其母又居一室。居士闻之,戏曰:卿苟有入幕之宾者,则可以使汝妹与汝母居一室,或汝妹有搴帷之客,则卿将与阿母同眠。言未已,明姑遽曰:郎又勿慎其言,辱我为秘密卖淫之妇,是又勿可忍矣,以此又哄,然不似上次之认真。居士笑曰:昔卿以我辱汝于当街,故谴我,今我此言,言者惟我,闻者惟情,卿又何哄邪?明姑亦笑。微曰:我特勿欲郎乃拟我于下流也。居士恒言,其所以悦明姑者,乃谓明姑善羞,善羞而在广座间,其情尤美;若凉阶私语,居士不羁之状,亦往往为明姑能谅。故居士谓明姑实可人,将整顿全神,永宝斯儿矣!

(《东方日报》1939年9月12日,署名:唐僧)

文　　儿

先生阁主记:"西门款宴,席上又见文儿。"按西门款宴,是丁先生家,丁先生称西门老画师,先生阁主因称之曰西门。丁先生款宴之日,下走亦叨陪末座,此日席上,"鬟丝"可以记者,有周錬霞及其闺友潘小姐、沈衣云、姜云霞、张文娟、丁一英数人而已。而先生阁主笔下之文兄,所指何人,竟不可知。以上述诸人,殆为文娟,然我人夙知先生阁主,未尝倾心于小型余叔岩者,则此文儿,必别有其人。但读其《梦醒后》一绝句,是有无限深情,乃使读者捉摸不定。阁主往往为自己朋友假设一名,有时甚为恍惚离奇。余穷思半日,乃悟文儿之名,除文娟可以承当外,尚有一人,似亦可以称之为文儿,则姜云霞女士。云霞有小字曰小红,他人知之矣,而不知其尚有学名曰姜纬文也。以上问先生阁主,亦将喜下走为解人否?

◆"九一八"之夜

"九一八"之夜,秋风甚劲,予与翼华互对于翼楼上,翼华似怜下走之风怀结郁,不类常时,因以电话招美英至。在宵禁之前,美英果应约来。欢场中历历论交游,此儿曾不负我,人谓下走于美英之赏识非虚者,我至今日,亦将无以自讳,咏"连夕不来端负我,此时何可再无聊",正不禁回肠荡气。美英言暑期后比又读书。我尝发为疑问,问其妙女子何用求深造？识几个字，亦既足矣。志不在接外国"朋友"，英文根本用不着；若读中文，以下走之才，教刘姑娘已绰乎有余。而不此之间，必欲挈书包而上学。试问一日嫁人，一日养孩子，还有什么工夫读书？年方二十之女人，一脑门子，只该想住洋房，坐汽车，戴金刚钻项链，才是正常，而偏偏想读书，求学问，逆料此儿将来纵然腾达，亦不免寒酸，此其所以为可怜也。

（《东方日报》1939年9月21日，署名：唐僧）

《文素臣》影片

朱觉厂先生编《文素臣》剧本，付移风社排演，自去年迄今排演不过三本，而卖座曾不稍衰，朱先生遂为移风建不朽之功绩，而今年之上海，遂成《文素臣》世界矣。朱觉厂者，即名导演朱石麟先生，已尽人知之。《文素臣》之美，正以朱先生能搬运，用若干电影镜头，搬演于舞台之上，使台下人能新其耳目，叹为妙造，固不仅在情节之紧张，而演员之功力厚也！合众公司既创立，第一部新戏，即聘朱先生编导《文素臣》，半年以来，时在轰传中，今片始摄竣，于二十一日夜午，秘密试映于卡尔登，愚亦往观。则朱先生以不同之手法，写同一剧本，复能精彩百出，乃叹朱先生之巨笔神矣。刘琼在此片中，无一个镜头不使人满意。当时文素臣一角，不拟觅之电影圈中，而欲觅之于"外行"，顾久久不获当意者，终用刘琼。以今观之，用刘琼真合众之幸矣。王熙春初登银幕，而老练似吃过五六年电影饭者，绝不拘束。这孩子真是可怜（此可怜作可爱解，表示我处处不脱诗人本色），想不到她来哪一手都是好的。前后两集中，用新人甚夥，刘璇姑之杨文英，任湘灵之吴飞虹，她们都是舞女，着上古装，又要做戏，而能应付裕如，乃觉今世小女子之聪明，而深感养女孩子之有出路。老夫已届"九十六以三除"之年，犹无掌上明珠，从前自庆此生不作朝南乌龟，现在看看小女儿有出路，不禁悲从中来。此夜舞人刘惠民女士，亦从余观剧于卡尔登楼上，我在思潮起伏时，回头望望惠民，此君初不著闻于舞国中，而近时亦能裕其衣食，盖可证明今世女人用场之大。看完《文素臣》影片,我有纳宠之愿矣!

(《东方日报》1939年9月24日,署名:唐僧)

赵如泉的戏

赵如泉返沪上,在共舞台登台,共舞台以盛典欢迎之,打泡三日,唱出头戏。予真寡陋,赵之出头戏,犹第一趟看也,故朋友定座四日中,三日出头戏,予都在看。第一日为《醉打》一剧,如泉演之,自然合路,参以出头戏作风,而不脱旧剧楷模,状鲁提辖粗犷之状,有恰到好处之美。第二日为《追信》,前面都平平,至韩信逃走,相国唱"听说韩信他去了"之摇板时,跑东跑西,乃觉得赵老开之身段、台步、唱腔却别辟蹊径。而至三生有幸,转能平稳唱过。第三日为《甘露寺》,一人而兼三角,鲁肃不及乔玄,乔玄不及张飞,用是知如泉不配斯文,只宜犷暴,故张飞佳也。鲁肃一角,周信芳一人,夐绝千古,《甘露寺》虽短短一场,神情之美,身段之佳,无与抗手,《群英会》无论矣。信芳唱《甘露寺》,亦饰乔玄,人谓不如马连良,其实看信芳此戏,看神气耳,连良不能及也。如泉三日之戏,以《醉打》最好,《甘露寺》次之,《追信》最不能满意,如泉唱《追信》,完全被王椿柏唱了去,椿柏之韩信,台下人乃予以热烈欢迎。是夜信芳夫人在座,亦盛誉椿柏不绝口,夫人谓信芳亦许椿柏为奇才,称麒派传人,今日惟一椿柏,然椿柏不列麒氏门墙,亦奇事也。予谓椿柏之身段好,神情亦好,不知如何,开出口来,便不大讨人欢喜,一张嘴又长得难看,故椿柏亦该唱胡子戏。第三日之刘备,给我印象实比韩信为美,回荆州之许多身段,真叹信芳以后之惟一妙造矣。

(《东方日报》1939年9月26日,署名:唐僧)

錬霞新作

《健康家庭》第七期之封面,为蜀人张善孖、大千昆仲合作,图中一虎雄踞,虎背上则倦倚一佳人,望之至悦目。周錬霞女士,因就此图题句云:"眈眈雄视十分瞋,此日何当倚美人?消受玉纤轻一点,山君毕竟也称臣。"以鍊霞的锦心绣口,偶着闲墨,亦复斐然!

◆三干女

晚蘋先生纵横舞场,录义女三人,一曰王珍珍,一曰郑明明,其一则宓令也。宓令与明明,下走曾睹其貌,然自未一交谈,无论舞矣。若王氏珍珍至今且未遘清姿,此女有雅号曰"高桥松饼",其妙体丰腴,殊可想见。昔尝过鍊霞,评议其干女儿曰:宓令最老实,其性情亦最温婉,似世家女儿,亦若二十尺香楼中人。珍珍则不失为率直,所谓心直口快之好人。明明则比较慧黠,非胸无城府者可比,然可爱则一也。

◆《螳螂攒金图》

鍊霞欲为下走作《螳螂拜金菊图》,犹未着笔,而孟叟先生,先作《螳螂攒金图》见贻,图中以金色绘一制钱,着四字曰"黄金万两",肥硕之螳螂,举双钳挟一制钱,而举首窥制钱之孔。作者殊笑下走为贪财,下走穷困久矣,正以得此图而狂喜,以为孟叟先生殆善颂善祷也。孟叟先生,洵是雅人,图角钤一章曰"愿天下有情人都成眷属",而画笔之美,并世少见。因念先生殆为写生名手,顾不能一通音问,下走之怅惘何如!

(《东方日报》1939年10月9日,署名:唐僧)

翻 旧 作

予为他报撰稿,固相约每日勿间也,惟予既宵游,清晨四时后返家,神力罢甚,不堪再搦管。下午起身,他报之稿,纵欲补写亦已不及,势须脱一日矣。而编者乃翻余旧作,仍刊之报端,冠以今题,意盖不欲使下走之文,于其报间绝一日也。惟予于此举不甚赞同,并非谓下走昔日之文,不及现在,勿愿以旧作再出丑人前。下走之意,则完全为其报纸本身可惜。其报问世迄今,以取稿之精炼,颇为读者所称重,即吾辈内行,亦以为此报今日,总是在水准以上,不可以寻常视之也。今之所认为不无微疵者,便是二月以来,将下走旧稿,翻登两次,在编者固为拥戴下走,其实究非上策。下走之所以谓旧作不可重登者,譬如讨女人,讨来总希望是个未曾被别人派过用场的闺女,若讨一个已非"完璧",则虽美亦无足道。此或下走之思想比较封建,然大部分读者,或者亦以吾言为同情也。故自今而后,非万不得已,下走必不为其报间断撰述,非谓下走之文,定有噱头,既然他们如此重我,我亦当竭尽绵力,以辅编者培育其成功也。

◆ 如此客人

有客人入舞场中,招一舞女坐台,去三日,坐三次。至第三次立起身来,叫舞女出去,女问曰:将从客何往者?客曰,开房间去。女不可。客忽大怒,指戟而詈曰:汝假惺惺何为?岂欲欺我为洋盘邪?女曰:我特以货腰为生,不欲自沦为鬻身神女。客益恚,曰:然则汝当自誓于天,谓汝尚闺女者,我不扰汝,否则汝必欺我。女乃大哭。客促之曰:不从邪?是黄熟梅子卖青矣。速返我三日所耗之资,则不从亦无不可。事闻于舞场主人,以后不知对客如何应付。勃罗先生,以其事述与我,我笑曰:还有"如此客人",倒也奇怪。

(《东方日报》1939年10月14日,署名:唐僧)

茶 馆 老 板

云裳、国泰两舞厅,既为老友所创办,于是同人等往者,吃账总由主人签字,使同人等于酣舞之余,省此一笔支销,于心良感,因忆梦云去年开茶馆兼点心店时,同人等以店为老友所开,理当前去捧场,于是时为座上客。其初,每不见梦云出来招待,而等到付账已毕,始见其施施来,谈笑生风,以欢迎其衣食父母。用是知梦云为人,气量之狭。实则朋友又岂不知,开店将本求利,若遇亲友,定要叫老板会钞,则梦云究非小开,哪里经得起长吃白食,然朋友来照顾生意,招待不妨出来,甚至于会钞时客气一声,总算尽其礼貌。而梦云派头太小,一进门看见有熟人在座,便避入账房间内,默计朋友饭已吃完,钞已会过,然后出来纵谈世事。当时此店梦云招子佩合作,子佩重友谊,朋友来进食,必殷殷问馔肴是否可以,然朋友亦未尝存心吃在子佩头上也。后此店终不支,一半自然梦云本人之灾晦太重,而祸延老友,使子佩因之赔累甚巨。今日朋友谈梦云开店自进门而避入账房间之一个身段时,每为之忍俊不禁焉。

◆史地专家

次子顽黠,然其有两种嗜好,一种爱听讲故事,一种喜问上海形势图。讲故事我没心想,一日,我睡在床上,他来与我作絮絮谈,问我卡尔登在哪一条路上?外婆家在什么路上?又问我卡尔登过去,可以看跑马者,那是甚么所在?我一一答之。后来忽然大悟,大悟之后,继以大怒,对他说:你这孩子,将来不大有出息,你才六七岁,喜听故事,喜讲上海地图,到大起来,你一定要研究历史,要研究地理。因此对他说,为父的有个朋友,叫冯梦云,你当叫他冯伯伯的,他今年三十有余,四十不到,他最大的本事,便是有一肚皮历史地理,历史之熟,连关壮穆的爷叫什么名字,他都记得;而地理更滚瓜烂熟,那里有一条公路,长几公里,他统统晓得。然而学无所用,连个邮差都不能做,到如今一无发展,与为父的一样弄得尴尬万分。为父的望子成龙,可是决不望子成"冯"。儿呀!你再要研究历史地理下去,为父的我就要打……(写到这里,好似在抄《宝莲灯》剧词了。)

(《东方日报》1939年10月16日,署名:唐僧)

梦云何在?

予与梦云,近一时期,常在笔墨上互施调谑,读者有喜有勿喜。喜者曰:文友在报上吃豆腐,无有如唐、冯二君之风趣者矣。读二君之文,犹之听年终时之会书,说书先生之互相"拆讲",其发噱正复相似。而勿喜者之言曰:以大好篇幅,供一二私人之寻开心,宁不无聊?"内行"中人,如一方先生,且谓此种调讽,是"自曝其丑",大有窃期期以为不可之概!愚从前以梦云之笔,骂人非下走能及,尝一度表示屈服,不料此君不肯甘休,后来竟变本加厉,于是下走亦不欲示弱。下走发言之地盘,较梦云为多,前数日,几无日不与此君周旋,周旋数日,此君忽勿下文。他报之《浮生小志》,至近数日忽然搁笔,或投书与愚,谓梦云之忽然噤若寒蝉,大概是被你击败矣。予惶悚答之曰:击败二字,谈何容易!梦云笔锋之健,讵肯让人,亦讵肯认输,今之所以不接下走下文者,必有道理。打听久之,方知梦云忙也,忙至于无暇执笔。所忙何事,可以为诸君告者,则帮助外国人,谋某报复活。闻外国人知梦云为干(非狗)才,畀以发行部及宣传部两部长之职,梦云于是乎大忙,忙至于吃自来火梗及报纸之工夫都没有,更何论为报纸写文章,写文章而与朋友寻开心哉?梦云既荣任要职,当然又要疏于笔墨,下走可以逆料,以后梦云又要扮起面孔,痛骂报纸上写"身边文学"之无聊。惟下走防此一着,故已剪就《浮生小志》若干段,随身带着,预备等其信口开河时,把这些劳什子的东西,封住他一只"樱桃"也(白相人称嘴为樱桃,真是雅俗共赏)。

(《东方日报》1939年10月20日,署名:唐僧)

葡 萄 美 酒

昔年,恨水来沪,邂之席上,时恨水方游西南归,因述在长安见旧诗中所称之夜光杯者,恨水尝陈其形状,擎夜光杯在手,宜盛葡萄酒,旧诗有"葡萄美酒夜光杯",可知中国之有葡萄酒,由来已古。昔张弼士在南洋,应驻荷属法领之宴,席间有葡萄酒,饮之弥甘,询所制,则曰中国之芝罘,最宜栽植葡萄,以之酿酒,当较尤佳。张返国后,在烟台择地建造工厂酒窖,耗资三百万,购东西南山地数千亩,栽植欧美葡萄,悉心规画,历二十载,而规模始具,正以事属初创,无可取法,其间酒师曾三易其聘,工厂则数次改建,葡萄亦经数十余次之改植,谓毕生精力,已尽于此。嗣后因洋酒竞销之压迫,及苛捐杂税之摧残,艰苦备尝,迄于今日,已四十又四年矣,是为张裕公司成立之历史也。近年以来,张裕所产酒类,已达十有六种,当此舶来货品之售价飞腾,凡为名酒,非数十金不能购置一瓶,嗜酒之士,正不妨提倡国产。吾友黄寄萍兄,近为张裕公司聘为推销顾问,赐书以张裕之史略示愚,志之用为关心事业者告也。

◆落泪

愚有妇人之仁,看信芳演《生死板》,能流泪,看其演《明末遗恨》,亦落泪,《青风亭》无论矣。费穆尝言,看一次信芳唱《青风亭》,落一次泪,虽欲遏止,而不可得也!盖曰:信芳白口之情绪,而激出辛酸之泪,凡善感者,无不能为其所动。不能为其所动者,真天下之忍人矣!《青风亭》最精彩之一场,不在后来,而在赶子认子时,张文秀抚住张继保之头颅,一字一句,信芳细细从哽咽中嚼出,都为血泪所凝成,听之,不第泣下,直欲放声,始能稍抑悲怀耳。

(《东方日报》1939年10月29日,署名:唐僧)

王瑶卿与王玉蓉

近顷黄金大戏院延聘坤旦王玉蓉南来。王玉蓉者,本上海人,尝歌于白下,生平进取之志甚切,于是自白下而北上投师,执贽于老伶工王瑶卿门下,终为瑶卿之得意弟子。下走本与玉蓉为素识,其今日之歌艺如何,暂时不敢妄为论断,惟以瑶卿之珍视,以玉蓉天赋之聪明,料非凡品;兼之黄金近年选角之精审,而玉蓉终被厚币敦聘,则玉蓉之造诣不恶,亦可知矣。方今南方伶人之不习旦者则已,习旦者无不以北上求师为荣,而求师又无不投瑶卿门下,其出之瑶卿门下者,譬之就读之学生,既远涉重洋曾求学深造矣。故今日旦角,求名重则必冠以头衔,曰:王瑶卿入室弟子。又曰:王瑶卿得意高足。究其实际,则不过投一帖于王门,真传瑶卿之艺事者,十不获二三焉。惟玉蓉亲炙已久,而不知如何,瑶卿又至宠斯徒,此次且偕之同来,其示惠于玉蓉者,殆无微不至,所以使春江人士,对玉蓉留一鉴定之信仰,则玉蓉确得王派之真传者也。时人称王瑶卿曰"内廷供奉",其实瑶卿自有卓越之艺事,可以传人。若"内廷供奉"四字,则与艺术无关,而团体变更供奉之名,初不值钱,故愚意不用为佳。十三四年来,不看瑶卿戏。予自北都返沪后一年,瑶卿偕其侄幼卿及言菊朋南下,隶共舞台,予数观其戏。一日菊朋唱《珠帘寨》,瑶卿饰二皇娘,走几步"旗步",台下之采声不绝,此种戏瑶卿今日尚可一动,此番或能以餍吾春江人士。我愿不虚,则料瑶卿之二皇娘出场时,台下之欢呼,比之看芙蓉草之萧太后登场,尤胜百十倍矣。

(《东方日报》1939年11月4日,署名:唐僧)

《我 很 勇 敢》

龚之方兄,以做广告名家,而得满堂之号,不知其文章之亦复遒练可诵也。之方文笔久辍,丁悚先生仰其才华,请于百忙中,为《健康家庭》缀一文,于是吾人又得读之方文章矣。《健康家庭》第八期,有《我很勇敢》一篇,下署为天衣者,即出之方手笔。文短短不及千言,其述投身社会之经过,语都沉痛,予读其文,弥增惭恧。予年十四时,尚绕于吾母膝下;后三年习业,亦都由舅氏安排之;至廿四岁,弃吾业,而操文学之役,自此始抵自立之境,摇落频年,曾未一发"奋斗"与"振作"之勇气。今入中年,伤于哀乐,若之方今日,犹多嗟叹,则下走一身惟有惶愧死耳。

◆推仔厅

近顷,沪西某夜花园,辟拓其广场余地,营一新屋,其中布置,幽洁一似舞厅,而颜其名曰:推仔厅。一夜,之方、一方谈起"推仔"两字,是何用意?之方以为此中有一"仔"字,其名必为粤人所肇赐,惟意义何在,仍不可知。次日,之方过吾庐,乃谓昨夜谈起之推仔厅,今有着落矣。盖一方是夜读某笔记,载有狂士某,娶一妇,妇亦通文,唱随之余,乃建一楼为双栖之地,而即名其楼曰:推仔楼,其意则取拆字格也,"推仔"二字,即为"佳人才子"四字缀成,而"推"字之挑手,假为"才"字,其浅薄乃一至于此。时至今日,居然有袭用"推仔"而名厅者,真可笑也。

(《东方日报》1939年11月6日,署名:唐僧)

潮 州 菜

潮州菜风味最美,予深嗜之。自作报人,所交潮州朋友甚广,而潮州朋友,又多知名之士,死人中有一个郑正秋先生,亦相识;至今未死者甚多,在上海有陈听潮、郑过宜二兄,在外头有郑应时、蔡楚生二兄,岂非都是知名之士?而常请我吃潮州馆子者,只有听潮一兄。过宜号称有弄堂产业,开典当,然性甚吝啬,从未请我吃过潮州菜,尝设家宴一次,亦叫的会宾楼菜。应时则常在其家请客,厨房是潮州厨房,口腹之惠,至今不忘。楚生不大共游宴,不必谈。上海有潮州菜馆两家,一家名醉乐园,一家名徐德兴。徐德兴在打狗桥之一条支巷中,其布置略如本地馆。两家之菜,有人说,醉乐园美,亦有人说徐德兴好。我外行人,辨不大出好歹,以为都甚可口。惟徐德兴有一奇迹,则此中有女小开一人,为一汕头摩登女子,风姿殊不恶,其人似受过教育,思想颇新,口中常在唱歌,客至,咸属目其人,叹为美色。潮州女人在上海出风头者,陈波儿为一人,然波儿不大美。老凤先生尝见听潮女公子文娥女士,谓姿色甚秀丽,予亦以为凤眼不花。然老凤若见徐德兴之女小开,定当拍手笑曰:潮州尤物,又见一人。徐德兴堂倌多,不如醉乐园楼上只有一人侍应。昨夜听潮请瓢庵饭于徐德兴,瓢庵亦赞美潮州菜,惟听潮言,汕头芋艿不能运沪,故今年之潮州暖锅,及甜芋艿都不及往年之可口,盖皆用本地芋艿为替,本地芋艿便不及潮州芋艿之入口香松也。

(《东方日报》1939年11月13日,署名:唐僧)

君 左 何 往?

近有谈易君左近况者,憾甚!君左工诗,予则长忆其《会心寺小坐》一首云:"会心人入会心寺,何处钟声发妙音?愿借广长千尺舌,联成坚实一条心。僧颡如蜡知贫血,客味似烟因苦吟。此地已非安乐土,神仙与敌亦雠深!"又《八月三十日晨忽有所感》一首云:"苦闷心情托酒杯,乱离性命等尘埃。将军日望从天降,捷报方欣自海来。一洞仅为邻叟筑,群花争向战时开。愧餐国粟知何补,午夜鸡声想异才。"又报载张仲仁老伯《倡组老子军寄呈一律》云:"古诗娘子今童子,老子名军倡自公。秦国凶残驱白起,汉家兴复仗黄忠!虚心竹节情终茂,陈酿花雕味最浓。谁谓吴人文弱甚,期愿犹欲建奇功!"凡此胥激昂慷慨之作,我乃正盼谈君左近状者之言为勿确也。

◆禹钟小札

沈禹钟先生年来居沪上,为许晓初先生治文牍,每为小札,无不雅韵欲流。近者,晓初先生,知下走体羸,因取中法出品之清鱼肝油两瓶为赠,附以短简,即出沈先生之手笔也。其函云:

> 大郎先生台鉴:序入元英,霜风振户,台端穷年著述,振导人文,缅想贤劳,辄深神往。兹谨奉赠敝公司出品清鱼肝油两瓶,聊供摄卫之需,借助兴居之胜,扶元益气,非敢自比于神方,摘藻扬葩,或亦有资乎妙绪,尚希哂纳幸何如之,不一即颂著祺。
>
> 弟许晓初谨启

(《东方日报》1939年11月18日,署名:唐僧)

翼楼同人之《明末遗恨》

一夜,梯公与瓢庵二兄,为天厂饯行,设宴于笠诗厨上,座有天厂与院座外,尚有培林、之方、灵犀、熙春、素雯诸君,于是谈起年终在卡尔登公演一次话剧事,当时志愿加入者,有梯公、天厂、之方、灵犀、培林及予。翼华于话剧,嫉恨甚深,此君少年而迂执至此,为之浩叹!吾人一谈起话剧,翼华便立起身来,观摩姚府墙壁上之书绘,表示不愿参加谈话。兹当记当时派角色问题,蔡如衡一角,极难做,而争演者甚多,结果派与梯公,培林为郑成功,予愿演博洛,素雯自是嫩娘,拟烦张慧聪为媚娘,而以微波属之熙春,然熙春要演马金子也,原议将余澹心与李十娘二人删去,使完全照原本表演,则余澹心将烦之灵犀。余之《板桥杂记》,与灵犀《红灯煮梦》之篇本可以今古辉映,则其身份尤称合矣。此外有三要角,一为马金子,一为孙克盛,一则郑芝龙是。上海剧艺社徐立之郑芝龙,严斐之马金子,众口一词,推为绝作。环顾翼楼人物,人选殊不可得,于是想商请严斐参加,而予非其议,以为不必约外人,要末自家人淘里充,结果孙克盛请之方勉为其难,郑芝龙请天厂居士上一上。之方国语不甚娴熟,比较吃亏,天厂颇自矜其方言之美,且久登氍毹,古装上身,披襟拂袖,必尽态极妍,其为郑芝龙,胜任愉快无疑矣。今所缺乏者,为马金子,苟熙春勇于担任;则微波一角,予可约张翠红来,翠红之《王宝钏》已摄竣,而其人温柔妩媚,饰演微波,可以超盖一切。

(《东方日报》1939年11月25日,署名:唐僧)

《连环套》之阵容

年终彩唱,《连环套》一剧,今已决定,以周信芳先生之肯参加,遂使其他人更兴高十倍,今阵容已大致决定,由下走一人,饰演黄天霸。先是,下走以力薄不能胜,拟别请一人先后分演,当时想邀素雯倒串,第以梯公欲与素雯共演一剧,遂作罢,终令下走暴丑到底矣。窦尔墩则由二人分演,坐寨盗马为翼华,拜山盗钩为小蝶。信芳之朱光祖,伯绥之计全,灵犀之彭朋,南腔北调人之梁千岁,培林之施公,伯奋之巴永泰。方先生本应黑头,亦能登台唱西洋平剧,原为翼楼社友,闻此消息,不禁技痒,故欲一露也。孙兰亭兄,自愿为大头目,又声言其余三个头目,由彼带来,不必另找。而吴江枫兄,愿陪灵犀做一个某大人,盖跟了梁千岁,赴口外行围射猎者也。而兰亭风趣,谓射猎时之三四野兽,如白兔,如狗熊,如虎,亦咸烦熟人饰演,于是拟请卢继影等罗汉担任之。又丁慕老、朱老凤、苏三那、采芝室主四人,以艺苑名流,亦都闻风来归,愿为彭朋之一堂龙套。而此剧登场人物殊众,尚有报子二名,更夫三名,上司院四名,官兵四名,中军一名,厨子一名,及何路通与关泰两位花脸,均拟请友好饰演,不再委之班底。近日以来各人有"公事"在身者,俱已从事预备,翼华且试过行头,勾过脸;下走则先将台词念熟,然后再烦人说身段,行头拟从樊伟麟兄借用,而自己仅备高底靴一双,盖亦娱乐不忘节约之意也。

(《东方日报》1939年11月29日,署名:唐僧)

戏　　照

去岁登台,有人在台下为予照相,如穆一龙兄、冒孝鲁兄,俱曾为予分摄王允、孔明,及刘秉义等各种镜头,尤以王允之身段,有尽态极妍之妙。《连环套》既预备登场,翼华以初次扮花脸,于是拟预拍戏照,昨日下午,乃从文魁借来行头,又请金四爷来勾脸,金固老手,勾成,边式可观,翼华共照三张;又请予扮天霸,摄拜山一张,则戴翎子挂狐狸尾矣。予摄拜山一张外,又改夫子盔着箭衣马褂,拍一张,自己身段既不会摆,翼华又不肯摆一个样子,与我看看,遂使摄成之后,竟不复人状,眉毛一线平放,而瘪嘴瘪脸,似十四盏灯之化装,武生转不若装成时之英俊可观;而翼华之照,则无一张不美。予自惭怍,如此神气,将何以上台?何以餍顾曲诸君之望邪?

◆师生

采芝斋主,为蔡律师之笔名;二郎先生,则为王律师之笔名,王为老法家,而为蔡之授业师也。二人相见,则常常从口头上打趣,师生闲谈起女人事来恒津津有趣。予以为师生间正不必放出尊严,如蔡之与王,乃可为师生之楷模。予颇向往如二郎先生之先生也。

(《东方日报》1939年11月30日,署名:唐僧)

话剧与文明戏

某舞人问玄郎曰:听说璇宫剧院之《明末遗恨》,非常卖钱,有其事邪?玄郎颔首然之。舞人又曰:《明末遗恨》,卡尔登演者,乃为文明戏?玄郎否之,曰:这不叫文明戏。舞人恍悟曰:我明白矣,是叫话剧,虽然,名称固异,性质实同。玄郎乃为辩正曰:像东方书场与王美玉所演者,是为文明戏,若绿宝则介乎文明戏与话剧之间,而话剧之演者,俱为智识分子。非乡曲鄙夫,亦能处身于其间也。舞人闻之似渐省悟乃曰:然则打个电话与璇宫茶房,叫他们为我留几只位子吧。盖其仍以话剧之对号入座制,当东方与大中华排场也。

◆《狸猫》印象

年终之义赈,乃已决定黄金与卡尔登混合演唱,大概则为九本《狸猫换太子》也,予亦扮演一角。《狸猫》一剧,儿时曾屡观于大舞台,惟剧情今已模糊,时大舞台人才济济,小达子、赵如泉、毛韵珂、贾璧云、金碧艳,并驰誉于时;而当时有两丑角,一为孙少堂之八贤王,一则钱化佛之包兴,钱之包兴,其印象最为深刻。今黄金此角,已为南腔北调人夺去,正不知九本中尚有八贤王否?饰八贤王者,若能剃光其颅顶之发,而左眼角上,装一肉瘤,则活龙活现之孙少堂矣。

◆吴曼丽留沪

吴曼丽将赴港,大都会主人致惜别之情,挽之曰:愿吴小姐仍居沪,勿他鹜。于是于前日起,特在《新闻报》为曼丽刊广告,作木刻巨字。曼丽笑曰:太浪费矣,阿侬以渐归平淡之身,不必有此佳宠矣。

(《东方日报》1939年12月1日,署名:唐僧)

三看《连环套》

孙兰亭兄,又叫我去看一次黄金的《连环套》,这一次是在我请人约略说过一遍身段之后,所以看得比上二次亲切。我们同去的有瓢庵、翼华、之方、听潮、尧坤,除瓢庵、之方,他们不在年终的《连环套》里彩唱之外,其余三人,都有戏。座上又遇见空我,又遇见肇璜,蔡律师也预备替灵犀的彭大人,吊一个龙套,想不到今夜他也会赶来揣摩龙套的身段。我们去的时候很早,看见盖三省送亲演礼的尾声,所以这一出《连环套》,又看了一个整本。我以裘盛戎的窦尔墩,始终可爱,他虽然因为"底气"不足,不得不运用鼻音,然而听上去还不大难过,尤其是"盗马回山"的几段摇板,和各种身段,其叫人赞叹不绝。到了"盗马",便有人非议他有几种地方,派头太小,譬如,"适才之镖客不伤某寨内之人,这里当面谢过"的一个身段,又如"排队送天霸"的一句说白,都不甚大方。我以这些毛病,他与袁世海是相同的,而同是学的少山,少山欢喜卖弄俏皮,遂把这几位后起之秀也贻误了。俏皮偶然一用,自然好看,多用了,便会妨碍到整个的气度,这倒不容不注意的。彦衡没有唱的工夫,所以到处放水,放到下山时的四句流水也会只唱两句,自是不能再叫台下人同情他所有的身段。都是从简去繁,假如说彦衡《连环套》是可法的话,那末《连环套》的黄天霸,便亦是十分难唱的一出戏。听说黄金的后队,是章遏云,武生张云演,净是袁世海,待他们排《连环套》时,我倒要来观光一趟。

(《东方日报》1939年12月4日,署名:唐僧)

征求《长风》与《小晨报》各全份

林庚白先生诗,愚夙所钦服,朱凤蔚先生,亦与贱见相同,尝写示林先生四律,为未经报纸刊载者,如《望后一夕》云:"窥衾圆月夜恢恢,不酒生憎茶力严。能发幽思无寐好,堪寻病味得诗甜。交亲渐老将谁语?赤白之间倘免嫌。桑海飘萧身是史,却将独醒向风檐。"《立夏后一日》云:"薄暖琉帘不起尘,眼明绿叶与愁新。茶余小睡浑忘寐,病后高楼已换春。世味深于江上水,瓶花淡似意中人。闲思物我俱成妄,风际悠然一卷亲。"《小斋见长春盛开,时送甜香,诗以宠之》曰:"甜香风际弄娇红,俊赏怜无笑靥同。年往日长犹此客,意狂情挚尚如意。扶持当使臻全盛,灌溉还思拓半弓。犹向花前怀冷暖,宜人物候画方中。"《玉情一律》云:"玉情自洁意娟娟,四月江南最惘然。味似春愁来更紧,闲将世念进当前。已穷督亢终为虏,便触登迦不碍禅。儿女风云我亦悴,一楼俯仰是何缘?"宵深自诵为之神远,尤以第三首为至美,第三首第二句,更是绝唱,亦林诗特有之风才,轻灵而不伤纤巧者也。林先生旧诗,刊之《长风》者最多,《小晨报》亦登过不少,予皆无留存,读者诸君,如有留存《长风》与《小晨报》者,假与下走一读,正不知何以为谢也。(按:《长风》愚本有四册,今遗其三,遍觅不获,故欲征求全份,及《小晨报》全份。读者苟有留存,肯割爱与下走,乞示代价,若假阅亦可。)

(《东方日报》1939年12月8日,署名:唐僧)

樊樊山与易实甫

尝读樊山、实甫两公诗,以为哭厂之高于云门者,不知几百倍,顾徐彬彬先生常言,谓樊山之达,实甫不及也。实甫平时,嗟老伤贫,终日忡忡,惧死神之将至,用是心意抑塞,寿六十余而殁。樊山克登耄耋,不知死为何事。此固二人之遭遇不同,然亦当咎实甫之褊窄不类诗人。梁晋竹著《两般秋雨庵》,谓有人于暮年得诗云:"九泉好友劳相待,道我迟来罚一杯。"真达人之语,其佳趣正如某公临老纳妾云:"我似轻舟将出世,得卿来作挂帆人。"同一俏皮,此种襟度,哭厂不能有,下走遂终世憾哭厂矣。惟哭厂之诗,本多伤感,其于捧角犹然,何况其间,某女优为当道所杀,哭厂之诗云:"天原不忍生尤物,世竟无情杀美人。"又云:"直将嗟凤伤鸾意,来吊生龙活虎人。"凡此俱为我人习诵,如"哭厂老去情怀减,凤喜秋来翠袖寒",则亦充塞其萧瑟之气,真不知所缘何事?迟我此生,不获一睹龙阳,意此潇然一叟者,其双眉终岁无豁开之日,或谓下走今日,殆如《八大锤》中之苦人儿,疑实甫当时,真一老苦人儿了。樊山之诗,论技巧非不美,论情感微嫌松薄,此其所以不如实甫也。诗人之诗,无浓烈之情感以付之,要不足贵。哭厂自多性灵之作,故讽诵其诗遂有无穷回味,情感厚,则忧感亦深,此实甫之所以工愁,樊山之所以能达,其然岂其然欤?

(《东方日报》1939年12月16日,署名:唐僧)

为《华年》征稿

不佞将试办文艺杂志一种,定名《华年》,第一期将于二十九年一月十五日发行。下走贫薄,无雄厚之资本,与读者诸君,说一句"自家人"闲话,下走办书报,赚得进,蚀勿起,故第一期之发行,以努力于广告收入,为当务之急;广告收入而不恶,则吾书有续命之可能,否则将视其才一堕地,而即告夭亡矣!《华年》之内容,自然偏重文艺,文艺又侧重趣味,当代之新旧作家,咸在下走网罗之中,既重趣味。于是关于国际、政治,以及其他理论文章,将摒而勿用,非不用也,又要说一句老实话,下走当编辑者,实无此鉴别之智也!下走所欲征求之稿件,为隽永之散文,如谈舞谈剧之文,亦所欢迎,甚望下走之新知旧友,均为下走之助,各摘其才思,为吾书添光耀,则下走之所感戴者,宁有既极。舞文作家中,如晚蘋、漫郎之文,垚三先生之诗,胥为下走所倾倒,徒以不得通信处,故征稿之函,无由直奉,诸君若见此文,将无复使下走一劳笔乎?尤企盼矣。

◆告蝶衣

健身露征求标语,被录取二人中,有陈蝶衣其人,其标语又为七言诗一句,予以其典雅如此,定为吾友陈蝶衣无疑矣。不料翌日之他报上,有蝶衣一文,声明应征之陈蝶衣,实另有其人,盖通信处,为牯岭路一八〇号也。此一八〇号,下走尝一度游其间,二层楼上,昔为童氏母女所居。童家二女,旧尝著称于白山黑水间,即称童家大小姐与二小姐者是,二小姐与下走联欢,其家曾居人安里,不久,即迁至一八〇号,今二女皆辍业,不审童媪尚留此屋中否?彼另一陈蝶衣君,雅擅文翰,与童氏必无关,特与刀姐为邻耳,举此以告吾友婴宁公子,料将为之一笑也。

(《东方日报》1939年12月18日,署名:唐僧)

台　上

近几日,予杜门不出,家居既惯,倒也不想出门。外面纷华之象,亦能渐渐泯灭矣,在家除睡觉之外,担忧吾母之病,又着急《华年》出版事件。广告方面,从前打的一把如意算盘,目下已苦件件不能如意,然又不能不让它出版。还有一件,是唱戏问题,距登台之期,日近一日,台词我固早已烂熟的了,然而烂熟是在台下,到了台上,说不定要忘了词儿,或者吃螺蛳。信芳爱我,曾告翼华曰:大郎纵然忘了词儿,好在同台的都有这一出戏,随时好提他一提。使我如吃一定心丸。不过"拜山"一场,窦尔墩是小蝶,小蝶未尝演黄天霸,他自顾且不暇,安能及我?而信芳先生之朱光祖又不在台上，届时万一出了毛病，全仗兰亭、兆熊诸先生，携带兄弟矣。惟身段至今尚未开始排练，翼华曾为予说过，予未曾认真受教，渠便灰心，我的打算，更请赵松樵兄替我说一说，赵老板与予同列师门。樊先生听我要唱戏，极高兴，叫伟麟借行头与我，然以伟麟躯干魁梧，予若穿之，患不能边式，于是先生又命我向松樵兄借。赵老板在海上之文武老生中，以行头之华美，著名于梨园中，今年我有看过其唱"拜山"，作风与人不同，上场时瞻望山景，颇费工夫。予故想此戏便烦松樵一说，惟松樵以百忙之身，未敢以琐事相渎，是则又欲丐吾师先为道地矣，拜山在外更有范仲华一角尤使予急得寝馈俱废，众谓安乐王在九本《狸猫》中角色极为重要，我想退牌，似非令予上台不可，到目下单片尚未到手，此角纵然可以胡调，也要成个样子，翼华亦谓"盗马"倒不放在心上，惟有《狸猫》之智化，倒是一桩大心事，予亦深同此感也。近既闲在家中，安得兰亭兄即以单片示我，使我于写作之余，认真讽诵，却是好机会矣。

（《东方日报》1939年12月19日，署名：唐僧）

脱 底 棺 材

周世勋兄常常说他自己是一口脱底棺材，身边有多少，用完了再说，明日伙仓开得成开不成，再计较，我便是与世勋犯着同样的毛病，常常横字当头，又把"天无绝人之路"六个字像"西哲格言"一样的信仰甚坚，所以一天到晚的浑浑噩噩，自己也忘了在过的什么日子。在白相场中，用钱用得多了，我自己便会安慰自己的来个譬方，譬如跑到几百几十号去输掉了一大笔。有时真真赌豁边了，我又会自己安慰自己，譬如生了一场伤寒症，吃了药，请了郎中，实在像我十口之家，一身肩负之重，而收入的路又一天狭一天，万万没有再浪费的可能。然而我始终没有顾虑到，回到家里，家里有人对我说，米价又贵了，我好像没有听见一样。自己想想，在跳舞场里吃一客咖喱鸡饭，加一杯茶，便可以抵家中一日的米粮，这样比例，所以米价的涨，在我不大会觉得刺戟的。又有人告诉我,说从前的开水,一个铜元可以买两勺,现在却要一分洋钱了,我对于这一点,倒又颇领市面,知道开老虎灶的难处,煤屑现在是什么行市,从前什么行市。我们小本经营,不涨在众人份上,如何支持?与囤积居奇两样,所以我告诉家人说,开水涨价,是情有可原的,你们不必有怨言,应该体念老虎灶老板的艰难。其实百物飞涨,岂是商人本旨,除了有几种是受着囤积居奇的影响,也有许多是实有难言之隐,此中自有一种症结,我们现在便吃点这种症结的苦,然而我们该熬一熬,有这么一天,这种苦终得尽的。我果然是脱底棺材,一百个不在乎,然而我有时也能深明世故,譬如上述的一番高论,读者诸君,都应该能够心领神会的了。

(《东方日报》1939年12月20日,署名:唐僧)

一 遇 文 娟

　　文娟出演于璇宫之后,予方忙迫,未曾一观其剧。自璇宫归来人言:谓文娟之唱,已如炉火纯青,遂不禁心向往之。一日下午,访吾家不遇,返至卡尔登,即在卡尔登门口,见文娟父女,张父谓:文娟唱戏,唐先生竟勿来一观,以往日之亲,而视今兹之疏,故令人怅怅!予谓我亦事集,而想望文娟之歌声演艺,亦无时或辍,更视文娟,则体貌羸弱如恒时,偶见予,惟为佳笑,心颇怜之。张父又言:文娟将北上从师,行前,凡是故交,宜谋良晤。予然之。时西风正峭,立卡尔登前,如处山岩下,因与之挥手作别,亦虑文娟尪弱之躯,不禁风力也。别后予感触万端,念此小艺人,至今尚在烘炉中锻炼其才,他时之造就不可期。而眼前所用之心力,则亦令人钦服,因又为之祝福,愿文娟此行,乃得良师,使其造诣高深,他日归来,使海上周郎,一惊俗眼,则今之培植功夫,为不虚掷,亦无负吾人属望之殷。予甚迷信,凡此期愿,先视之于天,然后更视小女儿之命矣!

◆谢老凤

　　师诚兄谈鬼的学理,老凤先生指为此种文章,看了头痛,龚翁便挺身而出,代师诚与老凤对抗。翁诗刊出之日,予适遇老凤于市楼,老凤便叫我作不平人,起与粪翁周旋,予应之而未果行也。老凤不悦。凤夫人诞日,予往道贺,老凤便当筵说我惧怕粪翁,至今不敢著一笔。粪翁词锋如铁,诚非予敢顽抗,惟余近来实亦锋芒尽挫,有人骂到我自己,且不欲还敬一词,何况代管他人闲账?然幸喜未曾从老凤之言,否则老凤后来之两首好诗,如何会有?记此,为老凤谢效劳不力之咎也。

(《东方日报》1939年12月21日,署名:唐僧)

沈 慧 弟

前期韦陀在他报所辑之《小舞场》中,刊一舞人之影,名曰:沈慧弟。而云郎先生,复宠以诗云:"眉山淡淡欲无痕,体太轻柔语太温。若问欢场推绝艳,果然此女最销魂。"慧弟轻柔婉妙,为马鞍山人,玉峰灵秀,钟此一身,自为舞场俊士所歆动。若干时前,偶撄小疾,比痊,仍伴舞于百乐门,惟慧弟之影,刊布之日,则又迁至丽都。"婆娑"娇女,自百乐门而转入丽都者,郑雪影外,今又见沈娘矣。

◆《雷雨》单片

自旧剧从业员与文化人混合演出之《明末遗恨》,既遭搁浅,于是议决改演《雷雨》,其角色之重要者,咸各置剧本一册。予与灵犀、海生二兄,分饰周宅之仆人甲、仆人乙,与老仆一人。以仆人之台词并不多,故无须备剧本之必要。梯公好意,乃将吾三人之台词,抄为单片,于昨夜付我,一共也不过二三十句说白。惟予为慎重计,仍拟将剧本前后阅读一过,俾明了全剧情节,然后可以研究说白之情绪。不登台则已,登台便当认真表演,下走之忠于戏剧艺术久矣,不自今日始也!

◆华宗劝我

访华宗为闲谈,华宗劝我,劝我写身边文学,要偶然写一些有益于世道人心之文字,以叔世风漓,以翰墨挽劝人心,亦吾辈之责也。华宗之言,初非要我抄一段《太上感应篇》,为读者诸君,作当头棒喝,惟以今日家国之事,疑与人心之颓丧有关,振人心,亦救国之本也,于是华宗慨乎言之矣。

(《东方日报》1939年12月22日,署名:唐僧)

大华座上之王玉蓉

予前日于《狼虎集》有句云:"出足风头将二月,今当归去及新年。谁知昔日忘形友,来去终悭一面缘。"盖为玉蓉咏也,不料此诗发表之日,余夜舞于大华,乃见玉蓉亦翩然莅止,其座适邻予桌,予桌上惟之方一人,顾偕玉蓉来者,有男女三五众,玉蓉睹予,辄握手道契阔,渠谓登台后百事纷集,乃不暇为故人慰也。予谓彼此相同,何用客气。距今六七年,时予与逸芬游,逸芬有一寓庐,玉蓉来盘桓,予之识玉蓉始于此,久之且忘形矣。今当久别,忽然互致谦损,她开口叫我唐先生,我倒不好意思称其小名,亦只好王小姐矣。后相值于舞池中,玉蓉乃谓唐先生舞步绝佳,予曰:然,近三年来,乃大用功,盖有今日之成绩,譬如王老板戏,三年来亦突飞猛进,使遂春江人士,刮目相看。与王老板别三年,而王老板之所以示吾人者,乃为妙艺。下走之所以示于王老板者,特为游戏,一是事业,一是荒唐,此京朝之所以为大角,海派之所以终为文人也。玉蓉亦笑,予又谓王老板没来,看过三次《探母》,真好,玉蓉逊曰:不好。言至此,又入客气,遂无语。是夜玉蓉为艳装,灰背大衣,刘海是护额,面团团似汤团,此人不置身于舞榭中,不然必有人为之题绰号曰:大汤团矣。予见玉蓉之夜,为临其离沪前二十余小时,及予归来,则见玉蓉投予刺,专为辞行也。玉蓉慧心人,字迹遒挺,颇似其师兄涤夷、尧坤二子,无怪二子之倾倒于玉蓉。予亦有师妹,如金家之素,于氏素莲,亦能书,顾其书法,万不如余,写出来便一看娟秀得出自女人腕底也。

(《东方日报》1939年12月24日,署名:唐僧)

顾 曲 记

上星期六的白天,卡尔登演两出戏,一出是《龙凤呈祥》,一出是

《盗宗卷》。我匆匆写完了稿,赶去看时,《盗宗卷》已唱到张苍过府饮宴时了,场子上正是张苍与陈平两个人抖着口面,大做身段。今天信芳饰演张苍,而由张月亭饰陈平。信芳的陈平,我看过两次,他挂上了白满,便觉得什么都好;他唱张苍,去年在堂会里看过一次,不大过瘾,想不到今天又做张苍,又在那么生龙活虎,动作的吃锣鼓。我要告诉一声桑弧,正与《打嵩》一样的干净漂亮,戏是轻松戏,放在信芳身上,哪得不叫人叹绝。后一出《甘露寺》,看了一半,到了夜里,又同笠诗、小洛二兄去看文娟的《战太平》,这是文娟在璇宫出演的最后一日,或许也是北上前的最后一场,卖座有七成以上,座上的观众,却比时代剧场又高了一些,究竟"行情"是可以别得出"亦类"的? 秋云艳的《玉堂春》刚刚上场,这小娘鱼的嗓子,忽然响亮起来,唱得好像中气很不弱的样子,不过做戏的动作太快了些,也不大懂得摹拟剧情,要再加以训练。《战太平》这出戏,我一共看过两次,第一次在几年前,看过票友孙钧卿先生唱的;第二次便是今夜的文娟。有人说文娟的戏,唱得炉火纯青了,今夜听之,已经剔去了许多渣滓,听来不大刺耳。我是真正外行,靠把戏的好,是怎样一个标准,我也不大明白,只见她几个亮相很好,若说花荣是将军,那末我嫌她此段太滞涩了一些,这或者在京朝派教师指授之下,可以瘟为名贵的,也未是知。《战太平》的台词,我不大熟,瓢庵或者登过台的,他连身段都晓得,他的批评文娟是到此境地,颇非易易。

(《东方日报》1939年12月26日,署名:唐僧)

本来不是孝子

又是我自己不好,替阿媛、二媛骂了尧坤一首诗,他心有不甘,在昨日某报上,将我还骂一场。当此报发刊之前一夜,尧坤还打个电话与某君,要某君告诉我,说他明天要骂我了,先来一个通知,倒也别开生面。今天果然见到他的大作《歪诗答大郎》,统篇看完之后,有一点,我认为尧坤便是吃豆腐也吃得失态,就是将被骂人的爷娘也都搬到报上来。我观察尧坤有一点幸灾乐祸,巴望我丁艰,其实我真的丁艰了,于别人有什么好处？我本来不是孝子，唐孝子祠堂，造在你们贵处常州，嘉定不会有的。我非但不是孝子，而且忤逆，从来不曾饰貌矜情，以博孝养之名。然而尧坤又何必为我说穿，所以动不动笔墨上要牵到人家爷娘？我就是欢喜同朋友打朋，可是像尧坤这一种人，我也要认为寒心的。所异者，听潮看稿的人，也满不在意的把他发了下去，这才如陈涤夷兄所谓"友道凌夷"了！除此之外，尧坤的诗文，都好，骂也骂得痛快。阿媛说，不认识大郎，在尧坤以为是得意，而对我说一种讽刺。其实阿媛本与我一无关系，个把阿媛认识不认识，似乎尔我之间，都不足以轻重。还有尧坤说他夫人二年没有摸过"大郎头"，在尧坤是以大郎的头，比着他自己的身上的一种器官。不过照原诗不大经心的读下去，读者便会怀疑到我的私德，而我也几乎错怪了尧坤，用美人计来吊我胃口，难道是我的朋友，还不晓得大郎上面的头是大，下面的头是瘘的吗？后来一看，尧坤这两句诗，是所谓"皮里阳秋"还是在挖苦着我。新近我听说有一个老票友在骂尧坤，我曾经气急脸红的要帮着尧坤去对付那恶老票友，因为我最恨倚老卖老的人，票友老了，值多少钱一斤，他就看不起后生的尧坤来。然而尧坤襟度甚美，到如今也没有看见他还过老票友一言半语，知道他是隐忍下去了。承他看得起，不让我尽占便宜，出来与我周旋，想不到一开场就请太夫人登场，我也只好认输，还是等他去自说自话吧！

（《东方日报》1939年12月27日，署名：唐僧）

乙　仆

《雷雨》中，予之角色为仆人乙，亦称"乙仆"。灵犀兄为老仆，老仆之台词，尤少于乙仆，故灵犀曾将其台词全部抄入身边文学中，不过占三格长行两行，可见寥寥不过数十字矣。乙仆之台词，综计之，多于老仆一半，亦拟全部移刊于此，亲手抄一遍，比读十遍容易记得清楚。问题倒不在乎偷懒不偷懒，惟灵犀兄既已抄过，我若也来这一手，则贫矣。昨夜梯公考我，问我单片读熟没有？我说未也。梯公乃为我练对白，至后来几句,我须表演气喘而急不成声的样子,说:"老爷!四凤——死了……也……也死了。"此种地方,要做得真切,不甚容易。演平剧有尺寸,演话剧则要像真,可见演话剧之难于平剧矣。

◆上马

《连环套》演期,距今不到一月矣,而予身段未曾排过一次。第一场"辞别夫人把马上"有一个上马身段,可以繁复,可以简单,翼华偶然做几种与我看看,我学其最简单之一个,还是羊毛,则繁复的几个,我似不必问鼎矣。一日,张世恩君为言,信芳在四本《文素臣》之"长亭"中,有一个上马身段,可以偷来,我去看了一看,吓得我动也不敢动。盖信芳之身段,一只脚吊起来,一条腿在地下打转身,又要叫台下看上去边式,我如何办得了?予因此忧急,上马之身段,尚且不易学,其他可知,而我还舒齐自在,将来非砸不可。过宜兄来,因请其为我说一遍,过宜慰予,谓只要从平淡中做戏,没有什么难的。

◆寄妈

《雷雨》之鲁侍萍,请马丽云不成,高太太又告退牌,于是此人才不易得。以演员之阵线,限于话剧从业员与文化人两种,便更费事,如访贤不易,或将打破此条件,请电影圈中人,与海上之舞人,未可知也。

(《东方日报》1939年12月29日,署名:唐僧)

戚门陆氏

玉桢先生,笔下恒有妙文,一二年前,予即识玉桢之文,为别辟蹊径,比之瘦菊之谈戏文章,不落寻常也。及至今日,玉桢之文,尤见得风趣横生,以寻常谈吐,入之篇章,脆利欲绝,而现成名词,有时经其改变,亦复有想入非非之妙。譬如谓十三点之名称,在上海变化已多,如曰:么五么六,如曰:四七一一,又曰:老K。不胜枚举,然玉桢新创一名,曰:戚门陆氏。真觉妙不可偕,上海之称十三点者,大都指点女人,而不及男子,男子有十三点风,是为寿头,故戚门陆氏云者,亦为女人所私有。玉桢写桥上文章,称十三点之桥上群雌,必曰:有戚门陆氏之风。

予以为写舞文诸君,大可抄袭此四字。以舞国娇虫,夫家姓戚门,娘家姓陆之流,又何尝少于桥花哉?

◆翼楼重振记

翼楼成立,将近一载,其全盛时代,殆在今岁上半年,当时会员真多一时俊彦,如陈伯权、周剑云、顾联承、方伯奋诸先生,时登楼上,谈笑无虚夕。及下半年,渐见风流云散,及至近顷,则基本会员,不及十人矣。昨日起,乃有海上之名票参加,思重振曩昔声威,请列举人名,有邬鹏律师、袁森斋、王廷魁、张中原、凌剑鸣、包小蝶诸君。下午四五时后,即来聚晤,聘一琴师,为诸君吊嗓,于是又欢腾一室,融融然似有春风拂拂矣。

(《东方日报》1939年12月30日,署名:唐僧)

除夕之言

今日为除夕,今岁逝矣。一年来我无日不在醉生梦死中,又以沾染风华,女人之事耗其思虑,自问亦对不起江东老表。虽然,往者已逝,惟冀来年,我望来年,进账要多,写得要少,最好不做为文士,而做白相相的白相人。假如说我白相人做不像,则亦当为游手好闲之人,综之正经事不要做,亦不想做恶事,钞票能从天而降,自地而生,自然最美,不然天亦当使我春秋两季,中一次大香槟票,则亦丰衣足食矣。又望家里人平安,大儿子文弱一如不佞,希望太少,次子比较凶狠,将来或有可为,我故望明年起,次子走起路来,第一要肚子挺起,第二要说话时指头翘起,则典型似矣。典型似,将来之造就必速。又望我明年不再与女人搅七搅八,已开老店亟图打烊,要开新号,有适中下怀者,不妨择一春秋佳日,做一次新郎亦无不可,苟天有眼睛,则新年大香槟,前又买好半张,使我快中头奖,先捞他个六七万块放在身边摸摸,你看那哼。

◆集定厂诗

我谓龚诗便于集句,于是大家都高兴集龚诗,十年来留心报上之集定厂诗者,甚多甚多,然集来集去,总是这么几句,更有人以集龚诗而题曰:"述怀"者,于是可以随便拼,随便凑,终至不知他说了些什么。尝见有人集定厂句为便语者曰:"遥知法会灵山在,一眈人才海内空。"夫此然后为佳作。予作诗,不喜集句,亦不好和韵,此林屋山人之终生不为予所叹服,以其人太好集句耳。

(《东方日报》1939年12月31日,署名:唐僧)

怀素楼缀语（1940.1—1940.12）

度 岁 记

岁除之夜，本无意狂欢，其实狂欢亦狂欢不起。绿芙曾赴大都会，渠言，身入大都会，三块钱门票，两块钱一杯茶，衣帽小账，统扯每人须六块钱，始得进门，始得坐下来也。绿芙舞郑明明，是夜，欲为明明报效，则招之侍坐。明明甫至桌边，茶尚不及喊，而仆欧已来催曰：又有客请郑小姐坐台矣。绿芙遂笑遣之去，不获已，则别大都会而赴卡乐，叹曰：意在狂欢，而欢不能尽，则又何乐？刘婆昨询予，要予今夜赴大华，予摇首，谓大华要门票二元，终年为大华常客，何日不好去，必要此夜买门票而攒出一身臭汗，故不往。刘婆自怏怏，予且不遑恤矣！予于八时后，排完《雷雨》，即返寓，而遘灵犀，灵犀欲往卡乐要予为陪，从之行，坐于影城厅中，亦人多于蚁，热甚，似置身于蒸气笼中，颓然欲卧，坐久之，楚绥欲先行，因别灵犀，附其车归去。此夕，岁除之际，场中灯皆暗，少顷忽明，音乐台上之一九四〇年灯光，焯焯耀人眼前矣。去年此夜，天厂招饭于百乐门，迨度岁后，天厂送予归家，去年犹不下池，今岁既习舞，而亦以此狂欢场面，为无足留恋，谁谓予真深好于舞哉？在卡乐场中，特与高□风一舞，又遘錬霞于音乐台前。文化人与旧剧从业员合演之《雷雨》，本拟烦錬霞为侍萍，文化人之条件合矣，錬霞之年岁与身材亦宜矣，顾患其国语未必能工。錬霞江西人，而久客苏省，其方言杂而不纯，习国语便大难，否则真再好没得矣。

（《东方日报》1940年1月2日，署名：唐僧）

翼楼主妇之寿

翼楼主人,人皆知为周翼华先生矣,夫人史,为绍兴望族,哼个世家,今年三十岁,本月五日,为夫人诞辰,是日之夜,主人为夫人晋一觞,酬其十余年来持家之劳,复邀至戚欢宴。至八日,主人之至友,始醵席为夫人寿,今参加者已得两桌,名优如周信芳、高百岁、金素雯,及刘文奎俱参加。既为雅叙,不复以弦歌助兴,惟审夫人酷嗜话剧,因拟于周宅客厅中,排《雷雨》一幕,博夫人一笑,盖参与演出《雷雨》诸君,俱为席上人也。

◆天魔

友人某君,其面上有不平之憾,谑者遂称之为天魔。以"天魔"二字,若用拆字格,则为一大麻鬼也,某君愤甚。一夕,入舞场作壁上观,或请之曰:何不起舞?某曰:我此间乃无舞伴。或曰:足下之舞,何须舞伴,一人足矣。某不解,则曰:足下之舞非天魔舞邪?需舞伴奚为者?某愤甚,汹汹然欲与其人互搏。可知某对此二字憎恶之深矣!顾有一日,某为桥上之行,狎一妓,妓年逾不惑,某与之嘲弄甚乐。越二日,某友玄郎,告某曰:报间有记汝桥上狎妓之事,汝见之邪?某大惶急,则问曰:文中亦曾写出我真名实姓来邪?曰:未也,特写"天魔"二字耳。某喜曰:如此写法,不妨事,不妨事。他人乃知某君生平憎恶之事,犹有甚于署其为天魔者。即记其狎老妓于供人阅读之报间也。

◆大海不归

旧剧从业员与文化人合作《雷雨》中之鲁大海一角,本为天厂居士,顾居士方远游,今归讯杳然,此间因将此角已委之何海生兄。海生国语甚佳,状一莽烈男儿,颇有几分似处。要我来,我办不了,故说海生好也。

(《东方日报》1940年1月5日,署名:唐僧)

再论集定厂诗

昔谈往后定厂诗之不可集,予以集定厂诗者太多,于是看来看去,好像总是这么几首。若夫定厂诗之本身,所谓哀艳而杂雄奇,才气之盛,为后人不及,而其诗又似易于集句,可见定厂之诗都非言之无物,换言之,定厂之言,亦人之所欲言也。昔文友王冰史君,好集定厂诗,无不至美,如咏赛金花云"过江子弟倾风采,此是宣南掌故花",谁得谓非妙造自然?可见偶一为之,自是不恶,若孜孜矻矻于此道,不免滥矣。

予有时以他人成句,入之自己诗中,当时未尝不得意,然后来必悔怨,以为纵然好诗,总是他人的。灵犀有"王粲天涯漂泊惯,丈夫何必定依刘",客岁予尝有赠某舞人诗云:"非关中酒创咽喉,经岁恹恹病未休。渐觉支离多瘦骨,绝怜顾盼有星眸。医无良药资渠累,士不勤书乱汝谋。臣亦体羸归去好,丈夫何必定依刘?"沈禹钟先生,读至末句,击节称赏曰:好诗好诗。予谓末一句为灵犀旧句,我实借用之者,沈先生谓,借用也好,好在承上文而来,盖有"臣亦体羸归去好"而接"丈夫何必定依刘",遂觉其好矣。及后粪翁、白蕉、禹钟三先生,因此诗而联句,为五言排律,所以谬奖不肖者良多,而愚殊惭恧,以总是他人诗,放在自己头上,遂觉一百个不舒服也!

(《东方日报》1940年1月7日,署名:唐僧)

中 原 之 创

近顷票友名宿,发生不幸之事者,得两起,小蝶府上,既遭失窃,而中原复以灭火受创。小蝶失窃之役,记之他报,兹复当述中原事云:中原为营张万利红木肆于香粉弄,往日清晨,中原犹未起,忽其奴来报,谓邻家失慎,火势将侵及肆中。中原大骇而兴,推衾起榻,疾步下楼,指挥肆中人,持灭火机救火。忙乱间,中原陡扑于梯下,左目以下,裂为巨缝,目以上亦有块隆起,似青山之缓缓而陂,血流不已。幸其时火焰渐退,势不致复为巨患,遂送去医院,医者贺中原曰:创处所在,左目上下,而未及明瞳,不然,盲一目必矣。故用线缝伤口,敷以药,黏以橡胶,包以纱布,下午中原又周旋于隽倩妙侣间矣。至翼楼,欲吊嗓,乍张口似牵动其创口之皮,奇痛,不敢复试,医者许以一星期后,创口复原。中原乃谓不久将唱两出戏,一为与文娟合演之《群英会》,一则在卡尔登演《黄鹤楼》之张飞,后者须勾脸,予患其创处不复,则勾脸之役大难,中原谓是亦无妨,苟取绸质橡胶,黏于面上,然后再施粉墨,亦可登台。此君之忠于平剧艺术如此,真不虚为麒家快婿矣。近日我人见中原者,秀靥之上,有纱布,剪为长方形,好弄者见之笑曰:《宫词》有"密奏君王知入月,低呼同伴洗裙裾",正可以移以咏今日中原也。

◆凄凉绝代

小郎兄谓乔金红日处纷华,而余则恒写为凄凉绝代,无乃不当,此言诚是,惟予以为金红虽日处纷华,而其人幽寂,正如空谷着一佳人,故称之为凄凉绝代,予谓美人之美,所谓雍容华贵者,正未必胜于凄凉绝代人耳。

(《东方日报》1940年1月8日,署名:唐僧)

排九本《狸猫》之夜杂写

八日那天晚上,在黄金排九本《狸猫换太子》,我在跳舞场出来径赴黄金,时适巧赵如泉先生也到了,这一个整夜,赵老替我们说戏,口讲指划,从没有现出一些倦容。黄山谷说得好,"精神高贵非人力",赵先生已是望六之人,还有这一分精力,真值得叫我羡慕他,尤其是像我这样一副手×壳子的体格。

"拜山"后面的两三场戏,我没有台词,这一夜,我便去请教李元龙先生,李先生也记得不十分清楚,他又为我介绍陈月楼先生说了一说。我一向同元龙先生生疏得很,近来时常晤面,我深感到李先生的为人和蔼,待朋友又是那样的肫挚,我几次默察下来,以为李先生是一位值得结交的朋友,虽然,他至今与我并不十分脱熟。

其俊兄又把我《连环套》的场子说了一遍,朋友处处都肯照应我。这一回与我同场的,除了信芳先生之外,还有兰亭、元龙、兆熊、江枫、培鑫、小蝶、其俊几位先生,他们对于平剧艺术,都浸淫得既深且透,我真算不了什么,要他们多多的关垂到我!还有一位从师门方面而相当接近的张伯铭兄。

兰亭真是有滑稽天才的人,他怕我们熬不惯夜,会感到困倦,他便来几套滑稽表演,包公一出场便撰吊毛,他说良心话,要卖人家三块钱,不卖这一份,对不住顾客的,虽然同是为了灾黎。

(《东方日报》1940年1月10日,署名:唐僧)

连 一 夜

黄金大戏院之九本《狸猫》,第一夜戏券已经销售一空,所以决定续演一夜,日期定废历十二月廿七、廿八两日,我以为事前既耗费许多心力,以票友来唱本戏,若是仅仅唱一夜就算了,实在有些得不偿失,故而连一夜倒也是应当对。我曾经对培林、梯公、小金他们说过,这次排演《雷雨》,费了多少人的精神,多少人的时间,而将来不过上演一天,这把算盘,实在打不过,所以最好演他一个礼拜。假如今年这一台戏,演一天就算完了,那末明年纵然兴致再高也不会提议演话剧,因为话剧的浪费时间和精力,实在太多了。

◆寿头

上海人的骂人为十三点,是专指女人而言,以同样的意义来骂男人,那末是"寿头"二字。我曾经细细留心过,我们同乡人,寿头最多。嘉定号称文风甚盛的地方,然而嘉定实在没有出过几个大儒,有之,都是些酸溜溜的寿头。某日,灵犀在酒楼上,碰见一位敝同乡,敝同乡知道灵犀是文化人,便与灵犀大谈作诗之道,说到高兴,还摇头摆尾的高声吟咏起来,弄得这位潮州大儒倒不好意思起来,他回来对我说起,我对他说,你碰着了敝同乡的标准人物,他是个崭货的"寿头"!

(《东方日报》1940年1月11日,署名:唐僧)

退 牌

听潮在年终之三台义赈戏中,亦如予之能者多劳,无台勿有他轧一脚,顾至近日,听潮不知坐何因缘,忽欲将各种角色,一例告辞,某夜,将"倦勤"之意,告于广众。之方首先发言,谓近来习《大登殿》,本来嫌得麻烦,今既有人先我而打退堂鼓者,则我正可以借此下台,我一下台,周剑星之《九江口》,亦必勿唱,大局将以听潮一人而牵动。之方言已,小金乃继续发言,谓我也不唱,而梯公亦曰:孙子唱。翼华更以利害诉与听潮,谓卡尔登一方面,因此而失欢于顾客,每年之营业将责听潮赔偿,灾黎之米粮寒衣,将因此无着,此种风险,亦能担得起乎?故劝听潮速速排戏,苟不然,翼华将请姚渔村君,每日至其办公处说戏矣。诸君之言,虽为谑弄,然亦可见听潮维系大局关系之重,本来登台彩唱,原要好朋友在兴到时为之,而聊以自快,有一人不唱,其他人亦且为之减少愉快。予便不如听潮之好扫人兴,要我唱,我总唱,我喉咙喊不出,然若朋友撅我唱全部《探母》,我不唱便不是汉子。我见朋友之对于唱戏,不认真,实为痛苦事,拆穿言之,真唱得比内行还好,亦何足贵?旷代艺人,与一代宗匠,惟内行有之,譬如梅兰芳,譬如周信芳,几曾见票友有被人艳称一家者?若言派之盛行,亦在菊朋下海后耳。

(《东方日报》1940年1月12日,署名:唐僧)

任黛黛忆语

惠尔登的舞女任黛黛,在静安别墅公寓中,遭人谋杀,死状甚惨。在我们一年来的宵游队里,任黛黛也曾经有短时期的做过我们的游伴。记得在去年的三四月里,我们几乎每个深夜,涸迹在泼拂林、伊文泰、惠尔登几家夜舞厅里。一夜在惠尔登看见了任黛黛,当时觉得此人身上的肌肤,白皙得如银似雪,面貌也不十分难看,一打听便知是该厅的舞女,我们的朋友玄郎便去同她起舞,后来还买票带她到大华去。两三天之后,我们在咖喱饭店吃饭,记得所邀约的女宾,一个是鲁玲玲,还有一位便是任黛黛了。后来四郎几次将她带到别家舞厅里,终于因为任黛黛的气派,不十分大,也冷落下来。后来任黛黛的生意,一天一天好起来,在惠尔登里,几乎做了首席红舞星。然而我们总记得她有几件事,值得笑话的。第一件她欢喜打××,到了茄克扑的时候,她不管有客人没有客人,总是钻在人丛中,希望打着个头奖,这一点,给我们看在眼里,很不舒服。第二件,有几次,我们看她没有生意,她便扑在客座的台子上打瞌睏,而她说话的形调,也使人听了不舒服。所以半年以来,我们有时也在各舞厅看见她,从不再去作成她一点生意,不料她现在有这样一个结局,且太惨酷了。昨天看见了这一条新闻,眼前好像有一种恐怖,那就因为任黛黛是我们的熟人。

(《东方日报》1940年1月13日,署名:唐僧)

晤振飞

俞振飞先生,偕新艳秋同来海壖,将出演于本埠更新舞台,昨晤于兰亭席上,风采曾未改当年。振飞以世家子,习歌舞艺,戛戛独造,为顾曲家所倾心,江南人士,盼其归来,正如望岁,今兹南旋,咸佩更新主人之为解人也。若干年前,于陈筱石重宴鹿鸣之堂会上,为予介见振飞,时振飞犹未从砚秋,尚以票友身,驰妙誉于春申江上,顾不久即闻其北渡。某岁,黄金邀砚秋、振飞同至,数聆其歌,《岳家庄》身手之健,犹萦回不已,今阔别矣,振飞且不复识我。振飞吴人,然是日不饭而为面食,北居既久,似非面食不足饱,或笑曰:若振飞者,真非吴下之阿蒙矣。

◆《大登殿》词

之方近排《大登殿》,有人病《大登殿》台词之劣,谓重句太多,其弊尤著,予则疑《大登殿》殆出才人之笔,譬如原板之"薛平贵,也有今一天,马达江海把旨传。你就说孤王我,驾坐在长安",此三句便简洁得可爱,尤其宝川见代战时之一段流水,更可诵,如云:"王宝川抬头用目看,代战女打扮似天仙,怪不得儿夫他不回转,就被她缠住了一十八年。宝川若是男儿汉,我也在他国住几年,我本当不把礼来见,她道我王氏宝川礼不端。"词章虽不雅驯,而委婉有情致,非出自才子腕底,不能有此,黑庵歌谣中,且多好文章。《大登殿》警句之多,而人俱忽之,我真为剧作人不平也!

(《东方日报》1940年1月16日,署名:唐僧)

中原与文娟

一日,张中原先生与文娟演堂会戏,剧目为《群英会》,鲁肃与孔明对饮时,剧中例有猜拳,时距文娟北行,才二三日矣,中原乃告文娟曰:今日之酒,就算我为张小姐设饯也,愿尽一杯,西出阳关,无故人矣!文娟果默然倾其觥,实则固无酒,而文娟则力倒之,所以受中原之情耳。中原近来,于麒艺造就益深,尝为不肖说《拜山》,其诠释剧中情绪,简单而透彻,容易使学戏者领悟,予故乐与之谈。海上戏剧学校,次第开张,顾敦聘此麒门快婿,不闻以嘉惠于莘莘学子,亦奇事也。

◆诈穷

灵犀兄善诈穷,似昨日报间因自己吃蛋炒饭,而讽刺他人吃六元半一客之大菜,字里行间,尤极尽诈穷之能事。予知灵犀深,可以举例为外人告者,譬如灵犀兄身上怀六十金至一百金,是在不肖,已称豪富,而兄且蹙额告曰:近来银根奇窘。有时怀二三百金,朋友相约出游,犹似不大放心曰:生怕出去不够开销。若身上第有二三十金,兄且老早归家,有时我入其室,问其何以兴致索然?则曰:倾我之囊,乃无分文。不肖恒时,身无分文之时最多,纵翻开袋底亦不得一钱,盖真真身无分文矣。兄今以自己吃蛋炒饭而讽其老友,意不在妒,要示其行文之风趣,顾不当咒予因此而患胃病。大菜正不易酿为胃疾,惟蛋炒饭则致病最易,此则要请灵犀当心。好在灵犀懂得疗胃之方,中法药房之胃宁药片,在灵犀之家庭药库中固为常备物也。

(《东方日报》1940年1月18日,署名:唐僧)

白 长 衫

友人某,尝与任黛黛偕舞。一日,予友偶过大新,忽见黛黛方做茶舞,予友大喜,辄又起舞。时为盛夏,友御白香云纱长衫,黛黛附予友肩上,忽作谀词曰:"×先生久不见矣,今朝你着一件白长衫,漂亮得来!"友闻言,意兴陡沮,近语人曰:此儿真不擅词令,忽然说我白长衫着得漂亮,是非谀词,直触我霉头矣!从此不复与黛黛舞。可知女子之处身纷华者,拙于口才,便当出之静默,若既拙口才,必欲效伶牙俐齿,则偾事矣。乔金红之幽娴清雅,所以终为识者倾心耳。

◆伤风矣

义剧既定于二十二日,桑弧乃诒与演同人,谓自今而后,我人更当注重摄生之道,则义剧上演时,不致负病缺席。予韪其言,则戒绝宵游,纵偶一为之,次夕必须休息。不图前日起,忽然伤风,初时微咳,今则咳且甚,就枕后益甚,今日则泗涕常流。所虑者,平常唱时,已一字不出,若加以伤风,并开口亦艰难。而翼华于数日前,忽出尽根牙,痛甚,痛而牵动扁桃腺,刺及喉管,说话既费事,咽食更大难。同人辄用忧煎,以票友而唱《盗马》,未尝勿有,然欲找一个熟人来替,便觉为难,幸翼华今日痛势已杀,后日或可登台矣。

(《东方日报》1940年1月21日,署名:唐僧)

跳舞场的年夜饭

从事新闻事业的人,吃白食的机会最多,一年到头,差不多时常有应酬,忙起来,一夜有两三个饭局。我们有几位朋友,都认为这是件苦事,听见要去吃整桌的酒席,就会头痛。就是小生,也是天生一副穷骨头,宁甘藜藿,不惯膏粱,所以常年有十分之六七的请客帖子,终是托故不往的,情愿呆在家里,吃两碗新米稀饭,一只皮蛋,一碟酱瓜过粥,比什么都来得风味无穷。实在是朋友代邀,免不了去一趟,不去朋友还要动气。我常常在吃完之后,仔细替请客的主人想想,这顿饭请得有什么意义?那末我可以告诉他,实在毫无道理,譬如说:有人举办一种事业,要联络新闻界,便大张盛筵,目的是在请执笔的人,随时在报纸上鼓吹鼓吹。然而以我来说,吃了饭之后,倒反不好意思落笔,假使给读者看见,一定要说吃着一顿饭,便在替他们做宣传工作,倒不是新闻记者的自身声价问题,却因为自己有些不大好意思,好像自己有些心虚似的。我是个贪嘴的东西,昨夜顾尔康兄办的国泰舞场,于夜半十二时后谢年,邀我去吃年夜饭,我果然去了。只见舞池中红烛高烧,几个穿洋装的老班,都在那里跪拜,舞池四周席上,摆着十几桌酒席,全部舞女,与全部职员,以及老班的众亲朋,都围坐着吃这一顿饭。我倒认为这种饭吃得非常有趣,国泰请我吃饭的目的,既不是叫我宣传。而如此局面的夜饭,十年来也不过吃过这么一次,似乎比前年在筱文滨家里吃寿酒,更加来得使人在抹了一抹嘴以后,诧为怪事!

(《东方日报》1940年2月2日,署名:唐僧)

会 唱 记

与周信芳先生,相识了许多年,听他私底下吊嗓,先后不过两次。记得在三四年前,天厂请我同梯维、信芳几个人在他家里吃饭,在未吃之前,拉起胡琴来,大家唱几段,那时候,我还老不起面皮,勿曾上过胡琴,所以我只有听的份儿。记得很清楚,周先生先后吊两出,一出是《追信》,一出却是外间不易听到的《洪羊洞》。昨天我们又在卡尔登碰头,虽然在移风社封箱时期,周先生忙着唱义务戏,没有空闲过,可是他精神好,兴致更好。一室之中,有一个翼华,一个中原,翼华拉起胡琴,中原敲起鼓板,要求他吊一段,周先生便唱《李陵碑》的反二簧。我决不为麒派夸张,我也不因《李陵碑》为谭派戏而先入为主的说一句,那末周先生的唱,味道始终是醇厚的,音调自然为了天赋关系,不能十分朗澈。他唱完了,我也唱一段,台也同周先生登过了,在他面前唱几句,更不算什么,而且我还大胆老面皮,唱了一段《四进士》。《四进士》在麒派戏里是惟一绝作,我居然唱与周先生听,一半也是表示我对于周先生此戏钦服之殷,一半也明知道唱完之后,周先生总是说我不错的。后来中原也扯开麒派喉咙,好似存心扎扎老丈人台型,亦唱反二簧,不过是《法场换子》。翼华也吊了两出,一出是《乌盆计》,一出

《珠帘寨》。我近来几次遇见周先生,他兴致真好,我看见这样一位绝代艺人,衷心欢愉,我自己也不觉为他欣慰。他几次问我,明年咱们再来一出什么戏?我摇摇头笑道:不敢再亵渎名作了。他还说我是过分的谦虚。

(《东方日报》1940年2月3日,署名:唐僧)

十二小时的白鼻头

在九本《狸猫换太子》里,我所饰的一个范仲华角色。三十二场戏中,一共演五场,第二场便要上去,到十三场,再等二十场,又要等三十场与三十二场,自首至尾,只有揿头,没有揩面的机会。假使是十二点钟开锣,那末哦我在十二点半就要扮戏,我还担心着白天的戏,来不及揩面,要接到夜场,那末在十二小时里,我这一个白鼻头的脸谱,永远要放在我的"尊范"之上。孙兰亭先生的包公,似乎也老早上去,恐怕他的黑面孔,也要抹上十二小时不可。

◆黑头唱出了瘾

包小蝶先生,在卡尔登的《连环套》里,唱过窦尔墩,有人说:上海的梅兰芳忽然改起"净行"来,这是值得一看的。谁知到了黄金的九本《狸猫换太子》,包先生又唱庞吉,庞吉又是个花面,大家都说:包先生的唱黑头,真是唱出了瘾来。庞吉也是第二场上的。第二场里,还有盖三省的玉美人,大概是庞国丈的尊宠,我在这场里也与三省同台。平时我常同小蝶说起,我们真想与三省同一次台,想不到今天,我们三人,便在一起做戏。这样一位别辟蹊径的三省,我每次在台下看他,总是笑痛了肚皮,今天在同一只台上,我是怎样也忍不住要笑场的。

◆包公的卖力

孙兰亭先生,平时为人的风趣,是他的朋友,都晓得他的,他玩票也玩得非常认真,那一类的戏,他都可以动了。《狸猫》里他唱的是包公,从前演过的各派包公,孙先生都搬得出来,上场时候,与欧阳春跑圆场,兰亭便来一个抢背。我可以写一张包票给台下诸君,兰亭的包公他一定卖力,因为我连几夜看他排戏,他总是丝毫不苟,好像台下有几千人在看他一样。那末正式上演的时候,这一份包孝肃,还能错得了吗?

(《东方日报》1940年2月4日,署名:唐僧)

《旅窗漫笔》

《旅窗漫笔》者,为石如先生所记,皆天人艳异之迹。石如为宋玉狸先生表兄,故玉狸述之尤详,谓稿中记福建观音阁狐仙坊最著灵异,其狐牝性,素喜风雅,不甚道人间祸福,而喜与士大夫相唱酬。其先,有士人家为狐所据,飞沙掷石,水火交兴,士人苦之。一日中秋,夜凉如水,忽见一艳妆少妇,腼腆而前曰:君毋相怨,妾与君有三世宿缘,惟今生适遭天谪,沦为异类,谪居小蓬山中,距此万里矣。日夜思君,令人容老,尝赋诗一万首见志,蒙玉帝怜悯,赦赐一面,故远道来奔,君无见避也。士人见其为狐而慕其俏丽,遽哀跽求欢,狐亦不甚拒,乃拥之入帐,欢浃绸缪。明日则去,并以诗赠士人云:"谁道相逢海上鸥,有缘舐费笔尖修。一心所尽终年计,千里来寻八月秋。狂热消消肠铁石,钟情生就骨风流。赚他屈膝弓鞋下,不数人间万户侯。""如何报怨竟恩酬,始信冤家惯聚头。有一分狂年便少,了三生愿语还羞。疏棂乍掩云来梦,薄幕低垂雨过楼。怪底英雄甘下拜,蛾眉端是小诸侯。""自是因缘有自成,不须花底订深盟。十分病遇三年艾,一寸心容万里情。芎泽微闻怜小小,柔魂欲断唤卿卿。人生快意知多少,莫名韶光照眼明。""散尽天花空费猜,禅心毕竟未成灰。骊龙项下珠双颗,青雀门中玉一堆。丝雨却成声断续,娇魂无碍梦低回。前生自是吹箫侣,今日居然行凤来。"其诗妖艳纤淫,末首状男女欢合之情,惟妙惟肖,读之如闻断云零雨之声,化工之笔,非灵狐莫办。士人亦其密友,好事者乃争相钞诵云。

(《东方日报》1940年2月16日,署名:唐僧)

[编按:宋玉狸表兄胡石如,后殁于美国。]

官　印

一日,有人于他报作《火山拾隽》,忽发现一纪常先生,指不佞也。纪常为予之学名,在读书时用之,年来偶然向银行领支票,其印鉴犹用"纪常"两字牙章。昔服役于中行,亦以纪常之名,入该行行员录中。自作报人,久废官印,而他人俱称予为大郎。十年前,予做梦亦想不到"大郎"二字,能传至今日,盖大郎之名,不过为《大晶》写稿时,偶一用之,不图终为后来普遍之名号,良可异矣,惟"纪常"二字,居然有人于今日重及之,并不佞自己,以为此名可以废弃,除非有一日者,不佞一行作吏,则重新收拾,用铅字排于专电中。而今忽见之于《火山拾隽》,作者乌鸡先生,不知何人,乃能忆下走官名,倘亦自己淘伙中人邪?

◆王公子知己之言

近有王公子先生,作乱花三千一节,其谬奖于不佞者,为不敢当,惟其中有知己之言,谓:"然而人喜其狂,乃益其狂,人喜其率真,乃益其不经意,于是其诗其文,有时竟不可一读者。不过,人既喜大郎矣,大郎之文好,大郎之屁也好,于是大郎益狂,大郎益不经意。"嗟夫!此语未经人言也,而予深知,先生又谓素琴之歌《玉堂春》,何不以大郎为王金龙?此事先生得讯较迟,王金龙我不想演,而刘秉义正可以二次登台。予尝为素琴言之,素琴亦爽然曰:奈何不早为言者,余至今且引为遗憾!

(《东方日报》1940年2月17日,署名:唐僧)

为乌鸡谢过

匆匆写完文稿,不遑再检点一过。印在报上,时有荒谬百出,如最近《云裳日记》,竟大出毛病矣。当一元三跳斋主人,尚未为乌鸡鸣不平之先,我却早已明白;当落笔时不知如何一个疏忽,竟有"彼拾隽之乌鸡,直浑然一蛋矣"之语。要末我偶然记错了《云裳日记》是不预备公开的东西,顾我遂大悔,曾连一接二,以掌掌额,大呼自不小心,自不小心勿已。当时希望此日日记,不入乌鸡之眼,我又不知乌鸡究为何人?以可疑者有两位,一为白凤先生,一为卢一方兄,以二君皆健笔,乌鸡而为白凤先生,我真应认失言之罪;若为一方兄,则自家朋友,纵偶有冒犯,打个招呼,亦可以了事。盖此事为鄙人错尽错绝,黑笔落在白纸上,竟无法推诿为事出无心,诚如一元三跳斋主人之数予过失,曰:"云裳为一女人故,对其朋友,竟不惜以浑蛋相称,此其口吻之伧野,实足使受者引为遗憾,一若在云裳落笔之时,真只知有女人,而不知有朋友矣。"骂得好,予一一受之,惟一元三跳斋主人,平常好钳老子我,此次不肯放松,大骂之外,更有许多难听论调,如曰:"颇闻同文中以云裳才健,莫不视之为畏友,记者自亦以畏友视之,今观于此等处,更深知云裳之所被人称为畏友者,自有其可畏之道也。"此则非责备而为挖苦,吹皱春池,干卿底事,主人之饶舌,殆存心搬弄予与乌鸡间之是非来邪?

(《东方日报》1940年2月19日,署名:唐僧)

兰芳苏白

王兰芳昨演《堂楼详梦》于卡尔登,搀瞎子上楼时,瞎子说:"你勿要拉得我重来西嘘!"兰芳之丫头便说:"个末我勿轻勿重你阿适意勒介?"台词完全用苏白,台下人遂大乐,谓兰芳之声调淫冶,听之乃能蚀骨销魂也。予近来始识兰芳在台上,其作风亦以大胆称,惜其败嗓,正式花旦戏,不能常演,不然《战宛城》之邹氏,《翠屏山》之巧云,或者《杀子报》,或者《大劈棺》,将见其酣畅淋漓,使台下人大快心意。前日演《八郎探母》,兰芳之萧太后与百岁之太君在两亲家碰头时,兰芳则暗暗骂百岁曰:"你格只老骚□。"百岁也曰:"那末你是小骚□。"百岁与兰芳,在后台好调谑,在台上也不免互相嘲弄,二人之风趣可想。有人提议,今年要我唱《小上坟》,丐兰芳陪花旦,告之兰芳,则欣然承诺,谓那个官儿,我可以为唐生说也。

◆鸡八只

好像在废历年底以前,梦云曾在《浮生小记》中,写过一段慨叹物价高昂的身边文学,因为物价高昂,而称颂他夫人的治家有道,曾经说:"妻氏藏鸡二只,以备岁暮佐饭者。"(大意如此)后来有人打听出来,说梦云的"妻氏",在年夜时,一共买了八只鸡,为何梦云文中,要"匿赃不报",只说二只。当时有位聪明朋友,便道:"藏鸡八只。"这句话实在难听,因为坏在"鸡"字下面,是个"八"字,所以倒不是梦云诈穷,只能写二只。盖鸡八只而为妻氏所藏,真不像一句好听话也。

(《东方日报》1940年2月20日,署名:唐僧)

顾逖江先生忆语

余年十岁,读唐诗,时顾逖江先生设馆于姑氏家,余从诸表弟上学,先读白香山之五古,继涉近体,忆第一首为杜工部之《蜀相祠》,渐读李白之"床前明月光,疑是地上霜。举头望明月,低头思故乡",当时以为此诗最好读,以字面容易解释也。又读岑参之《逢入京使》云:"故园东望路漫漫,双袖龙钟泪不干。马上相逢无纸笔,凭君传语报平安。"《入京使》后有一首为"汉使却回频寄语,黄金何日赎蛾眉?君王若问妾颜色,莫道不如宫里时",先时已知诗为有韵文字,而于此诗独怀疑,以为"眉"与"时"如何可以浑押,辄问先生。先生之诏我者,我已忘之,盖未读诗歌,不知四支五微为何物也。予从顾先生读书甚多,予旅北都之日,先生亦客宣南,从容问字,而先生诲人,曾无稍倦,入先后《汉书》《史记》之属,先生为我讲解者甚多,又娴熟历史,每读一文,则演述故事,五日不能尽,真好教师也。予年二十,闻先生客死于北平,距今十三年矣,而先生卒时,不过三十余耳,才人不寿,痛何如之?前宵,忽梦先生,似同游北海,九城胜迹,梦寐时萦,予诗云:"交盖苍枝十亩阴,人间似子是琼英。浑忘客里时春夏,长忆池边水浅青。肯约故家诸姊妹,来寻乱世旧荒城。可怜鸟兽纵横处,错被行人说太平。"诗成于半年之前,今复梦与先生同游,醒后悼念不已,因为忆语,缅怀以往,不自遏其涕泗并流矣!

(《东方日报》1940年2月22日,署名:唐僧)

陈曼丽事件

陈曼丽在廿四日晚上,被人枪杀,延至廿六日上午不治殒命,近日来大家都要把这件事放在嘴上,作谈话的资料。记者平时既常常溷迹在舞场。自从百乐门、仙乐事件发生之后,也未曾稍为裹足,廿六夜,还从丽都出来,到百乐门去坐了一小时,兴致亦不得谓之不好矣。

一般人的猜测,陈曼丽的罹此惨劫,是为了风流事件,这就有人辩驳道,假使仅仅是情杀案,为什么不候陈曼丽在路上,不到她家里,或者等在她门口,一定要到百乐门,而一定要在礼拜六的百乐门晚上?难道行刺陈曼丽的凶手,真是捉不住的飞仙?

有人说:陈曼丽死在这时候,正是好辰光,再下去,陈曼丽要变成残花败柳。现在死了,可以永远叫人留一个追念她的印象。这意思,正如《随园诗话》中所说:"美人自古如名将,不许人间见白头。"

人之将死,至少有几种反常的形态。大家都说,陈曼丽必有反常的地方,便是她的身体日见丰腴,熟人都替曼丽担忧,说她再要发福下去,不免要变成痴肥了,可是她不待痴肥,已先瘦化。

廿六日晚上,丽都打音乐的时候,连灯也不关了,百乐门却一仍平时,然而两家的舞客,都寥若晨星,悬知大都会、仙乐也不会好的,究竟枪声是可怕的啊!

(《东方日报》1940年2月28日,署名:唐僧)

本报的知己

在舅父五十三年的过程中,有一时期他也做过报人,替报纸写过评论,写过诗词,和小品文字。不过年代离现在远,还是戴季陶他们,在上海办报的时候,后来就从政、务农、经商,可是文事始终没有中辍过。不过他的著述,不在报上发表而已。

四年前,他在上海做事,其时我正在编辑本刊,我忽然病了,他担忧我的病,不像一两天会起床,他劝我不要动笔,文字不够用他替我写,于是《陇上语》一文,在本刊连载二月有余,以文情之美,为读者所击节。后来他兴到时,又续为本刊及他报写作,然以《陇上语》实破其例。

舅父嗜读稗官家言,旧小说很多被他读得烂熟的,而近人小说,他也爱读,报上连载的小说,每天也有好几篇他要读的。这种"持恒"的精神,我实在没有,而舅父则一向有毅力、有恒心,照理这样的人,应该是克享遐龄的,谁知也不是寿征!

近一两个月来,我每次遇见舅父,他总是与我谈起本报的小说,他爱赏极了,尤其极口称赏的,一篇是桑旦华先生的《无边风月》,一篇是冯若梅先生的《鸿鸾禧》,尤其《鸿鸾禧》,他以为描写的细腻,结构的缜密,文笔的生动,为近代说部所罕觏。他一向也是少所许人的,惟于这两篇小说,他屡次表示钦折,可见桑、冯二先生不是两枝平凡之笔。在几种关系之下,舅父是本报的知己。大殓的那天,荫先兄也虔诚地去展奠了一番,大概他也深深痛惜着《东方日报》是失了一个知己!

(《东方日报》1940年3月6日,署名:唐僧)

诗里的名词

记得有一位濮一乘先生作过一百首的《春明百咏》,其中有两句诗,在从前的北平,几于家讽户诵,连小孩子都会念着的,那两句诗,便是"一辆汽车灯市口,朱三小姐出风头"。我起初听见这两句诗,以为所以成为名句,大概为了"诗以人传",因为朱三小姐的名气太大了,而濮先生的诗,又是平易通俗,所以大家容易挂在嘴上,永远地纪念着这位与政局有关的交际花朱三小姐。可是我又仔细想了想,以为这两句诗的字面是平易通俗,然而这里有清新的意境,也没有掩没了旧诗的风俗,在诗的立场上讲,濮先生的诗是好诗,绝不是平常打油打醋的东西,所能望其项背的。《春明百咏》,我通篇都看过,好像耐人回味的,也只有这两句,或者我把其余的诗,都没有细细玩索过。写到这里,我又记起了弱冠时,在中国银行任事,那时有一位同事,很有点旧学根柢,诗也作得高明,他的思想,更能不囿于陈腐,我曾经受过他的启发。他一再对我说过,在诗词或者文章里,凡是名词,便不能分雅俗,譬如说现在的电灯,假如作起诗来,因为电灯的字面太俗,而用"银缸",甚至"兰缸"岂不是笑话。又如写夜深,而还用"更漏";写邮信,而用"雁书"。举此类推的东西,实在都要不得了。林庚白先生说:吕碧城诗中写北平为长安,也是一病。因为长安两字,唐诗可以用之,唐以后建都之地,不在长安,而唐以后诗人,沿用建都之地为长安,竟一直错误到现在。正因为作旧诗的人,都固执着名词有雅俗之分的迂见!

(《东方日报》1940年3月7日,署名:唐僧)

厕简楼夜话

久不上厕简楼,与粪翁晤面亦殊稀。昨夜老友咸集其家,故亦往。不来此间酒食者,将逾半载,忆上次来饮,愚侍舅父偕临,舅父文章夙为粪翁、空我诸兄所心折,故尝借樽酒联风雅也。粪翁近来又书件大忙,闻其将举行第二次"个展"于大新公司,故日日临池,自朝迄暮,不知腕之疲,目之花矣!培林、白蕉、邦达已先在,灵犀与若瓢后至,复有一与之方同宗之少妇,从白蕉来。是夜汪大铁君送松江鲈鱼与粪翁,翁丐夫人亲呼粪翁夫人为嫂氏,顾白蕉诸人,咸称为张先生,异甚。询之培林,谓夫人旧执教鞭,学堂中人,固无不称为张先生者,因袭至今,此名未舍。席上,谈起骂人事,我昔尝骂过某书家,或来相劝,谓某书家暮年潦倒,骂之不亦可怜,非仁者所为也。予感其言,遂搁笔。粪翁因亦言:昔在酒楼,既半酣辄骂座,座上某人被骂,不能堪,则遁席去。粪翁嫌未足,知某画家在对楼饮,曰:此人亦可骂之坯,写一笺速其至。又向座上人曰:俟其人来,我人宜一体痛詈。旋闻将至,一座人遂狂骂,如一人曰:若某某者直无耻之尤。一人又曰:此人直宜死!比某画家登楼,闻骂声,知为辱己,众人骂不已,则静聆勿少动。顷之,长揖于座前曰:诸君能骂我,是爱我也,我朋友多,然对我都作谀词,从无一人骂我者,今诸君肯赐骂,宠我多矣,我且知过而不惮改。因挈壶遍斟座上人,曰:各尽一杯,为诸君寿。座上人闻其言,竟不能再措一词,私叹曰:若某画家,真是"角色"!

(《东方日报》1940年3月9日,署名:唐僧)

题　　画

一向不大爱好画,有时候上海开书画展览会,被几个朋友挟持了去参观,在里面徘徊许多辰光,我也不懂得鉴赏,所以也感觉索然无味。但是我常常会留心画的"题头",有时候发现题得真好,因为题得好,再看看那一幅画,也会油然而生爱美之念。可是上海的画家,大半只会画而不会题的。记得十六七年前,有人画一幅山水、一幅花卉托舅父题诗,舅父信笔写那幅山水道:"万重古木万重山,隔岸人家静掩关。若把老夫添画里,安知不比石头顽?"画的好坏我不识得,把这四句绝诗,装上去,便令人可以想像画中的情景。又记得某年在宁波同乡会看到虞澹涵的一张山水,上面是章行严替她题的一首绝诗,使我赞不绝口,那几句诗,我一直记得到现在:"古木寒源到处秋,几间茅屋任勾留。夫人也念风尘苦,写此林泉着胜流。"真是神来之笔。前夜我在厕简楼,看见一幅小翠的仕女,上面是半江红叶,席上一个女人携着筐,筐里是一尾鲈鱼,小翠毕竟才思最富,她在上面题了一首诗,说是写的带经堂诗意,她题句中末一言道"西风吹瘦卖鲈人",虽然不比上面说的两首来得浑成,然而也正不容易,何况画笔又十分细腻。龚翁爱赏极了,在上次她们开画展的时候,龚翁特地问小翠要来的。龚翁最近也画竹画石,他自谦画得不会好,然而我想什么画经他一题,价值便会飞腾起来,廿二日大新的"龚翁个展"中,厕简楼画竹,正可以倾动一时!

(《东方日报》1940年3月10日,署名:唐僧)

饯素琴筵上

素琴将继熙春之后,出演于香港之利舞台,于十五日清晨动身,先数日朋友咸为之设饯。十二日下午绍华既饭之于雪园,次一日,剑鸣又饭之于正兴馆,素琴言:到了香港,尽吃广东菜,故要在上海时,多吃几趟本地菜,于是请剑鸣宴于正兴馆矣。

绍华之宴,在下午六时已动箸,则因素雯须赶戏,不能不提早辰光。席上张伯铭君,因夫人流产,故悒悒不欢,森斋频频慰之,谓三个月后,又可以玉种蓝田矣。伯铭则佯为欢悦,曰:我本不放在心上,今日之所以不起劲说话,因昨夜失眠!诸君又述多子之累,剑鸣自谓,已育男女,将续有所献,想到将来,真是一重心事。说此言,亦欲遣伯铭之愁怀耳!

森斋忽于客座中,为予介某夫人,谓某夫人尝看予演黄天霸,引为妙邋,演戏之后,乃为若干人视予如一种逗人笑乐之玩具者,思之不觉哑然!

素琴清晨始睡,今日上午十时,已有人见其入理发肆之门,故下午赴宴,饰盛妆,顾亦不足掩其消瘦。若以此人喻花,殆为芙蓉,不似梅花,不似梅花,而瘪影自怜,宁非憾事。所可喜者,此次归来,特觉其不如昔日之腴,而未觉其老。苟见其人而老瘦可怜,则我将为素琴劝。所谓"寄语旁人须作计,随宜梳洗莫倾城",江南之坤旦祭酒者,宜注意此两句名诗矣。

是日素琴以另有他约,故未多饮,小金欲饮而为其姊阻。昔者,大金健饮,小金不许,替姊尽巨觥,今则阿姊又阻阿妹,时人称曰:此真好姊妹也。

(《东方日报》1940年3月14日,署名:唐僧)

影　　趣

记得不久以前,我在这里写过一篇关于看影戏的文字,我说上海开映舶来影片的戏院,一家家都生涯鼎盛。考其原因,大半是上海的时髦人,作成他们的生意,他们不一定对电影有嗜好,而且不一定看得懂西洋影片,可是他们都好像深有其瘾似的,那就是因为他们都把看电影当作一种时髦的消遣,所以一群一群的趋之若鹜。

有一天,我在卡尔登闲坐,绍华拉我到楼厢上去看电影,跟了我们走的还有一位现在操舞的舞人。绍华说:我们看完卡通就走了。顺手拿了一张说明书,封面上今天放映的是《水上乐府》,下期放映的是《四骑士》。乃至电影开映之后,卡通片始终没有看见,预告却已映过。因为短短辰光,我们三个人,都不相信已在映正片,于是我们都聚讼起来了。那位舞人,时常听她说跑跑影戏院的,我是自认外行,问她现在是正片吗?她摇摇头说:不是的。我私想不是正片,也不像滑稽短片,更不是预告片,因为预告片有英文说明的,未几,绍华忽然说道:这么怎不是正片?那女主角便是"落利笃痒"。我听完了,委实好笑起来,"落利笃痒"的片子,我在好几年前国泰里看过一次她演的《长恨天》。"落利笃痒",决不是现在银幕上这个女明星的风貌。再从微淡的光线里,看了看说明书,"落利笃痒"是《四骑士》的主角,不是《水上乐府》的主角,益发证明绍华是在滥吃豆腐。正想和他抬杠,回过头去,却见他鼾声已发。后来经我证明还是正片,因为片子上的戏,都是在一只大船上演的,与《水上乐府》四个字是切合点,即是可以证明上海时髦人的看影戏,都不过是我们这样的一群。

(《东方日报》1940年3月17日,署名:唐僧)

宴小红席上

小红为坤旦姜云霞小字,百花生日后二日,为其二旬晋一妙诞。前二日,友人醵宴于大华酒家,祝其玉容长好,歌管常春,予以是亦得与旧友获一游宴之机,惜是夜病甚,向日豪迈之气都敛,中心则固甚欢愉也。参加之人甚众,灵犀、一方、涤夷、之方、栋良、小洛,与慕老、凤公,沈淇先生则约北平奎德社之徐绣雯同来,徐亦美好,光彩照座,惟不谙南人语,席上人复不善为鸠舌之谈,故与之问答甚费力。先是,徐有义母,今夜亦招其宴会,徐先赴义母家,既念大华之约不可疏,遂自雇一汽车来践约。比徐父电话询行踪,知已独赴大华,父以绣雯人生地疏,不能放心，因赶至大华，伺于绣雯侧。我人以来者为徐之尊人，邀其同饮，徐父力辞，至终席始偕其女辞去。灵犀叹曰：坤旦老太爷之不易为如此。本来想叫女儿唱戏，今睹徐父局促之状，此议寝矣。

小红犹如前状，谓日来忙甚，唱日夜戏，又要读书，使其身遂永不得闲，唱戏为吃饭，读书为了何事？傻大女儿之不足为训，便是高兴读书。席上人谋于今岁为慕老祝嘏，人穷地瘠，势不能广事铺张，正宜缩小范围，于慕老寓中，设寿筵，借祝遐龄。若一场热闹，正可待家国升平后，一怡授室之时，则所以娱慕老者，吾人之为术正多，予以此意为慕老言，慕老然之。

席上，凤公到最迟，至则轰饮，劝绣雯酒，绣雯婉谢，沈淇遂为替，巨觥频倒，凤公喜曰：做师兄便该如此。惟灵犀之来，亦嫌晚，灵犀今日又凌晨始卧，闻与"文弟"为通宵之会。文弟为舞人，云霞或尚不知，苟审其隐，则亦将笑曰：陈生诚情种，正亦不宜荒嬉过甚耳。

（《东方日报》1940年3月22日，署名：唐僧）

李寿琐记

二十七日，为李祖莱先生三十华诞，设宴于新新酒楼，初不发请柬，亲友闻风往贺者，济济达七八百人，女宾尤众。女宾之珠光宝气，长眉秀发者，尤有美不胜收之盛。礼堂布置，初甚简单，设一台，备游艺登场之用，台前尽列花篮，祖莱先生，不御夷服而改着华装，至为庄肃。予往新新时，宾至犹不多，及七时以后，始络绎而来，于是新新酒楼之全部患人满矣。

礼金收入，悉数移助难童教养院。难童教养院，以祖莱先生乐于为善，则献一万民伞，特贲送楼前，为礼堂之饰，亦所以祝李先生之长春多福。

先是友人小议，谋于是日演堂戏一场，剧目既定，参加者如美云、素莲、月娟、伟麟、顾祖夔、樊良伯两位先生以国步艰危，力主从简。至寿辰前一夕，始取消此议，惟谋为来宾助兴，则备奖品，如每人各得一钱篋或烟盒之外,犹有十人奖,皆精贵之件。闻祖莱先生购置奖品,费五千金,亦善酬亲友之雅矣,给奖者为良伯、春堂二先生。吾桌十人,胥无所获,十条苦命,当时面面相觑。及后又揭特奖十号,每号由春堂先生送《刺秦王》戏券十纸。《刺秦王》为艺华公司之巨制,摄制既历多时,倾资弥巨,为幼祥兄导演,将为艺华今年度最伟大之出品。春堂先生特于寿筵上散为奖品,亦想见其珍视此片甚矣!

(《东方日报》1940年3月29日,署名:唐僧)

府君姓钱氏

舅氏钱山华先生讣告上的哀启,出吾乡周巽轩君手笔,而经王博谦先生寓目者,然其启句曰"府君姓钱氏",辄为若干人訾议,以为写哀启举姓氏,实开为先人作事略之创举。愚以为纵无前例,则在名讳之上,加一姓氏,亦无不可。独怪今世盲从人,多第知墨守陈法,自己既不能创造新意,而睹他人所作,为不经见者,辄哗然加以调讽。闻×报馆有许某者,其词更尖刻,竟谓丧家以"钱"氏姓得好,故非捐出来不可,人家死人,许某不关痛痒,滥吃豆腐,我真促伊督姐来来也!又有人谓:舅父哀启,实出吾笔,若果出愚笔,恐又将为盲目之士,捧腹大笑。试以我之笔法,写此文曰:"先严钱梯丹先生,讳仰福。""府君"两字,大可不用,治国学不拘泥于陈言者必以愚言为然也。

◆哀思录

愚写舅父哀思录,初拟刊入讣告中,旋念舅父遗言,嘱愚将其三四年间之著作,如《西征闻见录》《破家赘语》,以及《陇上语》诸篇,合印为单行本;而以愚文附其中,舅父文章,诚不必以愚之一言为贵贱,然亦所以示我敬爱之忱。《破家》《西征》两记旧稿尚存,《陇上语》刊于本报,而失其大半,不审读者诸君,亦能为不肖检其旧报否?果有仁人君子,以全稿付愚抄录,则感戴之深,逾于馈我一万金矣!

(《东方日报》1940年4月2日,署名:唐僧)

玲珑的报应

记得《浮生小记》在若干日前，玲珑曾经写过一段伤一个朋友的事，他说友人某，和甲乙丙三人，平时最友善，甲乙丙三人，一向照拂着这位朋友，谁知丙于前年忽然谢世，继之，乙亦于去岁物化，至最近，则甲又以仙游闻矣，意在言外，好像说：这位朋友运会之恶，直有"蹇及"良友之凶。此文在他人看来，已觉多此一笔，徒见玲珑之不甚厚道，而在当事的某朋友看来，更加难过。好在某朋友看报之后，也已对玲珑谅解。我现在也不是为他们再从中挑拨，只不过想教训教训玲珑写身边文学，吃朋友豆腐，都不要紧，若此种吃法，非但不觉得风趣，反令读者对作者留下一个此人存心嚣薄的印象，那又何苦！同时我又要说明玲珑在此文揭示之后，他马上会得到一个迅速的报应，那就是天虚我生的下世。天虚我生，玲珑一向不认识他。最近，玲珑要办某种事业，特地由友人介绍，和天虚我生认识，天虚我生便和他策划周详，而且将来还预备予以物质上的帮助，玲珑大为喜悦，以为此事而得此人为助，则将来之蒸蒸日上也可期矣。谁知事业还未曾创办，正在筹备得相当有头绪的时候，天虚我生，也刚脚一挺，弃玲珑而归泉下矣。虽然玲珑的事业，不致因此搁浅，然而相当的影响，却是要受的。设使这时候，有人在报上挖苦玲珑是蹇及良友的凶人，我倒试问玲珑你难过不难过呢？

（《东方日报》1940年4月4日，署名：唐僧）

舅奠记

距舅氏之丧一月又三日，妗氏为设宴于牯岭路之净土禅院，愚以昨夜未眠，凌晨特返家为小睡，逾时辄起，然赴院已九时后矣。

舅父生前，交识本广，徒以家人不谙诸友居处，讣告遂不能周达，故是日来吊者，特多故乡亲旧。愚以与净土庵住持慧海师为夙识，兼识经理周先生，事先，复烦丁先生商于慧师，请为道地，所赁为楼厅，及东厢全屋,亲友一二百人,亦济济盈数屋矣。

潘仰尧、黄子昂、子雄、方立人、潘指行、周舜轩、沈念祖、邓荫先、张允彬诸君,咸致挽语,黄氏昆仲一联,亦出吾乡潘指行先生手笔,潘先生辄叹为佳构,而荫先兄一联,则为家大人所撰,亦有不卑不亢之美。舅父生前治文学,常以制联自负,今日灵前展望,对此满室琳琅,宜可一笑于九泉矣。

朱凤蔚、丁慕琴两先生来奠,凤公到且早,二公俱未尝识舅父于生前,一以钦仰其文章,亦所以慰不肖渭阳之痛,情高意挚,感激涕零。书此,代舅氏家属谢,亦所以彰古道之尚在人间也。

是日之奠,净土庵予我以种种之便利,且论价复至廉,而治馔之美,尤为其他寺院所不逮。去年,天厂居士尝于院中设盛席,可口几逾珍鲜,亟为来宾称道。

(《东方日报》1940年4月6日,署名:唐僧)

影 事 杂 记

黄门后代的英雄好汉,现在也搬上了银幕,去年有人说,今年是文素臣年,明年是黄天霸年。当时说这话的人,便是预料明年的《黄天霸》,经新华公司搬上银幕之后,这三个字还要大红特红。听说顾兰君饰的是张桂兰,也是全片的主角,兰君在"私底下",就缺少一点妩媚气,自然表演一个巾帼英雄,真如评剧家所谓恰如身份。在此片摄制之时,曾经有两个演员受伤,一个是徐莘园,因为越墙,折断了腿骨;一个是洪警铃,被顾兰君一刀砍去,落掉了两个门牙,下嘴唇也裂为巨缝。洪出身于商务印书馆电影部,为"三十年老电影",想不到拍戏拍到老,还有这一场苦难,令人不胜其咨嗟矣!

《刺秦王》是严幼祥兄第一次导演的片子,也是艺华今年度的伟构,凭这三个字的片名,就可知道所含的是什么成分。据说其情绪的壮烈与激昂,足与《葛嫩娘》先后媲美,上海人真枯寂死了,也需要这种辛辣的消遣,来戟刺神经。《刺秦王》是一服兴奋剂,也是清凉剂!

《香妃》公映以后,报纸的评论,是一致称许。有人说,国产影片,好久没有受舆论一致拥戴的了,有之,惟今日之《香妃》,无怪合众公司,要一节一节把它摘下来做宣传的材料,这都是梯公与石麟二兄的荣誉。

《梁山伯祝英台》,小洛称它为中国的罗米欧与朱丽叶,真可谓尽宣传的能事矣。我又看见他们把这张片子,题的英文名字叫《Two Lovers》(拼法那亨?排错勿关)。记得从前外国有一张默片,也是这个名称,是考尔门与维而曼彭开合演的,译中国名字叫《情侣》,此片之好,到现在也忘不了它!

(《东方日报》1940年4月7日,署名:唐僧)

[编按:美国电影《Two Lovers》,1928年上映,主演:罗纳德·考尔曼、维尔玛·班基。]

从 舞 拾 趣

国泰王亦芬,予以其双颐皙嫩,尝譬之为孩儿面。一日,读某舞刊,记王亦芬事,校对者疏忽,"王亦"二字,排成"五六",未勘出,于是其名顿成"五六芬",阅之恒使人失笑。

某夕,偕数舞女小坐伊文泰,予戏谓"人中"以上之眼眼,只一种用场;人中以下之眼眼,则都有两种用场矣。譬如目司视,耳司听,鼻司嗅觉,皆一种用场也,凡此眼眼,均在人中以上;又如口司饮食,又司说话,更下者排泄,亦司生殖。座中一舞女曰:否,以我知之,鼻且不止司嗅觉,尚有排泄鼻涕。予曰:然则遗溺生殖之外,尚有排泄月经也。诸女咸大羞。其实若有人问我曰:然则肚脐眼在人中以下,并一种用场而无之,更何论两种?有此问题,予便将暗口结舌矣!

有人问予,胡蝶今年几岁?予曰:与我同年,三十三矣,长卿辈咸在十岁以上也。因为之述胡蝶之历史,谓胡蝶未演电影之前,名胡瑞华,其父名胡少甫,少时家居于虹口横滨桥,予在八九岁时,与其家居同巷,我二人青梅竹马,常戏于巷中,最早时期,我见过胡蝶着开裆裤。舞女闻我言头头是道,信不疑,予故匿笑,总算比她们长几岁年纪,可以吹老牛皮也。

清明时节,有舞人请假,谓返故乡扫墓,然有人发现其于是夜出入于逆旅中,谑者乃曰:不是她去上坟,是别人去上她的坟,一插而一陌纸钱耳。末句甚隽。

(《东方日报》1940年4月9日,署名:唐僧)

寻 春 记

昨夜,偶然翻着去年此时,作的一首诗,是记同翼华、熙春、素雯,坐了汽车,从徐家汇走贝当路回来,那首诗是这样写的:"车比风驰路欲迷,怜渠生小辨东西。闺中佳丽归无日,门外垂杨绿未齐。谁谓不堪除俗念,此行正似访山溪。翻来隔座如莺舌,悦听二三好鸟啼。"因为素琴曾经在贝当路上住过,使我认识了贝当路之优美。此诗的颈联,便是怀念素琴而作的,那时她是第一次到香港。我在这首诗中,自己颇爱赏五六两句,在一条广洁马路的两旁,尽是田野,我们局蹐在上海一隅的,怅望着沦劫后的湖山,偶然看得见旷野,已视为胜地。近来又是青春白日,我又想起了贝当路,特地起一个早,约了林楣又像去年那样的来回跑了一次,总算今年也寻过春了,踏过青了。

可是贝当路的两旁,平地上已盖起许多建筑,田野的风光,比去年减少了许多。我们终于以为看得不畅快,索性到土山湾,至合众公司去看朋友,陆洁兄才引导我们,在厂外的四周,去看一看田家的景物,那里的风景非常幽蒨,我同洁兄说:这里的郊野,虽不比我们故乡的负郭田园,然而也幽蒨得可爱。田家虽无青可踏,蚕豆是开着花了,看见了蚕豆花,我会想起旧事。记得在十九岁那一年,我放了春假,在家里游散,那时候我们有一位女伴,我在这个女伴身上,开始作起我的香奁诗来。也是风和日丽的下午,天天游憩在我家门外的阡陌间,我有许多记事的诗,有一首道:"蚕豆花开蝴蝶飞,斯人清鬈驻清晖。琉璃巨罩门前筑,罩住春光不许归。"诗并不好,然而一二两句写的当时情景,如何使人低回不尽,旧梦到今天又得重温了。我想起这两句诗念与林楣听,可是她不会懂,她还是识字的人,可是不懂诗,何况要她懂诗中的意境?真是苦闷,我不愿意女人解识文字,然而有辰光,也希望她们能懂得一点,趣味会愈加浓厚的!

(《东方日报》1940年4月12日,署名:唐僧)

又要赶两出

去年在卡尔登唱了《连环套》之后,满以为再要登台,须在今年年底。我与灵犀、之方、培林他们,究竟不是"名票",对于平剧,也不是我们的特嗜,所以上两次的演唱,是凑热闹,而不是过戏瘾。近来,我常常同上海几位著名的票友晤面,他们一致摇着头说:战后的上海,因为暴发户突然增加,所以没有喜庆事,则亦已耳。如有喜庆事,非有堂戏不可,唱到堂戏,总逃不了我这几位朋友,忙起来一天要赶两三处堂戏,所以都叫苦连天,像李元龙、詹筱珊二君,他们已经互相约定,以后不演堂戏。他们说:玩票玩了近二十年,究竟不是靠唱戏赚钱,所以戏瘾也过足了,到现在听见要唱戏,非但不会兴奋,而且还嫌烦腻。我听了二君之言,才知名票也是可为而不可为。我呢,一向没有承认我是票友,有人发动而来邀我加入登台的,也决不想有我这一份,而使整个场面,增添光彩,原不过是叫我助助兴而已。这几天又有人要我助兴了,卡尔登将于本月底演唱一次赈济绍兴难胞的义务戏。因为发起人是平时极熟的朋友,所以一定要我登台,而且唱两夜,赶两出,还提供四剧,什么《南天门》《戏凤》《别窑》与《庆顶珠》,一共不到半个月,叫我如何能赶两出? 这不是存心要我好看。所以我说想谢谢他们。假使要我在别人戏中,当个把零碎,别说两出,凭我这一点天才,十出八出,照样登台。

(《东方日报》1940年4月18日,署名:唐僧)

香奁诗杂谈

十余年来,予所诗作,泰半为绮语,而以近一年来尤勤,是亦刘半农先生所谓"未能忘情,天所赋也"。髫时读诗,薄《疑雨集》而酷爱冬郎,顾近年重读《疑雨集》，又复佩彦泓呕心沥血之所得，亦正非易。冬郎之诗，有极其香腻者，如云"四体着人娇欲泣，自家揉损砑缭绫"，是真春画之写生矣。予近三月中，作记事诗两首，一成于十二月十二夜，一成于三月初二夜，前一律云："论爱宁分叛与亲，深雠哪忍及斯人！已将衰病伤来日，尚有幽香染一身。正以爪长怜润玉，可容广舌度朱唇？登楼笑对银灯数，指上曾消十斛春。"后一首云："分明昨晚又西风，月影楼前恰半弓。此际何嫌光度暗，几时亲见绣襦红？与郎指上春千斛，还汝襟边笑一通。归向镜台余细怨，今朝微惜鬓鬖松。"二首记事略同，而情绪则殊。顾昨岁秋间，有一诗云："渐怜倦后力难胜，百废何尝赖汝兴？量到指间腰一搦，谁知窗外雨如绳。卿将名麝调为餍，我道清宵怕点灯。更有羞郎伸手问，轻轻几次索缭绫。"予乃不爱此诗，以其夸张也。尝见次回诗云："几度扇遮当面笑，可应灯照下帷羞。"自然蕴藉，例以吾诗，便嫌其一泄如注矣，因悟凡成一名家，自有坚深不拔之工夫。小时爱袁简斋诗若命，及稍稍习诗，正又鄙弃子才，詈为滥调，然去年又读袁诗，则以为此中多悟道语，而格调亦自有其妙造，此犹之先薄彦泓而后又重之，为一例也。

（《东方日报》1940年4月19日，署名：唐僧）

空我上人之好诗

程砚秋之来，黄金当局，又印特刊张之，乞稿于空我上人，空我乃写诗两章。砚秋与空我本故交，空我自言，十年前以叔通丈之介而识御霜，时伯夔乃与诸先生盛形御霜之艺，而今次重来，则伯夔先生已作古人，故空我诗云："江南重见汝来时，抚腹应伤一老遗。天末凉风吹不到，而今小叙亦存疑。"不徒寄情深刻，即论诗之风格，足当奇美。愚常谓朋友中空我能诗，愚有所作，闻粪翁、空我二兄，言我好，恒颔首自喜者半日，亦可见愚于二公诗之服膺矣。

◆回荡词之一首

去年作回荡词十章，其中一律，独为王慧琴写者，后乃废之，而别补一首,其词为:"喜听人言胜昔腴,一重浅白二重朱。情还可尼偏当夜,花尚初胎或是雏。枉遗斯民能惜字,肯将此爱论亲肤?赵家奴使唐家笔,明日文章满海壖。"当时就嫌为夸张,不如其他九首之为纪实之,然此诗而自今日读之,则复有恰如分际之妙,予殆未尝枉抛心力也。

◆山谷之笃于人伦友谊

或谈诗人必具浓烈之情感,而其情感,则咸有寄托,集之杜工部,忧乱伤时,而陆放翁则心切于家国之雠,若黄山谷殆笃于人伦之谊矣。山谷最孝,其诗有"五更归梦三千里,一日思亲十二时",然读其诗,可知山谷不第孝事其亲,即于朋友兄弟之谊亦厚,诗集中在处可见。

(《东方日报》1940年4月24日,署名:唐僧)

包蝶仙诗挽陈蝶仙

杭州陈蝶仙先生,与吴兴包蝶仙先生,皆以诗画名于世,又各有子名小蝶,其巧合如此,亦艺林之佳话矣。予先后友两小蝶,自栩园先生丧后,包小蝶兄,乃以其尊人之挽诗示予,题曰:陈栩园老友,遽归道山,哀之以诗,借写心曲,不计工拙也。

回忆西泠弱冠交,翩翩栩栩每相嘲。君兴实业初基立,萃利文房万象包。

最初君创设萃利公司于武林。

先生雅号与吾同,各有前因岂偶逢。一笑开樽论诗画,夕阳红半小楼中。

君与予生时,均有来蝶之征,君有《夕阳红半楼诗集》。

蝴蝶乘时款款飞,餐霞吸露秀而肥。家庭工业丰宏绩,不朽经营世所稀。

君在沪创家庭工业社,首以蝴蝶牙粉为发祥之始。

避兵歇浦又相亲,谈笑弥酣酒数巡。太息时艰应互卫,那堪絮絮话前尘。

去岁毋获饮宴之乐。

无端小别半年余,惊悉玄神上太虚。纠得罗浮境消静,蕊宫花苑意如如。

最近三五月间,予以伶事所牵,疏于访候。

曾经有约共壶觞,属与儿曹聚一堂。炊演合成双小蝶,惜今韵事未能偿。

君之哲嗣名曰小蝶,予之长男亦名小蝶,陈小蝶擅长小生,包小蝶素习青衣,君欲渠等合演平剧,借成韵事。

香花一鞠泪沾襟,从此元龙绝唱吟。竞秀芝兰承厚泽,写心聊以志哀忱。

君之文郎暨女公子,咸为艺术名家,清芬有写矣。

(《东方日报》1940年5月3日,署名:唐僧)

平 居 趣 语

不平生好说笑话,一夕同宴,生信口而谈,其言多趣,述其语曰:"尝于交际场中,遇惯为客套之人,问我曰请教尊姓,我答以姓平,未几此人又来问我,先生尊姓,我又答以曰:还是姓平。"又谓:"轨沙林涨价后,一人奔走相告,似惊惶万状者,有人诘之曰:足下向来未置一车,于轨沙林之涨价,原无影响,惶惶终日何为者?则曰:我家中有一打火机耳。"又谓:"某甲挈乙赴丙处,甲为丙介绍曰:乙,今之诗人也。丙方洗面,张目视乙,曰:此乃诗人,我殊未识。甲曰:公或未识其人,然其诗名方播遐迩。丙闻言勿语,甲令乙出其诗稿,丙亦不读。未几盥已,忽倾水桌上,将乙之诗稿为擦桌之用,甲大窘,语丙曰:乙之诗诚不足当尊览,然其上有字,固亦未可亵渎字纸也。丙则冷然曰:我正以其上有字,始洁吾桌,不然为便纸用矣。"

◆童心

与朱凤蔚、王效文二先生同席,席上,效文先生谓凤公文字,犹有童心,此实多寿之征,凤公亦自喜曰:"然我亦自以行文尚未减少日豪迈之气,故五十许人,平头青发,未泽一丝。"曩从《引凤楼杂掇》中,见凤公录林庚白诗,有"情狂意挚尚如童"句,是真为今日之凤公咏矣。凤公亦时许不肖诗文,能以情真意挚胜者,然则忆先舅诗云"稚子颠狂似老奴",以不肖喻凤公,舅氏之诗得勿谓唐突高贤耶?

(《东方日报》1940年5月7日,署名:唐僧)

《游丽娃栗妲村》诗

义戏将于星四上演,初以为此事或告吹,及昨日见戏单,方大惶急,予赋性非事到临头不肯抱佛脚者,梯公亦为予担忧,谓恐不及上去,因约詹筱珊兄在此三日内,分三节学成。第一日自"起霸"至"回家"止,"起霸"虽已由翼华说过,然笠诗见之,谓为软弱够如书生起霸,不类一英俊武生也。此戏身段之繁,与夫一举手,一投足,无不吃点子,比之全本《连环套》,不易十倍,方知翼华等实弄我,乃不使我唱戏属与南天门耳。今筱珊兄言:将以最简便之身段,使予演成此剧。然则此三日之中,予当竭其智能,用心练习,要好殆不可能,只要能上去亦无负朋友一番怂恿之情矣。

丽娃栗妲村,自上海沦陷后,此地亦无人涉足矣,每当夏日,令人念此地林树之美,辄为向往。白鸟生昔与摩登和尚为交好,和尚曾作《游丽娃栗妲村》之诗,凡六绝,无不可诵。因录存于此:

穿林一径恰当门,花草萧疏意自温。定必招凉势有觉,云天月地倍销魂。

远闻锯板发机声,仿佛风涛飒飒生。禽语桐荫深浅水,何人知我此时情?

黄金胜地两相须,涉足能令意绪殊。来往心头贫富感,不平物候未焚书。

亦有柔被带绿阴,夕阳又橘昼初沉。却寻玄武湖边味,荡尽离人日夜心。

风蝉底事挟愁过,小小年华浅浅波。似我情专原是误,人间可语本无多。

四人双桨自夷犹,舞榭疏篱篇两头。□历新陈又物见,万鸦如墨写神州。

（《东方日报》1940年5月21日,署名:唐僧）

养　　蚕

　　小时,于春夏之交,辄好养蚕。吾家后园,有桑树,顾非如掌之大叶,不足以餍蚕也,则采自姑氏桑园中。某岁,蚕将结茧,次晨视之,则盈筐蠕蠕者,咸碎身死,盖为顽鼠所啮,而无一得活。大愤,哭泣终日,其惨状今犹萦回于心目间,亦可见儿时影事之不易泯灭也！十数年来,流寓海壖,农场风物,久不复亲。近顷,吾子唐艺,亦养蚕,蚕第四五条,而滋长成矣,问其蚕何自来？答购自巷口。又问其桑叶又何以得？则亦购自巷口。蚕每条之价为一分,桑叶每张之价亦一分,予因悟国产丝绸之昂贵,有由来矣。一日,桑尽,蚕不得食,而吾子方就读,家人因就巷中为买桑,卖桑之人,即兼卖蚕者,其人心绝忍,养蚕而不饲以桑,其桑将无由致利,因使其蚕饥,使人得其饥蚕,然后更多买其桑,则两者皆可获多利。故吾家人往买桑时,视其蚕,蚕皆翘首待哺,嗷嗷之状,正似哀鸿。予为大愤,谓彼虽小贩,其残毒亦等诸囤米之奸商,宜杀也。世风漓薄,牟利之徒,无不出之以忍心,此所以使慈祥覆物者,闻之而发指不已矣！

（《东方日报》1940年5月26日,署名:唐僧）

职　　业

　　因为我目空一切的关系,所以不甘受群狗品头量足,脱离了上海人所谓写字间生活,将近十年了。老实说:人家看我不成材,我倒还自负得很,有人似乎很善意的要想提我一把,我要问问他配不配提我？又要问问我自己高兴不高兴？记得几年前,上海有一家影戏公司请我去,公司的主持人,似亦知我不易驯服,他对居间介绍的人说:我们不敢请唐先生天天来,他要是高兴的话,每星期来一次,没有什么事,大家谈谈天而已。我单听这两句话,知道公司的主持人是解人,他倒懂得礼贤下士,不要在我面前放出市侩对付薪水阶级的一副面目,因此这家公司的主持人,我一直同他情感好到现在。

去年有许多朋友,因为都顾恤我身体不好,都劝我要做一种比较就范的职业,既约束身心,亦欲永葆健康。我当时亦曾迷惑过,很想听朋友的话,寻一份职业来做做,但是到现在,我又觉悟过来,上海没有我吃饭的地方,上海也没有给我吃饭的人。我现在有一分力气,挣扎着吃现在这一顿苦饭,不定什么时候,我挣扎不住了,我只有一条饿死的路。因为我放弃了现在的一顿苦饭,去找别碗饭吃,都要受群狗品头量足,我是不耐受他们这一套的,所以还是忍住了,预备走到饿死的一条路上!

(《东方日报》1940年6月3日,未署名)

唐 云

钱塘画家唐云先生,兼工书,客岁,为其三十初度,尝邀余饭其寓邸,是日来宾近百人,而半为当世之书画名家,如昨日起在大新合展之朱屺瞻、来楚生、钱铸九、张幼蕉诸先生皆与焉。说者谓唐云作画,落笔如春云浮空,苍浑灵秀之气,有非工力之所可冀,性好古,而不拘泥于古,盖得天独胜者也。屺瞻先生之山水,宗清湘八大,尤擅兰竹,笔意取南宗仲圭,而能变其清逸化为雄奇,所谓取其神而遗其貌者也,先生故精鉴赏,藏古画甚富,昕夕揣摩,故其作品,无不古拙朴厚矣。钱铸九先生,工山水,尤善画松,用笔如神龙矢矫,不可方物,尝浪游海内名山大川,每遇奇松怪石,即图之,故其作品,颇多写实,所谓运西洋艺术于国画中也。此次出品为《黄海云松》《天台石梁》《江邨图》诸幅,皆能惟妙惟肖巧夺天工,展图视之,恍若身历其境。来楚生先生书法,四体皆工,可以与粪翁比美,行楷酷似黄道周,篆刻则宗两汉,作花卉山水人物,无不高古绝伦,比之赵㧑叔,可无愧色。幼蕉先生以山水驰誉武陵,先生家住泉塘,地灵人杰,又复摹拟工深,故出笔即风神超逸,体格清奇矣。

◆再谈材头亲

本月六日《一灯楼散记》中述及社会之陋俗,有丧中娶亲之材头亲,录滑稽家一诗:"树灯花烛两辉煌,月老无常共举觞。哭笑居然成一气,满堂吊客贺新郎!"可谓调侃得妙,就予所知,旧日尚有一诗,尤为刻划入骨,其词曰:"树灯花烛两辉煌,月老无常各自忙。哭哭啼啼方入木,吹吹打打宴归房。新人扶出参新鬼,喜酒移来奠喜丧。一索得男花下子,明年期服抱孙郎。"一灯楼主人所录之诗,想系由此诗蜕变而来,亦未可知。又有一联,亦颇调侃得有趣,其联曰:"魂兮归来,报道佳儿得贤妇;吊者大悦,会看孝子作新郎"!苏俗,凡在亲丧百日内不应娶亲,如果娶亲,是为非礼之举,如此一联一诗,可称为浇风之针砭!

(《东方日报》1940年6月12日,未署名)

唐云三十寿辰

昨天说起唐云先生去年三十寿辰的那一天,所邀去吃饭的朋友,大都是书画名家。记得那一日是盛夏方过,初秋乍至,天气还是那样的热。唐先生的住处,是一只大客厅,走廊下院子里摆下了许多桌案,桌案之上,砚、墨、纸,还有印泥彩色,更多的是一页一页空白扇面,来宾跑来祝寿,十人之中倒有七八人身上怀着几页空白扇面,要求在座的书画家当场挥毫,我还记得像龚翁、白蕉、唐云、朱屺瞻、来楚生诸位先生,一直忙了好几个钟头,灵犀这一天,便揩油着几件免费的书画。我呢,如入宝山,空手而还,至今还徒呼负负。前天我们聚在瓢儿和尚的天禅室里,集合的又是去年那班书画家,而又有许多苛求无厌的朋友,请他们当场出品的。我同培林两个人私议,以为朋友的不识相,一定捉住了一个善画能书的朋友,当场出货,固然可恶,可是身为书画者,其胃口也特别好,如何还津津有味的接受他们的要求,要是我是书画家,便不能这样容易，便是现钱送过来，也不能这样随便出货。志圆和尚说：这倒有个理由，书画家有的是情愿对客挥毫的，有的只能在自己闭紧了房门里求出品。他还举了一个例，像画佛的钱先生，他便不愿意人家看了他画佛。

(《东方日报》1940年6月13日，未署名)

书法研究社

上海真有闲情逸致的人，最近听说又有人发起组织了一个书法研究社，发起的人，一打听还是老友张子中原，怪不得中原近来的面也不见，原来他还在用功写字，已经写得一手好字了，还要用功下去，难道说你真要抢上海那些写招牌人的饭不成？书法研究社的组织，昨天我在某报上已见到记载了，什么每月举行一次"拜翰会"，向会员征收月费等等，我都以为极好的办法，不过一定要搬出虞洽卿、徐寄顾、袁履登、林康侯、闻兰亭五位先生出来担任什么名誉董事，又要请谭泽闿、邓粪翁、马公愚、姬觉弥四位先生做名誉理事，那末大可不必。因为虞先生等在一种社会事业上，放他们的名字进去，或者可以一振观瞻。书法研究社，究竟是个风雅集团，似乎不必惊动到海上名人，而且名誉董事、名誉理事，这些名目，也根本不必安排在一个风雅集团里。据我的意思，假使该会一定要立一个名流出来，使人好"以资观摩"的话，那末姬觉弥先生，最为适当。姬先生不但声望、地位都够，他更是个潜心于书法的人，这一位大手笔，上海没有第二份，中原便该请姬先生做书法研究社的一社之导。我知道闻风来归的人，一定大有其人，书法研究社前途的光明，也不待言而可卜矣！

(《东方日报》1940年6月20日，未署名)

白蕉刻跋（一）

世人但知白蕉先生书法得二王神韵，而不知其治石之工，亦为当世赏鉴家所叹服。七月一日,先生将陈其书画刻三种,举行个展于大新画厅。昨日大雨,送其近时所为之"刻跋"示予,则妙语如环,不敢私秘,择其尤隽者,与读吾报诸君,同俊赏焉。先生自称为人奇懒,因刻一朱文长印曰"天下第一懒人",跋语则云:"终日昏昏然,自冬徂春,说有事,却是无事,今日之事,不自知何日能了?书也,画也,篆刻也,求者,既久而能忘,在我亦即为了事,并无存心,却有干没,交游有私谥我为天下第一懒人者,闻之大喜,一跃而起,半日成此,大佳大佳。庚辰云间白蕉。"又刻一白文长方印著"懒汉"两字,其跋语则曰:"既刻天下第一懒人朱文长印,心中大乐,自丙子岁长物尽失,刻石百方,随之俱去,久无起首印可用也,今以其一头,再治此印。"囊无买石钱,窘态可见,又刻白文小长方印著"懒王"两字,跋云:"懒之极,遂自封为懒王。庚辰白蕉。"又有"笨伯"之白文方印云:"胡涂且懒,益之以笨,既自封为王,乃又降三级,爵在三等,晋书羊曼传,鸿胪陈留江泉以能食称为谷伯,豫章太守史畴以大肥称为笨伯,今白蕉瘦人也,此笨伯非那笨伯。"

(《东方日报》1940年6月27日,未署名)

白蕉刻跋(二)

上海电话购货公司播音之夕,予未能强疾一往,梦云至今悻悻然。一夜,忽以电话谓:"请你播音,你不肯来,现在要为播音而请你吃饭,你来不来?"予曰:也不来。非但病后最厌酒肉,即在平时,亦不乐睹敦槃之盛,不要说梦云请我吃饭!予更谢天谢地,老夫穷命天生,但知藜藿之美,近日家居,只觉韭菜绿豆芽、葱炒豆板酥,以及炖臭豆腐干风味之胜,虽胸气不纾,犹能强饭二碗。

昨记云间白蕉之刻跋,犹有一事可述者,白蕉先生,初非姓白,而氏何,故尝刻"再生姓何"一印,题曰:"我誓不姓何,曾治不姓何印,友笑谓即此便是此地无银三百两也,亦为之失笑,今治此印,仍是对门王二不曾偷之意,其可笑正同,忆曩岁亚子乃乾两先生,欲为举行复姓典礼,今见我印,必谓无期,然我死已久,两年内殆将复活,可不贻故人之戚也。"

（《东方日报》1940年6月28日，未署名）

大郎作书拘谨

记得先舅在净土庵设奠的那一天，朱凤蔚先生来展奠，我陪他闲谈，他曾经对我说过一句极其中肯的话，他是批评我的书法而说的，他说：像大郎平时的做人，是那样的狂放不检，什么事都随随便便，所以写的东西，也绝少有扭捏气的。不过大郎的作书，便不比文字与说话来得率直，擘划之间，有时候显得拘谨，因为一拘谨，便掩没了本来的纤徐飘逸。这几句话，真是搔着了我的痒处，我现在还可以为朱先生供认的，不但写字如此，写文章也难免此弊病。说起也是可怜，小时候读书不多，到了弱冠，便误于追摹一家，譬如写字，有一时期，我学过袁克文，后来有人指导我说：寒云之字，就有他自己写得好看，谁学他，谁便不成东西。我就此不写，还是写我一向临摹的鲁公书法。后来有人开玩笑的叹赏我的书法，说我的写字，简直夺谭氏弟兄之席，可是作书而不打根柢，仅仅求个"貌似"，始终没有成就的。一到中年，更没有心思学字，于是，益从"貌似"上着力，守到现在把自己的性灵完全掩没，所以识家看起来，一望而知我的书法显得拘泥，几乎完全看不出我平时那一种放纵情怀。所以朱先生当时随便说一句，我却为之深深感动。

（《东方日报》1940年7月2日，未署名）

怯　笔

无论写文章，作书，致力于摹仿一家，终是落于下乘。我昨天说的我从前写字，自己以为从颜鲁公写起，后来便死七八赖的苦拟翁、钱，写到现在，成了一个不伦不类的格局，无怪朱先生说我落笔有做作气。但是朱先生毕竟是爱我者，前天见面，他还要我给他写一页扇面，这句话还是去年说的，我没有忘记，不过我一直没有写。昨天，他写一封信给我,还用一些激将法要我动笔,他说:"那一面的画虽不佳,系出敝族女性固宾虹高足,或不辱没尊书乎?"关于写扇页,我曾经屡次声明,有几种难处,一为了我自己太懒,二最怕隔壁有一张好画,三还要看要我画扇的人。假使是一个方家,我便不敢落笔。梯维兄写得一手好字,去年送一页扇面来要我写,后面是周錬霞的画,吓得我怎样也不敢动手,被逼不过,不久以前,才缴的卷,可是已经一身大汗。漫郎先生也是工书之士,他也叫我写扇页,而一面却是唐云先生的画,又把我僵到现在。朱先生当然是方家,何况扇子那一面又是一幅名画,岂不要叫我为难。东坡说"诗句对君难出手",我虽然面皮厚,有时候也知耻,常常会不自禁地"怯笔"起来,所以把苦衷先为朱先生与漫郎先生说一说,万一老友不要我负了故人的盛意,那末我决不会存心方命的。

(《东方日报》1940年7月3日,署名:唐僧)

若瓢谈书法

白蕉先生举行个展以后,予曾未一往参观,而白蕉念我不释,昨旦御书听潮云:"大郎未莅小会,不知病得如何,颇为渴念,望千万致言。"故人拳拳情意,令人感激不胜,予病近少痊可,而人事纷纭,忙迫中固未尝不以白蕉之书展念也,今始成行,则距闭会之期,才一二日矣。场中遘若瓢和尚,和尚亦如白蕉之善写兰,近且卖兰于沪上,是日方对客挥其湘管,不五六分钟,已成一便面,予大笑,谓无怪和尚写兰,又要卖兰,正以写兰乃不费多力耳。和尚亦大笑,似笑吾言之妄,辄举笔一文示予,述其平生写兰之缘会,始知其往时正煞费苦功,文亦高茂。录之,以见当世鉴流中,正多风雅士也:"二十年前,读书东山时,暇日,随先父过经堂,与诸禅宿谈玄,傍及书画,种余酷嗜书画之因。出家天台时,有旗人江之南,亦薙染国清,精书法善写兰,常与啸遨石梁赤城,行如学士,使余出家后,未能忘宿习,之南之因也。以此诸因,适避兵海上,得与白蕉游。白蕉诗人也,精书法金石,上年杯水会中,见余写兰,遂以旧写兰幅出示,清逸超群,不同凡响,由是同人皆知白蕉不独能诗画金石,尚兼通书法。此次大新个展,皆诸同好督促而成。余之写兰,初学王香谷,出家后,有江之南师之导引,得知脱俗,与唐云游,得知所南石涛家数,及见白蕉写兰,使余脱尽诸家窠曰。白蕉写兰,一如其书,悬腕中锋,恣笔挥洒,水墨匀润,逸韵自生,不偏重,不泥涩,此皆天分胜,胸襟胜,气度胜,若论腕力章法,乃小焉者也。"

(《东方日报》1940年7月7日,署名:唐僧)

卡尔登歇夏

卡尔登从今天起停锣歇夏,移风社暂时休息。在卡尔登戏院落空的时候,晚上也开映电影。这几天卡尔登的日场电影,生意挤得不可开交,原因为了该院选片精良,而看它们电影的,是一般中产阶级或者是负笈读书的真正影迷。所以在暑假期间,卡尔登的电影,比那一家都见得生涯鼎盛,它们将近放映一张片子是上海从未放映过的,要在该院第一轮公映,便是《天外天》的续集。《天外天》是一张名片,续集当然是尤其精采的。卡尔登为了要特别号召起见,所以要将此片定一个名称,用(《天外天》续集)做符号,它们因曾经要我代起一个片名,我又不是吴云梦,不是徐幹臣,怎么会替外国片子译名?吴先生他们才是好手,后来忽然有人说:可以叫"三十五天",因为天有三十三天,天外天是三十四天,《天外天》的续集,岂不是三十五天?不知这样的见解,可能为卡尔登明贤当局采纳否?

弄堂口的小书摊,舍间几个孩子,是他们的老主顾,常常借到家里来看。小书者,即连环图画是。连环图画,对于儿童教育,是成问题的。一天看见我的儿子拿着四本小书,在一页一页翻看,待他看完了,我问他见到的是些什么?他茫然道:有几个人杀来杀去,什么故事他一些也不能讲述。我于是疑心,大概是我的儿子太愚卤,还不知小书的内容深奥了,教他们看不懂呢?

(《东方日报》1940年7月8日,署名:唐僧)

白蕉个展

在白蕉的个展中,有一幅画,画着一颗白菜,白蕉的题写是"不可使民有此色"。题画不用韵体文写,而着此寥寥几个字,令人不特耐于玩味,亦知白蕉为有心人也。白蕉之诗,予以为最美者,则为:"人民城郭全非敌,虫语何曾改昔年。却为稻粱谋欲尽,须眉无恙始堪怜。"读末句而无动于中者,真陈叔宝之全没心肝者矣!

近来酷想听一次谭富英之《定军山》,苏少卿谓谭与马连良,唱《定军山》几无轩轾,此论终为识者所非。一夜有客看富英第三日"打泡"戏归,坐黄包车上,议富英此剧之胜,一人竟谓海内须生,已无出其右,其倾倒可知。翼华评剧,持论亦苛,独于富英之《定军山》,赞不绝口。富英此剧,昔在上海舞台时,予尝观之,特其时看戏,比现在更外行,又以时日过久印象愈淡,其好处何在,已不复留存。近几次富英之来,声名益盛,《定军山》尤为挂必满堂之作。天奇热,予是惮于涉戏场,闻富英,又似不惮冒暑为座上客也。

舅父于去年七月,书一扇页,检其旧箧,睹而珍之,因从姑氏索取,又得旧扇骨一,惟枢纽已断,遂持便面与扇骨,赴南纸店请为修扇骨,装便面焉。南纸店索价为一角五分,大喜。百物腾贵,近数月来,便宜之事,惟此一桩。因坐坐黄包车,车夫开口,亦非两角不拉也。

(《东方日报》1940年7月9日,署名:唐僧)

王熙春来沪

王熙春之来沪,百岁说与信芳,又以熙春与前台方面,有过房亲眷关系,故从战乱中,自内地礼聘而至海上,一到上海,即加入移风社为当家青衣。在上海搭此班子而得此地位,亦不可谓为菲薄矣。迨至去岁秋间,四本《文素臣》结束时,忽告脱离,原因何在,局外人无从明其究竟,惟闻与社方稍有龃龉,合则当,不合则去,来踪去迹,固甚光明也。

辍演至今,将近十月。初来尝在沪搭班,熙春赖以生活者,则为合众公司摄演电影,春初一度赴港,终至郁郁归来。百岁与前台方面,与熙春俱有感情,不欲使小女儿久荒本业,因请于信芳,更邀熙春合作。信芳初未歧视熙春,居常恒言熙春为良善女儿,宜加爱护,故于百岁之言,亦自乐从。当移风社歇夏之前,百岁乃为熙春拉拢,熙春固于愿滋惬,惟一时未能遽告成议者,则包银犹有问题耳。闻之人言,角儿之大小,与包银自有关系,故角儿之争包银,未必斤斤之于阿堵物,所争者实在本人之身份。惟平心而论,熙春在沪,不搭班则亦已耳,搭班而求适宜,则无过于加入移风社,以移风之社主,能爱惜熙春者也。移风之高百岁,尤能翼护熙春者也,至若移风之前台人士,无一不与熙春有极好之情感,合作贵在与情之洽,钱之多少,实为次要。世途不靖,在熙春茫茫不知所适,独移风社能予熙春以深切之情感,熙春而舍此不趋,熙春之为谋勿臧矣!

(《东方日报》1940年7月11日,署名:唐僧)

卖　　扇

今年想卖扇,后来不知如何,面皮忽然嫩起来,竟未实行。龚翁先生,为予所草鬻扇小启之四六文章,竟未遍登报端,惟虽不取润,而朋友之委件特多,近来平均每日有二三页要写。幸予之写字,讲究快,不比逸芬工整,每箑非费一小时不能为功,约计予书一箑,至多十五分,最快不过五分钟,然比之当世写兰诸君,三笔两笔,即告臧事者,似犹不逮其迅速也。予书箑不在家中,而在卡尔登,坐于当局之玻璃写字台上,环境自然较舍间为好。尤有一事,非道此不可者,则舍间不藏印泥,有之,亦粗劣不适于用。天厂曾谓,称书家而不备印泥,特一大郎,因欲送四两藕丝印泥与我,计之当值百元。予不嗜风雅,谓与其送四两印泥,不如送四两正路云土来,可以送朋友,或煎一两自己用,比印泥佳矣。

漫郎先生嘱书一箑,于九日写成,已付荫先兄转交。十日,乃见漫郎为婴宁客串一文,述及前事,今当为程先生言者,此箑作于尊文寓目之前,可见余今年之勤奋于此矣。又凤公一笺,至今不能动笔,灵犀谓去年凤公有扇页托渠转来,一面有画,是则绝无其事,若凤公果有扇页来,则必为灵兄所误,盖予未尝收得此笺,予不致将旧笺遗失。前夜为此事,与灵兄争执,今当询之凤公,幸白我以究竟也。

(《东方日报》1940年7月12日,署名:唐僧)

游 艺 杂 耍

向来不敢轻视上海那些游艺杂耍,从前我曾经体会到那些游艺杂耍,能够用"潜移默化"的方式,来振发人心。不过我却反对现在的那些游艺杂耍,他们擅自改变本来的面目,不是说他们不应该有一种转变,譬如平剧,欧阳予倩曾倡行改良平剧运动,那当然是会叫人"翕从"的,因为予倩本人,他自有改良平剧的能力。那些游艺杂耍人物,在任何一方面,他们都不够负此重任,若妄自变动,其结果便不伦不类,好比强盗装斯文,也好比一向盘剥重利的"钱痞",一旦谈起"急公好义"来,会使人惊诧,使人笑痛了肚皮。

最近我听得一桩事,使我啼笑皆非了半日,以后只是有说不出的难过,蕴结胸头,终于发了一次痧,闹了几天肚子。原因是有一天,朋友李先生来告诉我说:唱申曲的筱文滨家里被劫,损失金钱之外,连他们所编的《天长地久》剧本,也被劫盗取了去。这是报上一节新闻,我的朋友他说完之后,他还补充着说:《天长地久》是一张著名的舶来新片,璐玛希拉主演的,筱文滨他们改编为申曲,把璐玛希拉饰演那个女主角的"难艰巨"委付与筱月珍女士。朋友一段非常冠冕堂皇的报告,不知如何,我听了之后,有一莫明其妙的感应,连连大呼真难过真难过不止!

不客气的说一句,《借披风》《拔兰花》《徐阿增算命》《卖妹成亲》《庵堂相会》里的那些人物,最相宜演唱申曲诸君的身份,他们要唱到《董小宛》,这里面就寻不出一个冒巢民,一个小宛那样气度的演员来,要唱《天长地久》,尤其是咄咄怪事。我们只以人物来讲,至于游艺的本身,是否配编这类戏,暂且不谈。

(《东方日报》1940年7月22日,未署名)

《孔夫子》

费穆先生为民华影业公司导演的《孔夫子》影片,现在已经全部告竣了,不久将在本埠献映。他们想留一点纪念,所以要为《孔夫子》发行一册专辑,在十几日以前我接到费先生与金章二先生合署的一封信,是要我为这本册子写一篇文章的,他们叫我对《孔夫子》影片的摄制发纾一点感想,或者就孔夫子的史迹上,写上一些意见。我是老老实实的,这种文章实在写不来,小时候读过《论语》之后到现在老早忘得干干净净,当时根本没有留心孔夫子的为人,后来更不想研究孔夫子的何以称为圣人。到得目下,造成我一副流氓不像流氓,读书人不像读书人的一块料,更不好意思,老着面皮,说我是孔圣人的门徒,所以我要了解孔夫子,还要我看了费先生的《孔夫子》之后,现在却一个字也下不了笔。费先生知我很深,一定会相信我的话,不是客气!

费穆先生,终是中国电影从业员中一位有心人,他忠于艺术,在上海电影事业弄成这副面目的时候,费先生却独自完成了一部《孔夫子》的剧本,从题材看来,"纯正"两个字,至少说得上的。我在无以报老友此命之后,这两句话,得向上海的电影观众,恳切声明的。

(《东方日报》1940年7月25日,署名:唐僧)

伯绥贻笺

伯绥去年尝贻予一笺,作隶书,藏至今来,犹无人为画,近欲使用,于是一面乃自己写《已凉》绝句四首,其中有一绝云:"管弦喧尽江南路,识汝今无第二人。却与书生同薄命,李娘偃蹇尚天真。"作此诗时,李鹏言方浪迹海上,郁郁不得志,予剧赏其人,以为乐部女儿,乃无如鹏言之明艳可爱者,若论颜色,则熙春、素琴,皆蓬头粗婢耳。时吾人听歌之兴,既锐改,故于示惠鹏言者,不若文娟、云霞之丰厚,遂使此儿不遇而归,归抵金陵,颇不审近状奚若?熙春太夫人自南京来,未尝一面,不然正可从之侦鹏言消息,劫火飞扬,伊人何处,书予旧诗,真一读一惘然矣!

唐有壬生前,有诗云"愿得舞鞋尖下土,搓成丸药助相思",愚因有"求丹为我惜鞋尖"之句,又"求丹为我惜鞋尖"之上句,为"洗手何人怜指甲",此则亦似王次回所谓"洗手自怜十指甲,何因又长而三分"之一联。一方兄见之,勿笑曰"大郎作诗,每多袭取旧诗成意"耶?

(《东方日报》1940年7月27日,未署名)

悼念吾师樊良伯先生(上)

我做了报人后不到二年,在一个严冬天气,由张浩然先生,带了我去投拜于樊先生门下。当时我所认识的樊先生,只不过是当世闻人,而旁人传说樊先生最大的好处,他能够"爱人以德",这是为一般闻人所不及的地方。

我始终相信人与人之间,是有一种佛家所谓"缘法"的。自从我已到樊门之后,先生对我的情感是特别好,他太关切我了。在外面,他听得第一件事,牵涉到我的,立刻会留心起来,好几次为了我笔墨上发生的事件,他不待我知道,先给我排解开了。他对于门墙桃李,相当客气,然而也相当忠实,生徒有了过失,他便会纠正你,劝导你,从来不惮口舌之劳。在朋友可以称得上"直谅"二字,在师生,樊先生终是贤师!

近十年来,我可以说在不断荒唐中过日子,先生自己晓得的,他时常说:我这里你多走走。可是我为了荒唐,也就耽于乐逸,如何起得早?要看先生,非上午起来不可,所以我每次去看他,总是一夜没有睡,撑着倦眼,后来给他看出来了,便戚然道:你天天俾昼作夜,身体如何能好,纵然有了机会,你如何能勤于职守,这样做下去,你不是要断送你自己的一生吗?这种话,他常常在我耳边"絮聒"的。你道这样的先生,他是诲人不倦,也不算过分的吧?

几次,他要我振作,曾经与我约定,先做到早睡早起。履行约定之后,早上打电话到我家里,听我接电话了,他便欢喜,说我居然能够从善。可是过了些时,我又怠废弃了,终于负了先生的诚意。我一生负了许多待我最厚的人,先舅之外,又是先生!

(《东方日报》1940年8月4日,署名:唐僧)

悼念吾师樊良伯先生(中)

我平时先生那里,既是走得不勤,而五年之中,十次去看他,总有九次在昧爽时候,先生却已经起身了,他在那里做他的晨课,写完了几页字,再行健身运动。随后来看他的人多了,到九点钟,在他会客室里坐满了人,先生总是坐在榻旁边的一张方凳上,挺起直了腰,精神很饱满的与人家谈话。虽然大暑天气,先生在自己家里,也穿上了长衫,很整肃地应肆客人。张善琨先生常常说,樊先生的一种精神,只有西洋人有此风度。先生真够得上说"律己甚严"四个字,什么嗜好都没有,从前还欢喜打打小牌,近年来连这个也废止了。他为了年轻时,少受了一点教育,到现在他的求知欲非常浓烈,他要学问,他要许多事业上的知识,他更要努上去,做一个事业家,还要做到社会上品高志洁的胜流。总之先生这一种抱负,是在"力争上游",这不要说我们做他学生的看在旁边,应该感奋,就是一般人都值得为他向往。然而正为如此,先生精神上的痛苦,一天加深一天,这却又有谁能"喻亮"他呢?在去年嘉定银行开幕的一天,我早上赶得去,送他到银行里去,他在车中对我说:"我活了四十二年,今天我才觉得开始有了光明!"我点了点头,当时却感动得几乎流出两行热泪。

(《东方日报》1940年8月5日,署名:唐僧)

悼念吾师樊良伯先生(下)

先生有一副魁梧的身材,体格非常壮硕,从来也没有听见先生有过卧病的一天。这次的伤寒症,当然是突然的,我听到先生病讯之日,他已搬到医院里,第七天了。我去看他,他气色很好,看我进去,用手招一招。我因为医生不许问病的人与病者讲话,所以默默坐在一边。良久,先生却叫我一声"云旌",我跑过去,先生说:"你身体好了没有?"我说好了,先生要自己保养,不必念我。他点了点头,又说:不要在夜里不睡觉了。我又说:我近来很好,老没有熬夜。他似乎欢喜,后来有个量寒热的医生进来,我趁此时悄然退了出来。后来的七日,医生更加不许亲友去问病,我只有在外面探听先生的病状,知道并不十分凶恶,又谁料二日的上午,会得到他的噩耗,正似晴雷震空!

到殡仪馆里去,瞻望他的遗容,还是那样慈蔼地带着微笑。我几次悲从中来,向天私语:吾先生是今世的好人,难道天就不要好人长寿?来吊孝的,没有一个不悼吾先生。正义感人说:樊先生生前的人格是高洁的,死后的魂灵也是清白的,现在干干净净死了,留与世人的,是一串光荣的悼忆!

不到半年的距离,在同一殡仪馆里送殓了两个爱我最深的人,我的创痛如何?在先生盖棺之前,我又去看他最后一面,退出孝帷的时候,寸肠如裂,顿足自语:"我往哪里再去找这样一个爱人以德、知我入微的好先生呢?"

(《东方日报》1940年8月6日,署名:唐僧)

李 盛 藻

昨夜,饭于黄金前台,值吴江枫兄,为言下午曾携新角李盛藻、童芷苓等拜客,亦曾过荒斋,而予已外出,故未及晤,失迓之愆,何以能赎?黄金新角,童居于沧州,李则居戏院之三楼,而高家父子咸舍金廷荪先生寓所中。盛藻为高庆奎之快婿,近年得益于丈人者非鲜,故造诣益猛晋。庆奎期乃婿之有成,比之望子成龙,为尤殷切。盛藻南下,庆奎亦偕行,特为把东床之场,盖盛藻之演小本戏如《生死板》《煮酒论英雄》《赠绨袍》《煤山恨》《窃符救赵》《掘地见母》《哭秦庭》诸剧,胥为庆奎亲传，他时贴演，固不能不劳名宿督场也。随芷苓南下者，有其弟寿苓，亦专为乃姊配小本戏而来。芷苓为慧生爱徒，复聪明，慧生所能，芷苓已无不能之，江南人士，渴念荀郎，今得芷苓，倘亦足慰想望之苦。是夜适庆奎来视盛藻，既而芷苓亦自沧州来，因得一一晤叙。芷苓颇明艳，身材甚长，似金素琴，想见当台一立时之仪态万方，必不让盛时之慧生也。江枫谓：三日泡戏，业已排定。第一夜李与童之《探母回令》；第二夜李演《论英雄》，童为"起解"；三夕，李为《赠绨袍》，童演"会审"，盖亦极一时之选矣。

（《东方日报》1940年8月17日，署名：唐僧）

瘦西湖饭局

　　昨天晚上，费穆先生与赵英才、金信民两先生约我在瘦西湖吃饭。留在上海的电影导演费先生，叫人看得舒服的一位，所以他来约我，我也要撑持了病骨去走他一遭。几位主人中，还有个童先生，我都不甚相熟，尤其赵英才先生还是初见，好在费穆先生是老友，席面上我放纵一点，他们会原谅我的。

　　我问起费先生，为什么会写一封信去向谭富英致敬。费先生说：那是在富英第一次演《战太平》之后，忽然受情感的驱使，不自禁地写了一封信去，待信已发出，忽然觉得多此一举，后来又接着看了他两次《战太平》，一次有一次的味道，终于觉得信是没有白写。

　　梦云也是被邀的一客，他很高兴的来报告我们说，潘玲九一夜做了三千元舞票，台子坐了二十二只，最多的一只是一千元。座上的人，都是肯替梦云竭力打算的，要替他计划如何能从潘玲九身上，而使上海电话购货公司，也占到一分利益。可是想来想去，终没有个两全之策，合座的人，无不为之惘惘。

　　子佩说起受了人家的恩，必须图报的话，听得我真是惭愧欲死。我是生平受恩于人最多的一个，尤其是死了的舅父，到他死，我也没有报过。在生者譬如子佩兄，几年以来，我受过他许多的照拂，可是也何言报过？他的话,不过是偶然而发的,在我听了,却有一种说不出难过的感觉!

(《东方日报》1940年8月19日,署名:唐僧)

包天笑望六

小时尝读教科书,有文曰《馨儿就学记》,作者为包朗生先生。初不知朗生为何人,及长读海上报纸,乃知朗生为天笑先生讳也。先生以稗官家言,著盛誉于文坛,偶为小品,亦复细丽如美妇人,尝读而好之。为报人七八年,识先生犹不过三四载,而先生已望六年矣,则精神犹佳,凡作书,恒为细楷,绝无一字改窜,其精力过人,于是可知,亦寿征也。战后,先生息影海上,不甚与笔墨亲,故海上人士之想望先生文字者,有如望岁。近经本报恳商,始允为《桃源艳迹》一书,将逐日付刊五六百言,以餍海上人士之嗜先生说部者,是诚本报之光,亦艺林之盛举也。

天香楼宴罢,与之方同行,至派克路始分道。之方坐一车返家,车过威海卫路马霍路口,其地光黯,黑弄中乃跃出三人,曳之方之车不令行,一人出短铳,威之方曰,我们是苦弟兄,请朋友帮帮忙,之方知其目的不过钱耳,惊魂稍敛,因出钱箧,畀以二十金。一人睹之方手上之表,欲为之方留,之方始扬声叱,三人惊而逸,凡此皆当地之流氓,于夜深时出以劫行人者。金风乍起,路贼横行,天寒岁暮时,将何堪设想?

(《东方日报》1940年8月30日,署名:唐僧)

忆 君 斐

予于星日访老友裔云,犹述及君斐,不知此铜栏杆内之读书种子,近状何若矣?君斐吴人,诗礼传家,其尊人亦宿学,吴瞿安先生为君斐姑丈,愚识瞿安,即以君斐介也。愚就业银行时,惟与君斐最莫逆,养病里门,君斐日必以一书至,慰吾病,每次假期,且来视疾,情分如此,叔范所谓又别当论之于师友之外者也。愚见君斐结婚,亦闻其夫人生育,而当其未婚时，与夫人论恋爱，夜深则挑灯作情简，其状皆一一在目前。惟其人终为书生，在职时以不善逢迎，恒郁郁不得志，比愚弃此金饭碗而作报人时，犹返顾君斐，意谓我此行诚不知所适，外子难求腾踔此中，亦其实难期。越二年，闻吾友外迁，时犹偶通音问，更二年，则消息杳然矣。得之旧日同事言，谓君斐胜蹈，主任而襄理，乃为之慰。愚见裔云之日，裔云亦不知战乱以后，君斐萍飘何处，不图后一日，乃睹其夫人讣告，始知君斐已远入川中。夫人方珍女士，字达逵，亦工文学，适君斐时，瘦甚，知其固不甚健康，与君斐之情爱殊笃，今客死异地，君斐之肠断可知。愚曩赴君斐家，夫人亲入厨下，留愚饭，亦如君斐之视愚为家人也。遥闻其耗，悲怆久之！

（《东方日报》1940年9月1日，署名：唐僧）

冬 郎 的 诗

刘半农先生，在生的时候，他最崇拜韩冬郎的诗。我以前也迷过冬郎一阵，差不多冬郎的诗，我可以背十之七八，这还在十五年前，如今记忆力薄弱了许多，要背，也只能背个十之一二了。前天看见别张报上，有人说起冬郎的一首《已凉》绝句，这位先生写了一大段赞美的文章，其实冬郎这首《已凉》诗，在全集中，是好得无可再好的一首，写香奁体，算到如此境界，才是圣手，无怪要叫后人传诵。自然大体讲起来冬郎的诗，是不免伤于纤巧的，所以也有人攻击冬郎，说他真辜负了他姨夫的一番厚望，而终不能成一大家。因为当时李商隐赏识冬郎，李商隐是冬郎的姨丈，他送过冬郎一首诗："十岁裁诗走马成，冷灰残烛动离情。桐花万里丹山路，雏凤清于老凤声。"可知他是如何重视冬郎，因为冬郎后来的造就，似乎还不够李义山的期望，后人便向冬郎加以非议，我却以为有《已凉》的一首诗，冬郎终是没有负了义山。

冬郎的《已凉》绝句，一共有两首，为人传诵的是后一首，那便是："碧阑干外绣帘垂，猩色屏风画折枝。八尺龙须方锦褥，已凉天气未寒时。"这二十八个字，不必讲解，要细细去咀嚼，没有一个字，不藏着无穷的神韵。我每年在这个时候,无论心境坏到如何地步,念到这首诗,胸脯间自然会舒展开来。我又会常常自己发痴,念完了这首诗,马上静默起来,好似对这位古诗人致最大的敬意。我要请一位写好字的朋友,替我写这首诗在立轴上面,则"已凉天气未寒时"的时节,挂在一间空屋里,不要任何布置,只要看诗,一定会发现眼面前,有一带碧色的栏杆,垂着的绣幕,猩色的屏风,上边画着梅花,而一张卧榻上八尺龙须也有了,方锦褥也有了,我想起意境的美,一定非此现实的美,所能比拟的。

(《东方日报》1940年9月13日,署名:唐僧)

儿时度中秋

今日为旧俗中秋,一年佳节,惟此为最。儿时,于下午四时,佐母烧天香,供月宫矣。香斗一,置于当门,桌上陈鲜果,是日吾乡居家,俱煮妙点,以毛豆荚与芋艿杂烧,又煮面,和以腐干、毛豆、菘菜数品,虽粗简,而为味无不奇美。殆凉月既升,辄与家人步于前邨,秋虫饮露,乃作娇鸣,其声调至悦人耳。夜渐阑,则坐庭院中,腹又馑,取陈面,啖之,而香斗一时不易尽。是夜,母勿令早睡,而共守于香斗之旁,视天上层云,笼月色蔚为奇艳,一若长空明月,以我家供奉一诚,即将锡福于吾家者,于是益不思睡。逾子夜,母且勿耐坐,则引火烧香斗,火炽,斗烬亦速,始收拾桌上供神诸物,登楼寻梦。明日,鲜果胥畀我兄妹,插香斗之旗于背项间,咿哑而歌,人谓扎靠戏不易动,其实予在儿时,固每当中秋后一日,必动一次靠把戏也。凡此影事,历历可念,弱冠以饥驱离乡土,每值中秋,羌无好怀,往事如烟,虽欲重寻而不可得,思之怆然!寓楼非广,神祀久虚,年来未尝烧香斗,故为吾子者,良不知中秋况味之好,固知烧香斗,看月光,似为闲常事,然以我例二子,则我之为福,二儿亦不易求也。

(《东方日报》1940年9月16日,署名:唐僧)

涤夷情怀孤介

涤夷情怀孤介,情怀孤介之人,往往赋性怪僻。往年,淞沪战云渐起,桥北之人纷纷移来桥右,而涤夷独于此际自桥南迁至闸北,复登一启事曰:"某不敏,窃欲与诸君子背道而驰。"盖欲身冒烽烟,为背道而驰之一句成语,下一注解,虽其僻如此,亦为时人传作美谈。近顷涤夷之办事处,自移去先生阁后,越数日,有人发其抽屉,则留数字于白纸曰:"涤夷尚在人间,书报请勿乱动。"观其语气一若涤夷此行,与人负气者,乃知若干时来,吾友曾未改其奇僻性情也。

一夜十一时后,坐人力车,车人行殊缓,疑其病,询之,则曰:自清晨五时,迄于此时,乃无片刻休暇。予因问曰:然则汝收入且大丰。曰:得八九金。问曰:汝车租几何?曰:一金。问曰:然则一家几人?食粮几何?曰:老少四人,食米每日一金,惟一日两餐,我早晨出门须买点心,费四角。予曰:日得八九金,汝当月有盈余。则曰:今日得八九金耳,恒时且不可有此数,明日中秋,我将得一日休憩,然后日之粮,又不可继矣。视车人之年既耄,颇不知老少四人者,老人或为其妇,少则不知何人。若尚为其儿子作牛马,则其情大可悯矣!

(《东方日报》1940年9月18日,署名:唐僧)

邻 家 女 佣

邻家佣一女奴,年才二十许,来二日,邻以其人未谙治事,遣之行,此奴闻言顿失色,又汪然欲涕。邻家人大讶,以为此地不留人,自有留人处,又何用戚戚为?无何,越旬日,吾家有人入市,时在下午,过牯岭路之净土庵,山梁队里,群雏乱飞,忽睹一女子,亦施脂粉,痴立街前,吾家人谛视其貌,则十日前邻家曾雇佣之女奴也,至是大为愕然,始悟当时之失色,与汪然欲涕之状,固为辛酸所凝结者也。殆此人自知其出邻家之门后,即将堕于地狱,坠入黑暗之深渊中,故不自禁其悲从中来。

嗟夫！女子可怜,欲以劳力而自保其清白,亦不可得,此乃何世？令人凄怆不已！

派克路、爱文义路之端,有一陋巷,湖园书场之后门,即在此巷中。予日经巷侧,每闻一片繁急之木鱼声,有老人坐巷口,夏日,黑衣而袒其胸,设一几,几上有香炉,插香梗盈于炉内,陈经卷。老人有长髯,亦御镜,打木鱼甚勤,诵佛亦虔,若干月来,颇不知此人是以佞佛为修行？抑以诵经为营生者？一日清晨,予见老人于巷敲木鱼矣,惟至傍晚,则不复见。又有一日,见其向天叩首如捣蒜,则厥状尤怪,不知所为何事矣。

(《东方日报》1940年9月28日,署名:唐僧)

康 又 华

眉子先生,于《秦淮红泪录》中,述扬人说书之康又华,气度既不恶,艺复可爱。按康曾一度来沪上,献艺于罗春阁,友人有为又华捧场者,尝印一特辑,索文及予,顾予始终未见其人也。读眉子之文,转使予对其人向往。一昨,灵犀亦有关于又华之记述,谓曾见又华开讲于爱多亚路之陋巷中,旋往觅之,则又不见。予尝驱车过卡德路,在小菜场之邻,亦一陋巷,夜深见巷外悬灯,灯下有朱地之牌,则为又华讲书之海报也。因驰书告灵犀,拟约眉子、小洛于晚饭以后,同访此落魄艺人,话前尘往事,料有低回不尽者矣。

一夜,童芷苓演《纺棉花》,予适以事抵电话与兰亭,兰亭欲请我看《纺棉花》。时方微雨,而人力车夫,又个个当大丈夫得意之秋,因戏谓兰亭曰:纵不要买戏券,然来回车资,恐亦与券价相等矣。兰亭则谓兄果肯来,我将以车速驾,所谓来回接送,不足,犹可以管吃管住也。兰亭笃于友谊,性极纯厚,与之交浅者,辄谓其人手腕玲珑,又以好为谐谑,视之犹戏台上之丑角,其实皆猜测其人也,譬如以接我看戏事言之,其待人之诚恳可见。

(《东方日报》1940年10月1日,署名:唐僧)

发 大 水

像前天那样大的雨,报上说为近年来所未见,我说好像我自到上海以来所没有见过。小洛说：下大雨是有的,没有见过下一整天,时间是太长了。我则说：下一整天雨也有的,从没见过一整天都是下的大雨,似溃决了江河一样的大,所以为我生平所未见。当天我是没有出门,第二天雨没有停,我为了不得已,也曾坐过街车,去涉过一回水的。爱文义路巡捕房一带的房子,都泡在水里,商店虽然开着门,鬼也不好进去,慢说是人。

在静安寺路上,抛锚的汽车里,都坐着些人,他们也泡在水里,进既不能,退又不好,我真替他们着急,除了光着腿下来,自己回去,简直更无其他出路。

也算是黄包车夫走运,公共汽车与电车才复了工,又碰着这场大雨,有人在静安别墅那里,叫一辆车子到麦特赫司脱路,车夫开口要一只洋,少了便不拉。这样看来,黄包车夫的好机会,"天做水"(此三字,为绍兴话,我明明听见绍兴人如此说法),尤胜于租界上交通罢工。

前一时,上海谣传要断水,我想这谣言一定已上达天庭,所以天上放这许多水下来,以苏民困。我因此在呆想,如果前几天真的上海断了水,那末这一天的大水里,上海是如何一种情形？

(《东方日报》1940年10月4日,署名：唐僧)

上 馆 子

今日上酒楼菜馆,无不售价奇昂。在百物腾贵之时,上馆子吃东西,本来要存心去受他一记,惟予以为华格臬路之锦江,最使人不能满意。当锦江初创之时,名其肆曰锦江小餐,小餐者,小吃也,顾名思义,其售价当比别家为便宜。乃开幕之后,便觉其心凶手辣,售肴之贵,当时且远在蜀腴之上。然其运道好,据谓曾受赏于上海之某某闻人,盛称其治馔不恶,故锦江座上,时有闻人之足迹,闻人府内,亦时唤锦江之菜,以为家宴。此言一扬,上海人便以闻人之胃口,为自己胃口,群过锦江矣,锦江之生涯乃大盛。生涯愈盛,规模益自小而扩大,售价亦并不以物价之高低,而自说自话步步趋升,降至近日,三四人吃一顿便饭,且非二三十金不可结账。此种辣手,惟有红棉、京华之类,以布置之斋皇华丽,客人还肯杭他一下。锦江初不以房间之广美为号召,亦售此巨价,无奈不近情理,而亦悖乎小餐之道。试看今日之锦江,其门面犹是一开间也,招牌尤叫锦江小餐也,不知者过其门,以为此中售价,必极平民化者,又谁知其唷人之甚。用记此篇,为不平之鸣,亦欲使上海洋盘读之,勿贸然上门,省得走了进去,铜钱不够,而走不出来耳。

(《东方日报》1940年10月6日,署名:唐僧)

打 油 诗 人

近来的报纸上,刊登打油诗,成了一时风尚,而作打油诗的诸君中,真有几位健笔,像李垚三先生、晚甘侯先生,还有一位银儿先生,他们不特擅词章之美,而出语亦非常风趣。我曾经写过一篇表示对于他们倾折的文字,同时也曾请他们少写"身边"的事迹,而多用些其他的题材,入于吟咏,一定可以使龚翁的《有感集》,不能专美于前。谁知我这几句话,使他们几位先生,大不满意。记得有位先生,还写了两句"卅二怀人诗读遍,'身边'绝艳够相思"的诗来示讽于我,那时已感觉非常惶悚了。昨天又看见银儿先生的一节文字道:"以遵大郎戒,不欲付刊报端,惟相传示而已,予偷偷录之,并和一章,下不为例,大郎先生请恕此一遭。"尤加为之汗颜无地。我虽然同某报的编者是老友,采用稿件,究竟是编辑行政上的事,我丝毫没有权力干涉的。我的要求几位先生,写一些减少身边气息的打油诗,实在因为太倾倒几位先生的清才丽句,私想把题材推广一点,一定更加可观,万不料会引起他们的误会,真叫我一直窘到了现在!这里我是特地为诸位先生,陪失言之罪的!

(《东方日报》1940年10月7日,署名:唐僧)

《倭　袍》

　　最近新华公司，摄成了一部《刁刘氏》。《刁刘氏》是一部弹词小说，名《倭袍》，也叫《果报录》，亦有称为《南楼传》者。从小就爱看这部书，觉得《倭袍》是弹词中比较修辞完美的一部，尤其好的，正是写王文与刁刘氏寻开心的几回，如"夜合""窥浴"，无不笔致动人。

　　《倭袍》的大致分别，是为唐家书与刁家书。唐家书牵涉朝廷政事，无甚足观，刁家书便专写些四个丫头，帮了少奶奶偷汉子的风流勾当，所以我看《倭袍》，也只看刁家书，而忽略了唐家书。走江湖的弹词家，弹唱《果报录》，也只拣刁家书唱，而不唱唐家书，所以书名也不再提起"倭袍"两字，因为"倭袍"是属于唐家的事迹，称为《果报录》，才应在刁家身上。后来索性叫做《南楼传》，那更是指明了刁家而言，及至上海戏场里排起戏来，直称之为《刁刘氏》，更是着重在这一个以情欲消遣光阴的妇人身上，于是"刁刘氏"三个字，多少年以来，一直红在戏场里。新华的《刁刘氏》，当然也是只做刁家戏，戏我没有看过，不知是不是也同《华丽缘》《玉蜻蜓》一样，照抄书上的故事为戏剧本事，而并没有为刁刘氏翻一翻案？记得从前有人为潘金莲翻案之后，又有个高明的先生，要替刁刘氏翻案，我一直替他担心到现在，不知他将如何落笔？因为刁刘氏的丈夫是个英雄豪杰，却不比武大郎的猥琐可憎，而刁刘氏的姘头，却是个现代老枪式的羸弱男子，既不同武都头之精壮，也不如西门庆之英俊。这样一个别有所好的女人，现在人要替她翻案，岂不要翻砸了的。

　　（《东方日报》1940年10月8日，署名：唐僧）

《海国英雄》

　　《海国英雄》第二幕，郑芝龙全家十一口，被博洛所执，至此郑始悔悟。当幕徐下时，芝龙举拳向天，长叹曰："早知今日，何必当初！"幼时读《随园诗话》,忆其中有讽某权奸诗二句云:"×××还得身自卖,奸雄两字惜种君。"予以为如移与平国公,亦殊贴切!

看《海国英雄》之夕,携闺中人同往,券为新艺剧社所赠,叨扰良多,应志感谢。闺中人胆小,每次开幕时之一记锣声,恒使其震恐。予笑之,其实予有怔忡之疾,亦未尝不嫌锣声稍响,特故持镇静,欲傲彼人以我为须眉耳。闺中人谓:此殆与文明戏同,予不然欲白其理。则又曰:文明戏殆随口说话者,此则有固定之台词。予始笑曰:卿已够聪明,能明乎此,为量足矣。我再要说下去,不免又要使你糊涂,彼人大恚。《海国英雄》全剧,第二幕最好,第四幕乃无高潮。然郑成功则在第四幕中,最有戏做,故刘琼演技之好,亦于第四幕始见之。郑瑜之歌,极清朗,亦极幽凄,可以赚人眼泪!

(《东方日报》1940年10月20日,署名:唐僧)

汪其俊三十诞辰

三日为汪其俊兄三十诞辰,至友举行公祝于红棉酒家,来宾百余人,占十桌。席终,友好复为清唱,由吴江枫兄操琴,在座之能歌者,咸须一试妙腔,以兰亭主持此局,兰亭点着谁,谁都不能规避也,虽女宾亦不能免,故中原、伯铭二夫人一歌《六月雪》,一歌《坐宫》之摇板。予老早便被兰亭看中,初拟与王廷魁兄,合唱《登殿》,不果,则独唱《珠帘寨》之程敬思,立于一茶几之前,似群芳会,为态甚窘。伎人圆珠老八,亦试一歌,甜润无比,相违六七年,此人之造诣如此,真可惊也。《殿》由兰亭唱两折,始尽欢而散。其俊平时,颇好友,乃有今日之局,凌剑鸣、唐宝琪二兄更不辞辛勤,为司招待,在在可以见友好真忱之流露。兰亭更大忙,一面招待,一面更施展其滑稽之姿态以悦来宾,尝于席间变戏法,见者无不诧为神奇。此人自有天才,戏馆经理不做,浴室老板不当,凭他这一副本领,一家数口无饿死之虞矣!

(《东方日报》1940年11月5日,未署名)

平 和 票 房

一夜,与兰亭、伯铭、福棠、其俊诸君,饭于新雅。出门,行经慈淑里,忽闻楼上有弦歌声,忽忆及平和票房,方老店新张,遂循声同往,至则元龙、筱珊、禾犀诸兄皆集于此。有一异事足述者,愚旅居沪上,若干年来,自未一入票房,不知票房之面目为何状。昔年,联馥移雅歌集于爱多亚路,某次彩排,坚邀予往观其剧,去则亦不过在楼下,未尝坐楼上也。若谓坐票房中,一二小时,到此调一段嗓子者,以今之平和票房,余余亦在。盖琴师来后,请来宾调嗓,伯铭首引吭,其俊继之,兰亭后余及尧坤复继之,气弱如此,歌不成腔,然调门与伯铭同其高下,因调门高下,与唱戏者之健弱初无关系,不然伯铭一歌,应弦声震耳,予必似既损之鼓打不出音矣。是夜,自平和而赴黄金,绍华来同坐楼上,观新老板与俞老板《连环计》之梳妆一节,旋独自离去。

(《东方日报》1940年11月7日,署名:唐僧)

神 经 戏 迷

前天夜里,卡尔登戏院,有一个座客,忽然从包厢里越到台上,跑到周信芳身旁,认信芳为师,他对信芳说从前在北平时候,曾经拜过你为先生,当时戏院方面,以此人扰乱秩序,将他送入捕房。有人说他是真真戏迷,连得把他神经都发生了异状,所以情不自禁地爬到台上,去同信芳说话。其情可原,其行为当然是不像一个神经正常的人做出来的。

从台下爬上台去的,从前刘喜奎与碧云霞二人,都受过这种虚惊,那种看客,便含有色情的成分,以此而施之于周信芳,那末此人是比较纯洁得多。

有人说:万一有人上台去对赵如泉说话,赵老板便会现抓题材,索性叫此人在台上做戏,决不致于使台下哗然,反而增添许多笑料。信芳却不肯这样做,何况他这天演的是亡国帝王的《明末遗恨》,更不能寻开心。更有人说：如果有人上台去拜望黄金大戏院的新艳秋，也许新老板会马上晕厥了过去的，因为新老板有心脏病，她经不起这样的惊恐，可是信芳虽然镇定，着生头里窜出一个陌生人在台上，还是他四十年舞台生活中方才遇到的一个奇迹呢！

（《东方日报》1940 年 11 月 17 日，署名：唐僧）

［编按：着生头里，意为突然。］

施 叔 范

施叔范先生，既自沪返乡，舟中遇盗，随身衣物，洗劫俱空，有乡人来，为老铁白叔范近况，惟叔范则绝无只字慰故人也。叔范在沪时，予尝代友人丐其作便面二，初以为匆匆归去，不及动笔矣，昨忽由龚翁转来，凡两件，一为予所代求，一则叔范书以遗我者也，大喜。扇皆录其近作，为绝句六章，殆为邓家庭院之植竹咏者，清灵婉丽，讵有抗手？文友中以诗鸣者匆多，惟叔范之造诣特高，其值得拜服者，亦惟叔范一人耳。

龚翁为尘无集遗作得诗九十余首，吞声小记二万余千字，以此付梓，亦有一厚帙矣，诗经叔范、禹钟校定，龚翁拟从九十余首中，更删去二三十首，存者不过六七十首。尘无生前，尝告龚翁谓与其多而滥，不如少而精，龚翁之所以更欲删去者，即尊尘无遗志也。此集为禹钟先生作序，翁则为其题跋，而命不佞亦致一言，亡友固厚我，我固不能靳我言，兴念至此，不待命予而已腹痛神伤矣。

访龚翁于厕简楼，方埋首刻金石，谢事以后，此公即以绝艺为养命之源，其清苦可知也。翁谓白蕉久不见，亦不知其行踪、近况何如？令人念念。

（《东方日报》1940 年 11 月 22 日，署名：唐僧）

小型报严肃化

最近有许多人谈小型报严肃化问题，甚为起劲，以至于大家动起肝火，入于所谓论争状态。我个人的观察，认为这是多事，我始终认为小型报不能太严肃化，小型报的立场，应该有它独特的风格，固然不能下三烂，专门登些诲淫诲盗的稿子去贻害社会，却也不能永远扮起了正经面孔，像大报一样，只是报导一些新闻与知识与读者而已。

我对于近年小型报的批评，自己也觉以为都不长进，我之所谓不长进，不是说小型报的不能如几家洋商报的立场前进，而是说小型报没有从前那样的讨人欢喜，因为我自己有一个牢不可破的成见，以为最好的小型报是要多登新闻而这些新闻都是珍秘的，不是大报所有的。试看近年来，哪一张小型报能称我心，而有似我所说的？有一家报纸，要我写些文字，我便时常供给他们一些珍秘的消息，然而编者却不同我的旨趣，将这种新闻稿不是留而不发，便是拿它凑字数，往往被排字房因字多而挤去，我才知道"同我"的人，现在是少了。

我不反对风冶的文字，自己也是喜欢写些风冶文字的一个人，不过不能太"恶形"，这类事如果写得穷形极相，也不好看，这等于参观"老枪阿荣"表演，秽亵且秽亵了，究有何味！

（《东方日报》1940年11月27日，署名：唐僧）

我不唱高调

曾经有位朋友，一本正经的来劝过我叫我把写在报纸上的东西，稍为严正一点，不要太任性，想写什么，便写什么。我当时颇为领教，后来再想想，我本身是个没落分子，硬要把笔调改为前进，那是唱高调，唱高调不要说在文艺上失去了价值，知道我的人，一定会厌弃我说道："这小子不知什么时候，学会了一套官话，在报纸上打起来了。"岂不白白要叫人家背后奚落？

我是一直在这里私忖，像我这样的人，就算不错的了，要我学坏，我还有良心，不肯去学，要我前进，把吓坏人的巨大责任压我肩上，要我力负而趋，我也干不了，反正我是这样一个，如果说还有什么罪孽的话，那是活该。近来看见同业某君，被唱高调的朋友，打一记闷棍，你要对他辩白，说得舌敝唇焦,他的回报你还是一记闷棍,岂不要叫人活活气死?这都是某先生的多事,只要我自问是不错了,管他旁人的批评我的是怎么样。

隔夜,我白相过跳舞场后,第二天在报上写的是前进的文章,这种言行不一致的事,斩了我,我也做不出来,所以,我终于把朋友劝我的话,承认是良友忠谏,而在我事业上,却没有改变了我的作风。

(《东方日报》1940年11月28日,署名:唐僧)

朱其石招饭

前天,朱其石先生招我吃饭,我因为近来不大回到寓所,接着,那张请简,已经过了日期,所以没有应命。朱先生是我的老友,他又深知我者,想来会原谅我的荒慢!后来晓得朱先生亦举行个展,日期是十二月七日起至十三日止,地方是大新画厅。

朱先生画得如何好法,我是十足门外汉,无法去称扬他。记得前六七年的一个夏天,我同逸芬两人,住在一家逆旅里,朱先生来找我们闲谈,那时他好像还没有到过黄山,而游过了浙东,他和我们谈起浙东的风景,尤其雁荡,在他口头上的描绘,真使我神往不已。我当时便认识朱先生,以为这一个画家,画山水一定是大手笔,因为凭他的口述,现成是一幅有写实有意境的好画,似这样胸罗丘壑的画家,泼墨于纸,自然尽是云烟了。

我到过嘉兴,同浩浩先生参观过括苍山房,这是朱先生的画室,看过朱先生调水匀色时情形,知道朱先生对于绘事一向是深致心力的。

我得到过朱先生的两方石章,写字与金石,都是朱先生的余技,说得酸一点,正可以称朱先生是擅"郑虔三绝"呢。

(《东方日报》1940年12月3日,署名:唐僧)

朱其石画

朱其石亦有心人也,此次出品,除黄山写生及其他记游诸作外,亦有表章正气之件,感时忧世之深心,或见于丹青,或铭于山骨,诚如陆放翁忧国之作、刘后村感旧之诗,无不忠义愤发,使人猛省,仅谓风雅,实浅视之矣。兹记若干节于下,曰:"高楼日晡图,拟张夕庵画法,卷帘高楼上,万里看日落,昔人有绘登泰岱日观峰者,今戏取其意,写日晡图,适充光仁棣,有仰光之游,即以赠之,聊壮行色。"又曰:"芳草中原路,斜阳故国情,此文信国句,予最喜写之。"又曰:"墨兰一丛,宋郑所南精墨兰,自更祚后为兰不画土,根无所凭借,或问其故,则曰:地为人夺去,汝犹不知邪!己卯秋日,写此以励世人。"又曰:"读放翁集,余最爱其'好山遮尽君无恨,且作沧溟万里看'句,兹拟清湘法写之。"又曰:"写吴子孝词境图,天上浮云,山前明月,只在云深此,此明人词也,客有妄谈国事者,写此示之。"

(《东方日报》1940年12月4日,署名:唐僧)

电台女报告员

无线电台的女报告员,曾经轰动过一时的有位唐小姐,后来有许多人的报告,都学这一路作风,听众都称之为唐派。专为三友药品广播的报告员,姓什么,叫什么,我都不得而知,此人也自有一种韵味,据听过唐小姐的人说:此人也是唐派,她的妙处,在落落大方中,脱不了娘娘腔。曾经有许多听众写信给她,称美她的报告好,她在电台上,也会把原信播送出来,如信上说"每次听你清声妙语,神驰左右",她念到这里,一定会接着说:"喔唷唷,勿敢当勿敢当,我是勿会说话个,还要请先生随时指教。"她的妙,就妙在夹叙夹议,而口气不脱女人本色。

最近又有一位崛起的人才,是陆剑秋女士,她有清晰的口齿,音调要比上述的那一位来得柔软,而风趣过之,一个人在夜静时听她在无线电机里的娓娓妙谈,真有"划梦搏魂"之效。据说,听众疯魔她报告的人,多如恒河沙数,什么好节目,都被这位中西电台陆小姐扎去了。有人说:陆剑秋是超越唐霞辉而上的一位人才。

(《东方日报》1940年12月6日,未署名)

《世界儿女》

民华影业公司的《孔夫子》影片是已经摄成了,接着预备拍摄的是《世界儿女》,他们在招聘《世界儿女》的演员启事里,对于摄制《孔夫子》,有"《孔夫子》一片,为民华创始之作,兢兢业业,郑重将事,区区微忱,谅为社会人士所洞鉴"几句话,着墨不多,而令人已体会到他们的苦心,在这电影事业混乱风气的时期中,民华之所贡献与吾人者,是足够叫人心目俱爽的。

一夜,在银都席上,遇见了毛羽先生,他告诉我说:费穆真是怪人,他预备摄制的《世界儿女》,全部演员,都用生手,曾经当过基本演员的一概不取,要澈底"澄清",是应该这样做的。

接着这个消息而来的,我们又在电影刊物上看见《世界儿女》的导演某西人,他却看中了白云。白云是老于此道,我们不但闻名已久,而且见面亦多,常看见油头粉面的在跳舞场里跑。然而外国导演看中他,为他"精通英语"而我们听见这个消息,却有一种感想好似一瓯清汁中,浮起了些许渣滓,故请民华公司还是郑重到底。

(《东方日报》1940年12月11日,署名:唐僧)

张 陈 论 争

张若谷与陈灵犀之论争,张出之以谩骂,陈则一味宛转陈词,似必欲张谅解其苦衷者。先是,陈以张所著某篇文字中,不以小型报列为文化界之一环,略而勿言,因撰述一文似向张有所声明,张随之以毒骂。陈乃续撰《若谷先生有道》一文,长数千言,初未尝对张有所忤犯也,不图遭张又是一场臭骂,口吻更为鄙劣,从此滔滔泊泊,不是对陈之嘲讽,即对小型报记者,施以轻侮,形同疯犬。其人其事遂为读报者所鄙薄,柳亚子先生,本与若谷善,因此亦深恶其态度之勿良,致书与张,示绝交谊,或谓张陈本友善,而张之所以衔陈于刺骨者,则以陈君文中,用一

"嘘"字,张读之伤心,以陈实揭其痛疮也。盖鲁迅生前,曾以嘘字詈张,谓张实"连嘘都不值一嘘"之人物耳。陈下笔不慎,触其疮疤,于是日日骂之,骂陈而不足,更连累侵及全体小型报记者。独怪为小型报记者者,未尝有一骂还之,任其猖獗,真百思不得其辞。

(《东方日报》1940年12月14日,署名:唐僧)

米高美舞厅

在米高美小坐,此为开幕后第一次来,舞场极高敞,灯光亦调和,使人久坐勿倦,予等至时,茶舞时间未散,座前诸舞人,虽不获举其名,而丰肌健骨,尽饶风华。许久勿出来看看女人,一旦坐于绮罗队里,遂觉眼前之婴婴宛宛者,无勿悦目。主人郑伟显先生来同坐,为述筹备米高美开幕之经过甚详,颇佩其才干之丰,魄力之厚,宜二十许人,已称雄于海上市楼间矣。

久不见冒孝鲁先生诗,往时先生时以其所作见示,工力之外,更饶逸韵,如皋冒氏,世代书香,及孝鲁、舒湮,犹能续其门祚,至可喜也。予最爱孝鲁有纵笔三首云:"艺术常随时代异,别才孤抱自家珍。旧瓶新体宁佳喻?冥坐行吟句有神。""漫言手口不拘牵,今昨交攻益可怜。谁会维摩禅外趣?无言欲契太初先。""文字传声真挈末,虎贲貌似失中郎。睨天掷笔还真我,独立苍茫看鸟翔。"

(《东方日报》1940年12月15日,未署名)

戈胡即将合展

朱其石之个展既闭幕,继之者为戈湘岚、胡也佛两先生之合展。湘岚为戈公振先生介弟,与也佛并以绘画名手,驰誉当世。湘岚工作马,也佛擅写仕女,予尝识二君于慕老席上,湘岚恂恂儒雅,也佛则极寡言笑,其为艺术家之气度,两都不恶。是夕戈以其作示席上诸君,皆马也。马肥瘦不等,有肥似梦云,亦有瘦若听潮,而死活亦分,其徐行于青草岸上者,是为死马,驰骋于山岭水涯者则为活马。有人牵一马,此为拉马人,拉马人之面孔长而窄,不似西风,否则又为梦云笔下,调弄不肖之材料矣。有人站于马后,为拍马人,拍马人手脚有不可安放之苦,额汗涔涔,为状甚趣。总之戈君笔下自有妙绪,特以吾人测之,以情理之外,为趣尤永。

近顷友人嗜购书画者甚众,或谓买书画宜藏古人作品,亦有主张专搜近人手迹,以古人作品多赝鼎,近人总是真货。读者嗜近人书画者,不可不一见戈、胡二君之件,盖为必传物也。

(《东方日报》1940年12月16日,署名:唐僧)

雅　　俗

年来春江游艺,申曲与的笃班之风行,真有吓坏人之概,惟其极度销沉者,则为苏滩,试观朱国梁之改为独脚戏,庄宝宝纵有殊色,亦不足恃吴歙歌赡其生,而改业货腰皆其例也。或曰:苏滩之所以失败,原因在台词太雅,不比申曲与的笃班之通俗。顾闻近日之申曲,其腔有袭用苏滩者。一夜开无线电机,闻有人播申曲之《戏叔》一折,即用苏滩曲调也。苏滩中本有《戏叔》,上潘金莲,其唱词之头一句,为"枉作人间七尺躯",此七字真类近体诗,又如何能令乡曲鄙夫,可以听懂？而为申曲人所改编,于是武松口中,遂有"嫂嫂啦,侬哪能勿怕难为情",其雅俗之别如此,欣赏地方戏剧人之程度如此,苏滩之没落为意中事矣。朱国梁有志振兴苏滩,然有此言而未见力行,非今人不尚高雅,故振兴云者,亦殊难为计,此子遂一愤而唱其独脚戏矣。

(《东方日报》1940年12月17日,未署名)

急　景　凋　年

一天一天入于急景凋年的时候了,蝶衣兄说:今年不比去年,所遇见的朋友谁都不比去年那样高兴,譬如去年这时候,大家都在兴高采烈的预备唱义务戏,今年虽然也有人这样说过,可是不久便沉寂了下来。

自然,我们朋友中没有暴发户,也没有人囤积过几百担米,眼看米价一天天高涨上去,真生活嘘,连养命之源的吃饭都要吃不起,谁还有闲情逸兴来干这些写意的事呢?我是算得知命的达人了,可是今年却也觉得此命之不易知,平常朋友比我活得落的,尚且在叫苦连天,还有些比我推班的,自是更不可细说了。有人还是问我,你的《群英会》还唱不唱了?我没有话回答人家,只是苦笑,因为在这一向之前,有人来告诉我,说到年底,米价还要涨,煤球要十几元之一担,再想想全家十余口,叫我文不能诈欺取财,武不能放火打劫的人,如何去安顿他们?还有什么心思吃自己豆腐?

(《东方日报》1940年12月18日,未署名)

沈西苓逝世

重庆传来噩耗,说沈西苓先生,因病逝世,使我震惊了许久。我们自从与沈先生分别以来,有四年了,虽然平时没有书信往还,我却对于这一位有学识有艺术天才的电影界朋友,时常致其怀念之忱!

我同沈先生的订交不知哪一年的事了,看看他是貌不惊人,身材短小得一点点,面孔是黝黑的,头发永远蓬乱的,又谁知他各方面都有很深的修养呢?当时我们常常见面的,西苓之外,有东山、应时、楚生、师毅,诸人之中,除应时经商外,其余几人都在内地干他们原来的工作,而西苓不幸,第一个"赉志以终"了。

上海人得到西苓的死讯,无不同声悲悼,在报上看见有人负责为他开个追悼会的定三种办法,第三种办法"以沈氏最后作品《十字街头》,接洽戏院公映"这似乎太轻而易举的了,谁知报上说惟有这项办法,略有问题。因为《十字街头》影片,目下无现成拷贝,如欲重新翻印一部,势非两千余元不可,这是关于电影公司的事。做电影生意的人,惟利是图,要花了两千块钱,为追悼一位导演的本钱,他们的算盘是打不通的,因此便"略有问题"了。

(《东方日报》1940年12月21日,未署名)

《孔夫子》公映

民华公司的《孔夫子》,下了绝大的资本(《孔夫子》一片的成本,好拍平常民间电影六七部),费了最多心血,如今在金城大戏院公映了。我们没有看影片之先,看到民华的那一册特刊,和公映以前报纸上所登的广告,在在可以知道他们的郑重其事,和丝毫不苟的精神。

二十日那天,是《孔夫子》公映的第二天,我正在怀念着费穆先生的辛苦,而忽然接到他一个电话,约我看戏。看戏之前,我们还在红棉里吃了一顿饭。见到费穆先生的时候,他是两夜没有睡,一天没有吃饭,可是精神依然爽朗,我不知该用什么话去慰问他,我只有肃立着表示我对他的敬礼。他诚恳地告诉我,找你没有别的事,我希望你去看一看《孔夫子》。我说:我本来要去的,我纵然发罚誓过不进电影院,《孔夫子》我却不能不看,因为这是我一个知好朋友心血的结晶。费先生一手拿了酒杯,一面讲述了关于《孔夫子》摄制以至于完成后的许多话,把听的人都给感动了。自然,这里是免不了有他一分萧骚之气的!

(《东方日报》1940 年 12 月 22 日,署名:唐僧)

小型报的责任

很多人都说,要把小型报严肃化起来,我则以为小型报可以严肃化,同时也不必严肃化,严肃化与不严肃化不过是主办人所取方针上的不同,与小型报本身的评价,没有什么出入的。假定我是做小型报的主办人,我一定把小型报的内容,放任得仅仅做读者的一种消遣品而已,决不侧重于意识上的严正。我的意思,以为小型报的责任,不在乎此,假使如是做,便似戏班里"越行"一样,为了求学识上的进步,为了求正义感的文章以激励精神的刊物多得多,为什么一定要求之于小型报?

我相信我们同业中,真有聪明绝顶的几支好笔,昨天偶然翻了翻上海所有的小型报,看见有一篇文字,题目是《大面》二字,内容是说:"一夜朋友喊某某老九的堂差,唱了一段,老九说我们家里还有一个大面,说罢,朋友失笑,我问他为什么好笑?朋友道:你看老九的面孔,已经大得可以,他家里还有大面,走出来岂不要吓坏我们?"这是多少轻趣的一段事实,我看得也笑了。所以我说:一面力求小型报严肃化,一面却也不可偏废了轻松风趣,譬如上面这一节醒脾的文字。

(《东方日报》1940年12月23日,未署名)

圣　诞

一年三百六十五天,那一天不好开心作乐,一定要乘耶稣圣诞才去狂欢,与耶稣既面不相识,与圣诞老人,更是素昧平生,所以逢到这一夜,我们有几个同志,打定主意,不去凑热闹的,不要说今年,到了这一夜,也是老早回府。有人说,你们在舞场里,没有要好的户头,所以际兹令节,不必前去报效,不然,实在逃避不了的。我想了一想,姑且当他这是一种理由。

前天晚上,同翼华两个人,谈到九点钟,各自回去。已经把衣服脱下,忽然窗外传来一阵繁响,细细一听,原来是弄堂口教堂里的人,点着灯笼,不知为了何事,一路歌咏《圣经》,游行到弄堂里来。我推窗望见下面这一群,他们真是虔诚,在庆祝圣诞,我这才省悟到宗教的伟大,看了这一幕比我看了一天新闻报上跳舞场的广告,要有意义得多!

(《东方日报》1940年12月26日,未署名)

橱窗中的《文曲》

前年,予尝辑《文曲》一种,盖文艺与戏剧之综合刊物也。当时选稿颇精,乃为友人所激赏。昨日与培林、龚翁两兄行于三马路,过某书肆,见橱窗中尚列《文曲》数册,以待售者。培林大笑,谓大郎之出版事业,犹垂于今日。予谓兄固珍视故人之心血者,宜易之归去,此盖已成海内孤本矣。

《碎琴楼》一书,在商务出版,已六版而辍,近闻蝉衣曾在商务买得一部,则已经七版矣。书此数言,请嗜何诹文笔之诸君子,勿失此机缘,予并非为商务拉生意,特以太爱《碎琴楼》文笔之美耳。

民华影业公司,将治一章,而丐请龚翁先生奏刀。民华无事不讲究,此事细微,亦必求之名手,精神如此,又安得不为我人重视。

胡梯维太夫人,于二十五日晨一时仙逝,今日在武定路安乐殡仪馆大殓。梯维纯孝,遘此大故,哀毁逾恒,兄治钧,方在川中,不及奔丧矣。

(《东方日报》1940年12月27日,未署名)

晕 角 儿

一天在卡尔登楼上,百岁的琴师刘文甫君,正在为翼华调嗓。信芳先生忽然上来,听翼华吊完了一段,笠诗要我也来唱几句,笠诗的意思,要我在信芳先生面前,布鼓雷门,一定会使我弄僵了的,其实我在信芳先生面前,不是没有唱过,再说得"海外"些,还与他同过台呢。不过我近来好久不上弦了,嗓子枯涩得什么似的,唱起来,力竭声嘶,势所难免,我就这样推辞了。文甫却认为不可,他说我是"晕角儿"。"晕角儿"三个字,相当陌生,我于是问他什么叫晕角儿,他便告诉我说票友在角儿面前,张不了口,北方人便称之为晕角儿。这三个字我委实没有听说过,我相信北方有许多土话,真是耐人寻味。在朱瘦竹先生的剧话,常常有得引用,这些土话,颇能帮助朱先生文章的美丽。我想晕角儿三个字,朱先生是一定晓得的,其他的评剧家,便知道的很少了。

(《东方日报》1940年12月30日,署名:唐僧)

怀素楼缀语(1941.1—1941.12)

出差汽车涨价

　　出差汽车,自二元七角,涨至三元六角。在二元七角时,坐车者,付以三金,以三角为车夫酬劳,今增至三元六角,坐车者付四元,以四角另奖车夫。予故谓云飞、祥生之涨价,设想周全,意者,下次再度加价时,殆为四元五角,则坐车者付五金,可以五角为车夫奖金也。

　　除夕夜,据报青鸾先生家,已在辞年矣。是夜谈于卡尔登,翼华、笠诗,同谋造青鸾府,吃年糕汤,以书先容,书为翼华起草,下署者尚有天厂、信芳、百岁、熙春诸人,书曰:"闻尊府于今夕辞岁,同人等拟午夜奉访,同伸庆贺,随带花牌一副,聊尽招财进宝之意。际此物价飞腾,万勿闻风预备,过事糜费,第须白鸡一碟,糕汤成锅,已叨嘉祝。又闻府上囤粮,高及唐君楼板,是则同人等所需,不过太仓一粟耳。"翼华雅擅文才,此简正复可诵。青鸾得书,仓皇驰至,力陈今夜并非辞岁,又谓予连囤粮事亦属讹传,有之,亦仅担余米耳。予固谓高及楼板,岂予老眼已花,遂不识高低耶?

　　(《东方日报》1941年1月5日,未署名)

怕 坐 飞 机

　　大华大戏院,我到如今还没有进去过,这不算希奇,听潮连大光明都没有进去过,那末其孤陋的程度,比我更甚了。天厂居士远游的前一天,他说在上海住了三十几年,跑马从来没有见过,逸园与回力球,更不用说了,这也是罕闻的事。近年上海的新鲜玩意太多,对看跑马已感不到兴趣,不过在从前,跑马也是轰动上海的,我所奇怪天厂的,在十廿年前头,他也没有看过。

天厂在这一年之内,坐过飞机在十次以上,这一回他的夫人也尝试过了,我问他夫人坐飞机的滋味如何?她说,比坐汽车舒服,从上面看到下面,绿的菜,青的山,都是妙境,所差一点的,两个耳朵要塞没而已。我自忖,这一辈子飞机是不会坐的了,连旅馆的阳台上,立了些时,也会吓得我脚软。记得有一次在卡尔登看戏,坐在包厢里,望望对过那只包厢,挤满了人,看上去,似乎摇摇欲坠,后来我所坐的包厢里人也来得多了,我自己有些害怕,便悄悄地走开了。这种现象大概是一向神经衰弱的征象,这些毛病,负在身上,坐飞机的福分,怕是轮不到我了。

(《东方日报》1941年1月9日,未署名)

《西施》广告

新华的《西施》广告上,引用前人的诗"若论破吴功第一,黄金端合铸西施"之句,这首诗出何人手笔,我不得而知。不过我在《随园诗话》上也记得两句,叫作"争及当年吴市贱,一钱便许看西施"。好像是袁芗亭作的。芗亭在苏州作了一回冶游,所费不多,所以他得意起来,作出这两句被乃兄激赏的好诗。昨天我们也用得着"一钱便许看西施"的这句诗来,新华当局,发出请柬,相邀文化界人,前往新华制片厂去参观试映。请柬上书明在三时前齐集于共舞台,然后一同出发,时新华叫了一辆客车,把参观的三十余人,管着迎送。我是带了惠明一同去的,从家里坐了人力车到共舞台,花了一元大武,便看《西施》的试映。眼前的一块钱,也不过袁芗亭时代"一钱"而已,所以我说"一钱便许看西施"。

新华自从在丁香花园设立制片厂以后,我从没有到过,西湖博览会时候,也未曾去看过。其实我到这里来时,还不是丁香花园时代,而是大沪花园辰光,这是几年前的事了。今日到此,此地已经成了张善琨先生事业的泉源,那是何等值得欣慰的事呢?

(《东方日报》1941年1月10日,未署名)

广告里的俗语

用常言俗语,搀入广告里以引动读者,是以共舞台广告始,而从此效尤者,实繁有徒,然邯郸学步,终不免贻人以笑柄。譬如共舞台描写其开打之精彩,用"杀搏结棍",此常言俗语也。又如形容其顾客之盛,而用"轧得十十足足",亦常言俗语也。此种字眼,纵使对于上海俗语未尝谙习者读之,亦能望文知义,顾效之者,往往有不伦不类。尝见某舞场之广告,盛称其舞女阵容之整齐,乃用"本场舞女,个个都是弹眼落睛"。见之,辄不禁绝倒,"弹眼落睛"固亦上海人之常言俗语,其意殆指物事之光鲜者,称为"弹眼落睛"。然窃以为此四字不可用之于舞女身上,读者试思,舞女而弹其眼,又落其睛者,此人已变为魔鬼,岂有不要吓坏人邪?故有许多俗语,平时在口头上用之,非不适当,若一经表现于文字上,便越看越不像样,此其例也。

(《东方日报》1941年1月12日,未署名)

《碎琴楼》

因风阁主人,最近读过何诹先生的《碎琴楼》,在他随笔里,有过几次叙述,他似乎对这部书,没有什么好感,所以有"不过尔尔"四字,算是批评《碎琴楼》的了。我在十五年前读着《碎琴楼》,当时对于何诹先生的一枝妙笔,着实心醉过一阵,便没有再看见过何先生其他的著述。我之所以注意《碎琴楼》,记得是在《小时报》上读到张慧剑兄一篇介绍《碎琴楼》的文字,他说他看见《碎琴楼》,还是登在《东方杂志》里的,后来才由商务发行单行本。慧剑又解剖了何诹的字,说何诹与林琴南同是得力于《史记》与《汉书》,同时也把《碎琴楼》里的许多警句,摘录了若干段,又颇想过作者是怎样一个人物,是怎样的身世,我都记得很清楚。

我读过不少林译小说,然而读了《碎琴楼》后,觉得文章的出处,是一个锅子里的东西,要论到质地,那末《碎琴楼》更比林译的笔致来得细腻,来得洗练,我却不知道因风阁主人,他对于林译的东西,是怎样表示的?如果说林译的东西,根本不足称重,那末何诹也就不必说了;如其说林译在文学上自有价值的话,那末何诹的《碎琴楼》,也就不能鄙薄它了。我讲的是林、何两氏的文笔,至于小说内容,又当别论。

(《东方日报》1941年1月15日,未署名)

包 公 超 画

月初,包小蝶兄以书来,谓湖社有一书画展览会,而有包公超先生之作品。先生即小蝶尊人也,予读先生画已多,山水之明丽,绝似出闺彦手笔,不信其出之六十许老人腕底也。先生精力弥健,蛰居海上,以泼墨自娱,熟人求其绘者,无不立应。予虑先生或惮劳,至今不敢请,小蝶昆季,有时馈亲友礼仪,辄烦先生作一图,得者有拜贶弥珍之感。湖社之展,愚阻于事,比及愚见小蝶之简,已逾期,遂不果往,念之怅然!

予看《孔夫子》,不及十之三四遂离座,此心耿耿,其实难忘。昨夜一夕未成眠,就灯下治稿,今日下午,犹不就枕,则衣外行,邀闺中人俱。渠固已看《孔夫子》矣,女人谓片很深,不辨其理,似勿耐,强之,勿欲拂吾兴,故偕往。片终,愚之所能言者,亦惟画面之好看,而导演精神,亦能于全片布局中,可以窥见,夫影片本身之叙述史迹之理论,将不能致一词。报间述《孔夫子》之文章,读不胜读,回思所见,正多强作解人之谈,要亦都非知言耳!

李宝森律师言,赴特一法院出庭,每经过偷鸡桥,有一酒肆,肆内挂一招牌,写"飞觞醉月"四字,作篆文,望之"觞"竟似"肠"字,而"月"字写成"肉"字,于是竟似"飞肠醉肉"。李律师又言,肠飞肉醉,其气象之可怖何如!

拉拢舞女手腕之高,应推仙乐舞宫。平时,谢葆生先生,恒令其家厨制美肴而送至舞女家中,请以佐餐,优礼如此,遂使海上红星,闻风来归,倘亦舞海之佳话欤?

(《东方日报》1941年1月17日,未署名)

《万岁》杂志

冯梦云兄之电话购货公司,近忽大卖其灰色草纸,说者谓,冯兄从小欲靠尊臀吃饭而不可得,及至中年,乃靠揩屁股之用品而逐什一之利,其慰情聊胜之概,可以想见。梦云自言其公司因灰色草纸之畅销,因此门庭顿盛,尝自己入草纸厂,又尝于深夜督工役搬运草纸。人生不能白相钞票,而白相草纸,其为苦命,亦可想而知!近者,梦云又将出其余绪,发行杂志一种,初拟名其书曰:《万岁》,丐粪翁书眉。翁书作隶字,写"岁"时似"盛"又似"茂",梦云以为万盛万茂,像米店招牌,又类酱园字号,故不用,然又不便请翁重书,患翁将勿悦也,于是改为《万象》,白之翁,翁果又为书"万象"二字。《万岁》以前有此杂志,《万象》张光宇亦曾用作画报之名,然梦云皆不顾,以为"气象万千"皆吉语,故用定了"万象"矣。多承不弃,亦要予写作。书由陈蝶衣兄主编,蝶衣谓生平未曾编过杂志,此犹破题儿第一遭也。予则以为蝶衣经验宏富,自能胜任愉快,惟梦云为老举,恐吃此人之饭不甚容易耳,其他倒没有什么。

(《东方日报》1941年1月18日,未署名)

老 读 者

有一位小型报的老读者,去访梦云,据说十年来,他始终不断地留心小型报上的文字,因此与小型报的执笔人,虽然素未谋面,然而对他们的性格行动,都认识得非常清楚,尤其是写惯身边文学的几位。他说卢一方先生在一个月之中,关于他对写作如何厌倦,文思如何不畅,或者是嗟愁穷困,至少有两三次要写,然而于嗟愁穷困的尾巴上,一定要说出他虽然穷不聊生,而游宴之乐,依然不减。其次说到陈灵犀先生,有时所写时髦化的正义感文章不谈,他好像是位多情种子,时常传述一些儿女私情,明明是他本身所做的事,而陈先生偏偏欢喜把局中人化名,化名还不止一个,有时候化上十个廿个,其实这十个廿个大男主角,就是陈先生自己,在历来看惯小型报的人,固一望而知,正也不会被陈先生瞒了过去,所以陈先生尽管去化名,老读者马上可以指出此是谁,彼是何人。再其次说到了区区我,他说唐先生不似一方先生的嗟愁穷乏,也不似一方先生那样时常感慨着文思不畅,可是他稿材的缺乏,在他文字中常常可以看出来,不过唐先生是不说在嘴上,不写在笔下,他却一味的敷衍塞责,一味的拆报馆老板的烂……不说下去了,再说下去,我这口饭,怕要没人来挑我吃了。最后,这位老读者说到了冯梦云先生,他对冯先生最表同情,说冯先生运气不好。梦云说到这里,却不把运气如何不好的道理说出来,大概他也肉麻当有趣的跟着自以为他是怀才不遇了,阿唷!

(《东方日报》1941年1月19日,未署名)

抛 顶 宫

襟亚阁主说:路上碰着抛顶宫,惟一的办法,只有追,一面追,一面嘴里喊,谁能夺回吾帽者,赏洋五元,或十元,重赏之下,必有勇夫,说不定会珠还合浦的。记得红豆主人,十年前戴了一顶丝绒帽,坐黄包车走过跑马厅路,一个抢帽贼,把他的帽抢去了,他也下车追赶,追到弄口,明明看见那贼还在前头奔,而手里的帽子却不见了,他想如果被我扭住,也没有贼证,官司也打不起来,只得废然而返。可见抛顶宫的贼,在下手的时候,必有同党,所以便是追他,也未见得没有损失。

今年抢帽子之风大炽,赤翁走在吉祥街,接连碰着三次,因为他把帽子套得紧,所以不曾失去,然而在一个月以内,已经抢去了三顶。这一天,他有了戒心,特地把帽子套牢,所以他们无法可逞。他对抛顶宫的贼,恨之刺骨,说有一天,被我生擒一个,我岂止要打他,我要咬他。

抛顶宫的滋味,我已尝过,今年所以不想戴帽,损失一只帽子事小,吃一个惊吓犯不着,只得对不起我的头颅,还是让它多吃一点西北风吧!

(《东方日报》1941年1月23日,未署名)

除 夕 剪 发

废历除夕那一日,早上起来,拢起了火,把房间的温度,提高到八十度,洗了一个澡,这也是未能免俗。照例这一天还应该剃一次头,可是我的头,在两星期前,朋友要好,带我到华安去剪的。我大概要隔一个月剪一次发,这一回才两个礼拜,望望自己头发,实在不长,刮刮胡子,也可以了,谁知我们这位太太不答应,非要我再理一次,争执了多时,我负气出门了。到这天,我出版事业的账,还没有收齐,倒不是忧虑自己家里的年,不能过去,皆为有几笔要紧债,没有还,觉得非常愧疚,所以心境十分恶劣。后来遇见笠诗,他要到吃过晚饭去理发,我想跟他一起去,却打听得他理发的地方,是白玫瑰,我嫌其脂粉气太重,所以没有同他一起去,只得再回去。太太见我的发,依然没有理,大不高兴,说了几次,而天雨正甚,我气不过,叫娘姨就在弄堂外小店里去喊一个理发的来,居然在十五分钟内,把我的一头青丝剪过了,付了他两元。此人走后,我在镜子内照了一照,毛病百出,后面七高八低,两旁鬓脚也是没有修齐,前头还被轧剪轧去了一丛,剪了比不剪还难看,太太也生气了,要此人回来重剪。哪知道个王八的他知道拆了烂污,死也不肯再来见我,我也想让他去吧,留这个神气,得老婆下次不再迫我理发也是一桩好事。

(《东方日报》1941年1月30日,未署名)

钙 奶 生

在除夕夜里,为了理发,几乎与夫人失欢,同时又为了钙奶生的一份传单,又几乎伤了我们夫妻的和气。她在一两个月以内,快要生育了,生育之前,为了哺乳问题,同她已有几番争执,她怕奶妈糟蹋小孩,自己又不愿意喂乳,所以绝对主张让婴儿吃代乳粉。我呢,知道代乳粉价钱太贵,养一年孩子,仿佛家里负担一只老枪,于是把所听来吃代乳粉的流弊,都讲给她听,而母乳对婴儿的如何有益,期望她答应我肯自己哺乳,好省我许多开销。因此在我的笔记里,也把代乳粉与母乳的利弊,叙述了一下,而牵涉到了钙奶生。她看见我这一篇文字之后,似乎有自己哺乳的趋势,我也颇为高兴。谁知发行"钙奶生"的这家经理公司,寄来一份传单,虽然对我的文字并非作辩正的方式,但是他们毕竟把钙奶生的效用,大书特书。这份传单,由报馆递到舍间,她拆开一看,依旧要我买代乳粉,我当时加以痛斥,她更不恤与我反目。大年三十夜,为了未来的孩子,使二老不能和睦,谁为为之? 孰令致之? 都是钙奶生的一份传单。

(《东方日报》1941年1月31日,未署名)

想看外国五彩片

年初二晚上,想去看看《绿野仙踪》,赶到那里,已经客满,因为这一夜,舞场停止营业,所以戏院的生意格外来得闹猛,只得绕道到唐家去拜年,碰着梦云兄也在那里,摊开牌九,请他推庄,押了两小时的大牌九,输了我两只洋,譬如送给电影院里。有几张片子,去年颇负盛名,而我都不曾看的,《绿野仙踪》之外,一张是《青鸟》,一张是《泰山得子》,这几天恰巧在上海几家三四轮戏院里开映,第一张想看《绿野仙踪》便碰了个钉子,看来活该没有我的欣赏机会了。我对于以上三张片子,第一种向往的原因,是因为他们都是彩色片,我看外国的五彩片,比较有兴味,因为外国话听不懂,演员演技的精湛,我也没有法子体会,只有五颜六色,看在眼睛里,觉得开心一点。《乱世佳人》也是五彩片,但因为片子太长,使我也没有勇气去看,要我在电影院里静默到三四小时之久,我是没有这个耐性的。

(《东方日报》1941年2月1日,未署名)

适逢四十

今年,我们至好朋友,适逢四十岁的,一共有四人,一位是唐世昌先生,一位是姚笠诗先生,一位是胡梯维先生,还有一位是陈灵犀先生。唐先生的生日最早,是年初四,他不肯惊动亲友,不过知道他生日的,都在他家里吃了一顿夜饭,既无仪式,更没有余兴,平平的过去了。胡先生在丁忧期内,自然也不会铺张的。姚先生不但是四十正寿,他在最近期内,还要悬牌执行律务,他以前是法工部局的律师,在去年谢事之后,休息了许多时候,久蛰思动,又想做他的老本行了,所以我们庆贺姚先生的,还不止是四十生日一端。陈先生他已经说过,要是今年经济情形还好,他想请一请朋友,不要朋友送钱,只让他自己请客。这种派头,去年,我们吃过李祖莱先生的三十寿酒,便是如此办法的,李先生还赠给来宾许多名贵礼物,一共用了好几千块钱。陈先生要照这样做寿,假使不预备等中了爱字香槟的话,那末还有一个办法,像去年的花,挖二十场,也够他开销了。不过我这个搭子,可不要相邀,因为我实在输不起了,我可以介绍一两个朋友,赌术与我一样拙劣,而负担输钱的力量,胜过我的,一个吴天厂先生,一个姚笠诗先生,一个孙兰亭先生,一个要末是敝本家了。

(《东方日报》1941年2月2日,署名:唐僧)

新艳秋将作嫁

李玉茹犹初次来沪,见其匡庐真相者言其人腴美,风格似去年出演黄金之童芷苓,其造诣正复不弱。新春奇寒,稍俟温和,当一觇其妙艺也。阅报知新艳秋将作嫁,予看《科学魔王》之夜,遘新于座上,与之偎倚并坐者,为一壮男子,躯干伟硕,惟不甚顾长耳。此人殆即新之未婚夫,若下嫁之说为不虚,则此后吾人且勿复能见其色相于红氍毹上。传女伶之有未婚夫者甚众,若侯玉兰之有傅德威,吴素秋之有王和霖,正使台下人迷恋于侯、吴者,其失望将何如？然有人恒言,售艺女儿,没有对象,亦不许人知,否则将失其广大之群众,观于侯玉兰与吴素秋之为沪人热烈拥护,则此言亦殊不尽不实。王熙春不待嫁女儿,其在舞台上银幕上所饮之盛誉,固曾未见稍衰也。章遏云侨居沪上,有情夫,固无虑衣食,士人王小隐,迷恋遏云甚至,当昔年章嫁倪某时,王赠嫁诗云"也算向平心愿了,祝他极贵又长生"之句。予看遏云戏,或于台下见其人,每念小隐此诗,然遏云终非小隐知己,此文士之所以不值钱耳。嗟夫！

（《东方日报》1941年2月3日,未署名）

青　　鸟

两日间,又两看五彩电影,一为南京之《红骑血战记》,一则金门之《青鸟》也。《青鸟》一片,久驰盛誉,今始见之,以去时较迟,仅有一元三角座券,当大光明映此片时,楼下仅售八角,今在第三轮映,而所费更巨,不可谓不冤矣。秀兰邓波儿之戏,所见绝少,闻之老于观影者言,谓其人演戏,亦嫌情绪不足,童星之可爱,在能撒痴撒娇,使观众对之似对亲生儿女,油然生可爱之心,斯为上才,顾非所谓于秀兰邓波儿也。片中有为秀兰邓波儿之弟者亦一童星,天真之气,溢于眉目间,予于二人,宁取此儿,不审观《青鸟》诸子,以为然否？

（《东方日报》1941年2月5日,未署名）

金 华 亭 遇 害

金华亭先生遇害的地点,是在大华舞厅门口,大华是华亭常去的所在。一二年来,大华的通宵营业,非常旺盛,而华亭便是其中的老客人。我与华亭,虽然都是新闻界人,平时过从,却不甚亲密,可是当我常在大华逗留的时候,便时常和他见面,他也跳舞,也有时带了舞女到别处去游玩。不过半年以来,我却绝迹于舞场了,想不到华亭还是兴高如旧。这一天遇害的时候,一定也是从舞场里出来,各报上说他公毕回家,那是为华亭讳言。一个从事新闻事业的人,跳跳舞是无伤大雅的,所以大报上为他讳言跳舞是多事的。

记得我同梦云游杭州的那一次,在九溪十八涧也碰到华亭,他带着摄影机,为我们留了一个影,这张照片,我到如今还藏着,以后倒是更值得纪念的东西了。

(《东方日报》1941年2月6日,未署名)

借钱又称"着棋"

一方说白相人称借钱的术语是"着棋",他不知道"着棋"两个字是什么意义,于是"以意度之",说定是白相人向人称贷,要用尽许多心思,好像着棋的耗费脑力,所以便把借钱譬喻如着棋子。北老看了他这段文字,说写得文绉绉,令人忍俊不禁,不过北老仅仅把一方调侃了一阵,却没有将着棋的用意另外申述过。不知道汪优游先生的《上海俗语图说》里,可曾将这两字说明过?我却曾经问过许多侠林子弟,他们有的也是莫名其所以然,只有一位说得最近情理,他说:上海人说借钱叫移一移,又称移挪,而着棋的走棋子,也是移挪,所以便把借钱称作着棋了。不知这种说数,北老也曾听见过否?白相人的术语,没有一句不有来历的,往往意义非常巧妙,即如借钱之称着棋(如果我上述的话,是不错的),就并不十分恶俗。

(《东方日报》1941年2月7日,未署名)

晤 王 金 璐

昨午,慧师招饭于净土精舍,座上晤王金璐君,王为北平戏曲学校之毕业生,唱武生,此番应黄金之聘南来,年才二十有二,犹浑然一璞也。慧海上人,于昨岁游故都,识此小友,爱其英俊,力为揄扬,南北伶人之经主人提携而成名者,指不胜屈。马连良其一也,卒以连良红而傲,师鄙之,辄未全交谊。上人谓平生嗜戏剧而外,亦好收藏,精舍中四壁纷披者,无非名作。慕老为言翼华亦雅喜书画,上人大悦,引为同调,谓将备杯酒论交焉。上人亦健饮,顾勿逾量。是日,谈六七小时,遂夜饭于是,知太白好酒,央之来,使与慕老同醉,二人归时,果醺然矣。上人本约翼鹏亦至,以排戏所阻,终不果来,席上人无不怅怅!

(《东方日报》1941年2月10日,未署名)

丁先生醉语

一夜,同丁先生会于酒席上,丁先生喝到半醉光景,他的话又多起来,当着许多人说:平生好友不过如唐君数人而已,可是唐君却渐渐的与我疏远起来,到现在他似乎对我"茄门"了。话明明是酒话,可是说得我太窘。这几年以来,朋友中丁先生是我的知己,他永远能谅解我的疏狂,对我的一切,他都关心,我如何应该感恩知己,争说得到"茄门"两字,何况丁先生的为人,更是老成忠厚,后辈的人,只有对之敬爱,所以我的耿耿此心,倒是可以质之天地的。

不过,我不欢喜吃酒,所以也不大欢喜人家吃酒,尤其怕见人家吃到沉醉的时候。丁先生则非醉不休,他吃够了酒以后,话更加多,声音更加轻,听他说话很吃力,同他说话也很麻烦。所以在吃酒以后,我总想避免与他多说话,然而更希望丁先生一吃饱了酒,他便能悠然睡着,在他一定是一种乐境,朋友间他一醉便睡,也替他舒服。这些情形前几年丁先生决不如此,到近年才有的,也许为心境所造成,年岁当然也有关系,至于他为人之好,绝对无可异议的。

(《东方日报》1941年2月11日,未署名)

老 好 人

昨天我谈起了丁先生,辞句说了先生为人之好,别无异言。那天遇见慧海上人,上人也说丁先生是好人,所以数十年来,我同他的交谊,一直没有变迁过。故而丁先生人缘之好,也因为他是好人,而平生吃亏也在他太好的缘故上,这句话说得极有道理。这几年来,就我所知道的丁先生为了朋友,吃过的冤枉夹挡不知有过多少次?这就因为丁先生自己是好人,看别人不免不分贤愚,随便交纳,于是在他身上发生了许多烦恼。照理他应该省悟,可是惟其为好人,他既不究烦恼之所由来,而朋友之贤愚,他还是不肯考虑,让他糊涂下去。上人说他是老好人,我则说他是滥好人,这些都是关于丁先生的脾性,却不在他喜欢饮酒,不喜欢饮酒上。

(《东方日报》1941年2月12日,未署名)

哭　　腔

唱独脚戏的人,他们专喜欢学种种"哭腔",始作俑者是王无能的《哭妙根笃爷》。后起的人,纷纷效尤,有时候夜静更深,远处人家,开着无线电台上播出独脚戏的哭声,真以为那份人家遭了丧事!

把自己的哭,引人家的笑,而靠此吃饭,也是上海独脚戏人的独有行业,可是上海人也真欢喜听他们的哭。鄙人不幸,遇到同居的一个房客,他家里的女人,就最爱欣赏独脚戏里的哭腔,开无线电,老是往哭的电台上找,所以他们的房间里,时常有哭声传到我耳朵里,有时候听得我不耐烦,要暗地里咀骂她,说这个女人,总有一天,要做了孤孀,让她自己也哭两声人家听听的。

(《东方日报》1941年2月17日,未署名)

啼　红　博　雅

去年呢不知是前年,一个欢场的女子嫁了,我写过一节记事的文字,文中有"了却向平之愿"一句,谢啼红先生读了,认为我用错了典,便在别张报上,给我辩正过。我感谢他的好意,同时也佩服他的博雅。本来,就我们小型报执笔人的一群里,要讲究"根柢"起来,啼红是第一份,一方也比一般人高明,我是野狐禅。读者要留心,各人的行文,无论全篇没有一笔精彩,而在啼红先生的文章,他总称得上"平稳'二字,这就是国文有根柢,不是凭自己的聪明所能有的。昨天又看见谢先生的《求疵》,因为有人丧偶,此人说了一声"终天之恨",谢先生又引经据典的说不可用,"终天之恨"应用于父母之丧。我倒要为那人辩护,此人之错,错在前人把这四字用在父母之丧以后,其实天下还有其他抱恨无涯的事,何尝不可以说终天之恨?这情形正与"向平愿了"一样,因为词意都可以通用,遂使腹俭之人随便放在口中咀嚼,谢君以余语对吗?

(《东方日报》1941年2月18日,未署名)

黄包车加租

这几日的各大报上,都有一条关于黄包车加租的新闻,而该项新闻的旁边,都附着一个小题目,是"希望乘客慷慨解囊",或者是"希望乘客多给车资"。而文中所述,一因车租增加,二因粮价日高,车夫不能维持生活,……我们知道勒杀吊死的乘客,固然有,而强凶霸道的车夫,也遍地皆是。在上海坐黄包车,吃过黄包车夫苦头的人,毕竟不在少数,这一年来,我几乎天天要与黄包车周旋,有时还遇到那种无理而又善使蛮性的车夫来,真会活活把你气死。

我自己是穷人,所以最能体恤到劳苦大众。看见云飞、祥生登报涨价,知道黄包车夫登不起广告,自动的比平常加他们五分或者一角,知道阳春面又涨了五分,虽然我坐的是短短的路程,但至少也要给他好买一碗面吃的代价,这样也不可说不是仁者之心了,但有时候还会受到他们的凌辱。有人以为惟有对黄包车夫应该一味刻薄,是最好的政策,大概黄包车夫的面目,也太叫人看不过去了。

(《东方日报》1941年2月19日,未署名)

舅父周年祭

昨日真是匆促得很,舅父的死,已是一周年了。前天到灵前去拜了一拜，这一年以来的我，除了舅父生前所最痛恶的一条路，我没有去走，此外，便没有什么可以安慰我在天之灵的舅父。舅父生平期望最切的两个人，一个是他自己的儿子，一个是我，可是我终于不自振作，到如今早已成了一块废料，将来也永远没有什么成就的了，这多使舅父在重泉之下，抱着无穷的遗恨！所可喜的，他自己的儿子，却与往日不同，晓得要上进，思想也纯正，看来不会负了舅父当年的培育。舅母虽然身体还好，但她总是悲哀得过分的人。吾母也是如此，尤其可怜，她还捧了一身老骨头，帮我抚育两个失去了三四年娘的孩子，这又是我的罪戾，我想舅父在地下，一定会发指背裂的对我痛恨着。

（《东方日报》1941年2月20日，署名：唐僧）

天 雨 看 戏

天雨连日，正苦没有遣闷的地方，却喜兰亭送来两张黄金当晚的戏券，便同惠明冒雨前往。戏码是《连环套》同《探母》，我们入座时候，还不到八点，而已演到了"亮镖"，没有看着"盗马""议事长亭"，大呼负负。裘盛戎越来越油，越油台下人越吃，于是裘在上海，便有了饭吃矣。王金璐个儿、扮相都好，差一点的是动作不大镇静，人家说，金璐的《夜奔》《铁笼山》《挑华车》都是绝作，这半截儿的《连环套》，自然看得我不能过瘾。纪玉良的四郎，人缘甚好，唱够得上说有味两字。李玉茹毕竟不差，虽然一身肥肉，印在旗袍上面，然而肥得绝不讨厌，在旗袍外面，看得见门前的南北高峰，何况眼波与臀波齐动，令人易涉遐想，至于台上的艺事，近世坤旦中可以说无出其右，此人十年不嫁，可以保她再红十年。

（《东方日报》1941年2月21日，署名：唐僧）

蝶衣满纸牢骚

近来看见蝶衣的几篇文章，又在那里发着满纸牢骚，为了何事？难道说蝶衣也看不穿,想不透,还怕人家放冷箭,怕人家抨击我们,不同情我们吗?要他们来同情我们做啥?他们的同情不同情,又岂能"轻重""贵贱"了我们!我自分比几位朋友都想得开,我只知道凭自己一颗心,他们的自命不凡。我比他们还要自命不凡。几年以来,到现在,问问我自己良心,看看我自家身价,只要所谓"一尘不染",便可以心安意泰。人家放冷箭,人家抨击我们,不同情我们,让他去,关我鸟事?他们用尽了气力,想一网打尽地摧残小型报,好似他们视小型报怨毒之甚,比之视米蠹的贻害民众,还要厉害。起初我还看看他们如何的不满意,我们后来发现他们是"恶意中伤",索性连看也不看了,看了总难免肝肠冲动,不要害我一冬天五百元的别直参都白吃了,我的钱,究竟来处不易。

(《东方日报》1941年2月23日,署名:唐僧)

嘉 定 老 妇

看看自己头发又长起来了,再不去剃,又会弄得家室不和,昨天便决定去理发。走出门口,忽然有一个老妇人把我怔住了,我也不知如何,见了她会立定了不走。她则走近一步,叫我一声先生,随后又用一种轻轻的声调,慢慢地对我诉起苦来,她说:"我嘉定逃难出来,住在天妃宫桥难民收容所里。"儿子如何了,孙子又如何了,我都听不清楚,末一句是说:"今天我连一口米汤都没有呷到肚里。"今年七十二岁了!她说也是嘉定口音,她套一只老妇人套的帽子,顶上另外覆了一块布,黑的棉袄上面,加着一件长与袄齐的马甲,着一条裙,后面破得无法补缀了,手中提着一只小篮,这样一副打扮,完全是嘉定人模样,连她手里的篮也是嘉定所有的东西。我一见这老妇人,而把我怔住了不走,正因为这样一个典型的老妇人,在我童年时看得太多了,当时就会勾起我往年的尘影来。我看她一脸的皱纹上,的确都刻着饥寒之像,又听她说得可怜,把剪发的钱给了她,她祝颂我发财,轻移着细步走过去了。谁知冷眼旁观有一个男丐,见我出手甚阔,待她走后,也上来小爹老板的乱叫一阵,把我吓了一跳,愤愤道:西伯利亚寒流到上海,你怎么没有仰风而倒?说罢退了回去,头到今天还没有剃成。

(《东方日报》1941年2月24日,署名:唐僧)

几 家 戏 院

昨天到大华看《百劫英雄》,票子卖完了,转到南京去,使我想起了十年前,一个礼拜天,要赶两三家影戏时候的情景。

不用说得远,只说整整十年前的上海没有国泰,没有大上海,大光明也不是现在的模样,更没有大华,上海的首轮戏院,是南京,是奥迪安,是卡尔登,然而那时卡尔登,已见得老了。

有几张印象终不能磨灭的好片子,我都是在奥迪安看的,到现在想起从前的奥迪安,真是亲切有味。"一·二八"以后,奥迪安陷为瓦砾;南京那时候是漂亮,到现在看看它,还是宏丽,它好比女人,我打量它还有十年好运可走。

十年以来的南京,平平稳稳的过去,而我这十年前的南京老主客,人事的翻覆,不可计算,现在虽然还在做南京的观众,身心上却没有十年以前的安闲愉快。

(《东方日报》1941年2月27日,署名:唐僧)

有心复活《文曲》

在两年之前,曾经印过一本"年终刊物",叫做《文曲》。去年同桑弧二人,在三马路旧书店的橱窗里,还看见陈列着一本,疑心这是海内孤本了,当时我深感到这两个字做杂志名称,非常合宜,便有心在今年把它复活起来,改为月刊。然而复活《文曲》的动机,这是冠冕的说法,最大原因,还是想稍丰收入。纸张、印刷诸费,都高涨不已,办刊物,不是空口就能成就的,因此想请老友帮忙,广告自然最大问题,便是资本也得筹措。本人自己没有做过一书一报的老板,《文曲》如复活,那末这个瘾算过着了,我想放一点精神下去。时难世艰,吃安逸饭吃不成了,只有苦干,苦干,或者为老友所同情!近来为私事所阻,还没有出动,即使成为事实,也是在两个月以后的事了。

(《东方日报》1941年2月28日,署名:唐僧)

恐 怖 剧

无意间,赴南京看《三魔会》,所谓恐怖剧也。恐怖之剧,非独中国之妇稚嗜之,即西人亦爱之綦酷。愚乃又为中国之从事电影事业者设想,若摘取昔人笔记中之《狐异》诸章,而衍为电影本事,益以摄影上之技巧定能倾动。又予近读宋人小说,见其中有《错斩崔宁》一章,以为故事颇可编为平剧,而卡尔登常演之《六国拜相》一剧,又可改编为电影。《六国拜相》去年以来,在歌坛上极为吃香,若移登银幕,观众必多,惜予不高兴干此种事,敢以此贡献于叶逸芳兄,则《观世音》之后,又可多一杰作出其腕底矣。近来以平剧移上银幕似又成一时风尚,则逸芳此事,又何乐不为?惟编成之后,若被前进朋友骂起山门来,则予将不负责任矣。

(《东方日报》1941年3月1日,署名:唐僧)

代 乳 粉

孩子终于养下来了,她还是坚执着不肯自己哺乳,喊奶娘,又恐主人受气,除此二途,只有吃代乳粉一法。目下中国货、外国货的代乳粉,种类之多大有指不胜屈之概。我问过许多人,在各种代乳粉中,究竟哪一种最适宜于孩子呢?结果没有一个正确的答覆,只说某种牌子太浓,某种又太淡,而某种冲调不易,某种孩子吃了要闹火气,综诸家二言,代乳粉简直没有一种最适宜的了。其实我是老早明白的,无论如何,代乳粉的广告,做得天花乱坠,反正终没有母乳来得纯正,有益于婴孩。年轻女人,贪着闲逸,那顾丈夫死活,不肯喂乳,要吃奶粉,假使我有力量,专雇一个佣人替孩子冲调奶粉,也就是了,不然,这个罪,还是要她受的,酷热或者严冷的天气,当这个差司,她终会有喊苦连天的一日。预料在孩子断奶之前,为了吃奶事件,至少有三场相骂好寻。

(《东方日报》1941年3月3日,未署名)

《买　愁》

读绥山主人之《买愁》,所述多才艳之作,主人偶加注语,弥可讽诵,如论韩致尧之"千金莫惜旱莲生,一笑从教下蔡倾。仙树有花难问种,御香闻气不知名。愁来自觉歌喉咽,瘦去谁怜舞掌轻。小叠红笺书恨字,与奴方便寄卿卿。"绥山主人乃曰:"诗始于三百篇,而国风句句作情语,莫盛于唐,唐士人拟于按律,作一情语,闷闷不敢出声,韩子何人,破藩决篱如此,非情人,直是古人。"实则致尧诗之破决藩篱,逾于此首者正多,何以主人独喜此一律耶?

又集中记萧郎醉一节亦可诵,谓初学记闺情诗云:"门外猧儿吠,知是萧郎至。刬袜下香阶,冤家今夜醉。扶得入罗帏,不肯脱罗衣。醉则从他醉,还胜独睡时。"情致绝美,今之士人,无此胜语矣。

(《东方日报》1941年3月6日,未署名)

小说里的外行话

作小说的人,最怕说外行话,连篇的外行话说出来,给内行人看见了,会笑歪了嘴。有个朋友,告诉我说:近来看见某君的小说上,叙述上海书寓中的情形,竟说长三堂子楼上做房间,楼下有会客室。于是作小说的人,把会客室内部的布置写得如何富丽堂皇,由此可以证明,此君从来没有进过上海的书寓。谁都知道长三堂子的楼下两厢房,各占一家,客堂里是几条长凳,一只方桌,秽乱不堪,为乌龟车夫坐憩之所,从来也没有做过会客室。近年来书寓中以布置出名的醉红别业,也不曾听见过专辟一间,做会客的地方。凭实际想想,嫖堂子总要嫖到房间里,哪有嫖到会客室里的？所以那位作小说的人,完全凭一己的理想,便闹出这个笑话。丁先生也对我说:他们写堂子景,实验不足,真要写得精彩,朋友中逸芬不在上海,不必说,假使让无所为而为斋主人,来献一献身手,定可使读者拍案叫绝。

(《东方日报》1941年3月7日,署名:唐僧)

近 年 歌 坛

有人说,近年来上海的歌坛,可以说得是极盛的时代了,其实以我看来,这几年中,就没有来过一个真正倾动一时的大角儿。黄金历来所邀的都是京朝名角,可是名角之尤,如程砚秋,如马连良,终嫌他们都已频频南下,有些熟汤气了,及至此番荀慧生来,才足以慰江南人"望慧生之来,如望岁也"之渴。将来献演之后的上海歌坛,始可以用得着新文艺作者常用的一句形容句子:说什么"好似平静的波面上,投下了一块石子"。

慧生以前虽然也是久居南中,但后来终以造诣日高,跻于四大名旦之林,而近十年来,更是阔别上海,这一分落落大方的扮相和柔媚中和的嗓子,使南方人真是想望声容,无时或已,迩时到处可以听见要到黄金去包长期座位的人。此种热烈的情绪,付之于慧生,要不是偶然之事!

(《东方日报》1941年3月8日,未署名)

陈梅君绝笔二律

《闻妙香室诗钞》为侯官陈梅君所著,陈为林霜杰先生之太夫人,霜杰先生,则为李祖夔及其女弟秋君女士之学业师也。李氏兄姊,眷念师门,集梅君诗词,并付剞劂,颜曰《文藻遗芬集》,为陈石遗署签,秋君先生系以一序,吾人赴祖夔招宴之夕,各得一卷,诗不甚多,挑灯读一小时尽之,以病中两律为殿卷,亦梅君之绝笔也。诗云:

药里诗囊伴寂寥,虫声灯影度清宵。天风杨使梅花冷,月露时看桂子飘。蝴蝶已醒芳算梦,鹧鸪休拟竹枝谣。劳生触我因循感,杯酒难将块垒浇。

　　青衣老泪泻寒潮,镜里星星鬓渐焦。孤愤难挥皋羽铁,穷途谁识伍员箫?生余瘦骨犹能傲,死有灵光倘不凋。一病误人今至此,孤鸞长卧雨潇潇。

(《东方日报》1941年3月12日,署名:唐僧)

其三的诗

其三先生诗,自多妙造,如近见之《倚枕》云:"典衣差幸三分饱,倚枕方知二月寒。"若易庸手,不知下句将如何装法矣?江南词客,多半漂零,其见之于报间者,尤芜杂不值一读,其三之作,谓为朝阳鸣凤,非过誉也。

途中值良伯师御人,殷殷问近况,渠谓每周必一存樊家人,则其情深故主,可想而知。是晨,又遘遂耕兄,亦以吾曹不获时时聚首为憾。去年初夏,方液仙先生招宴于厚德福,席上有吾师,乃不过一年,吾师已归道山,方先生亦行踪久杳,祖夔先生每述此事,怵然久之,而愚则怅望师门,盖为肠断矣。

(《东方日报》1941年3月13日,未署名)

同瘪三寻开心

女佣回来说:不知哪一家的少奶,同马路上的瘪三寻开心,手里拎着一只纸袋,纸袋里放着馒头,瘪三过来抢去,扯开纸袋,拿起馒头就吃,一口咬下去,里面的馅子,不是甜的,不是肉的,却是黄色的一包"堆老"。瘪三不怪自己抢东西不好,却怪妇人存心捉弄他,要提起堆老,掷回原主,这也是马路上的怪现象。据说瘪三专抢女人手里的食物,往往一个女人,一天会两三起被抢的,这位少奶奶云者,大概也是屡遭辣手,故而出此下策。有人说:她倒还不算心凶,馒头里放的是堆老,假如"恶向胆边生"起来,放一些老虫药在里面,使瘪三吃了肠断而死。说此话者,便不是一位仁人了。

(《东方日报》1941年3月16日,署名:唐僧)

荀慧生莅沪

昨日江枫、其俊诸兄,偕荀慧生、王文源来寒家,不肖非订座捧场之豪客,亦非现世(现世作当代解)之评剧家,乃京朝大角之莅沪者,每辱高轩。在不肖固面上飞金,要亦感汪、吴诸兄之故人情重也,惟愚则在家时少,是日亦未能倒屣,良用歉然。后晤慧生于卡尔登,见其神采尤美,此在女人,当为尤物,慧生男子,将不知何以誉之,愚复腹俭,仍称之为尤物耳。慧生欲会信芳,信芳在台上,使金庆奎君答拜于前台。生平见慧生之戏不多,其不可忘怀者,则与余叔岩之《乌龙院》,与杨小楼之《战宛城》。予出此言,一似倚老卖老之评剧家,惟实告读者,予看此剧时对平剧之认识,比现在还糟得一塌糊涂焉。

(《东方日报》1941年3月17日,署名:唐僧)

新生儿患赤游

新养出来的孩子,不能有一点点毛病,一有毛病,孩子自己只有哭,为大人者,不知其病何在,往往惊吓得手足无措。记得大儿子堕地不久,有一夜忽然大哭,哭得气都回不过来,好似死了一般,我被他急得也哭了起来,地在乡下,时在深夜,叫我何处去请医问病?幸亏我母经验充足,叫我们镇定,儿子未几也醒了过来。昨天新生的孩子又病了,据说这是婴孩常有的症象,病名"赤游"。老古的人,都知道医法,然而医法纷呈,我弄得无从下手。晚间,忽然找到一本《达生篇》,内载治赤游三方,也有不用医药的治疗,我卒取了用大黄青黛冰片的一方,希望她让穷爹少用几个钱,病就这么好了罢!

(《东方日报》1941年3月20日,署名:唐僧)

明 星 剪 彩

写完了今天的《狼虎集》,意犹未尽,在这里继续谈下去。据云:电影明星为商店剪彩,她们可以取到礼物,还有得吃一顿。我终以为这种酬报,不痛不痒,以后大可看自己的地位,而订一份揭幕剪彩取费的章程。所谓取费,当然是收现款,假如照这样办,那末这项副业,保险应接不暇,因为商店天天有得开幕,有的并非不想请一二个明星来做做活动广告,而是因为没有人介绍,无法延请。若是有了章程,那末只要碰出钞票,便可以呼之即来。

如果真的订起价目来,我说:每日不必用一个固定的数目,这里不妨分一个高低,譬如跑来坐多少辰光,价钱就有贵贱之别,或者装束上显得肉感一点,价钱又要高抬一些,存心要挣钱,就应该想出些挣钱的噱头。我想身为所谓电影明星代理人的诸君,都比在下高才,尽可以贡献一些"筹筹",与你们的"当局"。

(《东方日报》1941年3月21日,署名:唐僧)

黄 雨 斋 招 宴

闻黄雨斋近宴名伶荀慧生于其石路寓所中,黄之居处,颜曰:听雨小筑。慧生好诙谐,此日赴宴,告雨斋曰:我接得黄先生请柬,有黄雨斋三字,不知如何,我一时眼花,将黄字看作云字,而成为云雨斋矣。又曰:听雨小筑,不如改为云雨小筑云云。慧生之言,婉而多趣,在座闻者,无不绝倒。又雨斋之楼,颜曰:听雨楼,兰亭登楼上,忽令众人静一静,谓仿佛有雨声可闻也。雨斋以嗜好风雅,为平生得意之事,不图此日乃为来宾作调谑之材料,悬知酒阑人散之后,雨斋必痛骂今日乃请来一群俗客矣。惟翼华与雨斋为同乡,雨斋事亲之孝,谓曾见黄太夫人一影,雨斋有题字其上,字云"慈母园中散步小影"。风木之悲情见乎调矣!

(《东方日报》1941年3月24日,未署名)

恒 顺 酱 醋

灵犀在报上拟求一兼职,遂有恒顺酱醋厂主人李友芳先生,厚币敦槃,此在灵犀,可谓于茫茫人海中,得一知己矣,今闻已于三四日前,正式就职。就职后之第一件德政,即转请李先生,以恒顺之出产物如香醋、酱油、金波、酱菜诸品,贻其老友,于是不佞亦各得数件。恒顺总厂,距寒家密迩,平时佐膳所需,购之于恒顺者亦多,今得不名一文,而诸品齐致,则深拜灵犀之所贶我者厚矣。恒顺既以镇江醋,驰誉于春申江上,则经营此厂之主人,其为金焦山下人无疑矣,顾不然。友芳先生,实为镇海人,与李祖模先生为同族,往年,友芳先生之尊人商于京江,遂家焉。(此句套古文笔法)友芳昆仲,胥丰才干,恒顺蒸蒸日上乃得其尊人年事已高,兹亦息养海堧,此为祖模先生为予言者。

(《东方日报》1941年3月25日,未署名)

不愿编辑增减

曾经写过一节文字说,我的文章,不愿意编辑先生替我增减,那是为了我的一段《高唐散记》,被灵犀兄涂抹了十分之三四,才发此激愤之谈。后来想想,也觉得这话说得过火,不过近来灵犀,也实在太火烛小心了,在他那张报上做特约撰述的人,愈加有言路日窄之感。我以为取稿的小心得过分,报纸本身,自然减却了锋芒,而写稿子的人,也因此而失去其原来的风格,都是不足为训的,譬如我新近写过一节廖家艾的文章,结语云:"闻其人从××游,其不自振发可知,要亦不足为我乡里之光也。"编者却替我似下面样子的改了:"从闻人巨贾游,又以善歌著,要亦足为乡里增光也。"据说文章要以蕴藉为美,如果说这样一路,文章就见得蕴藉了,那末算我不懂文章。

(《东方日报》1941年3月30日,署名:唐僧)

女婴瘦瘠

孩子诞生到今日,足足一个月了,其间除生过一次"赤游"之外,其他却没有什么毛病,但她萎瘦得可怜,吃的是克宁奶粉,克宁有一张喂粉表,我们依照着这一张表,替孩子喂粉。自问也没有失过次序,何以孩子一点也受不到营养?我平生吃亏的,是常识太缺乏,自己的身体,从来也不知如何营养过,养育一个孩子,更加茫无头绪,天天看着这个瘦瘠可怜的孩子,心里委实难过。有人劝我不要喂奶粉,去雇一个乳佣,我又怕许多周折,我只想把孩子抱到医生那里去,请他指示我育婴的办法。我本来闲着无聊,何妨替孩子做做牛马,也未始非遣有暇之生之一法。

(《东方日报》1941年3月31日,未署名)

滴笃班改编电影

桑弧曾经用猎奇的姿态,去赏鉴过一次姚水娟的《魂断蓝桥》。筱文滨、筱月珍,可以把《天长地久》,改编为申曲,姚水娟将《魂断蓝桥》,搬到滴笃班台上,原不是什么希罕之事。据桑弧说:他亲眼看见场中的老太婆与大姐姐看了姚水娟而擦眼泪,足见此曲之动人,真是夫复何言?

有人说,唱申曲和滴笃班的人,把西洋电影,搬上去演唱,果然是大胆妄为,但是干电影工作的人,还会把申曲和滴笃班原有的拿手好戏,搬上银幕去,这又应如何说法?电影在文化立场和艺术立场上似乎比申曲与滴笃班地位要崇高得多,但干电影工作的人,偏要如此做去,也是夫复何言!

(《东方日报》1941年4月1日,署名:唐僧)

知止先生

在中国肠胃专门病院的饭局之后,我同梦云赶到丁先生府上,因为丁先生于上夜特地叮嘱我去见见那位撰述《烟云过眼录》的知止先生。先生在薄饮之后，口口声声说生意人的恶俗，因为先生自己是经商妙手，说这些话，一半是谦虚，一半也未始非有感而发，但话得说回来，做生意的人，宁是个个都是恶俗之徒？即似知止先生，便能写得一手好文章，岂容称得上恶俗二字？我还可以举一个明证，先舅氏钱先生，他的老本行，正同知止先生经营的事业一样，而他诗古文词，无一不臻上境，尤其是文章，这许多年在上海，也没有看见有一个人，能够写得过钱先生的。这次不是我为了私谊而说夸大的话，读过钱先生文章的人，都是这样赞美着，然而先舅并不是当世的所谓文豪、词客、诗人，他是十足道地的一个生意人而已。

（《东方日报》1941年4月4日，署名：王兰）

［编按：署名有误。］

老境侵寻

这一年以来，我深有老境侵寻之感，第一使我觉得不如往昔的，是不堪熬夜。在前年，一夜不睡觉，还可以支持明天一个白天，现在别说支撑到明天，辰光过了午夜的一两点钟，已经是疲不能兴，而且睡了下去，非待睡着一个足觉，不能舒服。还记得我们在卡尔登演《雷雨》的那一夜，到半夜把，看见梯公坐在沙发上假寐的神气，我还匿笑一旁，以为梯公真是弱不好弄，其实熬不惯夜的人，晚上少睡一些些时候，也是难过的，到现在我才知道熬夜于身体之强弱有关，年岁之大小也有关。前几天，同朋友在高士满，到两点钟，他们还有"西征"的豪兴，我却要求独归，朋友无不笑了起来，说一年以前的我，与一年以后的我真是判若两人了。

（《东方日报》1941年4月8日，未署名）

孩 子 死 了

孩子死去的这一夜，丁先生打电话来安慰我，他说：你是豁达人，不会难过的。其实我就苦得此情之无以自遣。我早已说过,孩子养到十来岁,他的行为说话,渐渐会叫人看不顺眼起来,惟有初生的婴儿,他只知要吃没得吃,只会啼哭,此其所以惹人怜爱,何况我这个孩子,在医院里住七天,其余的三十一日,晚上总是我起来替她喂乳,纵使她不是人,是一样玩具,那末这玩具在我怀抱之中,也有一个多月了,一旦将她失落了,如何叫我不心痛呢?她死了以后,我把她那张床撤去了,早晨起来,走过她从前放床的旁边,不自禁地会俯身下去,好像要看看我的孩子,这样惘惘的情绪,一天到晚,不知要表现几次,她真的来骗了我一趟。

(《东方日报》1941年4月9日,未署名)

《四 进 士》

信芳先生,前天在卡尔登演《四进士》,其先我们一同在飞达饭店吃饭,席上说起《四进士》,瓢庵提出"节义廉明"四个字来,说杨素贞是节,宋大述是义,毛朋是廉,独有一个明字,没有交代,因此猜测其下还有金殿场子,皇帝将田伦、顾读正法,而明字是指皇帝而言的。信芳则说,金殿场子没有听说过,恐怕田、顾的正法,毛朋碍在同年份上,未便下此辣手,所以移交与海刚峰办理,这明字指的海瑞而言,亦未可知。其实以我说来,毛朋的不肯阿私徇法,确是得一明字,所以没有着落的,倒是个廉字。信芳又说,《四进士》共分四大本,以前是杨素贞的正场戏,"探监"一场有反二簧,不仅是柳林写状的慢板而已,又田氏遣其内侄,用钢刀杀死七岁保童,这个内侄是小丑饰演的,戏也相当重头,这出戏的可贵,在各行角色,都有戏做,不仅其结构之佳胜而已也。

(《东方日报》1941年4月10日,未署名)
[编按:《四进士》,又名《节义廉明》。]

《返 魂 香》

人人都说舶来影片好,然而舶来影片,也有极尽粗制滥造之能事者,那就是我昨天在大上海看的《返魂香》了。《返魂香》的故事,硬劲说得头头是道,其实只是无稽之谈,布景也简陋得可以,有时候也会使人看出搭盖时不甚周密,而有许多破绽,呈显出来。戏中用一个活僵尸,造成许多恐怖场面,使妇人孺子,观之寒栗,那是绰乎有余的,但要稍为欣赏一点电影技巧的趣味的人,便觉得味同嚼蜡。春假期中,各戏院的片子,宣传得尤其热闹的,是南京的一张《女人万岁》,或者要比《返魂香》《名媛赤化记》,及《雏凤初鸣》会好一点,因为其余的三张,实在太不能看了。

(《东方日报》1941年4月12日,署名:唐僧)

逆 旅 生 活

一方兄天天在报上写他的逆旅生活,读了之后,真有恍同隔世之感。记得六七年前,我们有位朋友,他是老住上海,住上海而有家不归,几年无日不在旅馆中度其岁月,这位朋友,便是寒云先生的入室弟子,号称倡门才子的俞逸芬先生。俞先生从前只欢喜同北里间的姊妹们,混在一起,因为要同长三姑娘们轧淘,自己便不能不置身于旅馆舍中,等到她们堂差出完,有的应召而来,也有的是不速而至。俞先生同她们剪烛谈心,每至天明始散,于是拟取了许多材料,为报纸上的花稿。当时我同一方也是俞先生房间中的常客,自从俞先生离开上海之后,这几年来,我几乎同房间绝缘了,一方所记近时旅馆中的情形,什么有相面先生、推拿医士,都会推进门来,移樽就教,这些怪现状,以前倒是没有见过的。

(《东方日报》1941年4月15日,未署名)

旧　　居

我本来同灵犀住在一幢房子里,这房子便是本报的余屋。半年来,往往隔几天回去一趟,最近一个多月因为舅父安葬,吾母回乡去送舅父入土,我更加绝足不归,因此耽误了不少要事。譬如小舟先生有五六次来看我,一次也不曾晤面;更有朋友的婚丧帖子,也错过了几个没有送礼;也有请我吃饭的请柬,因为收不到而缺席,这都使我抱歉不尽的。更有一个笑话,李祖夔先生,嘱我写的一个扇页,有一天我拿回去写好了,可是忘了带出来,一直搁在我藏书的抽斗内,一个多月了,也没有送与李先生。前两天,家里托人把所有外面写来的书件,统统转交与我,这才使我大感不安起来。如今这段文字,要请老友原谅之外,以后如果有比较要紧一点的函札,请送至本报,要说明一声,叫本报的人,马上设法转递与我,比较妥当得多。

(《东方日报》1941年4月16日,署名:唐僧)

取 灯

稳斋先生,在他报记北人唤火柴为取灯,为从磷寸二字之音讹而成,其实误也。取灯云者,实为北人之土话,若谓从磷寸中蜕化出来,则磷寸之音,固不类取灯也,惟取灯二字之字面极雅驯,稳公乃不疑其为土话耳。北方土话多至不胜枚举,说取灯二字,犹须加一儿字于尾,曰"取灯儿"。清晨,有男妇负巨筐,唤"换取灯儿",居家乃以所藏之旧纸及烂布,与之易火柴,此声清脆成腔,梦回时间之,未尝不似春莺百啭之好听也。至取灯胡同,在前门外廊房二条之对面,中为煤市桥,先舅尝设绸肆于取灯胡同之东口,表兄雨岩,即居此巷中,儿时为愚每日必履之地。见稳公之记,前尘旧梦,不禁都拥上心头矣。

(《东方日报》1941年4月17日,署名:唐僧)

巴金的《家》

我没有读过巴金的《家》。巴金的《家》由吴天先生改编为剧本后,在辣斐剧场上演,连满了一百几十场,我也没有去欣赏过,毕竟是做了将近二十年的上海人,也脱不了上海人一窝风的脾气,昨天的日场,去看了一次。

台底下十分之八九,是扶老携少的人家人,这里寻不出一个最最时髦的上海人,大概时髦的上海人,已经欣赏过了,现在《家》的观众,也都是以"家"的集团而来为观众了。

这出戏,一共分了七幕,这里面显然有很多不需要的地方可以删削的,尤其是鸣凤跳湖的一场,是蛇足。紧张的戏,也不过有一两场而已。论演员,做高觉慧的韩非先生,和做鸣凤的英子女士,最好,英子真能得"缠绵悱恻"四个字。看了英子的小女儿羞涩之态,再看看荀慧生的那一副所谓嗲声嗲气,如何不叫人要打恶心?

(《东方日报》1941年4月22日,署名:唐僧)

谢豹决不诉苦

朋友中,穷得着实可怜的,因风阁主是一位,但他穷是穷了,却从不告诉人,更绝对不在笔墨上,向读者诉苦,情愿咬咬紧牙齿,束束紧裤带,这是我们文人中的英雄,所谓"丈夫不受人哀怜",谢豹他能做得到。记得何二云先生在上海时,送过一首谢豹的诗,有一句"依然风度谢啼红",近年来,我也看出谢啼红自有谢啼红的风度,在我们朋友中,没有第二个人,能够及得上他的。

我倒不是存心抬杠别人,就是我自己,也未能免俗,在文章里说述我自己的穷,但清夜自思,我毕竟曾在花天酒地中过来的人,偶然逢到处境不裕,便要向读者诉说,这叫谁肯来原谅我?再说,穷了就不应该熬一回吗?真真的熬不了,那末饿死冻死,也不算什么大不了。想到此处,便觉得说穷实在是无聊,蝶衣兄也在讨厌朋友愁穷,猛然省悟,因书愚见于此。

(《东方日报》1941年4月27日,署名:唐僧)

同学变瘪三

记得我初到上海的那一年,走在大新街上,后面一个钉耙的瘪三,他是认识我的,蓦地叫我一声唐先生,我回过头去,望见那个鸠形鹄面的人,一辨他的面目,不觉大为诧愕,明明几年以前,我们还是小学校里的同学,这几年之隔,他何致弄得一寒至此?那时候我也不知道上海有"瘪三"这一个名称,但见他在路上要钱,认为他已做了告化子了,然而心肠是热的,又是同乡,又是同学,当时便倾我囊中所有,都给了他。这一夜回去,我脑子都填满了此人的印象,几乎不可成眠。

这十几年以来,眼睛里看得多了,有的是从前似瘪三的人物,到今日之下,坐起汽车,讨起小老婆。而眼睛搬上额角头上的,有的以前是少爷班子,而沉溺于烟赌,以致踯躅街头,向人乞讨的。这一切的一切,我都全无动于中,看见他们的纷纷变迁,丝毫也没有刺戟,这叫做涉世愈深,心愈冷,情愈淡。

(《东方日报》1941年5月3日,署名:唐僧)

太白全眷来沪

太白先生的全眷,一齐从故乡来到上海,他母亲坚持要住在此地,太白因怕开销不住,连日在报上向读者告穷告急,他把一个月应用的钱,列成细目,在他笔记里发表,不佞对盐米琐屑。从前绝不关心,近来因为生活担子日渐压重,所以也曾留心及此,觉得太白的预算,将来定有"豁边"之虞,例如太白说:煤球一个月用一担万万不够,寒家两处地方,每处至少要用两担,又如米吃半石一月,也要有断炊之虞,不要看小孩的食量,他有时候比大人还要多,所以至少八斗,如其夫人也是胃口奇强的话,那一担也不算什么。又道小菜不得超出一元,恐怕也未能做到,这几天蔬菜飞涨,炒一碗蚕豆,要八九角钱,一只洋。试问吃些什么?我自作孽,弄得现在焦头烂额,我劝太白还是不要钻进这个地狱,奉请太夫人与少夫人,还是遄归故里,比较安定一些。

(《东方日报》1941年5月7日,署名:唐僧)

磨 墨 机

昨天去拜访龚翁,一进门,有一个童子,坐在一张小椅上,地下放着一只挺大的砚池,另外有一架机器,载着四锭大墨,童子便在摇动这只机器,墨在砚池中磨转。我才知道这是磨墨机,生平还是第一次看见,可知我是不大和书家们亲近的了。磨墨可以用机器,写字却无法用机器,如果我们每天把胡诌的文字,也从机器出来,那末我一定还要比现在来得消闲。

从龚翁那里出来,去看浩浩神相,相府上回说已出门,打电话到店里,也没有找到。我们知道神相现在是昧爽即兴,莳花养鸟,以怡情悦性,及至晚上我才同他通着一个电话。原来一下半天,寻不到他的原因,他说在弄罢了两只脚的鸟又去白相四条腿的狗。神相平时,没有嗜好,茄力克也可以戒得掉,惟有犬马之好,却无从摆脱,刘半农所谓"不能忘情,天所赋也",人本来要性耽着一样两样癖好的。

(《东方日报》1941年5月27日,未署名)

龚 翁 请 客

六月一日的夜饭,在吉祥寺吃的,这一天是龚翁先生率厕简楼弟子请客,同时还有人要师事沈禹钟先生,一起在这一天举行,所以请的客,坐足了十二桌,吉祥寺楼上全部,都占满了酒席。

到的人自然都是上海的书画名家,什么郑午昌啦,陈小蝶啦,真是屈指难数。僧房里面,忽然有胡琴声,有青衣反二簧声,跑进去一看,拉胡琴的是杨青磬,唱戏的是一个女人,矮矮胖胖的,我随便打听了一下,知道此人是庞左玉,猛然想起她是名票,她是唱《四郎探母》不肯对"戏子"唱"夫妻们"三个字的金闺国士。

马公愚也要开书画展了,日期是六月十一日,地址是大新画厅,作品共二百余件,与公愚同展的,是马孟容的遗作。

顾青瑶已垂垂有"妪象"，衣裳也朴素，打扮更不入时，可是在临走时她却穿了一件白色的短大衣，我乃背转身来暗思量说，青瑶她犹有童心。

(《东方日报》1941年6月4日，署名：唐僧)

翼华的收藏癖

周翼华先生，既有收藏之癖，日积月累，得件弥多。一日，告予曰："今日所藏，与昔日所藏，两两相比，乃觉昔日之所求者，殊小精品。"予则谓：此乃先生赏鉴力进步之征，可喜也。翼华又言："我今欲从全部收藏中，留其精者，而去其窳劣者。"予呕问曰，然则我尝为子书屏条，亦将去之乎？翼华颔首，继又曰否。君为吾友，以友人之手迹留为纪念，亦佳事耳，故不去。翼华之言甚坦白，然从此可知予书之不足称，不称若是，而转易他人钱，其可得乎？

当予卖扇润例，犹未公告之前，友人托我作扇者，例不取润，故请委件诸君放心，以电话或书面通知，谓："你要卖钱，我不要你写矣。"卖扇之例既张，请荣宝斋、士宝斋、朵云轩、汲古阁等等店家，不必登门，我不要他们来做掮客，又此生不想开展览会，大新画厅，亦永远不能在我法书上，博丝毫余利焉。

沈禹钟先生，允为予写一小立轴，先生之书，秀朗无匹，予求于先生，先生立允，其厚于不肖者良多。友人中亟爱先生书草范诗，二人之襟度又相似，此皆近世之佳士，亦平生之益友也。

(《东方日报》1941年6月5日，署名：唐僧)

看《蝴蝶梦》

在飞达饭店隔壁，有一家平安影戏院，虽然离吾居不远，然从未涉足。近时阅报，见平安放映片为《蝴蝶梦》，有语云"一九四〇年金奖巨制"，又云"风行天下突破《白雪公主》卖座最高纪录，女作家莫里哀氏神秘,名贵哀艳与悲剧,平安因为开映《蝴蝶梦》,而临时加价"。我看了广告,以为与其看什么《溅泪落绣鞋》,毋宁到小一点戏馆里看好片子。

平安小得只能容积五六百人坐的一只小戏馆,跑进去,有冷气的气味,而无冷气的享受。片子我不懂好坏,因为对白一句也不懂,说明书也不过说了一个大概,所以老实说,连情节也有些模糊,不过拷贝是老了,随便哪一个镜头,都好像在大雾中摄成的。既然看不出神秘,也看不出什么哀艳,映到全片的十分之七时,戏院隔着一垛墙壁的地方,有一只马达声音正响起来,恰像那里是公共汽车公司,有几辆公共汽车,开着引擎而不走的影响,我怕真有汽车撞壁而入,所以听了些时,悄然引退了。

(《东方日报》1941年6月6日,未署名)

江 紫 尘

亡友某,旧时与梯公为游侣,尝同打沙蟹,某发牌,必置一银质之烟匣于门前,每张牌自烟匣上照过,于是他人之底牌,皆为某所见,某因此每局必胜,及后渐知其弊,遂不复同博,然梯公负于此者,为数已甚可观矣。予故谓梯公毕竟书生,其气度不可及,若予而负于博,一旦为我知局上人有做手脚者,必令其呕吾所负,不罢休也。近闻丁师母有闺友甲乙二人,时过丁家为雀战,甲亦每局必有盈余,异之。一日,为乙所见,辄揭其诡谋,指戟而詈,甲为之鼠窜而去,然论者乃谓甲固可恶,乙妇亦健器,有违忠恕之道也。

久不见江紫尘前辈,一夜瓢庵夜宴,约江至,江以家中有客,临时不克莅止,则投书与瓢庵,江请瓢庵吃致美楼,牛排与牛酪。此老一生,惟讲究口腹之好,不图迄至今日,犹肠奇健。人慕江紫老令子贤达,我则惟羡此老之胃纳强也。

瓢庵为我作一便面,写瘦金体,一面为花卉,下署连生。予不知连生为何人,则谓系魏廷荣公子,年才十四,有作画天才,瓢庵誉其画,懂得阴阳面,予殊茫然。闻连生习绘事甚勤,廷荣先生,笃嗜艺事,见其子之造诣日精,其中怀之欣慰可知也。

(《东方日报》1941年6月7日,署名:唐僧)

钱名山诗稿

钱名山先生的字,我很欢喜的,朋友中,好像范叔寒律师,同名山老人很相熟,名山老人的公子小山先生,同我是文字神交,虽然未曾识面,但我们却心仪已久。前天小山先生送我一册名山老人的诗稿,我以为老人的诗,也并不孜孜于工力,有几首一望便知是纵笔而成,自饶逸韵,例如《冻死人》一首云:"老夫夜卧重衾底,袜绳里衣不去体。默念街头冻死人,此心耿耿何能已?一更二更冻到骨,不觉二更冻到骨。不觉生来有肤革,三更四更冻入心。玉壶冰结如坚金,五更以后不复冻,魂魄已落阴山阴。借问死人数多少?月千岁万堪稽考。男儿或者不自强,妇稚何辜死当道!不须凭吊古战场,已见民生日彫耗。墨翟兼爱爱几人,西铭同胞亲更亲。若教今日申江住,也学名山深闭门。"又有卖报一首云:"莫卖折枝花,莫卖当天报,折枝明朝花不鲜,卖报过时人不要,嗟哉卖报尤可怜,不如卖花犹有田,卖花闲,卖报急,卖报声,听不得。"这些都是所谓温柔敦厚,得风人之旨的作品,近来的作诗人,对于这一层大多忽略了的!

(《东方日报》1941年6月8日,署名:唐僧)

对 门 小 学

我曾经写过吾家对门的那只小学里,上起唱歌课来,先生在风琴里踏出西皮二簧,学生嘴里唱出《四郎探母》《汾河湾》的原板来。一天遇见桑弧先生,他似乎不很相信,以为我过甚其词。其实便是教学生唱戏,不一定是小学教育的错误,我何必冤枉他们?不过桑弧以为如果如此,那末这现状就未免太怪了。实在这还不怪,最可异者,我在这家学校的对门,住下来也有一年多了,初来时,就听见不知一年级或二年级的学生,便唱一支声调子非常短促的歌,简直天天唱,一直唱到现在还在唱。我起初疑心这是他们的校歌,但校歌应该全体学生都要唱,为什么尽派在这课室内,唱得左邻右舍的小孩子都耳熟能详了,所以等到学堂散课之后,弄堂里的孩子,也唱起这支歌来,于是弄堂里,镇日在耳根边絮聒的,总是这个歌声。孟子说,仁者居之安,要末我不是仁人,所以我住的地方永远没有静的时候。

(《东方日报》1941年6月17日,未署名)

陆小曼鬻画

陆小曼女士,最近又在报上登着广告,卖起她的丹青法绘来了。这也不用讳言的,小曼在今日之下的卖画,是为了钱,如果她并不迫于生计,她真不肯定润例以广招徕呢。在十六七年前,我就看见过她,那时小曼正是像花一般的人儿,好像连徐志摩还没有嫁娶哩,要用鸳鸯蝴蝶派的笔调来形容小曼之美,可以说是"鬓云眉月,柔媚若无骨"。可是十几年以后,等我重见她时,她却已经成了未亡人,而又再醮与翁瑞午了,现在是面黄如腊,骨瘦于柴,花已委地,自然枯萎得不成模样了。可是她那一分惊才绝艳,自然不会因了她人的走样而泯灭掉的,天赋她的绝顶聪明,而各种艺术上的修养,现在的所谓金闺国士队里谁也不能望其项背,不过由识家批评起来,都说在水准以上,所以无论如何,小曼总是绝代佳人,也是一代才人,她的作品,值得去罗致一点的。她也不认识我,我的替她宣传,都是由衷而发,我假使有闲情和有钱的话,至少一幅立轴,求她写了。

(《东方日报》1941年6月18日,署名:唐僧)

我写稿潦草

我的写稿,果然潦草,但也不至于印在报上,错字要占十分之二三,幸亏我还不像有许多人那样敝帚自珍，不然只好天天同校对先生打开头，同排字工人吃讲茶了。

灵犀几次说，我的房事纠纷，已经解决，由姓严的已转租与他人云云。绝对不确，此事我们还在僵持中，我还要看他们的颜色。灵犀记载的错误于我们的纠纷，颇有出入，故特地更正在此。我的这件事，不用别人来替我关心，灵犀似乎很关心此事，不必不必。总之目下二房东还是姓严，就是自己缩头而让十三点寡老出面的那个浮尸。

一夜，听朱瘦竹先生播音。朱先生的一枝笔，早为读者所称赏，初不料他口才也是好到极点。文艺界人士，有以播音为副业者，以徐哲身尤享成名。我以为南腔北调人，也好去播音，播送梨园掌故，一定有人欢迎，北调人盍起谋之。

方伯奋先生乔迁之喜，黄金、卡尔登两帮朋友，为之公祝，昨天在方先生的新居设宴，文艺界人也有参加的，十分热闹。

郑过宜先生在许多执笔人中，他是最淹博了，新近读他几篇文章，使我五体投地，我真愿意执经问字，请郑先生做我的先生。

(《东方日报》1941年6月26日，未署名)

有竹居主人谈诗

有竹居主人，读了我一首近诗，他写一封信给我，谈了许多关于作诗的话，他说他以为律诗的两联，对仗不必过于工整，一工整便易涉呆板。因此举了个例，说从前他作过一首《渔家乐》的律句，腹联是："生涯短艇闲横篷，灯火孤村懒上蓬"，这首诗，给一位老翰林看见了，拉起笔来把"生涯"两字，改为"瓜皮"两字。工整固然是工整了，然而意味既至减少，又涉了呆滞，所以主人后来的定稿，还是自作主张，依旧用了"生涯"两字。主人又说：从前科名中人，只知道作到五言八韵、四平八稳的试帖诗，其他什么意境都不讲求。他又说最近他和过一首灵犀四十初度原唱的诗（此诗将见《万象》月刊第二期），自以为工稳无疵，然而一读即完，绝无余味，故近又有《咏蝉》二句云"抱得一枝咽风露，爱他弦外有清音",因而觉悟到作诗而无弦外余音,那就不是什么佳作了。有竹居主人对于作诗见解的透辟,在这一封信里,都可以看得出来,关于律诗对仗的话,大概因为看了我的"退耕陇亩真殊勇,忍饿须臾亦已贤"而发的,但我实不承认,我是取巧,而只惭愧我的工力不够。

激流剧社拟演魏如晦之旧作《不夜城》,并已派定演员名单,而请黄河担任导演。但魏如晦获到此消息后,颇表不满,因其对《不夜城》一剧,认为最失败之一部作品。前青岛剧社演出后,魏即不愿任何剧团重演,今番激流事先既未获得作者同意,因此特向激流交涉,请求放弃排演,闻激流已允所请,改演他剧云。

(《东方日报》1941年7月4日,未署名)

小曼山水画

一个月前,我曾经写过一节关于陆小曼女士鬻画的文字,不禁慨乎言之,不道刊出之后,引起了许多同情我这一番议论的人,有的写信与我,发一阵才人摇落之悲。老友南洲主人徐欣木先生,尤其厚爱,他知道我太赏爱小曼的才艺,从他旧箧里,检出一幅小曼的旧作山水,给我留为纪念。徐先生说,他同瑞午、小曼,都是至友,所以小曼的作品,收集得特别丰富,不过在兵燹之后,大多毁在吴门寓所。送给我的一幅立轴,还是在八年前,西湖三潭印月的书画会中,那时小曼的画笔,还未臻化境,近年来经贺天健的陶冶,山水的工力,见得充足了许多,所以他预备在秋凉之后,再要请小曼替我写一小幅哩。老友这样的厚意叫我如何不感?

新近在国际饭店的房间里,逗留了甚久,一间双人榻的屋子,房价每天将近百元,我们又在里面吃饭,住一天,要两三百金。房间的门外头,是鸦雀无声的,房间的窗外透,却是一片车马喧扰声,无论如何,不能使耳根清净起来,这是惟一的缺点。所以上海地方,要寻一家庄严的大饭店是不可能的。

(《东方日报》1941年7月8日,未署名)

所谓东家

有人向我提起了某影片公司的主人,说他是你的旧东,因为我若干年前,曾经在这家公司里担任过职务,拿过他们的钱,所以公司的主人是我的东家。不过我仔细想想,我自从立身社会以来,我就没有过所谓东家,要养得活我一身一家的,此人才是我东家。最早在银行里,赚来的钱,也只够我一人零用,银行都不是我的东家,其余更不配说了。做了报人之后,别说一张报养不活我,几张报亦未必能使我安定生活,所以报馆也不是我东家。在影片公司时候,正是我最荒唐的时代,拿的钱,不够一夜天用场,这又哪里配说是我东家?今日之下,生活艰难,担负奇重,一个月没有七八百元,就无法吃一口苦饭,试问谁供应得了我呢?所以我是始终没有东家的人,正因为没有东家,养成我对于办事的马虎,以为甲处断了路,还有乙处丙处,反正他们不能联合起来与我为难,一处为难也难不了我。譬如我真有一个能够背我一身一家于温饱无虞的东家,我或者会对事业认真一点,不致于似现在这样的任性,这样的疏狂,也未可知。

(《东方日报》1941年7月12日,未署名)

朱石麟遭骂

阅他报,知朱石麟先生,近遭沈琪兄谩骂。谩骂之原因,据沈兄自称,因予往时曾对沈兄有不逊之词,为朱先生所授意者,故今日之下,沈兄已至丈夫得志之秋,而仗笔骂朱先生矣。既牵涉及我,我乃不能不以一言声明之,予之骂过沈琪与否?实已不能追忆,惟纵有措词不慎,或为据实辩正,或为朋友间寻开心,说不上骂。老实说,沈兄亦不至于要我骂也,纵使是真骂矣,亦何至于要人授意?近一年来,与沈兄形迹稍疏,若在往昔,见面之机会甚多,沈兄岂不知我?乃竟疑我骂人亦要人授意耶?

朱先生之为人，冲淡谦和，素为我辈所敬爱，即沈兄前时，亦未尝不钦服其人，今之报以恶声，实令人感到突兀，亦为沈兄惋惜。忆予初作报人时，亦好恶人，则以当时相识者，骂路乃广。及交游渐众，着笔乃有棘手之感，盖既为相知，何能破口？不图沈兄独异斯见，骂而及于平时相稔二人，一若有极深之"难过"者，我乃不能不佩沈兄之勇矣。

蒋九公毕竟老实，乃谓沈琪处于毁人炉中，而其人不毁。以予观之，沈兄之人纵未毁尽，亦既变质，不然何以不辨贤愚至于此耶？丁先生遭妄之夕，曾遇沈兄，次日吾人被群狗狂吠，竟谓以"吃顿把"而交换舆论者，凡此当皆受沈兄之赐。我不比丁先生忠厚，深疑"吃顿把"三字，即出于沈兄笔下，亦不可知，诛沈琪之心，将谓何如！

（《东方日报》1941年7月13日，未署名）

陈嫂四十

陈嫂四十诞辰，闻风往贺者，达百余人，予以睦公与厉志山律师，俱不识吉祥寺地址，要予伴往，候至六时半始去，未能尽招待宾客之责，良用歉然！予所坐之一桌，胥当法家，如武况厂先生，如冯美学律师，皆初识。况厂先生兼工金石，其人修然有古意，而为一仁蔼之长者，亦幸会也。马公愚先生，谓予酷爱碧篁女士之法绘，屡屡于报间及之，碧篁不孤知己之感，因为予治仕女一幅，而陆沁范兄，又欲为余丐吴湖帆先生治一小件，好友情深，闻之无不狂喜。是日天凉，惜有微雨，乃不作美，归时同片羽、之方、小洛诸兄赴卡尔登，众等欲一观东明、东霞也。

古寒女士，一度入中旅，近又自中旅而加入绿宝矣。先是，王雪艳以事告假，绿宝遂延古寒抵其缺，比雪艳销假，剧场当局以古之演艺精湛不忍放弃，于是古寒终为绿宝之重要一员矣。闻张恂子兄，尚为绿宝写剧本，于是绝无余暇，复为报纸缮文稿。予每见小逸，必念恂子，以恂子亦吾道之健者也。

（《东方日报》1941年7月15日，署名：唐僧）

宋玉狸约稿

玉狸词人昨天写一封信给我,他说:大陆报馆董事顾善昌先生,要发行一种月刊,定名《情报》,坚请词人主持大事。在沪出版,在港编辑,内容以不谈政治,不谈嫖经(跳舞可谈),为原则,专谈娱乐戏剧、饮食男女、家庭交际诸项,笔调以轻松生趣为之,此一部分大约以白话文为骨干。但玉狸为提倡旧文学精神起见,特辟一园地,专载诗歌散文、身边笔记,此一栏便要请上海几位文友,如灵犀、粪翁、鍊霞、蝶衣诸先生挥如椽之笔,又据说此册不限销于沪港、南洋、美洲各地,亦将设法推销云云。玉狸此信,是叫我替他向上述诸君拉稿。他极为钦服粪翁的小品、诗文,但他并不认识厕简楼主人。而其余几位,有的因不知通讯处,大概灵犀那里,他是专诚有一封信的。不过据我所知,蝶衣兄自可从命,鍊霞兄据说病得进了医院,暂时未必能为效劳,至于粪翁,看来要我自己走一趟。写小品文章,不请梯公,不请桑弧,来请教我这个宿货,词人未免选非其人。又词人托我写的扇页,及润例,前者已写好,后者已用掉,看见你写给裔云的信上,有朋友"帮忙"字样,非常难听,此番扇面写得不好,即此故也,下次应该说"捧场"。

(《东方日报》1941年7月18日,未署名)

谢豹写扇

在宴会上看见谢豹兄替人家写的扇页,无论他书法的精致,即用的笔墨,也都十分讲究,这样才不愧收人家一笔润资,像我的草率从事,也要受索件者的钱财,未免内疚于心。据谢兄说:他替人家写扇,极其忠谨,写得稍为有点不惬意,便废弃不用。所以他的字,的确颇费工夫,自然是值钱的东西。我是随便得多,不过随便是随便,还有人议论我不大"随便"。一天,碰着李祖夔先生,他就很老实的说,你何必写得拘束呢?正不妨乱来一气。李先生的意思,是说我既然书法没有工力,极应该写得更草率些,倒可以藏拙。

在《万象》开始征稿的时候,蝶衣兄同一位新作家商谈,新作家问蝶衣道,你预备印多少,蝶衣说至少三千,此人大摇厥首,窃期期以为不可的说道:打一个八折之外,还要防批销处退下来。及此《万象》第一期五千册销尽之后,蝶衣写封信给那位新作家,说我们又在再版五千册了。蝶衣认为是"得意之作",而他近来的兴奋,也可想而知。

"著"是同"着",我曾经在本篇内有过一番辨正,现在我们不谈"着"字是俗字雅字。我自己的供状是我写"著"字,是写惯手了;"着"字却不惯,所以写到此字,总是写"著"。

(《东方日报》1941年7月24日,未署名)

包药纸写稿

今年来写报纸上的稿件,老用的药材店包药的新闻纸,几位编辑先生,每天打开我的稿件,首先闻到一阵药味。记得灵犀虽经写过一节,他以为这些纸张,都是我病了服的药,所以他关怀我的身体。其实不然,我身体果然亏损,但能够避免吃药,终想避免吃药,所以以前的药纸,都不是为了我有病。我的吃药是从昨天开始的,病不止一天两天了,一直延搁下来,能够支撑着出去,总想出去。昨天下午,发热得厉害,我回去躺在床上,在镜子里望见我病状的情形,宛如全年樊先生在医院里一样。我忽然害怕起来,我不要变伤寒,我还是找医生,便打个电话与荫先兄,多谢他的好意,到法租界涉水而去把邓培真先生请来,替我开了一张药方,这一夜吃了两煎。

廿五日灵犀兄随笔的中间一节,自然是有人请他写的,在请他写的人,和灵犀兄本人,都是好意,因为要缓和我同他人的空气。不过据我所得消息,说此人并不肯同我干休,万一还寻着我,那末灵犀兄这一番好话,岂不是白话了。我呢老早晓得,今年是多口舌的一年,命里注定,倒也并不怕什么麻烦,与别人有了难过,经过老朋友讲好之后,对方会一再翻腔,也只有今年碰得着。看起来现在的人,越做越起码了。

(《东方日报》1941年7月27日,未署名)

本 报 刷 新

从明天起,本报要经过一次刷新,刷新的最重要一点,自然是把内容更充实起来,长篇务求为经心当意之作外,其余的小品、散文,尤要抉择精严。小生现在与本报,不过是一个特约撰述者,但过去与本报的关系,比任何人都深切,所以昨天荫先兄告诉我刷新的计划,他还附一句说:"请你以后对于本刊,要贡献更大的努力。"在情理上,我对于荫先兄的托付,应该遵从的。

近来,上海的小型报,有一个共同的毛病,即是讹字太多。本刊当然不能例外,我自己有时候写得比较满意一点的文字,要打开来重读一过时,发现的错字,真有不胜枚举之多。当然,无论怎样精警的作品,若此弊不除,会毁灭了"内容"上的精神,所以我在受到荫先兄托付之后,也把我的管见写出来,请荫先兄在校勘工作上,也要加以十二分的注意。

(《东方日报》1941年7月31日,未署名)

知 己 之 感

唱独脚戏的有一搭一挡,譬如江笑笑,就有个鲍乐乐同他帮腔,如今书画家里也有这么一副班底,上手是陈蝶野,下手是徐邦达。记得有一次听陈蝶野在讲起唐诗宋诗的时候,这位徐先生也帮着定山居士的腔,胡了半天的调。

孙筹成先生答应我,要送我一位湖州书画家的扇页,当时是以请我替他发一节消息为交换条件的。既然孙先生对我有这样一个心愿,倒不免使我巴望起来,其实朋友托我发一次消息,在可能范围里,我是从来卖交情的,决不希望人家有什么报酬。孙先生却用"以饵诱之"的方式,来请托我,这就不能不使我挂念着孙先生。

想起孙先生,同时又记起马公愚先生,马先生说他的令妹马碧篁女士对我有"知己之感",因此想把她一幅法绘送给我。这件事,我好像在别张报上写过一节,如今又要啰嗦,读者诸君,一定要说我"贪鄙"成性,其实我倒不在乎贪得名家的画,所向往不已者,是马先生的一派甘言,那"知己之感"四个字,我真是为之铭心刻骨。天这样热,我岂舍得麻烦人家,不要说我是无功受禄,别人掏出花花绿绿的钞票请我写扇子,到如今我还没有缴卷的呢(如章靖庵兄、徐欣木兄,真是抱歉万状)。所以一再言之者,就为了马先生"知己之感"的一句话耳。

(《东方日报》1941年8月6日,未署名)

想在《灵与肉》里演角色

桑弧先生,今年替合众公司,写了一个剧本,名为《灵与肉》,送给朱石麟先生导演,而是由英茵女士主演的。桑弧是我的知友,而在上海的导演群里,我同朱先生,尤是最投契的朋友,因为桑弧的剧本,朱先生的导演,就引起我在银幕上献身一次的兴趣。记得在一次宴会上,梯公也深同吾意,我们二人,便要求朱先生给我们各派一个扫边角色。

平剧也唱过了,话剧不管是三言两语也总算上过台了,就是电影,到如今还没有干过,要造就我是个阅戏全材的艺术家,今日之下,电影又怎能不去尝试一下呢?

公司的拍戏通告,是前天发给我的(不是书面通知,是陆洁兄口头关照,其身份纵非主角,亦不似临时演员),今天下午有戏。我兴奋得什么似的,两日以来,已经放出"司带"的派头来,忙着找一个代理人,谁也不肯担承,只得叫夫人权充一下。日常晤见的几位朋友,照例会把我挖苦一场的拼命说我是起码货,是临时演员。龚之方兄,此中老举,他更用恐吓的手段,对我说:你拍完了戏,有一件事要留心,跑出公司来时,不要给上海社的人(临时演员的大本营)打一顿,因为他们少收一个临时演员的开销。这些上方人的话,我都不听,我是有"艺术良心"

的人,我只道在本位工作上迈进(最后一句,为生平最厌恶的口气,如今却派它为用场,一笑)。

(《东方日报》1941年8月20日,未署名)

范恒德轶事

昨天又死了一个上海的闻人,那就是大舞台的主人范恒德君。近年来的范君,我们只听他致力于戏馆事业,其他的功罪方面,似乎没有出入,但终究死于非命了!我的认识范君,已是好几年的事,对于范君最向慕的一点,便是此君能以闻人的身份,而日常会寻出种种聊以自娱之道。换一句话说,范君是上海闻人淘里最会吃别人豆腐,也最会"假"别人"绍兴"的一个。

某报说范君的绰号叫"阿虎郎",但有许多同他相识的人,或者要奉承他的人,那末都一律称他为老头子的,所以他又称为范老头子。我们不谈他的起身史,只谈几件耳闻目睹的风趣的轶事,以饷读者。

战前大西洋菜社下面的瘪三,没有一个不认识范老头子的,范就利用了这群瘪三,归他指挥,用以愚弄书寓里的伎女。夏天,范高踞在大西洋的露台上,看见有堂差包车燃着明亮的灯,在下面拉过,范就发出一种口号,说什么"十九路军",下面的瘪三,便一齐把堂差包车围住,不肯放过。范在上面,看见了伎女那种窘迫之态,不由得拍手大笑起来,伎女仰头一看,见是范在那里,便哀告道:"老头子,俚笃勒浪欺瞒奴,你救救我吧!"范又一声令下,瘪三居然一哄而散。据说瘪三们受一次指挥,便得一元钱的犒赏。其时在"一·二八"之后,十九路军威声四震,范之要过统率十九路军之瘾,也是向慕英雄之意。

新新旅舍,范有个长房间,晚上,群花毕至,范总是想尽方法,使她们受窘,有时把椅子截去了一足,叫堂差坐下去,而仰天一跤;有时唆使两个伎女,互相詈骂,甚至于打得发披衣裂,他却引为奇趣。这些都是关于他对于伎女的。对熟朋友,也往往如此,这就笔不暇书了。

(《东方日报》1941年8月21日,署名:唐僧)

我上的处女镜头

民国三十年八月二十日夜九时半,我在上海徐家汇华联摄影场上处女镜头,戏是桑弧先生编剧,朱石麟先生导演的《灵与肉》,角色是"唐大人",是一位弥老弥凉的屠门常客。

我的希望,本来只要在银幕上漏一漏脸,已经足够,不料朱先生同我要好,特地给我四五个镜头要我做戏,其实不是要我做戏,是要我好看,戏是真真一点点,以地位讲起来,差强于临时演员而已,所以我个人的好坏,对于全片可以说丝毫没有影响。将来公映时候,如果有几个一向对于朱先生加以"善意的规劝"的影评人,为了我个人而"善意的攻击"起《灵与肉》来,那末此人是王八蛋的子孙!

我问朱先生,将来演员表里,可有我的名字吗?如其有,我却不要用唐大郎,要做电影明星,便该数典忘祖,将姓氏也改换,譬如金山何尝姓金?英茵何尝姓英?但我匆忙中自己没有题一个艺名,还是得朱先生去处置吧!

(《东方日报》1941年8月22日,署名:唐僧)

黄金北上邀角

黄金的孙兰亭、金元声两位先生,十几日前,特地赴北平邀角,于廿一日回到上海。孙先生告诉我,下半年黄金的京角阵容,略有变动,纪玉良下来之后,第一期是张文涓与马艳芬,以后是程砚秋一队,奚啸伯、侯玉兰一队,还有孟小冬,也预备来唱十天或者半月。

张文涓的南来,起初我们总以为是"风传"而已,如今却证实这个消息了,而且至迟二十五日,可以抵沪。丁先生方面,也接到她的来信,说不日启程南下。上海是文涓才小别了不到两年的故乡,她到北平短短的时期中,我们不管她已求得了几许深造,假定说,她还是在上海时的那副腔调,那末也足够上海人过瘾的。地方搬在黄金,座价自然要增加,但你们要想想,文涓从前出演的时候,上海的生活程度是怎样?这一次来,比从前加个□倍,原是心平气和的事。

据孙先生说:程砚秋此番来沪演唱之后,他不预备再唱戏了,所以这次在上海的出演,也是他开始结束舞台生活的一个纪念。老生是杨宝森,宝森近年在北平,挑惯正梁,不为砚秋,他岂肯挂这块二牌?所以有了这两种原因,砚秋此来的轰动,可想而知,何况配角如云,阵容之盛比上次之来,更加出入。

本来马连良是预备今年来的,因为当孙先生到北平的时候连良在青岛出演,不及接洽,所以预定他在明年的新正上去了。

(《东方日报》1941 年 8 月 23 日,未署名)

演话剧最难

记得我们演《雷雨》的那一次,虽然我只是去了个仆人乙,台词只有短短的几句,但我终觉得走到台上,被台下那种静穆的空气胁迫着,有点儿噤不成声,所以我再也不敢尝试话剧。后来,我们要组织一个孤鹰剧团,排过《寄生草》,我也只敢担任一个说不到三句话的汽车夫。

在尝试过平剧、话剧、电影之后,也算是经验告诉我吧,我以为电影最容易演,而话剧最难。我因此佩服桑弧、梯公,以十足的外行,上得台去,台词娴熟之外,还能够顾到表情,让台下人批评他们都能称职。

因此我索解不出,一般人连话剧演员本身,都认为话剧与电影在艺术上的评价,是话剧逊于电影,话剧演员一旦献身银幕,便沾沾自喜地,以为他们是"高蹈"了,这样的妄自菲薄,真无法知其所以然也!

上面这几句话,我并没有妄断,记得韩非在拍《夜深沉》之后,恰巧严周事件发生,而牵涉到了韩非,因此韩非有关于此事的声辩,他说周璇汲引他拍影戏,是周璇在提携他,他又是极端崇拜周璇艺术的一个。介绍话剧演员拍电影,便算是"提拔"了,岂非连韩非本人都小看了自己。

有人说:电影的观众比话剧多,电影演员的风头,出起来比话剧来得足,那是他们忘记风头与艺术的界限了!

(《东方日报》1941年8月27日,署名:唐僧)

眉　子

灵犀谓:大郎曾论陈蝶野先生之才为狂放,此言实误。陈先生自谓其诗已趋轶坡公,并黄山谷亦非之,愚恒疑其人之神经或有异状。陈先生所谓文言高其诗书画造诣之喻,未必能为今人所认同,惟待之五百年后,论自公耳!是非也可知。与其评陈先生为狂,毋宁称之为妄,而最好当用上海人口吻,曰:"迭挡码子阿有毛病个?"质之识陈先生其人者,以为如何?

眉子先生,亦昔年南京报人之健者,行文恣肆流畅,冠绝侪辈,顷得其一笺云:"大郎吾兄:弟已定明日去香港,再进内地,到后当函告灵犀兄转告同社诸友,勿念!常想来看你,又常不果,一则是懒,二则是弟不善交际,今将暂别,不能无怀,书此寄意,并望善自珍惜贵体,弟眉载拜。"在此寥寥数十字中,深感友情之切,予与眉子,晤面之机缘甚鲜,而相互关垂,则又彼此同其殷切。今读其书,乃悟章行严先生寄李根源诗,有"形迹疏时情转密"一语,为非罔诬也。

(《东方日报》1941年8月31日,未署名)

马樟花印象

天星越剧团,由马樟花领导,在九星大戏院出演,开幕的日期正是双星渡河之夕,后一天,多谢丁慕老送我两张戏券。越剧不是我所深嗜,不过从许多朋友的传说中,却一致称赏马樟花的面孔,说是非常讨人欢喜,有一时期,我在无线电里,也听过马同袁雪芬二人的许多戏,以为也并不讨厌,故而我倒很想看过姚水娟之后,再看一次马樟花。慕老的戏券送来之后,我欢天喜地,能够坐着前排的座位,不料到了这一天,我的两个儿子都害起病来,大儿子的痢疾尤其严重,使我心意如焚,再也打不起兴致来，便请惠明去看。惠明带了一个女佣同去，女佣从前曾在吾家服役，是绍兴人，她会唱越剧，听说还学过这个。

她们看了回来，告诉我说戏名《恩爱邨》，一出共分五幕的新戏，她们看了四幕，非常好，台上的马樟花是活色生香，台下的马樟花，又是婉娈多姿，我却不懂，为什么她们看见了马樟花的私底下？原来在散戏之后，丁先生又领她们去瞻仰过马老板的匡庐真相，故有此批评。马老板以外，丁先生给她们还介绍了支兰芳，原来这次马樟花组织的天星剧团，旦角台柱已不是从前的袁雪芬，而是支兰芳了。丁先生告诉我支兰芳也活泼善言笑，其气度不类越剧伶人云。

（《东方日报》1941年9月2日，未署名）

幼子被打有感

幼子在附近一家弄堂小学内读书，因为姚吉光兄与这家学校的校长，是认得的，他的子女都在那里读书，去年托他介绍我的孩子也去求学。因为吉光兄的关系，我儿子的学费还打了一个折扣。我对于儿子教育的事，向来不很关心，到昨天才知道这家学校，是在派克路协和里的竞雄小学。据说，昨天是上课的第一天，我的儿子课没有上，却哭着回来了，问他什么理由，他说校长要他穿一件长衫或者换一套西装，这样仅仅一身短衫裤，显得不是好人家子弟，所以把儿子打了三记手心，要他明天起，换了行头再去。爷也舍不得碰他一碰，却给这位势利校长打了一顿，孩子自然要悲伤起来！

说起儿子的长衫，倒有一段旧话好提，在今年将热的时候，我们老太太曾经与我提过，说孩子没有夏天的长衫，你若有便，给他们剪一些布料，我则说：有钱将来让他们穿西装，长衫大可不必置办。住在上海，年轻时候，让他们"短打"惯了，将来自有甯头，但看我从小披了长衫，自以为书香子弟，只落得今日穷困可怜，所以长衫这件东西，实在误了许多人的前程，我不要孩子做"长衫挡"，尽管让他们短打。老太太听了我的话，便也不再多提，老实说一句，家境清寒，衣食都不周全，聊免饥寒已足,还讲什么体面、好看呢?

万不料小学校长会生着一只"只重衣衫"的狗眼,所以我听得此事,真气得我七窍生烟。(明日续完)

(《东方日报》1941年9月4日,署名:唐僧)

贷 学 金

照这位校长的口气,似乎一个学校里,没有规定的制服之外,一件长衫,一套西装,便是正常的服装,可是我的儿子命苦,投在我这穷爷手里,就连长衫都不能给他办得周全,何况西装了。此番两个儿子上学,有许多朋友晓得的,我还是东挪西借而来,差一下要去借贷学金、助学金之类,让儿子去上学。因此我又想起了今日上海一隅,清寒子弟不知几千几万,贷学金未必能够支配,这些借了贷学金去上学的学生,未必个个有一件西装或者长衫可穿,如其每只小学都逢到这样一位"讲究体面"的校长,势必至于贷学金也是枉然借来,而举办贷学金的机关,还要附带一笔服装费用呢。

我根本没有诚心栽培我的儿子,一直让他落拓得同穷爷一样,不然,第一个条件,就不要放他进弄堂学堂。上海正正经经的小学是有的,我为什么不让他去?就是贪便宜,贪马虎,想不到到底还是碰了弄堂学校这样一个钉子,真是气数!

我主张让我儿子退学,我的儿子年纪还小,犯不着老早让他看见社会上这样一副面目,在这种校长经营的学堂里教育出来的学生,高明也是见鬼的,倒不如省几个钱,关在家里。我有一口气,便是养他到大,养他到老,也无妨碍。

(《东方日报》1941年9月5日,未署名)

《肉》

《肉》这张影片,到今天我才知道是华新的出品,而一向却以为合众公司的,所以我所写关于在《肉》上拍过几个镜头的事,无不说是合众出品,其糊涂亦可想而知。有一天,遇见马勤伯先生,他告诉我说:张善琨先生对他提起,说我演过电影了。我想偶然游戏,何劳这位影业巨头的关注？现在才晓得被我浪费的胶片,都是张先生的资本。

周翼华先生在昨天上午从上海坐飞机往北平去了,报纸上有他游平的记述,而大都说他是去亲自邀角的,望文生义的人,还说他所邀的角儿是某某等几许人,真是以误传误得可以。其实周先生此去,纯为游览而往,今年春天,他也去过,那是为了他的姊姊在医院里施行手术,他们同枝谊重,特地去探病,没有畅游的机会。这一次天厂居士也在北平,白天夜里都有一个清游之侣,当然此行的收获,要比上次多得多了。

嘉定人说回来,是说"归来"的,所以生病人失了魂叫起喜来,往往听见一个人说"某某人归来",另一个人说"归来哉!"昨天看见婴宁兄有一节文字,题目叫《文归来》,见此四字,忽然记起小时候,在故乡夜深时分听到叫喜的声音,有感而记述如上。

(《东方日报》1941年9月6日,未署名)

张文涓将登台

张文涓南来之后,今天是她登台的日子,而我却才于昨天晚上同她会面。昨天是周剑云先生在华侨俱乐部请许多老友吃饭,同时也替文涓洗尘。文涓见了我,虽然没有挽牢了香个面孔,然而终究也紧紧握了许多时手。我们真是忘年交,她一时也说不出一向对我怎样相思之苦,但她时时把一张笑脸向着我,在她频频微笑之际,我相信她把前尘影事,一页一页地在脑海里重新掀翻一遍,因为我在当时,的确有这样的感触。

她比从前丰满得许多,人也变了,青春妙女许多应有的姿态,她都齐备了,我对她说了一句不十分庄重的话,我说:二年不见文涓,哆是哆得多了。她发起极,娇嗔着说:"我勿来,唐先生哪能个咯?"

她今夜起的戏,在报上露了两天,第一夜《失空斩》,第二夜《探母》,有人问第三夜是什么？我便说《奇冤报》。文涓点点头,说被我猜着了,南腔北调人也这样问她,可知这些评剧家都没有常识,我毕竟是顾曲家,懂得谭派老生,打泡戏准是这几出。文涓的生意准不会错,朋友都送她登台时候的礼物,以壮声势,我想留下这些钱来,做将来公请她时候的本钱,送了礼物,我自己未必会看见,预备公宴时候去用,那末可以当面领略她的风情！

(《东方日报》1941年9月9日,未署名)

报 纸 笔 战

不久以前,有甲乙两张同业报纸,忽然发生笔战,笔战的两位主角,据说平素是好友,而突然翻起脸来,其中的一位,因为他并不曾化名,所以大家都晓得的;还有一位,虽然有人给我提过是某君所写,然而我却没有当面问过某君,所以不能证实一定出之他的手笔。他们笔战的起因,我绝然不知,我几次在乙报上看见一个新鲜的署名,再看看其内容,文字又是那样的犀利,词锋是那么的爽辣,欢喜极了。我以为今日的小型报,纵使不可登海淫海盗的文字,然而谈得玄之又玄的许多笔墨,也实在糟蹋了珍贵的篇幅,比较尖刻一点的讽世文章,实在是小型报顶好的材料。我本着这一片真忱,曾经写过一篇随笔送给甲报,我还把乙报的某君,揄扬了一番,又要求甲报这位朋友,也应该拉拢这些作家以图合作。我再也想不到某君讽骂的文章,这里有许多暗矢,是投在甲报这位朋友身上的,他见了我的文字,据说气得手脚都冰冷起来,以为我是存心去侮弄他。这误会要是第三者不对我提起,我一辈子会蒙在鼓里,我不至于这样险诈,所以还是把我真情述说出来,希望甲报的朋友谅解。

周剑云先生设宴的那一天,据说乙报的某君也列席的,而甲报的朋友也到了,他们见面的情形,非常难看。许多朋友更以此为谈资,我则说大家都已有三男四女的人,都不是小孩子,只要两人之中,有一个稍为"襟度"胜人一点点,决不会成功这样僵局,终究我们处世的功夫,还没有到吧！所以彼此,明明没有深雠,而弄得见面时总好像有夙冤未解似的,试问难过不难过呢!

(《东方日报》1941年9月10日,未署名)

写信给姚吉光

当我记述儿子上学,不穿长衫事件的早一天,特地写了一封信给姚吉光兄,因为他是介绍我儿子入学的人。深怕我发我的牢骚,而引起了多年老友的不快,谁知这封信送去得晚了,吉光兄至第二天与本报同时看见,随即打了一个电话与我,说了几句或痛或痒的话,当时我也感觉到不甚舒服,以为我是先打吉光兄招呼的,而再受到这样的责备,我简直怨恨他,认为他这个电话是绝对多余的。可是后来吉光兄又特地来看我,用着非常肫挚的态度和语气来对我说:他接到我的信以后,他特地到学校里去调查情形。因为姚兄不仅同这家小学是邻居,还是该校的校董,所以看见我对该校有不满的表示,他务必要使我明白这番真相的。据校中的级任先生报告姚兄,说我儿子自有许多行为越轨的地方,姚兄要我随时注意孩子的操行,他说唐某的儿子,就是我姚某的儿子,所以姚某看见唐某儿子品性有恶劣表演的时候,他是常常替我纠正的。与姚兄交朋友将近十年,从来不曾听他说过肺腑之谈,这些话却都是从心坎中流露出来的一种笃于友情之论,我实在感动极了,懊悔我太冒失了一点。我爱儿子,是迹近溺爱,原是要不得的,但我又没有精神,去指教我的孩子。从这件事发生之后,我又连日的悼念我的亡妻!

(《东方日报》1941年9月11日,未署名)

走　尸

记得先舅在甘肃回来的时候,我还不过十一二岁,他讲起在甘肃时亲眼看见"走尸"的一段情形,当时曾使我惊怖得夜里睡不着觉。前几年,他写的《西征闻见录》,也把这一节事,记述在里面,可知"走尸"是实有其事的,而不是一般谈神说鬼之语出无稽。

昨天，遇见徐子权先生，他也同我谈起在天津目击"走尸"的情形。死者是徐先生友人的母亲，年纪大约五十来岁，就在自己家里成殓，徐先生去送殓，当此事发生之前，他在厢房内，突然听得许多人惊叫起来，顿时灵堂上鸦飞鹊乱，有一个人本进厢房，随手将门关上，这时那死人已一纵一跳走出了厅堂，而到了院子里，这情形是要跨出大门，然还没有到门限的地方，好像脚下绊着一件东西，身子突然扑倒下来，于是孔武有力者，寻了一根粗索，把死人捆绑好了，着上衣服，盖入棺中。后来研究其走尸的原因，据说来了一个亲戚的女人，伏在尸边举哀，此人的旁边有一张大椅子，她坐在椅子上，预备凑近一点尸身，所以随手将椅子朝前一移，这尸体就随着椅子拉动的声音而直了起来，动作非常迅速，顷刻间已经转身外向了。

（《东方日报》1941年9月13日，未署名）

志汶和尚死

静安寺的当家和尚志汶，已于前几天死去。此人在上海也颇有名气，有名的原因，自然因为他平时无所不为，如今单说他这回的死。据闻他是住在静安寺后面一幢七楼七底的大房子内，一切的享受，与朱门富室，原无两样。那一天，天气炎热，他吃饱了饭，想打一个中觉，搬了一张大椅子，躺在上面，顶上却是一只大风扇，扇得他悠然入梦，谁知醒来之后，身体忽然感觉不快，知道这场中觉，打出毛病，肚子里的油腻，受电风扇的寒气，正在作怪。到了夜里，肚也痛了，痢也下了，寒热又是突然高起来，这才着急，请了个中医，吃了三帖药，而终于一命呜呼。有人说志汶的病，是伤寒症，医生下的药，却当了他感冒看法。他死了之后把尸体搬到殡仪馆去大殓，在灵堂上，居然有他的家属哭进来，于是轰传出来，成了一时笑柄。如今这只庙，由他的徒弟德悟续任方丈。德悟到年纪还不到二十岁，当手了这一份庙产，以后的头轻脚重是可想而知。所不太平的，这几天又有个仰西和尚，请了律师，扮起了面孔，要与德悟争夺地盘，在报上登着广告，直欲把志汶生前不守清规的史迹，要和盘托出。看来以后的静安寺,新鲜巴戏,还有得做给我们看呢!

(《东方日报》1941年9月14日,未署名)

李 祖 韩

无所为而为斋主人,曾经说李氏三雄,大先生祖韩是雅人,二先生祖夔是快人,三先生祖模是趣人。其实李氏这一枝,共有七雄,大概其余四位先生,与主人不甚相熟耳。不过祖夔先生根据了主人的评语,曾经把他还有四位老弟,也各人题了一个"×人",听笠诗说:有一位是仙人。那末来得更加风趣了。

大先生真是雅人,一切雅事,他不但工于欣赏,而且自己都动得了手,我听他同笠诗谈起画竹,翻覆引伸,滔滔不绝,不用矜其渊雅,而渊雅自见。他的五弟祖源先生(大概二先生的所谓仙人就是指的祖源),此人有仙气,而不嗜风雅,看见他几位老兄收藏之富,他认为一件最不耐烦的事。他同我谈起大先生的作画、纸、笔、墨,以至印泥,无一不讲究,纸往往十几元数十元一张,用的墨每颗值价五百金,而印泥上面,总是用金箔覆盖,而且用珠粉拌匀,所费亦复不赀。大先生似乎并不以为祖源的话说得夸张,而他客气地说:我画得不好,如果这些东西,再不考究,那末我的作品,更加见不得人了。

(《东方日报》1941年9月16日,未署名)

《肉》的出品公司

我从前误以为《肉》是合众的出品,后来看见报上广告,才知是属于华新的。其实说是华新出品,也是错误,原来从前的合众公司,本是华安的后身,至拍完二集《文素臣》之后,几位投资合众的老板们,对于电影事业,发生厌倦,所以把它结束了,而合众公司的名义,同时也告废除。不过拍电影的工作,至今没有停顿,合众的老人,为陆洁、朱石麟二位先生,他们改组为大成制片公司,他们的任务,是只制片而并不发行,换言之,就是替别家公司,包拍片子,如《碧萝公主》《龙潭虎穴》与现在的《肉》,及未来的《新渔光曲》,都是在这个组织下的出品。所以在一张影片开始拍摄而至全部试映的时候,这片子还是属于大成的,直试映过后,把拷贝送出去,而预备公映了,大成的制片权才告消失。情节是如此曲折,我向来不问别人家行政上的情形,因为实在弄不清爽,而且看见报上还有人提合众两字,所以我特地向陆先生问个明白,他告诉我始末情由。我脑筋简单,神思不属,听了而记得的也不过十之五六,现在姑且记述于此,如果不十分弄错,将来有人写起中国的电影事业变迁史来,这一节文字也足供参考的。如其这里面还有出入的地方,我只能找陆先生替我写上一段,以作更正了。

(《东方日报》1941年9月19日,未署名)

马 公 愚

听说马公愚先生的金石造诣之高,也不输于他的书画。有一天我问起他来,他说:目力不济,对于作品是要打一大大的折扣的,所以现在不大治金石。又说老铁的精力好,年纪也比他小十岁,所以老铁的一枝铁笔,真是越来越见得遒劲。记得永嘉马氏一家门,今年在大新开展览会的时候,我去看过一趟,我很喜欢孟容先生的画。据公愚说,孟容的工笔画尤其名贵,不过绝少流传。我所见的,都是粗枝大叶,没有一幅是工笔的,然而我毕竟欣赏了孟容先生雄奇跌宕的画姿。以外行人谈画,以为工笔的仕女,一定要出之金闺国士之手。所以我看见了马碧篁(公愚族妹)先生放在大新展览的几幅小件,为之徘徊复赏,不忍遽去,终于被我在公愚先生那里求了来,是一张画在素绢的洛神,还有他题的一首绝诗。据碧篁先生说:这是她经心得意之笔。区区何幸,得此收藏,真是近来的快事。昨天起的中国画会,又在大新举行展览,碧篁也送去四幅近作,公愚先生则有五幅画件,都是近时的精神所萃之作,展览大约有一个礼拜的时期云。

(《东方日报》1941年9月20日,未署名)

大上海影院重新开业

大上海大戏院,自归伍德公司接办之后,内部用了十几万元的装修费,显得壁垒一新,于昨天已经正式开幕。前一夜是招待上海的新闻记者,与租界当局的长官,以及先生女士们所谓名流者,到了一共有两千多人,都是来看中国联合影业公司最新巨制《新姊妹花》的试映。

平时不大看影戏,陈云裳红遍了影坛,她的戏,以往也不过看过半部《木兰从军》,而这一夜《新姊妹花》,我却看了个全豹。我不欢喜她把鸿翔公司的行头在身上一刻不停的乱翻,替一家服装公司做新装展览的许多镜头。我爱看她饰杨绮云一角的淡装素服,立在讲坛上几个特写,看出陈云裳的圆姿替月,方始知道这位南国女儿果然是绝世风神,论做戏,浪漫的角色,似乎也不及幽娴贞静的角色,来得对工。她表演一个浪漫的女人,有做作气,坐在我邻座的周瘦鹃先生,他也深同此感。

在王士元画展的一场中,银幕上可以看有两个名流的肖像,一位是袁履老,却与不见虞公洽卿,大概这只"番司"之所以不让他上开麦拉,也有深意的,恐怕上海人见了他,不会有好感,而影响了影片本身的销场。

这一夜适巧外面下着大雨,里面的地毯,都是新置起来的,给泥污的脚踏上去,我也替大上海可惜,他们临时用许多纸头铺在上面,以免糟蹋了东西。扶梯上,还有人家送的花篮,我楼上楼下都看了一遍,认为国产影片的戏院,惟有今日的大上海,才是标准的。沪光虽然也轰传一时,然而总嫌它有许多地方,气派不大,其余更加无论矣。

(《东方日报》1941年9月25日,未署名)

《卖相思》谱词之美

最近我真欣赏《卖相思》曲词之美。《卖相思》在舞场流行的时候,我没有留心过,及在仙乐舞宫,听姚莉唱这支曲子,才爱赏它音调和情绪的并臻上乘。昨夜偶然把许多电影插曲和不少流行歌曲,都翻了一翻,我只能辨识这些歌曲的谱词的优劣,结果只有一支《茶山情歌》和一支《卖相思》是此中杰构,尤其《卖相思》开头两句说"我这心里一大块,左推右推推不开",这是多少通俗的语气,然而却充溢着诗意,就当这两句是诗,也是诗中的好句。诗的好,贵在意境的清远,这两句即是有意境的诗。我从前有过一首,有下面二句:"惆怅无端杯在手,既推开去又成堆。"作好了自己非常得意,几位识家,他们也认为真是好诗。然而看了《卖相思》的这两句,我还惭愧,虽然诗意没有参差,而格调却还让它来得雄浑,我还不免有点雕凿之痕呢!在其余歌曲中,有的是太平凡,有的简直是恶札,最可笑的,一支叫什么《哦!妈妈!》本来外国的调子,好事之徒,把它翻为中文,真是不知所云。看了一遍,我拍床大骂道:什么"哦妈妈",简直入他妈妈!这好比严华的自作聪明,把"哈雀雀"也翻了中文,还灌了唱片一样的贻笑大方。说起严华,我又在许多歌曲中,发现一支叫做《叮咛》的歌,唱的人是严华与周璇,谱词的人也是饭桶,这里面有一句叫做"万一花天无正业",怎样也解释不通,这种人去做黎锦晖先生的灰孙子,黎先生也不会要的。全首的歌是男人唱一段,女人也唱一段,今天我没有工夫,明天或者过一天,等我高兴起来,我来把它改编一下。可惜再要请严、周二人合唱恐怕不会有这么一天,不然倒是非常有趣的事。

(《东方日报》1941年9月27日,未署名)

吴宫小马

马勤伯君,上海人称他为吴宫饭店小马者是也。十几年来,马君真所谓跌宕欢场,上海人几乎无不闻名而向往的,可是他今年还不到三十岁呢。十月一日马君为其祖太夫人,在宁波同乡会举行追庆,以其平时交游之广,这一天的车马盈门,是可以断言的。自下午至深夜,还有一台盛大的堂戏,名角如杨宝森等,大多参加。提议者是张伯铭君,以伯铭近年与伶票两届相交之厚,自然是胜任愉快的。

孙兰亭先生,特地偕同程砚秋先生过我,真使我面上飞金。以程先生在平剧艺坛上,地位的崇高,而下顾不才,如何敢当?黄金每次新角抵沪,孙、汪诸先生总要专诚同他们来看我,我只有感觉惭愧,这样逾情的见爱,使我中心不安,无可言状,而我在孙先生的公事上,或者程先生以及一切京朝大角的来沪献演,从来不曾给予些微的帮忙,所以我要恳切希求孙、汪诸先生,以后这样的厚爱,再也不敢当受了。以我同孙先生的交情,难道我还会因着孙先生的不周到,而有所异言么?

水上舞厅,开了一个多月,亏蚀达十万元之巨,世勋从此对于跳舞事业,便感到心灰意懒。今年为了有两个六月,谁都以为露天舞场是一桩好生意,又谁知两个六月,而会做着三个黄梅的呢?露天舞场的致命伤,便是落雨。今年夏季雨量如此之多,水上舞厅,如何不要大大的亏蚀呢?据世勋谈,今夏的雨,好像专门与露天舞场为难似的。在七点钟正是水上舞厅将要开门的时候,忽然洒这么二三十点雨,游客一看天气不好,便裹足不前了。可是到十点钟以后,皎洁的月亮,又照在游泳池上,然而这时舞客早已在别家跳得很起劲了。世勋从璇宫而办云裳,星六之夜,从来没有一个钱生意都做不着的,可是水上舞厅,却有几个礼拜六,舞场本身吃了汤团。

(《东方日报》1941年9月30日,未署名)

纸 老 虎

囤米的米商,人家称他为米蛀虫;把煤来操纵居奇的,又称之为煤蠹;还有囤积纸张的,揆之囤货者统称囤虎之说,则可以名之为纸老虎。纸老虎本来是现成名词,但原来的纸老虎,经不起一戳,一戳便穿,现在的纸老虎却凶狠万状,把我们几位同业的老板,一个个咬得走投无路。生而不幸为文化人,受了米蛀虫与煤蠹之毒,还沦为纸板虎膏其馋吻,所以碰着同业中人,无不疾首蹙额,以相传语曰:"个种日脚活过活伤矣!"囤纸而发财的,我们知道徐先生是一个,虽然大小老虎,有成千成百,但徐先生终是众中之一。白报纸比战前要涨到三十倍的高盘,徐先生为"与有力焉"的一人,也是无庸疑义的。我们办报的人,到如今一副重担压在身上,苦不胜言者,至少也受着徐先生一分雅惠的,试问叫我们如何不刻骨铭心呢?纸老虎从前一个个都看他们是瘪三,现在却一个个看他们腹便便做其富家翁矣,徐先生尤其锋芒显露,多了几个钱(就是白报纸变成花花绿绿的钞票),便想出其余绪,在酒色两字上用用功夫。徐先生目下正在"两事"并行中,酒,他是大马路一爿未开将开酒家的监事呢不知理事?反正他是大量投资的一位。至于色,那末仙乐斯时常可以听见他在姚莉唱完一支歌曲之后,接着徐先生的一声"虎啸",得意之状,可想而知。听说他在舞女身上,用起钞票来,五百只洋一只台子,是起码的盘子,阿唷!这里多少有一点我们同业老板的血腥呀。

(《东方日报》1941年10月1日,未署名)

为勤伯兄致歉

马勤伯先生为祖太夫人八旬华诞,于十月一日在宁波同乡会称觞晋祝,先一日我在本篇里,曾经记载此事,不知如何,会同朱凤蔚先生的吉祥寺之役缠误了。在文中,刊出的那天,徐子权先生特地来告诉我,真为之惶恐万状,虽然不是出于"存心",勤伯不致怪我故意触他霉头,但我中心的歉疚,怎样也放释不开,因先托子权为我解释外,更烦兰亭、笠诗二兄,也打个招呼,以免有人误会。第二天我真的不大敢去拜寿,好像忧虑着要被众人打杀似的,现在我更为勤伯兄重致歉意,惟求稍纾吾过。

◆丁筵琐记

丁知止先生令爱于归(那总不致于弄错了)的那一天,我与本报荫先生又是了却一桩向平之愿,自然中怀弥悦。芮鸿初君是总招待,芮先生是绸业巨子,而兼文苑名流者,这一天的宾客也多数是属于吃这两行饭的人,于是芮先生应肆其间,有"得心应手"之妙(此四字形容敬烟敬茶等等)。我们邻桌上有独鹤先生,还有一位孙老筹成,孙、芮二君都是以前新园林、快活林的健将,他们同严先生坐在一起,真如双星捧月。丁慕老、卢继影兄来得最迟,平襟亚先生盛称继影兄丰采之美,其实与其称扬卢先生的丰采,还不如称扬卢先生的文章。

◆飘泊者

蜂尾先生,赏爱黎锦晖先生的《飘泊者》,然而《飘泊者》在严华口中唱出来的,我人觉得情绪苍凉的几节,都是李后主的原词,不是锦晖的创作,所以《飘泊者》之好,不足以重锦晖,黎先生自有他戛戛独造的地方。翻开黎先生手制的曲本,终没有"万一花天无正业"那样的败笔,我所以叹服锦晖,常常怀念着这一位四五年不通音讯的老友!

(《东方日报》1941年10月2日,未署名)

乐振葆诗稿

二日晚间,李皋宇前辈,在乐振葆先生的府上设宴,邀我作陪。一到那里,就看见两本老先生手钞的诗稿,我知道他在辛苦经营之余,还性耽吟咏。据乐先生自己说,五十三岁以前,他还不会作诗,作诗还是二十年内的事,虽然已臻上寿,而精力过人,记忆力奇强,自己写的文章和诗,他都能随口背诵。这夜,因为有虞和钦先生在坐,虞先生是驰盛誉于近代诗坛的一位,乐先生似乎遇见了知己,把平生得意的诗都背给和钦先生听。据乐先生说,他一直负债,到今年才能清偿,去年,他还要付一万块钱利息一年。所以若干年前,他忽为绑匪架去,到了匪窟里面,他要证明他没有钱,写了首诗与绑匪传观,记得第一句是"我是诗翁非富翁",此老之风趣也可想而知。到得今年,既将宿债一举而廓清,他非常欣慰,因此作过三首诗纪念此事。在他往年的诗稿里,也有许多诗是为了他欠债而写的。我于是恍然大悟,要做一个诗人,一定要有精神上的寄托,譬如杜少陵一味的忧时伤乱,放翁是眷眷家国,而黄山谷只是孝念其亲,如今的乐先生,却大部分关心于钱债,所以他所有的警句,也都在欠债的几句诗里。这一夜此老灵犀,都把乐先生的诗,录存了不少,大概二三天内的报纸上,是会得陆续发现的。

(《东方日报》1941年10月4日,未署名)

中 秋 忆 往

小时候读杜工部的诗,"燕外忽传收蓟北,初闻涕泪满衣裳",常常以为费解,第一句既然是桩好事,为什么第二句又要哭起来呢?我那时过的承平之世,这种况味,自是没有领略过,到近十几年来,我才恍然大悟,知道少陵的诗,是描画得这样深刻。前两天我又涕泪满衣裳了,我知道有一天总会使我不仅要涕泪满衣,而且要号啕痛哭,本来极乐的事,一定要以极悲为先导,才是有味,我巴巴地在这里等待这一天呀!

今天是中秋,小时候我是乡下孩子,以为中秋,只有晚上的月亮,值得欣赏,在下午吃毛豆荚、芋艿,也非常可口,独不喜欢吃月饼。虽然年纪大了,嘴比从前馋了,但不爱吃月饼,似乎成了习惯,家里有什么莲蓉蛋黄等等月饼,我也是浅尝即止,没有多大胃口去大嚼它,但昨天我却吃了大半个,一边吃,一边在痴想,明年再吃月饼时,一定还有说不出的风味。我们处于今世,已到了"回甘"的日子,月饼是一年一吃的,现在是"回甘",明年一定是"苦尽"了。想到这里,胃纳好像突然强了起来,所以一直吞了大半个。

(《东方日报》1941年10月5日,未署名)

鸿翔公司的势利

记得前年不知去年,鸿翔公司里的职员,把一位服装着得比较朴素一点的顾客,当作贼看待,后经侦讯,始知此人亦大家女子,而且正在受高等教育,完全是鸿翔公司的职员,诬人作贼,晓得鸿翔的职员,都生着一双只认衣衫的狗眼。

有人说鸿翔是时装公司,你若穿得朴素了根本不是时装,他们根本也不会认你是主顾,你跑进去,不当你主顾,自然要当你贼用了。但据我晓得,鸿翔公司的上下人等,业已势利成性。昨天听一位朋友的太太谈起,上个月到鸿翔去定制一件大衣,看衣料着样子,不到十天,大衣已经由鸿翔送来了,送来的时候,钱由来人带去,但这位夫人,穿了一穿,嫌得领子太高,重新跑去叫他们改一改低,却没有时日了。过五天去催一催,没有做好,再过五天去问一问,还是没有舒齐。这位夫人一气非同小可,她说:他们钱一到了手,便什么都不关,这种所谓服务,太不负责任了。我对她道:鸿翔公司,根本谈不到服务上的责任,他们一味的势利,你做大衣,他们赶紧做,赶紧替你送来,是为了怕你不去拿货,甚至疑心你定了大衣而"取件无力"所以要赶紧办个钱货两讫的手续,及至钱已到他们手,那你要嫌什么太高,什么太低,是你去麻烦他们,他们没有工夫伺候你这一套,他们的工夫是在计算哪一天要送什么地方的货,与收什么地方的货款,这叫做势利的东西只在钞票上盘算。

(《东方日报》1941年10月7日,未署名)

乐振葆边吟边唱

前记乐振葆先生,晚年以吟咏自娱,客至,先生审其为知音者,则将新旧之作,一一背诵,不少忘佚,其记忆力过人,讵非寿征?而先生每背一诗,尤有夹叙夹唱之妙,似弹词家之说唱俱全也。所异者,先生为甬人,格调不甚类光裕社名家,不审四明文书,即如此否?今年先生以宿逋俱偿,心头为之一快,因作三诗,志其乐也。第二首尤为其自许之作,愚等饭于先生许,先生以此诗为和钦前辈,数数背诵,愚仿佛忆其词,惜不能为甬白,吾文乃未足以状先生口气之巧,旧尝听说小书,其调犹可以揣摩者,不辞媂陋,试效蒋如庭、夏荷生之口吻,如先生此诗,弹出新腔曰(弦子)唱:"韶华已过古稀年",白:老古话,人生七十古来稀,我今年已经七十三岁哉。(弦子)唱:"怕死因无还债钱",白:外头人看看,我市商做得蛮大,其实我个债是背得性命交关嘘,我个所以勿死,恐怕哦不人替我了格个一身债,到如今。(弦子)唱:"债负俱清向平了",白:那末好哉,债末统统还拨人家,妮子囡鱼,讨个末讨哉,嫁个末嫁哉。

(弦子)唱:"从今可以了尘缘",白:现在末我勒里等死哉。(按:末句"今"字"尘"字,俱有长腔)

又乐先生在其夫人五十生辰,赠以诗云:"记得当年嫁我时,青春十七小娇姿。而今两鬓渐添白,多少辛勤付女儿?"(见灵犀所记)此诗"小娇姿"三字,虽为小娇容之变相,然毕竟为先生所创作。弹词小说中,常有"小娇容"三字,为代表小姑娘者,其性质盖与"女裙钗""女多娇"之代表美人无异也。先生此诗,韵押四支,故着一"姿"字,疑先生亦《珍珠塔》《玉蜻蜓》之崇拜者也?

(《东方日报》1941年10月9日,未署名)

电车售票员揩油之风

项东川没有被电车售票员推毙前,我出门十次,有九次是坐黄包车的,难得坐一次电车。及至王万祥被判为无期徒刑之后,我却天天要坐一次或两次电车,售票员揩油之风,果然"暂戢一时"。不过昨天我付了车资以后,那个卖票员对我说了一声对不起,我向来不高兴同他们多讲话,看见他不把车票给我,我把我一只手,老是伸在他面前,他看了我几看,我的手还是不收回去,他好像恨我,轧了一张车票,狠狠的在我手里一塞,我马上藏了起来,心想他在我手心上用一些气力,我总吃得吃的,只要在我下车的时候,推起来稍微放轻一些,但这句话我只是私想而已,没有面致其词,怕他会老羞成怒,然而这情形在半个月来,的确只遇见这么一回。有人说,现在的乘客如其给了钱而拿不到车票,心头都有一种说不出的难过。卖票员在项东川尸骨未寒的时候,再要公然的揩油,似乎也有些难以为情,除非几个等揩油出来的钱,要开明天家里伙仓的,还是老着面皮受了车资对乘客说"对不起,等一等",然而终究是少数呀!

如今我要请问电车公司,这半个月来,你们觉得你们的生意特别兴隆,和进益特别丰足吗?这原因你们是心里有数的,问你们将如何感念帮你们争取利益的项东川?怎样去抚慰为了电车公司而牺牲者的家属?

附记:十日本篇末节记惊蛰先生信内提起的那只"杭州老虎",但刊出之后,"杭州"两字忽改一"纸"字,以致词意不能连贯,特为勘正于此。盖杭州老虎者,指一吴某为囤纸起家而系杭州人也。

(《东方日报》1941年10月12日,未署名)

看《蜕变》有感

上海职业剧社的《蜕变》,已于十月十日起,在卡尔登上演,开演的第一场,我就从头至尾看了一遍。你们不要听我平常常在口头自我宣传,说我在战后,也是努力于"剧运"的一个。其实我还是十足的洋盘,譬如看了《蜕变》之后,我明白曹禺这个剧本,对于人生的描写,比《日出》《雷雨》(《原野》没有看过),都现实得多了,这句话该不致于认识错误罢!可是坐在我旁边的几位朋友,他们是内行,他们不住的私相击节,说佐临的导演真了不得,开了幕,只看见导演活跃在台上,可怜,我哪里懂得呢?我仅仅能够欣赏到导演是把故事处理得那么有条不紊。

还是让我来说说演员罢,演丁大夫的丹尼,便是佐临的夫人金韵之,她在外国留学了八年,而是专门学习演技的,战前在南京当过国立戏剧学校的教授,佐临是专攻导演,他们夫妇二人,可以说志同道合,与曹禺都是非常要好的朋友。还据说:《蜕变》里的丁大夫,曹禺是针对了丹尼的个性而写的,自然,有这一分修养,走上台来,便觉得好看。戏并不做足,而情绪自然会浮泛在她的身上、面上,身份固自称适,气度尤不可及。第一天她发音轻了一些,到第二天却改正了,但我个人觉得太可爱的,不是丹尼,而是石挥的梁专员同黄宗江的况西堂。石先生的神情,与黄先生的音调,这两个小伙子扮的老家伙,都使我留了一个永不磨灭的印象,此外该数韩非与严俊了,戏也是这几位顶多。

头一场,蜂尾先生也在看戏,他说楼上包厢,有报人看白戏,因此谈到卡尔登行政上的腐败。话剧上演之后,楼上包厢,并不卖钱,专门留前后台人去观览的,这一天诚然有二三报人,连我在内,现在都是卡尔登和上职社的关系人物,这一点,大概因为蜂尾先生未曾预闻的。

(《东方日报》1941年10月15日,未署名)

话 剧 演 员

据说话剧演员不甘淡泊,所以纷纷献身银幕,其旨倒不在争取明星的头衔,实在因为演话剧的待遇菲薄,做了影戏,进账可以好一点。自然在生活重压之下,一个人不朝钞票叠得高的地方跑,此人便是傻子,这样我们就不能苛责话剧演员的不甘寂寞!

在话剧演员里,有真正有使我刻骨倾心的几位先生,我听到他们去做影戏,在"帮角儿"方式下去帮着一两个所谓大明星者去拍戏,我总替他们不平,认为他们太辱没了自己。譬如姜明之类,早已把旧根基忘记得一干二净了,那也不必去提。像韩非他到现在还没有忘记"剧运",还懂得自己使命的伟大,那末真不应该留《夜深沉》这一个"清名之累"!要晓得"卿本佳人,奈何伍侩?"像周璇这票宝货,她配请你去配戏吗?到现在你该明白,拍了这一张影戏之后,于你有什么益处!至多收入了几百只洋的报酬。曙色将呈现于眼前,干话剧的同志们,你们是光荣的,惟有你们将来可以见得了人,你们又何以不能暂忍一时,而往黑暗的地方钻呢!

当周翼华北游的时候,上海各戏报一致说他专诚去迎接平角的,有几张报纸,还说出怎样的一副班底,真是极望文生义之能事。如今他是空手而归,以前的误传,至此已不攻自破。上海职业剧社的假座卡尔登,打到长年合同,所以卡尔登即使要延致平角,也当在"上职"的合同满期以后,目前则专门上演话剧,"上职"的预订,《蜕变》之后是姚克的《袁世凯》,但为了服装赶不及,只有先让佐临的《阿Q正传》上去。

(《东方日报》1941年10月18日,未署名)

邓 荫 先 误 会

昨天遇见本报的邓荫先兄,他对我深致其怨恚之意。他说:人家都说唐僧的作品,有的写得好,有的写得坏,好的都给了人家,而坏的却留与《东方》,邓兄认为彼此朋友,不应该分出交情的厚薄来。我认为这是邓兄的误会,关于这一层,我曾经写了一段声明,在他报上大约就会刊载处理的,我现在所有冤无处申的是若说我真的分了交情的厚薄,而去巴结人家,那末我正是常常在吃着被巴结者的反手耳光。我因为那一张报上,近来一直谈神说鬼,实在看得我头痛脑胀,所以总想使它内容生动一点,于是所写的东西,每从风趣一方面落笔,要寻开心,自然不免有一个对象,但主编人却要太平得连稍为讽刺别人一点的文字,都不敢登载,不登载也就罢了,最怕他把我的稿件,削减得溃不成军。例如昨日的那段扶乩文字,连罗迦陵的名字,都要改为卢太太;密雪丝哈同,"哈同"两字也要用方框子代替;又如"姬伯"一定要改成"寄伯",这样小心翼翼,那末我总以为此公毕竟投错了一行行业。我本来听了邓兄的话,并不惭愧,以为一个报纸,有一个报纸的风格,撰述的人,自然随了报纸而转移其文字的作风,昨天看我那篇《高唐散记》,我才明白,我这一番苦心,是白用了,而对于邓兄,的确有些不安起来。

有人说:此公的性耽禅悦,已到了相当程度,所以心气和平,离解脱不远。不过我想它或者有这么一个志愿,但功夫还没有到家(因为究竟是凡胎俗骨不能够有那么快的)。在我理想中,此公一定还像我们一样:"名所必要,利所必争!"

(《东方日报》1941年10月22日,未署名)

谈 改 编

有人预测《蜕变》终有一天被人搬上银幕的,我也想,定是豁免不了。我于是求其次的希望不要让王瑶琴去改编为申曲,姚水娟改编为越剧,不然她们自说自话,王瑶琴来一个丁大夫,还去拉一个什么孔介滨做梁专员,那才使人难过咧!

我又在想,说小书的弹词名家,他们还是食古不化的人占多数,把《啼笑因缘》编了几只开篇,已算是标新立异得了不得了,他们哪里有唱本滩唱绍兴戏的先生女士们胆大,连《魂断蓝桥》都会放在他们或她们的嘴里乱嚼一泡。

其实聪明一点的弹词先生，又何尝不好把《雷雨》之剧本编为开篇呢？我们以为与其让越剧明星，或者申曲皇后肆无忌惮，还不如待弹词先生改编开篇，多少要比他们风雅而又蕴藉一点。

光裕社、润裕社这群先生们，你们将要没落了，自己该醒醒呀，不要让申曲、越剧，把你们的群众都拖散开了，千万不能再唱那些《黛玉悲秋》《昭君和番》等等老调，你们该往新的地方钻，西洋的电影，中国的话剧，都可以做参考的资料。教你们一个门槛，譬如你们看到《雷雨》第二幕周朴园劝繁漪吃药，一般你就可以用"吃药"二字作节目，在场子里唱起《雷雨》来了。

(《东方日报》1941年10月24日，未署名)

谈购藏书画

张小姐既从一客而为良家妇矣，近年以来，其婿以经营顺利，积资殊巨，拟构新居，顾补壁无物，因欲搜罗书画，问于予。予告以亦为门外汉，惟海上之书画名家，相识甚众，以予之介，纳资或可较廉于恒人耳，继念其婿既称广聚，且有力营新屋，又何事吝于收藏？予更何苦在清苦朋友前，刮此不必刮之皮哉？因告之曰：汝当为汝家先生费一年工夫，一周则至大新画廊一行，择其足以赏心悦目者，辄购之。如此一年，则上海书画家之作品，纵不网罗无遗，亦必得其大半矣！

因收藏书画，忽忆一趣事。往岁，予曾诣凌剑鸣先生寓邸，其会客室中，所悬之对联、立轴，大多为一人署名，联不止一副，立轴不止一条，视其字迹，殊非高品，因问凌君，何因有此？则曰：有友人困于资，忽以其书件多种，质于我，我畀以数百金，此人大喜，遂书上款，我以夙无收藏之好，有者尽于一室中，固自觉其不伦不类也。予笑谓之曰：若不视为风雅之品，而看作慈善机关之奖状，则亦无所谓不可挂矣！

一日，又入宁波同乡会，看名人书画展，楼下一室比楼上者尤不堪入目，此中实无一件东西，奉送与我，而我愿意收藏者。此种展览，如何能卖钱？岂上海暴发户一多之后，冤大头实在数不清爽邪！

（《东方日报》1941年10月25日，未署名）

"雀 跃"

周越然先生，贮禁书甚富，一日，曾以珍本寄沪上某法家，法家读竟，答周以书云："捧读来书，不胜雀跃。"周得简，于"雀跃"二字，为之密密加圈，重告法家曰：此老实话也，亦惟有用在此处，最为确切。

九福公司因乐口福问世，而重振根基，非特宿逋俱已清偿，昨年且有盈余，臧伯庸先生之功不可没也。唻乐口福，佥谓与华福麦乳精，初无异致，今世健身之品，多如汗牛充栋，顾欲求其适口者，则乐口福外，实不多遘。闻之人言，九福公司之补力多，与某药厂之××多，目下行销之状况相等，惟××多之空瓶，每只成本达三元之多，而补力多之空瓶，仅及××多之半，以此同样行销，获利遂有参差，××多若增价出售，又恐为补力多超轶而上之，将蒙不利。某药厂用是乃不胜其苦闷矣。

灵犀夫人看《蜕变》，谓况西堂演技奇佳。饰况西堂者为黄宗江君，年才二十岁，扮五十余高年之老成宿学，声容毕肖，于是为众口交誉。黄与冒孝鲁、舒湮二兄为中表亲，盖亦邃于学问之新青年也。

沪上报纸，一再记张织云潦倒故都，沦为神女。予友近自香港来，谓明明见张居于香岛，适医生某，相处甚安，而沪报乃不恤屡屡毁人名誉，居心如何？殊不可诘，讵稿荒之际，遂信笔杜撰邪？记织云事，令人念及宣景琳，闻渠近在沪上，生活如何？颇不获知，宣在当年与织云并蜚声于银坛者，为时且早于胡蝶也。

（《东方日报》1941年10月26日，未署名）

文 人 清 苦

严大生牙医师，昨夜又邀许多老友吃饭，席上都是小型报的特约撰述人，而没有一个是小型报馆的老板，除了主人和几位不相干的人以外,都是可怜虫。可怜虫聚在一淘,不禁迸出了一阵愤激而又牢骚的空气。何谓可怜虫呢?据有人计算过,战后生活最清苦的有两种人,一种是学员,另一种便是执笔的文人,文人如其只凭一支笔上收入来做生活费,那末别说养家活口,就是连一身也不足御其温饱,幸亏还有别种进益来补助他们,才能活到现在。

文人中之最清苦的,更无过于小型报的执笔者。固然,排印工的一再暴涨,白报纸也是升腾得漫无止境,已把小型报的老板们压榨得奄奄一息,迫不得已,把报纸的售价提高,以资挹注,但是在把报纸售价提高的时候,他们只打算与纸价排印费相抵,而从来没有顾及到写稿人的待遇也一起提高。因此一方说:他数年的稿费,至今还是一样。好像报馆当局,看他到现在还是吃的十四元一担的白米呢? 蝶衣则说:原因是写稿人与老板们是朋友,所以写稿人从来不好意思联合起来,对付报馆当局,一直隐忍下来,而老板们认为是写稿人的客气,他们也就乐得"铜钱两字"不提矣。我则说纵使老板的稿费,比现在加我一倍,我也没有好日子可过,所以存心交他们的朋友,不提就不提了。不过在老板的立场,却不能永远当阿拉呒介事的。

(《东方日报》1941年10月29日,未署名)

汪 梅 韵

吃夜饭招汪梅韵弹唱事,已志于昨报。席间,梯公语予,梅韵谓余,此日横云阁主人在他报著一文,记梅韵一诗,然梯公初未言明,梅韵之诗,乃为予而作也。至翌日,予始见之,则梅韵尝以予笔记中言其娇躯柔弱,梅韵因言,唐生亦瘦瘠可怜,奈何独讥侬柔弱哉? 因作一诗戏予曰:"先生难得到弦边,曾捧疑仙与小天。侬自不肥君亦瘦,如何同病不相怜!"诗固绝美,特不审果出梅韵手笔否? 若然,则其清才,故自可爱,予所虑者,或为横云好事,故谑弄我,若然,则惟祷之上天,罚横云主人,发一场小小寒热。梅韵风神婉丽,为睦斋主人所激赏。谢小天在沪时,尝拜于睦公膝下,今则睦公之豪情胜概,无复当年,不然,我辈俱好事之徒,又当为二方怂恿,成全此一场佳事矣。

丹尼请假之日,丁大夫一角,为严斐代演。论"劲道",严斐实胜于丹尼,特论气度之落落,舍丹尼实不作第二人想。丹尼已病愈,亦已登台,惟医者戒其毋劳作,故有时犹辍演。今《蜕变》之丁大夫,丹尼与严斐,无意间已成甲乙制矣。

厉汉秋先生,以名法家而性耽风雅,近岁更为吟咏,非欲就此求深造,特聊以遣兴而已,延宿学为之指授。灵犀四十生辰,李祖夔先生既祷以律诗,而汉秋先生,亦以诗章为祝。先生谓学近体诗,以绝起,而律句则以寿陈诗为始。灵犀得此,则弥觉光宠矣。

(《东方日报》1941年11月3日,未署名)

谈　诚　实

从小读教科书上,就有华盛顿与樱桃树的一课,记得周越然的英文模范读本上,也没有把这一课漏掉。我翻翻近来小孩子们读的教科书上,还有这一课,自然,文字的内容,不像《论语》《孟子》,老是这几句,不过这篇文字的流传不朽,势将与《孟子》《论语》一样。我解释不通,为什么教小孩子"诚实",一定要用华盛顿的砍樱桃树做题材,难道除了华盛顿与樱桃树之外,就没有其他的事实,可以感化小孩子吗?这问题还是在事以人传。我小时候,先舅常常以"诚实"两字来教训我,但我的根性恶劣,始终没有被先舅感化得动,枪花要掉的地方,还是必掉。曾经读过冰心女士的散文,那时候以为这文章太美了,先舅就告诉说,冰心的文章,得一真字,此境是不难造就的,只须平时不打谎话,就可以到了,若说学力,那末又是一个问题。这几句话,我到现在不能忘记,认为文章不能不真,真了便好。与真并行的,有美与善两个条件,美是技巧问题,善是工力问题,技巧与工力,都属于人力的,惟有真字却属于天生。从前《新闻报》出特刊,常常请教王西神写一篇献言之类的文章,有人批评作者学问淹博,其实这种文章,别说他人看不懂,去请教王西神自己,他也会莫名其妙的,所以这种货色,谈不到真美善,却是纯粹的劣货,现在终究淘汰了。

(《东方日报》1941年11月6日,未署名)

徐 案 报 道

徐颂尧被其弟砍毙一案,上海所有报纸上的消息,都是得诸"道路传闻",到现在也尚未见到官方公布。《新》《申》两报的再三考量,未予刊布,也就因为此案尚未经过捕房法院的侦讯,这样的出之慎重,其实在出版法上他们正是合法的行为。

从来小型报因为好管闲事,揭人隐秘,给一般人以为病诟,不料此风近来却侵染到几张所谓泱泱乎大报之流。譬如他们对于此次徐案的记载,在一大篇新闻消息里,批评与议论却占了大半,而词锋之尖刻,语气之轻薄,种种态度上的恶劣表现,比之他们平时咀骂得体无完肤的小型报,还要加甚十倍。而这种行为,在许多所谓泱泱乎大报之中,尤以××日报,来得出类拔萃。

××日报的副刊,平时专门以坍小型报台为惟一快事,几个执笔的人,自己先戴了一副"正义"的面具,批评别人,便连一个屁都不值,但是我要请××日报的主持人,你稍为费一点工夫,把这几天里所有登载徐案的稿件,无论新闻或者评论,耐着性子,一个字,一个字读下去,读完之后,再想一想,态度是不是光明?像这样刊载新闻,是不是一张摊在场面上报纸的正轨?我真替××日报的主持人可惜,你们未尝不想办一张可以交代得过国家民族的报纸,不料用着这批宝货,把你们的脸都丢得干干净净。因为我已经屡次听着人议论,说××日报这样的记载,很像因为"××不遂,借此泄愤"呢!

(《东方日报》1941年11月7日,未署名)

扶 乩 问 舅

龚翁蛰居于厕简楼中,作书作金石以外,亦恒以扶乩为遣。尝召先舅钱山华先生至，问以诗稿与文稿，亦有保存者否？舅谓在霏儿处。舅遗二女一子，子复，长女霞，适宝山张氏，次女霓，今岁始归吾弟，霏儿固无其人，然可异者，则二女之名皆从雨，而乩语之霏，亦从雨耳。惟先舅诗稿，大半散佚，存者亦不足十之三四，文稿亦非存于其女处，惟一兄为藏《西征》《破家》两录，而《陇上语》则存于予处，则乩语所指，又不可信也。翁又问大郎如何？则曰"大郎不好，脑筋转变"，又曰"眷迷荡妇，缘止则去"，此语果出之舅父所言，则舅父实厚诬其甥。予何尝不好，凭良心言，我现在正是十年来生活中，最可以告人之一个阶段，所不可训者，惟无能力以全一家生计耳。至于迷恋荡妇，尤非实言，若谓缘尽则去，此言或有可能，以男女结合，其前途正不可期，缘而常在，则缔之必能久远，设缘而随尽，亦自然相去矣。予久不晤粪翁，少暇当造厕简楼，将丐舅氏示我以诗，诗固出舅父手笔，予能一望即知。舅氏生前，予侍之为诗，其诗格予知之最谂。灵犀尝见翁与吾问答，扶者则为翁与培林二人，培林绝不信扶箕之说，以粪翁所扶，乩果能应对如流，故亦为之诧异不止云。

（《东方日报》1941年11月8日，未署名）

《肉》与连环画

桑弧兄的《肉》，自从摄成电影之后，因为卖座甚盛，于是被上海专门出卖色情表演的戏场所觊觎，把整个的故事搬上了舞台，"意识"二字，被他们不知歪曲到了什么地方去。据桑弧兄说：他曾经去赏鉴过这帮混蛋的表演的，结果他在回来的路上，只是苦笑，只是摇头。

我一向以为书摊上的连环图画，只写一些武侠神怪的故事，来毒害儿童，如今才明白他们现在也采用色情的描写。而不幸得很，桑弧的《肉》也被他们抄去连编了八本不知是十本的连环图画，题名也是一个字的《肉》。我有一天，在小脚老九那里去随喜，在她们一间坐憩的房间里，看见了这本最近出版的"名著"，本来《肉》的原著里面，是有几个咸肉庄的场面，老九把这本书买到家里来，大概是做参考用的。记得当初桑弧的剧本，原名是《灵与肉》，而改一个字的《肉》，是出于新华公司老板的主意。这一个主意不要紧，却挑了这批毒害社会的东西们，赚了一批伤天害理的洋钱！

《肉》以外，还有一种连环图画的名字，叫《严华与周璇》，我实在没有心思去翻它一翻。我想丁先生如果看见了，一定会买一部回去看看的，这里他老人家少不了有一个角色，劝严华吃酒啦，叫周璇唱歌啦，等到婚变以后，他老先生又是如何的神色沮丧。

白报纸飞涨到现在，而连环图画却还在翻新立异的层出不穷，可知它是有读者。我不禁担心，舍间的两位少爷，是不是这种刊物的醉心者？倒要回家去把他们查究一番。

（《东方日报》1941年11月12日，未署名）

周氏三妹国画展

堂子里女人，说"恨海难填"的"填"字为"真"字，这不算稀奇。有人听见某舞女念"阿Q正传"叫做"阿皮蛋正传"，这才使人绝倒。所以有人说，"蜕变"的"蜕"字陌生，下一个剧本"阿Q"的"Q"又何尝是普通呢？

在南社里有一位柳亚庐，不知就是柳亚子先生否？这要请教老凤先生，他说起来一定又头头是道。

龚翁先生寄给我一张请柬，是为了周氏三妹的国画展览会，而要我去参观的，周氏三妹者，是少熙、叔慎、宗晖，宗晖下面，还注柏李两个字，不知什么意思。柏李，是不是剧艺社的演员？信封上印着周氏三妹国画展，其实非常大方，但看惯了上海的"舞文"，这个"妹"字，令人有不甚庄严之感，因为好像记得有什么梁家三赛、邵氏三妹。她们的画展，自十三日起，十九日止，龚翁推荐甚力，其作品之有异恒流，可无庸议。

在吴天厂尊人仙寿席上，认识了长城甘氏。后来有在引凤楼头，曾共杯酒，这一天有竹居主人也在座，独少一位知止居士。昨天看见甘氏写的一篇记引凤楼的文章，也为了知止老人的缺席，而认为遗憾！

罗迦陵下葬的第二天,报纸载着巨幅新闻,而且还有照相。照相上面,穿麻戴孝异姓的孝子孝女,成群结队,我穷了目力,认了一认却没有找个一个浮云先生来,大概他没挤进去,抢一件麻衫着着。

(《东方日报》1941年11月15日,署名:唐僧)

《蜕变》被禁演

《蜕变》突于十五日上午,由工部局通知卡尔登戏院,暂时停演,闻者以为可惜,其实花开正好,亦宜自敛容光,使人留有余不尽之思,自是佳事。按《蜕变》上演凡三十八日,当在五十场以上,其卖座情形,第二星期比第一星期好,第三星期又较第二星期为美,至第四、第五星期,则已如火如荼之状态中。当鲁迅先生逝世五周纪念之前,上职曾拟排《阿Q正传》,名为纪念鲁迅,其实亦因第一星期之售座,并不甚好,患其不可久持,不得不预备第二个剧本耳。又孰意情形转佳,且成欲罢不能之势,故将《阿Q正传》搁置,今事出仓卒,布景尚未制就,乃不得不延至明日始能上演。三日停演,损失达一二万金,上职剧社惨淡经营,凡此消耗,亦殊感其不胜担负之苦也!

孙兰亭兄,尝与伯铭、元声诸兄往看《蜕变》,兰亭为之感动,及归,告于玉霜簃主人,谓看戏而使我流泪者,惟今日之《蜕变》耳。兰亭如女人之善作嗲,以戏馆经理,作嗲于四一名旦之前(四大名旦之一称四一名旦),其情尤为亲昵,以兰亭平时,无事不吃豆腐,我未信戏剧力量,足以感动其人至于流泪。然砚秋毕竟诚笃,信其言,于是必欲一看《蜕变》。丐兰亭为购券十张为星六日场之戏,孰意此剧即于是晨被禁,不能上演。砚秋徒劳往返,而不获欣赏此一时佳剧,讵非憾事哉!

(《东方日报》1941年11月17日,未署名)

刘恨我逝世

友人冯士璋君来告,谓刘恨我先生,近忽逝世于贵州之独山,当年胜友,又缺一人,诚堪怆悼。士璋与恨我交善,因拟召集海上亲友,于明日假牯岭路之净土庵为之诵经追荐,生死交情,恨我亦当感冯君之高谊矣!予曩为《大晶报》撰述,尝为闲文,以婉讽恨我者,恨我不悦,向梦云声辩。及愚为报人,恨我即来论交,则知其人亦一诚挚之少年,然聚会无常,渠复弃商而入都门,一行作吏,年不获一二晤,战后尤未曾一面,不图遽传噩耗,年才三十有六耳!

徐案发生之后,盛传若干报纸,被徐氏家属贿以重金,而致"封锁新闻"者,于是又有若干报纸,亦以道听途说,张扬其词,尽污蔑诋諆之能事,顾其如何居心,令人莫辩,我今欲为读吾报者问之。譬如今日海上,又一风化案件发现,被控者为一经营某种事业之人,案发后,此人四出向报馆方面关说,一面又将其经营事业之广告,送登报纸,于是报纸乃作金人之缄口。此种行为,请问是否属于贿赂之别一方式?抑为不过聊以联络情感耶?

报载克美医院之周惠礼,奸污女护士事件,昨日又有一二家报纸刊此消息。予以为报纸不妨同读者合作,对于克美医院之内幕,共起加以研讨,所谓戒烟与接生二事,社会人士,似一向加以怨诋者,此际执笔诸君,正宜放出良心,为社会造福。本报读者中,如有曾经受过克美医院之"惠""礼"者,务希详述经过,无不乐于刊登也。

(《东方日报》1941年11月20日,未署名)

目 击 捕 盗

昨日下午,佩之过翼楼,予方款之为深谈时,窗外忽有巨响,凡三四发,审为枪声,推窗望之,则一捕方持枪在手,若有所伺,顾无盗踪。时有人指之曰:盗自白克路东窜,入同春坊矣!捕乃前奔,既而又闻枪声大震,而行人四避。移时,捕又还语人曰:盗被弹踣地上矣。捕两手各执一铳,其一盖夺自盗也。因以电话致捕房,顷之中西探捕群至,各持枪实弹,路人以盗已受创,亦都趋视,乃闻盗死于同春坊弄内。时有一女郎方步行出巷外,中流弹,亦负痛而仆,及救护车至,先扶盗登车,再扶女郎，女四肢皆挺，若已死，而余粉残脂尚满头颊，然路人观者众，而当时皆不知盗劫情形。时在下午三时后，晚刊俱未载此新闻，予与佩之，则为目击彼华捕发枪击盗者焉。予为之心悸者，良久不已。次日，复坐街车还梅白格路小菜场，又闻静安寺路，发生盗劫行人案，又有警捕待枪捕盗，复大骇。天寒岁暮，行路为难，予两日里两逢其事，自此且益具戒心，真不知何以自全也？次日报载劫白克路唐医生之盗，窜入同春坊，而为捕格毙，时又有一二十余女郎，亦遭流弹负重伤，予固见之，惟农花之女，亦受一弹，则殊未见。亦未闻路人传说，而报纸载之。果尔，则农花夫妇之伤痛必甚，书此以慰农花伉俪，孩子不知作何状矣？

(《东方日报》1941年11月22日，未署名)

乐振葆诗

十二月份之《万象》，质量丰富如前，蝶衣兄有笔记，谓予见乐振葆先生诗中用"铁门"两字，曾加以非笑，此则甚为惶愕。乐先生之诗，诚不足使下走服膺，拙作中亦尝加以调弄，惟以乐诗之病，似出于弹词家口中之"开篇"耳！弹词与诗，究为两事，惟开篇而出之高手，此中往往有诗境，若为诗而出之庸手，则亦流于弹词矣！予见乐先生诗甚多，惟始终未曾言及"铁门"两字，乐诗似亦未曾用过"铁门"二字，蝶衣忽着此语，定为记忆之误。予之旧作，固不难覆按也。况予于诗中之用"名词"，固知宜跟随时代，亦曾屡屡于文字中言之，读者或犹有能记吾言者。譬如谓有人作诗，用"电灯"二字，或笑其不雅，而须改为"银缸"，此则予岂不知其为狗屁者？生平爱林庚白先生诗，固不仅以林先生之才调卓越，亦喜其诗之能推陈出新，描写都求现实耳。

今岁尝啖蟹四五次，所得尽口腹之快者，仅一度而已。昨日归家，见巷口有蟹摊，蟹不甚壮，而索价奇昂，每枚须两元四角，比上次所买，贵两倍。时有一老者，着大衣，衔香烟在口，选篦中之蟹，使卖蟹者系之绳上，予问老者，值几何？则亦如卖蟹者之言，是时复有二三少年，皆洋服，忽拥至，欲市蟹，不问价于卖蟹者，而问价于老人，老人亦告之。少年哗然,谓老人曰:"你也吃得起的,我看你夜饭米阿曾端整好,还来买蟹?"言已径去。老人怒目送之,而不敢还一语侵之也。予始悟此老人为卖蟹者之同伴,冒买蟹人而故纵其蟹价者也。少年之言,虽甚卤莽,要亦极痛快淋漓耳!

(《东方日报》1941年11月25日,未署名)

传金素雯嫁

素雯近演《杨娥传》于辣斐剧场,魏如晦先生,赠二券来,一与鄙人,一与桑弧,予欲行又不决,以赠券须换座券,予以短视,须坐前排,恐换得之券,未必为佳座,则看又不如不看矣!辣斐以道途修阻,若先往换券,则复不胜跋涉之劳,此愚夫妇之所以尚未一见《北京人》也。此事可憾,不知桑弧昨日曾冒雨一行否?报间传素雯将作新嫁娘,又谓其自和合坊迁于贝谛鏖路,其实此两事胥不确。素雯将来做新嫁娘,为必然之事实,但时期不在明岁新春。此人于舞台生涯,目下似尚未能忘情,小报间遽以此宣传,二小姐乃笑人言之不可尽信。又和合坊之房屋,租赁人本为金氏姊妹,际此居住问题十分艰难之日,金家固未尝作莺迁之计,此又是传闻失实者也。事本小事,惟为此以正听闻计,愿纾所知,为读者告可乎?

《阿Q正传》初演时,卖座复不甚美茂,越二三日,始又为观众轰传。愚于第一日即曾见之,闻此剧以匆匆上演,草率在所不免。佐临乃日日为演员施以删润,譬如文章初稿未必动人,其后则日见楚楚矣。台上人有赤身露踝者,天奇寒,若辈以是为苦,观此令人陡念信芳演《文素臣》时之脱衣向火,同为挣的是卖命钱耳。

(《东方日报》1941年11月26日,未署名)

孙兰亭滑稽

兰亭平时几无事不作戏言,其人又滑稽突梯,一言乍出,四座为之绝倒，于是朋友称之为"小绍兴"，谓其好做人绍兴也。"做绍兴"三字，在上海亦为俗语之一种，仲贤先生著《俗语图说》时，于此三字殆无考究，而我人亦无从知其义者。顾兰亭虽好做绍兴，其心地则殊良善，凡有义举，惟恐后人，近顷与翼华商，拟于年终串义剧两日，筹款所得，悉惠贫寒。意友人中之闻风而兴者，必大有人在，譬如张伯铭兄，少年好义，亦嗜皮黄，闻兰亭议，无有不泛刃而继其后也，事将大定，俟议剧目以后，再当为读者诸君告。

侯玉兰此来，丰腴益殊昔日，料其婉娈多姿，亦视昔为殊矣。玉兰之剧，得循规蹈矩之美，而水袖功夫，尤称佳绝。予尝观其演《武家坡》之一个进场，至今尚留有余不尽之思。近世坤旦，以功力胜者，惟一玉兰耳。

或言须生无不有芙蓉癖者，惟纪玉良实不染瘾。高庆奎欲使高盛麟改须生，首令其吸阿芙蓉，其愚殊不可及。近隶天蟾之李少春亦无痼癖，惟此已足为我向往矣！

（《东方日报》1941年11月28日，未署名）

白 面 大 王

有人说上海一共有八个白面大王，至现在为止，有六个都食了恶果，横死的横死，倾家荡产的是家室荡然了，只剩下两个人，似乎还安然无事，可是今年两个中的一个，家庭中也生了惨变。除了这一个之外，还有一人，晓得他的姓名、住址，据说家产也上好几千万，自建洋房，此人从前是一家点心店里的堂倌，后来不知如何，同店主人的女儿，姘识上了，把女人手里的几个钱，拿出来做白面生意，几年之后生意越做越大，财产也越积越多。这个女人，因为丈夫的起家发迹，都靠她的一份本钱，所以有了钱之后，气焰熏天，家政财政，都操之己手。他丈夫成了个缩头的汉子，现在他的丈夫知道从前的行业，误尽苍生，所有的钱，都是昧心而得，惴惴然果报之不爽，所以一心向善，什么好事，都要轧一脚，深怕也要蹈那以前七人的覆辙。但是他的女人，还仗了财势，刻薄他人，不过恶报却还没有临到他们头上，任她还在作威作福。我不大相信有因果之说，但奇怪的是营白面起家的人，结果实在数不出有一个善良的。周氏弟兄弑父案中的死者，也是在东三省做白面生意，而他的死情却如此残酷，这样看来，更加可以叫人猛省。还有人说：某大药房的老板，少年时也曾干过这个行当，所以后来，尸首不还。这些都是传闻，也未必全无所据，特志之以警世人！

(《东方日报》1941年12月2日，未署名)

姚笠诗四十生辰

认识姚笠诗将六七年了，而近两年来，我们的过从尤密。姚先生是一个治法律的人，然而其他的学问，他几乎没有一样不贮藏得十分丰盈，通今博古姚先生是当之无愧的。因为我个人性近"文事"的缘故，所以特别爱好姚先生写得一手好字，和他对于旧诗有颇不寻常的见解。姚先生除了致力于学问之外，简直说没有什么嗜好。有一天，同耀堂先生闲谈，耀堂先生很风趣的说："姚先生不欢喜女人，不欢喜赌，不欢喜烟酒，人生至此，不将叹兴味索然之苦。"我便说：他爱好风雅。其实姚先生嗜好是有的，不过不甚显著罢了，约略举几点，譬如唱戏、吃和他平时的不废临池。

有一天从姚先生嘴里吐出了"触俆"两个字，他自己觉得了，有些不好意思，便说："我因为同大郎出入相偕得太久了，所以也沾染了一些'马路英雄'的气味。"我马上回答他："我近来的做人，往往有'有伤忠厚'的地方，疑心我一直同讼师们厮混着，所以变得刻薄起来。"我们平时常常这样嘲谑着。

明天是姚先生四十岁生辰，平常比较接近的朋友，都往祝嘏，我本来写几首寿诗，为老友借祝遐龄，但为了平生不欢喜为应酬的诗，又以往也写过许多诗给姚先生了，再也写不出什么"佳章"，所以匆促间写成一篇短文，为姚先生留个纪念。

(《东方日报》1941年12月5日，未署名)

笠诗生日宴盛况

昨著文为姚笠诗先生四旬妙诞纪念,其日为十二月四日,盖废历十月既望也。老友之登堂称贺者,都六七十人,笠诗设盛宴以款佳宾。名舞人陈雪莉女士,视笠诗为生平知己,闻讯,亦盛妆而至,无数青衫,忽添红袖,遂觉融然有春意。李祖夔先生,挈关正明君来,众请试歌,于是招琴师,会歌于笠诗书斋中,以正明唱《甘露寺》始,笠诗亦歌《法场换子》,以酬来宾,于是翼华、梯维、绍华次第而歌。众以雪莉曾献身氍毹,声容之美,万口争传,因亦请小试娇喉,而雪莉婉拒,众复请,固拒。厉汉秋先生,是夜中酒,兴甚豪,为雪莉躬身为礼,亦请之试也,汉秋且谓:吾侪苟得闻陈小姐一腔一调者,我且以维扬新曲,为攀清雅。于是一室哗然,竟不必听雪莉之歌,而欲一聆此当世名法家之新奇曲调矣。以是于雪莉之唱请益坚,雪莉知不可更拒,乃唱《鸿鸾禧》,戏名何好,此曲又何高也。汉秋先生果不食言,先唱"捉放"数句后,以"扬州调"殿之,众为绝倒,复以正明之歌,而结束此会焉。笠诗于襟前缀红花,周旋于众宾中,为状甚乐,同人等见老友纾眉,亦为之欢悦无量。

(《东方日报》1941年12月6日,未署名)

某 小 旦

某小旦这次到上海来,却给上海的舞女们缠住了,他上飞机场回北平的那一天,赶到飞机场去送行的有六个舞女之多。其中一个,是兰姑娘,据她告诉人家,她送过小旦一只爱而近手表,别人疑心她吹牛皮,后来那个手表店里的店倌,替她证明,说她实实在在用一千几百块钱,买了一表,此外还拿出六百只洋,送给小旦的师父,叫师父不要干涉小旦平时的行动。

说起了小旦的先生,此人与我是同乡,还是同窗,他姓李,他父亲会得画图,也会得唱戏。他在小学毕业之后,便到北方去,在故都的一个医科学校里任事。记得我在北方的时候,遇见他在杨梅竹斜街的一个房友清唱的地方玩票,在我二十岁时闻说他的艺事已斐然可观,但是不等他出大风头,已败了嗓子,从此授徒自给,一直到现在,总算教着这小旦,让他不致于到沦落的地步。前年小旦到上海,听说上海有人不满于小旦的先生,又闻此君对于小旦的待遇,也一如本家之与对人。我起初以为人言未必可信,现在看看,倒又以为人言不可不信,不然徒弟受女人倒贴,而师父也在旁伸一只手,这究竟不是用的"雅钱"!

(《东方日报》1941年12月7日,未署名)

婉谢书件

　　孙老筹成,上月里忽然拿来一张素纸,说是有个朋友,点定要我写一条横屏条,又说一共四条,请四个人写。我当时也未曾问他其余是怎样三个人?而以为这位收藏先生,嗜痂有癖,一定要我的几个劣字,当个纪念的,所以当时一口答应孙老,倒并不是忙得无暇执管,实在因为"件头"大了一点,使我有难于落笔之苦。因此因循了下来,不道昨天又接得孙老的电话,他说还有一人的书件,已经写好送到,他的那位朋友,只等我的一条,写好了,便好付裱悬挂。我一听正在吃慌的时候,而孙老又说:其余三人,一个是马公愚先生,一个是陈蝶野先生。说到这两位的大名,我已经在心跳起来,所以后面一人,几乎没有听清楚,好像是钱瘦铁先生,纵不是钱先生,反正也是一个名家。我自己明白,我的东西连"登品"的资格还够不上,其余三位,不管他们是不是千载之物,然而在当世总已被若干人认为是一"家"的了。所谓名家堂上,哪有唐某的座位?因此在电话里埋怨孙老,不该与我开这个玩笑,而孙老只说:并不是他与我开玩笑,实在是他的朋友点戏,请他这样办的。我现在把实情写在上面,希望这一节文字,能够给孙老的朋友看见,他如果肯顾念到他的收藏,不致于弄得不匀称,或者已经打听出来,唐某的作品,是一种所谓"恶札",而饶过了我,在我是万幸,在这位先生,也未尝非"收藏之福"。语出真忱,若是虚伪客气,必遭天诛地灭。

(《东方日报》1941年12月10日,未署名)

请王熙春唱堂戏

最近,有人托我代请于素莲与王熙春两人,唱一台堂戏。据说有一位某商号的小主人,是戏迷,平时醉心于、王二人色艺之美,他自己学会了一出《斩经堂》,于是想露一露,而王兰英一角,便属意于素莲、熙春身上。起初他挽了一个熟人,去请托翼华,恰巧翼华近来身体不大好,正在闭门养病,于是找到了我。来的人说:只要二人之中,有一人答应,于愿已足。我则告诉他与素莲已久不见面,且此人居处,从来不大相熟,恐怕未必成功,惟有熙春那里,可以说说看。谁知熙春忙着拍戏,她实在没有工夫,分身唱戏。我便把这话告诉那人,而其人复与我婉转商量,情词恳切,我也明白戏迷的心事,他如果能够同角儿登一次台,比什么都会欢喜的,所以我倒有心玉成好事。谁知再待我向熙春要求,而熙春的电话,怎样也打不着了,这件事在他们以为是憾事,我却也代他们不安了好几天。

据说黄桂秋要演《王老虎抢亲》,而王月英一角,因为没有人承乏,便想请熙春担任。熙春与桂秋谊属师生,熙春平时,非常敬重桂秋,现在先生要徒弟帮忙,自无推托之理。戏是好戏,角色是好角色,这一次桂秋或将以此剧而轰动一时矣。

(《东方日报》1941年12月11日,未署名)

提议信芳献艺

有人说:大光明等的第一轮戏院,因为了新片的来源间断,而老片子又不能常常重映,所以这些戏院,对于节目的方针,似乎有变动一番的必要。我因此提起了许久闲在家里的信芳,他当然也感到苦闷,又何妨以献艺来疏散其身心。如果大光明之类的戏院,有意延请他来唱一个月或两月的短局,未始不是两利之道。我以为信芳在上海,又有半年多没有登台,上海的麒迷,正有望穿秋水之苦,所以信芳只要肯登台,叫座绝不会生问题。而因为是短局,座价不妨卖足,像大光明的地方,以信芳今日之声价,卖十元以上,至少没有人会说太贵。不过有一个问题,比较困难,就是他的班底,现在已走散四方,如王兰芳、李长山、马春甫,都进了更新,刘韵芳又从百岁到了外埠。虽然要唱戏,不是非他们不可,不过究竟是老搭档了,少了他们,使整个的戏未免要稍形减色。据我所闻,信芳自从辍演以后,上海所有的戏院,差不多都同他谈判过,而结果终未能成为事实,此路既然不通,何妨开拓新路,第一流戏院的当局们,他们不知会计议及此否?我则纯粹以麒迷的立场,为戏院当局与信芳两方,贡献一个计划,如其真的谈起公事来的话,岂不是全上海无数麒迷的福音?

(《东方日报》1941年12月13日,未署名)

朋友家的噪音

这两天我又背家出走,老宅里已无容榻之地,幸亏朋友交得好,看见我狼狈的情形,殷殷相劝,邀我到他家里去住几夜,把他们睡的席梦斯床让与我,我则同一位芳玉居士,风雨联床了几夜。朋友家里款待的丰厚,起居的舒适,比之寒家更好,所以为憾事的,我这位朋友当初择邻不慎,他住的那所房屋的间壁,是一家小工厂,天亮了没有多时,这只马达的声音,就响了起来,一直到晚上十时,才能停止。第一夜我是看见天亮的,正想合睫,而这个繁响已起于耳畔,响得不仅把窗上的玻璃在震动,便是我睡的那张床,也似乎在摇了起来,大家都比方是乘在宁波轮船上,其不宁静就可想而知了。以前我的朋友为了这家工厂,曾经请警务处去向他警告过,要他缩短工作时间,起先是应承的,后来又"日久玩生"了。我的朋友日子住得长久以后,他们似乎也听惯了这声音,便不大嫌它讨厌,而初次尝着这种滋味的我,非但睡着不安,便在坐立时,也为之增加许多心意上的烦乱。记得之方住的地方,楼下是沿街的

305

菜市,有一天早上我去看他,菜市上嚣杂之声,好像完全在之方的卧室内,然而他若无所闻,依然寻他的好梦。这也是与我那位朋友听惯马达声音,同为日久则安之理。

(《东方日报》1941年12月15日,未署名)

坤旦能作文者

某戏报记李少春同来之白玉薇,雅能文字。友人曩旅故都,尝于席上遘白玉薇,则谓其人作女学生装,活泼泼地不拘俗套,盖颇不类一梨园子弟也。程砚秋字玉霜,将"玉"字改"御"字,故又号"御霜"。闻玉薇亦仿其例,自号曰"御葳"。又谓名字中着一"玉"字,颇为恶俗,因欲去之,其实侯玉兰、李玉茹与白玉薇俱为戏校学生,以"玉"字为排行者,若去"玉"字则玉薇固不免贻数典忘宗之诮矣,故玉字不必去,而别号则不妨多想几个。玉薇亦如海生兄之醉心新文艺,新文艺作家,往往以两个字为名,故白玉薇又自名为白薇,以符巴金、老舍、茅盾、丁玲两字为名之意。凡此皆为某戏刊所载,予以为此乃戏报之好材料,惜不多见耳。

南方坤角之爱好文艺者,特一金素雯,其人用功,故成通品,写白话文自斐然可观,即写文言文,亦多可诵。此东方之开丝令赫本,诚不必以演技见长,而自有可爱者也。其他坤旦,则勉强识字者有之,若令之作文类多不堪落笔,以王熙春之冰雪聪明,且无能涂抹,其他更不足道矣。

颇闻侯玉兰亦能作书。侯与傅德威善,傅曩日出演于海上时,侯居于津门,恒以书来,戒其在沪勿为浪游,以上海为坏地方,劝傅戒绝冶游,其情深一往,盖可知也。

(《东方日报》1941年12月24日,未署名)

秋翁宴客

秋翁先生写了一节《金屋宴客》的文章之后,第二天他就在金屋里设宴邀请朋友。他这所金屋,地方又宽大,设备也完全,却没有他笔下写成的那副寒蠢之相,而且在目下米不甚容易买得到的当口,还能够常常请朋友在金屋里吃饭,更可想而知这金屋是等等样样的一所金屋了。

这一天的朋友,有效文先生外,还有两位女宾,是王先生的令亲,此外便都是稔友,过宜兄忽然留了胡子,但面孔依旧那么清癯,眼睛还是那么睁得大大的,看了叫人害怕。

菜都是秋嫂亲手制成的,甲鱼煨肉,我把甲鱼吃得最多,听说这是补品,所以多吃几筷,省得吃鱼肝油,或者陈阿膏。效文先生几次请我吃饭,而我都没有赶上,缘悭如此,我倒不在贪一次口腹之惠,实在想瞻仰瞻仰王府上的幽邃景色。听说王府地临乡僻,吃的蔬菜,都是从地上拔起来,便放入锅子里的。这样的享受,只有田家有之,在上海就极不可能,而效文先生,偏能享此清福,如何不使人歆羡!

因为老友许久没有聚首了,这一夜不觉谈得高兴,忘记了门外的大雨,马路上那副凄凉的景象。在十时许始告辞出门,叫黄包车都索价二元,忽然有一辆漂亮的包车,才要我一元,我非常写意的坐到了家里。这是上海的门槛,野鸡包车比黄包车便宜。

(《东方日报》1941年12月28日,未署名)

怀素楼缀语（1942.1—1942.12）

失 帽 复 得

一日，桑弧兄谈其同事之戚某君，过新世界门首，拟自北而行，忽有劫帽之贼，将其头上所御之兔子绒帽，攫之而扬。某亦机警，见贼已逸入小巷中，知不可获，第尚见有同党一人，徘徊道左，遽前扭其领。同党者初犹抵赖，某不听其言，欲同诣官中，始大惧，乞怜于某曰：然则此事非我所为，我当导君至×××某巷中，此中有劫帽机关。顷间之帽，现已藏其中，君往，不难珠还合浦也。某虞其诈，不肯同行，此人复央之曰：然则我为先生抛还一顶可乎？劫帽之贼，称劫帽为"抛顶宫"，抛还云者，盖欲劫别一路人之帽，而还与某也。某闻其言，果许之，乃伺于其侧，有客御冠而过者，此人从后劫之，献与某。某视第一帽，意不欲，但此帽之缘，有垢腻积其上，非其所喜，拒之。少顷又得一帽来，某曰：质料尚美，特尺寸不同，大逾其颅者，可容二指，因又拒焉。及此人再献第三帽，某始满意，御之而去。桑弧言已，乃笑上海一隅，无奇不有，劫帽之贼，有此奇技，而行路之人，乃有不惜浪费工夫看鸡鸣狗盗之表演，则脾胃之佳，亦殊乎常人。盖其人自失帽而至得帽，费时为两小时以上也。

（《东方日报》1942年1月9日，未署名）

信芳所藏书件

信芳将于新春出演黄金，昨夜，乃邀旧时友好宴叙其家。其家蓄一犬，高而巨，笠诗称之为巨獒，桑弧笑曰：此为琴南翁之笔法，盖林译小说，写西人所蓄之犬往往用巨獒二字也。信芳谓晨十时即起，携獒散步于街头，有时其子女上学，信芳送之，将散学，信芳又往迎之，乐府闲身，辄致其心力于儿女身上矣。信芳家款客者为西菜，其夫人为督厨，故益可口。

信芳藏海藏楼书件至夥，扇页凡五六件，其两件为隶书，尤精绝。当其三十岁时，太夷方旅居上海，二人过从甚密，太夷邀信芳饭，其请帖亦必躬书，而断缣零纨信芳无不什袭珍藏，近几复加以装池，出以示客，乃为众口交誉，而叹信芳亦笃于友道，不可谓非有心人也。

海藏楼书件之外，复多梅调鼎之扇页，信芳谓梅甬人名卜臣者，其家忽中落，其子孙携梅公扇页来，欲市与信芳，因尽购其件，得梅书扇三五页，无不可爱，其中一页，为集锦体。梅以外，有信芳大父之手泽存焉。龚翁嗜梅先生尤甚，予亦好其笔致之美。信芳言：梅奇穷，瓮飧将不继，其夫人辄督梅为书，夫人潜出，将梅书鬻于人，人视为奇宝，争出资购之，然其流传之件勿多。笠诗言：百缣斋主人藏梅书甚富，不知非否？

是日，天奇寒，久谈几忘夜漏之渐深，将十时，乃各辞归。途中，灵犀告予，谓岁聿云暮，而卒岁之谋，尚难为计，因欲邀余同话，盖欲作牛衣之对泣也。

（《东方日报》1942年1月10日，未署名）

传白玉霜死

《申报》游艺栏，记白玉霜蜕化于故都矣，确否尚不可证实。惟白之病困北都，则他报先有述之者，谓其病为海底痈，海底痈不知生于何处？以意度之，不在两胯之间，定为尾闾之下，所谓要紧关头也。白以工淫荡表情，著称南北，而有斯疾，亦可悲矣！惟死耗之传，似嫌突兀，盖不久沪上尚有人拟罗致白南来演唱者，固未尝闻其病足以致死耳。

白初南来时，予即识之，予与文友梯公，屡屡为文张之，亦喜其能大胆表演也。时白以父礼侍峪云山人，一日，为清明节，予与吴医师诣山人居，吴精摄影，适白亦在座，因为之留影甚多，白擅环肥之美，然双乳不甚高，予告之曰：试以双手后垂，则胸挺而有线条之美。白会吾意，羞而不欲，谓若此颇不雅，于是摄成之影，凡见其胸部者，无不有两叉袋焉。北方女人，自有其封建思想，故有人言，白玉霜之好看，除在台上外，非捉之于锦茵绣褥间，始得至味，若清樽相对，则其人谓特一无可观。予固见之于台上矣，而相对于锦衾绣褥间乃无缘也，非无缘也，无钞票耳！

白既构桃色案件，而悄然离沪，予尝记以诗，有句云："小黑曾经弦子套，玉霜惯打鼓儿槌。"此中皆有本事，读者咸设"弦子套"对"鼓儿槌"，实为神来之笔焉。

（《东方日报》1942年1月11日，未署名）

桑弧赞唐云画作

近人以画著称者，杭人唐云先生为予最服膺之一人，唐故世家子，不以售画为糊口之谋，顾孜孜矻矻于此道者终年不倦，其造诣益深，年才逾三十，而其所造，已足使艺苑中人敛手。予恒时与唐过从不密，偶见之，则一管在手，为人挥洒，余时，好纵饮，量奇宏，然多饮而不多言，尤不自矜其艺，气度之好，使人望之肃然也。战后，唐栖迟沪上，曾举行画展，观赏者无不争相购置，其画之为内外行一致推重，盖可知矣。昨日桑弧来告，谓唐于十六日起复欲假大新画厅举行个展五日，出品甚繁。桑弧之于书画，比予较为内行，其为予言关于唐云画事者，兹节录于下，聊代其此次出品作一介绍可也。其下为桑弧之言：

唐云于国画各种品类，无所不能，无所不擅，于山水派别，更无所不能，无所不精。其画鱼也，能得鱼之顾盼姿态，喜乐神情跃然纸上，且其点缀水草蝌蚪，饶有天趣，顾当代国画家，实无第二手。此次有枇杷一页，用笔用墨，元气淋漓，满纸甜秾之韵，使观者能动食指，有此笔墨功力，故有此感人之作。唐为一潇洒绝俗之画人，极擅画佛，每有所作，庄严宏伟,使人思宗教之思,盖其得力于老莲者甚多,画展中所作,多茹素虔愿而写,佛教徒定多欢喜辇归礼拜也。

(《东方日报》1942年1月16日,未署名)

之方、瓢庵二君病

之方患一疽于后项,自言为"落头疽",顾名思义,险恶可知。据顾筱岩医生为之施手术,顾言,医治尚早,当无危险。之方病后,茹素,又不近房事,盖尝辇纵欲,皆足以致此症于绝境也。一夜,以电话致吾家,为家人述其病状,予方外出,及归闻之,滋不安。次日,专诚省视,身体之健康固无异往昔,惟纱布一方,覆其项后耳。垂暮,与之同坐于南京咖啡馆,各问近状,予谓曾偕友人以博弈为遣。之方乃言友人某君,一生嗜好博,近乃益陷于窘迫之乡,隆冬之日,呢大氅竟易为夹大衣,而纵博如故,沦溺至此,言之可哀也!

念之方之病,又念瓢庵,近来与瓢庵觌面之时,不似往时之密,乃闻其亦病耳,虽起坐如恒,然形容较昔为清减,而心跳不止,问于医,医者劝其戒咸食,又当节劳,故每日除到办事之所外,不复与游宴之会。遵医者嘱也。瓢庵尝自言,譬其身为玻璃之皿,既有损痕,乃不得不加爱惜,今复受小创,宜其无以自解。年来予与之方、瓢庵交往甚深,闻二君病,似病若吾躯,吾更焦虑,愿天垂佑,勿使病魔常困吾友之躬,则幸甚矣。

(《东方日报》1942年1月21日,未署名)

英 茵 自 杀

近年来与影人比较接近者,惟英茵与王熙春二人。英茵初自内地归,即常共游宴,此人以往年演《武则天》一剧,而声名大噪,及其离沪后,沪人士之想望其归来者,正不乏人,而以合众公司之敦请,果翩然返沪,迄今亦逾两年矣。桑弧编剧本名《灵与肉》,以英为主演,余乃客串其间,半亦钦英茵艺事之精湛,而以得附骥尾为荣耳。

昨日下午乃有不幸之消息传来,盖吾友陆君过我,谓英茵服毒于国际饭店,时在十九日夜九时,英忽吞阿芙蓉自死,十一时,已为国际侍应生所发觉,乃送宝隆医院,当时有绝命书一封,其上留电话号码四,请捕房于其气绝后,即以电话通知此四处也。捕房乃以一电抵大成制片公司,是夜正有人拍戏,闻耗之时,已将夜午,演员如屠光启诸人,急足往视,则已将英舁至宝隆矣。医者谓须经过十二小时,可以脱离险境。次日,英之女友李小姐闻讯,辄驰赴院中,侍于英侧。陆于九时始往,则英方奄奄一息,陆问英曰:汝以何物求死者?厉声曰:"烟。"又问:烟何自来? 曰:"买的。"又问汝尚识我为何人邪?则张其瞳,旋又闭,不复答言,盖其目已不辨人物矣。三时陆离院去,五时更往,予偕之同行,及门口,遇马君,马曰:医生不许视病人。然病人之为势正岌岌,若干时前,脉搏似已停顿,恐命在顷刻矣。余等黯然下楼。予八时归去后,复以电话探询,知情形不如顷间之险恶,始记述此文,不知此文寓读者之目时,此凄凉绝代之女艺人,将作何状也?(按:予稿于廿一日下午发出,知英已于昨晨一时玉殒,定于廿三日在万国殡仪馆大殓云。明日当以另文哀之!)

(《东方日报》1942年1月22日,未署名)

英茵遗书

英茵于二十一日晨一时,香消玉殒,予于四小时前探询时,则谓情形已好转,因亦欢喜入睡,不图四小时以后,终以不治而死,天夺才人,至可哀也!予于其死后十一小时,始得凶耗,时已移尸于万国殡仪馆。午后,又晤陆君,谓遗书一通,已由捕房交出,予未见原书,陆以书中之语,背余听云:"我身体多病,已成为废人,留于世上,亦无用场,故需要休息。死后,请向我公司陆先生借五千金,以一千金畀家属,四千金为治丧之用。"又留电话四处,一为大成制片公司,一为陆洁寓所,一则其闺友李小姐,一为唐纳先生也。

治丧之役,现由四人主持,则为陆洁、费穆、李小姐与唐纳也。五时,予从费、陆、吴三人,同赴万国殡仪馆视其遗体,时李小姐已为买得衣衾之属归来,李为英茵生前惟一至友,英死,李哭之极哀,虽手足不若也,见者乃叹生死交情,于此始见。遗体放于二号待殓室,一尸横陈,瘦削迥异生前,盖服毒之后,灌肠四五次,其肌肉尽卸于一夜间。又从费、陆诸君为之视一棺,为西洋式,并殡葬之役,共费万金。报载英茵有私蓄,其实身后绝无所藏,葬殓之费,不得不谋之于友人之赐赠,凡我读者与英茵相识,或向时钦慕伊人之才艺者,如有所惠,均望致以现金。大殓之期初定为二十三日下午二时,继改为二十四日,所以移后一日,亦欲使全沪影迷,广闻噩耗,而同伸其追悼之忱耳。

逗留于殡仪馆中者,唐纳与李小姐外,尚有吴承镛君,予与吴犹初识,少年而热忱如此,弥可钦矣!天既昏,予等俱离去,乃有一毛君,年不过二十,独视英尸体侧,垂泪不已,顾终不知毛为何人也?

(《东方日报》1942年1月23日,未署名)

英 茵 遗 体

英茵遗体,将于今日大殓于万国殡仪馆中,先后置于灵寝室中凡三日,海上影迷闻风而往吊唁者,亦复络绎于胶州路上,盖阮玲玉、鲁迅之盛况,又重见于今日矣。万国方面,对于电影明星之就殓其中者,价格力示克己,尝说老实话曰:此种生意,我们不当生意做,当广告做也。故停灵数日,以及今日礼堂之用,皆不计值,一棺之费,与将来入土之用,俱由万国包办,而所索于英茵治丧处者,不过为七千五百金,可云廉矣。

英茵名洁卿,然尚有小字曰"凤贞"。时则为其闺友李小姐所言,李为英茵治殓,买一衾,其上绣一巨凤,及返,辄覆于英茵身上,因为友言,其名凤贞,以凤殉葬,殆为英茵所慰也。英有遗书二通,俱由李所保存,某杂志欲求其遗书,为铸锌版,托予张罗。予不识李小姐,缓当托之唐纳,丐其为我代求,则亦可以报友人之命矣。

英茵于九时服毒,至十一时,已为国际饭店之侍应生所发觉,何以发觉得如此之早,则无人能知,报上谓侍应生见英茵愁苦之状,因起疑窦,然此亦揣测之词,未堪凭信,发觉甚早,而医药不能挽其命,则英茵之死,亦天所定矣。

谭绍基与谭雪蓉姊妹,俱在上海,亦曾往万国视英茵遗容,咨嗟凭吊,不能遽去。英于今日下午二时盖棺,其两姊妹皆居北都,惟处境皆困。英死后,初拟俟其姊南来,始为入殓,继谂其姊筹措川资为难,故又发电止其南下,于是参与阖棺之礼者,胥为英之友好,而无一人为其亲属者也。

(《东方日报》1942年1月24日,未署名)

看《蓝天使》有感

叔红来看我,我陪他去看了半部《蓝天使》,依密尔詹宁斯的片子,我差不多都曾看过,就是《蓝天使》没有寓目,相反的是叔红只看过《蓝天使》而没有看过他其余的片子。他以为《蓝天使》曾经给他重大的感动,所以要复看一次,但是我以为《蓝天使》毕竟没有《肉体之道》与《最后命令》更来得赚人眼泪,詹宁斯的刻划老年人心境苍凉的演技,真是千古一人,我永远忘不了他在《最后命令》里在摄影场搴旗杀贼的几个镜头,更忘不了《肉体之道》里在大雪中冉冉而逝的一个影子。我于有声电影,涉猎太少,叔红说:有声电影专门以演技来博取群众的,是华莱斯皮雷与却尔劳顿几个人,他们是可以比拟詹宁斯的。

《蓝天使》看了半部,忽然有人来找我,便没有看下去。我也知道紧张的情绪,在后半部方始开展,但我有一个体验,以为詹宁斯的名片,他的故事是有一个雷同的方式的,总是以一个尊严的人物,受毁于荡妇之手,而结果是流离失所,使剧中人落在一个固定的典型中。所不同者,好像只有一张《罪恶之街》和《最后的微笑》,但《最后的微笑》饰演的也是一个老人,它的情节如何,我一时记不清了,因为这两张我只看过一次,不似《最后命令》与《肉体之道》都看过一次以上,印象还记得深刻。

(《东方日报》1942年1月25日,未署名)

英茵大殓

英茵于二十四日盖棺,是日下午一时,予赴万国殡仪馆,送其殓也,延伫于门外之影迷,则皆为瞻仰英之遗容来也。至一时半,始令列队进入,绕英之灵床而过,顾后来者愈聚愈众,甚至万国之庭院中,不能容载,则闭至门外。而胶州路上,摩肩接踵者,奚至万人,叫嚣之声,不绝于耳,盖若辈知大殓之时为二时,逾此时间,将无缘更与此一代艺人,作最后诀别矣。

上海剧艺社同人,制一悼歌,合唱于英茵遗体之侧,予不辨其歌词,第于唱歌既竟,继以一片啜泣声,至沁人心骨。是日哭英茵至哀者,为夏霞与蓝兰二人,此二人年当迟暮,俯仰人生,其所哀感,当不止悼一故交而已也。若青来唁英茵,李言睹若青亦俯首示其哀婉,顾兰君来甚久,蛾眉倒竖,杏眼圆睁,以此示其悲悼之忱。李绮年亦至,李遇丁慕琴先生,谓英茵赴国际饭店自杀之晨,上楼时适与李相遇,彼此犹叙寒暄也,不图其即此仰药而死矣。李来沪甚久,愚犹初见其人,在我意料中,李为一玉立亭亭之健美女人,顾此日作刘侦平视,则妙体殊不修长,被一灰背大衣,益不足呈其线条之好。英茵既殓,渠亦离去,谓头痛如劈,以与英交谊重,故特来致唁耳。

大殓之前,礼堂摄新闻片,牧师某,为英祝殓,费穆有悼词,简短而得体,予等至五时始离去。门外之人,犹重叠如堵,此则胥看生人而不看死人来矣。

(《东方日报》1942年1月26日,未署名)

服帖盖叫天

上海有两个伶人,无论南北人士,无论内外行都一致推重的,一个是盖叫天,一个是麒麟童。信芳得着天赋之厚,又加着他的绝顶聪明,故有今日的成就。惟有盖叫天,到老还是用功,永远不肯菲薄他的艺事。他闲在家里,总是矻矻矻矻,但求进取,一朝登台,便丝毫不肯苟且。若讲究"艺术的良心"起来,除了盖叫天绝无愧对之外,我实在还想不起第二个人来。

桑弧兄曾经说:盖叫天在台上,每一个动作,都成功一个动作格局的,这一种精湛的演技,应该有一家影片公司,替他收留起来,让后起的人有一个观摩的机会,这仿佛是习写的范本,是一部名帖,可以垂之千百年后,而为不朽之作!

这一次盖叫天在黄金,我看了他两出戏,一出是《十字坡》,一出是《三叉口》,看了之后,除了赞叹不绝,心里还感到一种说不出的爽快。他虽说是病后登台,因为形容比以前瘦减了些,所以扎好之后,更显得挺拔了许多。他一点也不见得老,腰腿还是那么的矫绝,随便亮一个相,总是形成一种极美的线条,而会使得台下人,情不自禁地喊出好来。

盖叫天永远不满意他的儿子,他说他的儿子都不如他,没有一个是克家令子,虽然他说这话,没有顾到他儿子还没有到炉火纯青的年龄,然而可以看出他对于本行的学问,是如何地刻意钻研。他还目空一切,他并不讳言自己的骄傲,我以为这都可以原谅他,一个伟大的艺人,在他造诣已经到了超凡绝伦的境地,即使有一点脾气,非但不是毛病,并且也是应该的。说一句上海那些不三不四人的说话,我便是第一个"服帖"盖叫天先生为人的一个。

(《东方日报》1942年1月27日,未署名)

不 辨 真 音

昨夜十一时,将入梦乡之际,电话铃声又大振,披衣起床,以稍延时刻已为彼方搁断,从此又不能合睫,则挑灯读前人笔记,见梁晋竹记今人读字,极多不辨真音,而随意乱嚼,因此列举数十字,此中颇有错得极其普及者。譬如"籧然而笑"之"籧"字,今人无不书作"辗",而无不念作"展"音也。此字《碎琴楼》小说中,用之甚多,胥作辗,不知《辞源》上,亦有"籧""辗"之误否?又如"峥嵘"两字,应念"橙宏",而不读"争荣";又"隽永"之"隽",念"俊"亦误,应读前上声,是则予且不获想像其音矣;而"暴露"之"暴",应读"卜";如"酗酒"之"酗",应读如"许",而不读为"汹"。凡此皆极普通之字,而为吾人普遍之读别,亦笑话矣。

二十七日,又赴黄金看盖叫天戏,为《霸王庄》连《独虎营》。《霸王庄》无戏可做,至《独虎营》之"走边",始精彩百出,此日坐在前面,远不如坐在楼上遥远瞭望之为愈。桑弧固言,看盖叫天戏,非楼上远看则不美,盖可以看见整个的。在楼下前面,视线颇多障碍,虽身段繁时,看上去亦有枝枝节节之弊。今日试验,始信桑弧之言为有至理,特记之,以告看盖叫天戏者作参考焉。予看盖戏三次,皆短打戏,无口面,其口面工夫甚好,曩于《一箭仇》中,领略已饱。闻《贺天保》一剧,亦已口面之好,助长戏情,盖第二日"打泡",即演此,予乃错过,惜哉!

(《东方日报》1942年1月28日,未署名)

蜀人杜进高

英茵殁后,其榇暂厝于万国殡仪馆,惟闻已定于二月二日下葬,地点则在虹桥路工部局墓道也。是日下午二时,自万国殡仪馆出发,三时行入土之礼。盖英茵距长眠地下之日,不过三日矣,英茵之丧,所费当在万金,除友人奠礼收入外,不足尚多。张善琨先生慷慨怜才,谓治丧而又不敷,将由渠一人足成之,惟英茵治丧处,则仍望英茵之友好,尽力有所赙赠也。

蜀人杜进高先生,将举行书画个展于同孚路之同孚画厅。进高博雅,治国学甚勤,故造诣绝高,惟其人落落不谐世俗,行文行事,往往有乖乎恒情者,此即愤世绝俗之征,斗筲之夫,辄以怪人目之,实不知进高者也。进高以书刻驰名,亦致力于画,而又致力于三代画及汉画,不识者有莫测高深之妙,识者固无不叹为绝艺矣。个展日期,为二月一日起,期以五日即闭幕。

在更新客串《戏凤》之凌女士,为一舞人,名凌珍,姚冶万状,与陈娟娟甚友善,此人面貌,初视无可议之处,若细细辨之,则龚翁所谓"厥鼻孔巨"，盖亦一大山人也。（按：某君巨鼻，南宫刀称为一大山人，盖言一个大鼻子耳，甚妙。）

（《东方日报》1942年1月30日，未署名）

"服务的道德"

《罗宾汉》报为朱瘦竹先生所经营，而何海生、卢继影二君，实为中坚人物，盖一切消息之来源，几全为二君所包办也。某次继影记某剧场新闻一则，次日，未见报端，则往觅瘦竹，瘦竹犹高卧未起，继影立床前，直责其何以推迟发刊？瘦竹颇惶恐，则曰：是稿为海生所发，我实勿知。因招海生至，海生曰：继影之稿，共为二十二字，我欲装一题目，字数且较其全文为多矣。以式样之不良于观，故留中耳！继影闻言，悻悻去，海生亦负气行，由此一事觇之，可知何、卢二君，对于职务之忠勤，所谓绝端有"服务的道德"者也。因使"服务的道德"计，朋友又念及英茵，谓英茵生前，对公事最认真，此次自杀，盖正在空闲当口，如大成制片厂，有戏待拍，英必不死，死亦要在拍完后也。若某女星，则适得其反，视公事若儿戏，公司之拍戏通告，为上午九时，女星必须俟下午三时始至。有一次，亦上午通告，而下午四时方到，到即谓导演某君曰："我五时有事，且须行也。"闻女星以顽懈职务，今且失欢于某公司之当局，方摄一片，及半而勿予续拍，示不合作也。又闻非特公司当局，对之勿喜，即公司之全体同事，亦因之而动公愤，盖其以一人之私事，而耽误全体同人，于情不直。循此以往，识者无不为其前途忧云。

（《东方日报》1942年1月31日，未署名）

张中原书画义卖

昨天夜里，丁慕琴、包小蝶、张中原几位先生请我吃饭，地方是张万利木器号，也就是中原的府上。中原先生盛意殷殷，隔夜打了几个电话与我，要我一定列席，并且说明夜之局，他的泰山周信芳先生会到的，所以在座都是熟人。我满意要去领这一分人情的,谁知第二天的伤风,忽然加剧起来,咳呛不停,流泪不已,一种狼狈之状,叫我如何赴宴？因此悄悄地回去安息了,终于负了中原先生和丁、包二公的雅意,真是惶歉万状！

听说中原要举行书画义卖,此君多年来,除了经营店务之外,空闲的时间,实在太多,因此致力于平剧,他在上海的票界里,"名票"两字,是当之无愧的。同时又致力于书画,真是孜孜矻矻,功力实深,所以以"书画家"誉中原,也不是徒负虚名的。

上海画家开个展的甚多甚多,而举行义卖的绝无仅有,义卖而不惜心力,出品达六百余种者,更加空前绝后。因此之故,上海的资本家、名流,以及一切富有钱势的商贾,都要闻风向往,替中原先生的书画义卖摇旗呐喊来列名为赞助委员了。赞助委员,多至四百余人,在中原书画义卖的宣传品上,可以清清楚楚数出来,无论哪一个人,看见了都要啧啧叹赏说这是伟观,也是奇观了。

中原为人,有毅力,有魄力,坐言立行,不干则已,干则非得轰轰烈烈,在这次"义卖"中,尤其充分表现了他的个性。

(《东方日报》1942年2月1日,署名：唐僧)

梅调鼎书法

百䌷斋主人,赠梅友竹先生之楹联,予珍藏之。海上书家邓粪翁先生,于梅书最心折,尝谓惟梅调鼎书,始使予五体投地耳。吉祥寺有翁书一联云"此地获瞻圆妙相,到来俱是吉祥人",盖为翁追摹梅书而成者。翁自言曩游阿育王寺,睹梅调鼎先生此联,喜其着笔之美,故试为追摹,惜不能得梅书之神于万一。其谦抑如此,而其于梅书之服膺,盖可知矣。

昨夜饭于金谷饭店,席将半,忽金信民与史致富二先生至,云自京华酒家来,盖是夕,越剧女旦支兰芳以丁慕琴先生之介,以父礼事史君也。自张文涓拜史膝下后,朋侪咸称史为标准过房爷,今史又得一女,闻是夕支既行礼,众复怂恿丁一英亦附拜于史。以意度之,史先生得标准过房爷之雅号,不在张文涓投拜以后,而在是夜支、丁二女同归之时,盖喻其于过房女儿,张罗之众也。

盖叫天之前部《武松》,昨复寓目,其好处还在《十字坡》耳。是日与张伯铭兄,同在楼头听赏,乃觉比之坐楼下实好百倍,而信桑弧看盖戏非楼上不美之言为至言矣。

(《东方日报》1942年2月2日,署名:唐僧)

李　淑　棠

淑棠于前夜曾试演于更新,海生兄以电话来邀,嘱往观赏,卒为猝雨所阻,一面之缘,悭乃如此,念之未尝不为惘惘也!不知此夜之成绩若何?论坤旦角儿风华之美,近年所见,自以淑棠为第一人,然其际遇,则不如张文涓远甚,往年献演海上时,固未能与文涓抗衡也。予因此嫉文涓,曾赠李诗云:"管弦喧尽春江路,识汝今无第二人。却与书生同薄命,李儿偃蹇尚天真。"惜淑棠不知诗,否则诵吾句者,必能稍平抑郁情怀矣。

闻巷外轧米行列中,某氏孕妇以不胜挤,蹲地上,奄奄且无生望,予家人闻之,曰:既孕矣,又何为乎轧米?予目之苦笑,予家无人能轧米,至予而不能买杜米吃者,即合家惟殉粮而死。上月中,予友诸三,让米两包与予,知予之饔飧不继矣。此情为感,至今犹德其人。予与诸三,日日征逐于欢场中,论交谊,不过酒肉朋友,然予当忧患,此君居然肯让其积粮,使人不能忘其风义之多。

郑炜显先生谓愚,其所主持之大新、米高美两舞厅,及新世界游乐场,每日之食米须五百金,故其所虑,不在事业之艰于维持,而在食米之无法张罗。郑念不过三十,而已能广庇饥寒,才智之充,与魄力之厚,在上海商业场中,前辈非黄楚九先生,近人则张善琨先生与郑先生二人耳!

(《东方日报》1942年2月3日,未署名)

杜米、烟价与中原书画义卖诗

有友莅吾家者,方午膳,篮中所盛,为杜米饭也。客乃点首称颂曰:毕竟唐僧生活安定,还吃得起国米也。予发急曰:籼米买不着,轧又轧不动,买不着而轧得动,谁愿意吃杜米者? 故意吾友之言,非称颂,而实存讥讽。

香烟之价,一再暴腾,大炮台已涨至十一元五十枝矣。上次拟戒烟,友人劝曰:力足以吸一卷纸烟,则不戒也罢,况烟价限制,不久当可暴落。量予力,实不足吸一卷纸烟,惟闻烟价将暴落,则此言可听,于是又复因循。迄于今日,纸烟限价之讯,非特杳不可闻,而狂升暴涨,殊无宁已。自己之心意不坚定,念之不觉闷损也。

中原既举行书画义卖,继影于他报印一专刊,索文于予。予对于应酬文字,夙不喜写,惟以中原之此举可风也,复以继影之频频催索,故勉成二十八字,自谓诗虽不美,而言尚得体,不图专刊发行,此诗竟为石沉大海。予失意之状,正如欢喜投稿人而被索于字纸篓中,同其懊丧,后来当以此为戒。予既敝帚自珍,故录其诗于此:"书成柳骨并颜姿,更擅丹青笔一枝。从此方知京兆贱,只持妙管画双眉。"

(《东方日报》1942年2月4日,未署名)

孙兰亭重友轻色

识兰亭多年矣,而从未见其有过所谓"情侣"者,予因问曰:似我之不修边幅,又绌于财,宜不得一心上温馨之伴,若吾子平时,耗钱既夥,衣饰亦华,而享名尤盛,顾亦绝无一素心人为承色笑,此理乃不可诘矣。兰亭摇首曰:我乃无闲情逸致,致于此耳。又曰:我当朋友与女人间,权其轻重,以为朋友重,女人轻,与其耗金钱,费时间,以示惠于女人,则何不奉承朋友? 朋友好,立身立业之图,于是而得,盖十数年来,我之有赖于朋友者多也。若重女人,所得不过一时之享受,他无所有,是故从来未有沾惹,即梨园坤角,亦未有一人稍涉私情者,天地神明,固鉴此心也。兰亭言至此,竟誓于神,愚亦信之,从知外貌狂放者,所言正未必不可告人。而兰亭所谓"重朋友"一语,亦可征信,其人以不得罪人为处世最大原则。无论其为贤为愚,兰亭无不以谦和处之,故人缘最好,凡为朋友,从未有说兰亭之短者也。愚一生亦端赖朋友周全,第愚于朋友,其有性格之万不能谐合者,则必远之,值我不痛快时,或者还会触触伊拉"霉头",此则兰亭所绝无。故曰:兰亭已躁释矜平矣,愚尚在求躁释矜平中焉。

(《东方日报》1942年2月6日,未署名)

锦光与白虹伉俪

一日,于舞座间,遘锦光与白虹伉俪。予以久不闻锦晖消息,因就询锦光,则谓近在蜀中,仍勤于儿童教育之工作耳!与梁栖女士,则仍赋双栖之好,梁已得两子,锦晖生活,亦较前为安定,用是大慰!投老艺人,兹且无漂泊之苦,安得勿使海岛故交,闻之色喜耶?

白虹善育,报端似常见其怀孕之讯,问之,则曰:不过二子,惟曾育者三,惟其一已夭。白虹问予,亦常见丁先生否?予谓偶一见之,因谓丁家盛会无复当年,世乱时荒,丁先生之处境不如往日,精神亦非复曩年,实不胜朋友之频扰矣。

传李桂琴之意中人,为黄河先生,其实电影界中,与李称善者甚众,固不止黄河一人耳!李善于言笑,往岁,称吾友敦颐后人为过房爷,吾友招之侍坐,以示惠于干女儿也。三四年之别,李已长成,后人赴大都会李仍称之过房爷而未忘,友又招之侍坐,谓喜其未忘旧谊也。及再往,予促之唤桂琴,则曰:往日之认过房亲,喜其年少耳,今其人已亭亭秀发,若一直攀过房亲下去,则我亦何聊?嗟夫!吾友之言,予乃不可诘其良心何若矣。

(《东方日报》1942年2月7日,未署名)

新 型 话 剧

卡尔登废历新春,将由上海艺术剧团,上演新型话剧。所谓新型话剧,不似普通话剧之仅着重于对白与动作,此则尚有歌唱、舞蹈,以及灯彩并重。质言之,新型话剧,比普通话剧为热闹,为足以怡神悦目也。艺术剧团之主持人,为费穆先生,迩日筹备上演,忙迫异常,费且废寝馈者累日矣!第一个剧本为《长生殿》,为费一人编导,演员多天风、辣斐之旧人,其优秀可想。卡尔登演话剧,最为适宜,故话剧团争夺地盘者,无不以卡尔登为归,而终为费先生所得,费盖昌兴公司之老友也。

偕二三友人,坐于米高美,顷之,一友突至,自怀中出一小纸匣,其上印蟹行文殆满,询座中人曰:亦知此为何物乎?时吾友招舞人陈娟娟同坐,陈微睨下,徐曰:"我晓得格,我晓得格,迭个物事阿是有刺格?"友曰:汝疑此为"雨帽"乎?我固无需此也。陈又曰:"个末一定是药哉,用仔可以长一点个。"友好笑而然之。陈在舞人中,以狂放称,今锋芒稍敛,惟口没遮拦,一如往昔,尤物之所以为尤物矣。陈所谓长一点之药,近时又充斥市上,说者谓凡此俱不及港货广嗣露之为用最妙,昔青鹤主人所谓二宝中之一宝也。惟其作用,胥不脱麻醉,故亦有人称,取×××稍许,以沸水冲之极淡,亦可用,盖其用亦能麻醉耳!

(《东方日报》1942年2月8日,未署名)

上 海 艺 术 团

近月来,孤岛的剧浪,正像那初春气候一样的冰冷清寂;这在一个热烈爱慕话剧的观众,都会感到万分的遗憾。当然这是环境所造成,但是我们可以设想:一个不甘屈服于环境,被环境造化的人,在可能发动的一日,他们是终会发动的。

果然,一部分往昔素所从事剧运的人,他们终于集合了更多人的力量,挟着雄厚的势力,组成一个集团,这集团就是将在卡尔登公演的上海艺术团。

上艺列为首次剧目的是《杨贵妃》。杨贵妃的历史时代,也许每个人都可能知道,但是舞台上的杨贵妃究竟有多少浩大足观的地方呢?用分列法报告起来,那末:编导——费穆,演员——刘琼、丁芝、狄梵、路珊、屠光启等。

单凭这一些,在我们观众,也就不愿放弃这个机会,何况全剧谱着动听的音乐,美妙的画面,诗意的情调呢。

我们祝福剧社的成长,我们更期望《杨贵妃》演出的成功,在这日新又新的新年里。

(这一篇文字,我是抄袭上艺社推动剧运的文学家们的手笔,谨此声明)

(《东方日报》1942年2月11日,未署名)

路有冻尸/高庆奎死

予每日自寓所至治事之处,其间距离,人力车十分钟可达,然际此寒日,在此短短之途程中,每日必可见冻尸二三具,成人与婴孩俱有。读前日报纸记载谓一月份普善山庄所收获之路尸,大小达三千数百具,真巨观矣!前日,睹一婆人,倚墙而坐,俯其首不作一言,而白沫流襟上,途人审其困于饥,投以大饼,不食,及予归时,又见之,则已瞑矣。死一日,无人收殓,其履且为其他流浪人所劫去,其惨若是!

高庆奎死矣,此君戏予见之甚多,顾未识其人,往岁,伴其子盛麟,其婿盛藻来沪上,则失音已久,其时高犹不知其病为音带癌也。沪友陪之赴李医生处诊察,始知为癌,谓癌日久且扩张,扩张则死。惟高染烟霞癖,喉道神经,常受麻醉,癌故无由扩大,恃此或可以延寿命耳,不图回北之后,终至勿起,则迫于穷也。高数十年舞台生活,几绝无积贮,大半为烟癖所累,盛麟未足赡其亲,盛藻境况亦至不裕,身后之萧条盖亦意中事矣。

(《东方日报》1942年2月13日,未署名)

电 话 惹 气

年初一至凌晨始睡,倦甚,逾午方起,起身后,女奴道恭喜发财毕,忽曰:有姓尤人打电话来,来三次,要吾家转叫电话者。吾妇与邻居人素无往来,复以怀电话不可乱借之戒,故一一拒之。此人大愤,竟出言不逊,请我家女奴,转言于我,叫我"弄弄明白",谓未尝待亏于我。言至此,女奴搁置听筒,此人以下或者还有难听说话,然亦不能达矣。

愚前曾言:因电话而惹出许多气恼,即指邻家之借打电话而言也,今值大年初一,愚在黑甜乡时,无意间而得罪姓尤之人,姓尤之人,亦不惜在此岁朝之日,触我霉头,惟谓未尝待亏于我一语,实不可解。愚近年固赖友好扶持,故受惠于朋友者,至多且广,惟姓尤之人,既非新知,亦非旧友,彼无从施惠于我,则"待亏"两字,无乃言重。若谓愚家与二房东之纠纷,幸得姓尤之人,出为缓冲而不致成僵局者,此即所谓"不待亏"也。则愚常为姓尤之人言,愚虽庸庸,对此种起码人,尚有本事周旋,尤某一番苦心非特无所感念,且觉其多此一举耳!

(《东方日报》1942年2月21日,未署名)

《路遥知马力》与《弓砚缘》

新春至今日,看麒麟童戏凡两次,一为《路遥知马力》,一为《战长沙》与《贩马记》也。《路遥知马力》为信芳之名作,然此戏之韵味,视《白蛇传》之饰许仙,仅差胜一筹耳(予所见信芳戏,以《白蛇传》最要不得)!《路遥知马力》为两个人名,已是不伦,而全剧编制之散漫,不必要之过场戏,多至不可胜数,惟有使人头痛而已!大概台下人之歆动此剧,因路遥有"令人可恨"之一段三眼,更有两个吊毛,予则以为尚可喜者,苍凉悲壮,值得为之击节也。

是日桂秋与芙蓉草演《弓砚缘》,桂秋之张金凤到底,而以十三妹让与桐珊，予未尝见过《弓砚》全貌，窥豹一斑。不过悦来店与能仁寺，至十三妹为张金凤"说亲"一场，不禁感喟交集，以为予亦书生，流荡人间，而始终未尝遇一勇于为人拉皮条之十三妹其人，因告之座右之天厂。天厂笑：只碰得着十三点耳。予曰：其实十三点亦碰不着，若谓勇于为人拉皮条之女人，则惟有汪老太婆、小脚老九耳！于是相与轩渠不止。能仁寺之"说亲"与《弓砚缘》之"拉亲"，颇觉桂秋不逮桐珊，盖桂秋京白，无桐珊之流利，桂秋实为一纯正之青衣，譬如信芳之来一个油流鬼，亦觉一无是处矣。

（《东方日报》1942年2月22日，署名：唐僧）

信芳之《战长沙》

信芳之《战长沙》，愚所见甚多。《战长沙》之魏延、黄忠、关公三角，信芳无不能演。予亦曾一一见之。黄金之搭配，自然出色，小三麻子关公，袁世海之魏延，遂有工力悉敌之美。尝见有人记信芳杰作，谓《战长沙》黄忠落马时之亮相为绝佳。然予曾细细观之，则黄忠落马时，信芳并无亮相，岂所见之不同欤？抑为作者所误忆欤？信芳饰《贩马记》之李奇，初非以此为始，往岁曾与新艳秋合唱于黄金，饰赵宠者，亦今日之振飞也。惟前次所见不过三拉团圆，哭监殆不及见耳！今日则以桂秋为桂枝，哭监一场，饰貌弥妍，及写状时卸去斗篷，则不逮哭监时之雍容华雅。振飞以此剧而红遍上海，未出场时，台下掌声如雷，声势之盛，虽信芳、桂秋，亦几不及，以此可以拟芙蓉草唱"盗令"之太后，台下亦必骚动，同一为"假老鸢"之多也。以振飞之风流倜傥，演此剧自擅胜场，惟振飞以迎合台下人之心理，表演乃不免夸张，而有时不能顾及七品郎官之身份，则亦计之左耳！天厂论信芳戏，谓至今犹不能臻炉火纯青之境，亦以信芳尚好夸张，"不及"果然毛病，"太过"亦未始非瑕疵，振飞勉乎哉！

（《东方日报》1942年2月23日，未署名）

我的收入来源

去年,我去看过一位朋友,闲谈间说起我负担一家生活之不易,因此请我的朋友替我谋一份兼职。他一听我一月的开支,使他为之咋舌,对我说:恐怕没有这样一个地方,能够顾全你的生活的。这话倒不是我朋友谦虚,却是实情,我自从走出了银行的门,可说全仗多方面朋友维持,以多方面的收入,来赡养家计,才能苟延到现在,若然单靠一枝秃笔或者不靠笔,而靠别种进益,那末此身早已流转沟壑。因为我的收入是多方面的,所以我并不认定哪一项是我的大宗收入,或者是主要收入,偶然生长一条路,或者断绝了一条路,都不致有关生计大局。我对于这许多加惠于我的朋友,自然是铭感于心,不过假使施惠于我的人,一定要放出他的那种"施恩"的面目,那末我是受不住的,最近便有这种不幸的冲突发生。我得到一个朋友的传言,是某一个加惠于我的人,对我有似乎不满的地方,我顿时火冒,请他也传言过去,说唐某老早预备饿死,叫他不必照应我了,在他以为出了一身汗,在我不够一家数日之饱,凭他能够难得死我,那末我也不会活到今日了!我真有我的衣食父母,尚且不顾教,何况孙兰亭先生打话,靠侬迭排癐三我弄勿好啦。

(《东方日报》1942年2月24日,未署名)

费穆编导的《杨贵妃》

费穆的作品太高,离开观众太远。这两句话对于费穆编导的无论是电影,或者舞台剧,都成了一致公论,《杨贵妃》也不曾例外。从"册封"到"神游"的六幕戏,我想在费穆经营之下,离开史实是不会十分远的,但除了"乞巧""惊变"的两三场,给演员做戏之外,其余都在"音乐化""电影化"中,表演过去了,这在一般普通的话剧观众,他们都感到不够欣赏的,也几乎不会欣赏的。论戏剧的高潮,应该在贵妃赐死的时候,所谓"宛转蛾眉,马前求死",然而这里也似乎不足,比较情绪紧张的倒是在杨国忠的被杀。

刘琼的唐玄宗,无论在哪方面,他算得尽职的了,不卑不亢,自是全剧演员中最好的一个。屠光启曾经演过高力士,但我没有看见。狄梵的杨玉环,果然有环肥之美,她也能够尽她的能事;所缺憾的,在对白上分不出高低音来,使听的人,似乎不大舒服!我看见过一次司马英才客串马嵬坡的驿官,比原来的那一位好。听说韩非有意来演一次驿卒,但我以为原有的驿卒,并不讨厌,特韩非未必能够胜了此人。

(《东方日报》1942年2月25日,未署名)

黄 桂 秋

上个月里,灵犀兄为黄金的《麒麟童特辑》,写过两篇文章,一篇是为麒麟童写的,另一篇是为了黄桂秋写的。文章毕竟是捧角文章,不过被灵犀兄写得那么纡回美茂,在形式上,却没有落了一般捧角文章的窠臼。作者自己认为这两篇文章是得意之作,我一读再读,也以为见解新异,耐人讽诵,尤其是关于桂秋的那一节。灵犀一向推重桂秋,常以为斯人不遇,事无公理,但此番桂秋却大大的红了,声誉之隆,几与信芳颉颃,总算不负了我们一向拥戴之诚。

桂秋历次自己挑正梁,都是平淡无奇,此番帮着信芳,人缘却弄得那末的好,于是都道桂秋是生就一副挂二牌青衣的八字,意思是说,他原是挑正梁的材料,不过挑了正梁,老是冒不出头,屈居了二牌,便能轰动。我想桂秋自己,也只有把这类似乎迷信的话来譬解了。这一次黄金之邀桂秋,费了许多口舌,问题自然是在牌次,有人劝他说:同信芳并列,决不致辱没了桂秋的。桂秋似乎感动了,因为桂秋本是麒艺的崇拜者,而信芳也是称道桂秋的人,合在一处,各不怠慢,而成了相得益彰之局。黄金天天之地无立锥,自是必然的事实。

(《东方日报》1942年2月26日,未署名)

不喜猫狗

予生平与畜类无缘,养猪养狗,皆所勿喜,近年尤畏狗如虎。昔木公家豢一巨獒,客叩其门,辄汪汪吠,予闻声大怖,几不敢复入。昨岁,过百绋斋,书房之外,亦伏一獒,为之食不能安。又一日,饭于金门,顾竹轩率其爱犬同来,犬逡巡桌下,过我膝,大惧,搁箸而逸。往年岁暮,信芳宠饭,其家亦蓄狗,身材高大,望之,不待其唁唁,而已战栗矣!十数年前,愚乡居甚久,晨兴,携一杖走阡陌间,群狗毕至,集予而吠,当时未尝有怯意,拾乱石击之,睹其负痛而奔之状,恒大乐,不图居都市十余年,遂胆弱至此。

猫称狸奴,豢之者有癖,灵犀且不惮为之著盈篇累牍之文,予则皆詈其浪费也。猫矢奇臭,予最恶之,因是亦不喜猫。近年予所居为一屋之三楼全部,设灶下于晒台上,亦为予家独用。邻家蓄猫甚多,然不饲以食,恒驱之使窃邻舍之厨,则缘晒台而过吾家,一年之中,为佣奴不慎,所损甚多。一日,煮鸡一锅,为邻猫破锅而窃鸡去;又一日,市青鱼一尾,为邻猫攫其首,予为愤甚,欲杀一猫,以警其余,顾伺之而不获逞。予妇似宅心仁善,劝予勿施暴,予谓勿杀之,亦当创之,会予持木柱在手,一猫遽至,用力击之,猫狂鸣而去,然不死,明日又来。予欲举此意以告护生会诸君子,任之偷邪?抑杀之以杜患邪?

(《东方日报》1942年2月27日,未署名)

"杀光滴滑"

吾友杨枝,十年前,尝作《肉市》一书,署名屠夫,行销甚广,盖书记八里桥头之琐事者。近年以来,"肉"的文章,仍风行沪上,而此中随笔,得一水手,水手著述甚富,惟十之七八,皆为韩庄之花作写真焉。其笔调聪明,有着墨成趣之妙,故能为读者传诵。昨见其记某庄花遣嫁事,乃谓不佞于三年前,亦为桥头跃马扬鞭之人物。其实予之跃马扬鞭于桥上,已远在三年以前,其时沪战犹未作也。战后偶一苾止,则豪兴已非,往岁,尝见水手一文,声称一"杀光滴滑"之人。予衰病之身,看一切"肉"文,皆未尝神往,独睹此"杀光滴滑"之句,竟为擅动。会予戚自白下来,嬲予作桥上之行,从其往,遂命侍奴传"杀光滴滑"之人,待一小时半,始姗姗至,视其人,固旧识也,惟譬之为甘蔗,则其人有弥老弥甘之概,华服浓妆,光艳逼人两目。愚则无操刀之勇,询之吾戚,亦摇首,然不辜庄主人殷殷之推,掷五十羊,于衾边枕角尽量欣赏其水手之所谓"杀光滴滑"焉。欣赏之余,叹为伟观,乃悟水手之所传述者,实未尝有溢美之言也。

(《东方日报》1942年3月2日,未署名)

山　歌

读近期《万象》,有《小说丛话》一文,为郑逸梅兄所写,有一节云:胡寄尘好读《水浒传》,曾有诗云:"山歌每见真情性,水浒能医我老衰。"逸梅之意,谓《水浒传》尚侠好义,大可振作我人之精神,若中年以往人,血气既衰,惜钱怕死,正宜以此书为救治之药。予谓逸梅此言,特指其下句而言,若前一句,殆以《水浒传》中多山歌,而每支山歌,则皆流露真性情者,其中以白秀英一歌尤脍炙人口,盖即"新鸟啾啾老鸟归"也。予弱冠时,从先舅游北都,舅为予抄至性至文一册,亦曾以白秀英一歌摘录其中,他如白乐天诗云:"严霜烈日俱经过,取次春风对草庐。"又云:"不敢妄为些子事,只因曾读几行书。"舅云:"乐天知命,读其诗,令人褊急之意都销。"愚生平爱香山诗最笃,其近体诗尤爱不忍释。某岁舅又养病里门,予往省其疾,在沪购《香山全集》一部献与舅为病榻消遣之物,舅大喜,谓白诗诚宜于病榻读之,而以我酷嗜香山诗尤不觉为之心悦也。

(《东方日报》1942年3月3日,未署名)

买《汉书》不得

少时,舅父命予读《史记》须烂熟,盖司马迁之文,可以歌,可以泣,可以观,可以兴者也。而予则独爱《汉书》。予读《汉书》,以为文帝之诏,最可诵,所谓温柔敦厚,得风人之旨者也。又读文帝赐赵佗书,至"朕高皇帝侧室之子"句,每不自知热泪盈眶,惟其为倾吐腑肺之文章,始能得蛮夷大长老输诚悦服之报。予近年荒于开卷,旧藏《汉书》,散佚不知所终,有时欲一温旧课,而不能得,深自怅怅。卡德路有旧书摊,鳞次栉比,尝一一浏览其间,昨始发现有前后《汉书》一函,守书摊者为一孺子,倨慢无礼,询其值,傲然报我以数,请其稍抑,则不答,因怒其人,置书径去,然觅之他所,乃不可得,明日当使家人如其值购之。予去年觅此书多次,而终不可获,今见有存者,不可复失之矣。惟当时予曾披览此书,为油光纸印,号称精校,疑其终非善本耳!旧书摊上亦收买中西文旧籍,予买《汉书》时,睹一女学生,捧西洋书若干卷,拟卖与守摊之人,彼孺子取其一卷,女学生似不愿零出售,收拾其书自去。予当时恻然,疑女学生卖书所得,便将挤入轧米阵中耳!

(《东方日报》1942年3月5日,未署名)

唐若青能演杨贵妃

唐若青之私生活,论者谓有改善之必要,然其人演技之精湛,则自有其不可抹煞者。五年前,中旅出演于卡尔登时,予观若青演《日出》中之陈白露,惊才绝艳,疑并世殆无其俦。近中旅又以《日出》为号召,桑弧曾往观之,乃谓若青之风华曼妙,仍无逊于五年前也。予所见若青之剧不多,《日出》而外,惟《葛嫩娘》与《洪宣娇》耳!然《洪宣娇》亦未窥全豹,负负!昔者,上海职业剧团招考演员,司考人问一投考者,汝曾演过戏乎?投考者曰:演之,我固有舞台经验者也。司考人曰:有舞台经验,我无所取,舞台经验丰富如唐若青,我亦未必以为重也。甚矣,司考人之故自高异也。予尝以此言语之桑弧,桑弧亦频频摇首曰:是必罔人,有此狂语!

近顷卡尔登之《杨贵妃》,忽以刷新阵容闻,刘琼之唐玄宗将委之黄河,而杨贵妃则由狄梵让与夏霞,狄梵演是剧,未能尽善,夏霞自是老练,惟其人风华已逝,且瘦瘠,似无所称。说者乃谓举上海之话剧演员演杨贵妃而胜任愉快者,惟唐若青女士一人,以唐之多才,始能与刘琼之稳练,得旗鼓相当之势焉。

(《东方日报》1942年3月7日,署名:唐僧)

灵犀却金有感

在新春开始报纸复刊以后,同文诸友,大都叙述去年度岁时之光景者,此中有一宏文,最堪注目,为陈灵犀兄所作,谓有一富友,于岁终之时突临其家,从袋袋里摸出一把一把钞票曰:如有所需,恣取之,必无吝也。陈兄睹之,且感且辞曰:东补西移已堪过去,不必更累先生矣!他日如有急需,当再言之。言已,又将一把一把钞票送回到富友之袋袋中,于是退而述其经过,且作"劝人为善"之论调曰"非至必用时,不可轻易受人之惠,可以永葆友情"云云。唐僧曰:不向朋友开口,而朋友自会送成千成万之钞票,到门上来者,此种奇遇,鲰生凉薄,从未有之,惟灵犀兄德信兼孚,始有此遭际。有此遭际,而坐失其机,则叔季之世,礼让之士如灵犀兄者,已不可多遘,然亦愚也。彼送钞票上门之富友,正因不在乎钞票,同时又要其平时钦服之朋友,能用其几张钞票为舒服者,今乃辞拒,或且使其勿悦。若予贪佞,苟遇此友,以五千金送我者,必请其增至一万,顾平日所交,亦惟多酒肉征逐之流,而不易得一解衣推食之交也。

(《东方日报》1942年3月8日,署名:唐僧)

顾　兰　君

新春以来,昨始与诸友同饭,座上有陆洁、桑弧、瓢庵、石麟、翼华诸兄外,尚有顾兰君女士,及其所天李英,而摄影师沈勇石先生亦与焉。地点为霞飞路之华府饭店,华府之冷盆奇丰,而腌猪脚尤脍炙人口,予啖冷盆与明虾后,猪脚竟不能再沾唇,量亦窄矣。予尝记昔年始见兰君之日,在正秋大殓与上海殡仪馆时,兰君因言,时年十七八,今则二十五矣。桑弧迩又成一新作,名《人约黄昏后》,仍由石麟导演,女主角将属之兰君,闻兰君尝私问石麟,是剧亦如荡妇之为风情之作乎?石麟告以绝对非是,而为一家庭喜剧,兰君大悦,谓我乃无意更为风情之戏也。尝闻好观国产影片者言,兰君演技,自有其不可抹煞者,必欲以肉感取悦观众,诚策之下矣。今兰君果能自悟,逆知其成就必多,良可喜也。是夕,桑弧与瓢庵两兄纵谈麒艺,探微抉奥,言人所未言,此为高论,为予所见不能及者,钦服何如?

(《东方日报》1942年3月9日,署名:唐僧)

李 绮 年

李绮年之来,予初未一见,忆其征尘乍卸,艺华之严春堂、幼祥乔梓,招待于大西洋,一以使人知香港之电影皇后已为艺华罗致所得,一则欲使上海人一见李之丰采也。时予疏于酬宴,故未往,及后闻之方盛誉其人,谓李貌固丰艳,而体格尤健美,是真南国佳人也。及后又屡屡于报章杂志,见李之照相,其悦目诚如之方所言,而亦上海人所谓看了大有淫心者也。惟其主演之片,予始终未曾一见,洎乎英茵自杀,大殓之时,李来展奠,予始获睹其匡庐面目,乃复大失所望,盖有见面不如闻名之叹!缘其人似矮而臃肿,肌肤亦不甚腻润,惟服御极华贵耳。丁先生识之,李故就丁先生谈,谓其病甚,因与英茵交甚至,故来看其最后一面。由此觇之,其性情亦非不肫挚者,不觉敬重其人。最近乃闻李与艺华方面,发生纠纷,一日,值幼祥于咖啡座上,询之,幼祥语气间,颇不值绮年,因知怨毒已深,故不复究诘。昨日又闻其人亦步英茵后尘,予写此文时,实况尚不获知,弱质茕茕,飘零异地,予惟默祝伊人无恙也。

(《东方日报》1942年3月11日,未署名)

喝咖啡失眠

　　天衣于前日一日间,喝咖啡三次,两次在弟弟斯,一次在南京,是夜遂终夕未曾合睫,苦不胜言,谓看完《万象》一册及当日之《新闻报》,第一字看至末一字,亦不觉倦,始悟为咖啡之祟,自此将于晚饭时忌饮咖啡矣。天衣又言:往时饮咖啡,及其他刺激物,从未妨害睡眠,闻他人之饮咖啡而不能交睫者,疑为绝无之事,今亦深受其患,故知体力已入就衰之境矣。予闻天衣语,亦恍然悟,盖予近有一夜失眠,今知亦受咖啡害也。予之不信咖啡可以妨碍睡眠正与天衣相似,是夜,剑云先生招饭,菜为闽肴,席散,侍者调咖啡进,梯公不吃咖啡,予以其味香而烈,一盏既尽,又越啗梯公所留者,亦尽焉。是夜,竟不获眠,予以近来逾十时后即入梦乡,忽然无倦,异之,然犹未悟为咖啡之患,看小说尽百余页,犹不倦,则起身写一日文稿,亦不倦。至曙色已张,始能入梦,越二日而闻天衣语此,方知此夕之白醒一宵,亦被误于咖啡也!最可笑者,予尝与剑云先生谈,生平不怕吃咖啡,而此夜咖啡竟显颜色矣。予昔时亦偶有失眠之夜,是否为咖啡所误,已不能追忆,盖予向来不信咖啡能兴奋神经,故虽为咖啡所误,亦不遑省及,予之糊涂,于此可想。

(《东方日报》1942年3月12日,署名:唐僧)

步顾尽缘原韵

　　松江人顾尽缘君,喜作诗,惟天资不高。一日,作《自题小影诗》一章,特谒徐大风先生,要予和诗,大风亦不识其人,因将其作寄予,顾君并要看尘无兄遗作《浮世杂拾》,惟不知此书之经售处。适叔红先生旧曾遗予一册,故即以此转赠顾君,并勉和一章,惟出俳谐,或不足邀顾君一哂,然有此者我已不负大风之托,而大风亦不负人雅命矣。顾原句云:"画里小游仙,尘居廿七年。惊残旧鹿梦,悟彻镜花缘。浪迹原忧国,伤时肯让贤?闲参香草意,不为利名牵。"予之和章,有引言云:"读顾君小游仙句,疑其人为东新桥小客栈之相面算命先生,予之和章,即从此着眼焉,句云:闻道小游仙,江湖已几年。神奇夸命课,宛转选姻缘。吴鉴因君死(谓吴鉴光瞎子),方天逊汝贤(劳合路之方天时)。要侬和一首,漫把头皮牵!"此诗若入《狼虎集》,亦一时佳作,今入兹篇,亦可见予近来为本刊之努力矣!咻!(末一字代表读者呼声!)

(《东方日报》1942年3月13日,署名:唐僧)

三 日 日 记

近日殆以天气失常,予因之身体极困惫,筋骨作痛,头目眩晕,而腰痛尤甚,竟至不克下俯。十一日在家休息终日,以天燠,居室中亦殊闷损。次日早起,挈家人进点心于市,乃往访老友,顾不相值,复归去,下午,又为人催起,困甚依然,坐立两非。费穆先生,本约予同饭,竟不赴,盖复以精神勿济也。

儿子市一纸鸢,构制之法绝简,予儿时所谓豆腐干鹞子也。儿时值惠风和畅之日,辄喜放纸鸢为戏。予家门外为田野,城中之放纸鸢者,咸集于此,予以童稚,放人鹞,其首绘脸谱,纵横不盈两尺,自下午而至薄暮,不思归去。今离乡已久,吾居且已于去岁货于人,至是不胜家山客梦之思。吾子不幸,局促海堧,曾不得自然之趣,得纸鸢后,于晒台上纵之,亦能高,放线数丈,居然腾入霄际,巷中人驻足而观,儿大乐,顾语以予儿时之乐,则又不禁使吾子梦寐求之矣。

十三日,晨八时已醒,妗氏自外至,谓秔米已售至六百元一担矣。明日且不得粒米,予妇催予起,谓更置一二石,为将来之需。予拒之,予家存米,尚有二月之粮,尽此,予当待毙,予得食,而人不得食,予将动箸,而人在啼饥,予亦不能食也。食亦不得消化也,故今日之事,听死而已!

(《东方日报》1942年3月14日,署名:唐僧)

《洞房花烛夜》

《梅花落》影片近在新光献映，为熙春所主演，屠光启君所导演者也。屠以舞台健将，而尝试导演，闻其人自有修养，则其得心应手也可知！《梅花落》本为包天笑先生原著，中国影片在默片时代，亦尝取为剧本。此次当大成开拍前，朱石麟先生嘱予向天笑先生致意，盖欲于幕前著先生原著之言，先生许我请，大成乃不觉光宠之多也。

费、周二君，设宴款卡尔登与上海艺术剧团之前后台友好，到二十余人，女宾如唐若青、孙景璐、夏霞、蓝兰，胥为话剧艺人，而熙春则双栖于影伶之间者。是夜灵犀亦至，此君复久不见，蓄发，且可向后梳矣！风神朗朗，自谓近日不如往昔之困顿，自能打得起兴致，想到外面走矣！梯公则颇忧来日之艰，谓今日之事，惟有学唐某之脱底棺材耳！桑弧之《洞房花烛夜》既享盛名，于是友人之欲观《洞房花烛夜》者，必蹶桑弧，桑弧则市券之不足，复须破二小时工夫陪友好同观。是日，梯公、笠诗，俱欲一看，复为桑弧言，桑弧因兼邀予与美英，及梯公与小金外，更有笠诗、灵犀，于下星期二，同往观赏，观后，乃赴小金之春宴，盖是日之一下半日，有看有吃矣。

（《东方日报》1942年3月15日，未署名）

囤　药

去岁秋，有人劝我若能囤积明年夏天一切施救急症之药，则获利必丰，予似乎迷信，以为囤积此种药物，未免罪过，故未从其言。然近时囤药之风，固盛行一时，若痧药水、人丹之类，几乎囤积一空，方知今人之抢钱用者，真有昧着天良，而不怕血腥气者也！予尝言之，若佛家果有因果之说，则今日之囤货者，将来而报施不爽，则囤米之徒，其子其孙，必有为街头饿殍之日，囤积药物者其人必用在自己身上，或为我补充曰：囤纸之徒，其一家人以弄堂为公馆，以旧报纸为被褥，囤火柴洋烛者,其家必有付之一炬之祸。自己无能力以囤积牟利,而又妒他人之捞血水以充肠,遂出之恶声,读者不将以是讥予乎?

(《东方日报》1942年3月16日,署名:唐僧)

寄语李萍倩导演

李萍倩兄,久不见矣,渴念故人,因往观其导演之《贵妇风流》一片,盖见故人之手泽,以当晤对,亦殊别有情味也。此片甚长,十足映一时三刻,而闻之人言,萍倩实于十三日间速成之,此则益佩吾友之为斫轮老手矣!予以老实之言,为萍倩告,后半部颇可看,前半部则嫌其拖泥带水。律师之盘问徐太太,不能简洁,令人不耐,然亦由于姜明之律师无多出色,故尤讨厌,姜明不知即昔日中旅之姜明否?何以此人一上银幕,便成这副戎腔?《日出》中福生之锋芒,竟不获稍一施展,真不可思议也。顾兰君演技自工,所谓能做得透者也。其余都平平,严俊之白相人,按其身份为大白相人,然其所演,则马路英雄耳!

此片对近时之投机家,讽刺甚深,此外被骂人犹多,如律师也,白相人也,新闻记者也。又如警察局也,以徐家之一件命案,而钻营于此者,无非想吮其膏血,此为写实,予亦同情。惟予意以为萍倩之骂人,犹不普遍,应当插入电台上播送新闻,知电影公司将取其事为摄制影片之材料,而此种人胥由姜律师周旋之,不尤意味深长邪?质之我友以为何如?

(《东方日报》1942年3月18日,未署名)

袁牧之版《钟楼怪人》

法国文豪嚣俄,近人都译为雨果,其实两字不独晦涩,且已经译定之名,早已脍炙人口,似不必有所更替,予见雨果而不知嚣俄也。问于叔红,始为予言如此。《钟楼怪人》即出嚣俄之笔,西人曾取其材料,制为歌剧与电影,靡不风行,吾国袁牧之先生尝改制为舞台剧本,拟自演怪人一角，顾稿成而袁氏西游，剧本既未尝发行，排演之议，亦为之寝。近顷上海艺术剧团，乃得其留稿，遂由导演恐怖戏权威之马徐维邦与费穆两先生联合导演，而于昨日起出演于卡尔登矣。以《夜半歌声》之歆动于沪上影迷，则《钟楼怪人》之演出，正可以此为喻也。顾剧中人面目虽狞恶，然以情节之有血有肉，复以嚣俄之写此说部叙陈当时法国平民之痛苦，故富有意识，纵使剧中恐怖迭现时，台下人亦觉其无所恐怖矣，至袁先生对白之紧凑，与夫分幕之清晰，犹余事焉。予尝读原剧本，感奋至深，读后且若此，苟益以形象化，则演出时之情况，当更如火如荼矣。

（《东方日报》1942年3月19日，未署名）

胡梯维迁居

波斯已自公共租界，迁至法租界之薛华立路。前日，乃集友好六七人，互造其新居，时在同观《洞房花烛夜》之后也。予与美英外，有波斯、桑弧、笠诗、灵犀，及金素琴、素雯姊妹。波斯之屋初非广敞，然结构殊紧凑，屋后有余地，纵二丈，横两丈余，可以杂莳花草。若吾友而为黑良心之二房东，正可以烂木头构为平屋，分税与人，亦可以月盈二百金焉。二楼为坐憩会客之所，三楼则为寝室。金二既至，予效《洞房花烛夜》刘琼之口吻曰："这地方将来就是你的地方，一切都不用客气！"素雯为之赧然。灵犀庆波斯之笃于情爱，因纵酒，自谓一载以来，未尝酒矣，是夕竟频尽巨觥，遂大醉。波斯家奴仆非不多，而不善治肴，求之于外，为霞飞路冠乐所制，奇劣，不如家常之菜多矣。饭后，为叶子戏，至九时始归，予与美英及桑弧与金氏姊妹，循吕班路北行，时夜色未深，而路上人稀，长街为徐步，信口而谈，为乐亦永！抵家，不觉步履之辛劳也。素琴定昨日启行，情怀似不胜其落寞，老大女儿，至今尚漂泊歌尘，诵"当年不嫁惜娉婷"之句，忝属故交，不自禁怅惘万状矣！

（《东方日报》1942年3月20日，署名：唐僧）

唐若青的发音

唐若青女士将自张一军,于兰心出演,此人于话剧,一似平剧之有麒麟童,其演技之精湛,初无二致,而发音沙涩,若有磁性之能引人者,亦未尝有异,而声华之美,则复可以相埒,故有人以女信芳视之,不可谓其拟不伦也。唐为人隽爽,有丈夫风,往时,白雪记其私生活不无微词,若青见之,告于愚,谓王君能导人于善,其言非不可纳也。愿图一良晤,借闻明训,其襟度如此,求之蛾眉,乃不多得!

我身体羸弱,有浑身是病之苦,然至今犹不死者,以健饭如故耳。我尝自念,苟有一日,饭量递减,则我体必且勿支。前年,我以虚弱,进食母生,一来复后,胃口随阻,异之,以为食母生之为效,欲求其强身固不可能,然欲求其开胃助消化,当优为之也。乃我食之,并胃口亦告滞塞,可知我之体格,除多吃饭外,正不必进其他滋补之剂矣。

(《东方日报》1942年3月23日,署名:唐僧)

戴明夷登报卖卜

戴明夷先生近在大报登卖卜告白,而设问津处于南成都路。向闻此君于君平之术潜研甚深,故言都奇中。戴平生惟嗜杯中物,四年前,予偕师诚、龚翁诸先生同聚于高长兴,席次,诸人忽立,曰:"奇人来矣。"奇人者,指明夷也。师诚亦好此术,故述明夷所造之高,以语我,我但惊其神,而未由知其理也。因谓师诚,将何法一展戴君神术?师诚乃曰:先不必与谈课命之说,子试匿一物于掌心,使明夷测之,必中八九。予故藏一橡皮匿于掌中,报明夷以一字,明夷指白纸,用铅笔写阿剌伯字于其上,若学生之演习算术然,未几则告我以此物之质料,以及形状不稍误,乃叹此中自有玄理也!旋相习,予每岁必倩明夷为我草流年一二纸,卜休咎,虽未必神灵,然大致无误,以较江湖术士之信口雌黄,而绝不应验,此则胜其万万矣。明夷年来,既以此自娱,术亦锐进,今则以术易人资,为人指点迷津,书生末路,乃至卖卜为生,若予入穷途,将奈何？思之又不禁惘然耳!

(《东方日报》1942年3月24日,署名:唐僧)

灵犀囤纸

在白报纸的新高峰迭见的时候,听说灵犀兄因为在月前购进了一二百金,到了今日,他无意间有了一笔两万元不到,一万元有余的盈余。有位朋友,来告诉我这个喜讯,这一夜我特地去替故人道贺,但在他平时必到的一位朋友那里等了他三小时之久,也没有会见。

从此以后,我想可以减少一点灵犀兄忧伤憔悴的笔墨,在一二年来,他所写忧嗟生计的文章,不要说他自己是那样哀哀欲绝,朋友读了,也替他着过许多急,担过许多忧! 其实灵犀在我们朋友中,他是最把稳的一个,无论他说得怎样过不下去,情形总比我们要强得多,不过有的是比较疏狂的人,事没有到临头,决不焦急,决不跳嚷,灵犀却欢喜未雨绸缪,没有穷着他,他已经喊了起来。所以有的人便说:灵犀的诉穷,是出之以诈。其实也是冤枉的,他是天生的脾气,他害怕他会穷得要饿死。我平时未尝没有这种念头,不过一想到我要饿死,那末饿死在我前头的,不知有几千几万人了,想到这里也就心平气和。所以别人不大看见我诉穷,而只看见灵犀兄那里着急!

(《东方日报》1942年3月29日,未署名)

双健居

效文先生的双健居,我只是闻名,而没有到过,因为他住的地方有半村半郭之胜,所以宜于春游。在上星期四,我敲他一个竹杠,要他招待我们一顿夜饭,王先生非但允许我们,而且怕我们认不得路,专诚来陪我们同去,一共去了四个人,王先生另外又约了三五位,都是平时的酒友。

双健居在霞飞路底,从一条深巷里走进去,而得到这个幽僻的所在。记得前人有两句诗:"绿满田畦红满村,垂杨深处有柴门。"双健居虽然没有第一句那样的环境,而第二句,却正可以为其写照。

　　门以内是一个拓地不过二分的花圃,杂花杂树,都是种在篱笆的脚下,而一株栽种了四年的垂杨,正在新芽抽绿,十分挺秀,在这小小的花圃中,他是群芳的管领者。一枝樱花已经开得谢了,碧桃和紫藤,都在菡萏的时候,开得最美丽的是山茶。庭前,山茶不过三株,而分了三种颜色。王先生说这里所有的花树,差不多都是他亲手栽种的,从来不假手于人,他每天早起,便在花圃里费一二小时的时间,使这有数的花草,永远在滋生滋长着。在南面的一角,便是菜地,蚕豆非常肥大,开满了花。我每年看见蚕豆花开,总会勾起一番心事,也是山茶红艳,蚕豆花开的时节,这心事,用不着天灵地鬼,替我搬演出来,一到了这季节,我自然而然的有所感觉了!

(《东方日报》1942年3月30日,署名:唐僧)

双健居(续)

　　(续昨)双健居的房屋之平房,是一所非常幽旧的矮屋,推进门,有一股乡下地方天然的霉谷气,仿佛到了我的故居,不过故居没有双健居那样华丽的陈设。王先生给宾客介绍,说双健居有三多,是门窗多,镜子多,和电灯多。真的,尤其是门特别多,每间屋子,至少有四扇门可以开闭。

　　虽然这是古老的平房,也经过王先生加以修葺过的,还加了一间浴室,论房子的本身,与屋中的设备,实在不大伦类,然而在"垂杨深处有柴门"的这一所房子里,所有物质文明的享受,几乎应有尽有了。

　　据王先生说:这一夜的饭菜,仅仅用了四十元配合起来的,其中除了火腿是自己所有,以及鸡卵也是原有者外,其余便多数购之于菜市,但敦盘已是那末丰盛,可见毕竟住在荒僻,生活程度比了我们所居的地方,低得多了。这一夜王先生的几位酒友,都是连尽巨觥。双健居特备着许多美酒，王先生每夜是非酒不欢的。他说，他无论什么时候回去，夫人总替他预备好两样菜，杯筷放好，让他回来之后，自己烫酒，一个人在客厅里喝着，不知夜漏之已深！

我们离开双俥居时，半规明月，挂映在树梢上面，知道才到黄昏，而我们已经回去，在以前，这正是晚约的时间啊！

（《东方日报》1942年3月31日，未署名）

遇潘仰尧

一日，遇潘仰尧先生于途次，又二年余不见先生，两鬓皤矣！予谓先生老境已侵，先生曰：五十一矣，安得不老？年来湖海漂零，故益速其老也。忆予受业于先生时，先生正复翩翩，距今盖已二十余年。予当时顽劣，某日，先生来授课，戒生徒宜节饮食，因操嘉定白曰："勿要夹七夹八瞎吃。"予闻言，应之曰："夹七夹八，夹九统吃。"盖为推牌九之术语矣。先生乃大怒，曳予出课室之门，是夜，竟关夜学焉。

火柴大昂，有人计之，以一元三角一包计，则燃引一枝，须费三分以上。昨日，赴大新舞厅，闻郑炜显先生谈，火柴之价，若不抑制，则米高美与大新，每家一月于火柴之支出，将近万金，聆之殊属骇人听闻云。

（《东方日报》1942年4月1日，署名：唐僧）

林庚白已谢世

昨见一方一文，似不知林庚白先生业已谢世者。林不幸消息，传说已久，近则由其家人登报告丧，一方终未见之耳。林诗才秀美，当世能诗之士，予最拜服斯人，以林诗而比之治小说家言者，犹著《碎琴楼》之何诹也。何诹之文，林庚白之诗，虽别辟蹊径，然皆就文章程式、诗词格律之范，与故炫新奇者不同也。

张帆女士为徇子兄之弱息，美而能歌，兼擅戏剧舞踊之艺，近在卡尔登出演，饰《钟楼怪人》中之舞女一角，体态之自然与其对白之甜润，皆令人心醉。《钟楼怪人》,论戏,比《杨贵妃》好得多,然不卖钱,亦无可奈何事也。闻辣斐之《春》,时卖满座,是盖唐家之余威,窃惧若青在兰心之《水仙花》,亦非《春》之敌耳。

予有买奖券之癖,惟今日所有逢兴公司之奖券,则从未买过,因未曾听得有人中过此种奖券,非疑其不可恃也。一夕过酒楼中,有人持此项奖券强我购买者,怜其人衰老,市二条,志不在发财,做好事而已!

(《东方日报》1942年4月2日,署名:唐僧)

灵犀囤纸系误传

为了我写了一节灵犀兄曾收购报纸事,因为颇有出入,在他自己报上,已给我辩正,另外他还写了一封信与我,信上是这样说的:"囤纸事殆误传,然闻此消息,亦如过屠门大嚼,聊以快意,更好给势利人看看,穷措大亦有此一日也。一笑。"我真佩服灵犀的做人,太宛转了,这几句话,说得多少炉火纯青!

荫先兄要我替本报多写一点,他说新闻稿不写,便当写些讽刺性的小品文。我写文字,从来不懂得什么叫微词婉讽,我只晓得破口大骂,但现在不是骂人的时候,我即使熬不住要骂,而荫先兄未必肯将它发刊。骂人既不可能,只好改骂为捧,但捧人,又要同行倾轧,意思捧人是有"报销"作用的,所谓言路日窄,便在这个上头。

梯维的婚约,承他当天请桑弧兄来通知我,我们有五个人,到萝蔓饭店去道喜,凡是朋友的贺仪,他一律不收。姚绍华、周翼华、丁悚几位先生,托我带去的份子,他是一概璧谢,上面的钱,都在我身边,唐僧向来在外最重信用,决不摆朋友堆老,……这几句想学一学卢继影的笔法,但写了一二句,便才尽了。别小觑了他,卢继影的文章,真是另有一功做法的。

(《东方日报》1942年4月6日,未署名)

胡 金 结 缡

胡梯维与金素雯结婚，四日《申报》特写的标题，是金素雯结婚，而将梯维列为配角，原因素雯是红氍毹上的名角，而梯维不过是一个文人，甚至是一个平常的"商民"。

他们在《新闻报》登的结婚启事，金素雯的名字，放在前头，这也非常奇怪，难道金二小姐卸却歌衫，去退藏良家之际，还要争一争牌子吗？也有人讥笑梯维，说他从儿童节那天，要开始做一个驯顺的孩子了，这就是比"懦夫"好听一点的名词。

素雯固然是氍毹上的名角，她的演技，我是心折的，但要我从"慕才"的立场上，来轩轾他们二人，我实在尤其爱赏梯维。有人说：梯维的英文好，我是不懂，而我独爱赏他的才华盖世。我曾经说小型报里的执笔人，没有使我刻骨倾心的，而只有一个梯维，但梯维却不是"内行"。有一次同桑弧闲谈，我问桑弧文言里对于"才人"的形容词如"惊才绝艳"，又如"风流蕴藉"，这八个字，在我们朋友中，哪一个担当得起的？他数了一数，只举出一个梯维，再也没有第二人了。桑弧同梯维的感情特别好，他似我一样，实在太折服我们这位朋友的才调了！

（《东方日报》1942年4月7日，未署名）

朋 友 不 必 轧

近来无论跑到什么地方，遇见一位久别的朋友，自然会问我道："唐兄，你应该发财了！"我道："没有啊！"朋友会万分诧异道："没有，难道连一点小财都没有发过？"我点了点头，朋友便对着我，几声呀哟哟之后，接着道："唐兄，那我看你真要穷一辈子了！一个人在这个时候，这个地方，不多一点钱，再想发财，永无此日，别的人因为朋友少，市面不灵通，所以想发财比较困难，似你唐兄，虽然家徒四壁，一向清贫，但是上海的朋友多，消息也快，你自己不是经商的材料，只要你真有个把朋友,将你关怀得贴切一些,代你做一点交易,进一点货物,你到现在,也不必埋首于故纸堆中了!而不料你果然是吴下阿蒙,依然故我,这样看来,你真要穷得没有出头之日咧!"朋友唠唠叨叨,说了一大套,我把他的话,细细辨了一辨,不禁顿足道:真是至言,他妈得!我枉为交了这许多朋友,竟绝无一人,真真有关切我的。平常时候,见了我面,那一种亲如手足的情形,原来全是虚伪。这种朋友,我也窃门了,我要息交绝友,他们如果死在我前头,我决不说一声可惜的话,写一句哀悼的文章!以示灰心!

(《东方日报》1942年4月8日,署名:唐僧)

闺阃失和

予闺阃以内又失和,昨夜复不归去,相处不及二年,几成中道叛离者,凡三四次。予乃大困!往者,予尚强忍,穷吾力以全之,今则势益岌岌,梯维所谓生死系之者,殆终负吾友箴言矣!予亦奇愤,纵言以此而昧吾天良,则予又胡恤?昨日上午出门,及午不觉饿,买旅舍一室,然后再赴翼楼视事,垂暮,始进食于人安里,又入市,购盥栉应用之具,拟从此以传舍为家矣。故自市折入旅家,将凭枕而卧,顾觉怖甚,乃离去,又赴翼楼,拟招两子往伴予,而子已入睡,在楼下晤刘琼,报间有琼与孙某失踪之谣,孙实有之,而琼为刘群之误也。因与琼谈良久,更赴人安里,巷次,有人赴因风阁者,从之行。因风阁为谢豹所居,为文友常集之地,予今始一登,晤小逸、进高诸子,或劙予为雀戏,四圈而毕,返晤盎三及啸水、灵犀诸兄,并刘成诒君,刘亦名票,啸水极重其艺,顾予乃未得聆其歌艺耳!是夜在老宅写作,及竟,曙色上窗前矣。

(《东方日报》1942年4月10日,署名:唐僧)

记小热昏事

昔游花下,当绮宴方张之际,有一小热昏者,献妙艺于冶游人士之前。小热昏病短视，然聪明绝顶，于花间时事，无不熟悉，悉则制为新歌，或犒以多金，则唱之。譬如小双珠之被劫，小乔红之下嫁，在小热昏胥为绝妙新闻。有时妓人扬一丑事，窃恐小热昏广为流播，则贿以多金，令其终秘，故小热昏之进益亦多，然因此而"言路日狭"矣。范恒德先生生前好与北里中人戏，荡游花下，恒使人招小热昏至，告以某妓近有趣闻，汝当歌之，因述其事始末，而使小热昏歌，时妓固在座也。小热昏歌时，妓恨甚，骂杀千刀，接言小热昏不止，范则顾而大乐。范于"闻人"中，以风趣称，于此可知其人不俗也。

前，生意浪来一童子，持绰板而击，亦自称小热昏，询之房间中人，则曰：是小热昏之子。子亦告曰：父病甚，不能行歌，命我袭其艺，非我乐为。强而为此，不自禁其腼腆也！又曰：我本习业，顾店肆中人，以我为学徒，不令学本事，而先令学轧米，得米，我亦不得饱焉。其词极哀，房间中人逐之去，不去，予以辅币四角，则曰：不足买一方大饼。在其父，更不足呼一口白面耳！

（《东方日报》1942年4月12日，署名：唐僧）

《四姊妹》

春日，颇念湖上之胜，昨见某杭菜馆刊一广告，谓西湖三潭映月之莼菜，已来海上，以闻老饕之流，速往一快朵颐也。按莼、鲈二味为诗人骚客所艳称，惟莼菜非予所好，恶之者且谓入口如啖着鼻涕，其滑腻殊难下咽也。予亦云然。予相识之亲友，未闻深嗜莼菜者，松江沈瘦东先生，有"西风十里松江路，不为莼鲈不肯归"之诗，鲈诚美味，何亦眷眷于莼？其理殊不可解也。

《四姊妹》既上演于卡尔登，昨夜观之，则已错过第一幕矣。颇闻此剧内容，有略似西洋电影凯司令赫本之《小妇人》者，不知是否？全剧笑料甚多，台下人时在鼓掌赞叹中，料知售座将较前二剧为美。《四姊妹》之演员，无一不胜任愉快，陈绮随便做戏，而情致自佳；沈浩之戏较多，亦有恰如分际之好；张帆在《钟楼怪人》中之舞女，为一温柔美丽之人物,演来甜润无匹;《四姊妹》中之老三,则为一顽健女儿,令人有不是这股劲儿之感,殆所谓先入之见欤!

(《东方日报》1942年4月13日,未署名)

读还珠楼主

舍间不知从何处假来一部近人所著的武侠小说,书名叫作《青城十九侠》,著作人是还珠楼主,正集、续集以及续续集一共有二十余册之多。我向来不喜欢读长篇小说,所以前并没有这部大著的印象。昨天与人谈起,才知道这位小说家是北方人,所谓《青城十九侠》,也是连续刊载在以前天津的一张日报上的。

小说非常出名,因此著作人还珠楼主,也红遍沽上,但细究小说的内容,则是不能再精的东西了!原因写这小说的时候,他也同鄙人从前治稗官家言一样,今天报上要用多少字,便写多少字,所以前后不能接榫的地方是触处皆是,而因此弄得情节更乖得不知所云。写小说不能一气呵成,已经没有好东西了,更何况连个"大纲"都没有呢!

记得我从前也写过长篇小说,至今想起来,真要哑然失笑的。因为犯着每天凑字数的毛病,有几次把前面写过的人忘记了姓名,更懒得去查一查,所以常常把这些活埋了后来不再出世。据说还珠楼主,也有鄙人这样的本事。

(《东方日报》1942年4月18日,未署名)

近　作

访晓初先生,不获晤,乃与禹钟先生倾谈,先生谬赏予诗,故见面必问予有近作否?而予则心怀郁塞,焉得佳章?近游兆丰花园,得两绝句,一成于动物院看鸳鸯攘食者,句云:"眼前不是水云乡,人畜喧腾聚一场。到此微嗟天意忍,渐将饥溺困鸳鸯!"其一则成于归途示美英者,句云:"因知坐卧都非计,此日能劳竟是仙。罗绮已耽曾未足,更求痴福到林泉。"禹钟先生见第一首而未见第二首,则叹赏第一首不已,曾为粪翁吟之。予以为第二首则心气和平,而不觉颓废之甚矣。

卡尔登之《四姊妹》,售座比之《杨贵妃》与《钟楼怪人》无不远胜,亦可见话剧惟家庭戏始为女太太们所悦耳。继《四姊妹》而上演者,为《荒岛英雄》,是即曩年黎莉莉所演之《到自然去》也。今由石挥、英子诸人主演之,而剧本亦由佐临改编,然后再自任导演,以此诸人之合作,所得宁有不能使人满意者,因特记,预为嗜话剧诸君告焉。

(《东方日报》1942年4月22日,署名:唐僧)

书 与 画

通俗相传有一句话:"好书不如恶画",这句话的影响可不小,第一写好字的人越来越少,第二"恶画"作家越来越多,第三那些画匠亦作为生意眼的解嘲法。其实艺术这东西,本是无价的,不是商品可比,所以不论谁的作品,在艺术上有无价值,传与不传,同在当时流行,和自高身价,根本就是两件事体。

当代的书家比画家少,不但南方少,北方也少,那全是事实,而走钟、王一路的,更是绝无仅有。据我所知的,只有云间一人,所以有人称云间为帖学中第一人,我想并不是过誉,关于他对书法的议论方面所发表过的文字,我所看到的,前后有《济庐艺言》、《临池剩墨》两种,凡读到的人没有一个不佩服他的精辟。《迮遭散记》谓"白蕉为帖学研究最深的一人",我想决不是啼红一人之私言!

现在白先生应大新画厅之请,于月之二十二日起(即明日),展览五天,以先生的驰誉大江南北,届时盛况可想而知。去年年底笔者曾访先生于万华楼,先生正大写其屏对,底纸上大都有浅色的画,除先生自己写兰、石之外,另有唐云先生的人物,菊花非常美感。书画合璧,在清代某一时期是盛行的,民国来已不多见,自往年先生及粪翁展会后,重新又被人注意而仿效,现在白蕉先生自写自画,书画合璧,真所谓二难并了,再加上他的诗句、印章,不是四美具么?记得在去年中先生的友人们怂恿他举行二次展会,以慰渴慕先生艺事者之望,先生说:"书画不是商品,我是很穷,但我也很懒,开个展览会,正像嫁囡讨新妇,实在劳神不起。"这次展会日期,听说画厅方面,在一年前便与先生约定的,所以筹备已有二年了。那次笔者见他写对,刚刚晓得有一次个展之举,从他的说话里知道此次出品,都是一二年来随时留下的得意之作。我又问他去年不肯展览,何以却在现在时期?先生笑曰:"人言为信,狗言为狺,大新画厅早有成约,不可做狗,好在开展会并不犯法,只好弄弄了。"亦可谓幽默之至了!

(《东方日报》1942年4月23日,未署名)

一 得 之 愚

昨天同费穆先生闲谈,说起物价漫无限止的高涨,似我们升斗小民,真有活不下去之苦!费先生在无可奈何中,他倒为我献其"一得之愚",好像是为了老朋友谋一条出路似的。他说:我们没有本事让自己发财,不过我们却有的是朋友,有很广大的朋友,我们不妨开一个店,自己不要本钱,只在朋友们已成的事业上,去要求他们各人赊一些他们有着的货色,做我们铺子里的"店底",只要把赊进时候的数目记号,将来有得盈余,便陆续归还给他们,如果真能干这样做,我们纵使发不了大财,但只少可以图个温饱。以目前的情形看来,只要开一爿店做卖买,哪怕小得不能再小的店,他们总可以顾全了自己的生计,所应该担忧的是,一群吃空心饭的人,再下去真有挨饿的危险!费先生说完之后,我仔细打算了一下,我所有的朋友,将他们出品的货色,放在一起,这家铺子不知成了什么局面?而当时有两个朋友在座,一个是药房的主人,一位是金谷饭店的董事长,我就想药房老板可以赊一点西药,向金谷赊些什么呢?每天赊几客焖烂鸡,岂非不成其体统矣。

(《东方日报》1942年5月1日,署名:唐僧)

不愿休刊

鄙人有一事不明，要在小型报列位主干面前领教，小型报的列位主干，有一种共同的脾气，是完全与我们写稿人相反的，就是他们最怕要休刊一天或数天的假期。一张报办得发财，若使休刊一天，做主干的便要损失一天的钱，故而不愿意休刊，不失为一种理由，但我每次遇见不论哪一家的主干先生，却没有一个不是愁眉苦脸向人诉苦，不是说白报纸涨得他们弄勿落，便是印刷费几倍一加，使他们无法维持，往往好比大祸临头似的，怕着关门在即。照这种情形，他们当然是在忍痛蚀本，既然蚀本，那末有机会休刊一天，至少可以少蚀一天的钱，但是列位主干，却依旧坚持不愿休刊，你说他们还是苦干精神的表现，那末便不应向人诉苦。所以我到现在疑心这些愁穷诉苦的主干们，他们都是伪诈而已！

今年五月一日，照例报纸是休息一天，排小型报的印刷工友，也愿意休息。乃闻这些主干们，曾经力争着要二日照常有报。听说各报愿意提出一笔钱来，为印刷工友们的特别旌赏，而希望不要休刊，这样的勇于解囊，无怪印刷所要当小型报主干们都是财主。上月份加了印刷费，本月份又来开口，现在我才明白，印刷所的贪而无厌，还是列位主干纵容出来的，所令人不解者，他们为什么不来纵容纵容我们这群捏笔杆的朋友？难道说，我们是活该吃不饱的吗！

(《东方日报》1942年5月3日，未署名)

近来笔政大忙

近二三月间，予之笔政忽大忙，每日所成字数，较之三月以前，加一倍而强。生活日艰，乃承朋友不弃，恐我活不下去，于是邀我为文，使得稍多收入，盛情固可感也。当漫郎兄之报创办之先，曾临雨柱驾，要予为之撰述也。予谊无可却，许为效劳，时虹蝉之报已问世，亦索文于予，予以与虹蝉交深,亦谊无可却,乃当此时,胡力更君亦来要予日治一文,力更昔年尝烦九公兄为予言,予未能报命,今又至,则亦谊不能再却矣!用是算字遂多,本允漫兄草两章者,竟不复如愿,而折为半,顾所书既多,便无妙绪,出自腕底者,恒多芜杂之言,不堪一读。漫兄初办报,予原意实欲为其努力,终不图力勿从心,恒无妙构,窃为惭悚!一日,遇一方兄于有竹居主人筵上,亦直斥予所作之平庸,益为愧怍。时适吾妇与我哄,心意益烦乱,故决意小休,草一书奉漫兄,乞其宽假若干时日,更以比较为经心之品奉献,俾续前愆。顾漫兄日日遣索稿人来,予无以应,凡若干日,漫兄疑我为无信,报间屡著讥刺之文,而予不知也。一日索稿者又来,予以他报之文付之,拟挨过四月,自五月起,再为草一长稿,乃是自索稿者送来一报,其中刊屈活先生之一节小言,颇疑其因我而发。越一日,友人某至,予以此事语之,友谓若此难听之言,固不止此一节耳!予乃知吃冤枉夹当矣!盖漫兄已数日不送报来,次日特馈此一纸,所以欲示我者,昭然若揭。漫郎兄文采斐然,为人又诚笃,予爱之佩之,故愿为兄剖吾心迹求其鉴宥,若为他人且任之矣。

(《东方日报》1942年5月4日,未署名)

《人约黄昏后》试片

看《人约黄昏后》试片之日,座上遘陈浮先生,陈即为金星公司之写《乱世风光》者也。为言《乱世风光》亦将公映,而公映以前,亦拟于大上海试片。先生谓将折柬邀予入座也。六日之午,予赴治事之所,则桌上置二券,即为陈浮所遗,而试片之时,为此日上午十时,予至,迟二小时矣。盖券为昨日送来,缄以信封,予不及拆,他人亦不及为我通知耳。予之亟欲一看此片,以剧作人与导演既为恒时素识之友,而主演人又为于素莲女士,我人于红氍毹上,观其剧已多,惟置伊人于水银灯下,此为初度,以此儿之力求上进,料其所造必有可观。又舞台健将如石挥诸君,亦为于陪演,则此片之不为恒品也可知,独惜缘悭,竟不获先睹为快耳!

俗谚有"穷凶极恶"一语,据说,此四字说一个人的脾气在穷了以后,便自凶而极,极而恶矣。某烟纸店老板,以不善经营,于一月前开办,顾生涯寥落,亏折至于典妻鬻女矣,于是大施咆哮,日日骂跑街先生之消息不灵。跑街先生亦怒,曰:我敦汝亲者之伦(此句系粪翁将极粗之言,改为极雅之文),我幸亏不靠你吃饭,不然,你真要杀了我矣!但骂尽管骂,生意依旧不佳,盖主顾不愿听骂声而上门。曾无几时,其店在无声无嗅中,上起排门矣!

(《东方日报》1942年5月8日,署名:唐僧)

国 药 腾 涨

室人有病,携之问医,医为名医,入其门,即挂号处,医坐于此,见我二人至,辄遁而坐诊所中,然已为予见,不及避矣。闻近来国医之生涯惨落,初不甚信,今睹是医,不禁哑然失笑矣!既至诊病之所,愚曰:囤国药者,日多一日,乃闻中医所受影响,殊非浅鲜,其为国手如先生者,恐亦不无损失耳!医摇首曰:否!我平时主顾恒为高上之家,故受此影响犹少,若恒时生意做得太滥之医生,及至今日,自觉其门庭冷落之甚也!愚又问曰:我闻人言,囤国药者非外人,即多业中旺血人物,以医者于药草为内行,而与药材店自多往返,利于搜购,此说亦可信乎?医曰:是不可知,惟以我自信,必不为此,我以为囤药之为害,甚于囤开门七件之所需,是罪过事,我乃不敢为也。言次,又谈及国药腾涨,一年以来,价格前后涨十倍,医谓妇科用药,恒多川货,价之腾涨尤烈。最近三星期内,胡椒之价,亦从四百元一担而涨至二千二百金,药材店买胡椒,至少二金。酒菜馆用胡椒,其中无不搀面粉者,则以胡椒亦为川货也。

(《东方日报》1942年5月9日,署名:唐僧)

我 不 还 骂

前天,有人打电话与我,说某君又在骂我,我不十分相信。从前某君常常差一个小郎送张报来,我翻开看看,疑心其中有似乎在骂我的文字,他怕我看不见,所以特地派人送来,让我看见,免得白骂。这几天,他没有报送来,我也看不见他的报,所以相信不致于再骂我了,而且我与某君究竟不是七世冤家。在某君认为我的罪恶,充其量没有尽力替他写稿而已,那末骂了几天,也就够了,当然不会天天骂,纵使真的天天骂,骂得人家不还一声嘴,也应该好烟消火灭!

自从某君开始骂人之后,同业诸君,都特地告诉我,叫我千万不可睬他,让他去乱咬,咬得力竭声嘶之后,那张五十张出关一百张不到的报纸,自然会死的,你要一理他,那就中了他的计,说不定会挑他延长寿命。一张报在将要寝刊的时候,照例要穷凶极恶骂一场的,这是叫做"人之将死,其言也善,报之将亡,其声也恶"!

某君的报,销数之少,可以惊人,假使说我要对骂,我只要在本刊上骂他一句,譬如说牵涉到令堂、祖宗之类,他要骂我,便把他那张卡片似的报纸,都印满了秽语污言,哪怕连报头不用也抵挡不够,所以我动了一点悲天悯人之愿,不去还骂他。我为自己着想,假使我办到这一张报,也是要肝经火旺的,况且捏了笔骂清苦的同文,虽胜不武。

(《东方日报》1942年5月11日,署名:唐僧)

《到自然去》

星期日上午赴卡尔登看金焰、黎莉莉主演之《到自然去》,此即今日舞台上之《荒岛英雄》也。孙瑜与佐临同为英国留学生,故于芭蕾原作,所见俱多,无论摄入镜头,或搬演舞台者,都大同小异。是日重观此片者,上艺演员全体出动,银幕上有时与舞台上之动作,或场面有绝对吻合者,座上人无不哗然大笑。此片愚昔曾观之,以老金与莉莉俱为老友,故此来不是看影戏,为欲一温故人风采耳。

下午桑弧相约,集于鲍育咖啡馆,座上晤梯维伉俪与朱端钧、屠光启二先生,纵谈甚欢,以兴犹未尽,梯维复邀过其家。晚饭后始与桑弧及朱、屠二君,步行归去,累且辛劳,为之一快!

固知抱冰子能文,至前年始知抱冰子复善相,曾读其《文友谈相录》一文,殊多抱冰子之论相,无江湖气,仍富书卷味也。比者,文价日贱,而抱冰子之负担又奇重,乃设相室于敏体尼荫路文元坊三号,公开谈相。周瘦鹃氏以卖文不能为活而卖花,抱冰子亦同此感而卖相,虽属雅事,实亦惨事也。

(《东方日报》1942年5月12日,未署名)

写不好长篇

我自己口口声声说我长篇的东西写不好,但有许多办报的老板,不肯原谅我,一定要我贡拙。如上个月里,那位"文艺沙龙"的主办人毛羽先生,代某影舞刊物,要我写一篇长篇的巨著,我再三推却,而毛先生却不肯放松我。我于是天天含羞带愧的动起笔来,还是记述一桩事实,但半个月来,又是写得我手忙脚乱,而越看越觉得不知所云,万不得已,只得将它赶紧结束,以谢读者。在我结束的当天,有位朋友还不知我已完篇,他忽然对我下了一句警告,说道:"朋友,自家人讲讲,你的长篇小说是桂的。"这真是直言,我很感激这位朋友不吃我的豆腐。

算算毛羽也是五年以上的老朋友了,难道他还不晓得我有多少本事?而要强人所难!我现在赶快将该稿完篇的原因叙述出来,要请毛羽兄原谅我,知道我不是不肯帮朋友的忙,也不是搭什么架子,而在我辍笔之后,好请毛羽兄勿要多句把闲话,再使我蒙一次不白之冤,实为万幸了。

(《东方日报》1942年5月16日,未署名)

《梅花梦》

谭正璧之《梅魂不死》,费穆第一次改编时,即易其名为《梅花梦》,此次上艺所演出者,则又经二度改编矣。费尝谓其甚爱谭君此作,顾改编以后,与原著已面目全非,费之笔,乃有点铁成金之妙,故《梅花梦》

之成功在改编之成功耳！原著殊无足道！

愚尝谓费穆作品，水准过高，使人有无力欣赏之苦，独《梅花梦》乃归于平易，轻松流利，足以使台下人神移。愚故又言：往日所见费穆作品，如读杜少陵诗，高古不易领会，惟《梅花梦》则如诵樊川律句，灵空婉媚，无不动人。

丁芝之演梅妃，叹为绝唱，而《梅花梦》中演梅仙，疑亦无抗手。"哀感顽艳"四字，舞台上人物，未有能臻斯境者，今见丁芝之梅妃与梅仙，真哀感顽艳矣。而后来之为岳二官，亦娇痴婉妙，是为全材。屠光启先生为丁芝而倾倒。自愚观《杨贵妃》与《梅花梦》后，辄欣然语光启曰：有以哉！有以哉！乔奇之彭玉麟，亦殊，入高年后尤佳。在秀才时代，其装束，绝类文明戏，令人一见台上人物，即疑王剑心之流，为杨乃武现身说法，印象恒不甚好，遂忽略于乔先生之演技精湛，不知其他观众亦同感于吾言乎？

（《东方日报》1942年5月19日，未署名）

《竹报》休刊

漫郎兄以其原有职业之繁忙，不能不将其所创之《竹报》休刊，今已自十六日起，暂与读者告别矣，闻之怅惘久之！于休刊以后，兄尝致书与一方兄，对予往日之误会，亦有所述及，乃谓平时好纵酒，半酣以后辄仗笔骂人，以纾胸中之烦郁，故骂唐某亦因酒后任性耳！非自有上海人所谓"难过"也。不肖凉德薄行，可骂之道甚多，但求因骂我而真能涤泄吾友之胸头烦郁者，则我宁牺牲，固亦无辞！以往事不必提矣，漫郎固谓并不"难过"者，后来相见，请仍一如旧日，绝不对此事有一词涉及，若稍清闲，尚望摘其生花之笔，为报纸增光，不肖愿为本报读者请焉。

钟信仁医师，偕赵朴初、金振华两医生，创益友社于天津路之福绥里，三君皆恫瘝在抱，目击生活之艰难，与夫贫病而无力就医者之众，因复合立益友医院，临时诊疗所，既免医费，复酌赐药品，盖善举也。其间中医之时间为下午二至四时半,西医则五至七时,而本月一日起,复为人免费注射"预防霍乱伤寒针剂",其所发之证书,得向工部局换取工部局证书。处今之世,能竭其心力,以福利人群,亦足多矣。

(《东方日报》1942年5月21日,署名:唐僧)

爱 吃 梅 子

今年梅子汛里,正值我身体不好的时候,往年总要吃十几只,今年只吃过一次青梅,昨天又吃了一只白糖梅子,则已到了黄熟的时期了。梅子以生脆的为好吃,杨诚斋所谓"梅子流酸溅齿牙",用这一个"溅"字一个"流"字,好像真似把一颗青梅,放在嘴里,咬了一口以后的感觉。我从小就欢喜吃梅子,吃得多时,会吃出一头汗来,牙齿往往会累日觉得疲软,但今年却吃得太少了。昨天吃那黄熟的梅子时,惘然久之,好像我是虚负了这青梅的季节。

昨天应秋翁之约,在南华吃点心,接着又吃夜饭,座上有一方、灵犀、桑弧、光企、翼华、蝶衣诸兄。南华的女侍,在同文的笔下,曾替她们宣扬过一时,秋翁拣了一位小姐,替我介绍,末一句话说她是《万象》的读者。南华的经理,是王持平先生,而座上的灵犀兄,又是南华的股东,所以同文的常常作座上客,是为朋友捧场去的。但我却枉为灵犀兄的老友,他始终也没有给我提起过,大概因为我这个朋友太穷,便是告诉了我,也不会生作成他们的生意。

(《东方日报》1942年5月22日,署名:唐僧)

周祥生开小饭店

昨日,小洛兄忽过存,予以久不晤天衣,念故人心切,小洛乃谓:欲觅之,固甚易。因同餐于光明咖啡馆,然后再至回力球场,此地一年中或来一次,盖此博非我所喜也。尝见白雪先生写赌回力球光景,有声有色,乃知天下人真有爱憎不同者矣!是日,愚妇亦同行,共三人至场中见克俊夫妇,得五人,思触机,买三五连位两张,乃为两号之后来多,一手敲落,于是十元钱,贴补外国人买面包吃。予亦不想再赌矣。一苹来,谓之方以清恙不再来,遂亦离去,与妇同步于亚尔培路上入祥生饭店,为一开间门面,列餐桌五六事,卖小吃,有各种粢饭,及豆腐浆,又有炒饭之属。经营是肆者,为昔日祥生汽车公司之周祥生君,周以汽车不能行使,辄做小生意,闻其肆开张以后,周自任招待于其间,不辞辛苦,至为难得。盖以前开过一非常发达之营业汽车公司,此在他人,当有除却巫山之感,而不屑再经营此小饭店矣。独周君不然,大事业要做,小事业亦未尝不可将就一时,此种精神,殊不可及,所谓"富贵不淫贫贱乐,男儿到此是英雄",真可为周君咏矣。愚食祥生炒饭,附一牛肉汤,妇则咖喱鸡饭,亦附一汤,无不可口,然所值不过二十金耳。愚因深感周君之为人,故所为其肆作义务宣传,惟予与周君,则殊素昧平生者也。

(《东方日报》1942年5月23日,署名:唐僧)

求画与赖书

吾友迩又发收藏之兴,欲烦海内之工笔仕女画家,作图四页,预定阵容,一为胡也佛,一为曹涵美,一为董天野,一则吴一舸也。四人中也佛、天野,俱为不佞素识;曹涵美则未尝一晤,此君于《时代漫画》时,写《金瓶梅》为读者所爱赏;至吴一舸,尤以远客北方,无从晤对。惟此二人,今胥为沪上报纸寄画稿者,予以梅子主其报笔政,或者相认,因受吾友嘱托梅子转求,则谓涵美殊无问题,惟一舸则以南北币制之不统一,其索酬特昂,虑所耗太多,故令别求,于是吾友又托也佛设法。也佛拟荐谢之光,之光享名甚久,惟其人所予吾人之印象,为一月份牌画师。譬如论善书之人,而举唐驼之名,则曰:此写招牌者耳!非书家也。惟吾友则言,此种本不过房间里挂挂,不必十分考究,为收藏家而欲望并不过高,则无事不好办矣。

偶翻旧箧,见去年卖扇,友人已赐润资,而吾卷犹不及缴者,则徐欣木、陈子彝、李祖夔诸先生,欣木一扇,已书就,然忘其地址,无法送往,而陈、李二公则犹白卷,疏懒之情可想。又天厂居士亦尝以两扇付我,阅时亦达八阅月,而我未动笔,天厂见面必催,然催亦徒然,有此好胃口催,有我老面皮赖,天厂惟有摇首而已!

(《东方日报》1942年5月24日,未署名)

方慎盦七律四章

方慎盦先生擅郑虔三绝之技,盖亦雅人也。昨日,片羽兄过我,将先生所作聚头见贻,一面画,一面则作隶字,先生摹刘石庵书,可以类真,其致力之深可知。又七律四章,则书赠瘦鹃先生者,兹照刊于此。

岁在戊寅正月,赴星社之约于吴门,翌日以拙作梅花手卷,介瘦鹃社兄,征题于赵子云壑,寻遘兵燹,鹃兄尽弃所有,独携予画,间关万里,始抵申江。殷殷授予,噫!此画曷足重?而雅意弥可感,爰赋其事,并道拳拳。

三吴名士亦名师,光霁襟怀恨见迟。晚近犹能尊道义,瀛寰共仰著文辞。渐非徐穉榻频下,每遇成连情总移。结构园林曾饱赏,胸中丘壑一斑窥。

梯航重译肱卢语,乡国论文集古欢(定庵句)。不涸人间争富贵,早知世事历艰难。风轩手辟藏书富,星社飞觞剪烛残。更爱周莲陶菊外,名花别有紫罗兰。

湖山胜地陡遭兵,长物捐如一发轻。拙画寓君承什袭,践言返我记分明。枉猜敝帚千金享,致累行装万里程。展卷重看如隔世,梅花点点故人情!

戏折枝柯呈众态,别开生面到花阴。风云应展旋乾手,杯石也耽运匠心。茂叔风流人未远,汝南月旦世同钦。斧斤敢向班门弄,葵藿忱从字里寻。

(《东方日报》1942年5月25日,未署名)

小型报应涨价

我最不要听见的说话,就是有几位朋友,看见了我,常常对我皱着眉头说:"你们的小型报卖价实在太贵了,叫人无力购阅!"他说完之后,抽出一根香烟来,燃火吸用,我望望他的香烟,是前门牌,照市价每支也要超过三角洋钱,比一张小型报的代价,还要贵着几分,省吸一支烟便可以看一份小型报,但说此话的人,算盘却永不是这样打的。

小型报的售价,其实菲薄之至,办小型报的人,他们不是在"情非得已"之下,决不肯涨价,涨价多少要影响到销场,但目下纸价,已经高至三百元一令,每一张白报纸,要值六角大洋,一张小型报,是用白报纸、油墨、排印工,及执笔人的呕心沥血,以及主办人的辛苦经营,组织成功的。卖三角钱难道还好说贵吗?我若是小型报的主办人,目下立刻要涨至每张五角,不是贪,也不是狠,实在是天公地道的事。现在卖三角钱一张,本是蚀得走投无路。办小型报的人,都是穷光蛋,没有资本家,没有小开,不涨价,如何能维持下去?我一向说小型报主办人,对于执笔人的待遇太菲薄,但今日之下,他们都也无路投奔,涨价吧!涨价之时,不妨对于执笔人待遇再改善一些。

(《东方日报》1942年5月27日,未署名)

丁慕琴招宴

慕琴先生招宴之日,愚十二时进午餐,五时已赴约,入席时间,定六时,然宾客逾七时犹未至,逾八时尚未足半数,九时始入席,尚缺十分之一也。历九小时未尝进食,饥肠乱鸣,至不可忍,因告慕老,后此不必设宴,像迟到之客,其无诚心赴宴可知!早到者,因不耐久饥,不怨迟到者,而怨设宴之主人,则主人之冤将何告?物价飞腾时,请人吃饭,在主人之意,何等厚挚,乃所得者为一片怨声,似乎太不值得。故慕老正不必费此冤钱,脱有余资,请多藏整瓮之酒,囤酒以自用,并不罪过。慕老生平以饮为娱,以自己之钱,吃自己之酒,比请人吃,开心多矣!近见一方兄于请客之不守时间,曾发私议,因复记是日之情形如上。

某影舞刊物,日日对孙景璐有挖苦之词,孙读之曰:"我才不生气呢!不过我要碰到费先生时,要请他对于底下人,稍为劝劝他们,叫他们不要再骂我。"其言甚锐利,乃知此人口没遮拦,易得罪人于不自觉间也。

(《东方日报》1942年5月28日,署名:唐僧)

损　　牙

某年月日,我不记得了,在吃饭时候,嚼着一块石子,将尽根的第二个"盘牙",损了一角,从此吃起东西来,常要嵌在其中。既嵌食物,势必用牙签剔去,近来因为所用的牙签,不是老牌,所以常常同食物一齐嵌在里面,就觉得非常不好过,再要剔去,不是容易的事!昨天,在吃完晨餐之后,又把一节牙签,嵌入牙缝里了,到吃饭时也没有把它剔出,但吃完了饭,陡觉喉间有一根骨鲠,但这天的中饭,没有煮鱼,所以可以确定所鲠者不是鱼骨,我就疑心到牙缝里的牙签,咽到喉间去了,非常恐慌,但吐却吐不出。马上把一只粽子咽下去,良久,所鲠的那根东西似乎从喉间而下,地位在胸部上面,因为我再咽的时候,胸部上面,有些隐痛。

当它在喉间的时候,我想立刻去找伯庸先生替我设法,但既已下去,没有以前那样不好受,我又因循下来。到了夜里,在睡觉的时候,所鲠之物还在老地方,今日起来,依然如此,我又不禁害怕,还是想找医生,因为牙缝里的牙签,我已经剔出来,所以鲠下去的是什么东西,我自己也说不定了!

(《东方日报》1942年5月29日,署名:唐僧)

近　　事

病困几日,发长未尝刈,晨间出门,先入理发肆,则理发肆复增价,予以五金,竟不得找回分文矣。是为六月一日,沪人于前此已惶惶然,谓六一以后,市上又是一番新价矣。今果然!为之悚栗不已。驱车访瓢厂先生,而唐公儒医生昆季亦至,予以病状白公儒,则断定为予之神经作用,然昨夜以来,予食道间刺痛未已,故今日决须诊察,不容更缓。吾母知予病甚,忧心如捣,予不肖,重索老人忧,予罪无以自赎也。旋四人至大西洋,索一京胡来,公儒及瓢庵俱引吭而歌。此日,大西洋亦改订新价,门可罗雀,仅一二室中,有人餐叙,而吾四人,犹以高歌为乐,予谓大西洋之茶役,必且疑吾人在投机市场掮着一票来矣。瓢庵以电话速闻梅君女士至,闻退藏已久,询其何不为出岫之云,则曰:自九时做至十一时,辰光短,生意亦做不好矣。

(《东方日报》1942年6月2日,署名:唐僧)

食 道 剧 痛

食道剧痛,至昨日下午,不能再挨,故诣臧伯庸先生许。先生一闻致疾之因,辄大笑曰:万无此理也。其言谓:凡喉管可以容纳之东西,无不能从大便流出者,决无梗阻于食道之事。其说正与瓢厂、费穆诸兄所言相合。又谓:今之作痛,一种因神经贯注所致,另一原因,当有物鲠下时,或伤及食管,此为硬物,绝无可虑!先生因以诊病所历告予,谓尝有小女子含玻璃弹子,其母见之,大惊,厉声斥其女,女亦惊,惊则弹自喉管下矣。母恐甚,舁女赴伯庸医院,卒使弹从肛门流出后而已。惟有一难事,十年前伯庸医院近大世界时,有一女奴至,称腹痛欲裂,询其故,则谓八九日无大解,臧先生为之用油灌肠,亦不解,于是取器械张其粪门,无所见,以一指探其门,则有物绝坚,梗于肛门,以水涤之,见绝坚物现白色,以无法取出,欲出剪碎之,而剪亦敝,遂用产科所使之钳,断其中,然后两面夹之出,则为二寸许长之鸡骨一块。盖女奴啖饭甚快,不耐咀嚼,致绝巨之鸡骨,亦能随咽而下,不流滞于食管,亦不停阻于肠胃,而梗于肛门,遂使医者尚有法为之解除,可知人体生理构造,自有一种不可言喻之玄妙也。故我今日之病,无论有物无物,已不用忧急,先生亦不以一药赐愚,谓无药亦能自痊耳!

(《东方日报》1942年6月3日,署名:唐僧)

叶植生医生死

叶植生医生,因为覆车伤脑,卒告不治!上海从此少了一个有良心的医生,是值得我人惋惜的!他在海宁路有一处诊所,因为业务发达,又恐病家劳于跋涉,所以最近他又设了一个分诊所在牯岭路上。

我不必说他医理如何高强,但他对于病家的态度,永远忠实的,不事虚浮,也不乱敲竹杠,所以他虽然业务甚忙,却并没有发财,他老是很平淡地度着救世活人的生涯。

他看过我母亲的病,舅父在临死前,他也不去左右的守候在旁边,我几次被他忠诚服务而感动过。亡女患赤游的时候,我抱去请他诊治,这一次找到了他的诊所,非常清洁,非常简单的布置,没有许多歌功颂德的摆设,可见他是如何的实事求是了。从这一天后,我没有见过叶医生,今天早起,家人得了他的噩耗,来告诉我,真使我顿足咒诅道:应该收拾去掉医生很多,奈何天道不仁,夺了这一位有良心的医生去呢?

(《东方日报》1942年6月5日,署名:唐僧)

谌 雷 婚 礼

昨天三时后,往沧洲饭店道喜,新郎没有看见,看见了则高先生。张伯铭兄与我同时到场,他问我认识哪一个的?我道认识则高先生已有十年,而兆栋是后来认识的。伯铭兄听我此言,以为我有些卖老,所以朝我笑了一笑。

谌先生是雅人,所以这一天雅友甚多,桃坞居士在场招待,更有一位贺天健,一位钱瘦铁。平襟亚先生同谌先生是老朋友,所以这天平府是阖第光临。还有一位包天笑先生,襟亚说:从前同包先生发生过一次误会,所以包先生同谌先生,是从这次误会而彼此论交的。

女家为诵芬堂雷允上主人之令爱,则在一品香。主人共两女,于此日同时出阁,故一日间忙煞丈人与阿舅矣。

谌宅之宾客莅临者,胥当世硕彦,证婚人为陈陶遗、叶尔恺两先生,介绍人有张一鹏先生。谌之门人,居苏州者多,但此次谌宅未有一喜简发往苏州,否则沧州礼堂,万难容积如许人也。

男傧四人,女傧亦四人,说者谓此乃一堂龙套,与一堂富女也。陈先生读证婚书时,犹不脱松江口音。

黄金荣以年高不甚出门,惟与则高先生,交谊甚厚,故特来参观结婚典礼,老人强健似昔,见者谓此老还有二十年可活。

是日,天气晴和,所以有许多来宾,便在园里打网球,或者坐着乘凉的。我因人太挤,太热,自己身体不甚好,所以没有向兆栋兄道个喜就走了。

(按:谌雷结合之经过,有可供记述者,传芳女士为雷显祖之娇女,雷亦吴中之大族也。先是,传芳女士与兆栋之妹同学,兆栋以乃妹之介识传芳,时传芳仅十四岁,不谓良缘天定,一见即生爱苗,经七年之深长友谊,遂缔好合,至今岁,男女双方均届法定年龄。乾宅方面,因挽张一鹏、黄金荣二氏为介绍人,美满姻缘,于兹实现。坤宅为望族,同时雷君爱女情深,故奁仪极为丰盛,所赠,计有银台面三副,及钢琴一架,即此价值已达万金,而服饰家具之美,尤一时无两云。)

(《东方日报》1942年6月7日,署名:唐僧)

香港防空壕

有一位朋友,在香港的时候,适逢战事,他曾经在一个防空壕内,躲藏过十八日之久,因此说:现在叫我去瞓水门汀,瞓过街楼下,都可以度得过这种生活,因为水门汀同过街楼下至少比蜷伏在防空壕内,要轩爽得多。又说:这条防空壕内容纳到三万人之多,而住在香港的舞女,大都聚集在这里,在那时女人纵然有美色,也都不耐人看,因为连梳洗的时间都没有,平时纵然可以看看的女人,至此也变成蓬头粗婢了!

董天野先生离开了新亚药厂以后,便在中和企业公司任事,中和是老友周启范君所经营的,他们出品中有一种卐字毛巾,最近行销甚广,洁白、柔软是它的特点。毛巾记得是我们故乡的土产,小时候,我的家里一部分的屋子,还借过人家设立毛巾机场,现在织毛巾的方法,是否还是我小时候所见的一样,已不可知。不过见了我老友的经营,不禁想起了儿时的尘梦。

(《东方日报》1942年6月8日,署名:唐僧)

湘林老七

伎人湘林老七,为网蛛生所作《人心大变》中之人物,亦生之旧眷也,嬪吴门颍川生,凡十余年,至去年而重为冯妇,盖与颍川生占脱辐矣。而生不知也。一日秋水游花下,忽与七遇,遂携此讯告生,生乃于报间述七之旧事。昨日下午,生饮于酒楼,招七至,予亦在座,其人非予素识,来时,痴肥之态,绝似当年之王美玉。据生言:七昔时实甚瘦,以例今日,其身体重量与面积,实可以以二乘之也。七问报间所载,出之阿谁笔下?生佯作无知。七曰:记我往事,固无妨,特涉及颍川,殊有未便。有人见报,剪之寄往吴门,颍川之妹,自吴中来,语七曰:阿兄方经商,要面子,毋令人于笔墨间,玷其清誉也。言时,尚不胜其故剑情深也。七于下节起,将自张丽红一帜于汕头路,与一阿九者合作,七自豢一雏,阿九亦蓄稚鬟三,生以旧侣,故允其于掉头讯后,排一日进场花头。是日,七吃朱天素,故未箸,开荤以后,生复将引之诣秋斋,见生之秋姑娘"宜嗔宜喜春风面"与"秋水如神玉如骨"之几张照片也。

(《东方日报》1942年6月9日,署名:唐僧)

顾联承病故

前天才从徐氏(德培、子权昆季)兄弟口中传说顾联承先生病肺,我正奇怪,以为顾先生这样好的身体,如何会生起肺病来?到今天阅报,而顾先生却因病深不治,竟于前天溘然长逝了!

认识联承先生已有好几年了,他始终给我的印象,他是健康的人,高高的身体,苍黑的皮肤,在大冷天,似我已把丝棉袍子穿上,而顾先生还是穿着呢的夹衫。他又长得年轻,虽然儿女成群,但他同儿女站立一起,至多以为他是大哥。我得到了他病重的消息,我以为他不致是生的肺病,而翼华却说:联承先生身体是一向不好的。这又从何说起?

顾先生在上海创办过不少事业,他是顾乾麟先生的祖叔,顾宅一门,都是经商能手,不过联承先生在战后不大见活跃,大概便是体弱的征象。百乐门饭店,也是顾先生所经营的,现在他的公子,经理其事。顾先生于世事初无所感,不过我们所悼惜他的,只是他少活了十年二十年而已。

(《东方日报》1942年6月10日,未署名)

忘记熟人姓字

愚神经衰弱,健忘尤甚,有一面之雅者,后此相值,必不复能忆。往往与面熟之人,交谈良久,而卒不能记其姓字,由是常引为苦闷。昨于电车中遘一人,向愚招呼,而愚实未识之,其旁有空座一,更邀我骈肩坐。坐已,此君乃曰:久不见矣。愚只得亦曰:久不见矣。遂为述电车增价之多,与黄包车亦随之而呼高价,始终未尝一言我二人当时相遇之痕迹。及至告别下车,犹细瞩其貌,则仍不相认也。

漫郎兄办《竹报》时,愚尝写一随笔,题为"出粗攀谈"四字,一方以为未妥,谓俗语"粗攀谈"有之,未闻有出粗攀谈者也。询九公、襟亚,俱为可用。九、襟二人,原籍琴川,琴川去吾邑不远,故乡自有此俗谚,故一方责我,应谓此字地方空气太浓厚也可,谓为未妥则不可也。盖吾乡喻粗鄙之言,咸为出粗攀谈耳!

(《东方日报》1942年6月11日,未署名)

素 琴 归 来

素琴归来后,未遑一晤,比以高乐歌场之开幕,以素琴为江南坤旦祭酒,故嘱愚邀渠行剪彩礼,借壮声势。素琴犹奉老父居和合坊,昨于电话中,谓其自白下归来,形容益见其清减,及相见,则知不然,盖视赴宁前,转觉丰腴。今年来凡三五见,在周剑云先生招宴席上,愚视素琴,最觉其消瘠可怜,若今日者,容光四越,正疑其重返青春矣。素琴以南京之行不甚得意,颇懊丧,素雯在沪上结婚之日,正其登台之期也。是日狂风暴雨,电杆为风所摧,灯全熄,故下午即告回辇,至次日始登台,而前台包银之纠纷,尤使茕茕弱质,不堪对敌,因立誓后此且不愿远行,俟秋凉以后,拟在沪上再干一番,比卸却歌衫,则欲演一次话剧。盖琴于话剧之瘾极大也。素雯于归后,每日必返家,定省老父,兼为阿姊存问起居。女人既嫁男人,尤觉娘家之可爱,暇时走走娘家,亦得意之事也。

(《东方日报》1942年6月12日,署名:唐僧)

徐 欣 木 赐 书

得徐欣木兄赐书,乃知故人无恙,良用欢然。去年愚卖扇者,得钱而未曾缴卷者有四页,二为子彝、祖夔先生所嘱,一为雪悟上人所托,一即欣木也。雪悟师一页,已于上月致送矣,欣木一页,亦早书就,故无从投递耳。欣木十年跌宕,今已自绚烂之极,归于平淡,经商沪上,读报,见秋翁著《当垆双艳》之文,心向往之,故欲丐秋翁为导,一睹殊色,又欲邀愚与一方、灵犀为陪。欣木之书,别附一函则致秋翁者,欣木与翁,盖十年前旧识也。尝见于翁瑞午先生许,其别署为南洲主人,字琦仲,惟此字已废七年,以告秋翁,必将笑曰:是故人也。

秋翁之文既张,问讯者不绝,咸欲往探此中幽僻也。翁则以其地太小,平日生涯,良称不恶,故勿欲使众人知。愚将揭其地址于报端,翁止之曰:"孰为此者?天诛地灭!"本为雅事,而秋翁必据为一己之秘,亦穷凶极恶也哉!予前后凡两次往,一为秋翁所导,次日又往,则与木斋、空我之上人诸君同去。当垆之艳,两日间两易其衣,即论行头,亦非翻不出者,可见小店经营,正复得法也。

(《东方日报》1942年6月13日,署名:唐僧)

四块豆腐

一夜,襟霞阁主邀厉汉秋先生饭于家庭饭店,座上尚有姚笠诗先生,兹三人者,俱以第一流法家著声沪上;又得不悛"玩人丧德"之徒四人,一为陆小洛君,一为襟亚阁主,一为姚笠诗先生,一即不佞也。所谓"玩人",不过吃豆腐而已,于是铁椎先生试加分析,谓襟亚为冰豆腐,以其言多冷隽也。谓小洛为老豆腐,笠诗为辣椒豆腐,而不佞则炒豆腐也。老豆腐者,吃得多,吃得久,吃得别人不知其在吃豆腐,顾其实为吃豆腐也。辣椒豆腐,使被吃者,有辣豁豁之感,其刺激性之厉害可知。炒豆腐与冰豆腐成反例,一则以冷,一则以热耳。襟亚以善说笑话,为朋友所皆知,而汉秋之肚皮中,藏"西笑"绝富,于是二人竞说笑话,辄令座上人喷饭。是日座上有饮有不饮者,秋翁乃曰:"有人令其子沽酒,归途遇虎,子大惊,以酒瓶击之,虎仍不惧,逐子归,及抵家,父询以故,子告以所遇,父曰:'格只畜生一瓶是打勿倒个!'"于是善饮者为之哗然!既又曰:"有个人以酒菜祭石敢当于门外,既毕,其人将酒先搬至门,及出则菜已为犬所啖矣,主人怒,斥之曰:汝宁不知狗乃不饮酒者邪?自应将菜先搬进去矣。"于是不饮者又哗然矣。

(《东方日报》1942年6月22日,未署名)

上艺剧目

中国艺术剧团,演至六月终,将告退休,剧团本身,亦宣告解散,盖股东方面,与主演人之磨擦正多也。继之而在卡尔登上演者,仍为费穆先生之上海艺术剧团，第一个剧本，为洪深编剧之《第二梦》，费先生于其原作，不再加以增削，惟将易剧名为《如意林》。十数年前，演洪深之舞台剧而轰动沪上者，《第二梦》之外，尚有《五奎桥》。《五奎桥》未尝寓目，《第二梦》则曾经见之，演出地点，似在北四川路横浜桥。洪深既自饰一角，而演员若谷剑尘、陈宪谟、钱剑秋、严月闲诸君，犹仿佛可记也。严月闲饰代代，憨跳之姿，令台下人为之神往，然再看今日之月闲，肌黄似蜡，一面孔标其老枪之记号，则又不觉哑然失笑矣。上艺之演《如意林》，以一周为限，继其后者，为《摇钱树》。如意林与摇钱树，皆为讨口彩之名词，平剧亦有《摇钱树》，往往于新春中演之，为武旦戏，有打出手者，予尝见滕雪艳曾演于天蟾舞台。

（《东方日报》1942年6月23日，未署名）

张　　园

予每日上午出门，坐电车必经过张园，时在十时十一时间，张园门外之男女成群，可见上海时髦人之多，而欢喜水包皮者亦众也。今年水价奇昂，而药水之价，较去年所涨亦何止倍蓰，故张园游泳池之售价，亦不得不比去年为贵也。主持张园者，为沈天阴先生，谑者谓天阴经理张园，天乃常常阴也。盖夏日之露天事业，亦称"靠天吃饭"，苟天不帮忙，其业必隳败无可收拾。去年，一夏天淫雨连绵，张园之生涯奇惨。又谓张园之设计人为方沛霖，名字亦为召雨之征。故沈、方二君，俱宜改易名号，祈邀天助。予谓堂子里唱新曲之小热昏，可以主持张园，热得昏，则往冷水里去泡的人多矣。天阴、沛霖二兄，何不以热昏为名哉？

坐北窗下写稿，对门之小学堂正上课，上课时生徒如鸦啼雀躁，颇扰文思，教师亦不耐其扰，时拍案桌曰："谢谢侬，阿好勿要响，我勒俚谢谢侬哉！"其实与其委转陈词，何不以教鞭击生徒之手，其为效多矣。

（《东方日报》1942年6月24日，署名：唐僧）

言菊朋死

言菊朋死于北平,忆去岁此时,方出演于卡尔登,予固日日见其人。言本世家子,二十年前,就职于北平之审计处,友人媿翁与言为同事,谓言好平剧,尤善操弦索,于办公之所,每引吭而歌。友人都讽之曰:"浸淫如许,度汝将为名伶矣。"言答然!后果下海,歌而轰动九城。其初学谭,台上玩意儿,宗叫天,而私底下亦惟谭之举动是效,人都恶之。惟不知如何,下海不久,其歌渐不若票友时之清润嘹亮,《晶报》尝记一文,曰"海中之菊",极丑诋之能事,其文盖出冯小隐手笔也。旋且自成一家,识者谓言之怪腔怪调,亦寓愤世嫉俗之意。言见马连良之调,离"纯正"过远,于是其歌乃较马连良尤怪,盖实讽马也。晚年颇不得志,染痼癖甚深,其少君亦未能博跨灶之誉,则老怀之黯淡可知矣。

(《东方日报》1942年6月27日,未署名)

晚蘋与鍊霞

昨日,晚蘋与鍊霞伉俪,同贺友人婚礼。礼毕,鍊霞与一女友先行,晚蘋则赴大东,招陈翠钿侍坐,至七时赴友人之宴,席上有秋翁夫妇及愚夫妇等。少顷,秋翁忽得一电话,听之,则鍊霞也。鍊霞问曰:晚蘋在乎?秋翁曰:在。鍊霞又曰:请平先生直言(秋翁姓平),晚蘋亦有一舞女同来乎?至是秋翁大窘,嗫嚅不敢出言,则唯唯否否,似阶下囚之"余供支吾"也。鍊霞又曰:然则我亦可来邪?秋翁曰:来可也。鍊霞又曰:汝言可,不知晚蘋亦许我来乎?请令晚蘋来与我说话也。秋翁悚然下,面色惨白,似大祸将降临其身者,晚蘋往听电话,俄顷即下,谓鍊霞顷刻至矣。不十分钟,鍊霞果至,翠钿鞠躬为礼曰:过房娘。鍊霞笑而允之,乃同饭,饭已又同入舞场。秋翁不解,谓顷者鍊霞汹汹然,及其既至,则风静浪平,初无异兆,是何故欤?晚蘋曰:渠固知我携翠钿赴宴也。特以此故戏秋翁耳!秋翁哑然。愚为绝倒,盖鍊霞真是老豆腐,故能吃得惊才绝艳之秋斋主人七荤八素也。

（《东方日报》1942年6月28日，署名：唐僧）

中国剧团解散

天伦公司的中国剧团，从成立公演至今日，殆恰为一个月，但他们从明天起，团体是宣告解散了，原因为了人事上的磨擦，前台方面，说后台因为卖了钱，而夺起钱来，后台方面，则说前台方面待遇不佳，或者出主意的人太多，于是形成决裂状态，而结果俗语所谓"猫寻开心，终是没有好散场"了！

天伦公司的卜先生，电影界里赫赫有名的人物，平常以老举自负，曾经说，有几种饭他是不愿意吃的，一种就是"活口饭"。活口饭者，是领导一个团体，而干的是生□行业也。他明明知道活口是怎样的难于对付，而不知如何？此番他忽然雅谑勃发，召集了同志，办起中国剧团来，不幸得很，中国剧团里的活口，是最难对付的活口，而天伦对于活口拆台的人，正是卜先生。在双方磨擦剧烈的时候，卜先生气得面色发青，他自己想想，这一回真是"老举失匹"。

明天起，中国剧团，在卡尔登下来了，天伦方面，表示决心解散起见，向工部局自请取销执照。从此以后，这中国剧团的名义，将成话剧史上的一个陈迹。

（《东方日报》1942年6月30日，署名：唐僧）

大 雨 雇 车

二十九日，大雨终日，马路上积水成渠，予自寓所至卡尔登，出外雇车，车夫索重价，谓涉水而行，势不能不请先生多费几钱也。予谓走卡尔登，路折入山海关路，更走梅白格路，不需涉水，车夫以予言为是，不敢欺。近年积水之日甚多，予因知涉水之路径。及车抵卡尔登，四周皆成泽国，车夫不肯前，曰：益我以资则渡客至门内矣。愚告以固愿涉水，惟身上无车资,奈何。我至门内,即有人为我付值矣!车夫不悦,渡我至门口,愚如前值界之曰:本当益汝,以汝勒索于临危,汝心殊毒,今请将此去,索诈于别人耳!诈而及我,我殊不甘!其人瞠目而去。下午,雨势益甚,大光明门前,向时固无积水者,今亦成为小沼矣。卡尔登场内皆积水,乐台适为低洼,更不可容人。前岁,信芳演《追信》,场内至第八排有水,观剧者皆跂足据于座上,其为状盖殊趣也。

(《东方日报》1942年7月1日,署名:唐僧)

林译小说有芜杂之病

到中央书店去拜访秋翁,在那里发现一筐子旧书,秋翁说:这是孙了红先生寄存在那里的。我翻了一翻,大部分是林译小说,我便向秋翁借了一部《橡湖仙影》和《蟹莲郡主传》。我所见的林译,并不甚多,这两部尤为陌生,所以借回去做临睡前和登坑时的消遣。

蝶衣兄不大心折畏庐的文笔,他说《碎琴楼》的作品,比林译来得纯,也来得流利。这句话我十分赞同,我以为读过《碎琴楼》(就笔墨而论)胜于读一切的林译小说,大概因为译作同创作其间自有界限,译作不免"以意害辞",而创作可以自然挥写,所以我读林译小说,总是感到它太芜杂,比较使我怀念不忘的,似乎只有一部《贼史》。

这一夜回家之后,我读了几十页《橡湖仙影》,同样的犯着芜杂之病,而悬想当时的琴南翁,因为遗著之多,对于修辞方面,是不会十分注意的。例如腓多的堂兄乔治,那末写乔治好了,而畏庐一定要"从兄"两字,在别人的言谈间,也写着"腓多之从兄",这使读者何等难辨,而其文笔也嫌得辞费。

(《东方日报》1942年7月2日,署名:唐僧)

《八郎探母》

全部《雁门关》,亦称《八郎探母》,又称《南北和》,青衣花旦都有这出戏，但我看见的，是信芳的八郎，精彩场面，在末幕"哭城"。费穆说，他也见过，而看到"哭城"，不期然亦为之流泪。

明夜，黄金也排此戏，剧中有许多重要旦角，如萧太后、碧莲、孟金榜，以黄金的阵容，如何支配？我不得而知，不过桂秋以外，有一个芙蓉草，一个王兰芳，自还少两人，听说临时请票友虞季眉加入客串，则其整齐，自不待言。在桂秋临去秋波之际，这一出巨构，顾曲周郎似乎不容错过。记得信芳演《八郎探母》，以百岁为太君，兰芳为太后，当《南北和》的时候，太后太君在城下相会，边唱边说的时候，兰芳忽然轻轻骂百岁道"你个只老骚皮"，害得百岁几乎笑场，回到后台，才对兰芳说，你才是越老越骚！

虞季眉是兰芳的徒弟，台上十足内行，台底下也有乃师风范，走路说话，脂粉气重得比女人还要厉害，无怪有人偶然看着他一出戏，无论如何，不相信他是男旦，而当他是坤优了。

（《东方日报》1942年7月3日，未署名）

家庭饭店姊妹花

报纸上传述一时的家庭饭店，被秋翁故弄玄虚之后，害得读者似堕五里雾中，欲想问津，而不谙路径。从灵犀、秋翁、老凤等文章看来，以为这地方不是徐家汇，一定在龙华还要过去，其实说穿了一钱不值，这就是梅白格路上的一家食品店而已。秋翁曾经警告吾们不许把地方宣布出来，谁宣布出来，谁便得腹痛之疾。现在宣布地方的第一个是某报某君，第二个是我，为了不要再使许多读者肚皮里难过，还是让我自己来腹痛。

秋翁、老凤都说姊妹花会唱艳词，于是有许多读者，都打电话去问询，有的问，到那里有什么规矩？或者叫她们唱，要给多少钱？其实她们连比较热络一点的攀谈都没有，还说什么唱不唱呢？

文人的一枝笔，真不可凭信，为了此事，弄得多少人为之神魂颠倒？现在经我拆穿之后，料该可以平静下来，你们如其恨秋翁故炫玄秘的，可以打电话去骂他几声,叫他以后不要再戏弄读者。姊妹花二人,面孔不怎样好看,不过态度甚佳,你要挑以游词,是不可能的,因为她诚恳,使你一见了她,就无法对她施以轻薄。

(《东方日报》1942年7月4日,署名:唐僧)

谈施叔范诗

为了朋友要请龚翁刻一个水晶图章,所以到厕简楼去跑了两次。第一次正当他在工作的时候,他肯下来会客,已是大情面了,我更不能勿识相,挨他的时间。第二次恰值他吃饭休息的时候,所以同他谈了有半个钟头光景,他问我叔范的诗都读到没有？我说都已看到了,又说,在当世以旧诗作得好的一群中,我太钦爱叔范。他也说实在太蕴藉了！我说不第是蕴藉,读叔范的诗,真似见到一个仪容万态而又贞洁大方的女人,"一士流亡终为国,孤灯啜泣不关饥",这是多少美丽的诗境,又是何等沉痛的语气。

厕简楼的润例,从七月一日,又改订了一次,以艰苦的工作,不过图一个饱,图一个醉,取值稍为丰厚一点,也不是"伤廉"之事。他说现在的时髦,都欢喜请他刻金玉或者水晶玛瑙的图章,但他觉得这工作太苦,而且从来没有得意的作品,因为这许多东西,都太坚实,用钻石雕下去,不能得心应手,所以这些出品,是呆笨蛋,没有性灵的,但常人又焉知此理？

(《东方日报》1942年7月8日,署名:唐僧)

因病废稿

十日之晨,忽病暑,下痢甚剧,且有寒热,是日遂未握管。年来小病,他家稿件,但因病而废,独本报不容或间,独此日以不堪支坐,亦间断两日,可见偃卧之苦矣。予今年颇慎饮食,冰冷之品,不常入口。隔夜,饭于金谷饭店进一金必多汤外,又焖烂鸡一客而已,赴金谷之前,则进五味斋之冰凉绿豆汤一盏,致病之由,或在此欤?

《狼虎集》久不写,荫先兄书来,嘱仍赓续。近日以来,日作打油诗四五章,芜杂之作,殊无佳品。迩者,读施叔范先生诗,清新婉丽,讽诵不忍释口,因颇拟再致力于旧诗,虽不敢追吾友登超轶之境,然亦冀吾诗造就渐高,勿如今日之芜乱也。求吾诗去其芜乱,最要条件,宜摒俳体之句勿为,乃以此情奉达荫先,并告读吾报者,当必同此下情,且迩日之打油,是为榨油,从搜索中得来,宁有妙构?有,正不如让他没有也。

(《东方日报》1942年7月13日,署名:唐僧)

金谷夜花园开幕

金谷夜花园开幕,愚往参观,其地未必有花木之胜,而凉意如秋,到此自是快人心意。是夜被邀而至者甚众,而电影界人尤多。愚尝以王引比好莱坞之詹姆司贾克奈,以其短小勇悍似也。而比刘琼为泰伦鲍华,看贾克奈之戏,不过一张《一世之雄》,而泰伦鲍华不过一张《侠盗查禄》耳!近年来脑海中不过印此两人名字,遂以比之中国影坛二友,明知所拟不尽伦也。此夜,又邂黄河先生,小洛问曰:将比黄河为何人?愚以无人可对,漫应之曰:亦泰伦鲍华耳。时小洛忽招黄河,谓唐君于足下演技之神,比之为泰伦鲍华,以后报间宣传,即以君为东方之泰伦鲍华为别名矣。黄闻之谦逊万状,谓我安得与欧美之大明星比哉?言已,且匆匆引去。向闻黄河先生谦和美德,盖此乃使人肃然,在小洛之意,不过开玩笑而已,而当者为之悚栗,是为君子。中国银星,多气焰万丈之魔,得一黄河令人有心目俱爽之感,苟有机缘,当请小洛作介,与其人一话生平也。

(《东方日报》1942年7月14日,署名:唐僧)

梁　蝶

昨夜,又纳凉于大都会,同行者为慕老伉俪及一英外,尚有严华。

严自与周璇占脱辐,致力于事业,不稍懈怠,心头既无罣碍,体亦日肥,一英不复以严华称之,而称之为大块头矣。闻有梁蝶女士,唱于大都会麦克风前,容颜韶秀,才盈盈十五六也,严识其人,欲为愚作介,顾迟至十时后,乃不至,怅怅而归。抵麦特赫司脱路有长绳围其地,不得前,返而绕戈登路,至新亚药厂而东,又逢此绳,家门在望,雷池则不可越也。待之,半小时后始解禁,登楼,夜且午矣。

慕老问某君之诗,是否出自愚手笔?此公枉为读小型报十年,而于文友之笔,犹不能辨,语之同俦,得无为丁先生盛名之累?丁先生爱新歌如命,十年如一日,此夜发表其对于流行歌曲之观感,大抵谓在昔词胜于曲,近年以来,则曲太好,而词太糟。予谓《卖相思》如何?则曰,此亦三湘七泽之民间歌曲耳,非创作也。向闻所闻《卖相思》之谱词人,初无文学修养,故未必有此吐属,今闻先生言,益恍然。民间歌曲自多妙造,若"我这心里一大块,左推右推推不开"尤为妙造中之妙造耳。

(《东方日报》1942年7月15日,署名:唐僧)

家 中 避 暑

热天,晚上最好的去处,近来觉得是舍间。到了家里,洗了澡,把身上脱剩一条短裤,搬一张椅子,到露台上坐下来,清风徐来,又舒服,又凉爽。乃我不此之图,常常和朋友逛夜花园,一连几夜都到大都会,那里虽然有树荫,有草地,但在夜间,并不以为这些点缀是怎样可爱,风固然也一阵阵吹来,但衣服都在身上,好比羁绊未除,便为享乐,那末此乐亦有何趣味?

昨夜,在大都会散场之后,我该回去安眠了,而经朋友一再拉扯之后,到某处去打沙蟹,男女杂坐,豆腐未尝不好吃吃,而上去时,牌风很旺,我想熬夜而让我捞几文摸摸,不值得中算值得,但结果却扯直了。当时硬拉硬扯的是王引,他打到一时以后,便说公司要拍戏,又说美云等在家里睡不着觉,非回去不可,说着,就这么走了,掉我在那里,直到四点钟,还在马路上一路吹风凉吹到家里。

第二天近午还没有起身,丁先生忽然来看我,他告诉我昨天本文写的那个在大都会唱歌的女郎,叫梁年,不是梁蝶,特受命为之勘正于此。

(《东方日报》1942年7月16日,未署名)

扇 子

昨天去访襟亚,适巧有人拿了一把扇子,托襟亚变化银两。打开此扇一看,原来是故宫遗物,我虽然真赝莫辨,却也喜欢那扇面扇骨的古色古香,在黑底上写着金字,画着泥金的山水,原来是两位皇储的作品,而呈献他们皇帝老子的,他们的具名是:"子臣永璇敬画",和"子臣永瑶敬绘",这永璇永瑶,不知是哪一个皇帝的儿子,当时竟无人考证出来。翼华自以熟谙清史,至此也不免茫然!他还翻了半天的辞源,却也不曾寻出根源。他有心收藏这件古筅,但苦不知出处,遂无问鼎之意。他希望有人替他考证出这二位皇儿的来历,便不恤重金购买。在我们朋友中,郑过宜先生是熟悉历史的一人,他或者能够指其出处,但恐我这节文字,未必会到老潮州眼睛里,所以顺便请教读报诸君,赐给我朋友一个指示,好让他府上多一件古董。襟亚说,若真是皇宫遗物,那末一扇之藏,便可以傲视那自命什么百筅楼的百筅楼主了,引领翘企,尚希不吝珠玉为感!

(《东方日报》1942年7月18日,署名:唐僧)

[编按:永璇、永瑶均为乾隆皇子。]

冯蘅先生

在朋友招宴席上,遇见了冯蘅先生,在当世许多健笔中,我对于冯先生是心折的人,只是他并非职业文人,所以他的作品,不一定常常可以看见,但不写则已,写则"语必惊人"。大概就因为他是非职业文人,所以常有清远的意境,在他腕底纾写出来,似我辈的刻板生涯,天天要榨一些,十年以来,榨成的东西,自然都是糟粕了。

这一夜我在病后,没有吃东西,坐席的时间也不久,与冯先生来不及倾谈,随便谈几句话,虽然都言不及义,但中心却有无限的快慰。我以为写随笔的同文还有一位,我也极想论交,一个陈亮,一个慕尔,一个苏广成,他们一样有聪明的笔调,他们似乎以稗史名家,驰名沪上(慕尔例外),但他们的小说,我都不曾读过。近来读他们的身边文字,常常会使我拍案叫绝起来,一方兄与以上诸君,都已先我论交,几时请一方兄招集我们到高乐去,作一次聚晤,我只想吃一瓶可口可乐,一方兄或者高乐的老板不肯签字,我自家搅落可也。

(《东方日报》1942年7月22日,署名:唐僧)

飓　风

前日夜半,忽起飓风,震撼屋宇,为之不堪宁寝。次晨益甚,弄中有自盖一屋于晒台上者,风起,支屋之板飞扬堕于巷内,大且寻丈,若巷内有人,则二十人死于其下,不为奇也。予以事赴外滩,见自警亭之倾卧于地上者,比比皆是,南京路口体轻者不能立,盖不禁风也。如此飓风,为年来上海所罕见,闻门外呼啸声,已足惊人胆魄,矧当风而立邪?

上海艺术剧团继《摇钱树》而上演者,为《四姊妹》,此剧昔日曾经演过,惟《四姊妹》之人选,为沈浩、陈琦、张帆与沙莉是也。今陈、张二人,与中联公司订有演员合同,不能再干话剧。沙莉为费穆一手识拔之人,顾以阿兄方隶别一剧团,乃恐愚其脱离上艺而去,故《四姊妹》中,二三四妹之角色,上艺当另行支配,然欲求美秀如陈琦、张帆、沙莉者已不易得。上艺与卡尔登之局,又将退藏一时,而易华艺剧团上去,故虽有好节目,亦不愿于盛暑时公演之,养精蓄锐,以待将来。今日之《四姊妹》,老实说是敷衍一时之节目耳。

(《东方日报》1942年7月24日,署名:唐僧)

仁　记　路

在现在想起来,上海的那条仁记路,真是我的渔钓之乡。记得十八岁来沪，进中国银行，我便住在中行的五层楼上，开窗望去，是一条阒无人声，又清洁而又幽静的马路；朝南望去，可以看见黄浦江，渔灯樯影，若使在月明中，这情景就更使人留恋。

华懋饭店的原址，是华比银行，不是巨厦，所以当时与中行巍然并峙的，是汇中饭店。我看见沙逊房子兴工，也看它落成，落成之后，大厦隆隆，这才显得中国银行的房子，是渺小，比起沙逊大厦来，直是铎中之舌。

离开中国银行，已经十年，而那条仁记路，我便没有重履的机会。直到近来，因为去看朋友，在大马路外滩下车，穿过沙逊房子，里面的秽积尘封，商肆寥落，已非十年前的光景，而仁记路更易了旧观，我在其中居住过七年以上的德国总会（中行旧址），已经翻了新屋。因为只是一个壳子，所以人行道上，还堆着石子和泥块，又为了两面的房子都高了，而马路却变得狭窄。从圆明园里以东的房屋，那末十年之别，它们都衰老得不成样子，这些好似以前天天见面的老友，它们是老得可以。不知它们看我，又是怎样？

在仁记路上，逡巡了多时，不尽思潮，奔腾起伏，几乎使我忘了过去。

（《东方日报》1942年7月25日，署名：唐僧）

其 三 诗 境

《新闻报·茶话》其三先生的诗，是每一个读者所钦服的作品。近一年来，他所有吟咏，大多侧重于生活之艰难，在风趣、轻灵的缀语间，发为轻吁微叹，而读者深深感动，这是工力，决不是随便可以学步的。我平时也喜欢干着这调调儿，虽然自己的东西，谈不到什么造诣，但却也目空一切，对别人的东西，求我所认为满意，殊不易得。在同文中，我只服帖两位先生，一位是其三，还有一位是施叔范先生，他们二人在诗的风格上，是绝对不相侔的，但其为高手则一也。如果其三、叔范不是平时的乱皮朋友，我老早对他们磕头，请他们做我的先生了，现在其三想收录许多函丈弟子，因为自己犯着穷病，不得不略取贽仪，但真是菲薄得很,每个人才收一百只洋。读书人到底不是市侩,终世也不会狮子大开口的。记得从前也有读者,要来从我学诗,学会我一套作打油诗的本领,究竟不足登大雅之堂。现在我可以介绍其三先生与诸君,这才是写旧诗的好手,只要肯勤学,能够得到其三先生一半的造境,写出来已足以叫人弹眼落睛了。

(《东方日报》1942年7月26日,署名:唐僧)

宋 德 珠

海生兄偕同宋德珠、李和曾两位老板,特来拜客,三个人都汗流浃背,在大热天,累老友和大艺员劳驾,真是歉悚万状。海生是胖子,所以尤其汗如雨下,他对我连连说笔下超生。笔下超生,其实我同宋、李二君,初无恩怨可言,委实说不到"笔下超生"四字,所以我疑心这一天"斯人"不是"憔悴",竟是"热昏"了!

与宋、李二艺员一同南来的王金璐,是极有希望的武生,慧海师一向赏识他。去年不知是前年了,金璐南来,慧师邀他在净土庵吃饭,又招我作陪,我所以也认识其人。风采与言谈,都很隽爽,所以予我的印象亦奇佳。

据说更新舞台,这一次由孙克仁、顾尔康诸君加入新股。宋德珠他们一局,是新股东加入后的第一个节目,以我人同孙、顾诸君都是多年好友,他们的事业,我们照理该捧场的,所以海生兄笔下超生云者,尤其嫌得词费了!

(《东方日报》1942年7月28日,署名:唐僧)

略 有 微 词

因为相识的人太多,在随笔中,非但不便骂,连寻寻开心,或者"略有微词"都会遭到妨碍,盖自有会转辗相托的来打个招呼,打招呼者自然是极熟的人,好意思不卖朋友的交情吗?

譬如最近我写过一篇关于某一位仁兄的事,也不过是"略有微词"而已,但我因为要麻烦朋友来打招呼,所以另外具一个名,把此文送与白雪兄刊载。谁知白雪兄以为我投错了稿(因为我给白雪写的一节是固定题目的身边随笔),他叫送稿人来向我掉换,而我已离开了治事之所。他为谨慎起见,更叫送稿人一家一家去问,有否掉错了唐某的稿件。结果都说没有弄错,他才将此文仍旧用我固定的题目,登在次日的报上。果然那位仁兄,一看此文是我所作,便托一朋友,向我打招呼了。既然干了这项营生,得罪人是难免有的,所以既得罪人,畏葸是可以不必的,不过就怕要惊动朋友,使我不安! 不过事情不可尽言者,有时候与我有关的报上,发现了丑诋一人的文字,实在并非出吾笔下,而被诋之人,却以为我同他难过。当我心平气和的时候,我会托人解释,有时遇到我在不高兴时,也会代人受过,说:就是我写的,你把我怎么样吧?这情形也常常有的。

(《东方日报》1942年7月30日,署名:唐僧)

同 文 相 轻

白雪的报上,近来所写丑诋某同文的文字甚多,而且他们关门落闩,声明不受任何人调解,意思是说此仇是不共戴天了。其实他们何尝有什么宿冤,不过为了一节轻淡的文字,是涉及某同文的,某君也回答了一篇隐约其词的文章,事情就成闹翻之局。我非常懊悔,皆因白雪报上最初的那节文字,并不曾给某君注意,是我打电话通知他的,如其他终于不知,便没有那节隐约其词的文章发表,而白雪报上,当然也不致一之为甚了!

虽然,我总以为同文相轻,不是好现象。昨天我遇见某君,他也晓得白雪报上天天有攻讦的文字,但他以眼不见为净,他说:我平时写稿子的报纸,是定来看的,其余都不大寓目,现在有人骂我,我也不想特地去买一张来看看。这样的态度很好,可以免得大家缠讼下去(笔墨之讼)。所以我希望白雪与其报的执笔诸君,也应适可而止,论骂,也足够了,多骂,自己会感到无味!应该让白雪他们挞伐的事件很多,这样的如铁词锋,又何必施之于同为文士之身?我以上的话,不是调解,实是有感而发,所以愿为吁请,还祈息此争端。因为在此事的酝酿时间,我是轧过一只脚的,自以为有些内疚,不得不冒昧陈词。

(《东方日报》1942年7月31日,非署名)

办 话 剧 团

朋友傅礼堂、如珊昆季,及孙钧卿兄,不惮冒一百度以上的炎威,要弄一个话剧玩玩。奔波结果,角色也邀齐了,场子也确定了,剧团的名称叫华艺公司华艺剧团,将于八月五日在卡尔登上演,原来是与费穆商量好的,要他上海艺术剧团,让挡两月。

办过话剧团的人,无不叫苦连天,说生意之没有把握,而后台人员之难于管理。如今傅、孙诸兄,都是外行,办理方面,自然更加棘手,但他们却付以最大的勇气,还预备烈烈轰轰,干他一番。

当他们发动之初,我曾经写过一节文字,详述话剧团之可为而不可为,加以参考的,但后来我又看他们一往直前之概,自己便也缄默起来,而同时默祷他们成功,因为他们那种坚韧的精神,倒真的感动了我。他们的演员阵容,非常强盛,黄宗江、宗英,是主要人物,而剧本的选择,尤其是经过多次考虑以后,才决定排演的。目下,话剧团的流品,在日趋凌替之时,希望华艺的产生,正似朝阳鸣凤,一振旧观,使我的朋友,在物质上,或者要多少损耗的,而精神上他们终于得到了胜利。

(《东方日报》1942年8月1日,署名:唐僧)

流 氓 打 文 人

流氓打文人,在从前几乎蔚为风气,近年来却不大听见。最近又闻说有流氓欲置某文人于死地,真是痛心的事,而执笔为文者,除了白雪之外,竟没有人出来说一句话,这就表示吾们操觚之士,绝对没有一个兴到"伤类"之怀的,这就尤其痛心的事!

据打惯相打的流氓告诉我,他们打熟了手,真会打得死人的,所以给流氓殴毙人命的事,我们时常有得听到。但我又晓得现在的流氓,只会肇祸,闯成之后,都是戎囊子,所以风头照样要避,甚至教唆的人出了钱,叫他"挺"到官中,也会临事反悔。所以这样的流氓只是流氓而不是英雄。

集合赳赳者数十人,向一个手无缚鸡之力的文人寻衅,真把此人打死,在流氓又有什么威风?讲打,要两方面会同人马,决一个你死我活,才是汉子做的事。何况打伤了人,或者打死了人,为流氓的一个个逃之夭夭,这也算是"好勇斗狠"吗?所以现在的上海,只出流氓,不见英雄。

(《东方日报》1942年8月2日,署名:唐僧)

采 芝 室 主

采芝室主自吴门来,访襟亚,乃得为一夕之游宴,饭于杏花楼小食部,此地有冰冻豆腐,啖者叹为胜味,襟亚以地处贴邻,几无日不至已。菜尚勿恶,惟桌布不甚清洁,手巾尤奇臭,客人擦过后,侍者即去揩头上之汗,再从水中一泡,递与客人,则安得勿臭?

赴四马路之便,访周邦俊、文同乔梓,在办事室中,周先生写自警之言曰:"是非只为多开口,烦恼皆因强出头。"下署曰:"八月一日俊翁自警。"盖上一日所悬也,不睹此公,又不知几何年月矣。然此公开口之多,仍如往日,为予谈其处事之公正,而为领导者应有之态度,半小时间,滔滔不绝。予本欲向其讨教一些做生意门槛,因见其健谈,有无从插嘴之苦,及辞去,笑曰:俊翁真欢喜多开口人哉。

舍间尝买西瓜,不冷而甜,瓜从冰箱中取出者,纵不甚甜,亦觉味永,然过冷,舌受麻木,啖瓜,瓜味尽失,等于啖冰。尝在木公、不平二兄家啖两次,受冰程度,恰到好处,故觉回味无穷也。

(《东方日报》1942年8月4日,未署名)

《人间世》即将上演

《人间世》剧本,在报纸上轰传了有半年之久,至最近,才由华艺剧团排练上演。剧本是吾友胡梯维先生的杰作。梯维名重文坛,真够得上"惊才绝艳"四个字的一位人物,过去他写过几个平剧剧本,无不轰动一时,舞台剧剧本,则以《人间世》始,费穆讽诵一过之后,为之不忍释卷,其中有一个角色,梯维本来预备他夫人上演的(其实这个剧本,就特为素雯而写者),谁知到了今日公演的日子,他夫人却不获登台,原因是金二小姐已身怀六甲,不能够现身说法。梯维为了此事,想把《人间世》搁置起来,到后来再说,但因为艺华的孙钧卿先生与梯维是多年老友,看见了《人间世》,一定要求他给华艺排演,梯维为了情谊难却,只得付与钧卿,至于素雯的登台,惟有期之后日了。

现在这一个角色,据说由蒋天流担任。而梯维的魔力自然不小,五日夜场的座券,在三日下午,已经卖得差不多了,至于成绩如何,要待开演后再说,我也不能胡说八道,欺蒙读者。此文不过写述《人间世》上演的经过情形而已,演出后当再行述志之。

(《东方日报》1942年8月5日,未署名)

文人总是文人

为了新兴事业之多,写稿子人吃白食的机会也多,最近有好几处应酬,我都为着怕热而没有参加。譬如如珊同白雪二人,都是老友,他们还能原谅我。还有子褒、元龙、瘦竹三先生宠召,我竟也懒得一走,尤其是朱先生,神交已久,这一回竟未能应命,几时当登门请罪。

有一位也是文人的朋友,说:白相人总是白相人,文人总是文人,所以文人到底搅不过白相人的,我不知我的朋友,为什么要长他人志气,灭自己威风?我也晓得,白相人一动手就动手,文人是无法招架的,但文人不好用一点力量出来,做一番铲除白相人的工作吗?如其永远存着这位朋友的观念,文人自然吃瘪在白相人之下,但我道中尚有人在,最近的事,却没有见文人损过毫发,而白相人实在没有什么威风!

今天我想找医生打一种霍乱伤寒混合的针,似我的体格,反应是必然的事,那末恐怕要支持不起一二天。这一二天内,势必不能写字,报纸的文债,只能让我再欠两天,不是为了写勿动,决不偷懒揩油。如其各报编者,晓得我辍笔的原因,而因为不见我稿子,就皱一皱眉头者,毛病一定生在他们身上。

(《东方日报》1942年8月6日,署名:唐僧)

錬霞画扇页

錬霞绘一扇页,作《秋海棠图》,俪一蟋,以馈晚蘋者,晚蘋于一面作书。扇不如寻常所用之大,男人可以用,女人亦可以用也。秋芳夫人见之,爱其小巧,晚蘋辄慨然赠夫人,谓我本不喜此,盖錬霞此画,苟无蟋,转觉气派甚雄,今若此,是宜于为女子携矣。夫人谢而纳之,复丐錬霞赏上款。晚蘋于次日授夫人,又谓海棠者,秋芳夫人也,彼据海棠之蕊而立者(蟋),是为秋翁,此天生之秋色图,宜为秋翁夫妇珍藏之也。

国际饭店之三楼,曾一度拒绝外宾,惟前日起,门外之告白已撤去,盖复解禁矣。惟以天燠,其沙发不耐久坐,南窗又不全开,辟一电扇,风至,使人头痛如劈,予且不以其地为胜境矣。国际饭店之令人向往,有冷气耳,今则冷气未能施放,坐其中若处蒸笼,则又何贵乎上国际饭店哉?按国际茶室之不许外客入座,因有打相打事件发生,可见好勇斗狠之受人讨厌,欢喜打相打之流氓,犹沾沾自喜其拳头之可以制人者,至此,倘亦应憬然悟欤?

(《东方日报》1942年8月7日,署名:唐僧)

暑天读林庚白诗

为了要发报上登文稿,不能不天天跑出来,像这样酷暑,问我心,实在不愿意动弹。家里虽没有阴凉所在,但比较可以舒服点的,脚上可以着拖鞋,身上可以只剩一条短裤。跑到外面,一件领头袒到胸口的衬衫,还不大好意思脱出来,真是受罪!

今年我特别怕热,这两天更其心神烦躁,洗了浴之后,一直到明天,皮肤没有润滑的时候。晚上的风,也不比前几天吹得紧,纵使有一些,只觉其热,而不觉其凉。我的房子没有浴间,这两天我感到此项物质文明的需要,我以为在热不可禁时,放一缸冷水,去泡在里面,不必起来,疲倦时,就在水里假寐,或者也是谊暑的妙法。

夜夜坐在露天,常常想起林庚白的诗来。林先生的诗,在夏天所作的甚多,而其中有一首叫《暑中喜无畏来玩》,我记得的,是一首律诗,其句云:"百不能名但惘然,却寻诗境静常妍。时晴时雨今年夏,忽热忽凉末伏天。身近小儿闲亦喜,偶亲而父此何缘?于秋响望卢森堡,吾意蹉跎莫浪传!"无畏是林先生的公子,林先生与夫人离婚后,无畏有时望望父亲,所以有"偶亲而父此何缘"之句。有时唐艺他们,也来看我,想起林先生的诗,真是一般滋味。

(《东方日报》1942年8月8日,署名:唐僧)

防 疫 针

打了霍乱伤寒混合针之后,我是预备要发一两个寒热的。为了艳阳如炎,一则懒得去访医者,二则大热天躺在床上发烧,这滋味不敢领略,所以注射的事,又因循下来。但走在马路上,毕竟自己不放心,深恐有人查起我的防疫证书来,我惟有伸臂受"触"而已。

我还是在童稚时代,生过痱子,长大后却老没有生了。有一天,跟一个朋友去访问艳窟,我摸过一个女人的手臂,殷红的一大滩,都是痱子,令人骇而却步。但我不知如何,忽然在我粉颈之下,也会星罗棋布的生起一大滩痱子来,自己看看,也觉得害怕。今年我特别怕热,而天又特别的热,以至二十多年没见过的痱子,今年会叫我重温旧梦。

我真的有四五夜,没有得着一个酣眠了。白天热得要命,反而不会疲倦,晚上刚要入梦,而满身的汗,又涌了出来,所以终夜不会合睫的。我说:如果来一次奇迹,热度忽然降低了二三十度,我想全上海人都会醺然如醉,而一齐颓倒下来,去寻他黑甜乡的生活了。

(《东方日报》1942年8月9日,未署名)

浦　辑　庭

有人说,浦辑庭的欢喜做好事,完全是抱出风头主义,他每次捐十元五元总要让《新》《申》两报将他的名字登出来。总算皇天不负苦心人,这两年来,浦先生为善之名,上海差不多有不少人晓得了。不过到了今日之下,新闻报馆有一样吃亏的地方,就是刊载一节浦善士捐款的消息,至少要占五六行篇幅,如果把五六行篇幅算起广告费来,往往要超过浦善士捐款的数目,所以浦善士名义上做了好事,实际上他是占着便宜的。浦善士肚皮里明白,应该几时捐一个一万八千,叫《新》《申》两报不必刊载名字,也好让他们的本埠新闻编辑有所交代,不过这是我的痴想,浦善士未必肯这样做的。据说浦善士是一家钱庄的老板,这样说来,乐善的人,倒尽出在金融界里。据我所知,无独有偶的还有一个汇中钱号老板黄先生,他也是见义勇为的一个,捐款数目,与浦善士在伯仲之间,而大名的揭示于报端,黄先生也未甘后于浦某。其实黄先生今日之下,真不必与浦善士一般见识,黄先生有来历,早已跻于巨贾之林,再不必走其他出风头途径。记得《新闻报》登过一张照片,其中有虞洽卿、袁履登、林康侯诸人外,还有一个汇中的黄先生,凭此已足慰黄先生的生平了,他更何求?在做小生意蚀得走投无路之后,时常怀念到许多发财的朋友,不觉对黄先生狂捧一阵,诸君幸勿笑其趋炎附势之甚也。

(《东方日报》1942年8月10日,未署名)

"第 一 枝 笔"

前夜我同唐先生到国泰舞厅去小坐,唐先生遇见一个朋友,招呼之后，问他要不要坐在一起，此人却说，台子上有"第一枝笔"之流，我吃他不消，说罢走开去了。唐先生坐下来以后，告诉我方才这一番话，并且说此人是丁福保的世兄丁惠康。

"第一枝笔"是朋友对我戏称的诨名之类，丁惠康提起这四个字，当然不能不承认是指的我。我这"第一枝笔"，向来只会在报纸上捧捧人，骂骂人，却没有其他用场可派，例如撬人家的后门。既然不会撬人家的后门，而丁惠康忽然见我头痛，那末一定是我在报纸上得罪过他。如果我要写一点关于丁惠康的"生平"事迹，那末真有罄竹难书之概，但一向怕污了我的笔头，却实在不曾提着此君。所以丁惠康对我有难过，我委实想他不起，为了什么缘由。因为瞧不顺眼的人和事，实在太多，提起笔来要平心静气一些，却不可得，所以我也深知对我切齿的人，在在都是，但这有什么办法，如其一年到头，尽写一些不痛不痒、阴阳怪气的东西，还不如趁早烧了这枝秃笔。我现在知道，给我提过的人，当然切齿之外，还有一种是做过贼而自己心虚的，也相当忌我。我予人之印象，既如此恶劣，那末索性恶劣到底，找该骂的便骂个痛快！

（《东方日报》1942年8月11日，未署名）

吹 毛 求 疵

生平做过一件内疚于心的事。去年亡友刘恨我在《申报》上，引用了两句前人的诗句，他记错了一个人的作品，我便写了一节文字，嘲讽一场，后来想想，这是不应该做的事，同是文人，何必挑剔？所以我不大欢喜有些人专门在报纸上做吹毛求疵的工作，又从前老凤先生，其实他的文章，何尝没有瑕疵可寻。

王小逸先生的拔来报往，为了一个"拔"与"跋"之分，我作了一首淫诗，绝对不是向王先生吹毛，而王先生却疑心我故意挑剔，我一直抱歉到现在。最近看见有在挖苦自家淘伙里的作品，真是不必有的事，老实说：有些人的天天自说自话，强作风趣的大文，我何尝看得入眼？不过想想大家都在骗口饭吃，况且自己的东西，也正有不少人在那里从旁讥讽,自己又如何会晓得?那末你去批评人,万一有人窜出来问一声,老兄究竟如何?你就要面红耳赤,不知所措,张眼看看,我们这一群,找得出几个是真正的文雅之士?所写在纸上的,不过是凭一点小聪明而牵扯成"文"的,真要寻根问缘起来,都是半身不遂、残废不全的坯子。自修还来不及,何况要去挑剔别人呢?

(《东方日报》1942年8月12日,署名:唐僧)

王 引 鲠 直

在中国的电影明星中,我认识最早的,男明星是王引,女明星是袁美云。我认识他们时,他与她也许还没有认识呢,想不到后来会结为夫妇。美云是先师樊先生的义女,王引是樊先生门生,我们有同门之谊,在交情上自然更深一层,从一年前的大华跳夜舞起,我们更引为日常的游侣。

王引的好处,不像若干男明星的有所谓"秽德彰闻"给别人去嘲讽,他有鲠直的性格,豪迈的举动,正如《游侠传》中的人物,哪怕他在困倦得不能支撑的时候,为了朋友的兴趣好,他也会强振精神,表示不扫朋友的兴。

他欢喜逛舞场,但绝对不跳舞,也不同女人搭讪,更不爱好音乐,惟一的消遣,就是啤酒,或者可口可乐。但美云不反对他逛舞场,也不反对他同女人搭讪,最嫉恨他的,为他太嗜好杯中物了,故而常常吵嘴。而王引的宣称戒酒,一个月之中,因此倒有十六七次。

近来,只要王引不拍戏,总是与我们出入相偕。有一次,小洛、我,同王引,在法租界吃完夜饭,已经快十点钟了,他们两人还想跑舞场吃酒,我则溜之大吉。我的临阵脱逃,常常被王引资为话柄的。

(《东方日报》1942年8月14日,署名:唐僧)

好　名

人固然无有不好名者,但好名而用心太苦,则又无如捐十元八元而成善士之名之浦辑庭君矣。浦为苏州人,闻之钱庄帮人言,其人为贝润生之内侄,任事于祥康钱庄,因谓其人于未成善士之名前,亦复好名心切,每遇上海之大亨、闻人、名流,以及巨商家中,有婚丧寿庆之事,浦必登门,送礼一分,然后索一招待之绸帜,飘于胸前,殷殷为来宾通姓氏。来宾为大亨、闻人之友,当亦多大亨、闻人之流,于是应酬场中,常见浦之踪迹,于是浦辑庭三字,亦渐渐印入若辈脑海中矣。

因浦辑庭而忽念及老友浦蔼庭,蔼庭亦贝润生之内侄,当与辑庭为弟兄无疑。予与蔼庭,初为同事,后则为欢场游侣,其人心地纯厚,然好大言,与浩浩神相善,近来偶一见之,亦匆匆不暇一言,闻神相言,蔼庭以贸迁而成富室矣,为之良慰。当时我人与蔼庭晨夕相共之日,未闻蔼庭有兄为善士,则可知浦辑庭君之为善,自近年始,而其不欲湮没终身之志,又弥可钦矣。

(《东方日报》1942年8月15日,署名:唐僧)

姚 克 新 剧

姚克先生又在编导一个话剧了,那就是华艺剧团,将继《人间世》上演的《鸳鸯剑》。我没有读过《鸳鸯剑》的剧本,但看了《鸳鸯剑》的预告,就知道这出戏是个悲剧,同时也知道姚先生对于这个戏,认真从事。有一天,我遇见他,我对他说:兰心的二房东是做不成了。姚先生却说谁要做什么二房东,把这些闲事,丢开了,让我来专心一志写几个剧本,导演几个戏,比什么都愉快。那时候我还没有知道他的《鸳鸯剑》已告杀青,及至看见了报上的预告,才知姚先生真的在埋首写作,在闲散时候的出品,不消说有无穷的妙绪,充塞在这个《鸳鸯剑》的剧本里面的。

陈燕燕与黄绍芬的纠纷,至今还没有解决,我起初很奇怪,既然夫妻淘里既不相容,离婚也就是了,后来才有人告诉我,他们都是天主教徒,天主教的教规,是不许离婚的,所以事情弄得这样子僵。报纸上对于陈燕燕的"婚变",造了许多谣言,陈燕燕为了受不住刺戟,所以请了律师做法律顾问。其实夫妻之间，出了变端，已是不幸的事，旁人就不必再故为揶揄，使当事人更加难堪，这是情理之平。我因为燕燕留予我的印象很好，故愿为同文进一忠言。

（《东方日报》1942年8月16日，未署名）

老朋友聚会

真是一时高兴，夜夜这几个老朋友，会聚集在一淘，吃夜饭，坐跳舞场，坐咖啡室，非到宵禁时间，不知归去。以前宵游队里兴致最好的一个是我，现在却该让还木公，他在豪情奔放的时候，会把《襟上一朵花》的曲子，用常熟口音来唱，什么"常熟一朵花，花儿就是戤"，戤者，常熟人称"他"是也。再不然唱两声申曲，或者绍兴戏，马灯调，在大庭广众之前，真是旁若无人。这种情形，从前出之于我的口中，他们便会把我当作十三点看待的。之方真是十年如一日，除了生病躺在府上之外，约他白相，从来不打回票，身边没有一个女人陪伴，他以为没有罩势，于是随意拣个把户头开了，他又没有夜行的派司，夜夜守好时间，在十二时半赶回家里，这样的乐此不疲，真的使我望尘莫及。昨夜在皇后咖啡馆里，碰着了唐若青，她清减得多，一瘦，立刻丧失她不少的青春。虽然同她是熟人，却不好意思问她的致瘦之由，所以我只希望还是发福。

（《东方日报》1942年8月19日，未署名）

恒　茂　里

恒茂里落成迄今，不过十年，工程方竣，予尝迁居其中，借亭子间一，楼面一，月租将近四十金，此为七年前事，可知到此为二房东者，心凶手辣如何矣。惟其时居家不多，吃开口饭者，自福昌里而麇集于此，于是一条弄堂，气派便不甚正大，自迁去之后，迄未一临其地。昨日，偕友人入巷中，访一舞人之居，友昔于深夜送舞人归，弄内黑暗如漆，故始终未辨门牌，白日来此，乃有投辖无从之苦，巷内臭气薰蒸，令人室息，友行数步,依稀近似,遂闻讯,始得其门,灶披内为洗衣作,而舞人之居,则在五楼,是为一幢三楼之屋,今忽有五楼高架天畔,亦可见每幢房屋中,聚居者之众矣。拾级而登,其中黑而燠,扶手复有尘封,过一楼,人声嘈杂,而方言不同,此真所谓五方杂处者矣。后盖之屋,材料尤旧,拉朽抽枯,顷刻立断,一角危楼,此犹是也。然舞人已离家,怅怅而下。巷内人不耐居室内者,群集巷中,以巷中人多,故商肆鳞列,更有越剧之场,入晚,且有锣鼓喧天之盛,真奇观哉!

(《东方日报》1942年8月25日,未署名)

丁健行诞辰

丁健行先生四十晋九诞辰,予以上午治文稿未竟,不及往拜,下午始去,则客于饭后大半散矣。先是丁先生初不欲称寿,而翔熊又固请,先生示谕三戒:杀茹素,延僧侣为礼忏一也;寿礼所入,悉充义举二也;不得铺张,亦不可惊动亲朋三也。翔熊悉秉父训故于是假功德林,开寿筵焉。愚与丁先生违,已甚久,此日相见,便倾积愫,先生清健逾前时,想见兴怀正复不恶,而健谈亦如故,滔滔若江河之决,与我谈报间事,纤屑无遗。予尝读知止宏文,惊其能博闻强记,今与谈,则琐细之事,先生平时固无勿留意,文友所作,日久自己且已淡忘,而先生能忆之,不可谓非心细如发矣。倘亦长寿之征欤?

《知止画史》,胥为当代才艺人士所题咏,而不复邀请名流著一字矣。先生寿,友人之献颂词者,盈功德林之四壁,先生自有《四九自述》一文,悬礼堂中。字细,悬处又过高,目力不及,未能阅读,亦憾事哉!

(《东方日报》1942年8月30日,署名:唐僧)

黄金大戏院

黄金大戏院本来是金廷荪、元声乔梓所经营的事业,孜孜矻矻,终成上海一隅之最高平剧院。黄金房屋的业主,是黄老板,黄氏与金氏的租赁合同,到明年年底到期,但今年以来,金氏父子,似无意于此,至最近,乃闻已以二十万的代价,让渡于张伯铭办理,于是目下黄金的最高当局,不是金氏父子,而是我的老友张家毛弟先生(伯铭有乳名曰毛弟)。伯铭之开戏馆,是早有此心,我也说伯铭有顾竹轩、张善琨等一样的身坯,不弄个戏馆白相相,岂不辜负这一个十抱腰围?如今却已如愿以偿,据说双方早已交割,而我则得讯已迟,于三日前方始知道。

从伯铭正式接办黄金之后,第一期平角,是叶盛章与吴素秋,这两个在上海都是所谓红底子。盛章以武丑而向悬头牌,没有叫座能力,自然不克当此。素秋是以做工"妖媚"称长的,女人的"妖媚"与日俱增,与年俱增,假使说从前的吴素秋骚在皮肤上,那末今番重来,再去看她一定是骚入骨子里了。看十三四岁的顾正秋,在台上搔首弄姿,我总感觉说不出的难受;吴素秋是偌大的娘儿们了,台上越是发嗲,越足以动台下人的七情六欲。这句话我想一向捧吴家母女的梅花馆主要认为至理名言的。

(《东方日报》1942 年 8 月 31 日,未署名)

起司令开分店

在愚园路口,起司令设了一所分店,地方比原址还大,同二三朋友,闲行至此,吃了一顿夜饭,是分十八元与二十八元两种。在几个月的游宴生涯里,都知道这里的菜,比无论什么地方,都觉得满意,恰巧李氏昆季也在那里进餐。祖夔先生,真有好几个月没有见了,因为这里菜好,又有音乐,所以他已数数来此,他是懂音乐的人,不像我一见洋琴鬼的照会,就生厌恶之心。

说起洋琴鬼,有几天,我们到大都会去,都坐在洋琴台的附近,海立笙是这里的领班,我以为迭挡码子,永远沦落在什么金山、上海等等十四流舞厅里,专门奉承一群□□□的舞客了。谁想大都会以堂堂的大舞厅,却会去请教他,这是海立笙走运呢?还是大都会在自贬身价,我就不大明白了。有一个很著名的舞女,坐在舞池里,偶然回首望望海立笙,海立笙对他一笑,又是微微鞠一个躬,那舞女并不领情,马上扮起面孔,别转头去。以势觇之,这舞女还知自爱的一个,所以看见海和尚的贼忒嬉嬉,认为是耻辱。而由此亦可见海立笙在舞场里,是怎样的一个臭盘了!

(《东方日报》1942年9月1日,未署名)

吴素秋与叶盛章

吴素秋与叶盛章,是九月二日三时三十分到南京,十时正到上海,黄金的老板张伯铭、孙兰亭,都亲自到车站去迎接。吴、叶的大队人马,有三十余众之多,自然包括叶夫人与吴太夫人在内。上面这一节,因为这天的下午四时,我适在黄金,南京有个长途电话来,报告行踪,所以记在这里,千真万确,不比其他戏报在镇天的造谣乱撞。因为吴与叶,都是一向挑正梁的角儿,这一块牌子,谁也不肯让谁,于是使得黄金煞费苦心,不得已,挂两块头牌。而王承义先生的广告,便做得像华安美容室,当中界以墙壁,男女分开,都居正位。

以两个头牌,又都是上海的红底子,凑在一起,那末戏迷的为之歆动,当然是意料中事。这二人,虽然与沪上人士,不算如何阔别,然而上海人却正也怀念他们。吴素秋的妖媚,叶盛章矫捷的身手,使人时常惓惓,何况又是新秋入序,黄金门前的车水马龙,自然是意料中事。

假使有一天,吴素秋贴《新纺棉花》,叶盛章贴《时迁偷鸡》,我想真有把黄金"倾盖"之虞的,一笑。

(《东方日报》1942年9月4日,署名:唐僧)

女　孩　子

从看见一件青布旗袍,与披肩头发,唱着"砰砰碰碰,砰砰碰碰,哟,有人敲门,谁啊!我啊!你是谁?……"一类黎派歌曲时候的周璇,那的的刮刮是个小鬼丫头,直到她到上了银幕,一年一年红起来,有一时期，她终于成了第一流的中国女明星，但我对此人，却始终也动不起"淫心"（此两字作看得高兴解）！

髫年时候，乡下有个邻居，他们养一个女孩子，大概比我小五六岁光景，到了夏天，这女孩长着一头疮癣，连头发都秃去了一部分，这恶形的印象，一直留在我脑海里，我对这女孩子，永远厌恶。如今我长得这么大，从前这个女孩子，也快三十岁的人了，在上海做事，有时候来探望吾家，打扮得是一个摩登的女人，家里人都说她并不难看，但我却想起她生疮癣时候的模样，便不敢置一谀词。

有一天到汪四太太那里去，一个似灶下婢的姑娘，汪太太将栽培她成功一株未来的摇钱树，汪太太指着她的眼睛、面架子，分析给我听。我看看她面黄如蜡，无论如何想不起，她将会怎样好看的，纵使好看了，我若记起今日的面黄如蜡，便也感不到多大兴趣了。

女人，不能从小看她们长大的。

（《东方日报》1942年9月7日，署名：唐僧）

龚之方欲辞共舞台职务

为了记同文某君指摘共舞台广告的今非昔比，使得龚满堂惶恐起来，因为截至现在为止，共舞台的广告，依然是出他手笔，而忽然有人加以訾议，使他非常难堪，同时他本因中联公司的事务繁冗，预备摆脱，所以他将报为凭，请周剑星另举贤能。剑星之意，让满堂休息一时，亦无不可，不过他要满堂找一个相当人才，以代其职，不想于昨日得龚兄一书，受托附录如下：

"大郎：某君之骂共舞台广告，不知是否有心骂我，若果有心骂我，弟非但不觉气恼，而佩此君骂人之技巧，已登峰造极矣！若非存心骂我，而真以为广告出另一人所做者，则天晓得矣！我已得周剑星兄同意，要弟物色人才，请兄代我寻访，其专门人才，惟文友中如平时能标动人视听之题目者，使做戏院广告，亦能弹眼落睛矣。请将此意宣之报端，如有响应，即希见示，使弟得早日摆脱也。感极感极，今日不想晤面,容明日再谈,专颂著安,天衣上。"

(《东方日报》1942年9月8日,未署名)

吃食店兴衰

我们常常看见新雅、新都等菜馆,天天挤得坐不下人,以为上海市面真是繁荣,吃食店无处不是门庭若市。谁知据我最近观察,方知吃食店生意之好,不过是一小部分,非特一小部分,简直只是有数的几家。譬如打南京路说,新雅因为地方好,菜好,价钱又公道,所以食客都争先恐后地去作成他们生意。新都是卖一个新,地方也华贵,但菜肴精美的东亚,就冷清清地远不如新雅、新都。东亚生意冷落,大东、新新,不必再说,至于红棉一系的几家,据说近来也大非昔比,南华无论什么时候,都有空闲的房间,最凄惨的昨夜,我应秦瘦鸥兄的邀约,在大三星吃饭,将近八时前往,从楼下到三楼只有两桌人在那里吃饭,堂倌出空了身体,无所事事。从大三星出来,望望咖喱饭店与大西洋,无不灯光黯淡,方知上海市面,已在日就凋零了。投机市场取缔之后,暴发户不能出来活跃,第一受到影响的当然是吃食店,与娱乐场所,但跳舞场生意,却还不见显著的衰减,可见食与色,色似尤重于食。我听说上海不久的将来,有三四家酒家同时开幕,不是触他们的霉头,到了一次大三星之后,实在替他们担心。

(《东方日报》1942年9月12日,未署名)

《万象》的磨擦

读了昨天报上《万象》杂志两巨头磨擦一文,顿使我们为两巨头之朋友者,为之惶惶不安。在出版业情形,日就凋零的今日,《万象》真是所谓鲁殿灵光,襟亚兄竭其心力,倾其资财,办《万象》而得有今日,当然他是居着首功的人,蝶衣主理辑务,十分认真,襟亚得其帮助不少,所以外间人的批评,说《万象》是平先生心血的结晶,而陈先生也尽了他编辑的能事。虽然襟亚兄曾经帮着漫郎骂过我,蝶衣兄最近更因为《张莉与四川客人》一文,而与我发生绝大误会,也天天骂我,但我不能记着这一点的怨恨,而作违心之论,否认外间人批评《万象》的不对,我而且还应该肯定的说,《万象》实实在在是平先生个人的产业,而蝶衣兄的编辑,无亏厥责,我们渴求着这种精神食粮,永远来灌溉我们,希望它千秋万岁的延续下去。所以听到了主持人与主辑人的发生磨擦,真欲为之食不下咽,希望灵犀兄的排解,快快消弭他们的争端,更希望平先生坚守着自己的财产,永宝他心血的结晶,而陈先生则无亏厥职的还是编辑下去。

(《东方日报》1942年9月15日,署名:唐僧)

文 贵 乎 真

小时候读过冰心的作品,那时我还在读旧时的教科书,一旦"尝新",真觉得美妙极了。恰巧舅父远在陇西,我便摘录了许多冰心的好文章给他看,因为他僻处西疆,一定看不到当时中国的崭新文艺的。后来接到舅父的信,我很清楚的记得,他是这样教我的:"附来冰心文,此境不难造也,第须平时不打谎话,以蕴结于灵府者,纾之笔下,则得矣。"我从小养成不打诳话的习惯,是从这时候起的。

写文章的条件,真美善是三种要素,现在我以卖文为生,有人称美我的文字写得好,一切谀词,我都不敢接受。我自己明白,我于国学没有根柢,写的东西,也芜杂无足称道,比较可以说得上的,不失为"真"而已。

我敢肯定说一句,执笔十年,从来不说一句假话,无论在报纸上,写身边随笔,或者是新闻性质的材料,都无一句虚语曾造过谎言,尤其新闻性质的稿件,我总是探听周详之后,才落笔的,这一些我能自信,也是我可以告慰于读者之前的。我还愿意宣誓,在我这枝笔没有抛弃以前,我想永远写些真实的材料贡献本刊,因为一张小型报,需要多刊一些真实新闻的材料。

(《东方日报》1942年9月17日,未署名)

丁太夫人逝世

前几年,在休假日的前一夜,我们许多日常相处的朋友,都聚集在丁悚先生的府上。到丁家去,一到楼下,我们总可以看见两位慈祥仁蔼的老太太,一位年高的是丁先生的母夫人,还有一位是丁氏的外婆,便是丁先生的泰水。丁太夫人今年已经七十六岁了,但十年来,她含饴弄孙,老怀常欢娱,所以没有看见她身体比以前衰老过。七十岁时,丁先生曾经为太夫人祝嘏,热闹的景象,一闭眼睛,如在目前。

近年我们在丁家的踪迹,疏远得多,今年去过一二次,似乎没有看见过太夫人,但丁先生却常说"且喜老人无恙"。半个月前,还见过丁先生,没有听见太夫人有什么毛病,不料前晚得到一张丧条,正是来告太夫人已于"九一八"的卯时寿终的噩耗。论年岁,太夫人已享到大年,不过这时候谢世,料得太夫人犹有不堪瞑目者,他的长孙丁一怡没有侍奉跟前,更不及看见一怡娶孙媳妇归来。一怡是太夫人最喜欢的一个孙儿,其他当然使她再没有什么遗憾的!

(《东方日报》1942年9月20日,未署名)

邵西平不熬夜

一夜,西平来访,谈至子夜,西平于投机方式,闹热胸中,因谈上海遍地黄金,只须眼快手快,则俯拾即是矣。故又详言其履迹在投机市场之情况,以及如何做交易,如何可以发财,滔滔不绝,予侧耳倾听,竟茫然莫解。予尝任职于银行中,其时银行有请人授课者,予亦随众上课,惟汇划一课,讲述者愈讲而予愈模糊,或谓学说不同实际,此中情形,但须身历其境,自然了然,故听人讲,不如实习之为愈也。

是夜为星期六,既谈至子夜,小洛、之方尚未尽兴,互嬲西平为依文泰之游,西平拒不去,盖伴眠人待之家中,不归明日不免相骂一场矣!西平笺赋其身,为朋友所共知,今稍敛迹,若能更节其起居,自亦养身之道，故不熬夜，于计良得！愚近时不若以前之孱弱，亦拒绝磨夜之功，故见西平之翻然赋归，正不欲以"没有种气"目之，若秋翁之收拾放心，坐言立行，无论于金钱上可以节流，即以养身论，此亦好办法也。

（《东方日报》1942年9月21日，署名：唐僧）

别 字 问 题

我曾经写过一首打油诗，其中两句是："改日何如上日好，开心原要及时寻。"当我写改日与上日的时候，我的笔端曾经滞凝了一下，觉得"改日不如上日"这一句俗话，是我们常常放在口头咀嚼的，也明白这句话是什么意思，但写在笔下，却还是初次。我向来不暇思索，明明知道这两字都有问题，但也随便的写了下来。及至该诗刊出之后，周翼华兄弟一个发觉我写了别字，他说照你这样写，岂非解释不通？应当是"拣日不如撞日"，这就使人完全明白了。我很感谢老友的纠正，我虽然说，写字写别了，是一件无所谓的事体，不过有人为之纠正，使写作者多晓得一些，当然也是好事，我反对的是在报纸上不十分善意的吹毛，吹毛吹得不得体，使对方引起意气用事，复闹成如"倾盖"之争的事件来。

小型报上，几乎天天在写别字，要指正真是不胜其烦，尤其是引用一句俗语，而会写出连篇别字。我说此风倒不是小型报创出来的，还是我们的朋友，做共舞台广告里，最多此种似是而非的字眼。譬如五"嗨"六肿，这一个"嗨"字，你叫不是上海人看了，无论如何，也不懂它是什么解释？

（《东方日报》1942年9月23日，署名：唐僧）

徐善宏夫人撒手尘寰

徐善宏夫人，不幸于前晨撒手尘寰，年才二十有四耳。予识善宏十余年，初晤时，方与爱雯老七昵，及其弟善寅，取碛石陈氏女为妇，陈有女名宝琦,方读于故乡,以姊嫁来沪上,偶止徐家。会善宏与雯七占脱辐,年少孤居,与宝琦忽茁情苗,遂订婚约,未几举行婚礼,若干年来,夫人育男女甚繁。

夫人体格素健,读书鸳湖时,称体育皇后焉,及归东海,善宏夙有痼癖,夫人恶之,令其戒除,不听,而夫人忽病胃,宏进以阿芙蓉,积之成习,于是善宏所嗜者,夫人亦嗜之矣。予与徐既为老友,时存其家,夫人好客,予至,招待如家人,及予迁出入安里,乃不常临其居。十日以前,予自米高美出门,见夫人匆匆行,问何往?则谓赴歌场结账耳。善宏既办歌场,使夫人掌度支,夫人亦不辞辛苦,日夜以老板娘身份,稽核账目,即此一见,不复再面。而今日家人以电话见告,谓夫人于昨夜病,昧爽而瞑。蜕化之速,无似此者,使人真兴人生如朝露之悲矣。

(《东方日报》1942年9月25日,署名:唐僧)

冯叔鸾先生死

听说冯叔鸾先生死了,在他做评剧家,做市公安局秘书的时候,我都没有认识他,直待《大公报》在上海,设宴款待上海新闻界同人的那一天,才于筵边一睹荆州,而叔鸾先生已经白发萧萧了。从这时,冯先生在文苑中,早已敛尽锋芒,忽然又自政海里爬起来,当《大公报》的副刊编者。

事变之后,我们不知道冯先生萍飘何许!不久前听说他又在一行作吏,而因为身为行政官吏,还是沉湎于烟霞,忽然被人告发,冯先生身受羁押,这一来不免老怀抑塞,竟因气愤而成疾,疾又不治而死。上海晓得这个消息的人不多,据说死了之后,因为马二无嗣,由一个侄子出面报丧,这侄子就是冯先生遗产的承继人。

马二先生是《晶报》的旧友,《晶报》旧友老的老了,死的更多,现在还可以看得见的,只有钱芥尘先生、包天笑先生,他们还是清健如仙。

(《东方日报》1942年9月26日,署名:唐僧)

写 稿 太 多

近来每天写述的数量，比往日尤多，所以不能不将以前固定供给的稿件减少，例如本报的《狼虎集》与《舞场随咏》，常付阙如。原因并不为我存心偷懒，实在因为写得太多，忙不过来，而荫先兄却常写信来，要我继续勿辍，在情势上可能，我岂有坐视之理？

以前写两三张报的时候，不消两个钟头，都可以毕事，现在却要费到整整三小时，有时还嫌不足。这一次中秋节，我想休息一天，所以在隔日将两天的稿件一并写好，从上午十一时动笔，一直写到下午六时，别的倒不觉得怎样，几个指头都疲乏得不能活动了。而今天却又要做完两日的功课，因为明天已应徐欣木兄之约，要到吴淞口去赏月，上午就要出发。本来想再耗一个下午的时间，使其毕事，谁知精力不济，到四时以后，冥思枯索，不得一字，不获已，只有将笔放下，休息到夜静之后，再行握管。

顾卧佛兄，近膺某报之约，也来向我索稿，为了友情，我不敢拒绝人家，但这样榨出来的东西，决无精彩之作，所以只有答允作短期的帮忙。正如西平一样，身体勿好，局或者还可以，厢则不能支持，何况是包月生意了！

（《东方日报》1942年9月28日，署名：唐僧）

吴 淞 行

二十七日，应徐欣木兄之约，参加涂雅集，作吴淞赏月之举。午时，由欣木兄招待，在新雅吃饭，共计十人，愚夫妇外，欣木伉俪，与张先生同其夫人，白凤先生则携一舞人名孙媛媛者，还有巴巴、一方二兄。到码头上，梅霞兄也来了，因为天不作美，流着微雨，所以临时缺席的人很多，上船时不过二十四人而已。

船驶行得非常迟缓，又是逆水，足足走了四小时，才到吴淞，一个荒落的小镇,其实没有登岸游览的必要,不过大家欢喜上岸,便随众而行。不到一刻,我们十人,又回到轮渡上,先吃一顿夜饭,是华联的西菜,送到饥肠里,虽然不足可口,亦足以果腹。

正七时,又叫启碇归去,过了九时,月亮果然出来,不过不十分皎洁。顶上有烟蓬,看不见月亮在什么地方,映在江心,在波纹中缀上万道银光,倒也足以赏心悦目。因为费时太久,大家想消磨时间的办法,于是拿一副牌九,推小牌九,一方更出其"条子",叫人射覆,在回来路上,他赢了二百来金。

沪战以后,没有离开过上海,虽然没有远离海上的气氛,究竟也可以扑去若干尘浊。有人还计划到苏州去,但我不十分赞同人数太多,游侣更有选择的必要,一定要平时意趣相投的人,一同出门,才能尽兴,陌生人一多,便不大好放浪形骸了。

(《东方日报》1942年9月29日,署名:唐僧)

梅　　霞

十八年前我进银行里做事的时候,全行同人,我的年纪最轻,到了现在,不论到什么地方去,大伙儿数起年龄来,虽然轮不到我是最大,可是比我年轻的,就不知其数了!例如前天吴淞之行,我们一个集团的人,一方年纪最大,第二个却要挨着我,欣木兄今年三十正寿,而梅霞才二十有五。近来到处遇着梅霞,只有他年纪最小,而才调之美,词藻之丽,同文中无出其右。庞独笑先生曾经集过龚定厂的诗,赠与逸少,诗云:"二十高名动都市,一生孤注掷温柔。"现在当得起这十四个字的,仅有这位梅霞了!

我不敢学易哭厂的嗟贫愁老,但自己觉得年纪已经到也,还是轧轧老人的淘,显得我自己比人后生一点。若长处于少年群中,就不甚好意思放浪形骸,不信我自从认识梅霞兄之后,他就不曾看见我怎样的狂放过,那种十三点的作风,只有在几个老友面前,如秋翁、木公。在木公兴高采烈之时,因为我的戏谑,他会骂我一声小赤佬,但我虽被骂为赤佬,而着一小字,往往不觉其忤,反而有一种说不出的亲切滋味。

(《东方日报》1942年9月30日,未署名)

幼 子 腹 痛

三十日中夜又就灯下治文稿,及三时始就卧,而转侧不能成眠,是夜予两子皆来吾寓,天将明,幼子忽呼腹痛,痛且不宁,以为受寒,抚其腹,而痛不已。予家初不备药,特有八卦丹少许,使其和水服之,甫入咽而作呕,呕后,又口渴甚,而腹痛未戢也。予大忧急,量其额,似有寒热,惟手脚尚温和,顷之,欲大便,便果甚多,但疾状勿减,更呕,至六时后,凡呕四五次,而头目晕眩。予寓无厚被,思其受寒乃呼街车送之返人安里,路上裹以纰毡,使勿为晨风所袭也。及抵家,则吾母之病尤甚,情状与幼子相类,惟腹泻达八九次,吾妹及一甥皆然,特为势较轻,乃知为食物所误。问昨日之肴,一鱼一菜,及鸡子等物而已,若谓中毒,则鱼实可能,惟自此以后,已告宁定。予心安,竟夕不眠,拟迟之下午再入睡,故赴翼楼发稿,既已,支一帆布床,为假寐达一小时,往华成贺笠诗任董事长之喜也。十一时返家,一时始饭,三时许才得拥衾卧,至六时而醒,醒后极难过,亦如大病,而秋翁已三次电催,谓众人方候入沙蟹之局也。

(《东方日报》1942年10月3日,署名:唐僧)

编 辑 发 牢 骚

有一位编辑先生,在报上发牢骚,因为他感到替他撰述的人,都不易对付,甚至说出真心话来。大意是说:"明明知道写稿的人在利用报纸,但也只好发下去,让他去利用……"讲到写稿人利用报纸,我第一个承认,我更坦白些说,利用得最厉害的就是我,不过我不利用报纸去乞怜于人,我只是为了我有许多看不顺眼的赤佬码子,利用报纸来张以挞伐,结果是冤有头债有主,被我词锋所及的人,他们只认得我是仇人,所以有人要"上我路",也不过"上我"的"路"而已,却不曾想转编辑先生的念头。

我老早说过,报纸被我利用,也许有一天他们会共同起来,不准我利用的,到那时候我也有一个最后的计划,集资起来,自己办一张,要怎样写便怎样写。现在之所以不办者,因为我赋性闲散,怕管理麻烦,所以只好利用别人的报纸。如有因我利用,而不高兴的,请快快直言,歇我生意,好让我筹备起我未来的"事业",若闲言闲语,听不大进,报馆不停我生意,我要自请辞职了!

(《东方日报》1942年10月4日,署名:唐僧)

顾卧佛索稿

顾卧佛兄,近为某报主辑务,索稿于予。予曰:十年老友,在理不容拒绝,惟近月以来,予煮字之多,为向时所未有,予体孱弱,腕力尤薄,一日之稿既竟,执笔之手,僵木不堪伸握,而精神大惫,甚至头目森然。予妇察予苦,劝曰:又何为要钱而不要命邪?其实予岂要钱不要命,特以邀予写述者,莫非至好,拒之,为友情所不许,故不得不勉强塞责耳!即此已感疲不能兴,何况更有增加,是以卧佛雅命,不得已只好婉辞,惟出版之始,当尽绵薄!庶不致老友疑我为拒人于千里之外,而此苦衷,又当为老友一阵焉。予之精力,第能为三四报效劳,则不虞竭蹶,今已倍之,遂使我又"卖命"之苦×矣。

灯火管制之第三夜,游维也纳。维也纳为今日之大新所改组者,与旧日大华路之维也纳,则截然为两事矣。改组以后,生涯鼎盛,主持人为郑炜显君,郑不愧为舞业权威,其治舞场,正如良医治病,凡恹恹不振者,纳以妙手,无不回春。维也纳固显著之证也。是夜场中燠热,予起为四舞,汗流浃背,不能再坐,因退出,则细雨已洒遍街衢,与华曼合坐一三轮车,沐雨而归,其舒润如在风和日丽中也。

(《东方日报》1942年10月5日,署名:唐僧)

欲赴故都

朋友闲谈间，大家都想到故都去游览一次，计算盘川和二星期勾留的费用，每人需要沪币万元。这就使我感到困难，究竟没有在囤药里发过财，在北平更没有个把过房女儿，好去叨扰，所以欲行又止。这地方虽然是旧游之地，但我没有把它一口忘怀过，我常年地眷念着北平，落日、狂风、黄沙，这许多景象，不必到什么塞外去，在北平已可以窥豹一斑。

朋友打合我到北平去的惟一游乐，是胡调女人，去猎"北地胭支"之艳，这一点，倒是使我兴奋的。我居北平，还在求学之年，色迷迷去看坤角儿的戏，甚至等坤角出门，学着市井登徒的追尾香车都也曾做过，却不曾在那里嫖过妓女。在那时，还没有跳舞场，胡调北方的"跳壳"更谈不到。

万元沪币的费用连胡调女人都打在里面，而朋友又来怂恿，说若头寸不够，他们还可以津贴，而我的回答是非但没有"头寸"，连临走时候的安家银两，也要你们凑齐了，让我安排定当，方可动身。朋友闻我此言，面上的表情顿时尴尬，意思告诉我："你到底是我们的朋友，不是我们的慢爷。"所以到北平去现在还是说说而已。

（《东方日报》1942年10月9日，未署名）

来岚声办保险公司

老朋友中，真有许多刻苦自励的人，譬如来岚声兄，便是一个。岚声在办报业的时候，勤奋过人，自奉之薄，决非我辈想像得及，可是李广数奇，也没有见他有所发展。所谓"人事已尽，命不齐耳"，原是无可奈何之事。自从他离去了报业，而开始经商，一本以前的状态。近来他同许多朋友，创立了一家天平保险公司，也是太平的一脉流传，拥有资金二百五十万元，虽然说不到老友已经升梢，而岚声的事业上，已有了显著的进步,则是事实。

昨天他偶然跑过我治事之所,特地来望望我,他依然旧时的风度,不修边幅,而在他额发之间,深刻着他近年来苦干的痕迹。他为我讲述关于他创办事业的经过,真的使我感奋,当我送他出门的时候,默颂他的成功。

现在什么银行、保险公司的设立,多至不胜计数,但大半是运用游资,当设立一个事业,其性质大有借此来消遣韶光,或者是抬高本身地位之意,绝对没有一个真正实干的分子,想在事业打万年不拔之基的。而岚声之天平,则是循从保险业正轨上迈进,他的期望,是在将来保险业的能够发扬光大,从这一点已可见其旨趣之不凡,而不可与其他弄弄白相相者,所可同日而语了。

(《东方日报》1942年10月10日,未署名)

殷 芝 龄

殷芝龄是以美国留学生而办过上海人力车夫公会的,此人回国时候的头衔,是教育博士,所以活动于教育界,海防路的那一只竞华中学,便是殷君的事业之一。据说,竞华是殷夫人的名字,大概殷夫人已经下世,所以这学堂是殷君纪念其夫人而设立的。

开设之后,笑话百出,原来殷芝龄是一个欢喜做生意,更欢喜赚铜钱的人物,他以为从学生身上剥削下来的钱,弄不好了,所以念头转到死人身上,便在竞华中学的校舍内,同时又举办了一所殡仪馆,及至最近,又在旷地上盖起屋子,做寄放棺材的场地。这恐怖的情形,急得学生走投无路,不得已,在外面散发传单,向社会人士呼吁,下面有这样一节形容,读了真叫人又气又好笑。

> 他是美国留学生,他在美国研究教育,研究教育的人,就应该回国办办教育呀,可是他觉得单办教育,不够赚钱,所以从前年起,在我们学校的同一幢房子里开办起殡仪馆来了。所以一遇到出丧,大礼堂里啊呀呀的哭声,和"的里打拉"的吹打声,真把我们的

头也吵昏,我们初三的同学在三楼,小学在二楼,底楼就是这个可怕的大礼堂!我们天天到教室里去,就要担心:今天有没有死人或死鬼进来呢?近来校长先生看见寄放棺材的生意太好了,就索性招募了大批棺材,放在我们楼下的园里,只要我们一开窗子,就会看见这些平屋,和木板钉起来的贫民礼堂,当我们看见了就想到无数的棺材和死人,实在可怕呀!再加有时候,臭气蒸出来,蒸得我们头昏脑胀不能安心念些书。

(《东方日报》1942年10月12日,署名:唐僧)

故宫矖本《贩马记》

予年来颇心爱《奇双会》一剧,近得沈蘅逸先生所藏之故宫矖本,为之狂喜,管际安先生为之序,默盦氏为之题跋曰:"故宫矖本《贩马记》,为海宁沈蘅出于南腔逸先生所藏,与俗本颇异,考《贩马记》亦称《奇双会》,为花部弋腔之一种,非昆曲也,弋腔出于南腔,迨流入京师,几经润色,遂成为京剧之附庸。此剧初无藉藉名,清光绪间,有某亲王诞辰,孝钦后预敕南府诸供奉及期演之,王楞仙饰赵冲,陈德霖饰桂枝,李六饰李奇,皆一时妙选,由是《贩马记》之名大噪!时梅兰芳在髫年,因石头之先容,得入大内,梅氏之艺,得于石头者固多,独此剧则仅于当时内廷中默识其崖略而已,厥后复得曹沁泉之指授,参以己意,偶一演此,观者击节,此剧遂益为世人所推重。于此可知梅氏此剧非石头真传,他伶所本更可想见矣。此本为当时陈德霖、楞仙、李六三人供奉内廷之原本,转辗入蘅逸先生之手,亦缘法也。蘅逸精于音律,尝与二三朋好,按谱求之,又令名笛师沈三明就音节锣鼓,逐段细细吹合,盖证其高出俗本,因梓以行世,以见前辈典型之所在。夫声音虽小道,然系于文化者至大,昔孔子自卫返鲁而乐正,是书一出,其亦有合于正乐之旨焉。"书以扫叶山房印行,附此以告读者。

(《东方日报》1942年10月13日,未署名)

[编按:陈德霖,小名石头。]

《大马戏团》

　　好久没有坐定了几个钟头,看一出整个的戏剧了。据文宗山兄见告,说《大马戏团》的剧本,非常优美,加以上艺这一次的阵容,真是与去年今日之《蜕变》,可以相埒。所以卡尔登的门庭若市,可以断言的,而戏确也值得欣赏!

　　卡尔登是我每天必到之地,自从《摇钱树》之后,便没有在场子里坐定过半小时以上,倒不是在剔选剧本,自己觉得心头有说不出的烦躁,无论如何不能耐着性去看戏,话剧如此,平剧也如此。有一夜到更新去,更新的主人,搬了凳子,请我看白戏,我也推托说,还有事须办,过一天再来。

　　费穆先生,在我没有看《大马戏团》之前,他告诉我,故事太简单,而起所谓"无穷的妙绪"都在对白之中,所以要欣赏《大马戏团》,必须要在身闲意逸之时,才能领略得这个戏剧的精致幽美。

　　《大马戏团》是四幕一景的戏,从二时半开幕,到六时始止,足足演三小时半。为了对白的轻松,剧情开展的流畅,虽然时候坐得长久一点,却并不嫌其沉闷,演员真极一时之选。路珊的盖三省,戏是做足了,她吃过一次螺蛳,据说,她没有与石挥他们配过戏,当了斫轮老手之前,她不免有些怯场!

(《东方日报》1942年10月14日,未署名)

《寡妇院》

　　夏霞的《寡妇院》,是由《万象》发刊的,在此剧预备在丽华公演之前,《万象》主人,又把它印成单行本,预备推销,不料同时丽华大戏院也刊印一种《寡妇院》的特刊,将剧中第一幕,也抄录上去,而加上一行注语,大旨说:"本刊因限于篇幅,不能将《寡妇院》全剧登完,俟下次再登之。"云云。本来《万象》的那册单行本,印好之后,送到丽华去,预备在场内推销，现在丽华既发行特刊，为了权利关系，所以将《万象》的单行本留中起来，以利自己特刊的推销，这情形给《万象》主人晓得了，自然颇不高兴。夏霞《寡妇院》的版权早已属之《万象》，他人自不能再好印行，所以他们认为丽华此举，不独侵害了《万象》的版权，也妨害了《万象》的营业，预备交涉。

丽华方面，负此项责任者，是吴承达君，承达知此情形，曾经打过一个电话与《万象》主人，声明各节，并说他们不过将剧本登了四分之一，这样非但不会妨到单行本的销行，而且为了读者看不过瘾，反而急欲一窥全豹，于单行本的营业，有利而无害。话倒也说得有理，但《万象》主人，不能满意，听说将向丽华提起私诉。记者于两方都是朋友，因为这样的官司，即使打，也并不严重的，那末看他们打打，也未为不可。

（《东方日报》1942年10月15日，署名：唐僧）

王玉蓉替周信芳跨刀

信芳在皇后登台，皇后方面，当家青衣，要请王玉蓉蝉联，但至今还没有落局，原因是信芳头牌。玉蓉因为自己挑过正梁，不愿替老生"跨刀"，一个人一唱了戏，就有一种说勿出话勿出的臭脾气，争牌子也是许多臭脾气中的一种。

道理说到天边，王玉蓉替周信芳跨刀，无论如何不致辱没了王老板的，但王老板却不认得周信芳，头牌要争个明白。论戏艺的好恶，黄桂秋该比王玉蓉要像样得多，但今春黄金的一局，桂秋终于退居二牌，他明白周信芳唱戏，便是委屈一些，终是情愿的。不料王玉蓉倒比黄桂秋想不开，还要让人家为她费许多唇舌，这使识者听了，将当作笑话一般的传述，我想谁都会讥刺王老板，未免不自量力。

信芳的声威，不要说江南角儿，都认输一着，便是京朝大角也者！你去要他们说一句诛心之论，他们也一定是心悦诚服的，如果马连良会同信芳同台，我一定承认信芳应该居马之上，如其荀慧生与信芳同台，我也要派荀老板让信芳一肩，这都是天公地道的支配。所以王玉蓉能够为信芳配戏,正是王玉蓉之福,若再唠叨着牌次问题,那末我于王玉蓉,无以言之,只当她是有神经病者,或者她是在梦呓。

生平于麒艺服膺太深,虽然玉蓉也是素识之人,此文偏激,然有所不平,只好得罪王老板了。

(《东方日报》1942年10月23日,未署名)

丁府电话号码

有人要找定山居士,去问之方,之方不知,打电话来问我,我亦不知,我说丁先生定然知道,之方便打电话到新亚,丁先生请假未到,因此再打到丁府。在之方的印象中,丁府上的电话,有个曰"百龄老画师"的谐音,但打了半天,却终不是,再来问我,他说他打八○六六四,而不是丁家,这是什么原故? 我道:这谐声是太白兄给他想出来的,是"百龄艺术师",所以应该打"八○二七四",他记了老画师,自然打不通了! 而且"六六四"也不能谐"老画师",这三个字倒可以谐"老卵子",还有些相像。

香烟的价钱,这几天又往上蹿了,有人统计,没有多少日子,涨了四成。门口那家烟烛店,我们是买香烟的老主顾,但他们不知为了何事,把香烟都收拾起来,不卖给人家了。香烟究竟不是食粮,而卖香烟者,却老想难死吃香烟的人,这是什么居心? 但反转来想想,吃香烟的人,或者可以让他们难死的。譬如我,就是没有志气的一个,香烟瘾到今天也没有戒除,香烛店不卖给我,会找到对门的烟纸店里,更有何言可说?

(《东方日报》1942年10月25日,署名:唐僧)

蟹　毒

今年的蟹是大年,但今年的蟹有毒,也是事实,在我耳朵里听见的,已经有四五起了。而熟人中又有胡梯维兄一家四人中毒,闻梯维因此病了好几天。中蟹毒是如何危险,我没有经历过。有一年,我与先舅同客故都，他不知在什么地方吃了蟹，当夜发作起来，送入医院。第二天我到医院里去看他，他给我说毒发时的情状，记得我为之毛发悚立。所以提起了蟹毒，我总是有这样一个儿时的印象。

据瓢厂先生说，蟹毒是一种化学毒，暂时除了不吃之外，没有预防的方法。根据此说，我可听见一个朋友告诉我，有人曾经告诉他，预防蟹毒，只要先把吃蟹时调味的姜醋，先在油锅里煮一煮，便可以食蟹不致中毒了。此人之意，吃蟹中毒，毒不在蟹，而在姜醋，经过沸热之后，姜醋里的毒菌，消除已尽，可以无虞，此与瓢厂先生之说，完全两事。但聪明人当然可以一想便知，后者之说是不能成立的，姜与醋，平常吃的时候很多，不一定佐蟹始食。所以此君的见解，是断乎信不得的。

（《东方日报》1942年10月26日，署名：唐僧）

《大名府》

全本《大名府》，看过信芳一次，也在黄金大戏院，记得饰贾氏者是华慧麟，真是风华万状。说满口苏白，及至刘斌昆的李固，从梁山回来之后，对主母说主人已投效梁山，这万贯家财，就是你与我的了。慧麟便嫣然一笑地对李固说："直梗末岂勿是便宜仔你个小赤佬哉？"这样销魂蚀骨的一句话，用软语柔声来说，而又出之于华小姐的檀口中，你道叫台下人坐得住吗？

昨夜，我又去看盖叫天的《史文恭》，是从上面的《大名府》接下来的，什么《秦淮河》《贪欢报》，这些场子，以前在周华合作时，都没有见过。《大名府》的玉麒麟，是由叶世长饰演的，世长两次来沪，传播了许多风流韵事，在他的艺事上，却没有人替他延誉过。我是孤陋寡闻到今天才看他在台上表演，嗓子唱谭派老生，绝不够用，不过他似乎有一分力，便卖一分在台上，而且肯做戏，被擒后，在公堂上，在松林中，有不少好看的身段，都是不容抹煞的。大概世长这块材料，不宜于死唱的戏，多贴做工戏，自然会遮盖他嗓音不够的毛病。之方说，世长应该去列麒氏门墙，别他妈专在字正腔圆里，缠扰不清，将来或者可以自成一军。

从来没有替叶老板说过话,我这一篇文字,却是为他特谈的。

(《东方日报》1942年10月29日,署名:唐僧)

熙 春 嫁 后

熙春到了上海十数天之后,我们见过一次面,我当然不忍去问她的嫁后光阴,但也曾问过她将来的出路。我曾经说纵使已经做了少奶奶,艺术的生命却不一定要断绝的,所以劝她不妨重上银坛。她同我打趣着说:意思倒是有这个意思,不过怕人家不要我了。唐伯伯,你替我想想法子吗?谁知到了昨天,却听说她已经与中联公司签了合同,而且已经在屠光启导演的《梅娘曲》里拍过镜头了。原来她这一次的机会很好,她去同朱石麟先生商量出处的时候,正好屠光启的戏里,缺少一个主角,她又是曾经屠光启导演的演员,自然一拍即合。于是昨天的报纸上,已有记她出岫的消息了,其实她非但预备东山再起,戏已经于二十七日开拍,这是大家都不曾晓得的,特记之如上。

(《东方日报》1942年10月30日,署名:唐僧)

《秋海棠》搬上申曲舞台

秦瘦鸥的《秋海棠》出版以后,风行甚广。由于鄙人的没有耐性,所以不看长篇巨制,虽然承秦兄特地送我一册,我也不过随便翻了几页,未窥全豹,但据看过的人,都说《秋海棠》是一部情文并茂的小说。

最早马徐维邦,想把《秋海棠》搬上银幕,他们的谈判,是由我为双方拉拢的,但马徐不肯草率将事,一直到现在,影片还没有问世。后来听说《秋海棠》又要搬上舞台,是归"上艺"公演,但也因为剧本的修改费事,至今日尚未实现。不料唱申曲的筱文滨,倒快着先鞭,甯在前头,于是申曲的《秋海棠》,竟先电影、话剧而露面了。

据说筱先生的要唱《秋海棠》,事先没有和原作者接过头,秦瘦鸥得此风声,自然要向他们交涉,因此之故,再由筱先生出来请客。筱先生见了秦先生是一百个客气一千个恭顺,弄得秦瘦鸥有话难言,后来,要求把脚本让他看一看,秦瘦鸥一见了唱词,没有别的话,只对筱先生说,可否让我改动改动?筱先生却道:"秦先生迭个要帮帮忙哉,侬学问高深来西,一改动伊拉要唱勿来个。"于是乎斤头讲到每场戏抽百分之五的上演税,其余一啥哦啥啥了。

(《东方日报》1942年10月31日,署名:唐僧)

烘托别人做戏

《大马戏团》的演期将近截止了,这一个月中,虽然不是天天客满,但营业却在水准以上。看这个戏的人,对于石挥,自然一致说好,还有人说,如其这个戏没有了石挥,便会冷落也不知成何局面?又有人说,史原与韩非犯一个毛病,有戏他们都尽力肯做,没有戏,却阴阳怪气去一旁,不肯烘托别人做戏。我对话剧,还是外行,所以倒看不出史、韩有这样的毛病。关于烘托别人做戏,我又想起平剧来了,程砚秋唱《金锁记》,盖三省的禁婆,在程老板唱大段慢板时,他拼命做戏,似脸上,似以手比势,但因为台下人要听程砚秋的唱,便觉得盖三省的动作是在"搅人",然而固烘托别人做戏也。又信芳唱《武家坡》,王宝川出场唱慢板时,别的人都背立在一旁,信芳却在整理马鞍,又作摘草喂马的身段。因为是信芳,便说他真肯做戏,若换一个软一点的老生,不又要说他是在"搅人"吗?

(《东方日报》1942年11月2日,未署名)

《乱刀集》缘起

最近秋翁请梅霞写一部小说,秋翁对梅霞说,希望你不要专写那些"鸡零狗碎"的文章,意在言外,这些东西,将来未必能藏之名山的。我听了这句话非常感动,我写了十年的文稿但想都不想是些鸡零狗碎的东西,虽然长篇小说也曾作过,但其成绩之糟,一说着,我自己会面孔红的,所以这两年来,罚誓也不敢再治什么"稗官家言"了!但奇怪的,本报的主人,却一再强我,这情形好像我给他当上,在感情难却之下,便写现在开始刊载的《乱刀集》。但说也可怜,我身体不好,写作又是太多,因为有感于秋翁之言,颇想将《乱刀集》写得经心一点,所以为了节减神力计,我想削去一部分文债,本月份辞去两家的稿务,俾得贯注全神。虽然写得能否差强人意,还在不可知之数,不过有一分力,做到一分而已。

(《东方日报》1942年11月3日,署名:唐僧)

李香兰签名

近承友人送来"九味一"四瓶,其容量与普通之痧药相等,倾之入两碗馄饨中立尽而白水可以变鸡汁矣。小巧玲珑,令人生爱,特此谢谢。

累两夕,坐于皇后咖啡馆中,一夜,乃遇慕尔、梅霞于此,得尽谈笑之乐。韦锦屏为女侍中之粲者,侍客于楼下,予等两夕皆坐楼上,夜乃为就楼下坐,人言秀色可餐,予则厌楼上音乐之聒人听鼓,却不在有女人可观也。

银星李香兰,是夕亦来皇后座上,着灰背大衣,身材甚矮,皇后侍者,要其签名于手册上,则"香兰"二字,为狂草,视之如羽士之将,颇可观也。

(《东方日报》1942年11月4日,未署名)

皇后大戏院的座位

信芳登台之后,去看了他一出《青风亭》,戏太好,而皇后的座位太糟,我坐的位子,是在第八排。看戏时候,倒不嫌其远,实在因为前面的人头,到处挡没我的视线,非常吃力。

据说皇后的建筑,是采欧美电影院的最新式样,它的座位不是从后面低到台前,而是从台前高起,到后面最低,看电影,可以避免仰望之劳,看平剧,便有昂头天外之苦。

座位自然很舒适,不过我隔壁一个男人,带了一个十六七岁的姑娘同来,不买票,此人的两爿屁股,一半坐在她父亲座上,一半又借在我的座上。我看不见她的面孔,但后面看去,大衣夹在手上,头发烫得很挺。我叫我太太看一看,她的面貌,如长得不恶,就让她坐在我的身上,我也忍一忍,反正吃力得够了,再吃力一点,又有何妨?

(《东方日报》1942年11月5日,署名:唐僧)

《云彩霞》上演

《云彩霞》上演的那一天,我的请柬,送与别人,故没有去看。但想想这个戏一定有相当成绩的,李健吾先生的剧本,朱端钧先生导演,无论如何,不会豁边到哪里去的。但为了请柬要掉换座券,我恐怕不见得有前排位子可坐,所以不想去轧一回热闹。我近年的目力,愈加退减,坐着六七排座位,常常看不清楚台上的景物。我倒并不想争好位子,但今日之下又让我不能不争,尤其是话剧,因话剧的光度,不及平剧来得充足,在第八排看信芳演《青风亭》,还能看得清楚,记得有一次坐第七排看《四姊妹》,觉得不十分明晰,乃知老态日增,最先显出的是眼睛,下去牙齿也要动摇了,头发也好稀脱。他妈的简直不忍说,说来令人丧气!

(《东方日报》1942年11月8日,未署名)

《小山东到上海》

据说,感到真的没有地方去,那末《小山东到上海》大可一看,因为看了之后,包你可以大笑三场。不过扮起面孔,要把"趣味"分高低两级者,则不必尝试。小山东倒并不发松,叫人看了捧腹的,是一个浦东巡官,他用"阴噱"来引人入胜,好像不肯开口,但开口,便引动满场的笑声。

这里也有高潮,但也有冷场的戏。第一幕的测字,已经叫人恹恹欲倦,到末一幕花园里主仆的寻开心,更讨厌,这是星期团的杰作,现在不交时了!现在需要紧凑,场子不能让它冷,戏不能让它松,短一点到无妨。

最好的一场,当然是浦东巡官投师,吃讲茶轮着次好。演员中,我还赏识一个小宁波,他并不一本正经做戏,只是以宁波话之动听,使台下亦为之哄堂。

(《东方日报》1942年11月14日,未署名)

众 人 招 宴

知止先生招饭前一夜,其三以电话相约,邀我往,次日赴治事之所,又得先生柬,而灵犀附笔乃有"千乞赏光"一语。予因准时往,席上人言,灵犀本约十时至此,谓丁先生宴客,须来为招待也,顾迟至二时,甫匆匆至,凤公责其不应勿守时间,至于如此。其三则谓本约十时,而以二时至,不过将时计之短针,看错了左右向耳!先是知止以灵犀不至,徘徊门次,予睹其为状良苦,则曰:斯人不至,我等餐耳!待之何为?是席乃张,若果待之二时,灵犀之负疚将尤深,而我等之饥肠瘪矣。

德兴馆位于洋行街,在小东门大街后身,觅之良不易。先太叔祖敬之公昔设报关行于此,少时,愚逢假日,辄为公叩起居,故谙其途径,特当时不知有德兴馆耳!年来德兴馆形势日壮,欲夺正和、正兴诸馆之席,老饕且不辞路远而往,予知其名得自兰亭之口。兰亭尝约我夜饭于此,距今将及一年矣。

(《东方日报》1942年11月17日,未署名)

《新闻报》广告

赵南石不知与《新闻报》有多大渊源,又不知赵南石与汪伯奇昆仲,有什么干系,他这种并不重要的广告,而新闻报馆常常替他刊在封面报头旁。

别人要登一种广告,多少困难,用尽气力,卖尽了交情,而《新闻报》未必许他准期登出,独有一个江湖医生的赵南石,却不声不响,天天将新闻报馆"捏牢仔做"一样,非登在封面上不可。

《新闻报》的广告部实在有许多对不起人家的事,一面拒绝别人,一面却把赵南石捧得天一样高,不见得赵南石有过什么好处给《新闻报》,《新闻报》何不对外表示表示。

(《东方日报》1942年11月19日,未署名)

买 杜 米

近日向一友贷得三千金,拟搜买杜米三担,盖予家时常断米食,母老矣,不宜多唉面,故欲购置略丰,为一冬之需。然三担之价,达二千余金,合旧币则为四千五百金,若在战前,三十元而已,五六年之隔,米价之高下,为三十与四千五百之比,这情形你不能想,一想要吓断肚肠。

代予搜米者,为姚吉光兄,予近来与吉光兄甚相得,兄谓老朋友惟大郎可谈耳。予亦深感兄之笃于友谊,惟有时病其为人谋,过忠诚,恒劳而无功。譬如我,自能知恩感遇,然世上亦有视忠诚之人,为乱起奔头者,则吉光之怨,又将胡告?

(《东方日报》1942年11月21日,署名:唐僧)

伶 人 拜 客

伶人拜客,往往先由一人,送一叠名片上来,谓某老板来拜客,若主人不在,则伶亦不再进来,或者主人客气,请他不必进来,感情已经领受了,则他们也乐得省些气力。

的确,伶人拜客,是件苦事,大家能够原谅他们。不必要拜客最好,无如有许多人,偏偏要争这一分礼数,登台之前,角儿不到他那里去拜客,他要生气,从此对这角儿心里难过。这情形,我晓得新闻界人绝对没有,票房里的人,大多如此。

根本与伶人没有交情,为什么一定要来拜你?拜了你,还是不认得你,那末这一套敷衍似乎可以省省的。

昨天郑冰如来拜我,我就基此心理而将她挡驾了,还希望以后各戏院废除了这种俗套,至少我一个人对他们决无歧视。

(《东方日报》1942年11月22日,署名:唐僧)

吾道前辈

吉光、雄飞、济群三兄,俱为吾道之前辈,事变之后,各弃其所业。吉光《福尔摩斯》与济群之《金钢钻》,皆告辍刊,至今未尝复活;雄飞则以《社报》让渡与人,而致力于贸迁,顾亦勿甚得意。近岁以来,为势正复炭炭,昨荷过存,似有复起之意!惟谓昔日之创一小报,一百金已可为,数十金亦足为创办之费,若今日者,数万金犹患不足,十万元亦未嫌其多,则嗟咄之间,令人有无从着手之苦矣。惟雄飞治事,夙以魄力雄厚,称为侪辈所勿如,故不重操旧业,则亦已耳,否则亦必铮铮作响,睥睨于吾同业中,殆为必然之势。吉光滞迹春江,以迄今兹似有髀肉重生之感,独济群甫自田间来,意志消沉,不知何以自处,则其人殆为懒云,至今尚无出岫之端倪也。

(《东方日报》1942年11月26日,署名:唐僧)

洪 长 兴

今年,已两去洪长兴,一次吃烤肉,昨夜则吃涮羊肉而往也,异乡风味,而价贱于常,遂使洪长兴中,有臣门如市之观!火锅中,北方人好放白果,江南人则喜放菠菜与线粉,以江南人家之吃暖锅,咸以菠菜与线粉为主要品也。此肆自北移来,为迎合南人口胃,故亦备菠菜与线粉甚多,食时座间索取线粉与菠菜者,乃大半为江南人也。是夜,灵犀未同行,则以其茹素,闻渠言,一年之中,净素两月,一以纪念父丧,一则纪念母难,又言明年将更增一月,逐岁递加,终至常年吃素而后已。此公吃肉之量,逾恒人,而一旦辟荤,其立志又比任何人为坚,无以名之,名之为怪人而已。

(《东方日报》1942年11月27日,署名:唐僧)

润　　例

一点也看不入眼的书画,尚且订其润例,我们为文之士,又何必妄自菲薄?因亦私订润资,订不订由我,肯不肯由买稿之人,请容我的润例如下:"每日散文一篇,或新闻稿一篇至少三百字,一月一百五十金。打油诗一首,每月百元,小说因不会作,故特订千字三十元,吓退来请我写小说者。"

如稿费有折半付价者,则我的文稿也是间日一写。另有条例,生病、赌博全夜后,不能执笔,稿费不得打折扣,又偶然需要利用报纸,馆方不得借口不发。

文士生涯,清苦至此,上面润例,我一点并不苛求,原是根据某某两报的现在的办法,惟其价格,得随开门七件事,价值之高下而增减之。

(《东方日报》1942年12月3日,署名:唐僧)

方慎盦诗集

片羽兄持方慎盦医生之诗集至,慎盦以医术精详,生涯甚盛,数年以来,所获亦富,于是潜心风雅,作诗,亦兼喜临池,书学刘石庵,故亦自署方墉,盖亦自矜其与刘已伯仲矣。其诗集名《慎盦述怀》,以朱色印,诗不多而装订绝美,其四十三述怀中,有句云:"一时梅花向日开,小阳春色入楼台。介眉斑彩忙儿女,恰好巡檐素笑来。"又云:"邂逅麻衣相法奇,药师艳遇说琼姬。茫茫前顾洋如漆,姑妄言之姑听之。"慎盦得意之状,溢于词表。片羽兄与慎盦善,嘱拾其佳句,以介与海上识家。

其实敝人即非识家,乌敢着批评之语,此则为片羽深知,要亦为方医师所谅也。

(《东方日报》1942年12月9日,未署名)

舞剧《古刹惊梦》

大概在一年多之前,正当春末夏初的时候,兰心大戏院曾上演几场在上海可以作为新型艺术看待的中国舞剧《古刹惊梦》。提起舞剧,就使人想起几年前吴晓邦君在上海演出过的几次舞蹈。吴晓邦的舞蹈在中国似乎是新东西,因为它是脱胎于西洋的舞踊。但"中国舞剧"虽也被人视为新东西,其实完全是道地的中国舞蹈。它的特点是以中国旧剧和昆曲里的各种舞蹈(即身段与工架等)为基础,把个别的美丽舞女连接起来,成为有情节有故事的戏剧。这是与吴晓邦的单人舞和双人舞等短小的抒情性的舞踊不同的地方。其次吴晓邦的舞踊是配以西洋风味的交响乐,用大管弦乐队演奏,规模相当宏大。《古刹惊梦》是传奇式的三幕舞剧,由二十多人演出,现已决定在大光明公演。

(《东方日报》1942年12月12日,署名:唐僧)

陈曼丽之女

柳絮记昔在时代清唱之陈韵,实为曼丽亲生之女,惟于人前,则以姊妹相称耳!按曼丽春秋,诚在狼年虎岁之间,惟陈韵亦已长成,其人且操副业,夏间在沪,客不吝千金者,即可得一次销魂矣。若曼丽之皮肉生涯,且未终止,不信膝下女儿已能继承其业也。文友某,恋韵甚至,好事将谐,韵告友曰:客盍为侬置金饰?友计之,一饰之费,殆二千金,友怒其条斧之凶,拒之。越数日,姑以电话戏之。陈韵亦老实相问曰:曩者谋于君者,已许我邪?友曰:忙甚,无暇问汝。韵曰:是何妨,买后派人送我可也。友乃大笑,谓此女心凶,而手腕笨拙,终非条斧健才也。

(《东方日报》1942年12月13日,署名:唐僧)

艺人多文盲

近者,友人咸剧赏张淑娴艺事之美,乃闻淑娴未尝读书,几于一字勿识。信芳排武松于《潘金莲》,是为欧阳予倩旧本,淑娴未尝有此也,故连夜"钻锅"。发《潘金莲》之"单片"凡十五纸,淑娴以此授老伶工马义兰,马盖伊人之业师,由义兰口授淑娴,竟夜之功,淑娴辄能上口,而一字不遗,其次日上演台口处绝不生疏,一如夙习,其人之心细如发如此,真令人惊服也!

因淑娴而念及马春甫,春甫亦文盲,曩隶移风帜下,每次排戏,春甫得单片必倩人代念,春甫则强记于胸中,比上演,亦能不"吃螺蛳"。惟春甫戏少,单片自无十五纸之多,然老先生艺人有之,亦佩其记忆力之超人矣。

(《东方日报》1942年12月16日,署名:唐僧)

黄　浦　生

祈晴斋主人所述之黄浦生,亦老友矣。闻之浩浩神相,其人年来,亦以经商而获利弥丰,因辞去银行职务,而设商肆于吴门矣。一日,往访李祖莱先生于中国银行,出门,乃遇生于中行之柜台旁,予曰:闻故人腾达,为之欣然。生皱眉曰:是殆误传,我犹负债度日耳!往时,生未大富,其人恒天真,今以颇有身家,于是亦染有钱人之臭脾气,而装穷诈死矣。生固知我潦倒如昔,若其知我在双马厂单中,亦捞得三百五百万者,则我若语以"闻故人大富"之言,渠必得意之色曰:何云大富?我之富程,乃犹未及千万耳!此日予尝告生,兄不必诈,老友诚一穷如旧,特不欲向富友贷钱。衣食荒寒,特欲与知己谋,不与暴发户谈也。渠乃大笑而退,真赤佬哉!

(《东方日报》1942年12月20日,署名:唐僧)

防 空 之 夜

早眠早起,成了习惯,许多朋友,都说大郎正是变成了一个富有朝气的青年,但他们说尽管这样说,却从来不替我谋一个正常的行业,还是让我落在笔墨生涯中销磨壮志,可见得朋友尽管多,这些都是看冷铺的赤佬!

防空之夜,尤其老早缩在家中,八点钟早已睏觉,到十二点钟,梦也做了好几场了。不料朋友的电话往往在这时打来,被电话震醒之后,休想再能合眼。昨夜一方一个电话,扰得我十二时以后,不能成眠,只好眼看天明。此人俾昼作夜,是数十年如一日,哪里知道正在力事振作的朋友,在他吃咖啡与"鬓丝"情话绵绵时,早已在安息之中,再过五六小时,更要预备起身!所以特再警告,小生正在求生活上轨道的时候,至亲好友,半夜电话万勿赏赐。

(《东方日报》1942 年 12 月 22 日,署名:唐僧)

怀素楼缀语(1943.1—1943.12)

言 慧 珠

言慧珠自来沪后,声势甚盛,剧场营业,差足与《秋海棠》媲美者,惟黄金一家而已。元旦后一日,慧珠以父礼事吴国璋、郁建章二君,举行仪式于新都饭店,邀友好聚餐。是夕名优之莅临者,有言少朋、小朋昆仲,姜妙香、李盛藻,及曹慧麟诸人,而梅兰芳博士,亦翩然戾止,惟未及坐席先行耳。

慧珠亦有高花秀发之美,色艳复冠侪辈,视其貌,与照片上之陈云裳殆相似,特云裳不似慧珠之亭亭玉立,此间实为云裳所勿逮矣。

慧珠少时,居沪上,故虽为北国女儿,亦能操南人柔婉之音,虽少强,亦殊佳而可听也。其人亦洒脱,不似一般京朝大角之故作矜持者,席上,如来宾殷殷劝醉,玉手递觞,情至厚重,于是宾客为之大欢。兰亭誉慧珠颖慧异常儿,建章先生亦以此为言,兰亭之言,为黄金生意而发,建章之言,则又深喜其膝下得些韶秀娇儿也。

(《东方日报》1943年1月4日,署名:唐僧)

"绮"字读音

在卡尔登上演的《秋海棠》中,有一个女主角的名字叫罗湘绮,这一个"绮"字,习惯都读如"倚",所以《秋海棠》中,也都念作"倚"。我小时候,先生教我读唐诗,"蓬门未识绮罗香",则"绮"字是读如"启",所以一向念它为"启",而不是念作"倚"的。

前天,费穆先生突然接到一个看戏的人寄一封信与他,用善意来替他纠正罗湘绮的"绮",不可以念作"倚",而应该读如"启"的。据这位先生对费先生说:他为了写这一封信,特地还查过一次字典的。

费先生当然接受观众的诚意,所以通知演员,从这一天起,都要改正这个字的字音,但演员为了几天来习惯的缘故,一时竟改不过来,都忘记了,而大吃其螺蛳。

我以为纵使字典上,没有读"倚"字的声音,那末这个字既然为多数人习惯读成"倚"了,则不念为"启",也无所谓的,何必要改正?寻常的字,被人读别了声音的,不知有多多少少,不止这一个"绮"字而已。

(《东方日报》1943年1月6日,署名:唐僧)

远房表兄之子

钱也六是我一个远房的表兄,十七八年前,我舅父在北京开了一家绸肆,他帮着舅父襄理店事,因为店里的情形好,他的收入不恶。我那时也在北京,几乎日日同他见面,他那时还未曾娶妻。

后来我回到南方,他在北京结婚了,生了一个孩子,但不幸得很,也六忽然得了不治之疾,而溘然长逝。死后,他的妻子,带了他遗留的一块肉,转辗故乡,妻是贤妻,恤贫抚孤,到现在孩子已经十五岁了。去年,一个亲戚将他荐入一家商店里去习业,因为孩子聪明,一店的人,都加以青睐,可是不久以前,店里职员因为囤货的原因,被店主一律加以黜职,而这孩子因为没有在事先把这秘密告发与店主,竟亦在被黜之列!

因为年纪小,不知道失业的悲哀,到我家来时,神色上一点看不出他有忧愁的表现。但凡是亲戚,都看得他可怜,谁也不忍把这个消息,去传给他乡下的母亲知道,所以到现在他母亲还以为这孩子在安心习业咧!

(《东方日报》1943年1月11日,署名:唐僧)

白云鹏一行

白云鹏一行,来沪之后,起初的营业尚好,自从五日以后,便减色起来,听说有一种玩艺,大不为上海所爱好了。讲到此番恩派亚的阵容实在不能说他软弱,头三牌哪一人不是所谓"红底子"?可是结果如此,真是出人意外!

三元公司的王先生,昨天又来看我,他说将要使这一群穷卖艺者,步行北归。话或者是一句戏言,但白老板已经年近古稀,谢老板也是望六之人,眼看他们到上海来失意,这两位老去艺人内心的隐痛如何,叫人不忍想像!

上海真是无情的地方,北边来一个无论燕瘦环肥的姑娘,都不愁没有出路,多少可以捞几文回去。独有身怀绝艺的年老艺人,终于使他们遭受惨败,没有人同情他们,却只听见有人说:要使这群穷卖艺者,步行北返。

(《东方日报》1943年1月13日,署名:唐僧)

稿酬不涨

从前听说纸价飞涨,印刷所的排印工资激增,总是要我们肝经火旺,要骂纸老虎的囤积居奇,操纵行市,和印刷所的黑心剥削。我们是执笔人,不是一家报纸的老板,管他纸价与排印工,漫无边际的狂涨,与我们实不相干,至多,报纸因为受不住开销的威胁而停刊了。执笔人宣告失业同归于尽,却不至于因为一再增价,而受到什么刺戟的,我们之所以要肝火大旺,为报纸的老板不平,因为与老板们有友谊,好像是彼此都休戚相关的。但一年以来,报馆老板对于执笔人的稿费,却没有增加得像纸价、排印工一样的踊跃。这原因,是为了执笔人不能向老板强制执行,非但不能强制执行,太客气,太要吃饭,所以弄得做小型报老板者,十个中有七八个当执笔人是好户头了。

朋友你是执笔人吗？你现在应该明白,再不必有什么情感,寄托到报馆老板的身上去了!

(《东方日报》1943年1月16日,署名:唐僧)

一甬上女儿

大沪重振旗鼓后,予昨始一往,玄郎于此中挟一甬上女儿,同游于甜甜斯,比二时归,坐木炭汽车送之。其人居于云南路五马路间,时逾子夜,此人已倦眼惺忪,自言曰:我每夕十二时归,辄至我大姆妈店中,我为之理账,理账既毕,店亦打烊,遂同我大姆妈归去睏觉矣。今夜归去迟,大姆妈必等我不及,已先返家。予曰:汝大姆妈为何人? 曰:伯父之妻。予又曰:大姆妈所开之店维何? 曰:汤团店也,而执掌度支,乃属之我。乃知此儿能理财,若论交好,则不见钞票,将不容"开眼"焉。凡此舞人之言,我友皆未闻,盖我友虽共一车,而先此已下,予则直送之至门前,渠乃告我以肺腑之言,系之如上,告吾读者,兼所以示我友者耳。

(《东方日报》1943年1月21日,署名:唐僧)

好　　马

童娘风貌慧娘腰,更要冰如一段骚。选取三人精彩处,若骑此马定然高!

一夜,与言慧珠、郑冰如、童芷苓三女士同饭,慧珠腰身最好,其乳部尤高耸富健康之美。郑冰如老去风华,赵姊丰容,术工泥夜,徐娘风味,定胜雏年者是也。而论风貌之端妍,应属芷苓。无怪近时文友,有为娟娟此豸,尽宣扬之劳者。惟亦有人病芷苓身材过于雄健,乃无楚楚可怜之致,因曰:童之貌,言之腰,而冰如之骚,三者浑为一,是必一骑好马矣。

(《东方日报》1943年1月28日,署名:唐僧)

案头清供

度岁时案头向无清供，故予家度岁，与恒日同耳。近顷乃荷瘦鸥馈我红梅一盆，老干恒枝，古意盎然。梅已绽绛蕊，虽非月下雪前，亦有暗香浮动之致，又承张伯铭兄，赠我金元宝果盘一事，灿灿若财神殿上之物。予以梅桩置于五斗橱上，复以金元宝置之几上，俨然成度年景象矣。伯铭赠予金元宝时，予在黄金，将归，捧此元宝，赴吾友木公家。木公长厚，际此乱世，独不能积聚，困伏者若干年，因以元宝媚之，曰：顾吾友明年，多财而纳福。木公固大喜，谓朋友如唐某者，自有赤忱也。予所居逼仄，来沪后，自无厅堂，不然者，时当新正，取李祖夔先生见贻之梅调鼎对联一带，而悬之堂上，则其瑰丽，必能辉生蓬荜矣。

（《东方日报》1943年2月2日，未署名）

李祖夔五十寿辰

明日为李祖夔先生五十初度之辰，先生不欲多所惊扰，故未发一柬，然亲友必欲为之公晋一觞，故于是日下午，为设礼堂于美华酒楼。予得此消息，在初九日之上午，姚肇第律师以电话来，姚律师曰："我播此消息与君，君更广播此消息于报端。"予曰：祖夔将跳脚如何？姚曰："谓姚某教唆者可耳！"因为之广发消息于各报间矣。按去年十二月初一日，为姚太夫人七旬华诞，事先，肇第嘱秘其事，而唐冶秋先生则主扩大通知，商于予，肇第闻其事，亟造我，必令我勿有"异举"，予终隐秘，今以先后两事对照之，弥可发笑也。

一夜坐大都会中，同行有西平、华曼、之方三人。华曼有一相识之舞人，见华曼在，令大班来兜台子，大班甫近身，西平以钞票畀之曰："开皮尔来。"大班不复有下文，此种方法，对付强捱台子之舞女大班，真一帖起死回生之剂也。读者诸君，可以仿效之。

（《东方日报》1943年2月14日，署名：唐僧）

［编按：皮尔，即啤酒（beer）。］

卢溢芳四十华诞

一方兄今年是四十岁，而华诞之期，业已过去，他在家里悄悄地度他的生日，不过弄堂里的邻居，都吃着一方兄的寿面。我得到消息已经迟了数日，来不及去为他祝寿，非常怅惘。他不肯铺张，这是表示他持躬的俭约，不过我以为我们同是文士，呕心沥血了一二十年，总算挨到了四十岁，虽然没有什么成就可言，但半世辛劳，似乎也还值得纪念，所以这一天不应该让他寂寞过去的。不料一方兄计不及此，始终沉默着，我们为其好友者，也无从替他热闹热闹。有人说：寿是可以祝的。我现在建议，自我发起，聚集若干一方兄的朋友，为之举行公祝，若有赞成者，请于一星期内以书面向我登记，然后再由我通知日期与地方。一位文思极其清远幽微的才人，操了二十年的笔墨生涯，为其朋友者，应该有一点表示景崇的意思，一方兄料无推却，朋友当然踊跃参加。

（《东方日报》1943年2月15日，署名：唐僧）

张君秋之师

张君秋之师，名李凌枫，其人与予同乡，少时且同学，后赴故都，由票友而下海，败其嗓，遂改为教师。张君秋既成名，李之受用亦不虞矣。有王吟秋者，沪人，年不过二十，嗜平剧甚，顾以家寒，无力问道，无锡荣瑞昌君，悯其志，遂录为义子，令其北上春明，相拜于李凌枫门下，乃李之条件綦苛，谓须写十四年，而其起算日期，则须俟吟秋正式登台始也。在此十四年，所得钱，胥归李收用，王之衣着，李亦不顾，卒以手段过辣，未曾成议。近顷，王以思乡，荣乃招之南返，荣与黄金诸君咸相稔，辄携王赴黄金前台，愚偶值其人，犹十八九妙年华也。其貌略似君秋，若谓其扮上之后，自比君秋尤俏，盖一唱戏之好材料，而凌枫自私，不肯蓄心培植人才，由此可知旧剧教师，心肠凶狠，比之一群恶鸨为尤甚矣。

（《东方日报》1943年2月16日，署名：唐僧）

一方四十初度

自从我发起为一方兄公祝四十初度一文刊登后，向我书面或口头来登的，有陆小洛、丁慕琴、白雪、姚笠诗、龚之方诸兄。小洛尤其起劲，他要帮助我办理，说不闹则已，闹他十桌八桌的，还要叫高乐歌场的舞女，齐来参加，一面还叫我向一方的朋友之前，上门去兜揽。

但一方晓得这个消息之后，又引起他在报上发了一大篇牢骚，说什么"我又不是素封之人"，他的意思是讽刺我专门替素封之人，发起公宴。其实这两年来，我什么事都怕参加，惟有为一方的四十寿辰，才使我起了一次奔头，哪里知道，却落得他讽骂一场？有一天，之方遇见一方，一方又在背后，大骂大郎，说我是戏弄穷人，这句话更不近情理，既称公宴，就不用主人搅落一文，又哪里谈得到戏弄二字？一方果然自谦自己是瘪三，但我们也决不会认错他是小开，而存心扰扰的。朋友，不必多心，不必牢骚，你就勉为其难一点，让我们尽一片老友的热忱吧。

（《东方日报》1943年2月18日，署名：唐僧）

张　淑　娴

当张淑娴来沪之后，在未曾登台以前，为了争牌子一事，引起黄金当局诸君的愤慨。那一天我适巧正同兰亭、伯铭二兄闲谈，无端发生此事，我也为之惘然！

但黄金与张氏谈判公事是直接的，张与其师马义兰的表示，是无所不可，他们认为黄金的措置是非常适当，所以后来的条件，是第三者之硬出头，而非张、马的本意，这一点黄金诸君十分了解，我也可以绝端保证。

事后报纸上对于张淑娴不无微词，还有些牵涉到我捧张淑娴太过太火的话，其实这都是冤枉了淑娴，她没有成见，她一直到现在，还从自己的艺事上力求上进，她未尝不晓得强出头者的"吹皱春池，干卿底事"。所以舆论尽管可以攻讦好为人父的一群，而对于淑娴本人，应该不忍妄加异议的，这一点我要吁请白雪以及同文诸君，予以垂鉴，因为张小姐在无论哪一方面，她终究是比较健全的一个坤伶。

（《东方日报》1943年2月20日，署名：唐僧）

叶盛章之剧

叶盛章之剧，所见不多，杰构如《杨香武》与《偷鸡》，胥不及一观，所见者特《大名府》之醉皂隶，与《恶虎村》之王栋而已。昨夜乃观其与盖五合作之《三岔口》。黄金自新春以来，贴《三岔口》凡八九夜，而无一夜不十足客满，盖五自是绝唱，而盛章配搭之佳，乃成二难并矣。以盖、叶合演《三岔口》，自为梨园有史以来，所未有之妙构，不第空前，亦且绝后。予与京朝大角，了无好感，尤其恨之刺骨者，若马连良之一无可取，而亦挣偌大包银，形同拐局。及观盛章戏，乃觉上海人之钱，看京朝大角之戏，合得算，犯得着者，惟盛章一人而已。是夜又见叶世长与袁世海之《阳平关》，世长出场，黄靠之外，披秋香色之蟒，其难看为无伦比，此亦马连良之遗毒，少年须生，不能取法乎上，而以仿马沾沾之自喜，此为没出息之尤，异日之造就，亦必有限得很也。

（《东方日报》1943年2月22日，署名：唐僧）

头一个浪

前几天，我曾经在别张报上，写过一节关于章遏云要嫁与某商人的消息，字里行间，我不过替章遏云可惜，她把岁月蹉跎下来，在她盛年时候，什么人不好嫁，而临到迟暮之年，随随便便嫁与一个伧俗的大腹贾。

不料这一节文字，发生了重大的反响，原来那个商人看见之后，火冒十丈，他托了一位朋友，侦访这篇文稿的执笔人。他这位朋友，我们是时常见面的,不过中间没有人介绍过,所以见了面连头也不曾点过,自然谈不到交情了。不过他的朋友,差不多都是我的朋友,因此间接的关系,非常接近。所以从间接方面传来的消息,知道那位要讨章老板的商人,是在欲得我而甘心。

一年到头,我在风浪中过着日子,今年开了年,这是头一个浪,将要袭击到我身上的,我决不抵抗,只想试试这一个浪到底有多大力量?

(《东方日报》1943年2月23日,署名:唐僧)

卢寿完成

公祝一方的寿典,在我与小洛、之方诸兄,勉力主持之下,于前天(廿二日)晚上完成了。我在隔夜,因为"闹"过"家务",一夜未曾成眠,第二天索性不睏,钟鸣四时,就到万寿山去,但精神非常萎顿,连声音都毛钝了,不然,兴致一定还会增高。

临时加入祝贺的,有何五良、周瘦鹃诸先生,老辈襟度,毕竟不可几及,何先生还亲自来一趟,在这一夜的寿筵上,何先生是冠冕人伦。

酒席预定五席,但临时挤了四桌,每桌四百元,坐十二人,吃起来并不觉得不够吃,可想而知相当丰富。这是万寿山董事长李祖莱先生给我的面子,四桌菜,一共费了二千六七百元,这样的便宜货,我到哪里去寻?何方去找?

这一天的收入,与支出的情形我还没有得到会计处的详细报告,等我同小洛兄等商量好了,把多余的金钱,作如何支配的办法后(支配的办法中,决不做好事,慈善机关,请勿枉顾接洽),再行公告于参加卢寿的诸君可也。

(《东方日报》1943年2月24日,署名:唐僧)

捧角的界限

有人写信与我,说我把张淑娴捧上三十三天,似乎过分了一些;又说,他看过张淑娴许多戏,但所得的印象,实在平常得很。这位投书的先生,并没有告诉我他所见张淑娴的戏,是怎样几出,而我历来对于张淑娴的揄扬,似乎都有一个界限的。我常常说,张淑娴的戏,以刀马为第一,花衫次之,青衣最要不得。桑弧先生,看了她的头本《虹霓关》,才说张淑娴的绝诣,虽大角如章遏云、郑冰如之流,都在奴畜之列! 这当然是他单看了《虹霓关》后所发的论调,如果把她全部的戏都看过后,那末"奴畜"二字,也未免失之言重的。我近年来麻木得多了,没有从前那样热情奔放,捧角也来平心静气得多。我曾经为盖叫天写过一首诗说:"愿倾万斛情如沸,来看江南盖五爷。"虽然说有万斛的热情,其实也不过冲动于一时,没有从前那样能够持久,不信翻翻旧报,那时捧金素琴,捧白玉霜的文章我是写成功怎样一副面貌的。

(《东方日报》1943年2月26日,署名:唐僧)

周 炳 臣 子

周炳臣与其二子,俱沦为阜田院中人矣。长子名大周,幼子名小周,小周既路毙,大周犹在大光明至斜桥弄一带钉靶。孙兰亭与周氏,有同业之雅,尝谓在路上遇周家乔梓昆仲,无虑数十次,先以数十元,降至今日,乃以一只洋开销矣。绍华亦识其人,以前称兄道弟,今则瘪三称绍华为老板矣。一日,予偕绍华过大光明,大周尾其后,谓新年以来,第一次见姚老板也,乞多予。绍华乃投以十金,旋语予曰:当其盛时,老周与大小二周,皆坐汽车,二子之貌复俊,真裘马多金之贵介公子。一日,合家在三星看戏,将归,炳臣之妇,先上汽车,大周忽撑之出,斥其母曰:人多如许,汝何必挤身其间? 母惶恐,急自车中出,雇人力车而去。绍华亲见其事,叹曰,此枭獍之儿,将来不获善终也。今其言果验。二年前,有一老丐,匍匐于姚绍华之前,乞曰:姚老板救我。绍华见为炳臣,心酸欲涕,辄以囊中所有,悉数畀之,自后再见,则又称绍华为菩萨矣。

(《东方日报》1943年2月28日,署名:唐僧)

春 游 之 兴

听说上火车用不着排队去轧，于是朋友们都动了春游之兴，他们来约我同行，地点不是苏州，便是杭州。这些朋友，当然都是我平时游宴相公的人，他们结队游春，遗我一个人不去，在他们自然是认为憾事，在我，也觉得特别的惘然！

存心要游山玩水，带女人同去，不是一件美事，因为清游一定要使着腰脚之健，才能穷探湖山的幽趣。若带了女人，便有种种不便。但我这许多朋友，却又少不得女人，他们在出发之前一个月的现在，已经忙着找寻将来带在身边的游侣。我呢？只有看他们寻，自己却无从措手。

内人生长在上海，只有在"八一三"那年逃难，回到嘉兴故乡一次，此外便没有出过上海的门。我曾经对她说，等到行旅畅达之后，我要带她到山水之乡白相一个既酣且畅。今年有这机会，照例可以与她同行，但她却望了一个不满三个月的婴孩，自己忙于哺乳，当然不能出门。但除了她，去找临时户头，开销固然浩大，是否有相当的人物，倒也不易征求，如此苦闷，想想不去也罢！

（《东方日报》1943年3月1日，署名：唐僧）

棚 摊 美 食

吕宋路邑庙市场，有棚摊卖排骨、鱿鱼、南翔馒头、牛肉汤，及鸡鸭血汤，风味绝美，比与木公、之方诸兄，两次往食焉。惟摊主人矫揉造作，至今日物价极度高昂之际，此间取值，犹以"角码"计算也。其实此为多费周折而已。黄包车夫，已敝屣辅币，瘪三钉靶，亦开口要一只洋矣！虽云小本经营，正不必再喊数十角几百角耳。

八里桥头，有湖南菜馆，其对门隔壁，胥为咸肉庄之弄堂，创立于此，亦既有年，顾予等往时，恒不见其他食客，有之，亦寥寥三五人，初未尝有门庭如市之盛,而菜肴除烹制太迟外,风味亦逊,乃生涯寥落,或以择邻不善之故,盖食客恐走出门时,遇见熟人,人且疑其不是吃饭,而是斩咸肉往也。拘谨之人,必有此顾忌,不比西平之流,纵往吃饭,出门时最好有人看见,以为其放下屠刀也。

(《东方日报》1943 年 3 月 3 日,署名:唐僧)

小 型 报 用 纸

因为报纸之价,日趋昂贵,我写字间里,送来许多小型报,每天将它翻阅一过,发现有许多同业,因于吃不住纸价的高翔,既不敢涨价发售,只好将纸质变更,另用一种一面还光,一面极毛而色带青灰的所谓白报纸了。前几天还不过一张两张,这两日数目在逐渐增加,我因此明白,我们这一口饭的末日,真正到了。

这种一面光一面毛的纸张,从前用它在大便后擦屁股,还嫌它触痛皮肤,想不到它有升梢的一天,今日之下,它也做起文化事业的工具来了。一张劣纸,还有升梢的日子,我们吃文化饭的人,却在痿缩下去,命运万万及不到这一张纸张,思想起来,真是丧气!

(《东方日报》1943 年 3 月 7 日,署名:唐僧)

以 诗 凑 数

今日拟再往跑马厅,而起身已在十时以后,搜索枯肠,乃无材料,不得已始以一诗为凑,以后遇此情形,照此办法。笔墨生涯末日已至,索性撒烂污(之方见此,必沾沾自喜曰:偷我的文章),预备饿死矣。

诗云:

怀素楼无文稿材,只能拼凑一诗来。须知诗比文章好,自号诗坛老羁才。

(《东方日报》1943 年 3 月 8 日,署名:唐僧)

石挥晕厥

石挥的身体，真是尪弱得可以，《大马戏团》晕厥过一次在台上，而八号《秋海棠》的夜场，在序幕之后，他又昏了过去。我在晚饭之后，偶然经过卡尔登进去看看，大门业已紧闭，我不知已因为石挥的不上台而发生了退票的风潮，及至到了楼上，才见真相。原来石挥已经人将他抬上了翼楼，而医生正在施以诊治，我为了朋友的病，想开门进去看看他，但守在那里的人，叫我不必去同他说话，而其时医生已经来过三次。我大约勾留了一个钟头，知道他情形良好，于心甚慰！

但第二天他毕竟住到医院里去了。一个万方属望的人，病了之后，说不定有多大损失的。从九日以后，我手里经过有许多朋友，托我代定的戏券，他们都是指定要看石挥的，但石挥一病，势必要别人上去，看戏的人，看不着石挥，心不肯死，所以石挥登台，他们是还想看一次的，而《秋海棠》的生意，永无卖坍之日，这正是一个原因。

（《东方日报》1943年3月10日，署名：唐僧）

沧洲书场

沧洲书场生意兴隆，昨日前往小坐，日夜场果皆所谓堂堂阵容也。蒋如庭老矣！书坛高手，以此人最堪怀念，今发已星星，门齿亦既漏风，然其书则遒劲犹昔耳。日场送客，为徐云志，此人贫乏，要不足取。说书场中，女客与男客各得其半，而女客中十之六七为半老佳人。闻有失势之白相人，日日来为座上客，衣着殊华，志不在台上之书，而在台下半老佳人手上之晶莹钻戒也。说书场中，吃零碎食最好，面筋、百叶、肉粽之属，胥味胜易牙者，公共场所食色俱备，无过书场，搨眼药固非此地不可，其天生馋吻者，亦趋之若鹜矣。

十九、二十两日，黄金有票友与内行合作之义务戏两台。梅博士有子，才九龄，方读书于校中，此次遵父之命，将于二十日之《三娘教子》

中,串小东人一角。此次义戏,盖由梅博士所主持,孙仰农先生则为赞助人也。予以兰亭、小蝶二兄之嬲,或须重演《别窑》,然吾戏乌可以当大雅,故不敢公然现世,惟望孙、包二兄谅我耳!

(《东方日报》1943年3月14日,署名:唐僧)

舞场变茶室

跳舞场生意复奇盛,舞池中排客座,如米高美,平时恒占全场三分之二,留三分之一,为躃步之地。闻星期之下午茶室舞,直无分寸之地,可供起舞,舞客到此,但能品茗而已,称茶室舞而不能舞,则第称为茶室可也。仙乐斯亦排客座于舞池中,仙乐之地板,本有两种,靠洋琴台之一半,为时旧沙逊所铺设者,木料奇精;其余一半,则为扩充后所添设者,坚而糙,因添客座,遂浪费好的一半。而起舞之处,为坚糙之一方,嗜舞之客,对此每每兴嗟,谓仙乐实暴殄天物之甚也。今舞场不排客座于舞池中者,似惟百乐门及高士满两,新仙林如何?以不习见,故不可断言。予以为舞场生涯好,容舞客于舞池中,未始非变通办法,特设座过多,使舞场终成一茶馆者,究属不足为训耳。

(《东方日报》1943年3月16日,署名:唐僧)

园　　游

十五日,为春来第一个好天气,日丽风和,乃有须发融然之乐,因约之方为园游,复挈鬓丝。愚恒时倦困,苟为晴和之日,辄自驱一车,命之走于法租界之西区,凡一二小时,要亦得涤些许尘浊也。海上园林,予绝爱兆丰花园之胜,游北都者,恒侈言中山公园之闳丽无伦,其实中山公园古耳,巨柏成林,此为任何公园所不逮,惟兆丰花园,乃幽蒨之美,是则与中山之闳丽,正复各有千秋。以予观之,两者且无从轩轾,譬之丹青,兆丰花园无一处非水墨之妙迹,而中山则为青绿大幅耳。愚于事物之欣赏,不嗜浓重,而好淡静,此愚之所以年必履兆丰二三次,而以不能日日涉足为憾事也。柳丝才抽嫩绿,草地萎黄之色,尚未为新绿所掩,是日为星期一,游客亦不甚众,如为假日,将如云集矣。予等逗留于是,约二小时,徐步归来,精神弥壮。

(《东方日报》1943年3月17日,署名:唐僧)

预 备 逃 走

今夜黄金的包戏里,有我一出《别窑》,我在当时兰亭、小蝶二兄相㘗之下,含糊的答允下来,但为了心境的恶劣,把这桩事,一直搁置在脑后,直到十八日的下午,烦翼华兄替我排了一次身段。

《别窑》在二三年前,唱过一次,那一次是初演,而在三五天内赶起来的急就之章,台下的批评是"笑话百出",与"荒谬绝伦"。三年之隔,将当时所得到的那一点儿,也已忘记得一干二净,在翼华替我温理之后,我便大大的心焦起来,恐怕今天的台上,我将不能终场。

截至我写这篇随笔的时候,离舞台不过二三十小时,而还是茫无头绪。内人看见我真的有些发急,她叫我向孙、包二位先生去"退牌"!我自己私想,牌未必好退,要末是亡命出走。

看这三十小时内的情形,如其真真弄尴尬了,我只有滑脚,在上海吃了十廿年的豆腐,这一回总算我吃出报应来了!

(《东方日报》1943年3月20日,署名:唐僧)

朋 友 之 患

时常在一起白相跳舞场的朋友,每次遇到某一个朋友发现一个新户头时,总是竭其心力,怂恿他去把她唤来坐台子,或者带出去。一次,二次,三次以后,手上有户头的人,预备将这个户头拖长下去,而朋友们便渐渐的把她品头量足起来,总是指摘她的什么地方不好,什么地方是缺点,听得那个有户头的人不倒胃口,不肯罢休。

从去年十一月里到现在,曾经跳过两个舞女,有一个作成过四五次生意之后，一次同孙兰亭吃饭，兰亭不顾忌的指着她说：此人是老枪。我因为她面有烟容，本来有些怀疑，被兰亭一说，更加觉得不安。这一夜，有意无意，将她皮包检查，发现了一个烟泡，吓得我连忙放手，从此不相闻问。又有一个真是天真无邪的好女儿，我当去报效，而始终不怀野心，我同情她的身世，而向往她品格的不卑，但有一次，之方对我说：你是个审丑观念最丰富的人。我听了他的话，知道我这个伴侣，在朋友认为不甚体面，生怕一同走出去，坍了我的台不要紧，扫了朋友的兴，吃罪不起，故此也将她放弃了！

（《东方日报》1943年3月22日，署名：唐僧）

刘叔诒

刘叔诒先生，在旧剧上成就，是那样的高厚，所缺憾者，就是天厄了他的一条嗓子，纵然韵味醺然，但究竟唱不响亮，否则，南北的须生，除了周信芳，什么人都不是他的抗手。我是无缘得很，叔诒的戏，到昨天才得领教。

以鄂吕弓、赵培鑫、汪啸水诸兄的怂恿，叔诒在二十一、二十二两晚，于黄金大戏院唱两台好戏，第一日是《打棍出箱》，第二夜是《定军山》。范仲禹的那一夜，啸水兄特地为他捧场，自己陪了一个"眚神"。

"问樵"的小花面艾世菊，配搭就见得精彩，叔诒的身段又是那么好看。我对于"问樵"里身段的重复，又因为太图案化了，在我的欣赏上，感得太麻烦所以倒喜欢看"书房"与"出箱"的两场，尤其"书房"里的水发，真是美丽无伦，由此可知叔诒青年所下的苦功，是如何深厚了。

啸水兄的眚神上台之后，钱宝森在台上把场，啸水虽然没有学习几天，但上台之后，居然应付自如，不过嫌扎扮上太累赘，所以罚誓下一次决不肯再上这一分角色了。

（《东方日报》1943年3月23日，署名：唐僧）

章志直捧我

从前我唱《连环套》的一次,据玄郎兄说:章志直也在台下看戏,坐在后排,旁边有一位先生,他是特地买了票来看信芳的朱光祖的,因为我台上的东西,太不像样,这位先生竟肝肠大旺,指着台上的我,在后面叫骂,说"这个黄天霸,什么玩意儿!"但章志直因为是我熟人的关系,他替我不平,睁圆了一双眼睛,对那人道:屈死!今天的戏,就是看这一点,要没有这一点,还看些什么呢?两个人几乎争吵起来。章先生存心捧我,我自然感激,但我也不反对那位先生的叫骂,我是没有听见他的叫骂,如其我是亲耳所闻,我一定虚心接受,因为他是看不惯一个有这样大胆老面皮的。

这一次唱《别窑》,台下笑声乱动,我在台上绷着脸,用足了精气神在那里内心表演,不料第一排上有两个女人,在那里议论一句话吹到我耳朵里来,"戏是勿能再蹩脚了!"我为了这一句话,忍不住笑出来了。我笑的是上海人听戏,毕竟进不了,连女太太也懂得"表演"的好与坏,无怪京戏馆以后实在难开。

(《东方日报》1943年3月24日,署名:唐僧)

梁 小 鸾

梁小鸾在更新登台除第一日生意不好外,其后卖满堂,惟第一日则殊凄惨,除前排位子,有捧场者三百客外,门口售出者,为数极微,原因何在?乃不可究诘,大抵是夜之雨势滂沱,一也。戏码不甚扎硬,二也。无巧不巧,与我之《别窑》打对台,三也。以我演《别窑》,而影响小鸾之卖座,其语无乃"大魁",特以寻不出其他理由来,故不妨吹吹牛皮了。

梁有过房爷二人,每人每日定一百客,梁小鸾唱十日,则过房爷之位子定十日,唱廿日,亦定廿日。二人者,一为陈禾犀,一为史致富,陈先生为过房爷之"先进",然其人不好铺张,不如其他暴发户因过房女儿而大起奔头也,然其为干女儿所报效者,正不在暴发户之下。过房爷有漂亮与穷凶极恶之别,陈先生当在漂亮之列也。

梁小鸾之挑大梁,是待富英南下也。闻为期十日,亦有谓为期十八日者,今不可决。京朝派老生,非予所喜,故马连良、谭富英,纵使一辈子不到上海,王八蛋才想着他们耳。

(《东方日报》1943年3月26日,署名:唐僧)

叶 秋 心

在去年将近岁暮的时候,叶秋心从天津回来,曾经到过一次翼楼。那时候天气已寒,而叶之衣着殊单,并且面孔上也被了饥寒之色,可以想见她嫁后光阴,是不十分佳胜了。

当叶秋心在电影明星的时候,她本来是瘦骨伶仃,不过面孔长得相当秀艳。我一向说,电影女明星中,叶秋心是可以看看的一个,不过她略欠丰腴,尤其是胸部似一片平原,了无肉感。

到后来看见她,自然越发瘦得不成模样,据说她是抽上了鸦片,只顾了过瘾,忘记了营养,就无怪尫瘠无复人状了。女明星中,因为染有痼癖而不可自拔的,夏佩珍是一个,她弄得最尴尬。我却也替叶秋心担忧,生怕她将来也会成夏佩珍之续,唱文明戏不成,而出卖笔管似的大腿,那末为情尤其凄惨了!

(《东方日报》1943年3月27日,署名:唐僧)

李万春临别

万春将告临别,始于其演《连环套》之夜,作座上客焉。金城从皇后商借裘盛戎来,为匹窦尔墩。盛戎此剧,予所见最多,昔年与吴彦衡、高盛麟搭档时,每贴《连环套》,予皆往观,则以予将演黄天霸也。其时盛戎犹初来海壖,未困女色,亦未沉湎烟霞,故为劲尚足,而身上之边式,则觉今日花面中乃无余子。此日重观及裘将登台,台上突张一牌,谓盛戎以嗓音失润闻也,"坐寨"以后,气力已竭,汗被其面上,进场后擦面上之汗,颜色遂污,脸上颇不美观;"盗马"下场后,又擦汗,比回山时之"趟马",颜色益不完全;及"拜山"登台,始重行调染。座上诸君,无不嗟叹,谓盛戎特自毁其躬,否则有此武工,有此天赋之铜锤嗓子,有此极其好看之身上,在理可以独步一时矣。顾不自珍惜,乃欲用力而不可得,诚堪痛惜。予看完"拜山",即走,盖台上之朱光祖,并非好材料也。

(《东方日报》1943年3月28日,署名:唐僧)

茶婆子

梁小鸾演《铁弓缘》与《审头刺汤》,戏票是陈禾犀先生送给我的。大概梁老板的脚底下工夫是修炼得不大到家,所以上跷之后,她的走路是太难看了,夹紧了臀部,撒不开步子,所以这一出戏,台步不如身上,身上不如白口,白口不如唱工。梁老板的嗓子很亮,外行人听了,不管有味无味,反正觉得她很清脆、动听。扮茶婆子的是贾多才,并不出色,三个月来看过三次《铁弓缘》,一次是李玉芝的,茶婆子是侯少坡;一次是张淑娴的,茶婆子是盖三省;最近一次便是梁小鸾与贾多才了。侯少坡最好,虽然他的形容是邋遢一点,但说白的流利,和动作的恰如分寸,以及抓眼的风趣不俗,谁都比不过他。盖三省不过生一点,倒也并不可厌。惟有贾多才,一上台便一副自命不凡的样子,而真正要做戏的地方,却又是那么阴阳怪气,看过如何叫人不喊看伤!

(《东方日报》1943年3月30日,署名:唐僧)

李砚秀

李砚秀与纪玉良之局,现在皇后告终,将自四月一日起,在金城登台十五日。闻此中别有因缘,盖去年李在故都时,沪上之金城皇后,竞聘南来,李收金城之定洋,然不知如何,终在皇后登台,金城自不满意,故务必要李亦在金城登台,李之可拗,故唱十五日所谓"圆面子"戏也。李之来沪,予始终未见,昨夜友人邀其饭,复招文艺中人作陪。李偕其母盛妆而至,玉体固为丰腴,披白氅,如明妃出塞之装,华艳无伦,修发如云,盘于顶上,缀以绢花,其大好头颅,遂陈五彩缤纷之状。其人不似新艳秋、张淑娴之沉默,亦不类吴素秋、言慧珠之口没遮拦,有人问,李则娓娓而谈,否则脉脉当筵乃多情致。初见此人,如不甚细腻,然细细看之,则亦耐人玩味。席上,群请砚秀索小影,其上款胥由某君亲笔书之,而下署则为其亲笔。予得一帧,曼睐微饧,以两手支颐,手上与腕间装饰品,于是都在照片上呈露出来矣。

(《东方日报》1943年4月1日,署名:唐僧)

记同兴公司之幕后人

黄金、天蟾两戏院,今皆归同兴公司管理,不久之卡尔登,亦将并入。而同兴当局,有囊括全上海平剧院之雄图,不仅此也,自上海而发展至外埠,以至于全中国之平剧院,同兴亦有一举而管理之雅量,兹则犹如发创之始耳。发创之始,其办理犹为合伙性质,他时扩张,则将辟为股份有限公司。考同兴之幕后人,为绍兴吴性栽君,吴业商已久,而有开戏馆之瘾,外行人开戏馆,蚀得走油者,不可胜数,吴亦外行,而六七年来之卡尔登,独有赢钱,此亦命矣。今者黄金与天蟾,又归其执掌,因以张伯铭为两院之前台经理,孙兰亭为两院之后台经理,近一年孙与张主持黄金,成绩斐然,二君广交游,平时复有惠于北来伶人,故能舆情融洽。说者谓二君向时,措置之角阵容,以噱头胜,故卖座恒勿衰,可知今后之海上剧坛,惟此两院为尊矣。

(《东方日报》1943年4月3日,署名:唐僧)

公宴金雄白

七日之夕,集至友八九众,公宴金雄白律师于翼楼,贺其张业之喜也。礼简而意诚,先是,丐灵犀说于金,谓老友特置春醅,聊表寸心者,幸毋吝驾。金曰:盛意固当受,特必勿具丰馔,而粤味贵而不足娱口腹,若随意为家常之菜,则不特可以快朵颐,且足尽乐也。同人遂丐一方代为筹备,一方乃唤江紫尘之家厨,江为海上老饕,平生所好,吃而已,其家厨自必不恶。

金律师年来,已两鬓皤然矣,然而貌固未致青春,所谓白发而朱颜者,其人雄豪而兀傲,稍不当意,辄效灌夫之骂座,然与相知,则恂恂儒雅,以其人本读书种子耳。平生笃于友谊,年来为朋友谋,曾不遗余力,故交之蒙其休者,不可胜数。春间,归自仕途,重理律务于海上,尝曰:我初为新闻记者,自记者而为律师,今办报如故,为律师亦如故,盖不欲忘本也。其贤达如此。

诸馔中,以煨肉与鸡汤并炒,甜菜中以香蕉为馅,此物久不尝,不图于此夜都甘我舌,其快真如重晤良朋。

(《东方日报》1943年4月9日,署名:唐僧)

《秋海棠》换了人马

一天闲得无聊,跑到上海艺术剧团的后台去看台上演戏。自从苦干的一群,脱离"上艺"之后,现在《秋海棠》的阵容,已非旧时面目,但我还是可看,我觉得要角二人,碧云何尝输于沈敏,乔奇又何尝见逊于石挥与张伐。我曾经冥想过,前三幕的戏假如让乔奇来演,或者一定会比石挥与张伐更出色的。而以后乔奇也能如石、张那样胜任愉快。这一天看过之后,证明我以前的想像没有错误,惟其有两个人似乎不及旧日的精警,一个是演袁司令的乐遥,乐遥不及穆宏那样的底气充沛,劲道自然相差很远,不过这是天赋,不能以才技量之;还有一个饰梅宝的梅真,梅真的台词,念得太快,念得快不要紧,快而口齿不清,才是大忌。梅真即坐此病。

"崇拜偶像",是上海人欣赏艺术的通病,《秋海棠》换了人马之后,生涯便冷落起来,其实叫看过从前一群人的再来看一看现在的一群的,不说昧心之话,究竟差在什么地方?

(《东方日报》1943 年 4 月 12 日,署名:唐僧)

跑马厅里的空气

跑马厅里边的空气的确很好,不过每次去小赌赌,用几百只洋呼吸一次澄鲜的空气,那末还不如积几次的钱,去逛几天于六桥三竺间,更来得至酣至畅。昨天风势很紧,跑马厅的空气,并不佳妙,灰沙吹得眼睛也张不开,我本来伤风,大风吹过之后,头胀,脑痛,出门时有些寒热。

在美华里吃饭,也觉胸膈不舒,很精致的几道菜点,我都浅尝即止。吃过了饭到米高美去小坐,音乐敲得我更不好过。只得遄回家里,嘴里含了十几颗人丹,蒙被而卧。这一夜我的朋友去到大都会捧乔红进场,他要我陪他同去。待我一觉醒来,已经三时又半,我一切病象,都消失了,但怀念我的朋友,他一定恨我放生。其实捧舞女一个人悄然独去,不更好吗?但我的许多朋友,他们偏偏欢喜白相舞场,呼朋引类,想来想去,只有一个听鹂轩一人,才欢喜独溜的。

(《东方日报》1943 年 4 月 13 日,署名:唐僧)

[编按:听鹂轩,即卢一方。]

追 踵 信 芳

信芳先生的《探母》,在卡尔登时,我只听他唱"出关见娘"至"回令"而已。前面的"坐宫",是烦之百岁的,后来在黄金与皇后贴演,却都兼演了"坐宫"。我欣赏他见母一场的情绪苍凉,引起了我要尝试出关的瘾来。我生平未尝不知藏拙,也未尝无自知之明,但为了唱戏,却常常贻讥大雅。譬如我上面说,我唱《探母》的瘾,是见了信芳见母时候的苍凉情味,所引起的,所以有"追踵"之欲,其实即使追踵上去,诘其所得,那末非但得不到什么苍凉之境,徒供台下人之哗笑而已。

有一夜我把这样的想念,告诉信芳,信芳自然说:你是可以唱的。

他还问我同演者何人？几时上去？这些都有待克仁兄的调停,因为此事最初的动机,是克仁想唱"坐宫",我于是奋勇地愿承"出关见娘"之役。克仁希望一位坤票焦小姐唱公主,但据我所知,今日的焦小姐登台,暗礁甚多,江一秋兄,就是一个巨礁,然否？

(《东方日报》1943年4月14日,署名：唐僧)

桑弧论张淑娴

桑弧兄对于张淑娴的艺事,也极其倾心,他与我一样,所见张淑娴的戏,不怎样多,他认为淑娴的武戏比文戏好,开打时枪比刀更好看,所以看过一出头本《虹霓关》之后,说张淑娴的造诣,是足以威胁所有南北的坤角儿的。至于《铁弓缘》,是淑娴的杰构,但桑弧兄说,所谓大《铁弓缘》这一个戏,一定是两个人所编制的,前面的《开茶馆》,纯以白描出之,而后面的《大英节烈》,则故事的芜乱,场子的琐散,决不是一人之笔。所以《大英节烈》唱得好,是人唱戏,没有武底子,根本糟糕；前面的《开茶馆》是戏唱人,张淑娴有武工,着上了靠起坝,自然引得起人了。有一天据淑娴说,她去看过荀慧生的《大英节烈》,我当时便说,他比你好不了的。淑娴以为我说笑话,其实这是由衷之言,这一类的戏,不让小女儿唱,难道叫这一个快五十的老头子唱得好吗？

(《东方日报》1943年4月15日,署名：唐僧)

白蕉题兰绝句

久不晤云间白蕉矣,正渴念间,忽奉来书,乃知十九日起,吾友又将举行个展于大新画厅。白蕉之写王右军,当世殊不作第二人想,除工绘事,写兰尤称圣手,而题兰之作,更无不传诵一时,承其见寄近作题兰绝句,皆未经报纸发表者,因录如下云：

◆题兰诗

晴暖应知惜好春,醒郎午睡未迷因。羞人鼻上湘花动,倦眼初看第一鬖。

湖管无群纸,功夫破一晨。写来曾得似,为问栽花人。

独具高标异万花,拂衣香为入谁家?留云岁月伤情在,归思长随日暮鸦!

万古山河在,孤臣意独多。今朝正寒食,为忆郢人歌。

迷香三径留云圃,露叶中庭未济庐。胜事即今还入梦,幽花写出可如渠?

(《东方日报》1943年4月16日,署名:唐僧)

李 丽 拜 师

北平李丽来沪后,一度邂之,据渠言,曾拜梅兰芳为业师,其时期则在同客香岛之际也。惟近日报间乃谓李于若干日前,在梅宅补行仪式,可知梅数载南居,未尝正式收过徒弟矣。李将在沪下海,则将来为"梅氏入室弟子"之手续,固不可不办。予自晤李丽,曾为访问之记,刊之报端,友人有念李丽者,辄来就询,大都询其近状,曰:李有所天否?其起居如何?予则曰:是非深知,惟以意测之,其人殆为云英未嫁之身,盖既已退藏,初不必以投老风华,更谋弦管生涯矣。惟起居则豪华如旧,何由致之,不敢妄测,忆李尝语予,近岁客居香港,亦操贸迁之术,或者以此而颇有赢钱,亦不可知。又一人曰:李丽风华,系人想念,苟以唐君之请共一餐者,于愿兹惬。予谢曰:交浅不足言深,恐辱雅命,倘有机缘,商之世勋与蒋律师二人,或不致方命耳。

(《东方日报》1943年4月19日,署名:唐僧)

我 的 文 章

我的文章,近来曾被若干朋友当我面前,加以"品头量足"。毛羽说:"你的白话文一塌糊涂,离开'新文艺'的造境还有十万八千里,若说文言文,则可以为'鸳蝴派'中之一卒。"从来没有人把我骂得这样狗血喷头的,而毛羽却肯绝不客气的加以指摘,此君毕竟是我直谅之友。又一天,费穆先生说:"大郎的白话文有时候写得很质直,但文言文却从来写不好。"后面一句也是实言,前面一句,疑其讽刺,因为我自己非常明白,不论写文言、白话都是毛羽所谓一塌糊涂的。如此一塌糊涂,而居然十几年来,以卖文为生,这也可算天下之大,何奇不有。

我常说现在的职业文人中,没有一个能够写"正宗"文章的人,原因,他们都没有根柢,没有根柢要凭天才,然而也找不出一个"惊才绝艳"之伦,两者都不可得。予亦厕身于这一个圈子之内做号称的文人,实在应该大家太平一些,不必互相攻讦,互相吹求了!攻讦与吹求的结果,正如所谓青竹竿儿掏粪坑,越掏越臭。

(《东方日报》1943年4月20日,署名:唐僧)

汪精卫手稿

《故人故事》手稿的义卖现在不知抬到什么行情了?我从来承认汪精卫先生是文人,不管他能够写得一手好文章,一手好诗,只看看他写这一手董香光的书法,已够叫人爱不忍释了!

一篇手稿,好从五万块钱义卖起,这是为文人吐气的事,虽然汪先生手稿的吃香,是凭借政治生命,但今日的号召,毕竟以文章以书法来号召的。大新画厅里万人如海,去欣赏者,当然不因为白纸上的黑字,因为出于一个大好老之手才去的。当然是为了欣赏好的文章,好的字,以及好的纸笺。文人而能将手稿义卖的人不多,有了一个便是鲁殿灵光,凡是埋首在故纸堆中的文人们,这一回,好借此来"魁一魁"的。

(《东方日报》1943年4月21日,署名:唐僧)

薛觉先忆语

薛觉先亦可谓一代红伶矣。然其人旅历世途,磨难甚多,今且死去。予于广东戏绝无好感,故广东戏之伶人从无结交,其曾有一面之雅者,则为薛觉先与唐雪卿二人而已。事在八九年前,薛来沪出演,登台前一夕,有人招饭于三马路一川菜馆中,薛与其夫人唐雪卿同至,席上皆名流,新闻业之前辈张竹坪,亦惠然莅止,予与之方皆被邀。

薛氏夫妇之印象,予未全泯,薛为人颇隽爽,亦健谈;其夫人则温文有礼,默默当筵,时为佳笑,席上出其照相若干幅,分赠同座诸君,予得二帧,非所宝,不知散佚何处矣?顾第二夕为薛氏登台之夜,乃第三日之报纸上,即载薛为仇家所陷,将登台前,有人掷一石灰包于其头面,创其面部与两目焉。薛因此未曾上演,而已告辍演,自此闻其就医后,伤即渐愈,其目亦无失明之患,直至今岁,复以罹祸闻耳。

(《东方日报》1943年4月29日,署名:唐僧)

[编按:薛觉先1956年去世。]

梅博士与张淑娴

张淑娴逗留在上海,到现在还没有北归,听说她差不多天天上梅兰芳家去,梅博士对于这个徒弟,真是特垂青眼。《木兰从军》既然替她整理过以后,现在又开始教她《霸王别姬》的舞剑了!上面这些消息,是我有一天遇见孙曜东先生,他告诉给我听的,孙先生的意思,是要安慰我当初没有枉费一番"劝进"的心力。

其实淑娴之得列梅门,我不过请求孙氏昆仲代为陈言的,梅博士与孙氏昆仲的交非泛泛,所以面子卖到底,对于淑娴自然更另眼相看,但也好在淑娴是肯求进取的人。别的坤伶,她们一朝拜了梅兰芳,好像在外国镀过金的留学生一样,即已沾沾自喜,结果连她先生的皮毛,也不曾看见过一点,何况天天去上课学艺了!

(《东方日报》1943年4月30日,署名:唐僧)

清 凤 生

清凤生,本来也是我们文艺界的朋友,在二三年前,他很得意,听说他是同了几个朋友在那里经商,他的朋友,是十足的生意人,百分之百的市侩,他们合作的事业,是专做钢精的发财生意。

但今年起,听说他不做生意了,而且他很不得意,原来他的伙伴,已经将他一脚踢开。他是读书人,读书人万万干不过市侩,多一个分利的人,是为市侩者最难过的事,他于是被这群生意人遗弃了,还了他本来面目。他蛰居在苏州,一切消息都听不见。从前我们常常在舞场里遇到他,他很豪华,与他一起白相的人,就是那一群市侩,现在市侩们还在舞场里闹阔,昨夜在大都会我又看见他们,钞票把他们熏得更加脑满肠肥了,我因此怀念我那个消瘦可怜,退居在苏州的那个朋友。

(《东方日报》1943年5月2日,署名:唐僧)

阿近梯娜

六二六号,有个外国名字,叫什么阿近梯娜。当前年阿近梯娜在夜花园时代我去过一趟,室内舞场,从来没有到过,有一夜,我们一众人,坐了四辆三轮车前往,被阍者挡驾,说是里面已告人满,只得转赴伊文泰。昨夜,从百乐门出来,我实在没有兴致再相下去,而同行的人,却又非要我去不可,把我坐的一辆车子,嵌在他们前后的中间,使我不能中途逃走,朋友之对我热络,往往如此。

阿近梯娜的印象,有些像以前的但而蒙脱、法仑司等地方,同样充满了异国的情怀,舞池不大,表演太多,女人表演,尚且不欢喜,而最讨厌的是一个外国人的引吭高歌,使人倒足胃口。

(《东方日报》1943年5月7日,署名:唐僧)

白蕉送联

白蕉先生在举行个展之后,他送我一副小联,遒劲柔媚兼而有之,可惜我没有这样一所屋子,将这副小联张挂起来,徒令束之高阁,真是一件憾事。

听说白蕉这次个展的成绩,并不甚好,以造诣而论,比他不及的书画家,不知有多多少少,但他们展览的结果,却老是生涯甚盛,所以我们可以决定,干这事亦真有"曲高和寡"之叹!

书画是风雅的勾当,而今日之事,要想在书画上成名,亦老请出许多名流、闻人,以及所谓耆旧之辈,出来主持才有生意,只想凭你自己的本事,要"硬卖"的话,那末未有不失败者,真够可怜!

(《东方日报》1943年5月10日,署名:唐僧)

《三千金》

《三千金》是上艺的新剧,是顾仲彝先生的剧本,费穆先生所导演的。昨日日场起,正式上演,十一日彩排了两次,他们的预备工作,是相当充分的。

在十一日彩排的时候,我去看第二幕,坐在信民兄的旁边。信民兄对于《三千金》剧名以为不甚别致,为了以前有《三姊妹》,有《四千金》《四姊妹》之类似的剧名,《三千金》似乎也落了人家窠臼,所以不容易吸引人的。

《三千金》的原名是《烈女岗》,的确"烈女岗"三个字非常动人,为什么顾先生终于把它改为《三千金》呢?大约是故事有了变更,如果用《烈女岗》,因文不附题了。

上艺有不少新演员加入,他们都是美才,不过现在是发创之始,舞台上没有经验,但内行人,可以在他新砑初试之时,会看出他们将来的造就的。

(《东方日报》1943年5月13日,署名:唐僧)

妖　　言

孩子们的手臂上,都挂着一方红布,写着什么"石匠石和尚,造桥有地方,不关小孩事,石匠自己当",我回去看得莫名其妙,问我老婆,这究竟是什么意思？她也说不出个所以然来，只说，外面在造一顶石桥，造成功了，要伤掉许多孩子的生命，所以写了一块红条，可以破他们的法术。至于什么地方造桥，造桥为什么要伤及孩子，她都不得而知。

明明是妖言，不知从何而起，但千家万户，都相信这种妖言，连我的家里，也发现这种怪现状了。我的家庭，都是些闭塞分子，不信神，不信鬼，只有我一个，所以我回去看见孩子们是洋洋得意，我则哭不出几乎要笑！

（《东方日报》1943年5月15日，署名：唐僧）

坐黄包车怄气

梅霞兄说每天坐黄包车五六次，而无一次不要怄气，因讨价还价也。予友玄郎，不喜坐人力车，路远坐三轮车，取便利坐电车，不得已而坐黄包车，则不欲还价，明明三只洋可以拉去，车夫讨五元，亦坐上去矣。玄郎谓谁有精神，与迭排货色多讲闲话。玄郎之意，岂欲省一些精神，不如与壳子多吃些豆腐。

一夜送友人自百乐门至马斯南路，更自马斯南路至新闸路，车夫谓当先赴新闸路，予则强其必先赴马斯南路，三轮车讲辰光，此客人欢喜多费时间，车夫固不当有异议也。既抵，予界以二十金，时间不过半小时，车夫犹作不豫色，予私詈之曰：瘪三之心真狠哉！

（《东方日报》1943年5月16日，署名：唐僧）

麟社彩排

麟社彩排于湖社之前一日，以书抵愚，并附座券若干纸，要愚往观赏也。书发于卡尔登，予未获寓目，是夜返家，则此书由卡尔登之茶役于是日下午送至寓中，然已过时。乾麟雅命，终不获躬至，殊歉然也！今日乃闻翼华语予，谓此次彩排，实为顾乾麟先生一人所主持，日夜两场,乾麟皆登台,其剧目日场已不可忆,夜场为《斩黄袍》,乾麟唱一字调,故能动黄袍诸剧也。乾麟频年,蜚声于商业场中,出其余绪,研习皮黄。麟社既迁至静华新村,益专志勿懈,往岁常于黄金演《华容道》,倾动一时。此次则以彩排名义,故在湖社举行。予亦缘悭,不获聆故人佳奏,怅惘之情无时或释,惟俟二次彩排时,至望预为通知,俾得稍尽宣传之劳,聊助声势也可!

(《东方日报》1943年5月18日,署名:唐僧)

肇第精书法

在外面遇见陌生人,恒以卡片投我,我接之,又语之曰:我乃未带卡片也。其实予从无卡片,有时访友,友人在办公室,往问门者,门者必令我出示卡片,予无以报,在白纸上书姓名而已。去年,姚肇第先生为予写名字,作瘦金体,爱不忍释,近始丐之方携去,代为铸版,代为付印,以后,亦可以摸出片子来,与陌生人交换矣。

肇第精书法,不以书法名,而工力自然卓绝,有时作瘦金体,谭泽闿见之,谓吴湖帆非其敌也。汪啸水先生亦好艺事,于书画皆能赏鉴,尝得姚书聚头一,亦为瘦金,汪曰:以论近代,真不作第二人想矣。

(《东方日报》1943年5月19日,署名:唐僧)

陆申鲍赠白糖

陆郎送我廿斤糖,莫遣光阴苦里尝。怪道文坛诸伙伴,叹穷一例有文章!

我于本篇中,述舍间白糖用罄,以用途太广,致予在家中,欲吃红茶咖啡,与乐口福之类饮品,无糖可加,为呼负负。友人陆申鲍先生读之,叹曰:是真苦煞大郎矣。因从去岁买进之白糖一包中,分二十斤,着专人送来,盛情厚意,感激不堪言状,书此志谢。本诗末二句,似嫌过火,"一例"二字,尤不适用,盖写文章叹穷之朋友,什不过二三人,我固不可一网打尽也。附此声明。

(《东方日报》1943年5月21日,署名:唐僧)

四月江南

四月江南尚北风,遂教疾病万家同。有时早起披重袷,疑是春寒绕我躬。

四月将尽,五月且临,而天气阴冷,尚似在春寒缭绕中也。在跑马厅之日,坐于徐欣木兄之看台中,风来甚劲,遍体不温,幸是日谨慎,出门时身上被袷衣两件,不然冻不可支矣。然予子之病,因此不获遽愈。譬如今日咳呛少已,稍着寒冷,又作。故为之忧煎勿已,陆放翁诗云:"病起兼旬疏把酒,山深四月始闻莺。"然则今日之江南,亦似在深山中,虽四月之天,而似在闻莺时节也。

(《东方日报》1943年5月25日,署名:唐僧)

眼　神

《笑林广记》嘲近视眼诗甚多,袁子才老年亦病两目不清,故有句云:"闲行哪可忘携杖,欲揖还愁错认人。"此在咏近视眼诗中,比较为蕴藉者矣。张中原亦病短视,故刊启事于报端,谓"路上逢人,往往不能招呼,有向彼招呼者,亦不知答礼"云云。窃念中原既病近视,何以不戴眼镜?若谓与茂昌、精益老板难过,则中原于看戏时,固有一镜在鼻者也。一说谓中原为著名麒票,麒艺中眼神为一绝,中原已练得眼神,故不可御镜,御镜过久,眼神必散,则当时之所辛苦练习者,将毁于一旦。此说是否可信,不敢必,后当质之中原。友人中病近视不肯在平时御镜者,中原以外,尚有一人,则为《侬本痴情》之剧作人桑弧,有时与桑弧偶相值,约其看戏,桑弧拒,则以未戴眼镜对耳。

(《东方日报》1943年5月30日,署名:唐僧)

扎 台 型

当周孝伯先生正在举行婚礼的时候,礼堂有许多舞女,前来观礼,我不喜欢看结婚,所以坐在礼堂角落里的一张沙发上养神。旁边还有几个朋友,某一位舞女,是我向来相识的,似乎因为看结婚看得疲倦,想来休息,我以为借此可以将她消遣消遣,便拍拍右手的一张空沙发叫她坐下,在骈肩骈首的方式下,我们开始絮絮攀谈起来。但谈不到十分钟,她眼望去,一个西装笔挺的少年,在另外一个角落里向她招手,她立起身来,马上跑过去。跑过去不要紧,我旁边的朋友,一齐拍手大笑,说我被那人扎了台型,我是罩势全无。我告诉他们从前是朋友的户头,向来在她身上一只沙壳子没有会钞过,我有什台型?其实我即使用过成千成万,现在她爱跟谁搭起,只好让她跟谁搭起,台型之事不谈也罢!

(《东方日报》1943年6月4日,署名:唐僧)

买 对 联

曾经卖过字的我,有一天受友人之托,到南纸店里去买一副对联,和四条屏条所用的素纸。南纸店里的伙计,问我屏条几尺,对联几尺,我都回答不出,只好指着他们裱好在板壁上的那一副对联反问伙计,像这样是算几尺的?但板壁上并没有四条头的屏条该用几尺,这样在南纸店内伙计看起我来,一定知道我是外行。我固然是十足外行,但他们做梦也想不到,这样一个外行人,曾经将他的墨迹骗过人家钞票的。

我看了些时店里裱好的东西,发现几页册页,是王梦楼的信札,不知如何,我看书家的书信最是亲切有味。笠诗送我赵㧑叔的册页,也都是函牍,近年来我把它视为惟一的家宝,但恐现在的所谓书家有几个连信都写不连牵,万一流传下去,怕不要笑歪后人的嘴巴。

(《东方日报》1943年6月5日,署名:唐僧)

华北赈灾义务戏

小型报同业发起的赈济华北灾荒义务戏,预备在天蟾举行,目的要卖足十万元,除了小型报中人,合作一出《连环套》之外,其余的戏码,都烦名角演唱,内定有李少春、叶盛章的《三叉口》,童芷苓、叶世长、刘斌昆、俞振飞的《大劈棺》,还有四位武旦的《杨排风》,以及全体武生的《铁公鸡》。码子真是无法再硬,不过我因此耽着一件心事,据白雪兄说,我们的《连环套》是压轴,恐怕这一出多数"羊毛"合演的戏,不会使台下人安静的,尤其因为这一天都是武戏,三层楼上的顾客,一定挤满,他们不允许我们舒舒齐齐的"羊毛"下去,我们固然是为了义举,但三层楼的观众,未必肯谅我苦心,万一嘘嘘之声大作,岂非要砍尽招牌。这一点我希望白雪兄绝对要加以考虑,而须要从长计议,若使台下人纯为小型报的读者,决无问题,但三层楼朋友中,怕找不出一个读小型报的人来。所以当时的空气我忧虑不会怎样太平的,质之同业诸公,以为如何?

(《东方日报》1943年6月6日,署名:唐僧)

粽子价昂

早起饥肠殷殷宽,眼看角黍又登盘。及知不是贫家食,一日三餐减二餐。

今年粽子之价奇昂,端午节近,米价猝增,故市上有两金一枚者,苟张吻,足可五枚并食。

梅黄复值枇杷黄,一缕艾蒲插户旁。非为毒邪驱得尽,语人我亦过端阳。

端午节前一日口占。

(《东方日报》1943年6月7日,署名:唐僧)

理发业涨价

　　扫清码子笑悠悠,又把行情加倍收。肩上近来担负重,万难扛此一颗头。

近日理发业又涨价,昨往整容,则连小账付二十金,与上次几增一倍。有人谓若每月剃头三次,则所费为六十元,则每月需于此头颅者,每日二金,俗有所谓"两只肩胛扛一个头"之语,时至今日,这个头真扛不大起矣。

(《东方日报》1943年6月8日,署名:唐僧)

冤　　家

　　最近我拜托片羽兄替我办某种交涉,但据他人传言,这中间发生了许多障碍,使片羽兄感到非常棘手。阻碍之来,却也是我的熟人在从中拨弄是非。我不是小开,是大家晓得的,则此种投井下石之举,在我固然有损,在彼又何尝有益?

　　我对于熟人,向来不肯得罪,对于陌生人,则什么都写得出来,所以我常常想,外面冤家一定不少,万一有一天我想做生意的话,那些人记起旧雠,我定会受许多打击。如今我并不做生意,也还没有发财,不过"身边头浪"有点事体,而有向来见面极其客气的朋友,向我拼命放冷箭,因知现在的人心,大都要使人"好看",自己躲在边上看戏,看得我浑身出极汗,他们才觉得适意。

(《东方日报》1943年6月9日,署名:唐僧)

永安七楼之咖啡室

　　一日下午三时,与玄郎二人信步于南京路,闻永安七楼之咖啡室新开,遂相与登楼,及门,门者要客买代价券,每券二十元,愚以为吃咖啡何用代价券,故不买。玄郎则独购其一,咖啡室之拓地殊不广,室外为露天花园,与天韵楼望衡对宇,室内装修,其材料皆用上等,顾设计则未必尽善。愚呼红茶一,玄郎吃冰淇淋沙达,账来连捐共计四十四元,连小账界以五十元,五十元而吃两种饮料,乃知咖啡馆售价之昂,当以此为最。某君等称皇后售价为贵,戏呼之为黑店,以永安而言,乃知某君之言实厚诬皇后矣。至永安之流品,若列以等级,决不高,至多为第三流,人言其高,特以其高踞于七层楼上耳。

(《东方日报》1943年6月11日,署名:唐僧)

徐欣木赠贺诗

予与刘氏补订婚约,老友南洲主人徐欣木先生,投二诗为贺。欣木故能诗,他报曩刊《燕子吟》诸章,温柔敦厚,得风人之旨,为人所传诵。予感故人情谊之厚,因布其作于此,小序曰:

读报,欣悉大郎兄长与惠明女士涓吉于六月六日立合卺券于国际饭店之孔雀厅,未获躬与盛典,诗以贺之。

人间管赵水泥搏,互矢心忱一片丹。鱼目比和莲蒂并,百年永见月团圞。

佳期共举合欢觞,未得躬趋孔雀堂。六六适成三十六,神仙不羡羡鸳鸯。

南洲主人求定稿

(《东方日报》1943年6月12日,署名:唐僧)

唐世昌夫人谢世

世昌夫人于本月十日下午十时三刻,以病谢世,吾友于六年之内,两丧其妻,而二次丧事,予皆与其事,亦滋不幸矣。夫人殁后移遗体于乐园殡仪馆,定今日下午二时大殓,年才四十又四,遗一子,未弱冠,彼孑孑长往者,又胡能瞑目耶?

去年夫人病甚以为必死,顾终挽其命于危绝之境,既稍愈沉湎于博窟中,此为十年来夫人所恒嗜,第以运蹇,博必负,半载以还,所负达十余万金。世昌怜其病,不忍禁之,然夫人用是抑郁,语人曰:我负已广,且无以对良人,而病根缘是益固,及再发,遂不可收拾。及既瞑,世昌抚夫人尸曰:不图卿终为魔窟中之牺牲者也。其言盖沉痛极矣。

(《东方日报》1943年6月13日,署名:唐僧)

每日坐黄包车

数月以来,在外奔驰,所耗车资,乃大可观,每日恒在三十金以上,计之,月尽千金,可知搦管所得,犹不足供车夫两腿之需也。如此情形,又乌得不常陷穷途?文友如文帚亦谓:不必坐三轮车。仅每日坐黄包车,用三四十金,乃无几处地方可走。若坐两次三轮车,则已可用三十金,笔耕胡能自活?以今为计,真该跳下车来,为拉车人焉。

予初居树德里时,邻有女儿,如蓬头粗婢,晨起,每携风炉坐巷内,引火自炽,予早起,往往见之。一年后女烫发为时世装,衣饰亦渐渐入时,又未几,此人乃以小家碧玉,蜕变为舞人。然此人无殊色,予每过丽都,辄见其坐位子上,以生涯不盛,故亦难致多金。其家引风炉之事,已委诸其弟,然入市买小菜之役,此儿犹不得不躬亲焉。

(《东方日报》1943年6月14日,署名:唐僧)

予饰黄天霸

小型报发起的华北急赈戏,已决定于十九日日场在天蟾舞台举行矣。予饰黄天霸,"亮镖"以前,俱归予演,然迄至十四日,尚未一排身段也。第公堂议事诸场,在戏考中往往无之,仅有"拜山"一节耳!手头既无单片,念台词亦无法,昨白雪兄已允将单片送予矣。俟单片到来,先记台词,然后再排身段,四五日之光阴,其匆促不言可想。闻十六夜间,将在皇后彩排一次,以资联络。予昔年演剧,"拜山"曾彩排,其余皆不彩排而登场，故乖谬尤多，其实绝无平剧根柢如予，彩排与不彩排，固无所区别也。

（《东方日报》1943年6月15日，署名：唐僧）

义 演 赈 灾

自小型报同业发起义戏急赈北灾，雪尘、力更二兄，勤劳之状楮笔难宣，予甚为感动。十四日，雪尘于报间，述义剧刊于大报之广告，其费用一部分已由人捐赠，而一部分尚无着落。此夜，乃遇孙克仁兄，克仁因嘱予转告白雪，谓此项广告费，为数如在二三千金以内者，则克仁担负之，不稍吝也。又谓，若需销售戏券，渠亦欲效劳，热忱如此，较之彼所谓种德堂之老板，乃有人兽关头之判矣。

继小型报同业之后，闻上海各平剧院之前台，亦有义演之举，此事在推动中，若可实现，则登场人物有：孙兰亭、汪其俊、张伯铭、董兆斌、孙克仁、张善琨、周剑星、顾竹轩等等，而同兴公司之周翼华，将出其钱宝森先生所授之一身绝诣得此机会一漏之，可以一惊俗眼矣。

（《东方日报》1943年6月16日，署名：唐僧）

伊文泰仲夏夜

伊文泰仲夏之夜，予我之印象最深，予旧日为诗，固大半取材于是，所谓"高棕几树植前阶，近听清弦远听蛙。正是池塘朝露重，春泥容易污银鞋"。盖有一乐工拉凡哑令者，往往趋奏客前，客悦其调，则旌以酒。昨夜予又为此地游，风景固无殊，特都非当年游客，而彼年老之乐工，亦不知何往。酒吧中坐女人三四，皆老而丑，无一当意者，生涯亦不甚茂盛。少坐即去，门外风高撼树，丛叶作飕飕响，而吾衣单薄，殊不禁风，坐三轮车上，几疑不在仲夏，而似在肃肃秋深中焉。

（《东方日报》1943年6月17日，署名：唐僧）

《连环套》响排

英雄而外又英雌,此语闻之便有诗。为祝卢生输气力,上台也似上床时。

十六日下午三时,《连环套》在皇后响排,一方偕一女侣同临。一方于此剧中,饰一英雄,因笑语众曰:英雄之来,必以英雌相随也。《连环套》之英雄在"亮镖"一场有之,及排"亮镖"时,白雪为八位英雄说动作与走路,一方似不胜其烦,谢不敏而退于坐上。不知彼英雌者,睹英雄怔怯之状,亦将匿笑一隅否?

(《东方日报》1943年6月18日,署名:唐僧)

吃 点 心

昨夜,绍华、兰亭、翼华,都到皇后来看我们响排。待我们排好之后,已经敲过一点,我们跑出去吃点心。走过三马路一家卖粢饭、油豆腐的铺子,进去吃了一碗豆腐浆,都认为滋味不佳,更重新吃过。于是在雨里跑到满庭芳,实在跑不动,走过中央饭店,看见千尺楼主的汽车停在门外,知道他同雪尘二人,都在上面,想上去歇歇脚,而忘记了房间号码,只得再跟他们走。又在一家面店里,吃炒面、排骨,的确比方才那一家,好得多了。孙兰亭向我谈起三十年前满庭芳的盛况,真是如数家珍。过二时以后,再去吃咖啡,荡涤一下油腻的肠子,回到家中,已经敲过三时了。

(《东方日报》1943年6月19日,署名:唐僧)

女 说 书

百无聊赖之时,与一友同偕南京书场听女人说书,志不在欣赏书艺,特欲看看阿有只把好面孔了。南京书场此为初莅,拓地不广,坐二百人已无隙地,内部设置亦窳败无润容,空气自极恶浊。所奇者,女说书场子，竟不见一女听客，此日场中共坐不满六十人，踞前排者，大率为鹤发之翁，后挡人既至，坐于后排，场中茶房，恒絮絮向座客致语，不知其所作为何言也。闻亦有点戏，畀以百金，可以点开篇二十只，然所唱仅一次而已。有人点唱，茶房过台前，扬手中之钱，与说书看一看，说书者于是将正书停唱，而唱开篇矣。如此情形，无怪真想听书者，群相裹足，而不为色迷迷，便不来听女说书矣。

（《东方日报》1943年6月20日，署名：唐僧）

"亮　镖"

　　如何不见一英雄，为道英雄在病中。临阵脱逃原不碍，休讥吾辈"革"殊"重"。

"亮镖"之八个英雄中，独不见一方上场，闻之人言，一方非特不到后台，即前台看戏亦告缺席，则托病不至也。英雄而病，是为英雄病矣！予谓一方勿至，或将于报端致语曰"皮张老不起，故终于逃席"者，此则当为最不写意，盖自以为面皮嫩而视上台之人，岂俱为"重革"之流邪？

（《东方日报》1943年6月21日，署名：唐僧）

孙　老　乙

昨在他报记孙老乙先生，谓其戏绝似内行，故疑其人与孙毓堃老乡亲之流，沾亲带故。是日下午，值老乙于咖啡座上，又以此问之。老乙发极曰：猪猡猪猡，盖不承认为内行，而猪猡始为毓堃、菊仙之后人耳！愚匿笑不已，票友票戏，性格不同，有人恨不能化身为名伶之后，亦有闻内行之名而嫉恶如仇者。老乙当属于后者。老乙复言，毓堃为北京人，渠则原籍津门，各不相关，然则又何至认真辟谣若此？今告老乙，予在台上，笑话太多，台下人谓此滑稽戏，彼唐某者，殆为唐笑飞之弟兄，以一瘪三而凌铄士人。予笑而颔之，未尝以为忤也。老乙之嗓甚响堂，《连环套》后一夜，又与白雪、明康诸君演《群英会》之黄盖，自称反串。

老乙反串花脸,此为第二次,第一次《打渔杀家》中,曾一扮倪荣云。

(《东方日报》1943年6月22日,署名:唐僧)

跳 加 官

关郎海外跳加官,曾值金蚨二百番。今世奇谈多不已,料渠只当老虫看!

梅花馆主记平剧教师关鸿宾赴美国时,表演中国平剧中之《跳加官》,售座高至美金二百元,此当为过甚之谈。关昔年系随唐夫人渡美者,夫人还沪上,述游美情形甚悉,而不及此事也。按平剧中之《跳加官》,有时能得台下人之犒赏,往岁,阔人入剧场,台上即临时出演"加官",所以媚豪客也。闻黎黄陂忆沪上某女伶,恒至老共舞台观剧,黎至,台上必加演"加官",黎即使人掷银蚨以奖之,为数往往甚巨云。

(《东方日报》1943年6月23日,署名:唐僧)

北 来 坤 角

许多坤旦出京朝,曾向群公膝下绕。近日北人枯欲死,群公何计茁其苗?

北方坤角之来南中者,辄拜于上海许多暴发户以及大腹贾之膝下,为过房女儿焉。或曰:目下北方荒旱,沪人救济甚力。这一群专为坤角儿过房爷之暴发户与大腹贾,似觉出力尤多,因京朝坤角,产于北方,若北人皆遭荒旱而死,则此项"过房女儿"之出品,亦将从此断挡,迭排赤佬,亦将无法再过"过房阿伯"之瘾矣。

(《东方日报》1943年6月24日,署名:唐僧)

翼 华 票 戏

当年盗马最威风,票友何人似此公?气不死他袁世海,面皮真厚裘盛戎。

昔年，卡尔登戏院曾有一台好戏，为名伶与名票友合作之《盗御马》，以周翼华君演"盗马"之窦尔墩，无论"身浪""嘴里"，内外行一致誉为杰唱。翼华不以"名票"鸣于时，而于旧剧根柢，打得极厚，及饰窦尔墩，遂为众口翕服矣。之方观其戏，曾诣后台，为其致敬，言曰：袁世海如稍知廉耻，裘盛戎皮张不厚，从此不必来上海吃饭矣。其推重至此。七月三日，平剧有联谊社之《连环套》，仍以翼华演"盗马"，倾动一时，定可预卜。

(《东方日报》1943年6月26日，署名：唐僧)

张善琨将登台

张善琨先生，他虽是戏馆的老板，他自己虽也曾浸淫于剧艺，但向来登台的机会却很少，曾经唱过一次《贩马记》的李奇，据说远在十年以前，十年来绝对没有登过台。这一次为了华北灾荒，不忍坐视，所以除了在大光明(后日)重唱《贩马记》外，还要在七月三日的大舞台上，上一次《连环套》。

以张先生交游之广，偶然登台，座价无论高到如何程度，所有唱券，可以立刻分派尽净，但为了码子之扎硬，和角儿阵容的坚强，预备放在大光明门售，成绩果然不恶，这里当然有张先生的交情外，而要看袁美云、童月娟等的影迷，以及看周信芳的麒迷，更不在少数。逆料这一天的大光明，其盛况一定不在开映《万世流芳》之下也。

(《东方日报》1943年6月28日，署名：唐僧)

包小蝶赠鞋

包兄赠我两双鞋，缎子新裁质料佳。举足应思轻重处，快寻知己走天涯。

包小蝶兄，有一奇癖，平时恒着粉底缎面之中式鞋，据言一月须易两双,从来不穿革履。譬如今日易新鞋出门,及归天雨,亦只能踏其新鞋于泥途中矣。惟以需用之繁,故存货极多,近承以新鞋两件见贻,则为予特制者,故人情重,使我省却一笔开销,赋此为谢。

(《东方日报》1943年6月29日,署名:唐僧)

张善琨预备上演

大光明大戏院,自开设以来,从未正式开映平剧,昔者,有罗宋人演某种歌舞剧,其中有袁美云参加表演类似中国旧剧中天女散花之场面而已。今张善琨等发起急赈义剧,乃于大光明登台,事属空前,而亦可见张氏之真会白相也。

张等登台,为今日夜间八时开始。闻大光明后台,对于平剧应用之设备,绝无所有,并茶担必需之件,亦未尝有,故一旦上演,势必铺排舒齐后,才能开锣,故事前之忙碌,可以想像得之也。

张氏于此剧研习甚勤,张夫人皆习旦,故对台词最便利,而其身段,亦得由夫人随时纠正之。初不必专烦说戏先生也。张为海上名流,近年以来,誉溢海堧,沪人士之想望声容者,逆知大光明内,座为满矣。

(《东方日报》1943年6月30日,署名:唐僧)

柯灵接编《万象》

七月号的《万象》,已由柯灵兄接编,譬如菜肴换了一个烹调的人,当然,又是一番滋味。我始终佩服秋翁先生对事业的努力,真是一步不肯放松,《万象》的精彩,无一期不在进步中,蝶衣兄时代,有蝶衣兄的长处,柯灵兄接手,有柯灵的特点。当秋翁每次将新出版的《万象》,送一本我看时,叫我"批评",叫我"指教",我终没有话,惟有暗暗点头,喉咙口盘着"尽善尽美"四字。

柯灵编报纸的副刊,我微嫌它文艺气息太重,缺少风趣,如今的《万象》,却革除了这个弊病,生动有趣,美不胜收,这当然要归功于帮助他搜集稿件的人，这帮助他的，便是秋翁。秋翁一天不与人"打朋"，要生伤寒症的，自然他对他的出版物，决不会使它陷于枯涩无味的。

(《东方日报》1943年7月1日，署名：唐僧)

四女画家义展

晚蘋先生，因冯文凤、谢月眉、顾飞、陈小翠四家义展事，招待友好餐于来喜饭店，予未往，以未见请简也。而晚蘋书来，深为予责，予终茫然。又雪尘代周一星君，邀新闻业同人宴聚，亦以不见请简而罢，然请简皆送翼楼，而并为闲人散佚，致予不获寓目，遂负老友盛情，念之殊愧悚莫名矣！

义赈之事，今乃发动于蛾眉，虽为力甚微，然柔肠侠骨，亦足使人感奋。钱小山先生既述其事于报端，吾友晚蘋从而为之补，喜奉绝句，聊志钦迟。

各有蛾眉笔如椽，荒寒赖此得周全。望穿南郭孤儿眼，今见慈云覆四大(四家书画义卖所入，赈济南市新普育堂者故云)。

(《东方日报》1943年7月2日，署名：唐僧)

孙兰亭串演中军

今天的《投军别窑》，是由孙兰亭先生串演中军。孙先生多才多艺，正场就是正场，零碎就是零碎，而这一台义戏里面，他特别吃力。读者诸君，你们别以为孙先生玩世不恭，他对于公益以及急赈之事，从来奋勇当先，真是值得我们钦折的。

据太白在别张报上，说起兰亭先生的串演中军，预备着了一身邮差衣裳，骑了自行车上台，想引我发笑，这天便着慌，一慌，便忘记词儿。我见了太白泄漏出来的消息，已经耽着心事，我想不出什么办法，将他应付。昨天起身后，看报上的告白，才发见孙先生的中军，业已抽去，大概他顾念到一个"羊毛"朋友，出汗的可怜，不忍再与他为难。这一点，我们看出孙先生的柔肠侠骨,笃于友谊了。

(《东方日报》1943年7月3日,署名:唐僧)

老凤骂高吹万

一夜,在张秉辉先生家里吃饭,老凤先生于酒酣耳热之时与灵犀兄谈起高吹万的"木铎声",老凤把高吹万骂得痛快淋漓,说他利用了一个木道人,天天替自己的诗文标榜,真是厚皮,所以劝灵犀赶快将他的文字停刊。灵犀因为高吹万年高望重,不便去触老年人的霉头,加以拒绝。而其三先生说得好,他以为高先生的写文章,与大郎唱的戏,性质相同。大郎常说,他唱戏志在聊以自娱,高先生的自吹自擂,也是聊以自娱,这是一针见血之谈。一个人需要聊以自娱,也是养生之道,老凤先生,正不必去阻挠人家。

(《东方日报》1943年7月4日,署名:唐僧)

"十二美人"

在后台看"十二美人"上装后,他们合摄了一张照相,小蝶毕竟是旦角出身,所以扮好,还见他"余态犹妍";张镜寿先生猝视之间,很像小翠花;周翼华平时,那双眼睛,就有几分"媚态",扮了女人,大家说翼华最美。

张善琨先生扮好了下楼,我看了他一眼,哑然失笑。惟有兰亭最称活泼,在后台已经作出许多妖形怪状,他与刘斌昆扮好的二百五,合摄了一张照,好像喜神一样,这张照片,将来广为印送,一定有镇压邪魔的功效。

趁各人在年青的时候,有什么兴致,都尽情的发泄一下。我曾经对张先生说过,恐怕今生今世,也不过扮这么一次女人而已。应该留一点痕迹,纪念纪念,到年老之时,翻出来看看也可以博得掀髯一笑。

(《东方日报》1943年7月5日,署名:唐僧)

《申报》康君

三日义演,台下有人摄取影片者,是为《申报》之康君,今方以摄影妙手,驰誉海壖也。有人于台下观察,谓康于平剧亦有研习,当其摄影时,能择剧中人身段之精神处,似与锣鼓点子,一齐下手者,故所得恒美妙无伦。此次共得数十页,而最佳之一张,当为信芳与盖叫天在一同亮相时,在康君为不朽之作。在梨园则此影亦为极其名贵之纪念品,予除将《别窑》五张,添印外,上述一幅,亦添印两张,一为自留,一寄桑弧,使其见江南伶圣于一台,亦过门大嚼之意也。予之《别窑》,计得五张,可见康君视我之厚,两张为一人独留,其一为"起坝"时,其一则在"进场勒马"时;其余三张,皆与淑娴同摄,而淑娴皆得半面,讵荒伧固不足以俪仙人,故仙人恒作回面时欤?

(《东方日报》1943年7月10日,署名:唐僧)

薛 冰 飞

蛾眉谁更不矜才?偶见相知笑口开。自夏徂秋冬亦至,斯人常代早春梅。

舞人中以秀艳称者,维也纳之薛冰飞应推第一人。薛家二女,皆为舞人,姊冰艳,妹即冰飞也。譬之名花,冰飞直如早春之梅,淡雅高洁不同凡卉,数数偕游,颇悯其志,惟其人体质殊不佳,终年消瘦。予故劝其嫁人后,宜徜徉山水间,以养其身,万不与上海之尘嚣,更相溷矣。

(《东方日报》1943年7月11日,署名:唐僧)

暑 中 杂 句

今年积件已繁多,务请诸君勿赐予。人力全无腕力减,岂真"触瞎眼乌珠"?

去年有人嘱予写扇者,积压至今,不能应命,而今年又拥至,予将窃得暇晷,以清宿债。故望诸君勿再以书件相嘱,予书奇"桂",年来腕力益逊,自己看看亦不好意思再见人面。某君谓,谁说大郎之字写得好看,此人真"触瞎眼乌珠"也。予闻此言,益为惶悚。

不闻负贩到西瓜,想得先生境遇佳。万一不如私颂好,便宜有货送寒家。

今年不闻马直山先生,贩卖西瓜,如其还做此一行当者,务请择价廉物美之货,送至寒家,实所盼切。

(《东方日报》1943年7月12日,署名:唐僧)

沧洲饭店

此地果然有好风,偶同鸳梦不妨浓。如何夜半灯开亮,忽要烦卿捉臭虫。

沧洲饭店成立于一九〇七年,迄今已达三十六年之久,其建筑已窳败,房屋倾圮,极似危楼,惟以地势优美,草木芊绵有林园之胜,故当日暮,风起林间,坐于房间外面之阳台上,有悠然忘世之乐。惟榻上臭虫已不可去,予友税一屋于此者,发现米虱甚多,故不敢留宿,每夜必返家就寝云。

(《东方日报》1943年7月15日,署名:唐僧)

吉林老七

吉林一段老山参,进补郑翁就口吞。入肚方知鸩样毒,断魂未必抵销魂。

有女人名吉林老七者,初为裘盛戎之恋人,及占脱辐,忽与郑过宜互恋,不料凶终细末老七与郑对簿公庭,其自诉要求郑付以赡养费也。惟郑为寒士,何来重金?于是缠讼将无已时,郑为人巽懦,故为妇人所欺,试看裘老板,任凭老七狠天狠地,终于白弄一场耳。

而今谈虎送房东,如此房东特别凶。提起柴爿一阵打,剧怜受害尽儿童!

张金海一案之后,法租界又有二房东殴死张鸿海一事,张亦学徒,年才十五岁,屠人好手,尽传儿童,真惨不忍闻也!

(《东方日报》1943年7月16日,署名:唐僧)

屠　　门

"祥康""康福""普陀路","镛寿""南阳"惯驻踪。马立斯更跑得久,"德丰"问路竟无从。

西平近于报间述屠门事而常及德丰里,德丰在北京路,然予未去过,欲烦西平挈予一行。一日者,予自普陀路至翼楼,适西平待予于此,要予同往阿金家,不图予方自彼处归也,故为之扫兴。一二日前,公共租界之屠门,最低价为二百金,今则已增四百。闻桥上诸花,亦以百二十金为最起码之价。此间门口,号称贵族,四百金固亦未以为奢耳。

(《东方日报》1943年7月17日,署名:唐僧)

"臭　　肉"

代将诗句告文荒,"臭肉"缘何此"一方"。我意还该称一块,一方未免辱卢郎。

本报前日文荒公,言杜蘅若女士,固为香草,但迹杜之行为,直是"臭肉"一方而已。予谓臭肉之下,万万不可加一方。因卢一方先生见之,必将为之多心焉。

碧霞坤角亦贤才,多谢刘翁陪得来。不道终教悭一面,黄梅时节事多霉。

天奇热,又因大雨,不甚出门,闲事必家居。一日,刘菊禅教师,挈其女徒海碧霞女士诣翼楼,竟不获一晤,想看看女人,而女人送上门来,犹缘悭一面。入梅以后,予所为辄左,大呼倒霉不止,今以海故,又觉霉气之尚未脱尽也。

(《东方日报》1943年7月18日,署名:唐僧)

王 小 莺

同文有为王小莺印特刊者,继之又有谢鸿天专页。王小莺色艺如何,予不获见,惟谢鸿天则听书三次,晤对二回。此婆年已逾三十,憔悴如病起之人,若言艺,亦无过人处,而"弦边才子",为之张扬,是殆本恤老怜贫之念。是则弦边才子,亦可谥之为弦边君子矣。

一日者,予友邀邹蕴玉堂会,鸿天偕之同来,默坐一隅,犹至落寞。昨见某君撰一文,谓鸿天冷若冰霜,凛不可犯,故不为登徒子所喜。予言鸿天贞洁,固使人不敢犯,但其一面孔肃杀之气,似亦易使人望而却步,不犯之理由固各居其半也。

南京词史,无赏心悦目之儿,惟闻周觉仙尚佳,固未一见,因说者誉其热情,正患此人为十三点之俦耳。

(《东方日报》1943年7月19日,署名:唐僧)

道 士 髻

头作茅山道士腔,者般打扮最风凉。图中美女常常见,郎便视侬作古装。

夏日,海上女人,将脑后之发,梳之于顶,望之乃如茅山道士,而一般人亦称之女道士头。某舞女曾言,此种式样,本不好看,特甚风凉,故不妨视之如古装美人,不多盘其髻于顶上耳。

红星马桶间中坐,位子多留八月花。要好还须里面请,大班从不顾穷爷。

赴圣爱娜,一舞女大班来,予指位子上坐一舞女,大班即曰:此为阿桂姐。我当为君至马桶间中,请一个出来也。

(《东方日报》1943年7月21日,署名:唐僧)

谢 豹 书

一向心倾谢豹书,书生贫薄几时纾?写来扇页些些价,曾够先生半饱无?

谢豹与孙六宾先生合作扇页,取价仅百四十金,可谓廉矣。

日书千字省工夫,不为交情厚薄殊。只为一家须抵债,一家还要抵房租。

今年畏热,实不堪握管,故自八月一日起,写稿拟缩减为二家,俟秋凉再当为老友效劳。是二家者,一为本刊,因予居本馆房屋也;一家因馆主为予钱债主耳。

(《东方日报》1943年7月22日,署名:唐僧)

为 五 报 治 文

一家"不便"一家登,应念唐僧汗不停。捧骂无心成惯技,各人原异爱和憎。

予平日治文,非捧即骂,付之报间,有因予所捧之人,为主辑人所痛恶,或以予所骂之人,为主辑人有所顾忌者,于是吾文恒遭"留中"。予今当敬向各主辑请愿,凡予所属之文,不论其为任何原因,而不予发刊,予决不有些微"难过"。惟原文务乞发还,因予挥汗为文,一稿之成,备受劳苦,故不能不自珍敝帚。予既兼为五报撰述,则甲报所不刊者,乙报或能采用也。若甲乙丙丁戊诸报,皆弃吾文,则我将亲自弃于字篓,自家栽种亦当自家埋葬之。

(《东方日报》1943年7月23日,署名:唐僧)

灯 火 管 制

开门还是在家登,闻道风凉不许乘。试想人多房屋小,正同包子一笼蒸。

灯火管制之夜,劝谕市民,勿在门外或巷内乘凉,而须闭门家坐。天热,穷人家内,人多屋为炎暑,熏蒸,说者谓正如几只馒头,放在蒸笼中也。

警报声来灯要关,客堂楼与灶披间。早眠好把电流节,为惜当前物力艰!

近日,予不外出,下午四时,已返家,六时夜膳,八时已入睡乡,故楼下有因防空警报而喊关灯者,往往于梦寐中闻之。

(《东方日报》1943年7月26日,署名:唐僧)

何来感慨!

小型报文字,种种地方,都有些区别。譬如写一节纯为记事体的文章,写述的人,往往欢喜夹叙夹议,或者加一些感慨。这在大报,就没有此种现象,大报的新闻稿,从第一字到末一字,只在叙述事实的真相,而算尽其事能事。但两者比较起来,而论文章的气势,自然小型报优于大报,现在我举一个例。廿八日的某报上,有一篇关于记载陈蝶衣编辑《春秋》月刊的文字,原是新闻体裁,而其中发现了作者的一段感慨,读之似乎嫌其突兀,但毕竟发生了耐人玩索的好处来,现在我把它摘录下来,别无用意,不过证明我说小型报与大报的作风,自有其异趣的地方,其中的一节是:"至其编辑酬报,除月俸三千金外,并有每期按实际销数,每册另酬二角之规定。此一'劳资合作'办法,固属不错,但如遇及昧良资本家时,账目不肯公开任其以多报少,乱话三千,则仍类于画饼充饥,莫如之何,而徒然获得气煞人之结果而已。"

(《东方日报》1943年7月30日,署名:唐僧)

陈素英进场

自怜身伴绝萧条,哪有明珠慰寂寥?未必陈娘真解意,侬家阿妹待开□。

夜坐于大都会花园,友人招陈娘侍坐,予则身伴无人,物色多时,予无当意,陈乃语予,谓其妹于今夜进场,年不过二十,犹含苞未放之花也。予亦奇吝,笑答之曰:进场之舞女不要,不过二十岁之女人不要,其为处女更不要。故终拒其美意。

　　皆为香烟吃勿消,故来告别在今朝。十年读我文章友,请记重来不甚遥。

予向各报当局请假,俱荷照准,故明日起,当与读者小别,才尽江郎,为诗为文,皆无足当诸君之意,特治文十载,与读者已久结因缘,虽云小别,似亦不胜有依依之意耳。

(《东方日报》1943年7月31日,署名:唐僧)

吃　饭

天下吃不厌的食品是饭,没有饭吃,固然肚皮要饿,但你若老不吃饭,而用别种代替品果腹,你立刻会厌倦,会难受,从知人是派定吃饭的东西。

一向有口苦饭吃,不晓得没有饭吃的难过。上月以来,上海许多吃饭地方,都奉令禁售米饭,而恰巧我又连着几天,在没有饭吃的饭馆里吃饭,只把小菜、馒头、面、塞饱肚皮,真的将胃口倒足。记得有两天的午夜两顿,都在新雅,吃到第三顿时,我已叫苦不迭,到第四顿,简直不能下咽,肚皮根本没有装饱。这一夜回去盛了两碗冷饭,泡一些开水、肉松、大头菜,吃在肚中,真觉得是生平没有尝过的佳味!

从这一次经验下来,我害怕了,我怕灾荒临到我头上时,我将先众人而饿死,因为我太要吃饭。吃面,还不习惯,何况是杂粮,是树皮、草根呢!

(《东方日报》1943年9月1日,署名:唐僧)

再 议 卖 饭

闻正兴馆等饭馆,俱有米饭可吃,特如天天饭店亦以饭店名,而无饭供应,岂饭店不能与饭馆并论邪?顾有异数者,静安寺之又一邨,足为食品肆,非正式之饭馆,而此中有米饭可卖,则不知坐何因缘矣?又福致饭店,售咖喱鸡饭,亦有饭吃,若新雅之神通广大,独不以米饭饷客,更不知其坐何因缘耳?

天热,正兴馆久不往,迩与信芳、笠诗、梯维、素雯、费穆诸君,饭于又一邨,因有饭可吃,异之。特又一邨地方甚糟,肴馔又不可口,虽有饭吃,亦不堪果腹,因念苟新雅而能售饭如故者,则人满之患,视今日必犹甚。今不卖饭,已户限为穿,可知上海人吃定了新雅者之众矣。

饭店不售饭,然闻顾客而以煮熟之饭,携之入内,在所不禁,此倒未尝为之,亦未见他人为之者,疑是"望文生义"之谈,不足为信。

(《东方日报》1943年9月2日,署名:唐僧)

作 贾 人 言

(七)石挥营股记

予游于华股市场之初,沈琪亦每日必至,以沈之牵引,话剧界中,亦有人投身于此道中者,先为洪谟,继见石挥。予谓营华股绝类赌博,他人亦无意于此,为朋友者,最好不用甘言诱惑,否则一日失败,于心将不克自安。然石挥之来,初非因沈琪之劝,而其有志于此固早在沈琪之前也。盖石挥朋友中,执事于银行者甚夥,石以导演《福尔摩斯》,得上演税数万金,其友乃劝其试买华股,当与予等同游时,渠已购进景纶衫袜厂之股票矣。尝与予合买中法,亏蚀甚多,渠所识股票公司亦广,每日上午,奔驰数处,比较行情。一日,韩非亦至,予询其亦有问鼎之意否?则曰,来看看而已,始终未下手。今闻石挥已赴北都,不知股票,已全部斩割否,若已斩割,则其所耗资金,当极可观也。

(《东方日报》1943年9月9日,署名:唐僧)

作 贾 人 言

(八) 华影股票

予之购"华影"股票,亦远在去年,当上海戏院公司于一月一日成立之前,发行股票,时予绌于资,第从善琨许分购得三百股,及戏院公司为"华影公司"收买,浴室股票亦变为"华影"之股东,其股票票面,由十元而变为一百元,予之三百股,至此亦缩为三十股矣。予既游市场,拟将此股票脱售,顾以数量太少,不易成交。一日,赴梯维许,梯维亦谓渠有"华影"之股,可以合并出售也。时该股喊价为一百十五与一百二十,予语梯维,愿以一百〇五元一股,让其接受,梯维欣然诺。孰意甫入其手,股价挫落,梯维大怨,谓占小利乃吃大亏,至今该股犹在××以内,梯维犹在株守中,每相见时,以此垂询,渠尚不禁皱眉也(现闻"华影"股票,亦有增资讯)。

(《东方日报》1943年9月10日,署名:唐僧)

访 陈 守 棠 君

吾妻有闺友陈玲珠女士,嫔陈守棠君,陈盖海上名票也。今年春,守棠以扇页嘱予书,予奇懒,历良久始蒇事,迟玲珠不至,吾妻欲自送其家,而其家方莺迁。据玲珠言新居在之方所居里巷之对门,为某某里之八号,吾妻不知路何名,里又何名,贸然造访。是日,愚亦同行,以愚将诣木公许,木家距其地甚迩也。顾寻访久之,终不可得,愚颇怪女人作事粗疏,事前未及详询,致徒劳跋涉,因成此文,苟能为守棠所见,则乞示我以高踪,俾拙书可以缴卷,而彼久违姊妹,亦得一倾积愫也。

(《东方日报》1943年9月13日,署名:唐僧)

中　秋

今年今日又中秋,添得江郎别样愁。不为油盐柴米贵,吴霜渐向鬓边兜。

予今年体质大亏,入夏以来,恹恹坐卧绝无佳兴。往时每临佳节,纵在穷愁中,而意兴殊高,今则终朝兀兀,亦不自其何由致此。要为精神已衰,豪迈之概,因而锐减,方入壮年,而衰象已征,念之殊可悲也!

(《东方日报》1943年9月14日,署名:唐僧)

鸳鸯蝴蝶派文人

毛羽最近又有新作剧本,轮廓已具,而剧本之名称未定。一日遇予,要予为之代题,惟其态度极不好,语予曰:足下为鸳鸯蝴蝶派文人,此剧本名称,固宜富"鸳蝴"气息者,故烦之足下。毛羽之意,原在讽刺,予则不胜受宠若惊之感。予虽卖文为活,顾自知文字(说不到文章)奇劣。鸳蝴之文,纵为若干人所侮视,然究成一派者也,予则且不敢高攀。而毛羽之言,适成抬举。毛羽为新文学作家,蜚声于当世文坛者,今亦效若干浅薄之流,亵慢鸳蝴,予自顾卑陋,不敢与文坛巨子,较短论长,一切是非,请付之他人评论。

(《东方日报》1943年9月15日,署名:唐僧)

霉月饼

中秋节在停云楼主人花园中举行之甲午同庚千龄会,被邀来宾,各得赠送月饼一匣,月饼为中国国货公司所承办之苏色月饼,每匣四枚。席间汪亚尘先生,曾言国货公司,以最低廉之价格,售与同庚会者,故国货公司当局之盛情,殊可感也。予为来宾之一,白吃白拿,在理不应再有闲话,惟不能已于言者,予所得之一盒月饼,两枚比较新鲜,两枚已长绿毛，其馅内亦霉痕点点。予一向粗心，及半只入腹后，始发觉有异味，加以审视，则发现此恐怖现状，然其半已缘喉管而下，沦入饥肠矣。国货公司之出品，在在比人不如，此为铁证。予为此文，非与此日之贤主人为难，特怒堂堂国货公司，无奈蒙人太甚耳。

（《东方日报》1943年9月16日，署名：唐僧）

女 书 场 中

读柳絮之文，述南京书场有吴氏双挡，因与欣木诸人同觇之，去较迟，吴挡已竟，遂呼负负。稍坐间，值横云阁主人，主人之爱护弦边婴宛，如爱其女。平时，诲诸儿宜有礼貌，予既至，阁主乃令在场诸儿，一一趋前为礼。予大局促，若坐针毡，以予不喜拘于礼，礼来缚我窭不堪言。及王家二女，唱开篇既完，踉跄遁去，欲一听严诵君而未得也。

女弹词家，唱开篇外兼唱流行歌曲，是夜王小莺唱《卖糖歌》与《蔷薇处处开》，皆不大好听。唱此类歌曲，亦需有基本训练，不可率尔为之，况从琵琶弦子间弹出此调，更难听，顾听客促狭，必令若辈为之，为识者所笑，若辈终不自知，滋可怜矣。

（《东方日报》1943年9月17日，署名：唐僧）

嘉 定 话

予尝勉九公先生以方言写随笔，九公谦逊，谓未必能擅胜场也。一日，见其于报端用嘉定方言，为予作传，属事隶辞，无所不妙。予籍嘉定，虽离乡已久，而乡音未能尽改，平戏中"尤求"辙之字，尤不能免嘉定人特有之音，由是为朋侪所讪笑。嘉定人称女儿，其音读为"丫腾"，九公谓为"鹌鹑"，此为东门以外人之言。东门以外，近罗店，其地之音尤不好听，亡友沈延哲，脱口而出者，皆此类语言，尝为天厂居士调侃。天厂有方言天才，与延哲相识久，亦能为罗店话也。嘉定人往往不易尽脱乡音，晚藾亦邑人，独能去除抑亦难矣，潘仰尧亦嘉人，旅沪非不久然张口而言，一听即可知其为来自疁城也。九公为太仓落乡人，距嘉定亦不遥，故能谙嘉定话，虽然，此为"冷门货"，只好写与嘉定人看，始能领略其妙处耳。

（《东方日报》1943年9月20日，署名：唐僧）

五 伦

费君钞票三千块，安我全家六七人。莫怪无伦列朋友，如君与我更"敦伦"！

此诗为拍本报主干人邓先生之马屁者。予所寓之屋，大雨后漏水甚多，昔日狂风，一室中漏水达四十余铅桶，予母不克安居。顾房东心黑，告之不理。二房东邓先生，看不过，斥二千一百金，买马口铁三张，又鸠工修葺之资数百金，合费辫子三条。从此使老母过太平日子，不愁风雨来侵，心甚感之，拟送礼，力不能及，只得扬一诗于报端，亦犹之为医家上匾额也。

（《东方日报》1943年9月22日，署名：唐僧）

打 耳 光

敲颅击掌皆尝过，未被先生打耳光。只为痴儿顽劣甚，阿娘道是好先生。

予幼时读书，曾被教师以竹鞭击予颅，击予掌，但未尝吃耳光也。长子唐艺读于某校，乃谓教师刑罚，有异于他校者，则为捆颊是，因曰：捆颊无乃辱人过甚。因求予为之转学，惟予妇言，子固顽惰，不打耳光，不足以儆劣性也。

蜡烛而今价亦高，人为蜡烛也升梢！可怜人贱如泥日，只抵"斤通"三二条。

蜡烛每斤售一百余金，比人为蜡烛者，其价亦正复不赀也。

（《东方日报》1943年9月24日，署名：唐僧）

山　芋

　　从来不吃烘山芋,今日啖之亦颇甘。所有点心无此贱,朝朝饱我二三男。

十数年来,不吃烤山芋矣,非不爱吃,不屑吃,无机会吃耳。愚子上学,家中不及办稀饭,辄与以钱,则皆买烘山芋,谓此物最耐饥也。前日星期,予早起,见儿子皆嚼烘山芋,因亦购二枚,因难得吃,觉为味亦隽。大华畜植公司,种山芋,得二十万斤,乃于静安寺路之大观艺圃,设门市部,红心白壳,中原言:是为白薯中之上品焉。

(《东方日报》1943年9月28日,署名:唐僧)

一　梦

　　似有芳菲一梦通,蛾眉昨夜有愁容。早知盐米寻常事,何必高帆换短篷?

旧识之某舞人,今已为孀女矣,屡屡于途中见之,清柔婉美,益胜前时,惆怅久之,夜乃成梦。

◆天际

　　天际哀鸿不断鸣,似怜人世有笳声。我今且劝鸿归去,整顿凄凉了此生!

送嫁词一首,以《天际》为题,倘亦不欲以绮语造口孽之意云耳。

(《东方日报》1943年9月29日,署名:唐僧)

杨宝森重来

予于论剧,成见最深,以为当世武生惟盖叫天,老生惟周信芳可看耳。杨宝森来,笠诗力绳其美,谓听戏而不听杨宝森,是乌可者?其实宝森唱工,予夙爱好,特以其身上过于难看,故不取。演与唱,予视演尤重,故演技当列第一条件也。及闻宝森二剧,以为其唱越听越可贵,而演技初无寸进,若此佳才,若不置之舞台,而于清风明月之夜烦以歌一曲,传以哀丝豪竹,则韵味尤醇。若麒麟童之演技精湛,役台下忘我之境,足始值得台下千万人共观耳。笠诗又言《鼎盛春秋》,为宝森绝唱,及其重来,贴此剧时,将瞯吾友多买一券,随之为座上客焉。

(《东方日报》1943年9月30日,署名:唐僧)

灰 报 纸

近时所见之杂志,俱用灰报纸印,过目辄生厌恶。治小报文字者,谓划样子之好坏,可以轻重文字之优劣,划不好样子,纵为绝世妙文,读者辄以平凡之目光视之。虽文字不甚美,若样子划得好,亦堪生色。昔日小洛编《朝报》副刊,不胫而走,不一定内容好,实样子划得叫人看了舒服也。今杂志用灰报纸,予且不辨其质量如何,一望颜色,已弃卷矣。

◆地位

文友有争所作文字刊登之地位,予从不介意,为《东方》作稿,有时将我不屡刊之于第二三版,而刊之于一四版中,予亦不多一句闲话。惟九公先生,恒斤斤计较,"争牌子"之"逸兴",时见之文中,乃知故人有进取之愿。予已麻木,非但地位不争,稿费亦不争,不用我稿子更好,停我生意,更感恩不浅也。

(《东方日报》1943年10月1日,署名:唐僧)

送 书 癖

平襟亚先生以小说家、文学家而终为书贾,十数年来以广聚闻矣。以读书人做生意,而居然发财,必其人于读书人之襟度以外,另具做生意人一把算盘,故平虽风流落拓,不愧士人,然亦精明干练,恰如商人。予识平逾十年,考得平有一特点,凡中央书店发行之书籍,其为平之朋友者,要其书,立送上,而不取分文,予以钱,坚拒勿肯纳,谓自家店里货色,怎好意思要人钱哉?譬如《万象》月刊亦平所印行,及出版,必以一册专投送与至友,终年勿间。予故疑其人送书有癖,又恨予不好读书,苟平所设为米店,而月以白米一石送来,或所设为绸布庄,为人谋御寒,平亦无吝,则衣食且无忧虑。今为书坊,儿子读教科书中央书店无之,颇贻揩油之名,乃无实惠,以告平先生,亦将笑故人之饕而无餍乎?

(《东方日报》1943年10月2日,署名:唐僧)

《浮生六记》

卡尔登戏院,将以《浮生六记》上演。《浮生六记》一书,为沈复所为,享名甚盛,林语堂且译为英文,流行国外,其重视可知。实则此著了无是处,所谓"属事隶辞",皆落平常,而不知何以能流传于远?中国传世之诗词文章,恒多名不副其实者,以一二人为宝,后世人亦盲从而珍视之,《浮生六记》亦是也。

◆抽签

章逸云登台于黄金,以其阿姊面上之熟人,每日捧场票子得二万金(据说)。逸云以人家人身份,此番已不赴后台,第在台下看戏。逸云贴倒第二,唱既毕,捧场人全部抽签,逸云亦毫不留情,立起身来便走,外行人见之,一致认为章老板毕竟真做得出来也。

(《东方日报》1943年10月4日,署名:唐僧)

李 多 奎

与李多奎夙无恶感,惟其戏不喜看,予天生不爱老旦戏,龚云甫之复绝一时,亦不以为好,李多奎无论矣。上次来,曾看其演《托梦哭灵》,其头不摇,声不出,越摇则声调越美,李多奎并不难过,台下之予,代为吃力不止。迩闻此人角儿气十足,尤不敢取。某日,后台排张少甫与李玉芝之《坐楼杀惜》,码子在李多奎后,李不许,谓我怎么好唱在张少甫之前?其自负不凡,益堪增恶,此次三李之来,不如上次之得意,则下次重来,为势尤不可恃。上海饭并不容易吃,李老板,又何不想开些?争长论短,多见其卑陋可怜耳。

(《东方日报》1943年10月6日,署名:唐僧)

全本《伍子胥》

笠诗既笃嗜宝森歌,谓《鼎盛春秋》,尤为杰唱,四日之夜,宝森复贴此,笠诗因约祖夔先生与予,同往观赏。此剧予不甚熟悉唱词,特《芦中人》之"一事无成两鬓斑"一段,能背诵,又《文昭关》之"伍员马上怒气冲"及"一轮明月照窗前"数节而已,顾"一事无成"明而不唱。此剧唱工绝繁,独删去予能听之一节,真怅怅也。见东皋公后已"恨平王无道乱楚宫",笠诗言,此句昔日唱时使满调,然拉不上,卒至走气,是夜故不敢再试,乃用平唱,惧重蹈覆辙也。待"刺王僚"上场,已十二时三刻,王泉奎嗓不甚冲,乃大失望,为专诸之张洪祥,身材高大,气概已具,亦能做戏,余子皆碌碌不足道。是黄金之局,特看宝森一人而已。

(《东方日报》1943年10月7日,署名:唐僧)

斯 文 败 类

友人某,既不获再操笔政,闻有人忽上一函,为幸灾乐祸之词,曰:今日之汝,更能铮铮如铁邪?又有一人,为其旧日之契友,投一文与他报,曰:汝往日以挞伐为能事者,今若有人詈汝者,我将看汝何从挞伐也?兹事予闻之忘我庐主人言,以为前者固幼稚可怜,其后者,则凉薄而尤可鄙。某之为人如何,姑不言,若不慊其人,咒之诘之,但无不可,特何不在半月以前,而在半月以后之今日邪?孔子谓小人者,近之则不逊,远之则怨,若此种人,当为小人之尤,盖岂怨而已哉?无怪时人论斯文中独多败类,我今深感他人之言为不诬。嗟夫!何谓斯文,彼嚣嚣者,直喧腾之群畜耳!

(《东方日报》1943年10月9日,署名:唐僧)

维也纳夜坐

不见兰苓一惘然,舞场从此绝清弦。人来今日疲成病,酒贱当年泻似泉。健美姑娘推此许,桑麻父老属诸袁。可怜鼎足三骑士,九九风情老更妍。

夜坐于维也纳舞场,已不闻兰苓之歌矣。兰苓之歌,不及姚莉,顾艳丽过之,此间红舞星,以严九九、袁佩英及许美玲成鼎足之势。佩英老于此间,若谓闲话桑麻之父老,非此莫属。许号称健美姑娘,双峰之巨,不称其人,然雅号之来,正复由此。予则谓严九九投老风华,独能熠熠照人耳。

(《东方日报》1943年10月12日,署名:唐僧)

《浮生六记》

昨日遇包天笑先生,因谈《浮生六记》。予于沈三白此作,夙无好感,包先生则不置一辞,第谓沈实幸运之儿。其稿既杀青,委弃于道途间,忽入一尤姓人之手,则已残缺不全,此尤姓人非他,即在上海专办农场之尤怀皋先生之祖父也。尤氏与包先生有葭莩亲,先生故知之甚谂,而怀皋之祖,与天南遁叟善,因以沈稿件与叟,由叟之介绍,始刊于《申报》。然所谓六记者,不过四记而已,其后有人忽扬言遗佚之二记已得,因付枣梨,顾为天笑先生见之,断为赝鼎,盖此著新名词甚多,决非乾嘉年间物所有,因后亦不复流行。今费穆移此作上舞台,予尚未见,然见者一致称重,惊费为鬼斧神工,以予之不甚尊视原著,殆将以"化腐臭为神奇"一语,为费先生颂矣。

(《东方日报》1943年10月13日,署名:唐僧)

报柳絮兄

读柳絮大文,谓"《浮生六记》,本传诵一时之作,及大郎给以重新估价后,文艺地位开始动摇"等语,为之惶悚无地。予无状,不敢评骘前人,即有微词,亦只能当随风放屁,万不能使前贤以吾一言,遂成贵贱。故柳絮之言实为对不肖之讦讽,甚至为咒诅无不可也。文章之道,仁智互见,若沈复之文,予非素好,然亦知其为清逸细腻之作,顾此类文词,予最不喜。予向谓诗文在盛名之下,而其实难副者,大不乏人。譬如苏曼殊所为,予皆以为了无足取,此不过为私人所见,未可论之一般,予决不狂妄,微论昔人。即今日之治小品随笔者,若柳絮文歪,皆强予万万,予恒服膺拜倒,绝无间言,惟其所造,不近予性者,则一例抑之,要亦在毫无材料时,写出来算数耳。

(《东方日报》1943年10月16日,署名:唐僧)

狄平子身后琐闻

若干日前,本报刊新闻稿一件,谓狄平子有藏画一幅,为董香光所谓"天下第一王叔明",黄鹤山樵所作者。近为狄氏后人,价卖与魏廷荣氏所收藏矣。其成交之价,则为六十万金。闻之人言,平子生前,珍视此作,无啻第二生命,平时非相知之友及真正之赏鉴家,决不肯出示与人。不图其遗属不肖,终距狄氏之丧犹不及三年,名画遂以易主闻矣。按狄氏有一子,今居蜀中,其人有神经病,体亦滋弱,今将画出售者,实为狄氏之女。狄有女五六人,非不足以全衣食,特皆爱钱如命,明知此为价值连城之品,顾以不能化为钱帛又不能条裂收藏,故亟欲出售,俾得各分遗产,而现金集中云。

(《东方日报》1943年10月18日,署名:唐僧)

话剧的时间问题

最近,上海之话剧,以《浮生六记》《香妃》,与《飘》成对垒之局。以时间论,《香妃》仅演二时一刻,《浮生六记》至多两个半钟头,而《飘》则第一日,开演占时达五时一刻之久,较前述二剧,盖倍而上之也。后力事缩减，又抽去一幕，然亦须四时半。或谓长的太长，短的太短。话剧之标准时间，当以三小时为度，故长则截，短亦当接。闻《香妃》已请朱石麟再写一幕，大抵着眼于香妃与乾隆之见面，以原剧中，此两个主角，乃未曾觌面耳。惟《浮生六记》，则无添戏之传说，而《飘》则拼命截而截不短，故今看话剧之《飘》其费时当与看舶来品之《乱世佳人》相等云。

（《东方日报》1943年10月19日，署名：唐僧）

宜惩轻薄

近日各报随笔，大多吃周鍊霞豆腐者，予未尝有此种轻薄举动，既识鍊霞为"金闺国士"矣，当以国士之礼礼之，岂容亵慢。昔者玉狸词人，以鍊霞之惊才绝艳，而致其刻骨倾心，筵间相值，絮絮倾眷恋之私。某文友见而大愠，斥玉狸为无状，则以某知鍊霞已有夫，而鍊霞蒿砧，又为某所素识耳！然玉狸固不知鍊霞为罗敷也。纵谓其形迹上不甚光明，更不失斯文本色，若今日之群口嚣嚣，直不知视鍊霞为何人矣。评头量足，其行为视市井登徒，为尤可鄙，独怪鍊霞能受而甘之，又怪晚蘋先生，亦不造一辞以正视听。又某君者，昔日痛斥玉狸，今亦袖手不为一语，借息群啄，则往时之大动肝肠，真令人疑吹皱春池干卿底事也。

（《东方日报》1943年10月20日，署名：唐僧）

油诗

今朝执笔不成文，姑以油诗报邓君。须识寥寥廿八字，已将心血灌殷勤。

今日无一字可写，无一屁可放，免缴白卷，聊举油诗。职业文人之可哀，往往于此种地方，见得尤切！

（《东方日报》1943年10月21日，署名：唐僧）

俞逸芬无嗜好

凡鸟先生,记俞逸芬兄事,谓逸芬系苏州人,而非海堧人,则为予前所未知者。朋友之原籍,虽相处多年,亦莫悉究竟。予与逸芬兄甚契,向亦以为浙人,今据凡鸟言,此君实吴王台畔产也。惟又言逸芬困于嗜好,则绝对不确,逸芬工饮亦抽香烟,惟决不食鸦片。有一时期,我人时聚居逆旅中,逆旅有人备烟具,予有时还"香一同",逸芬决不沾唇,故凡鸟之言,实为误忆云。

◆番邦老蟹

上海票友中之正宗青衣,推国际大照相馆主人王廷魁先生为第一人,孜孜矻矻,未尝稍辍,故其造诣日高。年来,王登台,恒以演《探母》之萧太后自娱,予戏称之为番邦老蟹,廷魁亦不以为迕也。今北平李丽将演《探母》于更新,饰太后者又为廷魁,我人又得一闻妙奏矣。

(《东方日报》1943年10月23日,署名:唐僧)

报横云阁主

予作《宜惩轻薄》,乃逢横云阁主之反响,惶悚莫名。予平时看报,极疏略,洋洋数千言之宏文,尤不耐细读,阁主所作,恒多"巨著",惟不肖属目者绝鲜,良以文太长,耗时而劳神,非敢于文章之好恶,有所选剔也。昨日《何谓轻薄》之作,睹其文题,知所述或与拙作有关,因读其终始,果知阁主亦曾于"金闺国士",施其雅谑者。予虽未见阁主原文,然可料知阁主之文,必为"雅谑",而非恶谑可比,故请阁主万勿多心。予以前此未曾读阁主所记,不然,必无前文之作,既有之,亦必将阁主提开不论也。今且为阁主谢失言之罪,又"檄文"二字,以后万勿施与。目下执笔之人,尽是哀鸿,权威二字不能用,亦实在不配用也。

(《东方日报》1943年10月24日,署名:唐僧)

平襟亚五十寿辰

佛堂昨日集朋侪,更喜称觞礼不收。有利有名兼有寿,宜嗔宜喜不宜愁。文坛真好尊前辈,蟹局常开捏"顶头"。吃过吉祥斋一顿,众声一例祝千秋。

此诗为平襟亚先生五十寿辰而作,先生之寿,不收丝毫礼物,此与专打秋风之徒,实有贤不肖之别,故值得大书特书者。予更祝中央书店,门庭如市,《万象》月刊,行销日广,又祝先生打沙蟹时,常捏"顶头"一对,及故人之千秋万岁也。

(《东方日报》1943年10月27日,署名:唐僧)

待 人 一 首

兰心门口等玲玲,共道饥肠历乱鸣。附近点心无心买,路傍剥壳吃花生。

玄郎邀舞人王玲玲进晚餐于十三层楼,而互约于七时在兰心大戏院门口相晤。是日客甚众,予与翼华、玄郎,届时遂鹄立于西风中,待玉人之来。顾逾时勿至,而三人皆馑甚,如进点心,又无处可买。翼华至不能耐,就道旁之花生摊上,购带壳花生两包,分而大嚼,狼狈之状,真不堪入欢场女儿之目。不知哪一个王八羔子,乃想出这一种约晤地方来哉?

(《东方日报》1943年10月29日,署名:唐僧)

鬓 丝

大中华咖啡馆之广告,颜其眉曰《大中华周历》,则以一周来,凡上海知名之士,莅此饮啖茶点者,一一录之,似冠盖往来之集,亦似名流行踪之录也。其文皆出蝶衣手笔,修辞皆委婉有致。一日,同兴之周,与大来龚,为大中华座上客,去时各为双携,翌日,《新闻报》之广告中,即有此记载,顾不言身畔有人也。蝶衣之意,谓是不可书,恐使老友之"家庭多故"耳,否则必当谓"各携鬓丝俱至"。其实"鬓丝"两字,正不妨用,周夫人固雅通文墨,龚太太亦善读小书(连环图画),未必便能解"鬓丝"二字之代表女人也。

(《东方日报》1943年10月30日,署名:唐僧)

为江风题画

江风为江栋良先生之别署,近年致力于国画,为识者所赏爱,曾为屠光启兄作仕女一幅,顾无题,光启嘱予为之,因得律句,兹录如下:

徐步秋风下玉墀,更寻修竹倍多时。放肩落笔应无语,掩袖投眸或有诗。云鬓乱于些许酒,凤凰还在最高枝。蛾眉不作窥臣想,可识墙西客已痴。

又栋良今已摒绝一切庶务,但以作画自娱,读者中如愿得此艺人手迹者,托予介绍,索价定能公道,且要伊画啥,伊就画啥,予不取回佣。因此子清贫,与予为脚碰脚,不好意思脱帽子也。(此节文字,有电台上叫卖作风。)

(《东方日报》1943年11月1日,署名:唐僧)

《路遥知马力》

《路遥知马力》,在麒派戏中,决非一出好戏,然近岁信芳打泡戏往往以此剧为号召,则此中有一段因缘在也。信芳初组移风社时,尝贴此剧,卖座寥寥,一日,仅得券资二十余元,遂大惧,以后不敢再贴。及其盛誉日隆,犹不欲以此示人。大舞台会戏之后,信芳大病,病起登台,拟贴《群英会》为打泡,或劝阻之,谓太累将于病后勿宜。急切间,有人献议,谓曷不以《路遥知马力》打泡乎?信芳不然,谓是乌可以?其人曰:麒迷日众,况辍演已久,足下重来台下已饥不择食,贴之何妨?姑从其言,及上演,遂得满堂,信芳大悦,自此本以《群英会》为泡戏者,今则俱改《路遥知马力》矣。

(《东方日报》1943年11月3日,署名:唐僧)

交　情?

昨天在蔓萝饭店席上,与一方谈起稿酬问题,我的意思,执笔人不能与报馆老板,争多论寡,若是计较到钞票上去,那末老板看起你这个写稿人来,非特品格不高,而且不够"交情",惟一的办法,为去寻别条出路,不吃这一口怄气饭,是为上上策。以我个人而论,王八蛋说句乱话,一个月写稿所入,不够我坐三轮车、黄包车的开销,照例我可以不写,但我肯说一句诛心之论,捏一枝笔在手里,除了开销我不够开销的车资之外,有许多地方需要利用着它,这是执笔人与老板主笔之间,心照不宣的事实。可是到今日之下,我真正灰心了,我忽然觉得我的言路日狭……

这样下去叫我再干什么?如果放了笔真要饿死,那末我只好情愿饿死。报馆老板,并不存心把执笔人的生活安定,又不让执笔人偶然利用它一下,迹其用心,直是驱执笔人跑上死路,这是什么居心?难道也是所谓"交情"所许?

(《东方日报》1943年11月5日,署名:唐僧)

请谅信芳

无愧天灵与地神,江湖册载只清贫。若诛暴发诸般户,请谅贤才绝艺人。

时论于周信芳之挣巨大包银,谓为心凶手辣,予颇不以为是。不学无术之徒,从投机囤积而成暴发户者,其所蓄较信芳之包银,更不知广大几何?此种人可以聚财,则信芳怀清才绝艺之人,宁不许其稍裕余年哉?

(《东方日报》1943年11月8日,署名:唐僧)

魁 不 出

樽前风味太无聊,更觉霜毫秃欲丝。我自想"魁""魁"不出,说穷说不过听潮!

一日,与其三闲谈,其三谓执笔在手,真无可述说矣。想"魁"他几句,又恐"魁"不过其他文人,无欲叹穷,则恐又叹不过听潮,此真隽谈也。听潮年来,忧伤憔悴,心志日促,其所为文字,恒多嗟老伤愁之语,幽凄满纸。其三所谓叹不过听潮之穷,正以书生困顿,似听潮所述之严重,实无法更加以渲染矣。

(《东方日报》1943年11月10日,署名:唐僧)

老 正 兴 馆

眉子来,偕之同访小洛,而不可得,于是又与之觅醉市楼,赴山东路之老正兴馆,二人尽酒一斤,予则仅呷一盅,眉子无多量,所尽不过十两耳!点菜四,以油爆虾、下巴甩水、乳腐肉、草头底,为腴美无伦。此馆主人夏,与吾友姚绍华为相知,近顷静安寺路之雪园食品公司改组,易其招牌曰"雪园老正兴馆",是盖姚、夏二人合作之新经营也。从此雪园饭菜,悉售老正兴馆之饭菜,而雪园固有之名肴,如各式火锅、扬式点心,仍不废除。本帮馆子之风味,以昔日饭店弄堂,最脍炙人口。饭店弄堂拆除,乃散步于山东路二马路间,今则静安寺路之西隅亦着此一肆矣。沪西人士,此后将免跋涉之劳,而予等夜来觅食,更不必兴"充军"之叹矣。(予等平时常吃正兴馆夜饭,然以路远,称吃本帮馆子夜饭为充军焉。)

(《东方日报》1943年11月17日,署名:唐僧)

闻 海 生 文 定

孙何文定事传流,从此荷边匹剑秋。世事艰难钻必易,但须君要削尖头。

何海生与女伶孙剑秋之一段因缘,此中历尽许多艰辛,及今始底于成。上月予赴更新,知海生方为此事煎忧,赖克仁、尔康诸兄之力为之成就因缘,克仁以经过语予,海生大惧,谓不能书之笔下,否则功亏一篑矣。予故终秘其言,今阅报载二人订婚之启事,乃知事已大定,然海生已为之轻体重三十磅,而其项上之颅,亦由肥大而尖瘦,盖钻谋结果,宜有此象也。

(《东方日报》1943年11月18日,署名:唐僧)

白 头 宫 女

在一个宴会上,看见从前出过风头的两位女伶,现在都已成为老太婆,这两人一个是景玉峰,一个是汤桂芳,尤其是景玉峰,头发也变了花白,汤桂芳也憔悴得一点光采都没有了。但再看另外的一群,却都是正在风头上姑娘们,像张美玲、景妍娇她们。大概景妍娇是景玉峰的女儿,这一天的席上,她是跟着她女儿来赴宴的,晓得她们身世的,会同情她们的老去可怜,不知道人,还不觉得这两个老太婆,跟着女儿出来,做"讨厌人"吗?我没有机会同她们深谈,不然我想一定会长进许多见识,好似听白头宫女,讲开天遗事。

(《东方日报》1943年11月19日,署名:唐僧)

折 腰

莫把谰言误率真,七年世味换甘辛。折腰终为清贫累,安用先生苦劝人?

读桐花馆主勖友人一文,颇多感触,谅故人清寒,而见其出卖劳力,默喻于心则亦已耳,若动以规劝之词、勖勉之语,窃以为真不必有。馆主为人,所谓能"老尚天真"者,特此文之作,与天真之旨背,或诅之为谰言,亦无不可。

◆文债

　　执笔些时虑怨频,可怜文债日纷纷。将来"赖稿"寻常事,养不起人莫怨人!

　　此诗又是牢骚,欲请若干报馆当局,对于我人偶然赖稿,务必马虎一点。末句则为拉破面孔讲闲话矣。

(《东方日报》1943年11月23日,署名:唐僧)

京海派交流

　　信芳之隶演天蟾,成绩未能如初愿之满足,而《别窑》与《追信》并演,亦不能使沪上麒迷所倾动,"百口儧称萧相国,万人争看薛将军"之盛况,竟不能重睹于今日,斯亦奇矣。或述其理由,谓信芳此局,为之匹戏者,林树森不计外,若黄桂秋、小翠花、马富禄、袁世海、艾世菊诸人,皆所谓京朝角色也。信芳本人,无论如何,卒被人目为海派须生之代表,以海派须生,而与如许京朝角色同台,格调无奈终不谐和,于是所谓真正之麒迷,嫌京朝气息太浓厚,而虔奉京朝派者,又觉着一海派祖师,为殊不合式,坐是影响天蟾之售座甚巨。贴《浣花溪》与《阴阳河》之日,中间夹桂秋一剧,离座者有之,此即不欲听正宗青衣之好戏者,而专为过麒派瘾来也。

(《东方日报》1943年11月25日,署名:唐僧)

礼　　貌

　　昨见晚蘋兄一文,谈处世礼貌,谓寄书与人,将受书人之姓字误写,易使人不快。此言确也。最近予亦蹈此误,缘七八年前,予与之方合辑《东方》时,黄汶滨先生,恒为之方所纂之开麦拉版撰述,故日莅报社,与予晤面之机缘甚多。及之方谢报事,黄君于役他乡,不相聚首者,直至如今,亦不知黄君于何时归来也。黄与傅隆才先生谊属葭莩,故从隆才办实业、银行等事业,之方恒称其贤劳,前日予以某事允助之黄,因投书焉，顾书"黄汶滨"为"王文彬"，书凡两发，及得还书，始大愧，知予所书黄君姓字，无一不误，然欲觅谢过之策亦无从，之方言，"汶滨"旧固名"文彬"。此误犹可恕，特其有生三十年，一向姓黄，向未尝氏王，此则不可谅耳！见晚蘋文，因叙吾事于此，倘亦能邀故人宥其悖乎？

(《东方日报》1943 年 11 月 26 日，署名：唐僧)

念　　旧

曾叔祖叩之公，谢宾客十八年矣，惟太叔祖母老且健，今七十，再叔树钊，为之祝嘏，愚挈子往拜，论亲情亦见五世同堂也。太叔祖生前，热肠侠骨，受其荫庇者綦众，有甥朱氏，若步兰、向云二人，皆得其扶掖，今且为富贵之家，特太叔祖后嗣不振，曾未闻朱氏有人，为之借箸者，亦可见世风漓薄之甚。太叔母贾，亦敦厚，见人有急难，拯人于水火中，所不肯辞。某岁朱步兰困甚，太叔祖母以千金授愚，使愚冒雨往畀步兰，愚时年不过十八，以人力车行，统体皆润，此情历历在眼前。及步兰既富，视旧亲如陌路，此亦伧夫矣哉？朱氏弟兄，惟凤千先生，独高风义，为外交官，而了无所蓄，步兰向云亦未能善视手足。凤千何人？即曾任比大使之朱鹤翔也。

(《东方日报》1943 年 11 月 28 日，署名：唐僧)

"腰　子"

术语舞场数弗完，更无人肯叫心肝。分明同是随身物，"腰子"听来更不欢！

近闻舞人姚小姐，叫其所欢金先生为腰子。腰子者，亦舞场术语，而自去年始，已流行于婴宛之口者也。惟其义不知何在？大约亦指十三点而言，特以不易使人索解，故去岁此时，一度流行后，已无人再言。至今此名称几告销歇矣。按女人叫男人为心肝，男人狂喜，若一叫腰子,即惑咒诅之词,然兹二物,固同为脏腑之属也。

(《东方日报》1943年11月30日,署名:唐僧)

碧云轩夜读记

海上闺彦之耽于风雅者日众,盖灵心慧质之侪恃此亦可以破红闺岑寂也。若我所见,凌华夫人治艺尤勤。夫人当绚烂之极,渐归平淡时,适银行家孙曜东先生,燕婉之乐,甚于画眉,其旧时姊妹,固无不美夫人之福慧双修也。孙氏固书礼家声,夫人之归,如入芝兰之室,亦遂耽艺事,初习画,写花卉翎毛,清远不可方物,识者叹曰:数载浸淫,亦难有此,矧夫人为乍试霜毫乎?是真神笔!惟曜东先生则曰:徒治画,将无补于所造,必益以旧学,若腹有诗书气,更窥旁艺,则于朴茂中得怡逸之观。夫人从其劝,辄延师,读古文不去口,夜渐永时,海格路之西端,有琅琅书声,自碧云轩而出于万树梢头者,即夫人筹灯勤读时矣。愚有时觅曜东为宵谈,睹夫人展卷方酣,及其读毕,夫人恒语愚曰:今日读五小时未辍也。愚故曰:多读易汩神思,患无裨于学。夫人亦曰:久读乃似不受灌输者。盖亦以吾言为信也。

(《东方日报》1943年12月2日,署名:唐僧)

梅 龙 镇

今宵又上梅龙镇,不见许多老板娘。眼药真该随处揭,语君下马已闻香。

梅龙镇酒家,老板娘群中(其实非老板娘,而为女股东,惟经理吴湄女士除外)无不有殊色。梅龙镇初张时,每见各女股东,周旋于其间,婉丽大方,目为生缬。最近两夜往为座上客,则了无所见,颇用负负,不知予之友人,以及本报读者中,亦曾发现梅龙镇上,有此特点否?

(《东方日报》1943年12月8日,署名:唐僧)

君秋筵上

沈恭先生于名旦张君秋倾折甚至,二人交谊亦至厚,比乃约文艺中人,与君秋联欢于广座间。沈固老友,因往一觇盛况,见君秋于私底下此为第二次,此人扮相,已绝似梅兰芳,至私底下尤酷肖博士风神,沈先生谓博士老去,继武无人,独君秋能传其衣钵,真非溢美之词也。席间沈为众宾摄影,而众宾中以朱凤蔚、吴观蠢二先生,尤孚物望,因使君秋中坐,二先生左右坐,又摄一影。若目二公为老鸾者,则君秋当为"小凤",意半老书生,又有新诗入案矣。佩之兄为主人致词,稿为一方代拟,而借佩之之口,传诸众人。此人开舞场已久,从前在麦克风前,为舞宾报告,故能老得出头皮。席散已九时,此夜沈先生请众宾看戏于更新,为君秋与孙毓堃之《霸王别姬》。予羁于他事,不及同行,殊负主人美意矣。

(《东方日报》1943年12月11日,署名:唐僧)

耶诞之夜

费尽千金与万金,几曾买得美人心?分明欠过耶稣债,钞票完时夜已深!

耶稣圣诞之前夜,为舞客者,例须报效与其相识之舞女,缠头之道,多多益善,其在舞女,为应占之"示惠",在舞客则为应尽之义务。某君曰:舞客不欠舞女钱,特恐欠过耶稣债。故圣诞之夜,非偿不可也!

(《东方日报》1943年12月26日,署名:唐僧)

征 求

赖为文士而吃饭者,迄今已逾十载,文字芜杂不足称,惟生平以诗自负,以为我笔下之所差堪示人者,惟诗而已。予有所作,昔日付《社日》刊载,近时则皆录于《海报》。明年起,拟节减文字之役,以余暇整理旧作,取吾十年来所为之诗,其有尚堪流传者,采百章,而印为小册,惟愚无存报,有所作,底稿散佚已尽,故欲求于读者之前,诸君亦有积存《社日》全份者乎?愿借我翻查,至多一月为期,即可蒇事,蒇事后当即奉赵,本人愿有所报称之道,决不空负盛情也。

(《东方日报》1943年12月31日,署名:唐僧)

一部连续几十年的私人观察史

(《唐大郎文集》代跋)

唐大郎的名字,现在可能也算得上轻量级网红了,知道的人并不少,甚至有学者翘首以盼,等着更为丰富的唐大郎作品的发布,以便撰写重量级的论文和论著。这是我们作为整理者最乐意听到的消息。现在,皇皇大观12卷本的《唐大郎文集》的最后一遍清样,就静静地摆放在我们的书桌上,不出意外的话,今年上海书展上,大家就能看到这部厚厚的文集了。

唐大郎是新闻从业者,俗称报人,但他又和史量才、狄平子、徐铸成等人有所不同,他是小报文人,由于文章出色,又被誉称为"小报状元""江南第一枝笔"。几年前,我曾在一篇小文中阐述过小报的地位和影响:"上海是中国新闻界的重镇,尤其在晚清民国时期,几乎撑起了新闻界的半壁江山,而这座'江山',其实是由大报和小报共同打造而成的。大报的庙堂气象、党派博弈与小报的江湖地气、民间纷争,两者合一才组成了完整的社会面貌。要洞察社会的大局,缺大报不可;欲了解民间的心声,少小报也不成。大报的'滔滔江水'和小报的'涓涓细流',汇合起来才是完整的、有着丰富细节的'江天一景'。可以说,少了这一泓'涓涓流淌的鲜活泉水',我们的新闻史就是残缺不全的。一些先行一步、重视小报、认真查阅的研究者,很多已经尝到甜头,写出了不少充满新意、富有特色的学术论文。小报里面有'富矿',这已经成为越来越多的专家学者的共识。我始终认为,如果小报得到充分重视,借阅能够更加开放,很多学科的研究面貌一定会有很大的改观。"现在,我仍然这样认为。《唐大郎文集》的价值,就在于这是一个小报文人的文集,它的文字坦率真挚,非常接地气;它的书写涉及三教九流,各行各业;它更是作者连续几十年的私人观察史,因之而视角独特,内容则极为丰富多彩;而且,如果我记得不错的话,这是小报文人第一次享受这样高规格的待遇:12卷本,400万字的容量。有心的读者,几乎可以在里面找到他想要找的一切。

  为了保持文集的原生态,除了明显的错字,我们不作任何改动,例如当年的一些习惯表述,有些人名的不同写法,等等。我们希望,不同专业的学者,以及喜欢文史的普通读者,都能在这部文集中感受来自那个时代的精神氛围,从中吸取营养,找到灵感,得到收获。

  这样一部大容量文集的出版,当然不是我们两个整理者仅凭努力就可以做到的,期间受到来自方方面面的帮助是可以想象的,也是我们要衷心感谢的。这里尤其要感谢唐大郎家属的大力支持,感谢黄永玉先生、方汉奇先生、陈子善先生答应为文集作序,还要感谢黄晓彦先生在这个特殊的疫情期间为之付出的辛劳。他们的真情、热心和帮助,保证了这部文集的顺利出版。请允许我们向所有关心《唐大郎文集》的前辈和朋友们鞠躬致意。

张 伟
2020年6月5日晨于上海花园